KB187129

한국 현대 현실주의 시인 연구

한국 현대 현실주의 시인 연구

초판인쇄 2022년 11월 29일
초판발행 2022년 12월 07일

저 자 송 기 한

발 행 인 윤 석 현
발 행 처 도서출판 박문사
책임편집 최 인 노
등록번호 제2009-11호

우편주소 서울시 도봉구 우이천로 353 성주빌딩
대표전화 02) 992 / 3253
전 송 02) 991 / 1285
전자우편 bakmunsa@hanmail.net

ISBN 979-11-92365-23-7 93800 정가 60,000원

김해강의 『동방서곡』(1968)

조벽암의 『향수』(1938)

조벽암의 『지열』(1948)

윤곤강의 『피리』(1948)

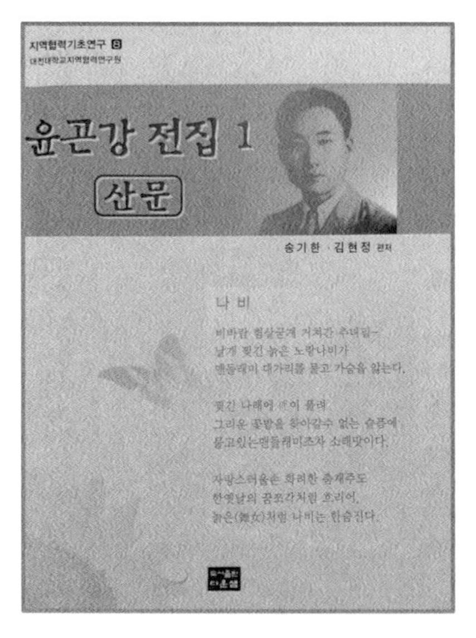

『윤곤강 전집 1, 2』(송기한 · 김현정 엮음, 다운샘, 2005)

이용악의 『오랑캐꽃』(1947)

오장환의 『헌사』(1939)

오장환의 『병든서울』(1946)

설정식의 『종』(1947)

설정식의 『포도』(1948)

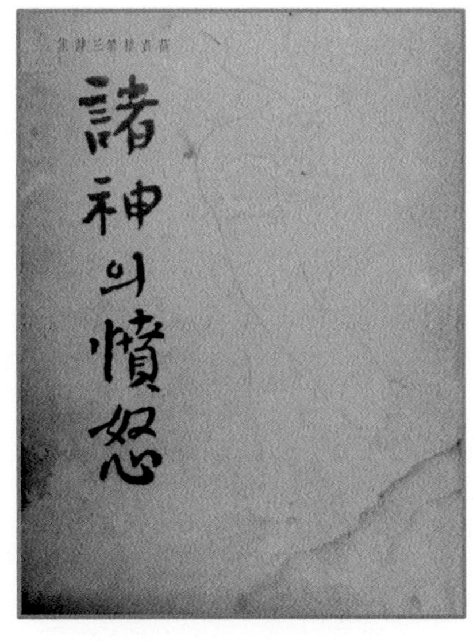

설정식의 『제신의 분노』(1948)

김동석의 『길』(1946)

여상현의 『칠면조』(1947)

김상훈의 『대열』(1947)

김상훈시전집 『항쟁의 노래』(1989, 신승엽 엮음)

유진오의 『창』(1948)

임화의 『찬가』(1947)

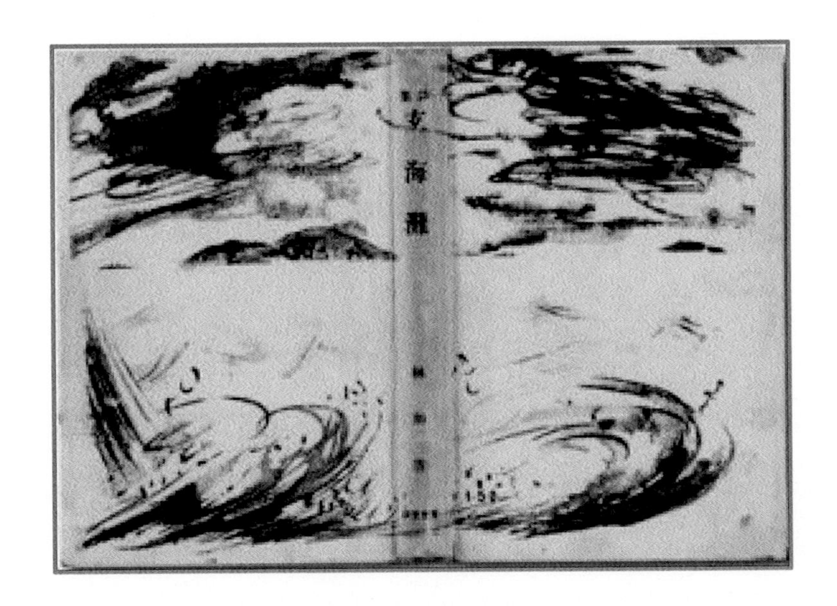

임화의 『현해탄』(1938)

임화의 『현해탄』(1946)

임화의 『다시 네거리에서』(1991)

임화의 『회상시집』(1946)

신남철의 『전환기의 이론』(1948)

문학가동맹의 『연간조선시집』(1946)

중앙문화협회의 『해방기념시집』(1945)

『전위시인집』(1946)

한국 현대 현실주의 시인 연구

송 기 한 저

박문사

머리말

이 책은 『한국 근대 리얼리즘 시인 연구』에 이어 기획된 것이다. 앞의 책에서 다루지 못한 시인 가운데 모두 13명의 시인을 선별해서 탐색했다. 따라서 이를 계기로 우리 근대 시사에서 리얼리즘 경향의 시인들은 이제 거의 연구되었다고 해도 무방하다. 물론 몇몇 중요한 시인이 빠져 있음도 부인하기 어려울 것이다. 그리고 두 권의 책에서 중복되어 다룬 한 명의 예외적 시인도 있다. 바로 임화의 경우이다. 이번 책에서 임화의 시라든가 정신세계는 주로 해방 이후의 행적에 대해 주목해서 다루었다. 특히 전쟁이후 시작된, 북에서의 임화 재판과 거기서 드러난 그의 행보를 비평가가 아니라 시인의 입장에 주목해서 추적해보았다. 임화의 전 세계를 하나의 글로 전부 모색하는 것은 불가능한 일이기에, 특별히 그에 대한 연구의 장이 더 마련되어야만 할 필요성이 있었던 것이다.

이 책의 제목을 현실주의라고 붙인 것은 특별한 의미가 없다. 과거 한때 우리 문단에서는 두 용어를 구분해서 그 차이점에 대해 논의한 경우가 있었다. 그 결과 리얼리즘이란 비판적 사실주의에 가까운 개념으로 사용했고, 현실주의란 비판성을 변증적으로 초월한 그 너머의 세계를 지향하는 개념으로 구분했던 것이다. 그 너머의 세계가 낭만적 이상에 근거한 유토피아 사회임은 물론이다.

여기서는 이런 세계관이나 창작 방법 상의 차이를 이야기하고자 하는 것은 아니다. 다만 시기 구분의 관점에서 인유했다는 것이 보다 타당할 것이다. 우리 시사에서 근대와 현대를 구분하는 것은 시간상의 근접에 의거하는 것이 대부분이다. 가령, 해방 직전과 직후를 근대와 현대로 구분하고 있는 것이 그러한데, 이 책에서도 이런 구분법에 의거했을 따름이다. 물론 이런 시기 구분이 타당한 것인가 하는 것은 별도의 논의가 필요한 것이 사실이다.

문학은 우리에게 인생과 삶의 지혜를 준다. 여기에도 논란이 개입될 소지가 충분히 있다. 다분히 문학원론적인 것이긴 하나 문학이 사회와 불가분의 관계가 있는 것인가, 혹은 그렇지 않은가의 문제이다. 만약 전자의 입장에 선다면, 문학은 그 사회의 세밀한 영역에 이르기까지 간섭해 들어갈 수밖에 없다. 물론 그 반대의 논리도 존재한다. 그런데 이런 논란을 볼 때, 늘 생각나는 것이 하나 있다. 언어에는 사회성과 역사성이 있다는 말이다. 어떻게 보면, 너무 뻔한 이야기이기도 한데, 이것이 문학이라는 영역에 오면, 그 역사성이라든가 사회성과의 관련 양상을 애써 부정하려 든다. 왜 그러한 것일까. 언어가 그러하듯 문학 또한 그러한 것이 아닌가. 뿐만 아니라 인간의 삶도 역시 사회적인 것이 아닌가. 이런 당연한 사실을 두고 이를 부정하려는 것은 분명 이를 주장하는 문학인들의 세계관에 현실성 없는 요인이 내재되어 있는 것이라고 할 수 있다.

인간이란, 그리고 문학이란 사회를 떠나서는 성립할 수 없다. 가장 내밀한 심리묘사의 문학이나 개인적 낭만의 세계도 사회라는 영역을 떠나서는 이루어질 수 없기 때문이다. 이들이 한때 표나게 이런 논리를 옹호하고자 했던 것들, 가령 연애시라든가 자신만의 고립된 세계에 갇혀 생산하는 내성의 시들이 사회와 동떨어져 생산되고 있는 것이 아닌가 하고 말이다. 그런데 사랑도 타자가 있어야 가능한 것이고, 내성도 이타성이 없이는 성립할 수 없다는 사실이다. 중요한 것은 다만 정도의 차이라는 것은 있을 수 있지만, 문학과 사회는 이렇듯 서로 분리할 수 없는 쌍생아의 관계라는 점은 결코 부인될 수 없을 것이다. 여기서 좀더 적극적으로 한단계 더 나아간 것이 리얼리즘의 영역일 것이다. 리얼리즘 경향의 시라고 한다면, 우리의 삶과 역사에 대해 다른 어떤 것보다 분명한 인식과 비전을 주게끔 되어 있다. 이번 연구를 통해서 그러한 인식과 비전의 습득은 예외가 아니었는데, 그들이 표명한 담론의 장에서 문학이 가져야 하는 진정성을 이해했고, 역사의 새로운 단면 또한 이해할 수 있었기 때문이다. 그것이 가장 큰 소득이라면 소득이라 할 수 있을 것이다.

잘 알려진 대로 우리 현대사는 굴곡의 역사였다. 역사 발전의 필연적 법칙에 따라 민중의 삶이 도래하긴 했지만, 우리의 역사는 그러한 도정을 자연스럽게 받아들이지도, 또 현실에서 실현시키지도 않았다. 이런 현실이야말로 파탄의 역사라고 할 수 있는 것이며, 굴곡의 역사라고 할 수 있을 것이다. 그렇게 왜곡된 현실과 불온의 현장에서 시인들은 중심에 있었고, 그들은 여기에 서서 모든 것을 쏟아 부으면서 그러한 현실을 고발하고 또 이를 헤쳐나아가고자 했다. 그 현장의 기록이 그들의 작품 속에 고스란히 담겨 있었다. 그러한 까닭에 그들의 시를 읽는 것은 당시의 삶과 공유하는 것이며, 궁극에는 이를 현재 속에서 살려내는 일이다. 거기서 건강한 미래를 위한 우리의 설계도가 그려지는 것이 아닐까 한다.

이 책이 이루어지기까지 여러분의 도움을 받았다. 한경대 김찬기

교수님의 소개로 지난 몇 개월 제주대에서 준연구년을 보낸 것이 이번 글쓰기에 큰 도움이 되었다. 특히 제주대 국문과 신우봉 교수님의 배려가 있었기 때문에 이 연구가 이루어질 수 있었다. 교수님께 감사드린다.

2022년 가을

차 례

제1장

민족 모순과 반근대성을 향한 길

김해강론

김해강 연보

1903년 전주시 출생.

1916년 천도교 계통의 창동학교를 졸업.

1919년 3.1만세운동 사건과 연루 되어 학교에서 쫓겨나 낙향.

1925년 전주사범학교 졸업. 진안보통학교 교사로 부임.

1927년 『동아일보』 현상 공모에 시 「새날의 기원」 당선.

1930년 김창술과 함께 각각 20편의 시를 모아 2인시집 『기관차』를 간행하려 했으나 실패.

1935년 金益富와 함께 우리나라 두 번째 시 동인지 『詩建設』 발간.

1940년 金益富와 공동시집 『靑色馬』 간행.

1942년 시집 『東方曙曲』과 『아름다운 太陽』을 간행하고자 했으나 일제의 방해로 실패.

1945년 조선프롤레타리아예술가동맹 가입.

1952년 전주고등학교 교사로 부임.

1968년 시집 『東方曙曲』 간행.

1987년 서울에서 사망.

2006년 『김해강시전집』(최명표편) 간행(국학자료원).

1. 다양성 속의 단일성

김해강(金海剛)의 본명은 대준(大駿)이다. 그는 1903년 전주에서 태어나 1925년부터 죽기까지 약 65년 동안 작품 활동을 한 시인이다. 오랜 시력이 말해주듯 그는 상당한 분량의 시를 창작해내었다. 그 모음집이 『김해강 시전집』으로 편찬되었다.[1] 여기에 수록된 시 작품이 거의 700페이지에 육박할 정도이니 그는 상당히 많은 시편을 남긴 작가라 할 수 있다. 하지만 정작 그 스스로가 시집으로 펴낸 것은『東方曙曲』[2] 뿐이다. 이후『아름다운 서곡』등이 상재되기도 했지만, 그의 시집 출판은 예외적으로 비춰질 정도로 적은 것이었다는 점에서 그 특이성이 있다. 물론 그가 시집을 이전에 내고자 했던 의도가 전연 없었던 것은 아니다. 기록에 의하면 그는 일제 강점기에 두 번에 걸쳐 시집을 상재하려 한 것으로 알려져 있다. 한번은 그의 친구였던 김창술과 더불어『機關車』[3]라는 제목으로 2인 공동 시집을 내고자 했다고 한다. 하지만 이 시집은 일제의 방해로 성사되지 않았다고 한다. 두 번째는『東方曙曲』과『아름다운 太陽』이라는 제목으로 두 권의 시집을 상재하려 했으나 이 역시 일제가 출판을 불허하는 바람에 좌절되었다고 한다.[4]

경우가 좀 다르긴 하지만, 김해강이 시집을 낼 수 없었던 배경에

1 최명표 편,『김해강 시전집』, 국학자료원, 2006.

2 김해강,『동방서곡』, 교육출판사, 1968.

3 이 시집은 약 40편을 수록하는 것으로 기획되었다고 한다. 예를 들어 김창술 20편, 김해강 20편 등 약 40편을 싣기로 계획했다는 것이다.

4 이때가 1942년인데, 이 시기는 우리말을 전혀 사용할 수 없었던 때이기에 조선말로 시집을 낸다는 것은 불가능한 일이었을 것이다.

는 당시의 상황과 시인의 세계관 사이에 놓인 편차가 있었던 것처럼 보인다. 특히 강력한 현실 대응력을 갖춘 카프 시인들의 작품집들도 나오던 시기라서 김해강의 시들이 세상에 나올 수 없었던 이유가 선뜻 납득되지 않기 때문이다. 다시 말하면, 일제가 이 시기 가장 신경을 곤두세우고 있었던 것이 민족 모순에 관한 것이었고 아마도 김해강의 시들이 이 범주에서 자유롭지 않았기 때문인 것으로 보인다.

이런 특성을 갖는 김해강의 시들은 한동안 우리 문학사에서 관심이 대상이 되지 못했다. 김해강의 시들이 처음 수면 위로 오르게 된 것은 김재홍 교수의 카프 시인들에 대한 일련의 연구를 통해서이다. 1989년 납, 월북 문인들에 대한 해금 조치가 이루어진 이후 김해강의 시들은 그의 노력에 의해 다른 카프 시인들과 더불어 처음 연구의 대상이 된 것이다.[5] 그는 「동반자 프로시인, 김해강」이라는 제목의 이 글에서 그동안 그의 연구가 미진했던 이유로 다음 세가지를 들었는바, 첫째, 그의 시들은 다른 카프 시인들과 달리 현실에 대한 전투력이 부족하다는 것, 둘째, 중앙이 아닌 지방에서 주로 문인활동을 했다는 것, 셋째, 분단 이후 이땅을 지배하고 있었던 레드 콤플렉스의 영향이 있었다는 것 등등을 제시했다.[6] 그의 시에서 드러나는 계급성의 부족, 서울 중심의 문단적 현실, 그리고 해방 이후 남쪽을 지배한 이념에 대한 볼온시 현상 등을 염두에 둔다면, 이는 어느 정도 설득력이 있는 분석이라고 하겠다.

5 1989년 『한국문학』에 연재된 카프 시인들의 연구는 이듬해 『카프시인비평』(서울대 출판부)이라는 단행본으로 출간되었고, 여기서 김재홍 교수는 김해강을 「동반자 프로시인」이라는 제목으로 분석했다.

6 김재홍, 『카프시인비평』, 서울대 출판부, 1990, p.125.

김재홍 교수 이후, 김해강에 대한 연구는 다른 경향 시인들과 마찬가지로 활발하게 진행되기 시작했다. 이들 연구 목록에 의하면, 그의 시편들에 대한 연구의 흐름은 크게 두 가지로 모아지는데, 하나는 그의 시들이 경향시, 혹은 계급시 여부인가 하는 것,[7] 둘째는 그의 시의 많은 부분을 차지하는 도시를 배경으로 하는 시 작품과 그것이 지향하는 사회적, 미학적 의미 등에 관한 논문들이다.[8]

김해강의 작품들에 대한 논의의 핵심은 두 가지로 요약된다. 하나는 그의 시가 계급성을 갖고 있는가의 여부, 곧 동반자 작가인가 그렇지 않은가이고, 다른 하나는 도시의 병리적인 현상을 담은 그의 시들과 이념이 갖고 있는 관계 양상이다. 물론 여기에는 낭만적 이상을 노래한 시라든가 순수 서정을 읊고 있는 시들과의 함수 관계도 포함된다.

먼저 김해강의 시에서 드러나는 현실지향적인 문제, 곧 그를 동반자 작가로 분류할 수 있는가 여부이다. 동반자 작가란 카프라는 조직에는 가담하지 않았지만, 이 단체가 지향하는 이념에는 동조하는 그룹을 지칭한다. 이념의 순도에 따라 50% 이상 현실정향적인 세계로 기울었다면, 이 작가는 틀림없는 동반자 그룹으로 간주할 수 있는 것이다.[9] 먼저, 김해강을 동반자 그룹이라는 영역을 떠나 카프 시의

7 여기에는 김재홍의 앞의 글과, 전정구, 「김해강의 초기시 연구」, 『한국문학이론연구』 15, 2001.6. 최명표, 「민족 현실과 시적 긴장의 표정」, 『김해강전집』, 국학자료원, 2006. 등이 있다.

8 이운용, 「도시 공간과 김해강의 저항시」, 『비평문학』 4, 1990.9.
오세인, 「근대 도시의 청각적 재구성」, 『한국시학연구』 28, 2010. 8.
최명표, 「김해강의 도시시에 함의된 공간 표지의 식민지성」, 『한국문학이론연구』 53, 2013.6.
이지영, 「식민지 시기 김해강의 시에 드러나는 공간 표상과 근대적 감각」, 『한국문학논총』 88, 2021.8.

한 부류로 인정한 것은 김팔봉이었다.[10] 그가 김해강을 카프 시인으로 분류한 것은, 그의 시에서 드러나는 모순 관계의 포착 때문이었을 것이다. 특히 민족 모순이 그러한데, 실제로 김해강은 처음부터 이 의식을 강력하게 표방한 작품들을 써 낸 바 있다. 팔봉의 이런 분류에 의해 이 이후 김해강은 영락없는 카프 시인으로 간주되었다.

둘째는 그의 시에서 드러나는 도시시의 문제이다. 그의 작품에서 도시는 매우 중요한 소재가 되고 있는데, 실상 이 시기 김해강만큼 도시의 문제에 대해 집중적인 관심을 보인 작가도 드물었다는 점에서 그 시사적 의미가 있는 시인이었다. 이러한 면들은 근대라든가 과학을 문명의 총아로 사유하고, 그 긍정적 측면, 김기림의 표현에 의하면 '과학의 명랑성'[11]을 담아낸 서정시들과는 뚜렷이 구분되는 것이었다. 하지만 이런 경향의 시들이 도대체 그의 현실정향적인 시들과 어떤 관계에 놓여 있는가 하는 의문점에 대해서는 명쾌한 해법이 제시된 적이 없다. 그의 작품 세계와 이질적인 이런 성향들은 김해강의 시정신, 다시 말해 그의 작품 세계를 일관하는 시의식을 추출해내는데 상당한 난점으로 작용한 것이 사실이다. 그리하여 부채살처럼 여러 방향으로 흘러가는 그의 시들에 대해 하나의 일관된 잣대로 분석하기 보다는 주제별, 소재별로 분석하는 편의성을 보여준 것이라 할 수 있다.

9 이들은 어쩌면 프로문학과 부르주아 문학의 중간에 선 작가들이라 할 수 있으며, 시대 상황이나 작가 정신에 따라 이 두 지대를 자유롭게 오간 경우라 할 수 있을 것이다. 조남현, 『한국 현대 문학 사상 탐구』, 서울대 출판부, 1994, p.154.

10 김팔봉, 『김팔봉 전집2』, 문학과지성사, 1988, p.314.

11 김기림은 초기에 과학의 긍정적 측면에 초점을 맞추어 근대를 사유했다. 그 인식적 근거가 엑조티시즘이라는 언어의 신기성으로 표출되었다.

어느 한 시인에게서 여러 방면의 정신 세계나 소재의 다양성은 얼마든지 가능한 일이고, 실제로 많은 시인들에게서 이런 단면들을 쉽게 볼 수 있다. 하지만 정신 세계나 소재가 다양하다고 하더라도 시인의 시정신이 하나로 통어되지 못하거나 파편적인 상태로 노출되는 것은 아닐 것이다. 여기에는 분명 하나의 지향점이랄까 뿌리가 분명 있을 것이다. 김해강의 시들에서도 이런 지향점이 분명 내재하고 있을 터인데, 지금까지는 그 기준이랄까 분석의 틀이 제대로 적용되지 않았다고 할 수 있다. 그의 시에서 드러나는 이런 단면들은 앞서 언급한 대로 그의 시를 소재 중심적으로 분석하게 하거나 파편적인 정신적 흐름으로 이해하려는 시도들로 나타나게끔 했던 것이다.

김해강의 시들에는 여러 다양한 시정신이 있고, 또 다양한 시의 소재들이 전략적으로 차용되고 있다. 하지만 그의 시에서 드러나는 이런 다양성이 그의 시를 이해하는 여러 통로를 제공하는 것은 아니다. 그는 분명 하나의 일관된 시정신을 갖고 있었고, 자신의 시를 만들어가는 담론의 세계가 있었던 까닭이다. 그것이 다름 아닌 민족 모순이다. 이 모순에는 실제로 다양한 것들이 함유될 수 있는데, 계급 모순도, 그리고 반근대적 사유의 편린으로 드러나는 병리적인 도시의 모습도 이와 관련시킬 수 있을 것이다. 뿐만 아니라 1920년대 유행했던 낭만적 이상의 세계라든가 미래에 대한 전망의 문제도 여기서 자유로운 것이 아니다. 궁극적으로 그의 시세계는 이 민족 모순으로부터 자유롭지 않았다는 것, 그 유폐적 그물망에 의해 그의 시들이 만들어졌다는 사실을 주목해야 할 것이다. 그의 시들은 여러 방향으로 분산되어 나아가되, 그 정신적 지주랄까 뿌리는 하나의 지점에서 시작되는 것이었다. 그 뿌리내린 견고한 닻이란 바로 민족모순이었던 것이다.

그리고 또 하나는 근대성이다. 삶의 조건을 개선해나가고자 하는 것 가운데 하나가 근대성의 과제라 할 수 있는데, 김해강의 시에서 드러나는 반도회적 정서는 이 조건과 밀접하게 결부되어 있다. 근대 문명의 전파가 도시를 중심으로 이루어졌을 뿐만 아니라 그 근저에 자리하고 있는 것은 제국주의의 논리였다. 그러니까 이 반근대적 사유 역시 민족 모순으로부터 자유로운 것이 아니라고 할 수 있다. 김해강의 시를 민족 모순이라는 테두리 속에 놓고 보아야 한다는 이유 역시 이 반도시적 감수성에서 찾아야 하는 것이다. 이런 시각이 확보된다면, 그를 동반자 시인으로, 혹은 서정 시인으로, 낭만주의 시인으로 따로 분류할 필요성을 느끼지 못하게 된다.

2. 시정신의 형성

김해강의 등단은 1925년에 이루어진다. 『조선문단』에 「달나라」와 「흙」이 입선하고, 계속해서 1926년 『동아일보』 신춘 문예에 「새날의 祈願」이 박아지의 시작품과 더불어 당선한 것이다. 등단 작이나 초기 시가 시인의 시세계를 이해하는 데 있어서 중요한 근거가 되는데, 김해강의 등단작 역시 이후 전개되는 시정신과 밀접한 관계가 있다는 점에서 그 시정신을 파악하는 것은 의미가 있다고 하겠다. 특히 「달나라」의 경우, 그 소재가 '님'으로 되어 있고, 그에 대한 그리움의 정서로 표백된 것이 이 작품의 주제인데, 당대의 문단과도 관련이 있기에 주목을 요하는 것이라 하겠다.

1920년대 우리 문단에서 전개된 시의 흐름 가운데 커다란 줄기를 제시할 수 있다면, 하나는 낭만주의적 경향이고, 다른 하나는 현실주의적 경향이다. 그런데 이 두 사조는 모두 3.1운동과 밀접한 관련이 있다는 점에서 쌍생아의 관계에 놓여 있는 것이었다. 다시 말하면 3.1운동의 좌절이 퇴폐적 낭만주의를 낳았고, 그 중심 주제는 '님의 상실'로 구현되었던 반면, 현실주의적 경향의 시들은 3.1운동을 주도했던 지식인 그룹의 변절과 밀접한 관련이 있는 것이었다. 그 허무감이랄까 반발감, 혹은 저항감이 모순에 토대를 둔 현실주의 문학, 곧 카프 문학으로 발현되었던 것이다.

「새날의 기원」은 민족 모순이 짙게 묻어나 있는 시이다. 이는 이후 전개될 그후 시세계를 일러주는 등대와 같은 역할을 하는 작품이라는 점에서 의미가 있다. 그리고 또 하나 주목해서 보아야 하는 초기작 가운데 하나가 「달나라」이다. 우선 이 시는 퇴폐적 낭만주의와 관련이 깊은 것으로 보인다. 이 작품의 소재가 '님'이라는 점, 또 이 '님'에 대한 그리움의 정서를 표백했다는 점에서도 그러하다. 이 시기 소위 민요 시인들을 중심으로 이 소재와 주제가 난만히 펼쳐지고 있었던 것인데, 이런 문단의 주류적 흐름으로부터 김해강은 많은 영향을 받았던 것으로 보인다. 실제로 시인은 자신의 문학을 회고하는 글에서 이를 자세히 밝힌 바 있다.

> 1921년 파인 김동환의 시집 『국경의 밤』이 나와 읽을 수 있었다. 1920년대의 시대성이 그러했듯이 조국이 직면한 숨가쁜 상황을 노래한 巴人의 시정신에 나도 모르게 심취해 들어갔다. 조국의 산천과 망국의 한을 노래한 파인의 시에 영향을 받은 나는 일제에 대한 불기둥처럼 솟는 분노를 억누르면서

시를 생활하고 시에 귀의하게 되었으며, 나라를 빼앗긴 피압박 민족만이 갖게 되는 울분한 정서와 미래를 동경하는 명일에의 기원에서 새벽을 외치는 열정적인 시를 써야만 했던 숙명이 되기도 했다.[12]

문학 청년 시절에 다수의 시집을 구하고 읽고, 또 이로부터 감명을 받는 일은 제법 많을 것이다. 김해강의 경우도 마찬가지일 터인데, 그는 이 과정에서 김동환의 시집이 눈에 들어왔던 것으로 보인다. 잘 알려진 대로 김동환의 시의 핵심은 '애국주의'에 놓여 있다. 그는 이 시기 다른 어떤 시인보다도 투철한 민족주의자였고, 이 정서의 표현이 '나라 사랑'으로 드러난 것이다. 말하자면, 김동환은 지배와 피지배의 관계에 놓여 있는 우리의 현실을 '민족 모순'으로 인식하고 있었던 것이다.[13]

어떤 시작품을 읽고 그로부터 감명 받는 일은 흔히 있을 수 있는 일이다. 그 독자가 문학 청년이라면 더더욱 그럴 것이다. 게다가 한 작가의 작품을 통해서 곧바로 그 작가의 정서에 감응하고 쉽게 조응한다면, 여기에는 분명 공감할 수밖에 없었던 정서가 이미 내재해 있었다고 보아야 한다. 김해강이 김동환으로부터 민족애, 조국애 등에 정서적으로 깊이 동조했다면, 그 자신 또한 이미 이 정서에 강력히 노출되어 있었을 것으로 판단된다. 실제로 그의 문학적 자전을 보면, 이런 추측이 전혀 잘못된 것이 아님을 알게 된다. 그는 3.1운동을 주도했던 민

12 김해강, 「나의 문학 60년」, 『전집』 7, p.773.

13 송기한, 「민족과 근대성의 상관관계 – 김동환론」, 『한국 현대시와 근대성비판』, 제이엔씨, 2009. 참조.

족주의자 최린을 고모부로 두었고, 또 최린이 교장으로 있었던 서울 보성학교에 진학한 바 있다. 이런 전기적 사실에서 알 수 있듯이 그는 성장기부터 민족주의와 분리하기 어려운 환경을 갖고 있었던 것이다.[14] 최린의 갖고 있었던 사회적 위치나 그 지위로 말미암아 김해강은 당대의 지도급 민족주의자들과 음으로 양으로 교류할 수 있는 계기를 갖고 있었다. 이 과정에서 3.1운동이 준비되었고, 육당이 기초한 「독립선언서」가 김해강의 책상에서 만들어지기에 이르른다.[15]

이런 일련의 사건이나 인물들과의 관계 속에서 알 수 있는 것처럼, 김해강의 정서에는 민족주의가 깊이 뿌리를 내릴 수밖에 없는 환경적 요인을 태생적으로 갖고 있었던 것이다. 그리고 그런 의식의 저변에서 이 시기 애국주의 문학을 뚜렷히 드러내고 있었던 김동환의 『국경의 밤』을 만나게 된 것이다. 그러니까 김해강은 파인의 문학에 깊이 빠져들어갈 수밖에 없었던 것이고, 그가 추구했던 문학정신을 충실히 받아들일 수밖에 없었다고 하겠다. 실제로 그는 파인의 작품 「오월의 香氣」를 모방하여 「가을의 香氣」를 창작하기도 했거니와[16] 여기서 알 수 있듯이 파인 김동환과 김해강은 서로 분리하기 어렵게 결합된 시정신을 갖고 있었음을 확인할 수 있을 것이다.

그리고 김해강의 문학에 영향을 준 또 하나의 인물로 소설가 이익상을 들 수 있다. 그는 김해강과 함께 동향 출신이었고, 『동아일보』에서 기자로 있었으며, 「쫓겨가는 사람들」을 비롯한 신경향파 작품을 활발하게 창작한 소설가이다. 비록 문학의 꽃을 완전히 피우지 못

14 김해강, 앞의 글, pp.770-771.

15 위글, p.772.

16 위글, p.779.

하고 요절한 문인이긴 하지만, 신경향파 시기에 그는 이 운동을 주도한 문인 가운데 하나였다. 김해강은 문학 초년기에 이익상의 문학으로부터 많은 감명을 받았고, 자신의 문학 청년 시절에 등대 같은 역할을 해주었다고 한다.[17] 이는 김해강의 작품들이 경향시의 모습을 갖추게 되는 영향관계를 알 수 있다는 점에서 그 의미가 있다고 하겠다. 김해강이 경향시와 분리할 수 없게 결합되는 또 하나의 근거는 김창술과의 관계에서도 찾을 수 있다. 김창술 역시 동향의 문인이었고, 경향문인으로 활동한 작가였다. 이들의 관계는 공동 시집을 간행하고자 했던 일에서도 알 수 있는데, 김해강은 그와 더불어 각각 20편의 작품들을 모아서 공동 시집의 상재를 기획한 바 있다. 물론 일제의 방해로 출간에 성공하지는 못했지만, 이로써 김해강과 김창술의 영향관계를 짐작할 수 있을 것이다.

이상에서 알 수 있는 것처럼, 김해강의 시들은 당대 문단의 흐름과 밀접한 관련을 맺고 있었다. 하나가 낭만주의적 흐름이었다면, 다른 하나는 경향시적 흐름이었다. 그런데 실상 이 둘은 서로 분리되어 있는 것이 아니다. 특히 그러한 세계들이 민족 모순과 밀접한 관계를 맺고 있었다는 점에서 그러하다. 이를 바탕으로 그의 시들은 전개되고 있었는데, 그러한 시세계의 방향성을 잘 보여주고 있는 시가 「魂」이다.

> 바위ㅅ돌에 눌려
> 머리를 들지못하고 우는

17 위글, p.769.

고닯흔령혼들은
그가슴을 뽑아
눈물로 써노흔것이
나의시란다 압흔詩란다

도시에서 몰리고
농촌에서 쫏기는
그들의 애닯음은
내가슴을 뛰게하나니
염통에 니는불ㅅ길을
쏘다노흔 것이
나의시란다 불타는시란다

귀를기우리면
지심의고동이 들리우고
눈을 뜨면
넉들우에 빗치보히나니
이것을 소리치며 노래하는 것이
나의산시란다 빗나는시란다

땅미테 흐르는 흐름
땅우에 움즉이는 힘
염통에 끌는피
일어슨 힘줄

이것들은 나로하야
시를 쓰게하는
힘이란다 미천이란다 량식이란다

시를쓰는 나의혼아
빗날대로 빗나라
거룩한시는
빗나는혼이 나흘것이니

「魂－나의 詩」 전문

이 작품은 흔히 시론시에 속하는 것으로, 이 시기에 쉽게 볼 수 있는 성향의 시는 아니다. 시론시라는 것이 서시와 더불어 시인의 시 세계를 밝혀주는 지렛대 역할을 하는 것은 잘 알려진 일이다. 시인은 여기서 당시의 상황과 자신의 정서를 여러 은유적 장치로 표현하고 있다. 가령, "바윗돌에 눌려/머리를 들지 못하고 우는/고닯흔 영혼들"이라든가 "도시에서 몰리고/농촌에서 쫓기는/그들의 애닯음"이 그러하다. '바윗돌에 눌린'다든가 '도시와 농촌에서 몰리고 쫓기는' 것이야말로 당대의 상황을 떠나서는 성립할 수 없기 때문이다. 이는 당시 우리 민족이 처한 상황, 곧 민족 모순과 관계가 있는 것이라 할 수 있다. 김해강도 초기 시가 갖고 있는 이런 특색에 대해 다음과 같이 말한 바 있다.

맨 처음 내가 詩를 쓰게 된 것은 나라를 빼앗긴 被壓迫 民族만이 가지게 되는 鬱憤한 情緖에서였고, 漠然하게나 未來를 憧

憬하는 明日에의 祈願에서였던 것이다. 그러므로 나의 初期의 作品엔 불타는 心魂이랄까 거칠고 거센 呼吸으로써 새벽을 외치는 열띤 詩가 많았고, 거기에 또한 軌를 달리한 내 詩의 特色이 있었다고도 볼 수 있을 것이다.[18]

이 글에서 보듯 민족 모순이 민족주의를 떠나서는 성립할 수 없는 것이기에 김해강의 시들이 민족애라든가 조국애와 밀접한 연관 관계를 갖고 있는 것은 당연한 일이다. 그런데 김해강의 이런 의식들은 이 시기 비슷한 사유를 드러낸 김동환의 작품들과는 여러 면에서 비교된다. 김해강이 김동환으로부터 많은 영향을 받았다고 했거니와 그러한 관계는 시인의 작품 세계에서 계속 발견되고 있었던 터이다. 하지만 이들이 응시하는 세계라든가 그 밀도는 닮은듯 하면서도 매우 다르다. 김해강의 시들은 불온한 현실에 대해 보다 직접적인데, 이는 그의 시들이 산문적 직접성이나 솔직성과는 무관한 것이 사실이다. 김동환의 시들은 온건한 은유나 상징을 통해서 조선의 현실을 우회적으로 드러내고 있었다면, 김해강의 시들은 좀 더 과격한 은유나 상징을 통해서 이를 드러내고 있었기 때문이다. 그리고 다른 하나는 지향하는 이상 세계, 곧 유토피아 의식 역시 파인의 경우보다 직접적이고 뚜렷하다는 점이다. 김해강의 시들은 미래에 대한 기대와 전망의 세계를 구현하는 데 있어 전연 망설임이 없다. 그 일단을 「혼」에서도 읽어낼 수 있는데, 시인은 자신의 시가 울분의 응결을 통해서 얻어진 것이고, 또 "염통에서 우러나는 불길"에 의해서 직조된 것임

18 김해강, 『동방서곡』 후기, 교육평론사, 1968. pp.367-368.

을 말하고 있기 때문이다. 실상 이런 직접성과 과격성은 김동환의 시에서는 발견하기 어려운 요소들이다.

물론 파인의 시와 김해강의 시는 어느 지점에서는 뚜렷이 구분되지 않을 정도로 꼭 닮아 있기도 하다. 자연이라는 모성적 상상력에 기대는 것이 그 하나이고, 다른 하나는 '님'에 대한 갈망이 다른 하나이다. 앞서 언급한 것처럼, 자연의 전일적 세계에 대한 기대치는 김동환의 작품이나 김해강의 작품에서 커다란 변별점을 찾아내기는 쉽지 않다. 김동환의 「오월의 향기」를 모방한 「가을의 향기」가 그러한데, 이 작품들은 모두 자연을 소재로 하고 있거니와 그 구현된 세계 또한 자연이 갖고 있는 생산적 국면, 곧 모성적 상상력에 크게 기대고 있는 까닭이다.

> 나는 보앗지요
> 죽엄을향하야도수장으로
> 끌려가는소들을
>
> 엇던놈은
> 제가죽으러가는줄을
> 미리알엇는지
> 『엄마-』를연호합듸다
> 비명의그소리로!
>
> 낙원에차저가는드시
> 발을가볍게떼여노흐며

졸졸따러가는
순량한놈도잇습듸다

그러나그러나
비명하든놈도
순량하게따러가든놈도
마츰내는
모질고무지한독긔ㅅ등에마저
무참히도쓰러저죽고맙듸다

아-무지한무리들이여!
힘업는약자들이여!
죽엄이박두함을비명하는가?
천민의마음으로복종하는가?
아-때로짓밟히고시달리는
그대들의『생』을보고나는운다

이땅!이땅은벌서
모진가시손이빼더잇거니
버틔고슬힘조차업서진
아-고달픈생령들이여!
그래도뜨거운염통에는
붉은피가뛰고잇나니-
염통에불을질러

가시손이뻐더잇는이땅
이도수장을불살으라
태워버려라이도수장을!

오－그곳그때에야
시들은넉들은다시
활기에날개를떨처춤출것이며
비로소광명한새생로가
열려잇스리라
두활개를크게펼치고!

「屠獸場」 전문

「도수장」은 김해강의 초기 대표작이며, 또 경향시적인 특성을 갖고 있는 것으로 이해되고 있는 시이다.[19] 가진 자와 그렇지 못한 자 사이에 놓인, 지배와 피지배의 관계에 주목하게 되면, 이 작품은 경향시로 해석하는 것도 큰 무리는 아닌 듯 보인다. 하지만 이 작품을 경향시로 굳이 한정하여 이해할 필요는 없다고 생각되는데, 그것은 두 가지 측면에서 그러하다. 하나는 동물 상징이 갖고 있는 기능적 장치이다. 이 상징은 현실에 대한 직접적인 발언을 우회하는 가장 효과적인 의장이라는 측면에서 그러하다. 물론 문학이 비유나 상징과 같은 의장에 의해 이루어지는 면이 크다는 사실에 기대게 되면, 이를 경향시의 범주로 묶어둘 수도 있을 것이다. 하지만 이럴 경우 굳이

19 김재홍, 앞의 논문, 참조.

동물 상징이라는 우회적 장치를 써서 이를 표현할 필요는 없었을 것이다. 그것은 오히려 일제의 검열과 탄압을 피하기 위한 의장으로 보아야 하는 것이 더 타당한 것이 아닐까 한다. 특히 민족주의적 성향이 강했던 김해강으로서는 그러한 의식을 드러내는데 있어 상징이라는 의장을 이용함으로써 그 탄압을 피해갈 수 있었기 때문이다. 이 작품을 경향시로 이해하는 근거로 부족한 또 하나의 이유는 노동의 현실이나 농민의 문제 등이 작품의 소재로 등장하지 않았다는 점이다. 가령, 소작 쟁의라든가 노동의 소외 같은 문제들이 취급되지 않은 것인데, 실상 이런 내용들은 몇 글자 정도 복자 처리만 하면, 이 시기 얼마든지 발표할 수 있었다는 점에서 그러하다. 따라서 시인이 이러한 문제점들을 직접적으로 다루지 않았다는 것은 이 작품이 경향시와는 어느 정도 거리가 있었다는 것으로 이해할 수 있을 것이다.

「도수장」을 지배하고 있는 정서는 강자의 논리이다. 소위 지배와 피지배의 문제를 동물 상징을 통해서 표현하고 있는데, 이는 곧 민족 모순의 그것과 전연 분리되지 않는 것이라 할 수 있다. 검열의 사슬이 엄연히 존재하고 있는 현실에서 이런 감각을 매개로 언어화했다는 것은 이를 우회하는 장치, 곧 동물 상징이 있었기에 가능한 것이었다고 할 수 있다.

그리고 이런 동물 상징과 함께 이 시에서 주목해서 보아야 할 것이 이른바 민족 해방에 대한 의지이다. 이는 미래라든가 이상 세계와 연결되는 것인데, 이를 두고 임화는 "근대 낭만주의의 진보적 후예"라고 불렀거니와 김해강의 시들이 "현실을 과학적, 혹은 실증적으로 인식하기보다는 관념적인 동경"으로만 나아갔다고 했다.[20] 「도수장」을 비롯해서 경향시적 특성과 일정한 거리를 두고 있는 김해강의 작품에서 관념적 낭만주의 경향이라든가 현실이 추체험된 진보성만 있는 까닭에 임화의 이러한 지적은 일견 타당한 것이라 할 수 있다.[21] 하지만 이런 비판에도 불구하고 이 작품은 민족 해방의 관점에서 이해하게 되면, 대단히 의미있는 것이라 할 수 있다. 비록 비유적인 표현이긴 하지만, "염통에 불을 질러 이 도수장을 불살르라"는 해방 의지야말로 당대의 암울한 현실에 비춰볼 때 그 시사적 의의가 큰 것이기 때문이다.

현실에 대한 이런 비판적 의식과 더불어 이 시기 김해강의 시에서 또 하나 주목의 대상이 되는 시들은 '님'을 소재로 한 것들이다. 1920년대가 '님을 상실한 시대'로 규정되고 있음은 잘 알려진 일인데, 이때 이런 담론을 주도했던 그룹은 민요 시인들이었다.[22] 이들은 3.1운동의 실패에 따른 암울한 시대의 현실을 '님에 대한 그리움'으로 표현하면서 자신들의 작품 세계를 펼쳐 나갔다. 이를 뒷받침한 사상적 근거가 낭만주의이거니와 이 사조가 현실의 불온성과 피폐성에 근거를 두고 있다는 점에서 1920년대는 이 사조가 유행하기에 적절한 환경을 제공해주고 있었다. 게다가 김해강은 이미 파인 김동환의 시로부터 많은 영향을 받은 터였는바, 당대를 풍미하는 주조와 파인의 영향이 만나면서 김해강의 시들은 자연스럽게 이들이 추구했던 관념들과 조우하게 된다.

20 임화, 『임화문학예술전집－평론1』, 소명출판, 2009, pp.355-356.

21 물론 객관적 현실에 근거한 김해강의 다수의 작품에 이런 시각을 곧바로 적용하는 것은 재고의 여지가 있다고 하겠다.

22 이들 그룹의 시인들로는, 김억, 김소월, 김동환, 주요한, 홍사용 등을 들 수 있다.

님이여!그리운나의님이여!
당신이가실때약속하기는
이듬해따뜻한봄이되면은
반가히도라와이몸을안어주신다더니
벌서스무해가갓가워도
온다는소식영영업스니
아-해가너무길어니젓습닛가?

님이여!나는당신이오기를
밤으로낫으로기달리기에
피는마르고창자는쪼들려
이제는니러슬긔운조차업구려!
당신은엇지면그리도무정하오
온다든당신이안오기때문에
헐버슨이몸은무참하게도
필경은쫏겨날신세가되엿구려!

님이여!그러나지금이라도
꼭!당신이 오기만한다면
넘어지고 잡바저 코깨저도
두활개 크게벌려 소리치며
반갑게 당신을 맛겟소이다
님이여!그리운 나의님이여!
힘업서 굼주려쫏겨나는 나의신세를

엇더케가만히보고잇단말요?
더욱이갓난것들불상치안소?

「님이 오기를!」 전문

이 작품은 초기 김해강 시의 전략적인 이미지 가운데 하나인 '님'을 읊고 있는 시이다. 낭만적 동경이 '님'에 대한 그리움으로 나타났고, 그 님과의 조우를 통해서 낭만적 아이러니를 해소하고자 했던 것이 이 작품의 의도이다. 하지만 낭만주의가 지향하는 관념으로부터 일상 현실로 한발 더 나아가게 되면, 이 작품은 당대의 시대 상황과 밀접하게 결부된 것이라고 말할 수도 있겠다. 그것은 민족 모순에 의한 것, 다시 말해 나와 함께한 조국, 곧 님의 상실 속에서 얻어진 것이기 때문이다.

지금 시적 자아는 님의 상실 속에 놓여 있고, 그러한 부재가 가져오는 공백을 메우지 못하고 허우적거리고 있다. 님은 떠나갔지만, 그 님은 언젠가 다시 돌아올 것을 믿기에 현재의 불온성을 견뎌나가고자 하는 것이다. 하지만 한번 떠난 '님'은 결코 쉽게 돌아오지 않는다. 서정적 자아의 기대치와 현재 님이 놓인 자리 사이의 거리가 너무 큰 까닭이다. 실상 이런 님의 부재의식은 소월의 시와도 닮아 있고, 파인의 그것과도 유사하다. 그리고 경우에 따라서는 만해의 '님'과도 일정 부분 겹쳐지기도 한다. 자학에 가까운 메저키즘적인 모습이 이 작품에서도 어느 정도 드러나고 있는 까닭이다.

이렇듯 김해강의 시에서 드러나는 '님'의 의미는 매우 복합적인 것이라 할 수 있는데, 이런 성격 이외에도 시인이 추구한 '님'은 이 시기 다른 민요 시인들과 비교할 때, 몇 가지 구분되는 점도 발견된다. 그 가운데 가장 특징적인 것이 님에 대한 '직접성', 혹은 '적극성' 이다. 그의 시에서 드러나는 이런 특성은 「도수장」의 그것과도 유사하다. 그는 이 작품에서 동물 상징을 통해 현실의 질곡이라든가 파편성을 적극적으로 드러낸 바 있는데, 이런 시적 특성이랄까 자세들이 「님이 오기를!」에서도 그대로 계승되고 있기 때문이다. 특히 3연에 그러한 단면이 잘 드러나 있는데, 시인은 님의 도래를 "넘어지고 자빠져 코가 깨져도" "두 활개 크게 벌려 소리치며/당신을 반갑게 만나"겠다고 한다. 이런 메저키즘이야말로 님에 대한 절대적인 사랑, 혹은 그리움 없이는 불가능한 인식일 것이다. 하지만 이는 어디까지나 표면적인 의미일뿐 그 이면에는 심훈의 「그날의 오면」과 같은 적극성과 직접성이 매개되어 있다고 보아야 옳을 것이다. 그것은 이런 이유 때문인데, 가령 이 서사는 이렇게 진행된다. 님은 그냥 있으면 오지 않는다. 그 님이 오기 위해서는 그가 오는 길을 내야 한다. 그러나 현재는 그 길이 부재하고, 궁극에는 가시밭길로 막혀있기까지 하다. 그 난망한 길, 형극의 길을 순탄한 길로 만들어야 비로소 시적 자아가 그리워하는 님이 올 것이다. 그러기 위해서 현재는 투쟁의 시대이고 승리를 위한 노력이 필요한 때가 되어야 한다는 것이다. 이런 면들이 강하게 내포되어 있기에 '님'을 주제로 한 김해강의 시들은 다른 시인에 비해 보다 직접적이고 적극적이라 할 수 있다.

3. 반근대로서의 도시

민족 모순에 의거한 애국주의 담론을 주된 시적 전략으로 삼고 있는 김해강의 작품 세계에서 또 하나 주목해야 할 시들이 바로 도시를 소재로 한 것들이다. 도시를 바탕으로 한 시는 모더니즘의 영역 속에 편입되는 것들이어서 김해강 시의 정신사적 구조를 추적해들어가는 데에 일정한 장애물로 작용한 것이 사실이다. 그래서 도시에 관련한 시들만 따로 모아서 이를 미학적으로 분석한 연구들이 있었던 것이다.[23]

근대란 일종의 괴물과 같은 것이어서 그 파장이랄까 영향이 실상 어디에까지 뻗어나가 있는 것인가를 가늠하기란 쉽지 않다. 그것은 물질적 영역에서도 그러하고 또 정신적 영역에서도 그러하다. 뿐만 아니라 이 시기의 가장 큰 지배적 담론 가운데 하나였던 제국주의 역시 이 자장으로부터 자유로운 것이 아니다. 그러한 특성을 갖고 있는 것이 근대였기에 이를 응시하는 시인들의 정신 역시 매우 복합적이었을 것으로 판단된다. 이는 김해강의 경우에도 마찬가지였을 것이다.

이런 맥락에서 김해강이 도시 시를 쓰게 된 배경을 이해해야 하는데, 여기서 그가 도시를 소재로 한 시를 쓴 의도랄까 계기를 만나게 된다. 우선, 특징적인 것은 그의 시적 작업이 모더니즘에서 추구하는 방법과 의장에 기댄 것이 아니었다는 사실이다. 둘째는 앞 부분에서 살펴본 것처럼 민족 모순의 관점에서 도시를 응시했다는 혐의가 매우 크다는 사실이다. 모더니즘을 발생론적 관점에서 이해하게 되면, 긍정적인 부분보다는 부정적인 측면에 주목하게 되는 것이 사실이다. 특히 김기림 류의 긍정성은 그 설자리가 없어지

23 오세인과 최명표(2013), 앞의 논문들 참조.

게 된다.[24] 일찍이 근대 시사에서 문명에 대한 긍정적 효과들은 몇몇 시인들에게서 시도된 바 있다. 근대시의 조건 가운데 하나로 많은 시인들이 차용했던 엑조티시즘의 방법이 그 하나이다. 이들은 근대시가 되기 위한 조건으로 외국의 언어를 그대로 시에 도입하면 시의 세련성, 곧 근대시가 완성된다고 믿었다. 가령, 정지용이나 김기림의 초기 시가 그러했다. 뿐만 아니라 근대에 대한 긍정적 관심은 시어의 세련성의 관점에서만 이해된 것도 아니고, 형식적 방법에서도 동일하게 재현되었다. 그것이 바로 고현학(考現學)의 방법론이었다.[25] 하지만 이 방법이 응시한 것 역시 근대의 신기성에 관한 부분으로 대부분 한정되어 구현되었다는 한계가 있다. 가령, 「소설가 구보씨의 일일」을 보면 이런 한계를 대번에 알 수 있는데, 여기서 구보가 응시한 것은 근대 풍경이 대부분을 차지하고 있었기 때문이다. 말하자면 근대의 어떤 병리적인 현상에 대해 집중적으로 파고들어가 이를 서사화시킨 것은 극히 드물었다는 사실이다.

근대는 명암을 갖고 있는 것인데, 그 어두운 부분에 대한 인식이 파편화이고, 도시의 불온한 면면들일 것이다. 도시라는 말 자체가 이미 파편화 내지는 분열화의 상징과 등가관계에 놓이는 것이다. 그런데 그러한 도시가 제국주의와 연결될 때, 더더욱 부정적인 모습을 갖게 되는 것은 자명한 일일 것이다. 김해강의 시에서 드러나는 도시의 온갖 부정성들은 제국주의라는 아우라 속에 편입되어 이해될 때

24 김기림은 모더니즘의 근간인 과학을 긍정적 측면, 곧 명랑성의 관점에서 이해하고자 했다.

25 고현학(考現學)이란 문자 그대로 현대를 탐구하는, 알고자 하는 방법이다. 이는 「소설가 구보씨의 일일」 등 박태원의 일련의 작품에서 잘 드러난다.

비로소 그 음역이 드러나게 된다. 따라서 그의 도시 시 역시 민족 모순이 가져온 한 결과로 이해하는 것이 타당할 것이다.

> 한울엔 푸른별이 반짝어리고
> 땅우엔 훈훈한 바람이 불어간다.
>
> 지금 도시는 번열에 타는 더운가슴을 안ㅅ고
> 때로 경련을 닐으킨다. 쩔으르 신경은 떨고잇다.
>
> 오-들으라. 밤ㅅ도시의 주악을……
> 전차의 굴러가는 쿵쿵 소리-
> 극장의 악대ㅅ소리-
> xx연주회의 『피아노』치는 소리-
> x송별연x환영연의 술ㅅ잔 깨지는소리-
> 구세군노상전도대의 讚美樂ㅅ소리-
> 독통 부은 싸구려ㅅ소리-
> 뒤석겨 어울어저 닐어나는 어지러운리-듬-
> 오-이것이
> 밤ㅅ도시의교향악이냐?
>
> 파리한얼골, 기름무든 손에 돌아가는기계ㅅ소리-
> 분칠한얼골, 부드러운 손ㅅ길에 울리는 거문고, 장고ㅅ소리-
> 아-얼마나 모순ㅅ된 리-듬이냐?

붉은얼골 불붓는가슴에 불ㅅ길을 배앗는 뜻잇는젊은이의 웅변−

모진 주먹알에 그래도 살ㅅ길을 애걸하는 기−죽은 소리−

아−밤ㅅ도시 모퉁이모퉁이에 닐어나는 모순ㅅ된 리−듬이여!!

비단ㅅ자락을 날리며

알콜에 저진 갑업는 살덤이를 실ㅅ고 내닷는 자동차의위풍−

그러나

어미, 아비, 아들놈, 딸년 서로 부둥켜 안ㅅ고

찬구들에 떨며 우는꼴을 보라.

아−밤ㅅ도시의 큰길을 세로 걸어가는 안마장이의 쇠ㅅ피리ㅅ소리는

밤ㅅ도시에 닐어나는 흐터분한 교향악의 끗장을 조상하는 소리이냐?

소리와소리, 리−듬과리−듬

서로 꼬리를 치고 씨름한다. 날뛴다.

오−도시의 밤은

이 모든 소리를 싸안ㅅ고 부대기고 잇다. 부대기고 잇다.

오－도시의 밤ㅅ공중은
새날이 올것을 기다린다.

이날의 도시에 닐어나는 리－듬이여!
흐터분한 바람에 실려 멀리멀리 불려가라.
푸른별 반짝어리는 밤ㅅ공중은
새날이 오기를 기다리고 잇다.

새생명이 굴르는 소리－
새빗출 전하는 효공에 움직일 때
오－나의령은 날개를 펼처 춤추며
새목숨에 끌른
새ㅅ빨간 피로써 반주하리라.
새ㅅ빨간 피로써 반주하리라.

「밤ㅅ都市의 交響樂」 전문

도시는 근대의 한 표상인데, 이 형상은 자연의 기술적 지배에 따른 결과물이다. 따라서 도시란 이미 영원의 상실에 따른 파편의 감각이 본질적으로 내재될 수밖에 없다. 그런데 도시의 그러한 모습은 낮이 아니라 밤에 그 특징적 단면이 가장 잘 드러난다. 작품의 제목이 '밤도시의 교향악'이라고 했으니 이 시의 핵심은 밤에 드러나는 소리의 축제에 있다고 하겠다. 시인도 이를 교향악이라 했거니와 실상 이 소리는 이미 조화로운 감각에 초점이 놓여 있는 것이 아니다. 다시 말해 불협화음에 그 중심이 놓여져 있다. 김해강의 도시시들은 소리 감각에 그 특성이 있고, 이 소리가 근대 도시를 구성하는 주요 자질이 된다는 것인데,[26] 이는 곧 문명을 대변하는 소리이기도 하다. 자연의 소리는 단일한 음색인데 반하여 도시의 소리는 다양한 음색을 특징으로 한다. 하지만 이 다양성이 아름다운 조화의 감각을 주는 것은 아니다. 그것은 계층의 다양성을 담고 울려 나오는 것이기에, 이 소리에는 구분이라든가 차별만이 존재하는, 곧 욕망의 불협화음일 뿐이다.

그래서 도시에서 울려퍼지는 소리는 자연의 소리, 단순한 소리가 아니다. 그 소리는 욕망이 개입된 탁한 음색을 갖고 있기도 하고, 그로부터 멀어진 소외의 그림자도 짙게 배어 있는 소리이기도 하다. 그러니까 이 소리들은 불협화음이 되어 하나의 단선적인 음향으로 나아가기 위한 갈등, 혹은 싸움으로부터 자유롭지 않은 상태에 놓이게 된다. 시인은 이를 "소리와 소리, 리듬과 리듬/서로 꼬리를 치고 씨름한다. 널뛴다"로 표명한다. 그런 다음 "오 도시의 밤은/이 모든 소리를 싸안고 부대끼고 있다, 부대끼고 있다"라고 말한다. 밤은 그 어두움의 속성으로 인해서 모성적인 이미지로 구현되는 것이 일반적이지만, 김해강의 시에서는 그 상대적인 의미로만 나타난다. 도시의 온갖 병리적인 것들, 혹은 괴기스러운 것들은 밤을 활동 무대로 하는 까닭이다.

밤을 이렇게 어두움의 한 단면으로 이해하는 것은 매우 예외적인 일이 아닐 수 없는데, 특히 김해강의 도시시들이 주로 나온 시기가 1920년대 중반 전후라는 사실을 감안하면 더욱 그러하다고 하겠다.

26 최명표(2013), 앞의 논문, p.324. 참조.

이때는 우리 시사에서 근대시에 대한 새로운 활로를 모색하고, 그 일환으로 엑조티시즘의 수법이 자연스럽게 수용되던 시대이다. 전통과 그 초월을 향해 한걸음씩 나아가던, 근대시의 새로운 모색들은 도시화가 진행되면서 새로운 단계를 맞이한다. 그것이 바로 도시적 감수성을 시에 담아내는 엑조티시즘이었던 것이다. 이는 문명의 밝은 면과 분리하기 어려운 것인데, 그러나 김해강은 단 한번도 도시의 이런 긍정적인 모습을 자신의 시에 담아낸 적이 없었다. 그는 이 시기 정지용이라든가 김기림과는 상대적인 자리에 놓여 있었던 것이다. 김해강이 도시에 대해 이렇게 부정적으로 응시한 데에는 그가 지금껏 펼쳐보였던 세계관이 작용한 것이라는 점에서 그 의미가 있는 경우라 하겠다. 말하자면 민족주의 성향을 보여주었던 작품에서처럼, 그의 도시시 역시 이 감각의 연장선에 놓여 있었던 것이다. 그가 응시한 도시는 문명의 진보를 통해서 얻어진 것이 아니었다. 그것은 제국주의 지배의 연장선에 놓여 있는 것으로 이해했던 것이다. 그러한 감각들은 이 시의 후반부에 잘 나타나 있다.

김해강의 시들은 임화의 지적처럼 진보에 바탕을 둔 낭만적 이상을 떠나서 설명할 수 없는 것이 사실이다. 여기서 진보적이라는 말은 아마도 그의 시에서 표나게 드러나는 현실인식 때문에 붙여진 말일 것이다. 이러한 감각은 이 시의 후반부에서 확인할 수 있는데, 시인은 "도시의 밤 공중은/새 날이 올 것을 기다린다"고 했거니와 이런 기대랄까 이상은 이어지는 두 연에서 연속해서 표명된다. "푸른 별 반짝어리는 밤공중은/새날이 오기를 기다리고 있다"거나 "새 생명이 굴르는 소리"를 이 밤으로부터 사유하고 얻어내고자 하는 것이다.

살을어이는듯찬바람은
도시의밤거리에해매이는
불상한무리를위협하는데
서편한울에기우러진
이즈러진겨을달은
눈물을먹음은듯
찬빗은 떠는령우에
고요히흐르고잇서라

거리의한모통이 약한숫불에
어린군밤장사의떨리는가는목소리－
골목골목이도라다니는
만두장사의웨치는소리－
오－목숨의악착함이여!
늙은어머니어린동생은
찬구들에주림을안고
떨고잇다이제나이제나기다리며－

「도시의 겨울달」 부분

김해강의 도시시에서 또 하나 주목해야 할 것이 「도시의 겨울달」에서 볼 수 있는 도시의 어두운 구석들에 대한 묘사이다. 그가 응시한 도시는 신사라든가 숙녀와 같은 모던한 감각들에 대한 것이 아니고, 또 근대의 현란한 문명에 대한 찬양의 응시도 아니다. 도시화가 진행되면서 여기에 편입되지 못한 도시의 어두운 군상들만이 오직 그의 시선에 들어오고 있는 것이다. 가령, 도시의 한켠에는 "어린 군밤 장사의 떨리는 목소리"가 있고, "골목을 돌아다니는 만두 장사의 외치는 소리"만이 있을 뿐이다. 뿐만 아니라 "늙은 어머니와 어린 동생은/찬 구들에 주림을 안고/떠는 모습"도 포착된다.

김해강의 도시시는 이 방면에서 매우 선구적인 것이었다. 도시를 부정적인 측면에서 응시했다는 점에서도 그러하거니와 그의 이러한 시적 방법은 1930년대 모더니스트들에게 하나의 전사(前史)가 되고 있다는 점에서도 그러하다. 우선, 그는 모더니스트들에게 흔히 발견되는 산책자임을 자임한다. 산책자란 현대를 탐색해나가는 고현학의 주체이면서 근대로 편입되는 과정에서 필연적으로 발생할 수밖에 없는 자아상이다. 근대를 이해하기 위해서는 그 실천적 장이 펼쳐지는 도시에 대한 탐색은 필연적으로 이루어질 수밖에 없는 것이 현실이다. 물론 이 과정에서 그가 응시한 것은 자아 쪽이 아니었다. 만약 그러하다면, 그의 시에서 자의식의 분열이나 해체와 같은 모습이 비춰져야 할 것이다. 뿐만 아니라 그 형식적 반응인 유기적 구조에도 파탄이 일어나야 한다. 하지만 김해강의 시에서 이런 모습들은 그 어디에서도 찾아볼 수가 없다. 그가 응시한 것은 자아 내부가 아니라 그 너머의 세계였고, 그곳은 다름 아닌 도시였던 것이다.

실상 도시에 대한 이런 기형적 모습은 근대 시사에서 선구적으로 그려졌다는 점에서 그 의미가 큰 것이라 하겠다. 김해강이 작품 활동을 활발히 전개하던 시기는 그의 등단 직후부터이다. 잘 알려진 대로 1925년에 문단에 나온 김해강은 어느 작가 못지 않은 활동을 펼쳐보인다. 민족 모순을 직접적으로 드러낸 시들이 파인의 영향과 밀접한 관련을 갖는 것이라면, 도시를 중심으로 펼쳐지는 그의 모더니즘 시들은 매우 창의적인 지점에 놓이는 것이었다. 이 시기 이 사조에 앞선 주체들로는 다다이즘을 소개하고, 이를 창작의 근간으로 삼은 임화 등이 있긴 했다. 하지만 그것은 어디까지나 표피적으로 받아들인 경우였고, 모더니즘이 지향하는 정신적 구조에 대해 깊이있게 반영한 경우는 아니었다. 하지만 모더니즘을 발생론적 관점에서 이해하고 이를 작품화한 사례가 김해강이 처음이라는 점에서 그 시사적 의의가 있는 것이라 하겠다. 뿐만 아니라 그의 이러한 시적 방법은 30년대 모더니스트들에게도 많은 영향을 주었다는 점에서 그 선구성이 있다고 하겠다. 그러한 영향관계 속에서 가장 먼저 시선에 들어오는 시인이 바로 오장환이다. 오장환은 등단 이후 전통을 부정하고 그 대항 담론을 새롭게 찾아나섰는데, 그가 도달한 곳은 항구와 도시였다. 특히 그의 도시시를 대표하는 장시 「수부」는 부정적인 도시와 점점 메트로폴리탄적인 모습으로 변신하는, 괴물 같은 도시를 잘 묘사해낸 바 있는데, 이러한 면들은 김해강의 그것과 분리되어 설명될 수 있는 것이 아니다. 그만큼 이 시기 김해강의 도시시들은 도시의 병리적인 모습과 그것이 팽창해나가는 파괴성을 잘 묘파했거니와 그의 그러한 시도들은 30년대 모더니스트들에게 깊은 영향을 끼쳤던 것이다.

김해강의 도시시들은 모더니즘의 한 방법적 의장으로 도입된 것이긴 하지만, 그는 이를 형식적 국면에서 한정시키지 않았다. 아니 그보다는 그는 근대 도시라면 필연적으로 배태시킬 수밖에 없는 부정적 모습들을 포착하고 이를 언어화시키는 데 치열한 시정신을 보여준 경우였다. 그런데 도시에 대한 이런 비판은 고립적 관계에서 형성된 것이 아니라는 사실에 그 의의가 있는 것이었다. 지배와 피지배의 관계항 속에서 형성된 그의 민족지향적인 시들과 마찬가지로 그의 도시시 또한 이 범주에서 자유로운 것이 아니었기 때문이다. 그 불가피하게 얽혀 있는 이 실타래들이 만들어낸 것이 그의 도시시의 본질이었다고 하겠다. 따라서 그의 애국시와 도시시들은 모두 민족 모순이라는 정서가 만들어낸 쌍생아였다는 점에서 그 시사적 의의가 있는 것이었다고 할 수 있다.

4. 신경향파 혹은 노동자의 세계

김해강의 시들은 다방면에 걸쳐 있다. 따라서 그를 어느 특정 주제를 쓴 시인이라든가 또는 어떤 주류적 담론에 편승한 시인으로 분류하는 것은 어려운 일이다. 그렇다고 그를 경향파라든가 동반자 작가로 취급하지 않는 것도 올바른 이해 방식은 아니다. 한가지 분명한 것은 그는 경향시를 쓰되 카프라는 단체에 가입한 적이 없다는 것이다. 그의 등단은 1925년에 이루어졌는 바, 이 때는 염군사와 파스큘라가 발전적 해체를 하고 카프가 새로이 만들어진 시기이다. 따라서 진보적인 세계관만 갖고 있었다면, 누구나 이 단체에 쉽게 가입했을 수도 있을 것이다. 하지만 김해강은 카프와 거리를 두었고, 그 상태에서 그는 민족 모순을 이해했으며, 이에 기반한 시들을 창작해내었다. 그가 이런 사유 구조를 갖고 있었던 것은 앞서 언급대로 그의 인척이었던 민족주의자 최린과 파인 김동환의 문학 세계가 준 영향 때문이었다.

이런 영향에도 불구하고 김해강은 1930년대 들어서 이전 시기와는 달리 보다 현실적인 문제들에 적극적으로 관심을 보여주기 시작했다. 말하자면 그를 동반자 작가라고 해도 좋을 정도로 그의 시에서는 노동과 관련된 작품들, 유이민의 삶, 혹은 지식인의 자아 비판과 같은 신경향파 시기의 담론들이 수면 위로 부상하고 있었던 것이다. 그의 초기시들은 지배와 피지배의 관계를 주목하긴 했지만 그 음역들이 상징에 그치면서 관념의 차원을 넘어서지 못했다. 하지만 그러한 관념들이 현실 속에서 보다 직접적으로 의미화되기 시작하면서 그의 초기시가 가졌던 관념 편향적인 요소들은 서서히 극복되기 시작한다. 그는 이 시기에 들어 비로소 부인할 수 없는 동반자 작가의 길을 걷기 시작한 것이다.

그런데 김해강의 이러한 행보는 지금까지 펼쳐보였던 그의 시정신으로 추정컨대 지극히 자연스러웠던 수순으로 보인다. 지배와 피지배라는 도식은 당연스럽게도 부르주아와 프롤레타리아 사이에 놓인 불구성에 관심을 가질 수밖에 없기 때문이다. 그러한 관심의 표명이 도시에 대한 부정적 인식이었거니와 노동과 농촌, 그리고 민족현실에 대한 인식으로도 확장되기 시작한 것이다.

> 해는저무러흰눈은날리는데
> 사호나운북풍을마지하야터벅터벅가는곳은어데런가?
> 쫓겨가는저누덕이흰봇다리들이여!
>
> 등에업힌어린것의간엷은울음ㅅ소리
> 칠팔십늙은이의떨리는집팡막대
> 가도가도끗업는눈벌판으로
> 바람찬땅설은북녁나라로

그리운내땅에서쫏겨가는가슴아,
오-가업시먼아득한압ㅅ길에
소리업시나리는눈만싸힐뿐이로구나.

오-그대들을울음으로읍조리는나의몸도
언제러나그대들의가는길을뒤딸을지누가아나?
그러나-
가면가면빙빙가버리고마는마지막ㅅ길-
오-패자에겐편히쉴복락지도업는 것이다,
뜨거운모래우를내닷는전사의압헤
삶이콸콸솟는『오아시쓰』가열리는 것이다.
오-쫏겨가는가슴!싸홈마당의슯흔패북자들이여!

흰옷자락을날리며눈ㅅ길을터벅거리는동무여!
피뛰는가슴을안ㅅ고열사의우로내닷는목숨들을보라.
용자의가슴엔 붉은피ㅅ덩이가움직이나니
더운바람에펄펄나붓기는기ㅅ발알에로열사의우로
젊은태양을않으려는씩씩한걸음을보라.
이따에서쫏기여가는무리-
이따에서삶을어드려싸호는무리-
오-이대의이따우엔두모순의숨ㅅ결을안ㅅ고
달은진다. 해는뜬다.
모순은커갈뿐이다.

오－들복는열사의가슴이여!

「熱砂의 우로」 전문

인용시는 유이민을 소재로 한 시인데, 실상 이런 주제로 선편을 쥐고 있었던 시인은 이용악이었다. 그런데 이용악이 본격적으로 활동하던 시기가 1930년대 중, 후반임을 감안하면, 이런 의식 역시 시대를 앞선 것, 다시 말해 선구적인 것이었다고 해도 과언이 아닐 것이다. 이처럼 김해강의 시들은 여러 부면에서 시대를 앞서 나가고 있었다.

이 작품의 근저에 자리한 것 역시 민족 모순의 감각이다. 시적 자아는 지금 이 땅에 뿌리를 내리고 살던 가족들이 자신의 생존 공간을 박탈당한 채 쫓겨가는 신세가 된 사실을 직시하고 있다. 뿌리뽑힌 자들의 행보가 불행한 것은 당연한데, 그들의 이러한 상황들은 '해 저무는 환경'이라든가 '눈 내리는 계절'로 인하여 더욱 비극적인 것으로 비춰진다. 이 시는 이런 감각을 담아낸 이상화의 시라든가 이용악의 경우와 비교할 때, 몇 가지 특징적인 단면이 드러난다. 우선, 김해강 시들의 내면에 자리한 것은 강력한 민족의식이라고 했다. 이러한 면이 그의 시들로 하여금 당시에 펼쳐질 수밖에 없었던 당연스러운 상황 설정과 거기서 얻어지는 의미를 통해서 유이민 시를 만들어내던 여타 시인들의 시와는 다른 겹을 갖도록 만든다. 가령, 이상화의 「가장 비통한 기욕」이라든가 이용악의 「낡은 집」은 유이민들의 비참한 상황이 그려지되, 그 암울한 상황이 민족 현실의 비극에서 촉발된 것임을 추정으로만 가능하게 할 뿐이다. 하지만 김해강의 시들은 그러한 모순 관계가 추정의 차원이 아니라 보다 직접적으로 드러난다. 그 단적인 예가 되는 것이 바로 '흰옷'이다. 흰색이라는 환유가 어떤 함의를 갖고 있는가 하는 것은 굳이 긴 설명이 필요하지 않다. 이 하나의 예만 보더라도 김해강의 시들이 얼마나 민족 의식, 혹은 민족 모순에 의해 생산되고 있는지를 일러주는 좋은 사례라 하겠다. 다시 말하면, 그의 유이민 시들은 민족이라는 직접성을 매개로 창작되고 있었다는 점에서 이 소재로 시를 쓴 시인들과는 차별되는 경우라 하겠다.

두 번째, 민족 해방에 대한 의지의 표명이다. 그의 시들이 진보적 이상에 토대를 둔 낭만주의적 경향을 보이고 있음은 잘 알려진 일이다. 가령 「도수장」 같은 시에서 그 암울한 현실을 뜨거운 '염통'에 태워버리자고 한 사례들이 바로 그러하다. 이 시에서 알 수 있는 것처럼, 김해강의 시의 특성들은 미래의 시간 속에 놓여 있었고, 이는 다름 아닌 전망과 밀접한 관계를 갖고 있었다. 그의 시들은 과거와 현재에 갇혀 있는 것이 아니라 미래로 나아가는 에네르기를 표출하고 있었던 것인데, 이는 미래에 대한 낙관적 의식이 없다면 결코 달성될 수 없는 것이라 하겠다.

동반자 의식과 관련하여 김해강의 시에서 또 하나 주목해서 보아야할 것이 '자아 비판'에 관한 주제들이다. 이런 류의 작품이 발표되기 시작한 것이 1930년대부터인데, 카프 문학의 발전 구조상 이런 경향은 매우 예외적인 경우라 할 수 있다. 신경향파 문학이 등장하기 시작한 것은 1920년대 초반 이거니와 이 문학의 특징이 극심한 가난 의식, 본능의 복수, 지식인의 자아 비판 등이었다. 자연발생적이고 비조직적인 면들이 신경향파 문학의 특성들이었는데, 물론 이런 경향들은 1927년 전후에 시도되었던 목적의식기를 거치면서 대부분

사라지게 된다. 하지만 김해강은 지나간 과거의 일로 치부될 수밖에 없었던 주제들, 이미 시효가 지난 주제들을 대상으로 1930년대에 들어서 작품화하고 있는 것이다.

아버지!
꾸즈시려거든 얼마라도 꾸지저주세요.
저는 아무리해도 당신의 여플 떠나고야 말겟서요.
아버지께서는 죽일년 찌즐년 온갓 욕을 다하실지라도
그러타고 이미 정한 마음을 도리킬수는 업는것이어요.

아버지!
참으로 저는 당신의 딸이 된것이 무엇보다도 한이어요.
세상이 부러워하는지 몰으지만 저는 백만장자의 딸된것이
한이어요.,
금이야 옥이야 당신은 더업는 보배로 사랑을 부어주시지만
당신의 사랑이란게 무어에요. 따지고 보면 아-따지고 보면?

몸을 감어주는 능라 따이아몬드 금지환 백금 팔뚝시계 진
주알 목거리
라듸오 아노 화장품들이 노인 향훈이 코를 찔으는 ??
당신의 어엽분 한개의 노리개 밧게 더 될것이 무엇이엇세요.

요전날까지도 저는 당신을 세상에 둘도업는 훌륭한 어른
으로 녁여만 왓세요.

당신의 하시는일은 남이 모두다 딸을수업는 크고 올흔일로만 녁여왓서요.

그리고는 모든일이 당신의 뜻대로만 이루어지라고 늘 축복해 왓서요.

그리하야 당신의 딸된것을 무엇보다도 행복스럽게 깃버이 녁여왓어요.

이토록 저는 가장 호화로운속에서 철업시 자라난 계집애엿세요.

하기 때문에 한때는 당신께 달려와 주먹들을 다짐하든 그들은 아아 그들은

그들을 무지한 자들이라 욕도 퍼부엇세요. 분함에 가슴도 떨렷세요.

하나 이제 생각하니 그들은 한가지도 그른것이 아니엇세요. 당연한 일이엇세요.

이번에도 그들은 참다 참다 당신에게 몰려왓슬때

당신은 그들을 불러보지는 안코 문을 걸어잠구고 집안 사람들을 무어라단속햇세요.

아－전화를 걸때의 당신의 비겁한 행동－

그리고 그들이 자동차로 떼뭉쳐 XX갈 때 험한 만족이 물결치든 당신의얼굴－

그뒤 승리의 컵을 놉히 들든 당신의 꼴이 너무나 가엽엇세요.

그봐도 피를 보고 우승짓는 참혹한 XX의 딸된 제 몸이 더욱 가엽엇세요.

가엽다기보다 무서웟세요. 더러웟세요. 치가 떨렷세요.

어린양이 이리의 주둥이에 무든 피를 보고 치가 떨렷든것이어요.

아버지 저는 갑니다. 하루라도 참되게 살기위하야 저는 갑니다.

무서웁고 더러운 구덩이를 버서나 새길을 찾기위하야 저는 갑니다.

어엽분 영애의 탈을 벗기위하야 저들을 차저갑니다.

새날을 붓잡고 싸우는 참ㅅ된 이땅의 딸이 되기위하야 저들을 차저갑니다.

−1932.7.22.

「令孃의 絕緣狀」 전문

인용시는 「變節者여! 가라」와 더불어 이른바 '자아 비판'류에 속하는 김해강의 대표작 가운데 하나이다. 우선, 이들 작품의 발표 시기가 1932년인 것이 이채롭다. 앞서 언급대로 이런 주제의식은 1920년대 중반에나 나올법한 성질의 것들이다. 그렇다면 김해강은 이런 주제의 시들을 왜 이 시기에 발표했던 것인가. 여기에는 아마도 몇 가지 원인이 있었을 것인데, 하나는 당시의 문단 상황과 밀접한 관련이 있었던 것으로 보인다. 1930년대 들어서면서 객관적 상황의 열악으로 카프 활동은 상당히 제한적이었다. 1931년 만주 사변이 일어났고, 그에 따른 제국주의 억압 정책은 카프 구성원들에 대한 검거 선풍으로 이어지게 된다. 객관적 상황에 대한 열악이 진보적 문학 활동을 억제하기 시작한 것인데, 이런 정책들은 문단에도 어느 정도 결과를 미치기 시작했다. 이른바 전향 선언이 이루어지면서 진보적 주체들이 카프라는 조직 속에서 일탈하기 시작한 것이다. 비록 카프에 가담하지는 않았지만 김해강은 이런 현실을 수용하기 힘들었을 것이다. 그래서 시대의 분위기와는 다른 방향의 작품을 썼을 것이고, 그 사례로 든 것이 자아 비판의 감수성이 아니었을까 한다. 그것은 시인 스스로에게 묻는 것이기도 하고, 변절자에게 던지는 질문이기도 했을 것이다. 변절한 남편을 향해 절연의 메시지를 보내는 「變節者여! 가라」는 그 단적인 표현이 될 것이다.

그리고 다른 하나는 시인 자신에게 부과된 일종의 의무감, 혹은 시대의 당위성과 밀접한 관련 양상이다. 잘 알려진 대로 현실의 불온성에 대해 응전할 때, 마르크시즘만큼 좋은 사상과 실천의 도구도 드물 것이다. 이는 현실에 대한 응전력이라는 측면에서 그러한데, 민족 모순에 투철했던 김해강으로서는 현실에 대한 응전과 실천의 한 방편으로 카프가 지향했던 세계관을 본격적으로 수용할 필요를 느꼈을 것이다. 그러기 위해서는 자신 속에 남아 있었던 소시민성에 대한 반성과 비판의 절차가 필요했던 것은 아닐까. 다시 말하면, 선진적인 자아로 거듭 태어나기 위해서는 존재의 변신이라는 과정은 필연적으로 수반할 수밖에 없었다는 사실이다. 실제로 이 작품에서는 그러한 과정이 밀도있게 드러나 있다.

이 작품은 서정적 자아가 아버지에게 쓰는 편지 형식으로 구성되어 있다. 이런 서간체는 일찍이 최서해의 「탈출기」[27]라든가 한설야의 「그릇된 동경」[28]에서 본 것처럼 무척 익숙한 형식 가운데 하나로 자리한 바 있다. 고백체야말로 존재의 변신을 위한 가장 솔직한 형식이기 때문인데, 「令孃의 絕緣狀」에도 이 감각이 유지된다. 이 작품에는 두 가지 큰 서사 구조를 갖고 있다. 하나는 부르주아인 아버지와 결별하는 형식이고, 다른 하나는 그럼으로써 새로운 존재로의 변신을 시도하고자 하는 자아의 의지이다. 선진적인 자아, 혹은 투쟁하는 자아가 되기 위해서는 자아 내부 속에 자리한 소시민성과 확실히 결별해야 하는 절차가 필요하다. 이 작품은 그러한 과정과 다짐을 부르주아와 프롤레타리아의 조응 속에 이루어낸 자아비판의 시, 성찰의 시이다.

누나야
그때가 벌서 저작년의 일은봄이엿구나.
산ㅅ그늘엔 아즉도 눈이싸힌
연삽한바람에 버들눈 터지려는 일흔봄－
오오 자동차타고 화려한도시로 돈벌러간다고
마을처자들 열 스물식 떼로 실려떠나든 그때가
그때가벌서 저 작년의일흔봄이엿구나!

27 이 작품은 김군에게 보내는 편지 형식으로 된 소설로, 작가가 진보적 단체에 가입하게 된 계기를 진솔하게 쓴 것이다.

28 조선인 처녀가 감옥에 간 오빠에게 쓴 소설인데, 이 역시 참회의 감각을 담고 있다. 가령, 조선인 청년을 버리고 물질적으로 보다 나은 일본인을 선택, 결혼한 다음, 그로부터 민족적 수치를 당하고 헤어지게 된 과정을 담고 있는 것이 이 소설의 내용이다. 잘못된 선택에 대한 일종의 참회 형식의 소설인 셈이다.

아아 누나야.

너도 그때 열일곱이란나희에

곱게 머리빗고 분단장하고

늙은어머니 마을여인들의 전별을 바드면서

－(그 전별이 눈물저즌전별이엿드냐? 선망하든전별이엿드냐? 나는그때

너를떠나보내는 늙은어머니의눈을 보앗거니와 나어린 마을처자들의 불

버움에못내 겨워하는눈물도 보앗든 것이다.)－

세상에 나온후 한번도 단오리밧글 못나가본숫색씨인 너엿거늘

너도 덩실 몸이실려 떠나고말엇섯지야. 저－길게뻐든신작로우로－

누나야.

나는 지금도 닛치지안코잇단다.

반드를한 얼굴에 흉한우슴 그늘지는 출장원의 날카로운시선이

금색야경을넘어 네의온몸을 우알에로 삿삿치씹어할틀때

불행히나 낙선될가 두근거리는가슴에

숫된 북그러움이 확확 달ㅅ던 그얼굴을

아아 누나야.

내 어이 니처지랴! 그때의 네얼굴이－

그리고 이상이도 영롱하여지는 두눈ㅅ동자에쓰인 천진을.
켜진광채를.

더욱이 적은가슴을 가만히눌러 숨을

내쉬든 그때의 조심스럽든 그침착을－

누나야.

그때에 너의가슴은 얼마나 천만리를 뛰고나리엿드냐?

몸이 긔게의노예가되여 팔리우는줄은 몰으고 천상의영화나 따게되는드시

되레 딸을앗기는 어머님을 위로햇섯지야?

아아 피여나든 무지개꿈이 얼마나 길엇드냐? 과연 가는곳은 화려한낙토엿드냐?

아아 누나야.

공장! 공장! 볏발도 막힌 충충한공기ㅅ속.

끌른 독안이ㅅ속가튼 후덕후덕한기계ㅅ간－

날에날, 밤에밤. 몸에 피가 말러가고 감독의눈ㅅ살이 무서워질때

얼마나 적은가슴이 문허젓드냐? 내살을 내손으로 꼬집엇드냐?

누나야.

나젠 꼽박 공장에서, 밤은 감방(긔숙사)에 들어갓처

파리한 날과밤을맛고지울때

눈을뜨면 눈압히 검은괴물. 눈을감으면 눈ㅅ속에도 검은 괴물… …

아－검은괴물압헤서 사시장천 손발을 움죽는몸이

잠ㅅ자리 선꿈에서도 손발을 움죽이는, 모진생애가계속될 때에 멧번인들긔함을첫겟느냐.

아아 누나야.

네가 떠나갈때 어머님가슴에 뿌려들인

달분한위로는 어데 가서 차저야 할거나?

이웃공장에서 고민의심장을쏘는 활촉이 날러들어오든 밤－

고난의물ㅅ결에 한가지로덥처 싸워나가는

동무들을모아 공장안 으슥한 모통이에서

불붓는가슴을 울렁거리며 따려부듯고 뛰처날 압일을 약속하든것이

아! 화개를 젓기기전에 몸들이 새이는아츰으로 바로 XX우고 말엇섯드구

나!

아아 누나야.

마츰내 검은기계에 화를닙은몸이 우악한매다짐에 넉을 떨리고

골수에까지 병이들어찬 반송장된 몸이되여 들것에 올려 철문 밧게 뇌엿슬

때 아－너는 다죽엇섯드니라.

천리라 멀다안코 달려가신 어머님 얼마나 목노코 울으섯
겟니?

아아 누나야.
그러케 맑은영채가 구을든 눈을 마즈막 감으려느냐?
혼수중에 빠진 넉을 이끌고 마지막 자파를등지려느냐?
죽어서가는 너의육체가 악갑지안흔것도 아니다만다못 가
는것이 어찌 너하
나에 그치고말것이냐? 이뒤도 날을두고 계속될 것이다.

인류의역사가 끈허질때까지는 너의령은 태양가티 빗나고
잇슬것이니
가거라. 모든미련을 원앙에부칠것입시 온전히가거라.

누나야.
도시에 농토에 명일을기다리는 수백만의녀성이잇다.
네가 뿌리고가는 더운호흡은 그들의가슴에 회호리바람으로
날릴때가 올것이다 오오 적은선구에!
명일을운전하여가는 젊은호흡우에 고요히 쉬이다.
명일을운전하여가는 젊은호흡우에 고요히쉬이라.

「누나의 임종」 전문

이 작품은 카프시의 한 단면이었던 단편 서사시 양식과 유사한 구조를 갖고 있다. 호흡이 길고, 이야기가 있으며, 노동의 현실이 담겨져 있다는 점에서 그러하다. 뿐만 아니라 이 시기 이런 시 형식에 주된 흐름으로 자리한 누이가 작품의 소재로 차용되고 있다는 점에서도 그러하다.

이 작품에서 누이는 돈을 많이 벌어들이기 위해 도시의 공장으로 떠난다. 누이를 살뜰히 좋아했던 동생의 손을 뿌리치고 말이다. 하지만 누이가 도착한 공장은 그녀가 생각한 유토피아가 아니었다. 돈을 쉽게 벌 수도 없었거니와 공장장의 음흉한 눈빛도 감당해야 했다. 그러는 한편으로 여기에는 기계와 같이 처절히 일할 수밖에 없는 현실만이 있었을 뿐이다. 이렇게 기계처럼 일하던 누이는 결국 회복할 수 없는 병에 걸려 죽음에 이르게 된다.

현실의 갈등에 방점을 두고 쓰여진 김해강의 시들이 추상화 혹은 관념화와 거리를 두고 있는 것처럼, 노동 현장을 다루고 있는 시들 역시 이와 비슷한 경향을 보인다. 다시 말해 현장 속에서 시가 만들어지고 있는 까닭에 시의 구체성이라든가 현장성, 사실성이 확보되고 있으며, 그러한 까닭에 독자와 공감대를 넓히고 있는 경우라고 하겠다. 이런 감각은 카프 시의 단점으로 생각되었던 관념화와는 거리가 있는 것으로, 그만큼 김해강의 노동시들은 현장감이 뛰어난 경우라 하겠다.

이와 더불어 이 작품 속에서 주목해서 보아야 할 것이 미래에 대한 전망의 세계이다. 서정적 자아는 누나의 비참한 죽음에 좌절하지 않고, "도시에 농촌에 명일을 기다리는 수많은 여성"이 있다고 하면서 이른바 유적 연대성을 보이고 있는 것이다. 이런 유대는 노동 계급의 당파성이라는 점에서 그 의미가 있고, 또 미래에 대한 밝은 전망의 세계라는 점에서도 그 의미가 있는 것이라 하겠다.

김해강의 시들은 모순의 관계 속에서 시가 만들어진다고 했다. 특히 지배와 피지배의 관계 속에서 형성된 민족 모순이 그 핵심 기저로 자리하고 있는데, 이런 시각은 1930년대 들어서 현장 속에 직접 들어감으로써 노동 현실과 구체적으로 만나게 된다. 그런데 그의 시들은 이런 현장을 노출하는 차원에서 그치는 것이 아니다. 즉 고발 차원에서만 머무는 것이 아니라 여기에 반드시 미래라는 시간 의식을 투영시키고 있다는 점이다. 미래라는 시간이 시인의 의식 속에 자리하게 되면, 이는 곧 전망의 세계와 자연스럽게 연결될 수밖에 없는데, 「누나의 임종」에서도 이런 면은 예외가 아니다. 시적 자아는 누나의 죽음이 일회적이 아니라 항구적이며, 그의 마지막 호흡은 종결이 아니라 내일을 여는 '회오리 바람'으로 변신할 수 있음을 굳게 믿고 있는 것이다. 이런 전망이 가능했던 것은 현재를 비관하지 않는, 미래에 대한 기대 때문에 가능한 것이었다고 하겠다. 그것은 여러 방면에 걸쳐 있었던 그의 시세계들이 한번도 포기하지 않았던 '새날에의 기대'와 분리하기 어려운 것이라 하겠다.

5. 민족 의식의 고취와 해방 공간의 이념 선택

1930년대 후반에 들어서 김해강의 시들은 현저한 변모를 시도한다. 현실에 관심을 두고 진행되었던 그의 시세계들은 현실 이외의 지대로 나아가게 되는 것이다. 1940년대를 전후해서 문단의, 혹은 시대의 암흑기가 도래한 탓에 이러한 변신은 당연한 귀결이라고 할 수 있을 것이다. 그의 시들은 민족을 떠나서는 성립하기 어려운 것이었고, 그 실천적 주제 가운데 하나가 바로 민족 모순에 대한 인식이었고, 그 초월에서 비롯되었다. 지금까지 진행된 그의 시들은 모두 이 테두리 속에 있었고, 그는 그 오랜 시력의 과정에서 이로부터 벗어난 적이 없었다. 그런데 이제 민족이라는 용어, 이를 구체화하고 개념화할 담론들을 더 이상 용인할 수 없는 열악한 상황을 맞이하게 된 것이다. 이제 김해강은 이를 대신할 또다른 대상을 찾아나서야 했다.

김해강은 1940년대를 전후해서 국경지방을 비롯해서 금강산 기행을 한 것으로 알려져 있다. 국경지방 역시 국토의 한 자락이라는 사실을 염두에 두면, 실질적으로 그는 이 시기에 국토 순례를 한 것으로 이해된다. 그는 이때의 자신의 모습을 '방랑 생활'의 시작이라고 했지만,[29] 이 말을 문면 그대로 받아들일 필요는 없을 것이다. 어쩌면 새로운 사유의 지대를 찾아 순례의 길에 올랐다고 하는 편이 옳은 것인지도 모른다. 그 순례란 곧 조국이라든가 민족에 대한 또 다른 발견의 시도가 아니었을까. 어떻든 그는 이 시기에 이런 경험을 토대로 국경을 소재로 한 시와 금강산 기행에 관한 시들을 발표하게 된다.

1.
물이 얼다.
국경을 흐르는 물이 얼다.

낫이면
구름도 떠돌지 안는

29 김해강, 앞의 글, p.784.

하늘이 멱을 감꼬,

밤이면
푸른 별들이 내려 와
꿈을 파묻고 가는

국경
이천리를 흐르는
얄루강 물이 얼다

2.
한결
휘파람 만 치는

삭북의 하늘!
아아 한자락 하늘도 만져볼수 없는
내 마음이여

여르을 깨뜨리고
떨어지는 하늘을 마시고싶다.

한 옴큼
두 옴큼
실토록 퍼 마시고 싶다.

3.
어젯 밤
내 가슴이 얼마나 탓던고.
머얼리
발을 돋구고 섯는 모아산 중툭

초롱 초롱
빩아케 불이 백인

오오 잊어버렷던
내 연인이 살고 잇는 하늘 밑이 그리워

오늘
나는
강을 내닫는 썰매를 잡어타다.
1940. 3. 7.

「국경에서」 전문

이 작품은 김해강이 국경 근처를 여행하면서 쓴 것인데, 이 또한 김동환의 영향으로부터 자유로운 것이 아니다. 김동환의 시들이 주로 국경을 배경으로 쓰여졌기 때문인데, 가령 서사시 「국경의 밤」이 그러하고, 「눈이 내리느니」를 비롯한 일련의 국경 시들이 그러하다. 어떻든 여기서 중요한 것은 이런 영향 관계가 아니라 시인의 정신 속에 편입된 국경의 의미일 것이다. 국경이란 말 그대로 한 나라와 다른 나라의 경계 지대에 놓인 곳이다. 그러니 이곳에는 국경을 넘나드는 사람들에 대한 감시 초소가 있고, 또 밀수 등을 단속하는 병정들도 있었을 것이다. 국경이 예민하다는 것은 이런 감시의 눈들이 번뜩이고 있다는 사실 때문일 것이다. 하지만 국경은 한 나라의 경계라는 점과, 그리하여 국가를 인식하는 절대 지대라는 점에서도 중요한 지대이다. 특히 김해강에게 있어서 국경이란 후자의 의미에 보다 가깝게 다가온 것처럼 보인다. 그가 여기서 받은 인식이란 지금껏 그래 왔던 것처럼, 조국애와 민족애의 연장선에 놓인 것들이라 할 수 있다.

이런 의식은 국경이기에 자연스럽게 획득되는 측면이 강한 경우이다. 시적 자아가 이 국경에서 "朔北의 하늘/아아 한자락 하늘도 만져볼 수 없는/내 마음이여"라고 하는 것도 이와 밀접한 관련이 있을 것이다. 그러한 까닭에 국경은 김해강이 지금껏 모색해 왔던 민족 모순의 또다른 지대로 수용되었을 개연성이 크다. 그에게 국경은 단순히 국가와 국가를 구분시키는 물리적 선이 아니라 자신의 정신적 자세를 새롭게 하는 각성의 선이었다고 하겠다.

골짝을 예는
바람결처럼
歲月은 덧없어
가신 지 이미 千年

恨은 길건만
人生은 짧아

큰 슬픔도 지내나니
한 줌 흙이러뇨.

잎 지고
비 뿌리는 저녁
마음 없는 산새의
울음만 가슴 아파

千古에 씻지 못할 한
어느 곳에 멈추신고
나그네의 어지러운 발 끝에
찬이슬만 채어

쪼각 구름은
때 없이 오락가락 하는데
옷소매 스치는
한 떨기 바람

가던 길
멈추고 서서
막대 짚고
고요히 머리 숙이다.

—1941.10

「가던길 멈추고—마의태자묘를 지나면서」 전문

김해강은 국토를 순례하는 과정에서 국경뿐만 아니라 금강산을 거치게 된다. 이 시기 금강산이란 단순히 명산이라는 감상적 차원의 의미를 갖고 있었던 것은 아니다. 백두산과 더불어 그것은 우리 민족에게는 일종의 정신적 지주와도 같은 것이었다. 근대의 터를 닦고 길을 내던 육당이 백두산과 더불어 가장 먼저 금강산을 기행한 것도 이 때문이다.[30] 국토를 답사한다는 것 자체가 국토애라든가 민족애 없이는 불가능한 경우이다. 게다가 김해강은 신라의 마지막 왕자인 마의태자 묘를 지나다가 그에 대한 예찬의 정서를 표백하기에 이르기도 한다. 국권의 상실은 마의태자에게나 김해강 자신에게나 동일한 처지를 유발하는 매개였을 개연성이 큰 경우였다. 그는 마의태자 묘에서 느낀 애잔한 정서를 토대로 자신의 처한 심정을 에둘러 표현하려 했던 것으로 보인다. 이 시기 민족에 대한, 혹은 국가에 대한 이런 정서의 표현만으로도 민족 모순에 대한 넓이와 폭이 어떤 것인지를 말해주는 단적인 예라는 점에서 그 의의가 있을 것이다. 이와 더불어 이 시기 그의 민족 의식이 어느 수준에 있었는가 하는 것을 보여주는 또 하나의 사례가 있다. 아호 해강(海剛)의 유래이다. 그는 금강산 기행을 하면서 자신의 아호를 해금강에서 차용하여 이렇게 만들었다는 것이다.[31] 이런 사실만 보아도 국토에 대한, 그리고 조국에 대한 그의 인식 수준이 일시적, 감상적 차원의 것이 아니었음을 알게 해주는 단적인 증거가 된다고 할 수 있을 것이다.

역사에 대한 이런 자의식을 간직한 채 김해강은 해방을 맞이 했다.

30 최남선, 「금강예찬」(한성도서, 1928)과 「백두산 근참기」(한성도서, 1927) 참조.
31 김해강, 앞의 글, p.784. 참조.

그 이전에 그는 일제 말기 대부분의 시인들이 그러했던 것처럼, 친일 행위에 몸담게 된다. 「인도 민중에게」라든가 「호주여」 등의 작품을 통해서 일본 제국주의를 찬양하고 나선 것이다. 그의 이런 행위를 두고 필연적 결과로 이해하기도 한다. 즉, 민족에 대한 동경이 좌절된 뒤, 그 허망해진 정신의 공백을 대동아공영권이라는 환상으로 메울 수밖에 없었다는 것이다.[32] 흔히 생각하는 영웅 대망 논리가 잘못된 길을 갈 때, 엉뚱한 영웅이 자리를 차고 들어올 수 있다는 논리이다. 물론 틀린 이야기는 아니다. 하지만 그 오랜 시력과 수많은 작품을 생산한 작가에게 단지 2－3편의 작품만으로 그의 정신 세계를 한마디로 재단하는 것은 결코 올바른 이해법이 아닐 것이다. 그렇다면 그동안 생산해왔던 수많은 작품들과 비평들은 하루 아침에 한갓 쓰레기로 전락해야 하는 것이다. 김해강이 몇몇 친일시를 쓴 것은 자의에 의한 것일 수도 있지만, 타의에 의해 수행되었을 개연성이 무척 큰 경우이기에 더욱 그러하다고 할 수 있다. 이런 류의 시를 쓰지 않았더라면 더없이 좋았을 것이겠지만, 일상 앞에 적나라하게 노출될 수밖에 없었던 힘없는 한 개인이 이런 역사를 견뎌내기는 매우 어려웠을 것이다.

어떻든 이런 굴곡을 겪으면서 김해강은 해방을 맞았다. 해방 직전에 보여주었던 세계관답게 그 역시 절친했던 김창술과 더불어 프로예맹에 가입하게 된다. 하지만 해방 직후 그가 보여주었던 진보적 문학 운동은 여기까지였다. 그의 이같은 행보는 윤곤강이라든가 정지용 등과 비슷한 경우였다. 진보적 단체에 가입은 했지만 이 조직이

32 전정구, 앞의 논문, p.245.

요구하는 것들에 대해서는 일정한 거리를 두고 있었던 것이다. 해방 직후 김해강의 활동도 아주 제한적으로 나타나는데, 이는 아마도 다음 두 가지 이유 때문에 그러한 것으로 보인다. 하나는 윤리 문제에 관한 것이다. 새로운 나라를 건설하는 데 있어서 이 시기 가장 먼저 요구되었던 것이 윤리 의식이었던바, 김해강은 과거의 친일 경력으로 인해서 현실의 장으로 떳떳이 나설 상황이 아니었던 것으로 보인다. 그것이 그로 하여금 문학 활동을 하는 데 있어서 일정한 제약으로 작용했을 것이다.

두 번째는 그의 시정신이다. 김해강은 그 오랜 시작의 과정에서 일관되게 추구했던 것이 민족 모순에 관한 것이었다. 그는 민족에 대한 사랑과, 조국의 독립을 위해서 자신의 창작 생활을 헌신해 왔던 터이다. 이런 감각이 해방이 되었다고 해서 쉽게 변할 일은 아니었을 것이다. 그가 이 시기에 쓴 작품 가운데 몇 편 되지 않긴 하지만, 이는 곧 계급적인 감각보다는 민족적인 감각에 의해서 시를 쓰게 된 주된 이유가 될 것이다.

편안한 날 하루도 없는
비바람 사나운 이역에서 이역으로!
물을 건너 령을 넘어
산 설고 물 설은 땅을
이녁에서 다시 이녁으로!

오로지 조국의 독립을 위하여
항일에서 항일로 일생을 바치신

님께서 가신지 이미 십년
옥고에 못 이겨 가신지 이미 십년

이 땅 번듯이 세워질 건국의 날 앞두고
거족적으로 가장 어려운 시련과 고초를 겪어야 할 오늘
님께서 살아 계셨으면 하는 아쉬움 더할 뿐이외다.

『한 사람의 우리나라 사람이
 한 사람의 딴 나라 사람에게
 아름답지 못함을 보여준다면
 온 세상 사람들에게
 우리 겨레 모두를 욕되게 함이니라.』
하시던 말씀

『저 한사람 잘 나면
 그만큼 겨레의 이익이요
 저 한사람 못 나면
그만큼 겨레의 손실이니라.』

『제 겨레를 제 겨레가 사랑치 않으면
 제 겨레를 누가 사랑하는 것이냐.』
하시던 말씀

『꿈에서라도 거짓을 말 한 일이 있거든 뉘우치라

행여 농담으로라도 거짓을 말할세라.』
『제 마음속에 있는 거짓을
몰아냄으로 독립운동을 삼아라
그것이 첫째 조국에 대한 신성한 의무니라.』
하시던 말씀

『독립은 첫째 힘이니라.
참된 마음으로 사랑할 수 있고
참된 마음으로 믿을 수 있고
그리하여 참으로 사랑하고 참으로 믿음으로
하나로 뭉치어라. 하나로만 뭉치어라.
온 겨레가 하나로 뭉치는 그보다
더 큰 힘은 없느니라.』
하시던 말씀

님께서 가르치신
눈을 감으시던 날까지 말씀으로 몸으로 가르치신
『참의 윤리와 힘의 실천』
『사랑의 도와 믿음의 덕』
그것이 아니고는
우리 겨레의 완전 자주독립은 바랄 수 없다는 것을

밝혀 주신 높으신 뜻을
그대로 받들고 싶나이다.

그대로 지키고 싶나이다.

『나를, 나 스스로를 버리고
 어린이의 겸허한 세계로 돌아가라.』
『나를 나 스스로 항상
 민족적인 순정,
 민족적인 양심의 법정에
 피고를 내세워라.』

하시던 준엄하신 목소리가
아직도 마음에 메아리치고 있나이다.

님이여
이제 새 나라 탄생을 앞두고
위대한 진통은 시작되었나이다.

겨레를 사랑하신 그 정성 보람있어
새 나라 아름다운 탄생 우러러 받들
그 날 오리니
님께서 심으신 높은 뜻 헛되지 않아
태극기 물결치는 우렁찬 만세 속에
이 땅에 빛날 거룩한 등극의 날
우러러 받들 그날 오리니

그 날
무궁화 한 송이로 찬란하게 피어날
이 나라 해뜨는 강산 빛나는 아침을 우러러
님을 기리며 두 손 모아 합장 하오리다.
(10주년기에)
−1948. 3. 10

「높으심 받들고자−도산 안창호님을 추모하여」 전문

김해강이 해방 직후 쓴 시들은 주로 축사시나 추모시 등으로 한정된다. 가령, 3.1 국경일을 찬양하거나 옛 도읍지에 대한 예찬의 정서 등이 그러한데, 인용한 「높으심 받들고자」의 경우도 마찬가지이다. 부제에서 드러난 바와 같이 이 작품은 도산 안창호 선생을 추모하고 찬양하는 데 받쳐진 시이다. 그에 대한 찬양이란 해방 공간의 주된 화두였던 계급 갈등, 이념 갈등을 넘어서는 것이다. 민족 앞에는 계급이나 계층이 결코 놓일 수 없다는 사유가 여기에 담겨있다. 이런 강력한 민족주의가 해방 공간 김해강의 사유를 지배하고 있었던 것이다.

6. 시사적 의의

김해강의 시들은 양적으로나 질적으로 많고 넓은 편이다. 그동안 그의 시들에 대한 평가는 무척 인색한 편이었는데, 이 원인에 대해서 몇 가지 근거가 제시되기도 했다. 그의 시들이 시대를 파고들어가는 깊은 인식적 사유가 부족했다는 것, 지방 중심의 활동을 펼쳐나갔다는 것 등이 그 원인이라고 했다. 하지만 이는 표면적인 이유일 뿐 그의 시들은 시대를 선도하는 측면이 다른 어떤 시인보다도 뛰어난 경우였다. 뿐만 아니라 지방 중심의 문인이었기에 그의 시를 폄하하게 되었다는 것도 선뜻 납득하기 어려운 것이다. 만약 그러하다면, 대부분의 시와 시인들이란 모두 친소 관계에 의해 평가받을 수밖에 없다는 말이 된다. 이는 문인 자신이나 문단을 폄하하는 것과 동일한 이야기가 되는 아주 부적절한 말이 된다. 오히려 이 보다는 그의 시에서 드러나는 다양한 파장이 하나의 단선적인 흐름 속에 놓여지기 어려운 점 때문에 그러한 것이 아니었나 생각된다. 부채살처럼 뻗어나가는 그의 시의 다양성과 또 이를 문학사에 정확히 자리매김해야 하는 난점 때문에 김해강의 시에 대해 접근하는 것이 매우 어려웠던 것처럼 보인다.

김해강의 시는 다양성과 풍부성에 그 시적 특징이 있지만, 이를 단선화시키면 민족 모순을 기저로 창작된 것이라 할 수 있다. 다시 말하면 그의 시의 저변에 흐르는 것은 이 모순이었고 이를 토대로 그의 시들은 다양한 양상으로 펼쳐 나갔던 것으로 이해된다. 초기의 지배와 피지배의 관계 속에서 형성되는 갈등 양상도 그러하거니와 그의 주된 시적 특성 가운데 하나인 도시시의 경우도 이에 뿌리를 두고 있는 것이었다. 제국주의 수도란 근대화에 의한 것이고, 그것은 일제의 전략과 분리할 수 없게 결합된 것이기 때문이다. 따라서 도시에 대한 온갖 병리적인 고발을 통해서 김해강은 민족에 대한 각성과 그 너머의 세계를 상상할 수 있었다. 그리고 노동의 현장을 담은 시 역시 이 모순 관계와 분리할 수 있는 것이 아니었고, 1940년대 전후에 펼쳐진 국토 순례는 이 모순의 정점이 만들어낸 작품들이라는 점에서 그 의미가 매우 큰 것이라 할 수 있다.

그는 해방 직전 이 시기 대부분의 시인들이 피하지 못했던 친일의 행보를 보여주긴 했다. 하지만 그것이 강요에 의한 것일 개연성이 크기 때문에 이를 매개로 그의 시업을 모두 부정하는 것은 결코 올바른 태도라고 할 수 없을 것이다. 해방은 김해강에게도 기회의 시간 혹은 공간 여백이 되어주기도 했다. 하지만 그는 이 시기 문인으로서 적극적인 행보를 하지 않았다. 이는 아마도 해방직전 자신이 행했던 친일 행위가 일정 정도 영향을 미친 것으로 보인다. 하지만 이 보다 더 중요한 것은 그가 오랜 창작의 과정에서 끝없이 펼쳐보였던 민족 모순에 대한 감각이 이 시기에 크게 작용했던 것으로 보인다. 해방이란 좌, 우를 막론하고 무주공산이 되어버린 반도의 땅을 서로 차지하겠다고 아우성 치던 시기이다. 그 아수라장 같은 현실에서 누구하나 민족이라는 이름으로 통합을 주장하는 세력은 찾기 힘들었다. 그러한 환경이 김해강으로 하여금 좌절의 늪으로 빠져들게끔 했을 것이다. 그는 이 시기에도 해방 전과 마찬가지로 소위 민족적인 것에 강한 애착을 보여주었다. 이는 민족 앞에는 이념도, 갈등도, 혹은 계급도 놓일 수 없다는 민족애가 발동한 결과였을 것이다. 그리하여 그가 이 시기 생산한 작품들은 주로 3.1운동과 같은 것이라든가 도산 안창호 선생에 대한 추모의 정서에만 그 관심을 표명하고 있었다. 다시 말하면 민족을 위한 것, 하나의 국가만을 위한 것 이외의 것에는 관심을 두지 않은 것이다. 이는 민족주의자로서 가져야할 당연한 행보였다는 점에서 그 의의가 있는 것이라 할 수 있다. 이런 의식이야말로 해방 전과 후를 이어주는, 김해강 만의 고유한 시정신일 터인데, 이는 곧 민족 모순의 자장이 가져다 준 당위적 결과라 할 수 있다. 이렇듯 그의 시세계에서 민족 모순은 시작이자 끝이었다는 점에서 그 시사적 의의가 있는 것이었다.

모색과 실천을 향한 여정

조벽암론

조벽암 연보

1908년 충북 진천군 벽암리 출생.
1916년 진천공립보통학교 입학.
1921년 경성제2고보 입학.
1927년 경성제2고보 졸업.
1929년 경성제대 본과 법문학부 진학.
1931년 시 「수향」을 『조선일보』(10.5)에 발표.
1933년 2월 이무영과 더불어 『문학타임즈』 발간. 경성제대 법문학부 졸업.
1934년 구입회 가입, 그러나 1935년 이무영 함께 탈퇴.
1938년 시집 『향수』(이문당 서점) 간행.
1940년 이때부터 해방 때까지 절필함.
1945년 조선프롤레타리아예술가동맹 가입.
1948년 시집 『지열』(아문각) 간행.
1949년 6월 월북.
1957년 『벽암시선』 간행(조선작가동맹출판사).
1985년 사망.
2004년 『조벽암시전집』(이동순 외 편) 간행(소명출판).

1. 생애와 문학정신의 출발

조벽암은 1908년 충북 진천군 진천읍 벽암리에서 부 조태희(趙兌熙)와 모 평산 신씨(申氏)의 2남 3녀 가운데 장남으로 태어났다. 본명은 조중흡(趙重洽)이고, 그가 벽암으로 필명을 사용한 것은 자신이 태어난 고향의 이름에서 비롯되었다 한다.

그동안 조벽암은 문학사에서 크게 주목받지 못한 시인 가운데 하나이다. 그가 이렇게 문학사에서 소외된 것은 무엇보다 그의 문학정신에서 비롯된 원인이 크다고 하겠다. 익히 알려져 있는 것처럼, 그는 경계인의 위치에 있었다. 그가 문단에 처음 등장한 것은 1931년 「건신의 길」을 『조선일보』[1]에 발표하면서부터이다. 이때는 카프가 볼셰비키의 단계에 놓여 있었는데, 일단 이 작품은 그런 시대적 분위기로부터 많은 영향을 받은 것처럼 보인다. 가령, 작품의 주인공인 건식이 문제적 개인이라는 점에서 그러하고, 이 인물을 매개로 농민층들이 투쟁에의 길로 나서고 있다는 점에서 그러하다.[2] 문제적 개인의 등장과, 그의 계몽성을 바탕으로 벌어지는 농민들의 투쟁은 이 시기 카프 소설의 일반화된 특성 가운데 하나이다.

하지만 이런 경향의 작품을 발표했음에도 불구하고 그를 두고 이 시기의 카프작가라고 분류하지는 않는다. 조벽암은 카프에 가입한 적이 없을 뿐만 아니라 이때의 작품들이 모두 이런 경향에 노출되어 있었던 것도 아닌 까닭이다. 어쩌면 작품 속에 간간히 표출되는 경향

1 1931년 8월 12일.

2 김외곤, 『한국근대문학과 지역성』, 역락, 2009, pp.126–127.

파적 특성들은 그의 삼촌이었던 포석 조명희로부터 받은 영향 때문인지도 모른다.

조벽암의 문학정신 형성에 있어서 숙부였던 조명희의 영향은 절대적이었는데, 그는 숙부 집을 드나들면서 포석이 갖고 있었던 책들을 읽고 또 그로부터 많은 사상적 영향을 전수받은 것으로 알려져 있다. 실제로 "조선서 문학을 하다 굶어도 좋으냐"라는 숙부의 말에 동의하지 않고, 오히려 그가 이 시기 『조선지광』이라든가 『예술운동』, 『개벽』 등등에 발표하는 작품들을 모두 읽었다는 고백이 이를 증거한다.[3]

그의 문학이 갖고 있는 첫 번째 경계적인 특성이 카프에서 온 것이라면, 그를 경계인으로 보는 두 번째 근거는 그가 '구인회'에 가입했다는 사실이다. 잘 알려진 대로 '구인회'는 카프가 해산되기 전후에 소위 편내용주의를 극복하기 위해 만들어진 단체이다. 이들이 추구하는 문학정신은 도회적 감각과 자본주의 사회에서 발생하는 제반 문제점을 작품화하는 데 있었다. 하지만 이들이 보다 중점을 두었던 분야가 전자의 부분, 곧 도회적 감각과 그 예술적 기법화이었음은 잘 알려진 일이다. 조벽암은 1934년 2월, 박팔양, 박태원 등과 함께 이 단체에 가입한 것으로 되어 있다.[4] 하지만 그는 이 단체에서 이무영, 유치진과 함께 비예술파 회원으로 분류되었고 얼마 지나지 않아 이 단체에 적응하지 못하고 일년 만에 탈퇴하게 된다.

3 조벽암, 「나의 수업시대」, 『조명희전집』(이동순외), 소명출판, 2004, pp.484-485.

4 1933년 8월 이종명(李鍾鳴), 김유영(金幽影)의 발기로 이효석(李孝石), 이무영(李無影), 유치진(柳致眞), 이태준(李泰俊), 조용만(趙容萬), 김기림(金起林), 정지용(鄭芝溶) 등 아홉명이 결성하였다. 그러나 발족한 지 얼마 안 되어 발기인인 이종명과 김유영, 이효석 등이 탈퇴하고 그 대신 박태원(朴泰遠), 이상(李箱), 박팔양(朴八陽), 조벽암 등이 가입하였다.

이상에서 알 수 있는 것처럼, 조벽암은 당대에 문단의 거대 흐름이었던 리얼리즘이나 모더니즘에 관계하고 있었지만, 이들 사조들이 지향하는 정신에 절대적으로 기투하지 않았다. 이를 두고 이 시기 그의 문학정신을 방황과 모색으로 규정한 것은 일견 설득력이 있는 것이라 하겠다.[5]

이렇듯 어느 하나의 지점에 정착하지 못한 그의 문학정신은 유동적인 것이었다. 그러한 요소들이 그로 하여금 낭만적 그리움의 세계로 나아가게 하기도 하고, 고향과 어머니와 같은 근원적인 것들에 대한 회귀의 정서를 갖도록 만들기도 했다. 이처럼, 조벽암은 문학 수업 시대에 들어서기 전까지 아니 그 이후로도 상당한 시간은 이 정서로부터 자유롭지 않았다는 사실을 알 수 있다. 그 자신 역시 자신의 문학정신이 형성된 배경을 이런 정서에 두고 있었음을 부인하지 않았다.

> 나의 글이라는 세계에 발을 들여 놓기는 이로부터이다. 과실을 바가지에 하나를 담아다 주고 영계를 잡아 맛난 반찬을 베풀어 주어도 해설피 서산 밑에 안개가 끼이고 먼 시내뚝에서 어린 송아지가 목메여 엄마를 찾을 무렵이면 여하한 좋은 먹을 것이나 달래는 말도 들리지 않고 동구 산모슬기에 쭈그리고 앉아 휘어잡을 수 없고 꼭 집어내여 말할 수 없는 애수에 잠겨 울고 울고 하였다.[6]

5 이동순, 「혼돈과 동경이 빚어낸 자아상실」, 『조벽암 시선』 해설, 지식을 만드는 지식, 2012.

6 「나의 수업시대」, 앞의 책, p.482.

이 글에서 알 수 있는 것처럼, 우선 그의 문학세계에서 심연에 자리하고 있었던 것이 센티멘털한 감수성이었다. 일단 그의 문학을 이해하는데 있어서 가장 중요한 근거는 이 지점에서 찾아야 하겠다. 이런 기조는 초기부터 시작해서 해방 공간, 월북 직후에도 동일하게 유지하고 있다는 점에서 그러하다.

어느 하나의 문학 조류에 경도되지 않았다는 것은 작가가 습작기이거나 아니면 세계관이 온전히 정립되지 않았음을 말해준다. 적어도 조벽암에게는 이런 진단이 꼭 들어맞는 것처럼 보인다. 그의 초기 시들은 여러 다양한 갈래로 뻗어나가고 있었는데, 그것이 어느 하나에 뿌리를 두고 펼쳐진 것은 아니다. 가령, 센티멘털한 감수성이 주조를 이루고 있음에도 불구하고 거기서 모든 시정신이 솟구치는 것은 아니었기 때문이다. 그는 경계인의 속성을 갖고 있었다고 하였거니와 그러한 경향들은 그로 하여금 리얼리즘적 성향을 갖게 하기도 하고, 또 경우에 따라서는 모더니즘적 경향을 갖게 하기도 했다. 이런 이질성들은 해방공간의 현실 속에서 하나의 줄기로 모아지게 되는데, 이 글은 그러한 도정으로 나아가는 조벽암의 작품들을 탐색하고자 하는데 그 목적이 있다.

2. 경계 속에 피어나는 자기 모색의 길

조벽암의 문학적 출발은 그의 숙부였던 조명희의 영향으로부터 자유롭지 않은 것이라 했다. 이러한 면들은 조명희가 걸었던 길을 시인 역시 동일하게 수용했다는 데에서도 잘 드러난다. 특히 장르적인 측면에서 그러한데, 잘 알려진 대로 조명희는 소설가로 보다 큰 명성을 갖고 있었지만, 시에서도 동일한 정도의 무게를 갖고 있었던 시인이다. 조명희는 한국 시단에서 아주 이른 시기에 개인 창작 시집인 『봄 잔디밧 위에서』(1924)를 상재한 바 있고, 이후 3년 뒤에는 대표 소설인 「낙동강」을 발표하게 된다. 그런데 이 작품은 조명희를 카프의 선구자로 자리매김하는 데 있어서 중요한 역할을 하게 만든다.

말하자면, 조명희는 시와 소설을 발표하고 희곡을 쓰기도 했는데, 이렇듯 여러 방면에 걸쳐있는 장르확산적인 면모는 조카였던 조벽암에게도 그대로 전수되고 있는 것이다. 그의 문학적 출발이 「건신의 길」이었고, 또 자신이 첫 작품이라고 표나게 주장했던 『구인몽』[7] 역시 산문 양식이었다. 그가 본격적으로 시를 쓰게 된 시기는 이보다 2년 뒤인 1934년 「새 설계도」를 『동아일보』(1934.2.10)에 발표함으로써 시작된다. 시와 소설 양식을 함께 공유하고 있었다는 점에서 조명희와 조벽암은 매우 유사한 국면을 보여주고 있었다. 이는 곧 그의 문학적 유산이 조명희와 분리될 수 없음을 말해주는 것이거니와 또 산문 양식과 시 양식이 갖고 있는 함수 관계 역시 중요한 매개로 작용하는 경우였다. 조벽암의 시세계를 이해하는 데 있어서 경계인적인 특성 이외에 산문양식과의 관계 속에서도 고찰되어야 한다는 필요성을 갖게 되는 것은 이와 밀접한 관련이 있다. 만약 이를 고려치 않고 조벽암의 시를 이해하는 것은 피상적인 수준을 면치 못할 것이다.

시와 산문이 갖고 있는 장르적 특성은 여러 방면에서 그 차별성이 있지만, 가장 중요한 구분점은 아마도 논리의 세계와 감성의 세계에

7 『비판』 11월호, 1932.

서 찾아야 할 것이다. 전자가 인과론의 범주와 밀접한 관련을 갖고 있는 것이라면, 후자는 그런 범주를 초월하는 데 놓여 있다. 이런 구분점은 현실을 응시하는 태도에서 곧바로 드러날 수 있는데, 반영론적 입장을 곧바로 수용할 수 있는 포오즈와 연결될 수 있는 것이기 때문이다. 서사체계 내에서 논리의 세계를 드러낼 수 있다면, 서정세계에서는 이를 벌충하는 것만으로도 한 시인의 세계관을 전일적으로 드러내는 것이 가능할 것이다. 한쪽에 표방된 사유를 굳이 다른 쪽에 동일하게 표출할 필요는 없는 까닭이다. 조벽암의 시세계가 주관 위주의 문학, 그리고 감수성에 쉽게 경도될 수밖에 없었던 까닭은 여기서 찾을 수 있다. 이런 장르적 분산에다가 그는 센티멘털한 감수성을 생리적으로 안고 성장해온 것으로 보인다. "애수에 잠겨 울고 울고 할 수밖에 없었던"[8] 정서가 서정 장르 속에 고스란히 녹아 들어갈 수밖에 없었던 것이다. 그의 시에서 드러나는 센티멘털한 감수성은 이와 밀접한 관련이 있는 것이었다.

이끼 덮인 옛 성터 허물어지고
이즈러진 달 그림 새여 비치면
소쪽 소쪽 소쪽새 멀리서 운다

하염 없는 옛 생각 간절하옵고
멋갈 없는 생애에 한숨이 돌면
바름바름 더듬어 성돌에 운다

8 앞의 책, 「나의 수업시대」 참조.

높고 낮은 산천은 여전하온데
아리따운 옛심정 어데로 갔나
소쪽소쪽 소쪽샌 슬피도 운다

「半月山城二」 전문

작품의 마지막 부분에 표기된 것에 의하면, 이 시는 1930년 10월에 쓴 것으로 되어 있다. 그가 공식적으로 문단에 등장한 것이 1931년임을 감안하면, 이 작품은 그보다 1년 앞서 제작된 것이다. 습작기 수준의 작품인데, 이를 증명이라도 하듯 이 시는 지나치게 주관에 의해 압도되어 있다. 이 작품에서 시인은 고려의 옛 도읍지였던 반월성을 되돌아보고 거기서 받은 감흥을 아주 주관적으로 읊어내고 있다. 마치 여말 선초의 시인이었던 길재나 원천석의 회고가를 연상시킬 정도로 이 작품의 내용은 그들의 것과 꼭 닮아 있다. 작품의 내용을 읽어보면 대번에 알 수 있는 것처럼, 이 시의 주된 주조 역시 센티멘털한 감수성으로 덧씌워져 있는 것이다.

물론 이 작품을 두고 사회성이라든가 역사성을 문제삼을 수도 있을 것이다. 서정 양식이 상징이나 비유와 같은 의장으로 작가의 속내를 일정 부분 감춘다는 점에서 보면, 망국의 향수를 읊은 나그네의 설움으로 읽혀질 수도 있기 때문이다. 특히 옛 성터를 향해 울부짖는 '소쩍새'의 울음이야말로 그 극단의 표현으로 음미될 만하다고 하겠다.

하지만 시인이 어떤 의도를 갖고 있었든 간에 이 작품에서 중요한 것은 시인이 포지하고 있는 문학에 대한 자세이다. 조벽암의 작품은 여러 갈래로 펼쳐져 있는 부채살 모양을 하고 있다고 했거니와 「半

月山城二」은 그러한 단면의 한 표현이라는 점에서 그 의미가 있다. 그리고 무엇보다 이 작품이 중요한 것은 이런 센티멘털한 정서가 시인의 시세계에 심연처럼 흘러가고 있기 때문이다. 그에게 감정의 적극적인 표출은 거의 생리적인 것이어서 그의 모든 작품 세계에서 이런 경향이 일관되게 나타나고 있었다.

무릇 모든 시인이 그러하듯 처음부터 자신의 시정신을 올곧게 세우고 이를 언어 속에 꾸준히 표현하는 시인은 드물다고 할 경우, 이는 조벽암에게도 동일하게 적용할 수 있을 것이다. 가령 시를 쓰는데 있어 습작의 시기가 있을 수 있고, 또 그에 따른 시정신 역시 정립되지 못하고 방황하는 측면이 분명 존재할 것이다. 그런데 이런 방황이나 혼돈은 그에게 매우 큰 장애로 다가왔던 것처럼 보인다. 그는 유행에 민감한 시인이었다고 해도 과언이 아닐 정도로 당대를 풍미하고 있었던 제반 사조에 예민하게 반응하고 있었기 때문이다.

> 보얗게 화장한 메트로폴리스의 얼기설기한 백사(白蛇)
> 수많은 인간의 오고가는 적은 길 큰 길
> 도시의 혈관 흐르는 상품교환의 사이에는
> 기마대 말굽소래 돌뿌리에 부스러지고
> 입체적XX 항공용사(航空勇士)는 창공에 떠 전초(前哨)한다
>
> 화려하다는 이십세기 전반기의 늙어빠진 도시의 주림살에
> 가득차 흐르는 도시인의 물결
> 꾀지지 흐르는 인조견(人造絹)ㅡ 분(粉)내ㅡ 향수내
> 그들은 하마같이 몰려다니는, 집씨의 무리

세기말 퇴폐의 눏직한 눈물들을 가졌다

(此間一行略)
날마다 혼잡한 매키한 내음새에 호흡하며
굶주린 이리처럼 움집굴을 드나드노니
찌는 듯한 여름날
남산을 핥어나리는 적열(赤熱)의 태양아
오― 너는 하로바삐 저기압을 가져 오너라

이 혼혈아의 도시의 맥박속에
수많은 박테리아― 유탕(遊蕩)의 무리들은
벌집 같은 저자를 죽은 듯한 정숙(靜肅)으로 지켜야 한다
(此間一行略)
북한(北漢)을 씻어 나리는 용맹한 선풍(旋風)아
오! 너는 하로바삐 저기압을 불러 오너라

「저기압아 오너라」 전문

이 작품의 특징적 단면은 도회적인 것에서 드러난다. 조벽암의 시들이 센티멘털한 감수성에 기반을 둔 것도 있지만 이렇게 도시적인 감각에 물든 시들도 있었다. 그의 시에서 이런 면이 있다는 것은 앞서 이야기한 시정신의 부재와도 밀접한 관련을 갖는 것이라 할 수 있다. 그는 센티멘털한 정서를 통해 시를 만들어내기도 하지만 이렇듯 유행하는 감각으로 시를 빚어내기도 했다.

그러나 방황하는 시정신에 의해 생산된 작품이라고는 믿어지지

않을 정도로 이 작품이 담고 있는 근대적 감수성은 결코 만만한 것이 아니다. 그러한 감수성 가운데 하나가 바로 엑조티시즘적인 경향이다. 이런 경향이 갖고 있는 주요 단면 가운데 하나가 외국어이다. 이 시기 모더니즘적 경향을 보였던 대부분의 시인에게서 이런 면들은 발견되거니와 그것이 이 시대 진정 새로운 시, 근대시의 전형으로 받아들여져 왔다.[9]

그리고 이 시가 갖는 또다른 모더니즘적 특징은 이미지즘적인 경향에서 찾을 수 있다. 이 시기 대부분의 모더니스트들이 이런 단면을 보여주었는데, 그 대표적인 작가는 김광균이다.[10] 조벽암과 김광균이 어떤 문학적 교류를 시도했는지는 분명하지가 않지만, 당대의 유행을 좇아가다 보면, 이런 영향관계는 어느 정도 있었을 것으로 보인다. 하지만 김광균의 영향보다는 오히려 정지용이나 김기림 등으로부터 받은 영향이 더 지대했을 것으로 보인다. 이들이 김광균보다 더 이른 시기에 이런 경향의 작품을 제작, 발표했다는 점에서 그러하다. 1930년대의 모더니즘 문학을 이미지즘적 경향과 아방가르드적 경향으로 크게 나눌 수 있는데, 이상이라든가 『삼사문학』 문학 동인들을 제외하고는 모두 이미지즘적 경향으로 분류해도 큰 무리는 없어 보인다. 어떻든 「저기압아 오너라」에서 보이는 이미지즘의 수법은 시인 조벽암에게는, 아니 당시 우리 시단에서는 매우 신선하고 참신한 것으로 받아들여져 왔다. 근대시에 대한 열망이 아직껏 남아 있었

9 가령, 여기에 선구적인 역할을 한 사람이 정지용이다. 그는 「카페 프란스」에서 근대시를 외래어의 도입 속에서 찾은, 엑조티시즘적 경향을 보인 대표적 시인 가운데 하나였다.

10 「와사등」을 비롯한 김광균의 이미지즘적인 시들이 주로 1930년 후반에 본격적으로 등장하고 있다는 점에서 그러하다.

던 시기에 이런 표현은 거의 새로운 차원의 것으로 인식되었던 것이다. 가로등에 의해 반사되는 도회의 풍경을 "보얗게 화장한 메트로폴리스의 얼기설기한 백사(白蛇)"로 표현할 수 있었던 것은 적어도 이전에는 없었던, 새로운 감각이었기 때문이다.

이런 이미지 외에도 「저기압아 오너라」에서 보이는 모더니즘의 특징적 단면은 이른바 근대 정신에서 찾을 수 있다. 조벽암이 응시하는 근대 풍경은 화려하고 예리하다. '인조견'과 '분내' 그리고 '향수'와 같은 냄새감각으로 이를 이해하기도 하고, '하마처럼 몰려다니는 집시의 무리'로 이해하기도 한다. 집시란 곧 떠돌이며, 부유하는 존재들이다. 근대인의 초상을 이렇게 진단하는 것은 보들레르가 「악의 꽃」에서 응시했던 군상들과 하등 다를 것이 없다. 하지만 시인이 포착하는 정서는 이런 화려한 외면에만 놓여 있는 것이 아니다. 시인은 이런 풍경을 두고 '세기말 퇴폐의 눕직한 눈물' 정도로 이해하고 있기 때문이다.

이런 진단에서 알 수 있는 것처럼, 조벽암이 응시하는 근대 풍경은 부정적인 것에 가깝다. 경우에 따라서 그것은 지금 이곳에서 벌어지는 현상적인 악의 축을 더욱 악화시키는 매개가 될지도 모른다. 그리하여 그러한 열정을 제어할 수 있는 '저기압'을 애처롭게 부르고 있는 것이다. 여기서 이 저기압이 하는 역할이란 분명한데, 가령 "벌집 같은 저자를 죽은 듯한 정숙"으로 되돌리는 일이다. 조벽암은 욕망이라든가 문명이 거침없이 바이러스처럼 퍼져나가는 현실에서 이를 억제하고 본연의 모습으로 되돌리는 일이야말로 이 시대 자신이 해야할 시인의 운명으로 인식했던 것이다.

한국 근대 시사에서 모더니즘이 본격적으로 등장하기 시작한 것은 잘 알려진 대로 1920년대 중후반이다. 이때 대부분의 모더니스트들은 근대를 피상적으로 이해했는데, 가령 근대가 가져다 준 언어들, 현상들을, 근대시를 향한 하나의 절대적인 수단으로 이해했다. 그러니 전통적인 것을 부정하는 것들, 신선한 자극을 주는 것들은 모두 근대시로 나아가는 진전된 단계로 사유했다. 그리하여 과학의 명랑성[11]을 찬양하고 시어의 엑조티시즘화를 열렬히 수용한 것이 아니겠는가.

그러나 조벽암의 경우는 이들과 달리 보다 이른 시기에 근대의 저변에 놓인 부정성을 인식하고 이를 표현한 예외적인 시인이었다. 특히 모더니즘을 현상적, 혹은 피상적인 국면이 아니라 발생론적 국면에서 이해하고 이를 비판적으로 응시했다는 점은 매우 의미있는 것이었다고 하겠다. 근대에 대한 비판적 사고가 김기림의 「기상도」[12]에 이르러 본격적으로 시도되었다는 점을 감안하면 이런 선구성은 시사적으로 볼 때, 그 의의가 큰 것이라 하겠다.

등단 초기 조벽암이 방황하는 시정신을 갖고 있었고, 그것이 결코 하나의 정립된 모양으로 귀결되지는 않았음은 앞서 지적한 바 있다. 하지만 이런 정신의 부재에도 불구하고 그의 시정신은 어느 정도 현실지향적인 면 또한 짙게 풍기고 있었다. 이런 경향이 조명희의 영향인 것처럼 보이긴 하지만, 어떻든 그가 형식주의 미학에 대해 일정한 거리를 두고자 했던 것은 분명한 사실이었다. 그 일단의 사례가 형식주의 미학에 대한 비판인데, 그는 이 시기 김억의 정형시론을 형식주

11 과학의 가치를 긍정적으로 수용한 이런 면들은 김기림의 경우에서 가장 잘 드러난다. 특히 과학에 의한 계몽성의 강조는 이런 경향을 잘 말해준다 하겠다. 김기림, 「시의 모더니티」, 『전집2』, 심설당, 1988.

12 이 작품이 자가본(自家本)발표된 것은 잘 알려진대로 1936년이다.

의 미학의 본령이라고 비판하는 한편, 자유시란 또다른 정형시를 향한 중간단계라는 그의 주장에 동조하지 않고 있는 것이다. 특히 김억이 묘파했던 시의 형식성, 곧 정형적 기교에 의해 만들어지는 편형식주의가 시의 발전과 당대의 시정신과 전연 동떨어진 것이라고 한 바 있다.[13] 실상 정형시라든가 정형률에 대한 김억의 집착은 시대와 동떨어진 것이었고, 자유시의 발전이라는 거대한 흐름에 대해 제대로 이해하지 못한 측면이 큰 것이었다.

그리고 이 시기 그의 시정신이 정착하지 못하고 있음을 보여주는 또 하나의 사례가 그의 시에서 드러나는 리얼리즘적 경향이다. 모더니즘과 리얼리즘은 근대 속에 뿌리를 두고 있다는 공통분모를 갖고 있음에도 불구하고 현실 응시와 그 발전 방향에서 있어서는 매우 다른 경우이다. 가령, 현실을 발전의 방향으로 볼 것인가 아니면 파편화된 자의식의 적나라한 노출로 만족할 것인가 하는 것은 세계관의 구성에 있어서 매우 다른 지점에 놓여 있는 것이기 때문이다.

> 삼봉(三奉)이네 외딴집 지붕 우에 널린 얼마 안되는 다홍 고초와,
> 울섶 사이에 끼어자란 잎 떨어진 감나무에 남은 연시 몇 개는
> 그― 초라한 꼬락서니가 이 땅의 염통같애
>
> 다 쓰러진 울섶하며
> 뭉그러진 지붕하며
> 쓸쓸한 토방하며

13 조벽암, 「김안서 씨의 정형시론에 대하여」, 『조선일보』, 1933.1.12.-15. 이런 면들은 〈구인회〉에 대한 탈퇴의 변에서도 잘 나타난다. 『전집』, pp.495-496.

거미줄 낀 굴뚝하며

이 집 식구들은 다 어디들 갔나
농사 지은 것은 다 어찌 하였노

바람만 뜰 모습에 이저리 낙엽을 훔치고 있네
「빈집－晩秋 三景1」 전집

작품의 후기에 의하면, 이 작품은 1934년에 쓰여진 것으로 되어 있다. 이 시기를 풍미한 주제 가운데 하나는 유이민들의 삶이었는데, 실상 이런 경향을 가장 주도적으로 창작한 시인은 잘 알려진 대로 이용악이다.[14] 그의 시 「낡은 집」이 그러한데, 이 작품이 발표된 것은 1938년이다. 「빈집」은 「낡은 집」보다 무려 4년이나 앞서 발표된 셈이다.

이 작품의 주제는 유이민들의 굴곡진 삶이다. 한때 이 집에 살던 구성원들이 어디론가 뿔뿔이 흩어진 뒤 남겨진 모습들은 황폐하고 우울한 것으로 묘사되어 있다. 이런 현실인식은 현실로부터 고립된 자의식으로는 결코 표현 불가능하다. 지금 이곳에서 발생하고 있는 예민한 감각과 그 벌어진 틈에 대한 인식만이 이런 부정적인 모습을 그려낼 수 있기 때문이다. 이런 면들을 보면, 조벽암의 시의식이 어느 한가지 흐름에 고정되어 있지 않음을 알게 된다. 〈구인회〉의 구성원으로서는 결코 이렇게 모순적인 현실을 그려낼 수는 없기 때문이

14 이용악, 『낡은 집』, 삼문사, 1938.

다. 이런 세계관이 있었기에 그는 〈구인회〉에서 더 이상 활동을 이어갈 수 없었는지 모른다.

> 내가 구인회에서 나온 것은 사실이오 무슨 동보자(同步者) 무영(無影)군이 나왔다고 따라나온 배도 아니지만은 아마도 무영군의 마음과 나의 탈퇴 동기에는 공통성이 없지 않으리다. (중략) 물론 구인회 속에서도 몇몇은 이데올로기의 상위(相違)는 있다 하더래도 예술에 대한 신실성은 많이 가지고 있는 이도 있오.[15]

이 글에 의하면 조벽암이 〈구인회〉에서 탈퇴한 계기가 세계관의 차이에서 기인한 것임을 알 수 있다. 여기서 그 세계관이란 두 가지 방향에서 이해할 수 있는데, 하나는 형식적인 국면이고 다른 하나는 내용적인 국면이다. 잘 알려진 대로, 조벽암은 이무영과 함께 〈구인회〉를 나오게 되는데, 이 단체에서 이무영과 조벽암은 비교적 순수문학, 곧 비예술파적 경향을 보인 작가 그룹으로 분류되었다.[16] 여기서 비예술파란 물론 형식주의보다는 내용 위주의 문학을 지칭한 말이다. 기교위주의 문학, 내용이 사상된 문학들에 대해서 조벽암은 〈구인회〉 그룹과 함께 할 수 없었던 것으로 보인다. 그러한 경향이 자연스럽게 내용에 대한 집착을 갖게 한 것은 아닌가. 다시 말해 〈구인회〉 그룹에서 시도되지 않았던 관계망들, 곧 현실의 제반 관계를 응

15 조벽암, 「엄흥섭 군에게 드림」, 『전집』, pp.495-496.

16 김외곤, 앞의 책, p.131.

시하고 진단하는 방법적 차이에서 오는 거리감이 조벽암으로 하여금 〈구인회〉로부터 멀어지게 한 원인 가운데 하나였을 것이다. 어떻든 이런 내용 위주에 대한 관심, 세계관에 대한 뚜렷한 색채야말로 조벽암을 〈구인회〉로부터 떨어져나오게 하는 계기가 되었음은 분명한 사실이다.

조벽암 시의 근본 특징 가운데 하나는 센티멘털한 것이었다고 했다. 이 정서가 과학적 사고와는 거리가 있는 것이고, 또 매 순간마다 변화의 가능성이 매우 높은 정서이다. 그것이 그로하여금 방황하는 시정신을 만들게 했던 근본 요인이었던 것인데, 이런 면들은 작품 「빈집」에서도 예외가 아니었다. 그는 유이민들의 아픈 실상을 묘파해내면서도 여기에 '만추 삼경(晩秋 三景)이라는 부제를 달았는데, 이는 부당한 현실을 인식하고도 마치 어떤 풍경화를 그리듯 언어화하는 이중적인 모습으로 비춰질 가능성이 있는 경우였다. 무거운 주제, 심각해야만 하는 문제 의식이 풍경처럼 가볍게 처리됨으로써 이런 진중한 감각이 희석화되어 버린 것이다.

1
새벽! 새벽! 이른 새벽
내 맘은 나를 깨운다 소리도 없이
크는 청춘의 곤한 잠을
백열전광(白熱戰光)보다도 더 밝게
밤을 낮삼어 잘줄 모르는
　괴로운 나를

2

내가 차라리 어부의 아들였던들
나는 그물지고 삭시집고
강가에 허매였으리라
바닷가에 돛 달었으리라
　이 청명한 이른 새벽에

3

오 ― 내가 차라리 공장의 아들였던들
나는 벌써 변또끼고 기름옷 입고
황혼의 저자를 걸었으리라
　이 슯직한 지새는 아침에

4

내가 차라리 물레방아지기였던들
돌고도는 물레방아간
쌀 찧기에 머리가 희였으리라
보리닦기에 땀이 흘렀으리라
　이 맑어가는 새힘의 새벽에

5

그러나 나는 농부의 아들도
그러나 나는 방랑의 나그네도
아니다 아니여

따뜻한 이불 속에서 둥글고 있는
　어리석은 자—

6
그만치 불쌍한 아들
흡혈귀의 권화(權化)
망상의 기계
나는 너만을 생각하는 순열정자(純熱情者)
허영의 창조자—

「妄想」 전문

인용시는 복잡한 사유와 다양한 시정신이 물결처럼 흘러넘칠 때 쓴 작품이다. 제목도 그러하거니와 이 작품을 지배하는 정서 또한 유동적인 것으로 채색되어 있다. 서정적 자아는 일상 속에서 고뇌의 깊은 회의에 빠져있다. "밤을 낮 삼아도"도 좋을 만큼 그의 의식은 생생히 살아있는데, 깊은 밤에도 의식이 고요 속에 감기지 않는다는 것은 날카로운 감각이 그의 자의식을 맴돌기 때문이다. 이런 상태에서 시인이 할 수 있는 것은 오직 자아 내부에서만 움직이는 정서뿐이다.

그렇게 솟구치는 정서 속에 화자는 나아가야 할 자신의 실존을 두고 여러 가지 대안적 모색을 시도한다. 가령, '어부의 자식'이라든가 '공장의 아들', 그리고 '물레방아지기' 혹은 '농부의 아들'로 자신을 치환하면서 거기서 빚어질 수 있는 여러 가능성들을 탐색하고 있는 것이다. 이런 흩어진 자의식이 밀도있게 반영된 「망상」은 이 시기 조벽암이 갖고 있는 정서가 어떤 것인가를 잘 말해주는 작품이라 하겠다.

3. 건강한 이상을 향한 동경

앞서 언급대로 등단 초기 조벽암은 어떤 뚜렷한 시의식을 갖고 있었던 것은 아니다. 그가 문단에 나올 때에는 카프라는 조직이 여전히 존재하고 있었고, 또 그의 숙부였던 조명희의 영향이 있었음에도 불구하고 그는 리얼리즘적인 경향과는 거리를 두고 있었다. 그리고 「빈집」이라든가 「굴속, 굴속, 굴속 같구나」, 혹은 「벗아! 동무야!」와 같은 노동 문제에 관심을 둔 작품을 발표했다고 하더라도 이 시기 활동했던 이용악이나 유진오, 채만식, 이효석 등등과 같은 동반자 작가로 분류하기 어려운 게 현실이다. 뿐만 아니라 문예학상으로 편내용주의라고 비판받던 카프가 퇴조하고, 그 대안으로 등장한 〈구인회〉에서도 조벽암은 동화되지 못했다. '이데올리기 상의 상위'가 있었다는 탈퇴의 변을 한 이후에 이 조직을 나왔기 때문이다.

그의 초기시들은 이렇듯 한 가지 지향점을 갖고 있지 않았다. 그는 유행하는 여러 사조들 혹은 사회의 다양한 국면들에 대해 자신만의 독특한 현실인식을 보여주고 있었지만 어느 한 지점에 몰입해서 그 지점을 포착하고 이를 시로 표현하지 않았던 것이다. 초기 시세계의 그러한 단면들을 가장 잘 보여주는 시가 「망상」이었거니와 그는 늘 방황하는 시정신 속에 자신을 노출시켜왔다. 어쩌면 이런 면들은 그가 생리적으로 갖고 있었던 센티멘털한 정서에서 기인하는 것이겠고, 그 반대의 경우에서 오는 것일 수도 있을 것이다.

하지만 이런 혼돈과 다양성에도 불구하고 그의 시들이 겨냥해왔던 한 가지 지점, 곧 뚜렷한 방향성은 늘상 존재해왔던 것이 사실이다. 이른바 어떤 건강성을 향한 동경의 정서가 바로 그러하다. 동경은 현재의 부정이라는 사회적 국면이나 존재의 불안에서 오는 실존적인 국면이라는 이중성을 갖고 있는 것인데, 그에게는 이 이중성들이 혼재되어 표현되고 있다는 점에서 그 특징적 단면이 잘 드러난다고 하겠다.

호로 마차는
범선 모양으로 머언 지평선에 사라진지 오래고
갈대에 우는 황혼 바람은
철마구리같이 유난히도 처량하다

행인의 시체에서 떨어져 늦게 깃 찾아 날어가는 까마귀는
흐리터분한 하날가에 한 일자를 길게 그리고
원시적 평야에는 내 숨소리만이 요란하다

북녘 하날에 반짝하는 오즉 한낮의 별은
이 습지 방랑의 나그네의
발자욱에 고인 물속에 어슴푸레 잠겨 있다

어덴지 오월제 지내는 환세(歡世)의 무리의
목소리와 쇠북 소리도 들이련마는

사방은 고요하고 인가도 없는 듯
깜박이는 등잔조차 찾어지지 않노라

나는 이 들에 씨러져 하—얀 해골이
해와 달과 어둠속에서 속절없이 해여져 갈지라도
그여코 이 들을 건너리라
이상과 희망의 빛을 찾아

「북원」 전문

일제 강점기 조벽암의 행적이 뚜렷이 드러난 경우는 화신백화점에서 근무했다는 것, 그리고 문학단체 〈구인회〉의 가입 정도이다. 고향이나 서울 생활을 전전하기도 하고, 만주 일대를 다닌 것 역시 그나마 알려진 흔적들이다. 「북원」은 이때 쓰여진 작품으로 생각되는데, 그 근거는 작품 속에 구현된 내용에서 확인된다. 이 작품은 이 시기 조벽암의 시정신을 잘 반영하고 있는데, 우선 모더니즘의 흔적이 그 하나이다. '호로마차'라든가 '철마구리'와 같은 시어들이 그러하고, 이를 이미지화하는 방식 역시 모더니즘이 추구하는 수법과 닮아 있다. 뿐만 아니라 그의 작품의 주된 특성 가운데 하나였던 모색하는 자아의 모습 역시 읽어낼 수 있다. 이를 대표하는 것이 바로 '방랑하는 자아'의 이미지이다. 방랑이란 곧 나그네의 이미지와 분리할 수 없는 것인데, 이 시기 이런 자아의 편린들은 거의 유형화되어 있다고 해도 무방할 정도로 보편적인 것이었다. 가령, 소월이 그러하고, 청마가 그러했으며, 김광균 역시 그러했다. 이런 이미저리들이 외적 상황과 밀접한 연관을 갖는 것이었고, 또 존재론이라는 근원 의식과도 분리하기 어려운 것이었다.

그런데 방황하는 자아, 곧 나그네 의식이란 시적 자아의 유동적 흐름으로 특징지어질 수 있는데, 「북원」에서의 시적 자아란 이와 거리가 있다는 점에서 주목을 요한다. 방랑자의 자의식 속에 굳건히 자리하고 있는 자아의 모습이 그러한데, 실상 이러한 자아란 모더니즘의 그것도, 객관적 현실에 억눌린 그것도 아니다. 여기서 자아의 굳건한 의지는 여러 위험성과 도전에 가로막힌 '들'의 도전을 초월하고자 하는 힘으로 기능한다. "그여코 이 들을 건너리라"는 의지가 그러한데, 여기에서는 현실에 적응하거나 운명에 순응하는 희미한 자아, 나약한 자아의 모습과는 거리가 멀다.

혼돈의 현실, 전망이 불투명한 사회에서 미래의 시점이라든가 어떤 목표를 설정하는 것은 쉬운 일이 아니다. 게다가 자아를 둘러싼 외부의 현실이 강하게 압박해 들어올 때, 앞으로 다가올 시간이나 유토피아적 공간을 예측하는 것은 더더욱 그러하다고 할 수 있다. 하지만 「북원」속의 자아에게서 이런 모습을 찾아볼 수 있다는 점에서 흥미롭다. 자아는 이러한 장애를 뚫고, 시의 표현대로 "이상과 희망의 빛을 찾아" 떠날 준비가 되어 있기 때문이다. 전망이 부재한 시기에 이런 자의식을 갖는 것은 예외적인 일이 아닐 수 없을 것이다. 게다가 그가 문단에 등단한 시기는 내외적으로 미래의 시간의식을 갖는 것이 불가능했다. 카프의 활동이 위축되고 있었을 뿐만 아니라 일제의 만주침략에서 보듯 대외적인 상황이 결코 호의적인 것이 아니었기 때문이다. 하지만 이런 어둠을 뚫고 나아가고자 하는 시적 의지는 확고한 것이었다.

첫 시집 『향수』(1938) 이전까지 시인의 세계는 부재하는 시 정신으로 요약할 수 있는데, 이 시집이 나온 직후부터 그의 세계관은 새로운 단계를 예비하기 시작한다. 미래에 대한 시간성과 전망에 대한 투영이 어느 정도 확보되기 시작한 것이다. 그 단초는 「북원」에서 드러나 있는 것처럼 굳건한 자의식이다. 미래에 대한 이런 긍정적 전망은 지금까지 시도해왔던, 현실에 대한 자아의 탐색이 어느 정도 결실을 본 것인데, 이는 모더니즘의 사유가 인도한 결과이기도 하고, 또 어떤 긍정적 가치관이 형성되기 시작한 결과이기도 할 것이다.

모더니즘을 정의하고 또 그것이 지향하는 정신 세계는 여러 방면에서 그 설명이 가능하지만, 무엇보다 현실에 대한 치열한 탐구 정신에서 그 의의를 찾아야 할 것이다. 근대 문명, 빠르게 변화하는 자본주의 문화에 적응하지 못한 자아가 궁극적으로 나아갈 곳은 자아의 고립뿐이다. 거기서 자아는 팽창하기도 하고 감옥처럼 고립되어 있기도 한다. 하지만 그런 상황을 딛고 문명사적 종말과 새로운 현실에 대한 기대를 포기하지 않는 것도 모더니즘이 갖고 있는 긍정적 가치일 것이다.[17] 조벽암이 모더니즘을 전면적으로 수용한 사례가 뚜렷이 드러난 경우는 없었다. 그가 모더니즘 단체인 〈구인회〉에 참여하긴 했어도 이를 전면적으로 자기화한 경우는 없었기 때문이다. 하지만 여기서 얻은 체험과 교류를 통해서 이 영향으로부터 자유로운 것은 아니었다. 그의 작품 속에서 드러나는 모더니즘적 경향이 이를 증거한다. 여기서 그의 시정신은 과정으로서의 주체 혹은 탐색하는 자아라는 옷을 입고 새롭게 탄생하게 된다. 그 모색하고자 하는 의지의 표명이 「북원」에서 "이상과 희망의 빛"이었던 것이다.

17 종말의식을 내세운 커모드의 경우가 대표적이다. Kermode,F., 『종말의식과 인간적 시간』(조초희역), 문학과 지성사, 1993 참조.

해만 저물면 바닷물처럼 짭조름이 저린 여수(旅愁)
오늘도 나그네의 외로움을 차창에 맡기고

언제든 갓 떨어진 풋송아지 모양으로
안타가이 못잊는 향수를 반추(反芻)하며

아늑히 살 어둠 깃들인 안개 마을이면
따스한 보금자리 그리워 포드득 날러들고 싶어라

「향수」 전문

인용시는 시인에게 있어 특별한 감각을 갖고 있었던 것으로 보인다. 그의 첫시집인 『향수』의 제목으로 선택되었기 때문이다. 제목이 갖고 있는 상징성을 감안하면, 이 작품이 시인이 포지하고 있는 시세계의 중심일 것이다. 작품의 주제는 제목에 나타나 있는 것처럼, 고향에 대한 살뜰한 정이다. 하지만 이 시기 고향의 감각을 읊어낸 대부분의 시인이나 작품에서처럼 이에 대한 그리움의 정서는 있되, 그것이 완전한 전일성을 갖고 있는 것은 아니었다. 그 단적인 표현이 이 작품의 첫 행에 나타나 있는 바와 같이, "해만 저물면 바닷물처럼 짭조름이 저린 旅愁"라는 감각이다. '짭조름이'가 갖고 있는 정서의 폭과 의미를 감안하면, 고향에 대한 시인의 감각은 낭만적 유토피아나 긍정적 정서와는 어느 정도 거리를 두고 있는 것이라 하겠다.

이런 감각은 이 보다 앞선 시기에 고향을 의미화한 정지용의 「향수」에서도 동일하게 나타난다. 뿐만 아니라 1930년대 고향을 다른 어느 시인보다도 질적으로나 양적으로 많이 발표한 오장환의 경우도 동일하다. 오장환은 서자라는 태생적 한계에서 오는 감각을 고향에 대한 적극적 부정으로 일관한 시인이었기 때문이다.[18]

하지만 조벽암이 고향을 추억하고 이를 현재화하는 것이 전면적인 긍정이라고는 하지 않더라도 이 시를 지배하고 정서는 그것에 대한 긍정적 가치의 발견에 있다고 할 수 있을 것이다. 이는 곧 유년의 향수라든가 유토피아에 대한 그리움의 정서와 밀접한 관련을 맺고 있는 것인데, 시인의 방황이라든가 모색이 이와 분리하기 어려운 것이 사실이다. 나아갈 방향이 뚜렷이 다가오지 못하는 자아가 궁극적으로 기댈 수 있는 것은 과거의 전일성들, 가령, 고향과 같은 원형적인 것들이기 때문이다. 초기의 주류적 흐름으로 자리하고 있는 시인의 시에서 고향에 대한 긍정적 가치의 발견 속에 방황하는 시정신들은 어느 정도 정돈되어 가고 있는 듯한 느낌을 받는다. 다음의 시도 그 연장선에 놓여 있는 작품이다.

갈매기 덧없이 우짖는 포구
산 설고 물 다른 이역의 황혼
홀로 말없이 떠도는 넋은
한많은 고토(故土)의 숨결이라네

가고 가고 끝없이 가
멀어지면 질수록 그리운 고국
참고 참고 한없이 참아

18 오장환, 『성벽』, 풍림사, 1937 참조.

오래 되면 될수록 사무치는 정

소쩍 소쩍 소쩍새는 밤새껏 울고
얼룩배기 늙은 황소 게-느리게 우는 곳
그곳은 우리의 고토
주름살 접힌 어머니가 홀로 기다리시는 곳

「故土」 전문

시인이 작품의 말미에 쓴 창작연대를 보면, 이 시가 발표된 것은 1944년 10월이다. 이 시기 이런 주제로 작품을 쓴다는 것은 대단한 용기가 필요한 일이거니와 이는 서정주의 「귀촉도」[19]에 비견될 수 있는 작품이기도 하다. 「귀촉도」는 촉나라 임금 망제의 잃어버린 조국에 대한 그리움, 그리고 사랑하는 임과의 이별에 대한 정한이 그 주제이지만, 그 이면적 의미는 우리의 현실과 밀접한 관련을 갖는 것이었다. 다시 말해 촉나라에 빗댄 은유적 장치를 통해 당시 우리가 처한 상황을 우회적으로 드러낸 것이 「귀촉도」의 숨겨진 주제이기 때문이다.[20]

「고토」가 「귀촉도」로부터 더 이상 나아간 면은 없지만, 이 작품이 발표된 시기가 일제 말기라는 점에서 그 의미를 아무리 강조해도 지나치지 않을 것이다. 모든 것이 하나의 동일성 속에 묻혀서 우리 만의 고유성이 존재하기 어려운 시절에 조국에 대한 감수성을 이정도

19 『춘추』 32, 1943.10.
20 송기한 『서정주 연구』, 한국연구원, 2012 참조.

로 읊어낼 수 있다는 사실만으로도 이 작품은 그 시사적 의의는 매우 큰 것이기 때문이다.

이 작품의 화자는 지금 떠돌이 상태에 놓여 있다. 「북원」의 자아처럼 이 작품의 화자 역시 나그네이기 때문이다. "산 설고, 물 다른 이역의 황혼"이라든가 "홀로 말없이 떠도는 넋" 등이 이를 증거하는데, 실상 이런 의식은 당대의 환경을 고려하면 지극히 일반화되어 있는 것이라 하겠다.

그러나 무엇보다 의미있는 것은 이 작품의 주제가 「귀촉도」와 마찬가지로 잃어버린 조국에 대한 그리움에 있다는 사실이다. 시인은 이를 "한많은 고토의 숨결" 속에 표현했는데, 여기서 '한많은'이란 정서의 표백은 개인의 숙명과 밀접한 관련을 맺고 있는 것이라 할 수 있다. 그것은 집단적인 것이어서 개인적인 것들을 흡수하는데, 이런 결말이야말로 방황과 모색으로 일관된 시인의 정서가 하나의 지점으로 모아지는 계기가 되었다고 할 수 있다. "天涯의 방탕아"(「땅을 깊이」)는 이제 새로운 단계로 나아가기 시작한 것이다.

이는 두가지 점에서 그 의의가 있는 것인데, 하나는 앞서 언급한 방황하는 시정신이 비로소 정착하는 계기가 되었다는 점이고, 다른 하나는 해방직후 선택했던 시인의 세계관과 깊은 관련이 있다는 점일 것이다. 조벽암의 행보는 이 시기 비슷한 여정을 보여준 오장환의 그것과 매우 닮아 있다. 잘 알려진 대로 오장환은 고향을 부정하면서 탕아의 길로 들어섰고, 그 도정에서 그는 끊임없는 방랑 길에 올라섰다. 하지만 그 여정은 지속적인 것이 못되었고, 궁극에는 건강한 의미의 고향으로 되돌아오게 된다. 마치 성서의 '탕자의 고향 발견'[21]과 비슷한 여정을 보여주었던 것이다. 조벽암의 경우는 오장환과 같은 타락한 탕자의 모습이 뚜렷이 발견되는 것은 아니다. 이런 면들이 오장환의 경우와 다르다고 할 수 있는데, 조벽암의 세계관에는 늘상 조국에 대한 그리움이 심연 속에 잠재되어 있었다는 점에서 보다 큰 외연을 갖는다고 하겠다. 「향수」도 그러하고 「수향」 또한 그러하며, 「고토」를 지배하는 세계 역시 그러하다.

이런 면들은 해방 이후, 그리고 월북 이후의 세계에서도 지속적으로 구현된다. 다만, 그러한 감각이 막연한 환상이나 관념적이라는 점에서 일정한 한계가 있다고 할 수 있다. 이런 심정적 차원의 것들이 객관적 현실과는 거리가 먼 까닭이다. 어떻든 조국이라는 집단의 정서로 회귀했다는 것이야말로 이 시기 조벽암의 시정신이 새로운 단계로 나아갔음을 의미한다는 것은 부정할 수 없는 사실일 것이다.

4. 해방의 감격과 '골목'의 사상

감격적인 해방이 1945년 8월 15일 찾아왔다. 하지만 그것은 우리 민족의 힘과 역량에 의해 온 것이 아니다. 어떻든 그것이 우리의 손으로 전취되지 않은 것이라는 점에서 많은 한계를 갖고 있었긴 하지만, 새로운 국가 건설에 대한 가능성은 분명히 지니고 있었다.

해방 직후 새로운 국가 건설에 있어 가장 먼저 조직적으로 움직인 것은 좌파였다. 문학에 주어진 임무 역시 새로운 국가건설과 동일한 임무로 부여되었다. 새로운 민족문학의 건설이 바로 그러하였다. 이

21 오세영, 「탕자의 고향발견」, 『한국현대시인연구』, 월인, 2003 참조.

움직임을 가장 먼저 이끈 것은 임화 중심의 '조선문학건설본부'이다. 이후 이 문학 단체에 반기를 들고 '조선프롤레타리아문학가동맹'이 결성되었는데, 이들이 임화 중심의 단체와 구분짓는 근거는 바로 이데올로기 때문이었다. 가령, 타협주의에 대한 단호한 거부였던 바, 이는 임화의 인민성에 대한 부정이기도 했다. 해방직후 조벽암이 먼저 참여한 단체는 '조선프롤레타리아문학가동맹'이었는데, 해방 이전에 펼쳐보였던 행보에 비춰보면, 이는 매우 예외적인 일이었다. 일제 강점기에 조벽암은 이데올로기에 편향되어 작품활동을 한 적은 거의 없었기 때문이다. 그의 세계관은 방황하는 시정신이었고, 일제 말기에 하나의 세계관으로 곧추 일어선 것 역시 이데올로기와는 무관한 것이었다. 그의 정신은 계급모순보다는 민족모순에 가까운 것이었고, 그나마 센티멘털에 기초한 심정적, 관념적 차원을 넘지 못하는 것이었다. 이런 정서를 갖고 있었던 그가 이데올로기의 순수성과 견고성을 견지하고 있었던 '조선프롤레타리아문학가동맹'에 가입한 것은 예외적인 선택으로 비춰질 수밖에 없었던 것이다.

하지만 조벽암의 선택은 이후 전연 다른 결과를 가져오게 되는데, 1946년 전국문학자 대회를 계기로 새롭게 결성된 '문학가동맹'에 대한 참여가 바로 그러하다. 잘 알려진 것처럼, '문학가동맹'은 임화가 주도해서 만들어진 단체였기에 '조선문학건설본부'가 그 중심축에 있었다. '조선프롤레타리아문학가동맹'에 가담했던 대부분의 문인들은 이 단체에 쉽게 가입하지 않았다. 바로 타협주의에 바탕을 둔 이데올로기의 모호성 때문이었다. 그런데 조벽암은 이 단체의 구성원들과 달리 '조선문학가동맹'의 맹원이 되고 여기서 중앙위원까지

맡게 되는 파격을 보이게 된다.

하지만 이런 제약 요인에도 불구하고 조벽암이 '조선문학가동맹'의 구성원으로 자연스럽게 편입된 것은 어쩌면 당연한 귀결이었는지도 모른다. 일제 강점기나 해방 직후 그의 의식을 지배하고 있었던 것은 이데올로기적인 요소에 놓여 있는 것은 아니었기 때문이다. 어떻든 그는 이 단체에 가입한 이후 여기서 요구하는 것들에 대해 그 나름의 정서를 표백하기 시작한다. 그 가운데 하나가 「家史」이다.

아베는 두더지 닮아
어느 때는 금점판
어느 때는 절간
어느 때는 일터로
어느 때는 감옥
두루 두루
돌아다닌다는 소문

집안은 나날이 파뿌리 같이 문드러져
일가붙이 하나 돌보지 않고

어메는 적수공권
어느 때는 바느질 품
어느 때는 바비아치
어느 때는 방물장사
두루 두루

천덕궁이

소박더기라 비웃는 소리
못생겼다 꾀우는 소리
그러나
청실 홍실 늘인
붉은 밀초 녹아나리던 밤
새명주 이불 냄새가
여껴워 풍기던 날 밤
정이 든 듯 만 듯
한사코
그 밤을 지켜온 마음

철없을 적에
얻은 듯
열적게 낳은
도토리 같은 남매
기어이 길러 놀 결심

어느 때는 아베를 무척 원망도 했고
어느 때는 아베를 도리어 고맙게도 여기고

길가 조약돌 모양
제멋대로 뒹굴며 커가는

어느 날 저녁
입은 채로 누워 자는
아들과 딸의 볼 우에
넌지시 얹는 어메의 입가엔
오래 잊었던 웃음이 솟다간
불현 듯 솟구쳐
창 모습에 걸친 달빛을 붙잡고
곰곰이 떠오르는 생각
접동새는 왜 그리 구슬피도 울고 가는가
눈시울은 시룩 시룩
혼자 서러웠다

이렇도록
무럭무럭 커가는 딸 아들
탐탁하기 그지없어
아베는 영 영
잊어버리고도 살 것만 같았던 때
하늘이 무너지고
땅이 꺼지는 듯
아들은 징병으로
딸은 징용으로

뻰질 뻰질 놀고만 있는
면장집 딸과

술도갓집 아들은
고스란히 그대로 두고

고생살이에 쪼들려 큰
어메의 불쌍한 아들은
붙들려 가
남쪽으로 갔다기도 하고
북쪽으로 갔다기도 하고

천덕구리로 큰
어메의 가여운 딸은
끌리어 가
서울로 갔다기도 하고
만주로 갔다기도 하고

아— 이 어찌된 셈인지 몰라
어메는 미친듯 울었고
어메는 죽을듯 몸부림치고

그러나 결코 죽지 않으려니 하는 신념과
꼭 살아 돌아오려니 하는 기다림과

어메는 왼밤을 고스란히 새며
정화수 떠놓고

촛불 켜놓고
합장 재배
비옵는 축원

여름이라 한가위
팔월에도 보름날

어메는 영문도 모르고
좋다 말아 울었소
덩달아 손들어 만세를 불렀소

이런 소문 저런 소문이
홍수모양 사뭇 밀려오던 며칠 후
딸은 하이얀 얼굴로 돌아왔고
또 며칠이 지난 후
아들은 우리 군대에 있다는 소문
또 며칠 후에는
아베는 연해주에 있다는 소문

어메는 꿈인가했소
어메는 생시인가 했소
어디서 막혔다 쏟아지는지
뜨거운 눈물이 연신 흐르고
어디에 갇혔다 나오는지

웃음은 주책도 없이 자꾸 웃겨지고

웃으며 울으며
울으며 웃으며
어메는 덩실덩실 춤이라도 추고 싶었소

이제껏 싫어했던 사람이 친절한 척하고
이제껏 무시하던 구장이 다 찾아 오고
이제껏 푸대접하던 일가가 알은 척하고

그러나 새삼스리 칭송하고
어연 듯이 위해주는 것도 물리치고
맑은 창공을
우두머니 쳐다보는
어메의 눈동자는 별같이 반득였소

아베가 돌아올 제까지
아들이 돌아올 제까지
때국 묻은 행주치마 바람으로 기다렸다가는
눈에는 함껏 더운 눈물을 짓고
입에는 함껏 웃음을 띄고
천연 듯이 맞이려 했소

오늘이라 섣달 그믐께

정화수 떠놓고
촛불 켜놓고
합장 재배
아베와 아들을 축원하는 가는 목소리

「家史」 전문

이 작품에서 알 수 있듯이, 그의 시들은 해방 직후 뚜렷한 방향성을 획득하기 시작한다. 해방이 모두에게 격정적으로 다가왔던 것처럼, 이 작품 역시 그러한 정서를 여과없이 표현하고 있는 것이다. 그것이 비록 심정적인 차원, 혹은 비과학적인 것이라 해도 당시 이런 열정의 분위기를 외면하기는 쉬운 일이 아니었을 것이다. 하지만 이보다 더 중요한 것은 이 작품 속에 표명된 진보주의적 경향의 전취인데, 이때부터 그의 시들은 짧은 호흡의 형식을 포기하고 긴 호흡의 시들로 나아가기 시작한다. 소위 이야기와 사건, 인물의 등장으로 특징지어지는 단편서사시의 형태를 갖기 시작한 것이다.

우선, 이 작품의 소재는 제목에서 드러난 바와 같이 시적 자아가 가사(家史), 곧 시인만이 갖고 있었던 독특한 가정사이다. 여기에는 일제 강점기의 보편적 현상 가운데 하나인 유이민적인 삶이 드러나 있는가 하면, 자아만이 갖고 있는 고유한 가정사라든가 혹은 해방 직후의 격정적인 정서가 드러나 있다. 하지만 이 작품에서 무엇보다 중요한 것은 반민족적, 혹은 계급적 특성의 구현에 있다고 할 것이다. "뻔질뻔질 놀고만 있는/면장집 딸과/술도갓집 아들은/고스란히 그대로 두고"라는 표현에서 이를 잘 알 수 있는데, 실상 이런 계급적, 계층적 구분이야말로 식민지 모순의 단적인 표현이 아닐 수 없을 것이다. 매판 자본과 제국주의 사이에 놓여진 필연적 타협이야말로 식민지배가 가능케 한 정점 가운데 하나이기 때문이다.

이런 면들은 문학가동맹이 내세웠던 주요 테제, 곧 민족 건설에 있어서 배제해야 할 주요 테마인 국수주의, 민족반역자, 친일분자 배격이라는 세 가지 사항을 충실히 반영한 결과라고 할 수 있겠다. 잘 알려진 바와 같이 임화 중심의 문학가동맹이 내세운 민족 문학 건설의 주요 매개는 인민성에 있었다.[22] 이를 구현하기 위해서는 국수주의, 민족반역자, 친일분자가 아니면 모두 참여, 가능하다고 했다. 문학가동맹의 인민성이 조선프로예맹의 당파성과 다른 것은 계급성의 유무에 있었다. 이 단체가 내세운 계급의식이란 곧 이데올로기였고, 이데올로기에는 타협이 없기에 문학가동맹의 인민성은 민족문학 건설에 있어서 적합하지 않다는 것이었다.[23]

하지만 그럼에도 불구하고 이 작품이 갖고 있는 한계 또한 분명하다. 해방 공간의 현실 인식이 뚜렷하지 못하고 가족주의적 한계에 갇혀있는 점, 귀환 혹은 귀향의 과정이 주술적으로 처리된 점, 그리고 무엇보다 해방공간에 대한 인식이 과학적이지 못하고 감성적 인식의 차원에 그치고 있다는 점이 그러하다. 그 연장선에서 프로 작가라면 당연히 인식되어야 할 부르주아라든가 프롤레타리아 의식과 같은 계급적 모순이 잘 드러나지 않고 있다는 점 역시 지적되어야 할 것이다. 이 보다는 이 작품은 민족적인 것, 곧 민족 모순에 대한 인식적 기반이 훨씬 강하게 드러나 있는 경우이다. 이런 면들은 이후 조

22 임화, 「현하의 정세와 문화운동의 당면임무」, 『문화전선』. 1945.11.

23 한효, 「예술운동의 전망」, 『예술운동』 창간호, 1945.12.

벽암 시의 가장 큰 특징 가운데 하나로 자리하게 된다.

웅어리는 소리
웅어리는 소리 들린다

네에게서도
내에게서도
땅에서도
웅어리는 소리 들린다

산울림
산울림 들린다

네에게서도
내에게서도
땅덩이에서도
산울림 울린다

속에서 소리없이 웅어리는 것
웅어리어 산울리는 것
산 울리어 어울리는 것
어울리어 일어서는 것
수물거린다
이글거린다

엉길 줄도
뿜을 줄도 아는

위엄도
관대도 한

그런다고 서슴지도
사양치도 않는

너도, 나도, 산도, 들도,
모두 다
태울 수 있는
달굴 수 있는
꽃 피울 수 있는

불.
불이다.

심지를 맞대인 것이다
올곧한 촉이다
이 땅의 숨결이다

「지열」 전문

이 작품은 시인의 두 번째 시집이었던 『지열』의 제목이 된 시이다. 시집의 간행연도가 1948년으로 되어 있으니 이 때는 해방 정국의 혼란상이 더욱 심화되던 시기이고, 또 새로운 국가 건설에 있어서 주체적 세력이 어떤 것이 되어야 하고, 또 민족 문학 건설에 있어서 매개되어야 하는 것이 분명히 제시되어야 할 시점에 놓여 있었다. 가령 민족문학의 매개가 인민성이 되어야 하는 것인가 혹은 당파성이 되어야 하는 것인가가 비교적 뚜렷이 제시되어야 했던 시기이다. 시집의 후기에서 조벽암 역시 이런 면들을 지적하고 있다.

> 공포와 침울의 동굴에서 약출(躍出)한 팔·일오의 아침은 너무도 찬란하였다. 황망한 '감격의 과잉'이었기에 외적 세계와 내적 세계의 국경도 철폐치 못한 채 경이의 와중에 뛰어던 시심은 육체적이 아닌 영상적 조화이기도 했다. 그러나 의외로 남조선의 환경은 또다시 잔재된 마영(魔影)이 침침히 잔동재영(潺動再映)하여 더러운 진수렁으로 화하고 있다.[24]

조벽암은 이 글에서 해방이 너무 심정적 차원의 것이었고, 그 결과 내적 세계와 외적 세계의 국경도 철폐치 못했음을 인정하고 있다. 그런 인식 속에서 길러진 시정신이 과학적, 현실적 기반과 유리되어 있음을 인정한 것이다. 1948년이란 시점은 점령군과 해방군에 대한 인식이 뚜렷해지고, 또 민족 문학 건설에 있어 인민성이 더 이상 유효하지 않은 것임을 알게 된 시기이다. 즉 민족 문학의 매개가 인민

24 시집 『지열』 후기, 아문각, 1948.

성이 아니라 당파성이 되어야 한다는 것, 미군은 더 이상 해방군이 아니라 점령군이라는 인식이 확산되었던 시기이다. 물론 남로당의 신전술이 채택된 것은 이보다 훨씬 이전의 시기이지만 새로운 민족 문학 건설에 대한 요구는 이보다는 이렇듯 더디게 진행되고 있었다.

어떻든 환경 조건의 변화에 따라 조벽암의 문학도 새로운 단계를 요구받게 되었다. 그 결과 조벽암이 발견한 것은 작품에서 알 수 있는 것처럼, '지열'(地熱)이다. 그는 『지열』 후기에서 조선의 현실이 "불의 아닌 열의 밀도 속에 있다"[25]고 했다. 불은 외부지향적이고 표면적인 상태에 놓여 있다. 따라서 외부의 환경에서 자신의 존재를 과시한다. 이런 단면은 불에 맞서는 또다른 실체가 분명히 존재할 때, 그 실존적 의의가 있을 것이다. 하지만 불 아래의 것, 다시 말해 표면 아래의 것은 준비 단계이고, 아직은 수면 위로 오르기에는 시기적으로나 역량적으로 미흡한 상태에 놓여 있다. 조벽암은 해방 정국을 불과 불이 맞서는 격전의 장보다는 준비하는 단계, 혹은 은폐된 단계로 이해한 듯 하다. 그리하여 그 표명의 단계로 본 것이 바로 '지열'이었던 것이다.

시인이 인식하기에 땅속의 열기는 움크리고 있는 예비된 단계이다. 그러나 지열이 폭발해서 수면 위로 오르게 되면, 비로소 활활 타오르는 불이 된다. 그 불은 "너도, 나도, 산도, 들도/모두 다/태울 수 있는/달굴 수 있는/꽃피울 수 있는 불"이다. 말하자면 현실변혁의 강력한 추동체가 되는 것이다. 하지만 그것은 소망의 상태일 뿐 아직은 분출할 때가 아니다. 그것은 은폐된 감각, 숨겨진 정서의 형태로 시

25 위글 참조.

인의 표현에 의하면 '촉'의 형태로 내재해 있을 뿐이다. 하지만 웅크리고 뛰어나갈 자세, 응전의 자세는 언제든 예비하고 있다. 그 자세, 곧 그 상태가 바로 "이 땅의 숨결"이라는 것이다.

이런 맥락에서 '지열'이 갖고 있는 은유적 함의는 매우 크다고 해도 과언이 아니다. 절대적 힘으로 존재하고 있는 외부의 벽 앞에 결코 좌절하지 않고 새로운 단계를 예비하는 강렬한 열기가 암시하는 상징성은 매우 크기 때문이다. 그것이 해방 정국을 응시하는 조벽암의 시선이었던 것이다.

골목은
우리들의 것이다

가등도 없는
실골목을 걸으면
녹슬은 생철 집
판장 두른 왜(倭) 기와집
건너편 구멍가게
비슷 비슷한 집들

다시 휘돌아
어둠을 뚫으면
쓰레한 삽짝문
뭉그러진 돌 담 집
거적 달린 토막

고물 고물한 집들

골목을 꼬매면 꼬맬수록
고욤(梠)처럼
주렁주렁 달린
버섯같은 오막살이들
초라는 할망정
반지빠른 자
감히 겻저지를 못하는 곳

비록 옹송거리고는 있을망정
더운 숨결이
속으로 부풀어 오르는 곳

골목은 골목은
우리들의 혈관이다
골목은 골목은
개도 짖지 않는
우리들의 것이다

「골목은」 전문

「지열」과 관련하여 이 시기 시인의 작품에서 주목해서 보아할 시가 바로 「골목은」이다. 여기서 '골목'은 민중 연대를 갖추기 위한 예비를 하는 공간, 곧 숨은 공간이다. 강렬한 외적 힘이 존재하기에 자아를, 혹은 우리들의 연대를 외부로 분출시키는 것이 쉽지 않을 때, 이른바 숨어있는 형식이 필요할 것이다. 그 형식을 시인은 '골목'으로 표현하고 있는 것인데, 따라서 이 공간 역시 "더운 숨결이/속으로 부풀어 오르는" 은밀한 곳으로 현현된다. 그리하여 그곳은 잠재되고 숨어있는 공간이긴 하지만 시대적인 함의가 담길 수 있는 곳이기도 하다. 시인 역시 그렇게 되어야 할 공간을 이렇게 표현하고 있다. "비록 웅숭거리고는 있을망정/더운 숨결이/속으로 부풀어오르는 곳"으로 말이다. 이런 의미에서 '골목'은 '지열'과 등가관계에 놓이는 상관물이라 할 수 있다.

해방 공간에서 '골목'이 갖는 의미는 매우 의미심장한 것이라 할 수 있는데, 특히 임화가 강조한 '네거리'와 비교할 때 더욱 그러하다고 할 수 있다. 임화가 투쟁의 상징적 공간으로 '네거리'에 대해 처음 언표한 것은 잘 알려진 대로 「네거리의 순이」이다. 그런데 그것이 갖고 있는 함축적 의미가 제대로 드러난 것은 해방 직후이다. 가령, 「9월 12일」이 그러한데, 이 작품의 부제가 '1945년, 또 다시 네거리'로 되어 있다는 점을 주목하면 더욱 그러하다고 하겠다. 일제 강점기부터 임화의 활동 무대는 '거리'였다. 그것은 자신을 노출시키면서 외부의 적과 싸우는 실제적 공간이다. 스스로를 드러낼 수 있다는 것은 강력한 당파적 연대가 존재한다는 것이고, 또 시인 자신이 갖고 있는 자신감의 표현일 것이다. 이런 연대와 표현이야말로 임화만이 가질 수 있는 득의의 영역이었던바, 그 상징적 표현이 바로 '거리'의 사상이었다.

투쟁의 지대라는 면에서 볼 때, '골목'이 갖는 함의 역시 '거리' 못지 않다는 점에서 그 의의를 찾을 수 있겠다. 하지만 그것은 은폐되어 있고 무언가 완성되지 않은 단계이다. 뿐만 아니라 상대해야 할

적 역시 강력히 존재하고 있다. 이럴 때, 이에 응전하는 주체는 스스로를 낮추고 감추어야 한다. '거리'보다는 '골목'이 현실적 일 수 있다는 뜻이다. 이는 객관적 상황과 분리할 수 없는 것이고, 또 개인의 생리적 국면과도 밀접한 관련이 있을 것이다. 조벽암이 이 시기 주목한 것이 이렇듯 '골목'이었다. 그것은 임화의 '거리'와 등가관계이기도 하고, 또 보족적인 관계일 수도 있을 것이다. 어떻든 그는 '골목'의 사상을 통해서 해방 정국을 응시하고 그 실천적 모색을 시도한 것 이라는 점에서 그 의미가 크다고 하겠다.

5. 민족 혹은 땅에 대한 격정적 열정

조벽암이 월북한 것은 1949년 6월로 되어 있다.[26] 이때는 백범 김구가 암살당한 시점과 맞물린다. 백범의 암살이 1949년 6월 26일에 일어났으니 시기적으로 거의 동일한 때라 할 수 있다. 그의 월북이 김구의 암살과 직접적인 관련이 있다고 보긴 어렵지만, 그렇다고 그 가능성을 완전히 배제하기 어려운 것도 사실이다. 조벽암이 해방 정국의 시기에서 김구의 정치노선을 충실히 따라간 정황은 발견되지 않는다. 이는 정지용의 경우와 비교될 수 있는데, 그는 백범 노선의 충실한 추종자였다. 그래서 정지용은 김구의 암살 이후 거의 작품활동을 하지 않았던 것이다.[27]

26 『전집』에 나와 있는 연대기 참조, 『전집』, p.563.
27 송기한, 『정지용과 그의 세계』, 2014, 박문사, p.311.

그럼에도 정지용과 마찬가지로 김구의 죽음은 조벽암의 이념 선택에 상당한 영향을 끼친 것으로 보인다. 우선 그 추정 단서 가운데 하나가 그의 민족주의적 성향이다. 앞서 살펴본 것처럼, 조벽암이 해방공간에서 보여준 이념적 활동은 지극히 제한적인 것이었다. 그는 계급의식에 기반한 당파성을 적극적으로 드러낸 적도 없었거니와 또 인민성을 앞세운 '조선문학가동맹'을 선택한 바 있다. 그는 프로예맹의 계급성보다는 향토주의에 가까운 민족의식에 투철했던 시인이었다. 이는 일제 강점기에 쓰여진 그의 시들에서도 그 일단을 확인할 수 있는데, 해방 이전 그의 시들에 내재되었던 특징적 단면들은 주로 방황과 모색이었다. 그럼에도 그의 시를 통어하는 분명한 방향이랄까 동기는 있었는데, 그것이 '땅'이라든가 '흙'에 대한 애착의 정서였다. 그 상징적 표현이 고향에 대한 애틋한 정서였던 것인데, 이런 감각은 그에게 생리적인 것으로 내재해 있었다. 그리고 그러한 정서들이 그의 시정신의 중심 축으로 자리하고 있었다. 그 축이 해방공간의 현실에서 민족과 국토에 대한 새로운 발견으로 이어졌거니와 그는 그 연장선에서 '문학가동맹'에서 활동했고, 자신의 시정신을 모색해온 것이다. 이 시기 그의 시에서 분명한 계급의식이 드러나지 않는 것은 이 때문이라고 할 수 있다.

조벽암에게 중요했던 것은 민족이었고, 이와 상대되는 것들은 모두 배제의 대상이 되었다. 그러니 민족반역자라든가 친일분자에 대한 절대적 배제를 내세운 '문학가동맹'의 이념과 함께 할 수 있었던 것이다. 이는 『지열』 후기에서 나타난 객관적 현실의 새로운 환기에서도 잘 드러나는 요소이다. 앞서 언급처럼, 남쪽의 현실은 '진수렁'으로 빠져들고 있었다고 본 것인데, 이런 진단의 저변에는 친일분자와 외세의 등장을 떠나서는 설명할 수 없는 것들이 깔려 있었다. 이런 혼돈의 정세 속에서 친일분자와 민족 반역자와 거리를 둔 김구의 죽음은 시인에게 매우 충격적인 외상을 주었을 것으로 이해된다. 민족주의적인 색채가 농후했던 시인에게 그 사유의 정점에 놓여 있는 존재의 죽음은 자신의 존재 의미를 더 이상 찾을 수 없게 만들었을 개연성이 짙은 경우였다고 하겠다. 다시 말해 김구의 죽음과 더불어 점증하는 친일파와 외세의 등장은 그에게 심각한 좌절의 정서를 안겨주었을 것이다.

이런 정서를 갖게 된 배경은 과학적인 것에 기인한 것일 수도 있다. 하지만 그의 시를 통어하는 것은 센티멘털한 것이었다. 조벽암의 시들은 이 정서의 감옥으로부터 벗어날 수 없었거니와, 실상 이런 농도짙은 정서의 폭들은 그의 시세계의 중심축으로 자리하고 있었다. 해방정국에 일어난 면들이 모두 감상의 영역에서 자유롭지 않았다는 것이다. 그런 감상성이 김구의 죽음과 더불어 자신이 나아가야할 실존적 방향성을 결정했을 가능성이 크다. 이런 면들은 월북 이후에도 크게 달라지지 않았다. 다음의 시가 그러한 단면을 잘 보여준다.

> 헐떡이며 내닫는 것은 너 뿐이랴
> 가까이 다가 올수록에
> 벅차만 지는 나의 숨결,
>
> 미역내 구수히 풍겨 오고
> 동백꽃 붉게 타는
> 남쪽 바닷가

그리운 내 고향은 이 길 따라
釜山으로도 가지
麗水로도 가지

기관차야!
숨죽이지 말고
그대로 가자꾸나.

덜커덩 선 다음
왜 꿈쩍도 않느냐
달려오던 그 기세 어따 두고,

너도 안타까우냐
들이 울어쌋는 기적소리
김 빼는 소리,

여기가 오늘의 종점이란다
꿈에서 깨여난 사람처럼
나는 또 짐을 내려야 하나,

한 발자국이라도
더 가까워진 이곳이
무척 반갑기는 하다마는

다시 천 근 추에 매여 달린 듯
홈에 돌처럼 우뚝 서
남쪽 하늘을 바라본다.

내 이 곳에서 우선 행장을 펴
네 앞길을 담으며
손꼽아 기다리리니,

하루속히 가자꾸나
너, 나의 약속한
남으로 뻗친 지향을 싣고.....

「서운한 종점」 전문

인용시는 조벽암이 북한에서 쓴 대표적인 작품 가운데 하나이다. 이 시를 지배하는 주된 정서 가운데 하나는 역시 센티멘털한 감수성이다. 그는 이 작품 이외에도 소월을 회고한 「곽산에서」를 쓰기도 했고, 「고향생각」을 쓰기도 했다. 뿐만 아니라 「삼각산이 보인다」, 「가로막힌 림진강」, 「가는 정 오는 넋이」라든가 「압록의 기슭에서」 등등을 비롯해서 이 계열로 분류할 수 있는 많은 양의 작품을 생산해내었다. 그 공통점은 모두 센티멘털한 감수성과 깊은 관련을 맺고 있다.

이런 감상적 정서가 가져오는 단점은 리얼리티의 훼손과 관련된다. 그 편향된 정서가 현실을 비과학적으로 인식할 공산이 큰데, 과학이란 감정과는 전혀 다른 지대에 놓여 있는 것이기 때문이다. 실제로 그의 시들은 이런 혐의로부터 자유롭지 않은 것이 사실이다. 그럼에도 당파성의 규율이 냉정하게 작동하고 있는 북쪽의 문단에서 그의 시들이 생존하고 평가받을 수 있었던 것은 이 정서가 크게 작용한 듯 보인다. 가령, 센티멘털한 정서가 가미된 '땅'이라든가 '흙'에 대한 애틋한 정서의 표백이 바로 그러하다. 흙의 논리는 실상 북에서나 남에서나 매우 소중한 감각이다. 그것이 센티멘털한 정서가 결부되었으니 그것에서 울려퍼지는 정서의 폭과 넓이는 매우 깊고 클 수밖에 없는 것이다. 그만큼 '흙'이나 '땅'의 사상이 중요하다는 뜻이다. 이는 소월의 작품이 북쪽에서 문학사적으로 높은 위치에 있고,[28] 정지용의 「향수」 등이 호의적으로 받아들여지고 있는 현실과도 무관하지 않다.

「서운한 종점」의 주제는 감상적 통일론이다. 이 시기 북쪽이나 남쪽에 있어서 이 감수성은 절대적으로 받아들여진 주제 가운데 하나이다. 시인은 그런 정서를 기차 여행에 빗대어 묘파하고 있다. 북쪽의 시가에서 이런 주제가 이만한 정도의 감수성으로 노래될 수 있다는 사실은 예외적인 일이 아닐 수 없다. 불과 몇 년 전까지만 해도 무력이라든가 계급적 기반에 의한 통합만을 강조하던 것에 비하면, 통일에 대한 이런 낭만적 정서는 애초부터 불가능한 것이었기 때문이다.

그러나 경우에 따라서는 당의 규율로부터 자못 멀어질 수 있는 이런 감상적 정서를 시인이 쓸 수 있었던 것은 시인에게 이미 예고된 것이나 다름없던 것이라는 점에서 그 의미가 있다고 하겠다. 시인에

28 이런 면은 북쪽에서 예외적으로 소월이 작가론의 형태로 나온 사례에서 찾아볼 수 있다. 엄호석, 『김소월론』, 조선작가동맹출판사, 1958.

게 흙이라든가 고향, 그리고 어머니와 같은 영원의 감각들은 시인에게 거의 절대적 수준의 것이었으며, 시인의 심연에 계속 흘러왔던 것이었기 때문이다.

6. 민족 우선주의의 센티멘털리즘

일찍이 숙부 조명희로부터 문학적 유산을 받은 조벽암의 시들은 이 영향에서 자유롭지 못했다. 한편으로는 방황과 모색의 습작기를 보내면서 현실인식을 바탕으로 한 시정신을 그는 계속 표출해왔기 때문이다. 그럼에도 그는 자신의 작품세계를 조명희의 영향으로부터 분리시키고자 했고, 그 모색의 정점에서 분열되고 파편화된 인식을 발견하고, 그 완결된 어떤 정점을 찾아내고자 했다. 그 정점에 놓여 있었던 것이 땅이라든가 흙과 같은 근원 사상이었다.

그런데 그러한 건강성이 해방을 맞이하면서는 곧바로 현실에 대한 조응의 관계로 나아가기 시작했다. 이런 면들은 그의 의식의 심연에 남아 있던 조명희의 영향이 다시 살아나는 듯한 면모를 보인 것이라는 점에서 주목을 요하는 것이라 할 수 있다. 하지만 부정적 현실에 대한 그의 시의식은 더 이상 나아가지 못하고 다시 통합에 대한 질서 의식으로 회귀하게 된다. 그렇다고 해서 그의 시의식이 모든 것을 아우를 수 있는 단순한 서정의 통합에 있었던 것은 아니었다. 그는 해방공간의 현실에서 이른바 부정적 현실을 발견하고 이를 초월하고자 하는 내밀한 자의식을 표출한 바 있기 때문이다. 그것이 변혁을 향한 뜨거운 에네르기의 축적, 곧 '지열'에 대한 감각이었다. 그리고 그와 등가관계에 있는 또다른 외연을 발견했는바, 그 상징적 표현으로 제시한 것이 바로 '골목'이었다. 이 '골목'이 변혁을 예비하는 공간이라는 점, 그리고 임화의 '거리'와 비견되는 투쟁의 준비단계라는 점에서 그 의의가 큰 것이었다.

하지만 현실변혁을 준비하던 조벽암의 시정신은 더 이상 나아가지 못하고 월북함으로써 종말을 고하게 된다. 그로 하여금 이런 길로 들어서게 된 근본 배경이 김구의 암살과 관련이 있는 것처럼 보이는데, 이런 추정의 근거는 그가 이 시기 드러냈던 자의식의 일단과 밀접한 관련이 있기 때문이다. 해방공간에서의 그의 작품활동은 계급의식에 투철한 쪽이라기 보다는 통합의 질서를 추구하는 쪽이 보다 강하게 나타난 경우였다. 그가 프로예맹에서 시작해서 문학가동맹에 참여하고, 이 집단이 지향하는 인민성에 대해 강한 서정의 정열을 표출한 것은 그런 배경과 무관하지 않은 것이었다. 그런 지향이 백범의 죽음과 일정 부분 겹치는 것이었고, 이후 그의 선택은 북쪽이었던 것으로 판단된다.

북쪽에서의 조벽암의 활동은 비교적 자세히 알려져 있는 편이다. 여기서 자세하다는 것은 월북 문인임에도 불구하고 그가 작품을 꾸준히 제작, 발표했기 때문이다. 그런데 북쪽에서의 그의 작품활동 역시 그의 시작의 중심 주조 가운데 하나인 센티멘털한 정서가 계속 표출되고 있었다. 그러한 정서가 남북이 하나되는 지점, 곧 통일 의식과 교묘히 맞물리면서 그 존립근거가 확보되었다. 이런 면들이야말로 그의 시가 북쪽에서 살아남게 되고 또 많이 생산되게 된 원인 가운데 하나가 아니었나 생각된다. 이 시기 북쪽이나 남쪽이나 그 내용이나 방법은 달라도 통일이라는 과제는 절대적인 합의 주제 가운데 하나였기 때문이다. 이를 가능케 하고 시인으로서의 생명력을 보다 오래 가져가게 한 요인이 그런 감상적 정서였다는 점에서 매우 독특한 사례가 아닐 수 없었다. 왜냐하면 이 정서는 냉철한 현실인식이라든가 현실에 대한 과학적 인식과는 그 거리가 너무 큰 것이기 때문이다. 이런 면에서 조벽암은 센티멘털한 정서로 리얼리즘이 요구하는 냉엄한 현실을 교묘히 뚫고 나간 예외적인 경우라는 점에서 그 시사적 의의가 있는 시인이라 하겠다.

한국 현대 현실주의 시인 연구

제3장

모색과 탐색, 그리고 리얼리즘의 향방

윤곤강론

한국 현대 현실주의 시인 연구

윤곤강 연보

1911년 충남 서산읍 동문리 출생.
1925년 보성고보 3학년 편입.
1929년 이름을 혁원(赫遠)에서 붕원(朋遠)으로 개명.
1930년 일본 전수(專修)대학 입학.
1931년 잡지 『비판』에 「넷성터에서」를 발표하며 작품활동 시작.
1934년 카프에 가담.
1935년 당진으로 낙향.
1937년 서울 화산학교 교원으로 근무 시작. 첫시집 『대지』발간(풍림사).
1938년 제2시집 『만가』 간행(동광당서점).
1939년 제3시집 『동물시집』 간행(한성도서주식회사).
1940년 제4시집 『빙화』 간행(명성출판사).
1944년 일제 징용을 피하기 위해 면서기로 근무함.
1945년 조선프롤레타리아예술가동맹 가입.
1947년 편주서 『근고조선가요찬주』간행(생활사).
1948년 중앙대 교수 부임. 제5시집 『피리』(정음사), 제6시집 『살어리』(정음사)간행.
시론집 『시와진실』(정음사) 간행.
1950년 서울에서 사망, 당진군 순성면 갈산리에 안장.
2005년 『윤곤강 전집-시』, 『윤곤강 전집-시론』(송기한, 김현정 엮음) 간행(다운샘).

1. 소시민층 의식

윤곤강은 1911년 충남 서산 출생이다. 그의 집은 서산과 당진에 많은 땅을 갖고 있었던 부친의 재산 덕택에 비교적 부유한 편이었다고 한다.[1] 이런 환경이 그로 하여금 일본에서 선진학문을 배우게끔 한 요인이 되었을 것이다. 그 학문이란 당시 선진적인 조류 가운데 하나인 프롤레타리아 문학이었다. 그가 일본에서 관심을 가졌던 것은 프롤레타리아 문학 뿐만 아니라 보들레르. 랭보를 비롯한 모더니즘 계열의 시인들도 있었던 것으로 보이는데, 이는 그의 학문사적 관심사가 넓은 범위에 걸쳐 있었음을 알게 해 준다.[2]

윤곤강의 작품 활동은 1931년 『비판』지에 「옛 성터에서」라는 시를 발표하면서 시작된다. 하지만 그의 문학 활동은 매우 점진적으로 이루어진 편이다. 이 작품을 발표하고 난 뒤, 그는 일본으로 유학길에 오르게 되는데, 이 기간은 그가 작품 활동을 하는데 있어서 긴 여백으로 남아 있었기 때문이다. 따라서 그의 본격적인 문학 작품 활동은 귀국 이후부터라고 할 수 있고, 또 실질적으로 이때부터 등단한 것이라고 보는 것이 옳다고 하겠다. 특히 1936년 대표작 가운데 하나인 「狂風」(『조선문학』, 1936.6)을 발표한 전후로 그는 많은 작품을 발표하고 있었다. 그리고 이 시기 이에 더불어 한 가지 더 덧붙일 것이 있다. 잘 알려진 대로 그는 일본에서 귀국한 직후 카프에 본격 가입하

1 윤곤강의 부친은 땅도 많았을 뿐만 아니라 여기서 얻은 돈으로 서울에서 집장사를 했다고 한다. 짐작건대, 윤곤강은 매우 유복한 집안에서 태어나고 성장한 것으로 보인다. 김용성, 『한국현대문학사탐방』, 국학자료원, 2011, p.363.

2 위의책, pp.363-364.

고 여기서 활발한 활동을 하게 되었다는 사실이다. 하지만 그가 카프 가입 직후 검거 선풍이 불었고, 그도 이 칼날을 벗어나지 못했는데, 1934년 피검되어 약 5개월 동안 장수 감옥에 갇히게 되는 것이다.[3] 이 또한 이 시기 그의 문학적 공백의 한 요인이 되기도 했다.

앞서 언급한 대로, 일본 유학체험을 바탕으로 윤곤강은 당시 가장 앞서 나가던 사조들에 대해 깊은 이해를 하고 있었던 것으로 보인다. 이런 환경들이 그의 문학정신을 형성하는 데 있어서 많은 영향을 주었던 것으로 생각되는데, 그러한 흔적들은 작품과 비평 모두에서 잘 나타나고 있다. 그동안 윤곤강에 대한 연구들은 다른 시인들에 비해 늦은 편이지만 제법 있어 왔다. 여기에는 6권에 달하는 시집에 대한 것,[4] 그리고 시론[5] 등에 대한 것으로 구별할 수 있을 것이다. 이들 연구들은 윤곤강 문학이 갖고 있었던 여러 경향들에 대해 그 나름의 정합성을 갖는 것들이었다. 하지만 시와 시론, 혹은 시 전반을 아우르는 면들에 대한 연구는 아직도 미흡한 편이다. 짧은 기간 동안 6권의 시집을 내었고, 그들 시집이 갖고 있는 고유성이나 개성들에 대해 의미있는 접근이 이루어졌음에도 불구하고 그 전체적인 면모를 드러내고 있는 연구들은 드문 형편이다. 특히 여러 시집들을 관류하고 있는 시인의 정신사에 대해서는 거의 언급되지 않고 있는 것이 현실이다.

3 앞의 책, p.571.

4 김용직, 「계급의식과 그 이후」, 『한국현대시인연구』(상), 서울대 출판부, 2000.
박철석, 「윤곤강 시 연구」, 『국어국문학』 16, 동아대 국문과, 1997.12
송기한, 「윤곤강 시의 욕망의 지형도」, 『윤곤강전집』 1, 다운샘, 2005.

5 윤정룡, 「윤곤강 시론에 대한 검토」, 『관악어문연구』 10, 서울대 국문과, 1985.
이형권, 「시론과 시의 상관적 변모과정:곤강론」, 『한국현대시의 이념과 서정』, 보고사, 1998.
김현정, 「윤곤강의 비평과 탈식민성」, 『윤곤강전집』 2, 다운샘, 2005.

여기에는 몇 가지 원인이 있는 것처럼 보인다. 첫 번째는 시집이나 작품들이 갖고 있는 다양성 때문에 이 시인만의 주류적 경향을 특정할 수 없었다는 점이다. 잘 알려진 것처럼 윤곤강의 시들에서 어떤 문예적 흐름들이 뚜렷이 드러나 있는 것은 아니다. 그는 카프에 가담하여 경향시를 쓰기도 했지만, 이 단체의 주류적 담론이라고 할 정도로 뚜렷한 시정신을 갖고 있었던 것은 아니다. 그러니 그를 카프 작가로 분류하는 것도 어려운 것이 사실이다. 물론 이런 면들은 그의 등단 시기와 전연 무관한 것이 아니다. 윤곤강이 문단에 나온 것은 1931년이지만 본격적으로 작품활동을 시작한 것은 1930년대 중반이 넘어가는 시기였다. 이 때는 카프 해산기이고, 또 진보적 성향의 작품을 제대로 창작할 수 있는 시기도 아니었다. 그의 초기 시집 『대지』를 읽어보면 알 수 있는 것처럼, 여기에는 어떤 노동자 의식이나 계급투쟁과 같은 전위적인 단면들이 잘 드러나지 않고 있는 것이다. 이런 시적 특성이야말로 그를 카프 작가군으로 분류하는 데 있어 상당히 주저하게끔 한다.

둘째는 그의 작품 속에서 드러나는 사조의 다양성이다. 그의 시집의 면면을 보면, 대번에 알 수 있는 것처럼, 그는 어느 한 시기를 지배했던 주도적인 양식들에 깊이 빠져들지 않았다. 대신 당시에 풍미했던 사조들에 대해서는 무척 예민한 편이었다. 그의 시에서 드러나는 기법과 사유의 다양성이 이를 잘 말해준다.

셋째는 시인의 출신 배경이다. 윤곤강은 서산에서 꽤 잘 사는 집안에서 태어난 것으로 알려져 있다. 말하자면 지주의 자식이었던 것인데, 이런 배경이야말로 그의 시정신 형성에 있어서 중요한 틀로 작용했던 것으로 보인다. 훌륭한 카프작가가 되기 위한 좋은 조건 가운데 하나가 토대임은 아무리 강조해도 지나치지 않을 것이다. 리얼리즘이 요구하는 가장 중요한 이상이 프롤레타리아 출신이고 그에 기반해서 경향문학을 쓰는 일이기 때문이다. 물론 그 반대의 경우도 있을 수 있고, 또 여러 중층적 요인이 결부되어 문학을 생산할 수도 있을 것이다. 하지만 그것은 어디까지나 가정일 뿐 리얼리즘 시에서 현실적 조건이란 어떻든 쉽게 무시될 성질의 것은 아니다. 이런 면에서 윤곤강은 프로작가이긴 하되, 이를 추동할 만한 현실적 기반으로부터 현저히 결여된 경우라 할 수 있다. 다시 말하면 태생적 한계를 갖고 있었던 것인데, 이런 면들이야말로 이후 전개되는 그의 문학 세계 형성에 있어 적지 않은 요인으로 작용했다고 할 수 있다.

이런 여러 요인들이 결부되어 윤곤강은 그 문학적 업적에도 불구하고 제대로 된 평가를 받지 못했다. 그는 1930년대부터 1940년대 후반에 이르기까지 적지 않은 시집을 펴내었다. 뿐만 아니라 김기림과 더불어 자기 주관이 뚜렷한 시론집도 상재했다.[6] 그럼에도 불구하고 그는 시의 양과 비례하는 평가를 받지 못했다. 이제 그 양과 비례하는 질을 담보받아야 하고, 그 문학적 성취 또한 올바르게 자리매김 되어야 할 때가 되었다. 이 과정에서 그 중요한 시금석 가운데 하나는 시인의 정신사적 궤적을 추적하는 것이고 시정신의 일관성을 이해하는 점일 것이다. 하나의 단편적인 사실이나 파편적 진실만으로 윤곤강 시인이 갖고 있던 시정신의 본질을 읽어낼 수는 없다. 그것이 윤곤강 시의 전반에 내재된 음역을 밝혀내는 중요한 하나의 단계가 될 것이다.

6 윤곤강, 『시와 진실』, 정음사, 1948.

2. 모색기로서의 초기 『대지』 시세계

카프에 가담한 이후 윤곤강의 문학 활동은 이 시기 다른 카프 시인들에 비해 활발하게 전개된다. 그는 이때 시창작 뿐만 아니라 비평 분야에서도 카프 문학이 추구하는 것들에 대해 자신의 의견을 적극적으로 개진하게 된다. 이 가운데 가장 주목의 대상이 되는 글이 「소시알리스틱 리얼리즘」이다.[7] 윤곤강이 이 글을 쓴 배경은 당시 문단 환경과 밀접한 관련이 있었던 것으로 이해된다. 카프 문학은 1930년대 초반에 들어와 지금껏 진행되었던 경향들에 대해서 전반적인 회의가 일어나게 되었다. 그 하나가 섹트주의, 혹은 공식주의 경향이다. 지극히 도식화된 서사와 경직된 주인공들의 뻔한 행로가 카프 문학을 섹트화시켰고, 이것은 독자로부터 카프문학을 단절시키는 요인으로 작용했다. 이는 곧 창작의 질식화를 가져왔다. 이 공식주의가 만들어 놓은 상황에 대해 이를 타개하고 나아갈 방향, 탈출해야할 출구를 모색해야할 즈음에 러시아에서 제기된 사회주의 리얼리즘이 전파, 소개되었다. 이 사조는 건설기에 놓인, 러시아 사회주의 사회에 대한 제반 모습과 그 온전한 완성을 위해 제기된 것임은 잘 알려진 일이다. 하지만 카프에서는 사회주의 리얼리즘에 제시된 그러한 배경은 사상한 채, 공식주의로 대표되는 유물변증법적 리얼리즘과 대비되는 사조로만 이해하기에 급급했다. 윤곤강의 「소시알리스틱 리얼리즘」은 이런 상황에서 제기되었는데, 그 내용이란 주로 사회주의 리얼리즘을 정확하게 소개하는 정도의 수준의 것이었다. 그럼에

7 『신동아』, 1934.10.

도 이 글은 사회주의 리얼리즘을 둘러싼 혼란 속에서 이 사조의 정의나 내용을 제대로 파악, 전달했다는 점에서 그 의의를 찾을 수 있을 것이다.

이 글에서 보듯 이 시기 카프에서의 윤곤강의 작가적 위치는 제법 큰 것이었다고 할 수 있다. 그는 당시 가장 첨예한 화두로 제기되었던 사회주의 리얼리즘에 대해 그 나름의 이해를 갖고 있었을 뿐만 아니라 창작에서도 이를 어느 정도 보여주었기 때문이다. 뿐만 아니라 그는 카프 구성원에 대한 검거 선풍이 일어났을 때, 김남천과 더불어 구속되기도 했다. 말하자면, 윤곤강은 문학적 실천과 작가적 실천이라는, 카프 작가에게 요구되는 전일적 실천을 모두 수행하고 있었던 작가 중의 하나였던 것이다.

카프 전후부터 본격적인 작품활동을 한 윤곤강은 1937년 자신의 첫시집 『대지』를 출간하게 된다. 이 작품집이 담아내고 있는 내용들은 그리 과격한 것들이 아니다. 진보적인 문학활동을 전혀 할 수 없는 시기이기에 작품 속에 담긴 내용 또한 그와 비례해야 했을 것이다. 하지만 시집을 꼼꼼히 읽어보면, 이 시집에는 계급 문학적인 특성으로 분류해도 이상하지 않을 만큼 이 요소들이 많이 반영되어 있음을 알 수 있다. 그러한 까닭에 그의 시세계를 분류할 때, 『대지』를 카프의 세계관에 입각한 시집이라는 평가가 내려진 것은 타당하다고 하겠다.[8] 이 가운데 무엇보다 주목을 끄는 작품이 「日記抄」이다.

8 김용직, 앞의 책, pp.623-641. 김용직은 이 글에서 계급의식에 바탕을 둔 『대지』를 1기로 두고 『만가』에서 4시집 『빙화』까지를 2기, 5시집 『피리』부터 6시집 『살어리』까지를 3기로 분류하고 있다. 시집에 표현된 내용만을 문제 삼으면, 이런 분류는 비교적 타당하다고 하겠다.

I

七月十五日

나무 장판 한구석에
네모진 나무 뚜껑이 덮였다
에! 구려…
臭覺을 잃은 先住民들이
찌푸린 내 얼골을 노린다.

II

七月十六日

내음새
내음새
썩어 터지는 내음새!
ㅡ오늘도 나는
어서 臭覺이 喪失될 날을 苦待한다.

ㅡ〈長水日記〉에서
「日記抄」 전문

작품의 끝에 〈長水日記〉라는 표기에서 알 수 있는 것처럼, 「日記抄」는 카프의 제2차 검거 사건과 깊은 관련이 있는 시라 할 수 있다. 윤곤강은 1934년 2월 카프에 가담한 직후 곧바로 검거 사건에 연루되어 장수에서 5개월동안 감옥생활을 한 것으로 되어 있다. 이 작품이 이때 쓰여진 것이라는 사실은 작품 끝에 표기된 〈長水日記〉라는 근거에서 내린 것이다. 이런 이유로 해서 이 작품은 짧은 양식임에도 그 시사하는 바가 큰 경우라 하겠다. 일찍이 감옥체험을 바탕으로 작품을 쓴 대표적 경우로 김남천의 「물」을 들 수 있다. 이 작품이 발표된 것이 1933년이다. 『대중』이라는 잡지를 통해서인데, 그 내용은 1931년 카프 제 1차 검거 사건 때의 경험을 다룬 것이다. 이 사건에 연루되어 유일하게 감옥을 간 것이 김남천이었는데, 그는 이념의 투철함을 보이기 위해서, 혹은 경우에 따라서는 자랑하기 위해서 이 작품을 썼던 것으로 판단된다. 그러한 정서는 이 작품의 후기에서도 드러나고 있는데, 그는 이 작품을 감옥에서 썼거니와 또 이 작품을 동지들에게 헌사한다고 했기 때문이다.[9] 하지만 이에 대한 카프 구성원들의 평가는 매우 인색한 편이었다. 임화가 작가의 그러한 행위를 단지 생물학적 경험에 의한 것이라고 평가 절하했기 때문이다. 임화가 말한 것은 프롤레타리아 작가의 실천은 개인의 독특한 경험이 아니라 집단의 경험과 일치할 때 비로소 진정한 작가적 실천이 될 수 있다는 논리였다.[10]

임화와 김남천 사이에 벌어진 '물논쟁'이란 실상 당파성의 올바른 구현이란 무엇일까 하는데 주어진 것이었다. 그 원리적 측면에서는 임화의 주장이 보다 설득력 있는 것임에도 불구하고 김남천의 입장에서는 다소 억울한 측면이 있었을 것이다. 무엇보다 프로작가라면

9 작품 「물」 후기 참조.

10 임화, 「6월중의 창작」, 『조선일보』, 1933.7.12.-19.

아주 저열한 곳에 이르더라도 이를 거부하지 말아야 하는 당위적 의무같은 것이 있어야 한다고 판단했기 때문이다. 어떻든 그 정합성 여부는 제외하더라도 이 논쟁이 윤곤강의 현실을 비껴가지 못했던 것으로 보인다. 윤곤강이 구속되던 시기에 이동규를 비롯한 여타의 카프 문인들도 함께 피검되었다. 윤곤강은 이때 가석방되어 5개월 만에 감옥을 나왔지만, 그로서는 이때의 경험을 개인적인 것으로만 남겨두고 싶지 않았던 것으로 보인다. 특히 문단에 대해, 그리고 유행하는 사조들에 대해 예민한 감수성을 갖고 있었던 그에게는 자신의 감옥체험이야말로 당연히 좋은 문학적 소재라고 판단했을 것이다. 그 경험의 결과가 만들어낸 것이 「일기초」인 셈이다.

김남천의 「물」과 달리 이 작품은 서정 양식이다. 이는 자신의 경험을 시간적, 계기적으로 전개할 수 없다는 한계가 필연적으로 제기될 수밖에 없었는데, 윤곤강은 그 단점을 감각적 인상으로 대치하려 했던 것으로 보인다. 이 작품은 감각의 깊이로 인해서 이를 읽는 독자에게 공감각적 반향이 크게 울리는 경우라 할 수 있다. 함께 공유할 수 있는 정서의 폭과 깊이로 인해서 이 작품은 작가가 의도했던 효과, 카프 작가로서의 실천이라는 효과를 충분히 달성할수 있을 것이라고 본 것이 이 작품의 창작의도라고 할 수 있을 것이다.

> 오다가 길을 잃은 미친바람이
> 窓문을 두드려 잠든 나를 깨웟다!
>
> 지금은 혀[舌]끝 같은 초생ㅅ달만 밤을 지키는 子正!
> ―이런 때면 언제나 찾어오는 네 생각!

오오 눈앞에 그려지는 또렷한 네 얼골 네 음성 네 손ㅅ길…

칼로 점인 듯 또렷한 네 생각이
잠 깨인 내 가슴속에 짜릿하게 숨여들어
말못할 그리움의 물ㅅ결을 그려 주노니
사랑하는 내 친구여 너는 항상 말했느니라!
바다같이 훠―ㄴ한 '영내ㅅ벌' 한구석에 불숙―솟은 '우름산' 밑
오막사리 초가가 네 집이요
그 속에 소처럼 일하다 꼬불어진 네 아버지가 있고
파뿌리같이 하―얀 머리칼과 갈퀴ㅅ살 같은 손을 가진 네 어머니가 있고
또 대를 이은 '황소'네 형님이 살고 있다고―

네가 땅속ㅅ길을 휘벼 다니든 그 시절―
밤 깊이 이 들창을 두드리며 은근히 나를 부르든 그 음성이
지금도 내 귀에 쟁쟁! 울고 있다!
(―그것은 얼마나 또렷하게 나의 고막을 울렸든가?)
처음 그 소리를 들을 때
나는 반가움보다도 오히려 두려움이 앞섰드니라!
(―저놈은 눈물도 없고 괴로움도 없나?)

그러나 날이 가는 동안에, 사랑하는 내 친구여!
나는 너의 부르는 소리에 반겨 문을 열어 주었고

흐릿하게 엉켰든 내 마음속 의심의 뭉치는
새벽하늘처럼 개어 벗어지고야 말었드니라!

아니 그보다도,
오히려 나는 적적함을 참을 수가 없었다
창문을 두드리는 네 음성을 못 듯는 밤이면—.

승리의 노래에 가슴을 태우는 불 수레 火車를
너와 한가지 휘몰고 내달릴 때!
그리고 새로운 것과 낡은 것의 불 닷는 성화ㅅ속에서
너와 한 가지 참된 노래를 가슴속에 아로삭일때!

그때였다!
나리는 눈[雪]을 지는 꽃잎으로 보든 내 생각이 곤두재조를 넘은 것은
그리고, 季節의 품속에서 '봄'을 참지 못하고
'방 안'에다 '봄'을 가꾸려든 어리석은 내 노래가
두집혀진 曲調를 소리 높여 외치게 된 것은—

그러나! "봄"을 拒逆하는 미친바람이
또 한 번 거리를 휩쓸고 지나간 지금
너와 나는 같은 하늘 밑에 숨 쉬는 딴 世上ㅅ사람이 되고 말었다!

오! 뚜렷하게도 떠올으는 네 생각에
내 눈은 지금 새벽하늘처럼 개어 벗어지고
잠은 비호처럼 千里萬理 달어난다!

덜컹! 덜컹! 창문을 두드린 것은 네 손이 아니요
늦겨을ㅅ밤 하늘 우에 길을 잃은 미친바람의 손ㅅ 버릇임을 번연히 알것만

「狂風－R에게」 전문

이 작품은 자아의 성격 변모를 담고 있는 성장시이다. 성장시란 교양을 수업하고 의식의 변화를 꾀하는 과정으로서의 시라고 할 수 있다. 그리고 작품의 부제는 'R에게'로 되어 있다. 한 연구자에 의하면, R이란 이찬이라고 한다. 윤곤강이 카프에 가담한 것이 이찬의 소개에 의해서 이루어졌는데, 이들은 이전부터 친분관계를 유지했었기에 이런 추정이 가능하다고 했다.[11] 실제 작품 속에 표현된, 자아의 변모 과정을 이해하게 되면, R이 이찬임을 어렵지 않게 알 수 있다.

어떻든, 이 작품이 우리에게 주는 시사점은 여러 면에서 찾을 수 있는데, 우선 그 하나가 작품 속에 구현된 상징이라는 의장이다. 카프가 공식적으로 해체된 것이 1935년이지만, 적극적인 활동은 이미 그 이전부터 정지되었다고 보는 편이 옳을 것이다. 1934년의 제2차 검거도 그러하거니와 1931년에 시도된 제1차 검거사건 때부터 카프의 활동은 현저하게 위축되어 있었기 때문이다. 따라서 윤곤강이 본

11 김용직, 앞의 책, p.629.

격적으로 작품활동을 시도하던 때인 1930년대 중반은 표면적으로 계급문학을 내세우기는 매우 어려웠을 것으로 판단된다. 그 직접적인 표현이 어려운 것이라면, 이를 우회하는 방법을 시도할 수밖에 없는데, 그 대안으로 선택된 것이 바로 상징이라는 의장이었다고 할 수 있다. 문학이 객관적 상황의 열악함으로부터 어느 정도 벗어날 수 있는 것도 이 상징이라는 은폐된 장치가 있었기에 가능한 것이라 할 수 있다.

이 작품에서 '미친 바람'이라든가 '땅속 길을 휘벼 다니든 그 시절', 혹은 '눈', '미친 바람' 등은 모두 시대의 음역으로부터 자유로운 것이 아니다. 물론 이런 상징적 장치들이 모두 프롤레타리아 의식을 드러내는 의장이라고 간주하는 것도 올바른 이해 방식은 아닐 것이다. 일제 강점기라는 상황을 염두에 두면, 그것은 민족적인 영역내에서 이해하는 것도 가능하기 때문이다. 그럼에도 이 작품을 계급시의 반열에 두고 이해할 수 있는 근거는 우선, 그가 이 작품을 발표할 때 카프 맹원이었다는 사실이다. 계급이나 싸움, 혹은 투쟁이라는 말을 표면적으로 내세우지 않더라도 이 작품에서 시도되고 있는 상징적 의장들은 계급시가 요구하는 요건들을 어느 정도 구비하고 있는 것이라 하겠다.

그리고 두 번째는 이른바 소시민의식이다. 이 의식은 그의 시를 이해하는 데 있어서 중요한 계기가 되는데, 어떻든 소위 전선에 나가는 상황 속에 놓인 자아들이 흔히 겪을 수 있는 갈등 등이 여기에 뚜렷이 제시되고 있는 것이다. 예를 들면, 전선에 함께 나아가자는, 서정적 자아를 부르는 친구의 음성을 두고 "처음 그 소리를 들을 때/나는 반가움보다도 오히려 두려움이 앞섰드니라!"하는 부분이 그러하다.

그 연장선에서 "저놈은 눈물도 없고 괴로움도 없나?"라는 담론의 경우도 마찬가지이다. 평범한 자아가 선진적인 자아로 나아가는 과정에서 필연적으로 발생할 수 밖에 없는 자의식의 분열, 곧 소시민 의식이 여기서도 적나라하게 펼쳐지고 있는 것이다.

세 번째는 전망의 세계이다. 자아는 친구의 집요한 설득에 선진적인 자아로 거듭 태어나게 된다. 그리하여 자아는 스스로를 감옥에 가두는 소시민성으로부터 벗어나 "너의 부르는 소리에 반겨 문을 열어 주는" 적극적인 주체로 새롭게 존재의 변이를 하게 된다. 이제 과정으로서의 주체, 도정으로서의 주체를 벗어던진 자아는 지금껏 자신을 억누르고 있던 '의심의 뭉치'를 벗어던지고 자신 앞에 펼쳐지고 있는 '새벽 하늘'을 볼 수 있는 자세를 갖추게 된다. 그 하늘 속에서 자아가 본 것은 "승리의 노래에 가슴을 태우는 불수게"이다. 이는 미래에 대한 밝은 전망이 아닐 수 없는 것이다.

이 작품에서 보이는 이런 층위에서 알 수 있는 것처럼, 윤곤강은 카프가 요구하는 것들에 대해 자신의 임무를 충실히 수행하게 된다. 그 가운데 특히 주목해서 보아야 할 것이 "승리의 노래에 가슴을 태우는 불수게"와 같은 전망의 세계이다. 앞서 언급대로 윤곤강이 문단에 본격 등장한 시기는 이른바 전형기에 해당하는 때였다. 한 시기의 주도적 담론이 쇠퇴하고 그 자리를 새로운 주조가 들어서기 시작하는 때가 전형기인데, 그 새로운 사조란 당시의 기준으로 보면, 다름아닌 사회주의 리얼리즘이었다. 그 많은 오해에도 불구하고 이 시기 사회주의 리얼리즘이 가져온 효과랄까 영향은 이른바 '산인간'과 '전망'의 세계로 초점화되어 있었다. 전자는 주로 지금까지의 카프 문학에서 지적되었던 부정적인 것들, 가령, 공식주의에 대한 대항담론이었고, 후자의 경우는 낭만적 사실주의와 결합된, 건설기 사회주의에 대한 새로운 기획이었다. 윤곤강이 사회주의 리얼리즘를 소개하면서 무엇보다 강조한 것이 바로 낭만적 사실주의에 기반한 전망의 세계였다.[12] 「광풍」 뿐만 아니라 첫시집 『대지』의 주제랄까 그 주도적 담론 역시 미래에 대한 낙관적 기획, 곧 전망과 분리해서 논의하기 어려운 이유가 바로 여기에 있다.

시퍼렇게 얼어붙은 어름ㅅ장!
그러나! 귀를 기우리고 들어를 보렴!
그 밑을 貫流하는 거센 물ㅅ줄기의 音響을—

찬바람의 견딜 수 없는 攻勢에 白旗를 들고
敗北의 구렁에 흐늑여 울든
저— 언덕 나무ㅅ가지들의 푸른 힘줄을!

칼날 같은 이빨[齒]로
온갓 것을 씹어 삼키려든 北風도
이제는 갑분 숨소리를 남기고 달어나리로다.

아아 미처 날뛰는 찬바람의 季節—
그놈은 온갓 것을 모조리 아서 갓다!

12 윤곤강, 「소시알리스틱 리얼리즘」 참조.

단 하나밖에 없는 창ㅅ살 틈으로
겨울날 太陽의 한 줄기가 새어 듦을 보고
내 사랑하는 親舊들은 오늘도,
누ㅡ렇게 썩은 얼굴을 움즉이고 있으리라!

太陽에 굶은 人間의 넋이여!
두말을 말고 네 가슴을 네 손으로 짚어 보렴!

가슴속 깊이깊이 한 줄기 아련한 봄노래가 삐악! 소리를 치고
멀미 나는 憂愁가 몸서리치며 달어날,
그리하여 熱火에 넘치는 太陽이 눈부시게 나리쪼일 그날을
너는 全身을 다하여 目擊할 수 있으리니

그때! 사랑하는 親舊들도 돌아오리로다!

쩡! 갈라지는 어름ㅅ장의 외우침!
ㅡ아모런 束縛도 앙탈도 그놈에게는 自由일다!
보아라! 거북[龜]의 잔등처럼 가로세로 금[線]을 그으며
地心을 뚫고 내솟는 自由의 魂, 實行의 힘이,
한 거름 두 거름 닥어오는 季節의 목덜미를 걷어잡고
地上의 온갓 헤게모니ㅡ를 잡으려는 첫소리를!

오오 冬民의 魂이여!

기지개를 켜고 부수수 털며 일어나는 實行의 힘이여!

나는 이를 악물고 가슴을 조리면서

네 다리에 피가 흘을 때까지 채ㅅ죽을 더[加]하련다.

「동면」 전문

이 시의 주된 의장 역시 상징인데, 앞서 언급대로 당시 객관적 상황이 주는 열악함을 염두에 두면, 이런 장치들은 능히 이해할 수 있는 것이라 할 수 있다, 이와 더불어 주목할 점은 이 시에 「狂風」과 마찬가지로, 미래에 대한 전망의 세계를 담아내고 있다는 점이다. 실상 이런 면들은 윤곤강의 시에서 매우 예외적인 면이 아닐 수 없는데, 이는 목적의식기의 시편들과 비교하면 더욱 그러하다고 하겠다. 임화의 시들을 제외한 목적의식기의 시들은 흔히 '개념 위주의 시' 혹은 '뼈다귀의 시'로 인식되었다. 세계관 위주의 문학, 그리하여 관념 위주의 문학이 생산된 것인데, 하지만 이런 형식의 문학이라고 하더라도 작품 내에 전망의 세계를 뚜렷이 드러낸 경우는 드물었다.

그에 비하면 윤곤강의 시들은 이전의 시들에 비해 미래에 대한 전망을 매우 뚜렷히 드러내고 있는 경우이다. "시퍼렇게 얼어붙은 얼음장" 밑에서 도도히 "관류하고 있는 거센 물줄기의 희망"이라든가 "찬바람의 견딜 수 없는 공세에 백기를 들고/패배에 구렁에 흐늑여 울든/저 언덕 나뭇가지들의 푸른 힘줄"에서 보듯 미래에 대한 신념을 굳건히 표현하고 있기 때문이다. 뿐만 아니라 그러한 환경 속에서 "내 사랑하는 친구들은 오늘도, 누렇게 썩은 얼굴을 움즉이고 있으리라"는 낙관적 신념을 드러내고 있기까지 하다. 여기서 알 수 있듯이, 윤곤강은 카프가 퇴조하던 시기에 그 여운을 마지막까지 붙들고 있었던, 어쩌면 최후의 카프인인 것처럼 비춰지는 것도 사실이다.

카프 문학의 가입과 그 조직이 요구하는 임무들에 대해 충실히 받아들인 윤곤강이지만 시집『대지』에는 이와는 다른 경향의 시들도 제법 존재한다는 점에서 주목을 끄는 경우이다. 특히『대지』이후 전개된 시세계와『대지』의 시세계를 분리하기 어려운 것이라면, 이런 이질성은 더욱 관심의 대상이 된다고 할 수 있다. 우선 그 가운데 하나가 이미지즘 경향의 시들이다.

바다여!
白髮을 모르는 久遠한 靑春이여!
검푸른 네 얼골에 불타는 意慾이여!
그 무엇에게도 굴從하지 안는 不屈의 人間魂이여!
불타는 네 억센 意慾을 나는 사랑한다!

내 마음의 젊었든 그 時節一
성낸 사자처럼 성낸 사자처럼
오一즉 기탄없이 뛰어나가든 내 마음의 젊었든 그 時節!

오오
피 끓는 가슴이여!
靑年다운 意氣여!
용감스런 전진이여!
거센 물결 같은 不屈의 힘이여!

그것을 나는 너에게 탐낸다!
말 못할 굴욕에 몸ㅅ서리를 치고
가슴을 치며 쓰러진 내 마음에
밑바닥까지 숨여드는 네 意慾!

오! 바다
나는 네 氣魄을 사랑하다!

「바다」 부분

이 작품 역시 『대지』의 세계로부터 크게 분리되어 있는 것은 아니다. 그것은 두 가지 측면에서 그러한데, 하나는 전망이고, 다른 하나는 그러한 세계에 육박해 들어가고자 하는 자아의 역동적 실체이다. 하지만 이런 유사성에도 불구하고 이 작품은 『대지』의 세계와는 그 기법상 상이한 점이 발견되는데, 바로 이미지즘적인 요소이다. 그가 이미지즘이라는 모더니즘의 한 지류를 자신의 시적 방법으로 인유했다는 뜻인데, 그렇다면 이런 의장의 도입이 시사하는 것은 무엇일까. 이에 대한 해답이야말로 그의 초기시, 나아가 중기, 후기 시와의 관련성을 말해주는 주요 근거라 할 수 있는데, 우선, 그 하나의 근거는 시인의 기질적 특성에서 찾을 수 있을 것이다. 윤곤강은 기질적으로 매우 세심한 성격을 가진 소유자였고,[13] 당대 유행하던 사조에 민감했던 성격에서도 찾을 수 있다. 뿐만 아니라 그는 이 시기 카프 문학이 갖고 있는 한계에 대해서도 미리 예감한 듯 보인다. 유행에 쉽

13 이러한 면은 작품의 말미에 작품을 쓴 시기를 꼭 표기한다든가 장소를 밝히는 행위에서 찾아볼 수 있다.

게 반응하는 시인 자신의 기질적 특성과 객관적 현실의 열악함에서 오는 카프 문학의 한계가 맞물리면서 그의 관심은 여러 분야로 뻗어나갔던 것으로 보인다. 그리고 세 번째는 그의 자의식으로부터 결코 떠나지 않았던 소시민의식과도 분리하기 어려운 면이 있다. 이는 그가 카프문학을 지속적으로 추동해나갈 수 없는 한계, 곧 그의 시세계를 구분하는 기준점과도 같은 것이었다. 이런 여러 요인들이 겹쳐서 「바다」라는, 시인의 시세계와는 전연 다른 이미지즘 계열의 작품이 탄생하게 되었던 것이다.

그리고 다른 하나는 모성으로서의 대지의 의미이다. 그의 시에서 대지는 여러 의미를 갖고 있는데, 이 또한 이 시기만의 고유한, 혹은 그만의 독특한 상징이 빚어낸 주요 의장 가운데 하나라고 할 수 있다.

> 소낙비 한줄금 지나간 다음—
> 젖빛 안개ㅅ속에서 太陽은 눈을 뜨고
> 하늘은 푸른 바다처럼 다시 개어 벗어지면
>
> 황새는
> 푸른 帳幕의 한끝을 물고
> 훠—ㄹ 훨 白扇을 내젔고
>
> 아카시아 그늘을 좋아하는 검정 암소는
> 색이 든 풀닢을 입에 문 채 게염을 질을 때—

大地에는
황홀한 여름의 精氣가 기지개를 편다.

고기ㅅ덩이처럼 탐스럽게
부풀어 오는 검붉은 흙 속에
어린뿌리를 처박고
地平 저ㅡ 끝까지 초록빛 물결을 그리는 벼 포기!

나는
소담스런 그 모양에 넋을 잃고
꿈속 같은 황홀 속에 눈을 감는다!

오오
어머니의 젖가슴 같은 흙의 慈愛여!
삶을 탐내는 놈에겐 '生의 봄'을 선사하고

죽엄을 갖어올 놈에겐
'死의 겨울'을 선고하는 永遠한 自然의 어머니여!

가을마다
가을마다
비ㅅ자루만 털고
복장을 치고 통곡을 해도 시원치 않건만…

그래도
봄이 오면
흙이 그립고
개구리의 하一얀 배때기가 보곺어
길고도 오一랜 忍從의 굴레를 못 벗는 人間의 弱點을
나는 생각한다!

해마다 봄이 오면
언제나 변함없이
쟁기와 괭이가 기어 나오고
온갖 씨 種子가 뿌려지고
물싸움, 풀 싸움, 비료 싸움…

그리하여 왼 大地에
스담스런 곡식들의 숨소리를 듯는다!
흙을 사랑하는 까닭이다!
총알보다도 더 따거운 지내간 살림살이에
몸ㅅ서리를 치고 이를 악무는 것도…

보아라!
푸른 옷을 떨치고
높다런 하늘을 치어다보는
벼 포기의 分列式을一
꾀꼬리를 울릴 만치 노一랗게 익은

양참외의 散兵陣을ㅡ

오오
大地에 넘처흘으는 成長의 숨소리여!

그리고, 자라나는 것들의 건잡을 수 없는 慾求여!
나는 아지 못하는 동안에
두 손을 들어 내 가슴을 짚어 본다.

「대지2」 전문

인용시는 윤곤강 시인이 자신의 첫 작품집의 제사로 인유했을 정도로 그 상징성이 큰 작품이다. 먼저 시적 자아가 땅에 대해서 갖는 애착의 강도로 비춰봤을 때, 이는 카프 시의 영역과 분리하기 어려운 것처럼 보인다. 마치 이상화의 「빼앗긴 들에도 봄은 오는가」와 비견될 정도로 땅에 대한 사랑은 무한한 열정을 동반한다. "나는/소담스런 그 모양에 넋을 잃고/꿈 속 같은 황홀 속에 눈을 감는다!"에서 알 수 있는 것처럼, 신명나는 땅에 대한 그리움의 정서가 애틋하게 표백되어 있는 것이다. 이런 감수성을 더 확증해주는 것이 "물싸움, 풀 싸움, 비료 싸움"과 같은 치열의 정서이다.

이런 이해는 그가 한때 카프 시인이었기에 해석 가능한 방법이었다고 할 수 있다. 그러나 이 작품에는 이 외에도 다른 면들이 분명 존재하는데, 그 하나가 모성적 상상력이다. 이는 대지가 갖고 있는 원형적 상징에서 오는 것인데, 실상 이 작품에서 가장 강조되고 있는 부분이 여기에 있다고 해도 과언이 아닐 정도로 매우 심화되어 표현되고 있다. 다시 말해 "영원한 자연의 어머니"라는 사유가 바로 그러하다.

그리고 세 번째는 자연의 전일성이다. 그것은 곧 형이상학적인 것이거니와 이 작품에서의 대지는 존재론적 불안에 시달리는 인간의 저편에 놓인 존재로 구상화된다. 전일한 자연의 모습 속에서 "길고도 오랜 인종의 굴레를 못 벗는 인간의 약점을 생각한다"가 바로 그것인데, 이는 영원성과 일시성, 전일성과 파편성의 대립이라는 근대적 이원론의 세계로부터 자유로운 것이 아니다.

넷째는 흙에 대한 사랑, 곧 국토애, 나아가서는 조국애로 그 음역이 확대되는 경우이다. 해방 직후 윤곤강의 시세계가 현저하게 이 부분에 초점이 주어지는 것을 이해하게 되면, 흙에 대한 시인의 이같은 인식은 한순간의 감각이나 순간적인 정서적 결단에 의한 것이 아님을 이해할 수 있게 된다.

「대지」가 표방하는 '대지'의 의미 층위들은 매우 다양하다. 그렇기에 시집 『대지』의 주제랄까 주류적 경향이 무엇인지 빠르게 단정하는 것은 쉬운 일이 아니다. 『대지』에는 계급적인 요소도 있지만 그렇지 않은 경향의 시들도 있고, 하나의 시편에서 여러 층위로 갈라지는 의미들도 혼재해 있다. 이런 맥락에서 윤곤강의 초기 시, 곧 『대지』의 시세계는 여러 의미의 층들이 모여서 하나의 시집을 이룬 것이라는 판단을 하게 된다. 특히 그의 시들이 『대지』 이후 현격하게 변모한다는 점에서 더욱 그러하다. 그의 초기시는 중기와 후기로 나아가는 모색의 시기에 놓여 있었던 것이라 할 수 있다.

3. 죽음 충동과 감각의 부활

『대지』는 계급의식에 바탕을 둔 시이긴 하지만, 그렇다고 이 시집의 주류적 경향을 이 의식에 가둬놓고 이해하는 것은 매우 섣부른 판단이라 할 수 있다. 그가 카프에 가담했고, 또 일제의 탄압에 의해 검거되었으며, 그 결과 감옥에 간 것은 사실이었다. 이런 면들을 보면, 그는 틀림없는 카프 시인이었다고 하겠다. 하지만 논리의 세계에 기대게 되면 이런 면들은 진리에 가까운 것이지만, 논리가 초월한 세계, 곧 감성의 세계에 이르게 되면, 이는 전연 다른 세계와 마주하게 된다. 윤곤강이 사회주의 리얼리즘을 소개하고 이를 자기화했던 비평의 세계와 달리 시집 『대지』의 세계는 전혀 다른 것을 보여주었기 때문이다. 그가 이 시집에서 표현한 것은 비평에서 논했던 것과는 현격하게 거리가 있는 것이었다. 이 시기 그는 프로문학이 가져야 할 덕목으로 문화보다는 정치적인 측면을 강조했다. 그리하여 프로문인이라면 의당 프롤레타리아 의식을 가져야 하고, 그에 기반한 작품을 써야 한다고 했다.[14] 하지만 비평에서의 논리와 달리 실제 창작에서는 이에 현저히 미달하는 국면을 보여주었다. 이런 맥락에서 그의 첫시집 『대지』를 모색기의 작품집으로 이해했던 것인데, 그의 이런 다층적인 면들은 두 번째 시집 『만가』에 이르면 이전과는 전혀 다른 모습을 보여주게 된다. 『만가』 이후부터 해방 직후에 쓰여진 『피리』 이전까지의 시집들, 가령, 『동물시집』, 『빙화』를 동일한 계열의 시집들로 판단할 수 있는데, 이들의 공통점이 모두 모더니즘적 경향을 갖

14 윤곤강, 「반종교문학의 기본적 과제」, 『신계단』, 1933.5.

고 있었다는 것이다.[15] 실제로 이 시기 윤곤강은 「감동의 가치」[16] 라든가 「감각과 주지」[17] 등을 연속적으로 발표하면서 모더니즘에 대한 관심을 뚜렷이 드러내고 있었다.

하지만 중요한 것은 비평에 의해 표방된 시인의 관심이 아니라 작품의 그것이며, 거기에 내재된 사유일 것이다. 그리고 궁극에는 그 변화의 계기 및 변화의 결과일 것이다. 윤곤강은 『대지』이후 거의 매년 『만가』(1938), 『동물시집』(1939), 『빙화』(1940)를 펴내게 된다. 이런 결과야말로 문학에 대한 치열한 자의식 말고는 그 설명이 불가능하며, 실제로 이런 시집들의 주류적 특성이 시인 자신의 내면과 밀접한 관련을 갖고 있다는 점이다. 마치 외부와의 치열한 탐색을 주고받던 자아가 대화 상대를 잃고나서 보여주는 고독의 몸부림과 같은 모습을 보여주고 있기 때문이다. 다시 말하면 대상과 고립된 채 닫힌 골방에서 스스로에게 던지는 질문의 형식처럼, 『대지』 이후의 시집들은 자아의 내면 풍경 속에서 만들어지고 있었던 것이다.

미래에 대한 전망을 뚜렷이 그리고 오랜 동안 표방하던 시인이 어떻게 이런 낙차 큰 변화를 보여줄 수 있는 것인가. 물론 이런 변화가 갑자기 이루어지지는 않을 터인데, 그 이해의 실마리 역시 시집 『대지』 속에 마련되어 있었다고 보는 것이 옳을 것이다. 이런 맥락에서 『대지』 속에 펼쳐지고 있었던 다양한 세계들이 주목의 대상이 될 수밖에 없었는데, 그 실마리란 앞서 언급한 「狂風」이다. 이 작품은 평범한 자아가 친구의 집요한 설득에 의해 선진적인 자아로 거듭 태어나

15 김용직, 앞의 책, 참조.

16 『비판』, 1938.8.

17 『동아일보』, 1940.6.

는 모습을 그린 성장시라고 했다. 여기서 시적 자아의 선택을 어렵게 한 요인은 다름 아닌 소시민성이었다. "저 놈은 눈물도 없고 괴로움도 없나"라는 것에서 알 수 있는 것처럼, 시적 자아를 항상 망설임 속에서 자유롭지 못하게 한 것은 이 의식이었다. 이런 감각은 소시민이라면 누구에게나 있는 것이고, 그 자의식의 기울기에 따라 자아의 발전 여부, 혹은 의식의 성장 여부가 결정되는 것이었다. 윤곤강은 친구의 설득에 의해 이로부터 어느 정도 벗어난 듯 보였다. 하지만 그러한 소시민성, 소위 좌익 기회주의란 것이 그리 쉽게 사상되는 것이 아님은 저 오랜 혁명의 역사가 증거하거니와 그에게는 이 문제가 거의 생리적인 차원의 것이 아니었나 생각될 정도로 깊이 각인되어 있는 경우였다. 다음의 시는 두 번째 시집에 실린 것인데, 다른 어떤 경우보다 그러한 자의식을 잘 보여주고 있다.

살었다—죽지 않고 살어 있다!

구질한 世渦 속에 휩쓸려
억지로라도 삶을 누려 보려고,

아침이면—
定한 時間에
집을 나가고,
사람들과 섞여 일을 잡는다,

저녁이면—

찬바람 부는 山비탈을
노루처럼 넘어온다,
집에 오면 밥을 먹고,
쓸어지면 코를 곤다.

사는 것을
어렵다 믿었든 마음이
어느덧
아무것도 아니라는 마음으로 변했을 때

나의 일은 나의 일이요,
남의 일은 남의 일이요,
단지 그것밖에 없다고 믿는 마음으로 변했을 때,

사는 것을 미워하는 마음이
다시 강아지처럼 꼬리 치며 덤벼든다.

「小市民 哲學」 전문

윤곤강은 부유한 집안에서 태어났다고 이미 언급한 바 있다. 그의 부친은 많은 토지를 갖고 있었던 지주였거니와 이를 바탕으로 도회에서 주택 장사를 할 정도의 부르주아 계층이었다. 윤곤강은 말하자면 소시민적 자의식을 가질 수밖에 없었던 출신의 사람이었던 것이다. 토대가 모든 존재의 의식을 결정적으로 규정짓는 것은 아니지만 그렇다고 해서 이를 완전히 부정하기도 어려운 일이다. 이는 윤곤강에게도 동일하게 적용되는 문제가 아닐 수 없는데, 그는 어떻든 프로 작가로 출발하긴 했지만 그 반대편에 놓일 수 있는 개연성 또한 충분히 가지고 있는 경우였다. 다시 말하면 소시민의식을 다른 어느 작가의 경우보다 더 적극적으로 드러낼 수 있는 위치에 있었던 것이다. 인용시는 그러한 단면을 잘 말해주는 작품이라는 점에서 주목을 요하는 경우이다.

이 작품을 지배하는 요소는 이른바 열린 가능성 혹은 선택 가능성이다. 다시 말하면, 무엇을 할 수 있다는 가능성이 아니라 선택할 수 있는 지점이 적어도 하나가 아니라는, 여러 형태로 존재할 수 있다는 가능성이다. 가능성이 있다는 것이야말로 소시민들이 가질 수 있는 최우선의 가치가 아닐 수 없을 것이다. 미래에의 전망을 직시하고 또 대지에 대한 뜨거운 애착을 갖고 있었음에도 불구하고 그 생리적인 소시민 의식 탓에 이렇듯 윤곤강은 내향적인 세계로 돌아와 있었던 것이다. 물론 시인이 존재론적 변이를 시도하던 시기가 객관적인 상황이 열악해지고, 역사의 객관적 필연성을 이야기하기에는 부담스러운 상황이 된 것은 틀림없는 사실일 것이다. 그 상황 속에서 윤곤강은 이런 내면의 장으로 존재의 변이를 시도한 것이다. 어느 한 시인이 이렇게 솔직하게 자신의 내면을 드러내기란 쉬운 일이 아니다. 그런 솔직성이야말로 문학을 마주하는 윤곤강의 순진성을 말해주는 것인데, 어떻든 이를 계기로 그는 철저하게 내면 탐구 세계로 들어오게 된다.

실상, 자본주의적 외적 현실에 대응하는 두 가지 사조, 곧 리얼리즘과 모더니즘은 동전의 양면과도 같은 것이다. 이를 두고 어느 학자는 전망의 부재 여부에서 그 둘 사이의 차이점을 말하기도 하고, 또 자아의 파탄 여부에서 그 상위점을 말하기도 한다. 하지만 그 인식론적 토대는 동일한 것이고, 외부 현실과의 대화의 장 속에서 이 둘의 관계는 얼마든지 교호할 수 있다는 사실이 무시되어서는 안될 것이다. 중요한 것은 본질이란 결코 변화하지 않는다는 사실이다. 다만 응시의 각도라든가 혹은 비판의 넓이만이 있을 뿐이다. 따라서 『대지』에서 펼쳐보였던 윤곤강의 시세계는 『만가』와 『빙화』에 이르기까지 그 인식론적 기반은 거의 동일한 것이라 할 수 있다.

인식론적 토대를 바탕으로 보면, 『대지』와 『빙화』에 이르기까지의 시세계는 동일한 연장선에서 설명할 수 있는 근거를 마련할 수 있게 된다. 다만 인식의 방법이나 그 대응의 양상만이 상이할 뿐이다. 어떻든 『대지』 이후 윤곤강의 시세계를 지배하고 있었던 것은 부르주아 의식이었다. 그러니 그는 『대지』에서 주류적 특성이었던 계급 문학의 세계로부터 빠져나와 새로운 단계로 나아가기 시작했던 것으로 보인다. 하지만 그러한 세계가 전연 엉뚱한 근거에서 시작된 것이 아니라 시집 『대지』에서 일정 부분 마련되었다고 보는 것이 옳다고 하겠다. 바로 모더니즘 세계로의 전이이다.

두 번째 시집 『만가』를 지배하고 있는 시적 주제는 죽음의식이다. '만가'라는 단어의 뜻에서 알 수 있듯이 시적 자아는 죽음의 그림자로부터 자유롭지 않거니와 모든 시의 맥락이 여기서 시작된다. 그런데 이런 죽음 의식조차 이미 첫 시집 『대지』에서 예비된 것이었다. 이 시집의 주된 상징적 장치가 '겨울'이었거니와 '겨울'의 신화적 의미야말로 이 죽음의식으로부터 자유로운 것이 아니기 때문이다. 그만큼 시집들 사이에 놓인 거리는 없었던 것이고, 그 연속성은 매우 큰 것이라 이해할 수 있을 것이다.

Pale Death knocks with impartial foot,

At prince's hall and peasant's hut.

—HORACE ODES

一성낸 물결의 넋두리냐?

숨 막힐 듯 잠자다가도
바람이 은근히 꾀이기만 하면, 금시에
흰 이빨로 虛空을 물어뜯는,
주검아, 너는 성낸 물결의 넋두리냐?

一고기에 미친 독수리냐?

죽은 듯 고요한 양지 쪽에
둥주리에서 갓 풍긴 병아리를
한숨에 덤석! 채여 가는,
주검아, 너는 독수리의 넋을 닮었느냐?

그가 삶을 탐내어
목숨을 놓지 않고 몸부림쳤건만
울부짖고 발버둥이 치며 앙탈도 했건만,

주검아, 너에겐

아무것도 거칠 것이 없느냐?
물도, 불도, 원통한 목숨까지도…
무엇 하나 너에겐 거칠 것이 없느냐?

사람의 그 누가 살기를 원할 때,
목 놓아 못숨을 불러도 불러 봐도
너에겐 한 방울 눈물도 아까웁고,

사람의 그 누가 죽기를 원할 때
죽기를 손꼽아 기다리고 기다려도
너는 그것마저 선뜻 내어주기를 끄리느냐?

주검아, 네가 한 번 성내어
피에 주린 주둥아리를 벌리고
貪慾에 불타는 발톱을 휘저으면
閃光의 刹那, 刹那가 줄다름질 치고

도막 난 時間, 時間이 끊지고 이어지는 동안
살고 죽는 수수꺼끼는 번대처럼 매암도는 것이냐?
어제(세벽 네 時)

그여코 너는 그의 목숨을 앗어 갔고,
오늘(낮 한 時)
遺族들의 嗚咽하는 소리와 함께

그를 태운 靈柩車는 바퀴를 굴렸다.
바둑판같은 墓地 우에 點 하나를 보태기 위하야—
오호, 주검아!

한마디 남김의 말도, 그가 나에게
주고 갈 時間까지 너는 알뜰히도 앗어 갔느냐?

바람 불고 구름 낀 대낮이면
陰달진 그의 墓地 우에 가마귀가 떠돌고,
달도 별도 없는 검은 밤이면
그의 墓碑 밑엔 능구리가 목 놓아 울고,

밤기운을 타고 亡靈이 일어날 수 있다면
원통히 쓸어진 넋두리들이
히히! 하하! 코우슴치며 시시덕거리는 隊伍 속에
그의 亡靈도 한자리를 차지하리로다!

「輓歌2」 전문

『만가』에는 다양한 색조의 경향들이 어우러진 시집이다. 『대지』에서 모색된 것들이 한꺼번에 분출되어 하나의 성채를 이룬 것처럼 여러 경향의 작품들이 여기에 모여 있는 것이다. 이미지즘으로 대표되는 모더니즘 경향의 시들도 있는가 하면, 자아를 탐색하는 서정시도 있다. 뿐만 아니라 옅은 형태로 무늬지어진 현실지향적인 시들도 있고, 초기 우리 근대 시단의 한 맥락이었던, 자유시를 향한 하나의 시도였던 엑조티시즘적인 경향도 나타나고 있다. 그 가운데 가장 큰 변화란 바로 내부로 방향지어진 자아의 시선들일 것이다. 『대지』에는 자아의 시선이 비교적 외부로 향해져 있었고, 이를 바탕으로 여러 의미들이 만들어지고 있었다. 하지만 『만가』에 이르면 시인의 시선은 내부로 옮아오게 된다. 그렇다고 해서 내부로 향해진 이러한 시선들이 자아성찰과 같은 존재론적 영역에 머물러 있는 것은 아니다. 윤리성의 여부에 따라 자아의 존립을 규정짓고자 하는 계몽의 차원과는 거리를 두고 있기 때문이다.

『만가』의 주된 주제의식은 제목이 시사하는 바와 같이 죽음에 관한 것들이다. 그런데 여기서 표방된 죽음의식은 존재론적 자아가 느끼는 죽음충동과는 일정한 거리가 있는 것처럼 보인다. 존재의 감옥으로부터 벗어나지 못한 주체가 실존적 결단을 통해서 늘상 나아가는 지대가 죽음충동이었다. 그렇기에 거기에는 윤리적 감각이 내재될 수밖에 없었다. 하지만 윤곤강이 『만가』에서 의미화한 죽음은 자아 내부에서 길러지는 것들이 아니다. 그것들은 밖에서 자아를 응시하며, 자아를 위협하고 있는 이타적인 존재들이다. 마치 무한히 발산하는 욕망처럼 죽음의 기제들은 거침없이 자아의 내부로 스며들어오고 있는 것이다. 가령, "고기에 미친 독수리마냥" 자아에게 다가오는 것이다. 이런 환경에서 자아는 실존에 대한 위협으로부터 자유롭지 못한 불안한 존재가 된다.

시인에게 다가오는 이 죽음 의식의 실체란 무엇일까. 그리고 자아의 실존을 불안케 하는 이 감각은 도대체 어디에서 오는 것일까. 『대지』를 계급의식에 바탕을 둔 시집으로 규정하거나 적어도 이 의식의 흔적에서 자유롭지 않은 경우라고 한다면, 『만가』 이후의 시집들은 그러한 의식의 뒤편에서 만들어진 시집들이다. 이런 방향성이란 카프 작가들에게서 흔히 있어온 이른바 후일담의 문학과 비슷한 것이라 할 수 있다. 이 문학이 갖는 본령은 현실과의 끊임없는 조율성이다. 그러니 어떤 식으로든 사회에 참여하거나 경우에 따라서는 고향으로의 회귀와 같은 적극적 허무주의에 빠지기도 한다. 이런 논리가 적용된다면, 윤곤강의 『만가』는 이들 문학이 지향했던 방향과 분리하기 어려운 것처럼 보인다. 이는 곧 후일담의 문학에서 논의할 수 있는 근거가 될 수 있다는 사실이다.

비록 객관적 현실의 악화에 따른 것이긴 하지만 적극적으로 변혁하고자 했던 현실이 사라진 다음 남겨진 자리란 무엇일까. 소설처럼 논리의 세계로 대응하는 방식과 달리 감각만으로 대응해야 하는 서정의 세계는 어떤 것일까. 논리의 세계가 현실의 유혹으로부터 자유롭지 못한 경우라면, 서정의 세계는 그러한 유혹으로부터 비교적 자유로운 것은 아닐까. 적극적으로 대응해야 하는 현실이 사라진 자리에서 시인 윤곤강이 감당해야 했던 것은 현실이 사상된 감각이었을 가능성이 매우 크다. 그리고 그 감각이란 「만가2」가 일러준 것처럼 밀려드는 죽음에의 유혹이었다. 하지만 시인은 현실을 대신하여 육박해들어온 이 죽음에 대해 소극적으로 반응한 것은 아니었다. 그는 이 죽음을 수동성이 아니라 적극성으로, 경우에 따라서는 자아를 곧추 세우는 다른 수단으로 받아들였다.

A faint cold fear thrills through my veins.

— ROMEO AND JULIET.

어둡이 어리운 마음의 밎바닥

촉촉이 젖은 그 언저리에
낼름 돋아난 붉은 혓바닥.

—검정고양이의 우름이로다!

웃는지, 우는지,
알 수 없는 그 소리가
검게, 붉게, 푸르게, 내 맘을 染色할 때,
털끝으로부터 발톱 끝까지
징그럽고 무서운 꿈을 풍기는 動物.

妖氣냐?
毒草냐?
배암이냐?
저놈의 눈초리!

동그랗게, 깊고 차게,
마음것 힘것, 나를 노려보는 것!

오!
槍끝처럼 날카롭고나!
바늘처럼 뾰—족하고나!

「붉은 혓바닥」 전문

이 시는 아마도 세 번째 시집 『동물시집』의 근간이 되는 작품처럼 보인다. 『만가』에서부터 윤곤강은 동물들을 시의 소재로 등장시키고 있는데, 그 정점이 『동물시집』인 까닭이다. 이 작품의 소재는 뱀으로 추정되는데, 시인 또한 4연에서 '배암이냐'라고 묻고 있다. 하지만 여기서 중요한 것은 그 소재가 정확히 무엇이냐에 있는 것이 아니다. 『만가』의 주제는 죽음에 관한 것들이라 했는바, 여기서 우선 죽음은 몇 가지 층위를 갖는다. 하나는 그것이 현실과의 대응 속에서 얻어진 것이고, 다른 하나는 시인의 감각과 관련된다는 사실이다. 시인이 목적했던, 혹은 의도했던 현실이 사라진 자리, 그것은 곧 죽음과 같은 불활성의 것은 아니었을까. 하지만 그 결과는 그 반대로 기능한다. 그것은 마치 살아있는 것처럼 시인에게 다가와 위협하는 까닭이다. 그리하여 시인은 거기서 마땅히 나아가야 할 방향을 상실한 채 노예처럼 석화된 자세를 취하게 된다. 그리고 다른 하나는 이런 환경 속에서 점점 침잠해 들어갈 수밖에 없는 자아의 모습이다. 각성을 통해서 현실을 추동해 나가던 자아의 모습은 점점 위축되어 간다. 그 끝이 죽음과 같은 것임은 당연할 것이다.

이런 죽음의 늪에서 자아는 새로운 유혹을 느끼게 된다. 하지만 이 유혹은 서정주가 작품 「화사」에서 느꼈던 뱀의 혀와는 전연 다른 것이다. "낼름 돋아난 붉은 혓바닥"은 동일하지만 그 방향은 전혀 다른 까닭이다. 「화사」는 자아를 욕망의 기계로 나아가게끔 하는 수단이었다. 그러니 흥분과 설레임이라는 능동적, 적극적 정서가 활발하게 작동했다.[18] 하지만 윤곤강에게 다가오는 혓바닥은 「화사」의 그

18 「화사」는 인간의 본성을 욕망에서 이해했다. 그리고 그 자유로운 발산이 관능이며, 이 정서가 곧 인간의 본 모습이라고 판단했다.

것처럼 욕망을 일깨우는 유혹이 아니다. 이 혓바닥은 자아를 죽음의 늪에 갇히는 것을 용납하지 않는다. 자아를 죽음의 그늘에서 탈출시키고자 "마음 것 힘 것, 나를 보려본"다. 아니 단순히 노려보는 것이 아니라 그 혀는 가시가 되어 "창끝처럼 날카롭"거니와 "바늘처럼 뾰족하기"까지 하다. 이 날카로운 혀에 무딘 감각이 설 자리는 없어진다.

『만가』 이후 윤곤강의 시들은 감각과의 치열한 싸움을 전개한다. 그는 무뎌가는 자신의 감각을 일깨우기 위해 자아의 분열을 적극 시도한다. 이는 분명 본질적 자아와 이상적 자아라든가 혹은 의식과 무의식의 치열한 대결이라는 이상의 「거울」과도 사뭇 다른 경우이다. 이 갈등에서 얻고자 하는 것이 존재론적 완성에 대한 열망이 아니라는 뜻이다. 윤곤강은 자신의 작품에서 어떤 실존을 초월한 이상적 자아의 모습에 대해 희구한 적이 없다. 그는 무뎌진 감각, 죽어가는 감각을 일깨우기 위해 끊임없이 노력했을 따름이다. 『동물시집』과 『빙화』는 그러한 노력의 일단을 잘 보여주는 시집들이다. 따라서 이 시집들은 자연스럽게도 『만가』의 연장선에 놓여 있는 시집들이라 할 수 있다.

까투리가 푸드드 날러간 가랑잎의 밑에
골무 쪽 같은 대가리를 반짝 처들고
갈라진 혓바닥이 꽃수염처럼 낼름거린다.

〈 세네카 〉의 웅변이 아무리 무서워도
내 이빨에 〈 아라파스타 〉의 살결, 젖퉁이를 물려

〈 안토니오 〉의 뒤를 따라간 〈 크레오 · 파추라 〉다!

내 손꾸럭을 물어 다오,
피가 나도록 내 손꾸락을 꽉! 물어 다오.

「독사」 전문

이 작품은 「붉은 혓바닥」의 연장선에 놓여 있는 시이다. 그만큼 『만가』와 『동물시집』은 동일한 음역으로 묶어낼 수 있다. 「독사」는 존재의 전이와 밀접한 관련이 있는 작품이다. 가령, 하나의 존재로부터 다른 존재로 전이되는 매개로서의 기능을 할 수 있다는 뜻이다. 이런 맥락에서 이 작품에는 두 가지 의미가 내포된다. 하나는 죽음으로의 전이이다. 그런 변이를 역사는 말하고 증명한다. 클레오 파트라가 그것인데, 시인은 그녀가 독사에 물려죽은 뒤 자신의 연인 안토니오를 따라간 것이라고 이해한다. 이렇듯 독사는 실존은 변화시키는 주요한 매개가 된다고 보는 것이다.

그리고 다른 하나는 감각의 부활이다. 마지막 연에 나와 있는 것처럼, 자아는 독사로 하여금 "내 손꾸럭을 물어 다오/피가 나도록 내 손꾸락을 꽉! 물어 다오"라고 했다. 물론 이같은 행위가 클레오 파트라의 그것과 달리 죽음으로 향하는 길이 아님은 자명할 것이다. 그것은 존재의 변이와 밀접한 관련이 있기 때문이다. 바로 분명한 의식의 전환, 실존에 대한 뚜렷한 깨달음인 것이다.

어느 특정 개인이나 시인에게 있어 감각은 곧 살아있음의 증거가 될 수 있다. 특히 외적 상황이 악화되어 존재의 활동이 극히 제한되어 있는 경우라면 더욱 그러할 것이다. 일찍이 소월은 감각의 부활을 통해서 자신의 존재성과 사회적 함의를 부각시키려 했다.[19] 소월은 일제 강점기 조선의 현실을 죽음으로 이해했고, 그 부활을 통해서 민족, 조국의 독립을 꿈꾸었다. 그의 의도가 시의적절하고 정합성이 있는 것이었다면, 이는 윤곤강의 경우에도 그대로 적용될 수 있을 것이다. 특히 시인이 활동했던 무대가 1930년대 후반이라면 이런 시도는 더욱 그 시의성이 있는 것이라 하겠다. 잘 알려진 대로 이 시기에는 자아와 비자아라든가 나와 너의 구분이 불명료한 때였다. 그 연장선에서 조선적인 것과 그렇지 않은 것의 구분도 점점 모호해져 간 시기였다. 경계가 불분명할 때, 가장 필요한 것은 이 구분을 명확히 해주는 것뿐이다. 이런 상황을 대표하는 것이 바로 죽어있는 감각이다. 따라서 감각의 부활이야말로 자아를 비자아로부터 탈출시키는 것이고, 나와 너를 구분시켜주는 근거가 된다고 하겠다. 윤곤강의 시에서 시도된 감각의 부활은 이런 맥락에서 그 의미가 있는 것이라 할 수 있다. 그의 시들은 어느덧 이렇게 민족적인, 혹은 집단적인 것으로 나아가기 시작한 것이다.

윤곤강이 일제 강점기에 마지막으로 쓴 시집이 『빙화』이다. 이 작품은 1940년에 출간되었는바. 제목이 시사하는 것처럼 이 시집은 주로 얼음과 같은 이미지들과 깊은 관련을 맺고 있다. 얼음은 겨울의 이미지로부터 자유로운 것이 아니고 또 시대의 맥락으로부터 자유로운 것도 아니다. 시인이 시집의 제목을 이렇게 정한 것도 그러한 의미들을 담아내고 싶은 의도가 있었을 것이다.

『빙화』의 시세계는 이전 시집들과 다른 면이 검출된다. 무엇보다

19 송기한, 「감각의 부활과 생명성의 고양」, 『소월연구』, 지식과 교양, 2020 참조.

이전 시집에서 볼 수 없었던 것들, 가령 현실이 많이 추방되어 있는 점이 드러난다. 현실이 추방되었다는 것은 내용의 빈곤을 의미하는 것이거니와 실제로 이 시집에는 풍경화적인 요소가 제법 많이 등장한다. 이는 곧 이미지즘 수법의 강화와 밀접한 관련이 있는 것인데, 앞서 언급대로 윤곤강이 주로 관심을 갖고 있었던 것들 가운데 하나는 모더니즘이었다. 그는 이 사조가 요구하는 수법인 이미지라든가 엑조티시즘, 그리고 현대 문명에 대해서도 다소간 관심을 표명해온 터이다. 뿐만 아니라 자아의 내면 풍경을 들여다보는 심리 묘사에도 상당한 관심을 기울인 바 있다.

1 黃昏
구름은 감자밭 고랑에
그림자를 놓고 가는 것이었다

가마귀는 숲 넘어로
울며 울며 잠기는 것이었다

마슬은 노을빛을 덮고
저녁 자리에 눕는 것이었다

나는 슬픈 생각에 젖어
어둠이 무든 풀섶을 지나는 것이었다

2 湖水

바람이 수수잎을 건드리며 가는 것이었다

못가에 서면 그 속에도 내가 서 있는 것이었다

호수는 차고 푸른 나날을 보내는 것이었다

산울림을 타고 되도라오는 염소의 우름이 있는 것이었다

하늘엔 힌 구름이 갓으로만 갓으로만 몰리는 것이었다

3 마을
한낮의 꿈이 꺼질 때 바람과 황혼은
길 저쪽에서 소리 없이 오는 것이었다

목화 꽃 히게 히게 핀 밭고랑에서
삽사리는 종이쪽처럼 암닭을 쫒는 것이었다

숲이 얄궂게 손을 저어 저녁을 뿌리면
가느디가는 모기 우름이 오양간 쪽에서 들리는 것이었다

하늘에는 별 떼가 은빛 우슴을 얽어 놓고
은하는 북으로 북으로 기울어지는 것이었다.

「MEMORIE」 전문

제목에서 알 수 있는 것처럼, 이 시는 근본적으로 엑조티시즘적인 특징을 보여주고 있다. 게다가 소제목으로 제시된 '황혼', '호수', '마을'에서 보듯 풍경 묘사도 있고, 또 마을의 한 장면, 한 장면을 소개하는 영화적 기법 같은 것도 드러나 있다. 그럼에도 시인은 창작과 달리 비평에서는 이런 형식주의에 대해 긍정적 시선을 보낸 것은 아니다. 카프 시절의 비평과 창작이 그러했던 것처럼 말이다. 가령, 그는 「기교」[20]라는 글에서 내용없는 문학, 곧 기교 위주의 문학을 두고 진정성 있는 문학이 아니라고 선언했기 때문이다. 하지만 이는 어디까지나 논리의 차원에서나 가능한 이야기이고 감성을 위주로 하는 서정의 세계에서 이런 논리가 곧바로 적용되지는 않았다. 언제나 그러하듯 감성이란 논리를 초월하는 곳에 있는 까닭이다. 이 외에도 이 시집에는 「夜景」, 「포플라」, 「언덕」 등 현실이 추방된 작품이 제법 상재되어 있었다. 이런 면들은 분명 1940년대초가 일러주는 시대 상황과 분리해서 설명하기는 어려울 것이다. 그럼에도 이 작품에서 주목을 끄는 시로 「自畵像」을 들 수 있다.

터―ㅇ 비인 방 안에 누어
쪽거울을 본다

거울 속에 나타난
무서운 눈초리

20 윤곤강, 『시와진실』, 정음사, 1948.8.

코가 높아 양반이래도 소용없고
잎센처럼 이마가 넓대도 자랑일 게 없다

아름다운 꿈이 뭉그러지면
성가신 슬픔은 바위처럼 가슴을 덮고

등 뒤에는 항상 또 하나 다른 내가 있어
서슬이 시퍼런 눈초리로 나를 노려보고
하하하 코웃음 치며 비웃는 말—

한낱 버러지처럼 살다가 죽으라

「自畵像」 전문

자화상은 어떤 대상에 의지하여 스스로를 비출 때 나오는 모습이다. 대개 그러한 모습은 두가지 경로로 오버랩되는데, 하나가 자아 내부 사이에서 이루어지는 의식과 무의식의 갈등, 그리고 그로부터 얻어지는 형이상학적인 국면들이다. 하지만 이런 양상들은 관념적이어서 어떤 뚜렷한 실체로 곧바로 현상되는 것은 아니다. 반면 그 둘 사이를 매개하는 어떤 구체적 사물이 있을 경우 그 실체는 한결 뚜렷해진다. 잘 알려진 대로 이런 경우 거울은 인식론적 판단의 좋은 매개가 된다. 거울이 자아와 비자아 사이에 내재하는 거리나 갈등을 증거하는 좋은 매개로 기능하는 것도 이 때문이다.

「자화상」은 『만가』의 「붉은 혓바닥」이나 『동물 시집』의 시들과 밀접한 상관관계가 있는 시이다. 아니 관계가 아니라 그 연장선에 놓여 있다고 해도 과언이 아닐 정도로 똑같이 닮아있는 면을 보여준다. 이런 맥락에서 보면, 시인은 『대지』 이후 자신의 본질이나 실존에 대해 지속적인 관심을 표명해왔다는 것을 알 수 있다. 「자화상」은 거울을 매개로 한 것이기에 이상의 「거울」이나 윤동주의 「자화상」과 비교할 수 있는 작품이다. 잘 반사된 면 속에서 자아의 또 다른 모습을 발견하는 것이라는 점에서 그 유사성을 알 수 있는 까닭이다. 하지만 이런 유사성에도 불구하고 윤곤강의 그것과 이상, 그리고 윤동주의 그것에는 어떤 동질성도 공유하고 있지 않다. 이상과 윤동주의 '자화상'이란 현실적 자아와 본질적 자아의 갈등이 내포된 시들이다. 그런데 이들 관계가 수평적이라는 점에서 윤곤강의 그것과 크게 차이가 난다는 사실이다. 갈등이란 수평적 관계일 때 가능한 것이지, 어느 한쪽에 의한 힘의 균형이 무너질 때 갈등은 전혀 의미가 없게 된다. 이럴 경우는 지배라든가 종속과 같은 수직적 관계가 힘을 발휘하게 되기 때문이다.

윤곤강의 「자화상」은 갈등보다는 종속이나 지배의 정서에 가까운 것이다. 소위 말하는 본질적 자아와 현실적 자아가 갈등하는 관계가 아닌 까닭이다. 거울 속의 자아는 나와 경쟁하는 관계가 아니다. 그 자아는 현실 속의 나를 '무섭게 노려보는' 존재이다. 이 자아는 무언가 잘못된 방향 혹은 자신이 의도한 방향과는 다른 방향으로 나아가지나 않을까 하는 등의 의심이 만들어낸 역할을 수행하고 있을 따름이다. 그는 갈등하는 자아가 아니라 감시하는 자아이다. 현실적 자아는 이로부터 벗어나지 못한다. 왜냐하면 갈등하는 것들이 수평적 관계가 아니라 수직적 관계에서 이루어지기 때문이다.

수직적 관계 속에서 현실적 자아는 자유롭지 못하다. 게다가 이 자아는 본질적 자아로부터 "하하하 코웃음을 치며 비웃는 말"을 듣기까지 한다. "한낱 버러지처럼 살다가 죽으라"고 말이다. 이런 비야냥이 가능한 것은 그만큼 현실적 자아가 본질적 자아의 기대치를 만족시키지 못했기 때문이다. 그렇다면 도대체 본질적 자아가 추동하는 만족치란 무엇이란 말인가. 실상 이 물음에 대해 자아의 올바른 행보가 무엇인가를 대답하는 것은 쉬운 일이 아닐 것이다. 하지만 여기서 확실한 것은 무뎌진, 무기력한 자아에 대한 일깨움 정도로 이해하는 것이 옳은 판단일지도 모른다. 이런 판단의 근거는 시인이 지금까지 보여주었던, '감각의 부활'이라는 정서와 분리하기 어려운 것이기 때문이다. 시적 자아는 객관적 현실이 주는 열악함으로부터 상당히 위축되어 있을 뿐만 아니라 그러한 현실에 대해 적극적으로 나아가고자 하는 의지 또한 상실한 터였다. 그리하여 그가 선택한 것은 현실추수주의나 감각을 드러내지 않고 지내는 일 뿐이다. 하지만 그러한 자아를 본질적 자아는 결코 수용하지 못한다. 그는 본질적 자아의 관심을 받고, 경우에 따라 지도를 받으며, 현실을 헤쳐나아가고자 했던 것이다. 시인이 『대지』 이후의 시집에서 존재의 확인이나 감각을 끊임없이 부활하고자 했던 것은 바로 이런 이유가 있었기 때문이다.

4. 대지와 고향, 그리고 민족에 대한 새로운 발견

1945년 8월 15일 해방이 되었다. 이 해방은 누구에게나 그러한 것처럼 윤곤강에게도 남다른 것이었다. 그에게도 자신만이 추구하던 민족문학을 건설할 수 있는 기회를 맞이했기 때문이다. 일제 강점기 카프에 가담했던 문인들이 대부분 그러했던 것처럼, 윤곤강 역시 좌익문인단체였던 문학가동맹에 가입하게 된다. 윤곤강이 이 단체에 가입하게 된 것은 해방 이전 가지고 있었던 이념의 결과로 보이지만, 어쩌면 다른 요인들이 더 강하게 작용하지 않았나 생각된다. 그것은 자신과 밀접한 관계에 있던 임화라든가 전주 사건에 가담했던 문인들과 행동 통일 차원에서 비롯된 측면이 크기 때문이다. 하지만 해방 직후 시인으로서, 혹은 비평가로서 보여주었던 윤곤강의 문학적 이력에 비춰보면, 그의 이런 행보는 작품 세계와는 상반된 것이었다고 하겠다.

우선, 비평가로서 윤곤강은 해방 직후에도 이전과 마찬가지로 제법 많은 활동을 보여준다. 하지만 이 시기 그가 발표한 글 가운데 문학가동맹이 내세운 이념을 선양하거나 혹은 고무 추동하는 글들은 거의 보이지 않는다는 점이다.[21] 가령, 임화를 비롯한 많은 문인들이 해방 직후의 현실 인식과 그에 기반한 세계관을 적나라하게 표시하고 있다는 점에서 보면, 문학가동맹 구성원으로서 윤곤강의 이러한 행보는 선뜻 납득하기 어려운 측면이 있다.

이 시기 윤곤강의 창작 역시 비평 행위와는 분명한 차이를 느낄 정도의 것은 아니었다. 물론 예외가 전혀 없는 아니다. 해방 직후 윤곤

21 이 시기 그가 발표한 대표글로는 「文學과 言語」, 『민중일보』, 1948.2.28. 「나라말의 새 일거리」, 『한글』, 1948.2. 「文學者의 使命」, 『백민』. 1948.5.1. 「孤山과 時調文學」, 『조선일보』, 1948.9. 등이다. 이 가운데 해방직후의 상황과 어느 정도 부합하는 글이 「문학자의 사명」이다. 하지만 그는 이 글에서도 집단보다는 개별성의 총합 같은 것을 민족문학의 토대로 인식함으로써 집단 위주의 문학, 곧 당파성 같은 것을 뚜렷하게 내세우고 있지는 않다.

강이 처음 쓴 것으로 추정되는 「삼천만」[22]의 시가 그러한데, 이 작품에서 윤곤강은 해방된 조선의 기쁨과, 그 기쁨이 민족과 계급에 대한 해방이 전제되어야 비로소 가능한 것임을 역설하고 있기는 하다. 하지만 한 편의 시작품을 썼다고 해서 그것이 이 시기 이 시인의 본령이라고 말하는 것은 설득력이 떨어진다고 하겠다. 적어도 하나의 뚜렷한 세계관을 보이려면 여러 몇편의 작품 속에서 이를 지속적으로 표명해야 하는 절차가 있어야 하는 까닭이다.

해방 직후 진행된 시인의 창작행위를 추적해 들어가다 보면, 그의 문학적 본령이 무엇이었던가를 새삼 되묻지 않을 수 없게 된다. 특히 자유로운 이념 선택의 공간에서 시인은 지금껏 펼쳐보인 이념의 색채로부터 스스로를 감추고 있었기 때문이다. 그는 카프에 가담했고, 그 여파로 감옥에 가기도 했으며, 여기서 얻은 경험을 토대로 시를 쓰기도 했다. 말하자면 작가적 실천도 그는 다른 카프 시인과 달리 제대로 시행했던 것이다. 뿐만 아니라 1930년대 중후반의 어두운 현실에서도 그는 상징적 장치이나마 이념의 심연에 들어가 이를 언어화하는 작업도 수행해내었다. 하지만 열려진 공간, 이념을 선택하는데 있어 아무런 제약이 없었던 해방공간에서 그는 자신의 세계관을 뚜렷이 드러내고 있지 않았던 것이다. 이런 결과가 말해주는 것은 무엇일까. 해방직후 윤곤강의 이러한 행보는 아마도 두 가지 각도에서 그 설명이 가능할 것으로 보인다. 하나는 부르주아 자식으로서 가지고 있었던 소시민성이고 다른 하나는 모더니즘이라는 양식이 주는 사유의 편린들이다. 윤곤강은 친구의 권유로 선진적인 노동자 의식

22 작품의 부기에 의하면, 이 시는 1945년 8월 20일에 쓴 것으로 되어 있다.

으로 존재의 변환을 시도했지만 그의 의식의 저변에는 항상 소시민 의식이 자리하고 있었다고 했다. 익히 알려진 대로 이 의식은 미결정성 혹은 미종결성으로 특징지어진다. 하나의 결정을 위해서는 여러 단계의 망설임이 뒤따르는 것이 소시민 의식의 궁극적 특성인 것이다. 그는 해방 이전에 이 의식으로부터 자유롭지 않았거니와 해방 직후에도 마찬가지였던 것으로 보인다. 오히려 이 감옥으로부터 더더욱 벗어나지 못한 것이 아닌가 생각될 정도로 이때 그는 이 한계에서 벗어나지 못하고 있었다. 따라서 문학가동맹에 참여한 것은 친분에 의한 행위의 결과일 뿐 결코 자신의 세계관에 의한 것이었다고는 할 수 없을 것이다.

둘째는 모더니즘 등 제반 사조와의 연관성이다. 해방 이전 윤곤강의 시세계는 다양한 측면에 걸쳐져 있었다. 리얼리즘의 영역이 있었는가 하면 모더니즘의 영역도 있었고, 혹은 그 중간 매개항도 있었다. 뿐만 아니라 서정시의 본령이라 할 수 있는 순수시의 영역에도 결쳐 있었다. 이런 다양성이야말로 욕망의 편집성이 낳은 결과이고, 사상적, 혹은 문예적 호기심이 낳은 결과이기도 할 것이다. 말하자면 그는 오히려 현대성이 무엇인지를 탐색하는 산책자에 가까울 정도로 근대에 대한 것들에 대해 집요한 탐색의 열정을 보여주고 있었던 것이다. 그러한 열정이 그로 하여금 여러 번에 걸쳐 존재의 변신을 만들어왔고, 그 변신의 과정 속에서 해방을 맞이한 것이다. 이때 그러한 사상의 편력 과정에서 주목해서 보아야 할 것이 대상에 대한 집요한 천착의 과정이라 할 수 있다. 이러한 시도가 실상 모더니즘의 정신과 분리하기 어려운 것인데, 윤곤강은 다른 어느 시인보다도 이 의식에 투철한 면모를 보여준 것이 아닌가 생각된다. 그것은 그가 해방 직후 발표한 두 권의 시집, 가령, 『피리』(1848)와 『살어리』(1948)를 통해서 나타나게 된다.

『피리』와 『살어리』를 관류하는 두 가지 큰 흐름은 소위 민족적인 것과 원형적인 것에 놓여 있다. 먼저 『피리』는 민족적인 것에 크나큰 관심을 둔 시집이다. 그렇다면 여기서 표명된 이 민족의식이란 어떤 계기와 동기에 의해 제출된 것일까 하는 의문이 들게 된다.

누릿 가온대 나곤
몸하 호올로 녈셔
—〈動動〉에서

보름이라 밤하늘의
달은 높이 현 등불 다호라
임하 호올로 가오신 임하
이 몸은 어찌호라 외오 두고
너만 호자 홀홀히 가오신고

아으 피 맺힌 내 마음
피리나 불어 이 밤 새오리
숨어서 밤에 우는 두견새처럼
나는야 밤이 좋아 달밤이 좋아

이런 밤이사 꿈처럼 오는 이들—
달을 품고 울던 벨레이느

어둠을 안고 간 에세이닌
찬 구들 베고 눈 감은 古月, 尙火…

낮으란 게인 양 엎디어 살고
밤으란 일어 피리나 불고지라
어두운 밤의 장막 뒤에 달 벗 삼아
임이 끼쳐 주신 보밸랑 고이 간직하고
피리나 불어 설운 이 밤 새오리

다섯 손꾸락 사뿐 감아쥐고
살포시 혀를 대어 한 가락 불면
은 쟁반에 구슬 구을리는 소리
슬피 울어 예는 여울물 소리
왕대 숲에 금 바람 이는 소리…

아으 비로소 나는 깨달았노라
서투른 나의 피리 소리언정
그 소리 가락 가락 온 누리에 퍼지어
메마른 임이 가슴 속에도
붉은 피 방울 방울 돌면
찢기고 흩어진 마음 다시 엉기리

「피리」 전문

해방 직후 발표된 『피리』는 이전의 시집과 비교해 볼 때, 여러 면에서 구분된다. 우선 형식적인 측면에서 시인은 작품의 서두에 우리의 전통 시가의 한 구절을 제시하면서 작품을 전개해나간다. 인용된 「피리」에서는 우리의 전통 가요인 「동동」이 전제되어 있다. 그런데 이런 면들은 두 번째 시집 『만가』의 경우와는 매우 다른 측면이다. 『만가』에서 시인은 『피리』와 마찬가지로 도입 시를 꼭 제시하는데, 여기서는 대개의 경우 서구 시인들의 작품이었다.

이런 면은 적어도 다음 두 가지 면을 시사해준다. 하나는 해방 직후 그의 작품들이 전통적인 것으로 회귀했다는 것이고, 더 이상 모더니즘의 세계관을 고집하지 않게 되었다는 뜻이 내포된다. 결론적으로 말하면, 이런 작품 행위들은 적어도 이 시기에 모더니즘이 지향하는 의장이나 내용에 대해서는 거리를 두었다고 알리는 증표들이라 할 수 있다. 다시 말하면 일시적, 파편적인 인식이 아니라 항구적, 통합적인 인식을 갖게 되었다는 것이다. 실제로 이 시기 윤곤강은 「전통과 창조」에서 '창조'란 '전통'에서 오는 것이고, 또 그 전통이란 과거의 것이 아니라 미래까지 내포된 힘이라고 이해하고 있다.[23] 이는 파편화된 인식을 갖고 있는 모더니스트가 그 인식의 완결을 위해 항구적인 모델로 나아가는 것과 동일한 도정이라고 할 수 있다.

윤곤강은 해방 직후, 전통과 같은 통합의 정서로 현저하게 기울어지고 있었다. 이는 집단적 통합의 표상인 인민성이라든가 당파성과는 뚜렷이 구분되는 것이라는 점에서 주목을 요하는 것이라 할 수 있다. 이런 통합의 정신을 토대로 윤곤강이 해방 직후 발견한 것은 분열된 민족의 모습들이었다. 어쩌면 그는 이러한 분열상을 자신이

23 『인민』, 1946.1.

겪어온 파편성과 연결짓고 싶었던 것은 아닐까. 그렇기에 그는 전통적 악기인 피리 소리에 "찢기고 흩어진 마음 다시 엉기리"라고 하는 욕망을 보인 것은 아닐까.

그리고, 이 시기 윤곤강의 통합적 세계관을 보여주는 것 가운데 하나가 고향의식이다. 고향이란 전통과 더불어 통합의 감수성을 대표한다. 일찍이 파편화된 감수성을 이런 고향의식 속에서 초월한 대표적 시인으로 오장환이 있다.[24] 그는 근대의 세례를 통해 무너진 통합의 감수성을 고향이라는 전일적 감수성으로 초극했던 것이다. 이런 행보에 기대어 보면, 윤곤강이 자신의 여섯 번째 시집이자 마지막 시집인 『살어리』는 그 사시하는 바가 매우 큰 것이라 할 수 있다.

허두
살어리 살어리랏다
靑山애 살어리랏다
멀위랑 다래랑 먹고
靑山애 살어리랏다
　　얄리얄리 얄랑셩 얄라리 얄라
....

일링공 뎌링공 하야
나즈란 디내와손뎌
오리도 가리도 업슨

24 오장환의 시에서 발견되는 탕자의 고향발견이 바로 그러하다. 오세영, 「탕자의 고향발견」, 『월북문인연구』(권영민 편), 문학사상사, 1989 참조.

바므란 또 엇디호리라
　　얄리얄리 얄랑셩 얄라리 얄라……………………

「靑山別曲」에서

1

살어리 살어리 살어리랏다
그예 나의 고향에 돌아가
내 고향 흙에 묻히리랏다

나무잎이 우수수 지누나
황금빛 나뭇잎이 지고야 마누나

누른빛 한의바람 속엔
매캐한 암노루의 배꼽 내 풍기고
지는 해 노을을 고웁게 수놓으면
어린 적 생각 눈에 암암하여라

조무래기 병정 모아 놓고
내 스스로 앞장서서
숨 가쁠사 풀 덩굴 헤치며 헤치며
대장 놀음에 해 지는 줄 모르던 곳

2

살어리 살어리 살어리랏다

그예 나의 고향에 돌아가
내 고향 흙에 묻히리랏다

하마 꿈엔들 잊히랴
댓가지로 활 매어
홍시라 쏘아 따 먹고
잠자리 잿불에 구어 먹던 시절

엄마가 비껴 주는 머리
굳이 싫다 울며 뿌리치고
냇가에 나아가 온 하루 물탕치다가
할아버지께 종아리 맞던 생각

그때, 나는 풋사랑을 알았어라
달보다 곱고 탐스런 가시내
가슴의 피란 피 죄 몰리었어라
꿀에 미친 왕벌이 꽃밭을 싸대듯―

3
살어리 살어리 살어리랏다
그예 나의 고향에 돌아가
내 고향 흙에 묻히리랏다

물 같은 세월은 어느덧

사냥도 갈 나이 되자
산도야지 이빨을 깎는 대신
나는야 머리 깎고 서울로 가고
그때부터, 나는 눈물의 값을 알았어라

겨레의 설움과 애달픔을 알았어라
그때부터, 나는 이친 범 되었어라
자고 닐어 맞이하는 것 주림뿐이었어라

그때, 나를 기다려 지친 가시내
헛된 해와 달 보내고 맞다가
굳이 맺은 언약도 모진 칼에 잘리어
남의 임 되어 새처럼 날아갔어라

4
살어리 살어리 살어리랏다
그예 나의 고향에 돌아가
내 고향 흙에 묻히리랏다

고운 손길 한번 못 만져 본
애타는 시름 덧없이 보내고
나는야 잃어버린 땅 찾으러
사랑보다 더 큰 사랑에 몸 바쳤어라

투구 쓰고 바위 끝에 서서
머언 하늘 끝 내어다보면
화살이 빗발치는 싸움터 나를 불렀어라
불 맞은 호랑이처럼 나는 내달았어라

날아드는 화살이 가슴에 맞는가 했더니
화살이 아니라 한 마리 제비였어라
비비배 비비배배… 제비는 몸을 뒤쳐
내 어깨를 스치며 날아갔어라

5
살어리 살어리 살어리랏다
그예 나의 고향에 돌아가
내 고향 흙에 묻히리랏다

때는 한여름 바다같이 너분 누리에
수갑 찬 몸 되어 전주라 옥살이
예[倭]의 아픈 챗죽에 모진 매 맞고
앙탈도 보람 없이 기절했어라

그때, 하늘 어두운 눈보라의 밤
넋이 깊이 모를 늪 속으로 가랁을 때
한 줄기 타오르는 불꽃을 보았어라
그것은 도적의 마즈막 발악이었어라

나와 내 겨레를 은근히
태워 죽이려는 그놈들의 꾀였어라
정녕 우리 살았음은 꿈이었어라
정녕 우리 새날 봄은 희한하였어라

6
살어리 살어리 살어리랏다
그예 나의 고향에 돌아가
내 고향 흙에 묻히리랏다

도적이 물러간 옛 터전엔
상기 서른여섯 해의 썩은 냄새 풍기어
겨레끼리 물고 뜯는 거리엔 가마귀 떼 울고
때 오면 이슬 될 목숨이 하도하고야

바람 바다 밑에서 일어
하늘을 다름질칠 제
호련히 나타날 새 아침하!
흰 비들기처럼 펄펄 날아오라

내 핏줄 속엔 어느덧
나날이 검어지는 선지피 부풀어
사나운 수리의 날개 펴뜨리고

설은 몸 밀물처럼 흘러가노라

7

살어리 살어리 살어리랏다
그예 나의 고향에 돌아가
내 고향 흙에 묻히리랏다

어린애 가슴처럼 세월 모르던 시절하!
바랄 것 없는 어두운 마음의 뒤안길에서
매캐하게 풍기는 매화꽃 향내
아으, 내 몸에 매진 시름 엇디호리라

언마나 아득하뇨 나의 고향
몇 메 몇 가람 넘고 건너
구름 비, 안개 바람, 풀끝의 이슬 되어
방울방울 흙 속에 숨이고녀

눈에 암암 어리는 고향 하늘
궂은 비 개인 맑은 하늘 우혜
나무나무 푸른 옷 갈아입고
종다리 노래 들으며 흐드러져 살고녀 살고녀…

「살어리」 전문

해방 직후 윤곤강이 시도했던 민족문학은 아마도 이런 전통성, 혹은 원형성에 있었던 것은 아닐까. 이런 근거는 이때 자신이 의욕적으로 밝힌 민족문학의 개념에서 그 시사점을 얻을 수 있을 것이다. 「문학자의 임무」에서 윤곤강은 민족적 이념이라는 것을 불변의 어떤 것으로 이해했다.[25] 그것은 시간과 공간에 따라 달라지는 것이 아니고 일체의 것을 초월하고 어루만져주는 무진장하고 전지전능한 힘으로 파악한 것이다. 다시 말하면 민족적 이념이란 일시적이고 순간적이 아니라 영원한 것이고 어떤 순간에도 흔들리지 않는 항구적인 그 무엇이라고 본 것이다. 그런 다음 그는 이 이념이라는 것이 위로부터의 전체성이 아니라 개별자들이 모인 전체성이라고 파악했다. 말하자면 민족의 이념이란 전체성이 아니라 개별자들의 총체가 모여서 된 것이라 했던 것이다.[26]

그런데, 이런 시도는 몇 가지 오해를 불러일으킬 만한 소지가 있는 것 또한 사실이다. 하나는 당파성과의 관련양상인데, 잘 알려진 바와 같이 당파성도 여러 개별자들이 모여서 하나의 공통관계로 형성되는 것이다. 뿐만 아니라 그것은 집단적인 것이어서 항구성이랄까 보편성 또한 내포하는 것이라 할 수 있다. 하지만 윤곤강은 이에 대한 논의를 전혀 다른 식으로 우회하면서 그 위험을 비껴가고 있다. 밑에서 위로, 곧 개별자들이 모인 총체가 민족 이념이라고 판단하는 것이다. 이렇게 이해하게 되면 어느 특정 집단에서 공유되는 이념들은 배제되게 된다. 물론 여기서도 난점이 전혀 없는 것은 아니다. 이럴 경우 민족에 대한 개념적 이해라든가 정의가 제대로 내려져야 하는 까

25 『백민』, 1948.5.

26 위의 글 참조.

닮이다.

어떻든 윤곤강이 이해했던 개별자들의 총체란 거의 아키타이프, 곧 원형에 가까운 것이 된다. 모든 개체들에 향유되는, 그리고 공통되는 것이야말로 원형 이외의 다른 대안이 없기 때문이다. 그 결과 시도된 것이 전통이고, 고향에 대한 감각이었던 것이다. 이런 정서를 통해서 윤곤강은 해방 직후의 혼란을 극복할 수 있는 계기랄까 근거를 찾았을 수도 있다. 이는 이 시기 그만이 갖고 있었던 득의의 영역이 아닐 수 없는데, 어떻든 이런 발상의 근원에 자리하고 있는 것이 모더니즘의 행보와 불가분의 관계에 놓여 있었다는 사실이다. 모더니즘이란 사유의 정서이고 지속의 정서이며, 미종결적 특성을 갖는다. 그래서 열린 가능성을 향해 계속 전진하는 특성을 갖고 있다. 윤곤강은 해방 이전부터 이미 문학에서 다채로운 실험을 시도해온 터였다. 미완결된 자신의 정서, 파편화된 자신의 정서를 완결시켜줄 것에 대한 치열한 모색의 과정을 거친 것이다. 그리하여 그가 완결의 장으로 만난 것이 전통이고, 삶의 원형질이었다. 그런데 해방 직후는 아이러니컬하게도 그러한 질서를 필연적으로 요구하고 있었다. 이념이 부채살처럼 퍼져나가고 민족이 분열하는 현실을 목도한 것이다. 이런 현실 속에서 그는 일종의 확신 아닌 확신을 얻은 것처럼 보인다. 무질서가 아니라 질서, 분열이 아니라 통합, 이 모두를 하나로 아우를 수 있는 원형질의 발견이야말로 이 시기가 요구하는 시대정신으로 말이다. 그러한 확신이 그로 하여금 전통이나 고향과 같은 통합의 세계로 나아가게끔 만들었던 것이라 할 수 있을 것이다.

5. 사사적 위치

윤곤강은 우리 시사에서 낯선 위치에 놓여 있는 시인이다. 일제 강점기 적지 않은 시집과 예외적인 시론집의 발간에도 불구하고 그에 대한 연구들은 영성한 편이다. 그런데 이런 결과들이란 결코 낯선 것이 아니라는 점에서 또 다른 보편성을 만들어내고 있는 것도 사실이다. 중간자 혹은 회색인이란 늘 관심이나 소외의 경계에 놓여 있는 존재들이기 때문이다. 게다가 윤곤강은 시인으로서 등장한 시기 또한 애매한 위치에 놓여 있었다. 잘 알려진 바와 같이 카프의 등장은 우리 문단의 한 획을 긋는 사건이었고, 그 문학적 전개는 크나큰 주목의 대상이 되는 것이었다. 이런 거대한 흐름에 윤곤강의 경우도 국외자적 위치에 있었던 것은 아니다. 하지만 그는 카프가 퇴조되는 시기에 등장했고, 그러한 까닭에 이 단체가 내세우는 여러 조건들과 의무들에 대해 충실히 이해할 수 있는 처지에 놓여 있지 못했다. 오히려 이런 애매한 위치가 그의 문학적 위치를 문학사에서 위축시키는 결과를 초래하게 만들었다.

윤곤강 문학을 이해하기 위해서는 무엇보다 이 시인의 출신 조건을 문제 삼지 않을 수 없을 것이다. 그는 부르주아 집안에서 태어났고, 이 환경은 그의 문학활동에 있어 절대적인 기준으로 작용해 왔다. 그것은 다름 아닌 소시민 의식이었다. 이 의식은 시인의 행위나 사유를 결정하는 데 있어 늘 중간자의 위치 혹은 기회주의적 측면에 머무르게 하는 속성이 있었다. 가령, 무엇하나 뚜렷이 결정하거나 자리하게끔 하는 결단성의 결여와 밀접한 관련이 있었던 것이다. 이런 면들은 카프 구성원으로서 윤곤강이 활동하는데 있어 큰 제약 가운데 하나로 기능했다. 뿐만 아니라 이 의식은 이 시기 뿐만 아니라 해방 직후 윤곤강의 사유에도 어느 정도 영향을 미치게 된다.

그리고 윤곤강의 문학을 이해하는 데 있어 두 번째 근거는 그의 문학에 나타나는 사유의 다양성들이다. 물론 이러한 요건들이 첫 번째 것, 곧 소시민 의식과 분리하기 어려운 것은 사실이지만, 어떻든 그는 여러 문학적 조류들에 대해 관심이 많았고, 이를 자신의 작품 속에 구현하고자 했다. 이를 두고 유행병적인 멋에의 집착이라고 할 수 있겠고, 또 문학적 정열이라고 치부할 수도 있을 것이다. 이 도정에서 그는 여러번 존재의 변신을 시도하게 되고, 그 변신의 결과들은 그대로 자신의 시집 속에 담기게 된다. 그의 시집들이 짧은 기간 집중적으로 발표되었음에도 불구하고 시집들 사이에 내재하는 인식성의 차이는 이 열정의 결과라고 할 수 있을 것이다.

윤곤강의 문학 세계에서 가장 중요한 기준점은 리얼리즘의 영역보다는 모더니즘의 영역에서 찾아야 그 정합성을 담보받을 수 있을 것으로 보인다. 특히 해방직후 펼쳐보였던 민족주의에 바탕을 둔 민족문학과 삶의 원형질을 탐색해 들어간 고향의식을 염두에 둘 때 더욱 그러하다. 그는 근대의 탐색자였고, 또 항해자였다. 삶의 조건이 어떻게 개선되는가를 탐색하는 것이 근대성의 한 과제라면, 그는 이러한 면들에 충실히 부응하는 면을 보여주었다고 하겠다. 그것이 존재의 변이에 따란 새로운 세계에 대한 열망이었고, 그 결과 그가 발견한 것이 민족이라는 집단의 이념, 삶의 원형질에 대한 발견이었기 때문이다.

이런 시도가 있었기에 그는 해방직후 문학가동맹과 일정한 거리를 둘 수 있었던 것으로 보인다. 물론 그가 문학가동맹에 가입하기는 했지만, 그는 여기에 거리를 두고 있었다. 그가 하나의 단체에 가입한다는 것은 분열의 한 단초가 된다고 생각했는지도 모른다. 이는 해방직후 자신이 발견하고 추구해나간 민족적인 정서, 집단의 정서와는 상위적인 것이었다. 그래서 그는 크나큰 이념에서 지도되는 환경보다는 개별성의 총체가 모여서 만들어내는 집단의 정서에 보다 더 밀접한 친연성을 보였는지도 모른다. 고향과 같은 삶의 원형질이야말로 계급이나 계층을 초월한, 절대적인 하나의 세계이기 때문이다.

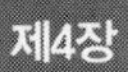

제4장

민족 의식을 향한 장르 실험

조영출론

조영출(조명암) 연보

1913년 충남 아산시 탕정면 출생.
1917년 서울로 이주.
1928년 강원도 건봉사로 출가. 중련(重連)이란 법명으로 승려 생활.
1929년 불교 잡지 『회광』에 산문 「가을」 발표.
1930년 만해 한용운의 추천으로 서울 보성고보로 전학.
1932년 첫 시 「밤」을 『조선일보』에, 「이 동굴안을 거니는 자여」를 『신동아』에 발표.
1934년 『동아일보』 신춘문예에 시 「동방의 태양을 쏘라」가 당선. 『별건곤』 지에 가요시 「고구려 애상곡」을 투고, 선외가작으로 뽑힘.
1935년 보성고보 졸업. 봉명학교 교사 생활. 이때 「알뜰한 당신」, 「선창」 등의 가요시 발표.
1936년 와세대대학 불문과 입학.
1945년 조선프롤레타리아예술가동맹 가입.
1948년 월북, 이때의 소감을 쓴 시 「북조선으로」 발표.
1960년 북한 교육문화성 부상을 지냄.
1982년 김일성 계관인 칭호 받음.
1993년 평양 자택에서 사망.
1990년 건봉사 경내에 조영출 시비 건립.
2003년 전집 『조명암시전집』(이동순 편) 간행(선출판사).

1. 다양한 시의식

조영출은 1913년 1월 10일 충남 아산시 탕정면 매곡리 643번지에서 부친 조경희(趙慶熙)와 모친 조희정(趙熙定) 사이에서 태어났다. 그의 호인 영출(靈出)은 자신의 고향 마을 뒷산인 영인산(靈仁山)에서 따온 것이라고 한다. 곧 영인산 출신을 줄여서 영출(靈出)이라고 한 것이다. 그의 호가 말해주는 것처럼, 그는 자신의 고향, 곧 뿌리에 대한 애착이 매우 강했던 것으로 이해된다. 이런 자의식은 이후 그의 시세계에 중요한 영향을 미치게 된다.

그의 문학 활동은 이 시기 대부분의 시인이 그러하듯 간헐적으로 이루어졌다. 16세 되던 1929년에 불교잡지 『회광』 창간호에 산문 「가을」을 발표하는가 하면, 1932년에 시 「밤」을 『조선일보』에 쓰기도 했다. 이렇게 듬성듬성 문필 활동을 하던 끝에 그는 1934년 「東方의 太陽을 쏘다」가 『동아일보』 신춘 문예에, 가요시 「서울 노래」가 역시 이 신문에 발표됨으로써 공식 문인의 길에 들어서게 된다.[1]

조영출의 시세계는 대략 세가지 방향으로 요약된다. 우울한 분위기의 모더니즘 시와 가요시, 그리고 해방 직후의 역사의식이 강한 시 등이 그러하다.[2] 이 가운데 가장 특징적인 단면은 출신 고향과 관련된 시인의 호와 함께 「동방의 태양을 쏘라」라는 작품의 이름에서 알 수 있는 것처럼, 그의 사상적 기반은 철저히 민족적인 것에 기반을 둔 것이었다. 그가 민족 의식을 갖게 된 것은 대략 두 가지 이유가 있

1 이상의 연보는 『조명암 시전집』(이동순 편), 선, 2003에 의거함.

2 이동순, 「조명암 문학의 복원과 그 의미」, 『조명암 시전집』 참조.

었던 것으로 보인다. 3.1운동의 근거지 가운데 하나였던 천안, 아산 지역의 영향과 분리하기 어려운 것이기도 했거니와 금강산 건봉사에서 받은 영향도 매우 컸던 까닭이다. 금강산 건봉사는 만해 한용운과 밀접한 관련을 갖고 있는 산사였고, 여기에 출가한 조영출이 이 영향으로부터 자유롭지 않았다는 것은 분명했을 것이다.[3] 만해의 영향이란 곧 민족 의식을 떠나서는 성립할 수 없는 것이었던 바, 조영출의 시에서 드러나는 민족주의적인 흐름들은 모두 이와 밀접한 관련이 있었던 것으로 이해된다.[4]

조영출의 초기 시들은 민족주의적 성향 이외에도 '님'에 대한 간절한 의식을 드러낸 작품도 있는데, 이는 1920년대 유행했던 낭만주의적 성향과 일정부분 연결되는 것이라는 점에서 그 의미가 있는 것이라 하겠다. 이 외에도 그의 시들은 도시적 감수성에 바탕을 둔 모더니즘 계통으로 분류되는 것도 상당한 편이다. 이런 다양성이란 곧 그의 초기 시의식이 어느 하나로 자리하지 못한 한계에서 오는 것이기도 하고, 또 이 시기 문단 상황을 말해주는 것이기도 하다.

1930년대를 이해하는 특징적 국면은 이른 바 진보를 표방한 문학의 상실이라고 할 수 있다. 1931년부터 시작된 카프에 대한 탄압은 그 단적인 본보기라고 할 수 있거니와 이를 계기로 우리 문단은 이에

3 만해와 건봉사의 인연은 1910년 전후부터 있었고, 이 관계는 만해가 서울에 거주하면서도 계속 유지되었던 것으로 보인다. 만해가 건봉사의 사지를 작성하는 등의 공적인 일을 계속함으로써 그 인연을 계속 맺어 왔기 때문이다. 이런 이유로 건봉사에 속해 있던 어린 스님들에게 만해의 사상은 많은 영향을 주었다고 한다. 한계전, 「만해 한용운과 건봉사 문하생들에 대하여」, 『만해학보』 창간호, 1992, pp.163-164 참조.

4 이에 주목한 연구들로는 다음과 같은 논문들이 있다. 윤여탁, 「모더니즘에서 리얼리즘에로의 선택」, 『만해학보』 창간호, 1992. 정우택, 「조영출과 그의 시문학연구」, 『국제어문』 58, 2013.8.

응전하는 새로운 모색을 하게 된다. 동반자 작가의 증가와 비판적 모더니스트들의 등장 등이 바로 그러하다. 실상 카프가 1935년에 공식 해산되었으니 이에 동조하는 그룹은 동반자 그룹으로 전화하거나 그에 준하는 의식을 갖게 되는 것은 당연한 수순이었다. 그리고 또 하나 주류적 흐름이란 이른바 비판적 모더니스트들의 등장이다. 카프의 해산과 동시에 등장한 것이 『3 · 4문학』이었는바, 이 그룹이 표방한 것은 탈 내용주의와 도시적 감각의 획득이었다. 하지만 도시적 감각의 획득이 곧바로 현실에 대한 외면을 의미하는 것은 아니었다. 도시는 근대 문명의 결과이긴 하지만, 그것이 제국주의와 밀접한 관련을 맺고 있었다는 점, 그리하여 그 팽창이란 민족주의를 형성케 한 근본 동인 가운데 하나가 되었기 때문이다. 이 시기 이를 대표하는 작가가 바로 김해강이었다. 그는 도시에 대해 어떤 긍정의 정서도 갖고 있지 않았으며, 퇴폐와 타락과 같은 병리적인 현상으로만 한정시켜 문학적 의미를 부여했다.[5] 이런 면들은 현대성을 탐색하고 그 맥락화를 시도한 '고현학(考現學)'의 의장과는 전연 다른 경우였다. 도시의 현란한 불빛이 민족의 의식 속에 편입된다는 것은 곧 제국주의에 대한 비판성을 담보할 수밖에 없는 현실을 만들었던 것이다.

조영출의 문학이 놓인 자리는 이런 시대적 배경 속에서 찾아야 한다. 첫째, 그의 문학적 위치는 전형기에 속해 있다는 점이고, 둘째는 만해 한용운과 건봉사와의 관계 속에서 고찰되어야 한다는 것, 세 번째는 제국주의의 한 방편으로 펼쳐지고 있는 도시와의 관련 속에서

5 「민족 문학과 반근대성－김해강론」 참조.

읽어내야 한다는 점이다.[6] 이런 전제가 성립된다면, 그의 시들, 특히 초기 시들은 모색기에 놓여 있다고 할 수 있다. 하지만 이런 다양성에도 불구하고 궁극에는 그의 시들이 어느 하나의 지점으로 수렴될 수밖에 없었는데, 그것은 다름 아닌 민족주의 혹은 민족 모순과 분리할 수 없게 결합되어 있다는 점일 것이다. 이런 전제에 설 때, 그의 서정시뿐만 아니라 그의 작품 세계의 대부분을 차지하고 있는 대중 가사들, 흔히 가요시라고 지칭되는 것들에 대한 관계망이 잘 드러날 것으로 이해된다. 지금까지 이들 장르들간의 상호 관계나 그것들의 발생 배경, 그리고 그 유기적 상관 관계에 대한 검토는 거의 이루어지지 않은 편이다. 그저 각각의 장르가 갖고 있는 특색과 그 내용에 대한 단편적인 언급만이 있었을 뿐, 이들 장르 사이에 놓인 관계망에 대해서는 제대로 밝혀진 바가 없는 것이다. 이 글은 이런 문제 의식에서 출발한다.

2. 민족 모순과 그 저항 의식

조영출의 시들은 대략 다음과 같은 큰 줄기로 형성되어 있다. 부정적 도시 인식에 바탕을 둔 도시시가 그 하나이고, 민족 의식과 관련된 서정시들이 다른 하나이다. 그리고 장르상의 편차 내지는 그 발전적 경로에 따라 형성된 가요시가 있고, 해방 직후 집중적으로 발표

6 도시와 관련된 논문이 전혀 없는 것은 아니지만 이를 민족 의식과 관련시켜 살펴본 글은 소략한 편이다. 서영희, 「조명암의 모더니즘 시에 나타난 도시」, 『어문론총』 58, 한국문학언어학회, 2013.6.

되기 시작한 희곡 내지는 연극 등이 있다. 이렇게 본다면, 그의 문학적 갈래는 대략 네 가지 큰 틀에서 이해될 수 있겠는데, 여기서 가장 주목이 되는 것이 바로 민족의식과 관련된 시들일 것이다.

조영출이 민족적인 것들과 밀접하게 결부되어 있음은 아마도 두 가지 계기가 그 근저에서 밀도있게 작용하고 있었던 것으로 보인다. 하나는 시인이 출생한 고향과의 관련양상이다. 일찍이 이 지역은 다른 곳에 비해 항일 저항의식이 매우 강한 곳이었다. 그 단적인 사례가 되는 것이 천안 아우내 만세 운동과, 이를 주도한 유관순 열사의 행보였다. 이런 일련의 사건들이 성장기에 있었던 조영출의 의식 세계를 지배한 것은 당연한 것이었고, 실제로 그가 자신의 호를 영인산 출신(靈仁山 出身)이라는 점을 강조하기 위해 영출(靈出)이라고 한 것도 이와 밀접한 관련이 있었을 것이다. 두 번째는 금강산 건봉사로의 출가이다. 그의 전기에 의하면, 그는 8세 때인 1921년 부친을 잃고 나서 가세가 기울었고, 형편상 함경남도 안변의 석왕사에 의탁되어 학교를 다녔다고 한다. 이후 강원도 고성의 건봉사로 출가하여 승려가 되었다.[7] 여기서 그는 만해 한용운을 알게 되고, 또 그의 시집 『님의 침묵』도 만나게 된다. 『님의 침묵』은 이 절의 교과서가 되어 많은 학승들이 이를 읽고 암기하는 절차를 거쳤다고 한다. 이 과정에서 그는 만해의 사상과 그의 시집 『님의 침묵』의 내포에 대해 익히 이해했을 것으로 판단된다. 그가 승려의 신분으로 쓴 「이 동굴 안을 거니는 자여－경주 석굴암」도 이때 발표한 것이다.

7 정우택, 앞의 논문, p.456.

이 석굴 안을 들어가는 이여
오뇌를 잊으려는 자는 이 동굴 안을 거닐어라
자기를 잊고 드문 眞樂에 웃으려는 자는
이 동굴 안을 거닐어라
질식된 현실에서 새로운 우려를 사려는 자는
또한 이 동굴 안을 거닐어라
토함산 너머 산기슭에 고이 잠들어진 석굴
산언덕에 바야흐로 무르녹는 단풍
아, 옛 광휘를 잊지 못하는 역사의 피눈물이여

곰팡내 나는 과거의 氣息이 흐르는
영원의 침묵에 눈감아버린
이 동굴 안을 들어가는 이여
그 침묵에서 위대한 맥박을 들으려는 자는
이 동굴 안을 거닐어라
新羅의 큰 호흡을 마시려는 자는
이 동굴 안을 거닐어라
과거는 죽었느니라
휘황하던 문화의 넋도
한 조각 와편에
찬 피 흐르는 곡선에 숨어있을 따름이다
현재도 죽은 상 싶으니
아, 아득한 미래여

낡은 공기에 오직 예술만이 빙긋이 웃는
이 동굴 안을 들어가는 이여
무덤에 피는 꽃과 같이
다시 향그러워 지려는 자는
이 동굴을 주먹 쥐고 거닐어라
곱다란 그 곡선엔 구원의 진리의 동맥이 푸들거리고
우두머니 앉은 석불의 차디찬 시선은
참다운 삶의 순례자의 코스를 가리키나니
이 동굴 안을 들어가는 이여
자기를 불사르고 새로운 자기를 알려는 자는
이 동굴 안을 감히 거닐어라

「이 동굴 안을 거니는 자여-경주 석굴암」 전문

이 작품은 1932년 『신동아』에 발표된 것인데, 건봉사 학승의 신분으로 경주를 답사하고 쓴 시이다. 그는 이 체험을 시뿐만 아니라 산문으로 남기기도 했는데, 「경주 순례기」가 그러하다.[8] 그가 경주를 순례하면서 시와 산문으로 글을 쓴 것인데, 이런 저간의 사정을 미뤄 보면, 그의 경주 체험은 그에게 신선하고 충격적으로 다가온 것처럼 보인다.

「이 동굴 안을 거니는 자여」는 크게 두 가지 주제 의식으로 구성되어 있다. 하나는 존재론적인 것이고, 다른 하나는 민족주의에 관한 것이다. 그의 '오뇌'라든가 '새로운 자기'에 대한 탐색 의지는 모

8 이 글은 1932년 『불교』지에 독자 문단에 투고하는 형식으로 제출되었다.

두 존재론적인 사유를 떠나서는 성립할 수 없는 것들이다. 물론 이러한 의식은 구도자로서 가질 수 있는 당연한 수순이라는 점에서 하등 이상할 것이 없다고 하겠다. 문제는 두 번째 감각인 이른바 민족 의식과 관련된 것이다. 일제 말기였던 것도 그러하지만 이 시기 역시 점점 일본에 동일화되어가는, 그리하여 민족의 정체성을 잃어가는 것에 대한 위기감은 크게 엄습되었을 것으로 생각된다. 이미 그런 위기 감각에 대한 시도가 1920년대 민족혼의 부활에 대한 의지, 곧 고전의 부활에 대한 의지로 나타난 바 있는데, 실상 이런 감각은 시대 정황상 항상적인 것일 수밖에 없었다는 점에서 새삼스럽지 않은 면이 있을 것이다. 하지만 관습적이고 자동화된 감각일수록 새롭게 환기되어야 그 가치랄까 의미가 있을 것이다. 따라서 이 작품은 우선 이 감각으로 이해되어야 한다는 사실이 강조되어야 한다.

시인은 여기서 '질식된 현실'을 이야기했고, "옛 광휘를 잊지 못하는 역사의 피눈물"을 이야기 했다. 뿐만 아니라 역사의 위대한 '맥박'을 찾고자 했고, '新羅의 큰 호흡'을 느끼고자 했다. 실상 이런 감각은 당대의 현실과 민족이 처한 모순적인 상황을 떠나서는 성립하기 어려운 것들이다. 조영출이 이 시기 이런 감각을 표명했던 것은 크게 두 가지 국면에서 그 의미가 있었던 것으로 이해된다. 하나는 민족 모순이라는 관점이고, 다른 하나는 동일화에 대한 대항 담론이라는 관점이다.

어느 한 나라가 지배 상태에 놓여 있다는 것은 민족 모순을 유발하고 이를 인식하는 근본 동기가 될 것이다. 그것은 일제 강점기 우리 현실에서도 예외적인 것이 아닌데, 그 이론적, 혹은 사상적 근거가 계급 모순으로 표출되었음은 잘 알려진 일이다. 물론 이때에도 소위 민족적인 것과 그 반대 편에 놓인 것들에 대한 대립 관계가 수면 아래에 가라앉아 있었던 것은 아니다. 가령, 송영의 문학을 비롯한 일부 카프 시인들에게서 이런 관계항들은 얼마든지 읽어낼 수 있었기 때문이다. 하지만 1930년대 들어서 객관적 상황은 매우 열악해졌다. 그 결과 계급적인 것과 제국주의인 것의 대립은 현저하게 격화되었고, 전자의 기세는 한풀 꺾이게 되었다. 그것이 카프에 대한 탄압이었고, 이를 지향했던 구성원들에게 구금 행위가 시행되고 있었던 것이다. 적어도 표면적으로는 이제 계급 모순에 대해 이야기하는 것은 난망한 일이 되어 버린 것이다. 말하자면 모순과 대립의 격한 싸움터였던 카프와 제국주의의 갈등은 수면 아래로 잠복해버린 것이다. 그런데 그 절대 공백의 지대를 채우게 된 것이 바로 민족 모순이었다. 실상 제국주의 입장에서 보면, 계급 모순보다 더 철저하게 경계심을 가져야 할 것이 민족 모순에 대한 인식과 그 표명이었을 것이다. 그런데, 진보주의 운동이었던 카프의 퇴장은 역으로 가장 경계했던 민족 모순의 문제를 다시 수면 위로 떠오르게 한 동인 가운데 하나로 자리하게 된 것이다. 이런 감각을 가장 잘 보여주었던 시인이 바로 이용악이었던바, 그의 문학이 내세운 것은 계급 간의 갈등이 아니라 민족 모순에서 오는 유이민들의 비극적인 삶이었던 것이다.[9]

민족 모순에 대한 이용악적인 감각은 조영출에게도 곧바로 적용될 수 있다는 점에서 그 의미가 있다. 시인이 「이 동굴 안을 거니는 자여」에서 내세운 것이란 바로 민족적인 것의 환기와 그 감각을 다시 재구성하는 일이었다. 실상 이 시기 '역사의 피눈물'이라든가 '위

9 「고립적 자아에서 연대적 자아로－이용악론」 참조.

대한 맥박', 혹은 '신라의 큰 호흡'을 이야기하는 것만으로도 그 모순적 상황을 예각적으로 드러낸 것이라 할 수 있기 때문이다.

그리고 두 번째는 동일화에 대한 반정서적 국면이다. 물론 이 감각도 민족 모순과 일정 부분 겹쳐지는 것이라는 점에서 그 고유성이 보장받지 않을 수도 있을 것이다. 하지만 모순이라든가 혹은 그에 기반한 반담론의 정서를 가열차게 표현한다고 해서 모든 것이 일거에 해소될 수 있다고 믿는 것은 합리적인 사유가 아닐 것이다. 오히려 민족의 심연에 자리하고 있는 정서들을 줄기차게 탐색하고 이를 당대의 시대적 맥락과 밀접하게 결부시킬 수 있어야 비로소 시대에 대한 윤리적, 혹은 당위적 임무를 완수했다고 할 수 있을 것이다. 따라서 이 작품은 점점 희미해져가는 조선적인 것들에 대한 환기, 무의식의 심연 저편에 자리한 것들을 이끌어내는 기제가 되고 있다는 점에서 그 시사적 의의가 큰 것이라 하겠다.

> 동방이 얼어붙었다
> 태양의 붉은 피가 얼어붙었다
>
> 젊은이여 이 고장 백성의 아들이여
> 손에 든 화살을 힘주어 쏘아 보내라
> 태양의 가슴의 붉은 피를 쏘아 흘려라
> 백성이 광명에 굶주리고
> 강산의 줄기줄기 숨죽어 누었으니
>
> 허물어진 옛터

님의 꽃잎 하나 둘

아, 젊은이들아
함정에 빠진 사자의 포효만이
광명 잃은 譜表우에 달음질칠 이 날은 아니다

화살을 쏘라
동방의 태양을 뽑아내라
피끓는 심장에 불을 붙여
낡은 봉화 재 우에 높이 들고 서서
산과 들 곳곳에 이 날의 레포를 아뢰우자

「동방의 태양을 쏘라」 전문

이 작품은 조영출로 하여금 정식 문인의 길로 들어서게 한 시이다. 「이 동굴 안을 거니는 자여」가 학승으로서, 혹은 처음 쓴 작품이라는 점, 그리하여 그 시의식이 민족적인 것에 놓여 있다고 한 것은 앞서 지적한 바 있다. 그런데, 「동방의 태양을 쏘라」 역시 「이 동굴 안을 거니는 자여」와 마찬가지로 여러 면에서 비교되는 작품이라 할 수 있다.

이 작품은 두 대항 담론이 교직한다. 바로 '얼음 이미지'와 '태양' 혹은 '붉은 피'의 이미저리이다. 신화적 상상력에 의하면, 얼음이라든가 겨울은 죽음의 함의를 담고, 그 외연을 좀 더 확장하게 되면, 국가 상실의 감각으로도 연결될 수 있을 것이다. 실제로 1930년대에 이런 내포를 담고 있는 작품을 발표할 수 있었다는 것 자체만으로도 그 의미가 있다.

시인은 이렇게 묘지와 같은 현실, 죽어있는 현실을 일깨울 수 있는 주체로 '젊은이'를 지목하고 있다. 이들이 쏘는 강력하고 힘있는 화살만이 얼어붙은 '태양을 뽑아낼 수 있고", 죽어 있는 "봉화재의 불씨"를 살려낼 수 있다고 보는 것이다. 이렇듯 이 시를 이끌어가는 것은 미래에 대한 확신이고 또 자신감이다. 그것은 마치 이육사의 「광야」처럼 활기차고 당당하다. 그리하여 미래에 대한 밝은 전망을 담아냄으로써 현재의 겨울같은 암울함으로부터 탈출할 것임을 예언하고 있는 것이다.

그러나 미래에 대한 밝은 전망과 그에 대한 가열찬 희망이 있다고 해서 현재의 상황이 개선되는 것은 아니다. 특히 역사의 객관적 필연성에 대한 믿음과 그 실천이 담보된 카프 문학이 해체된 이상 미래에 대한 전망이 항구적으로 유지되는 것은 더더욱 불가능했을 것이다. 실제로 조영출의 시세계는 이 시기 미래보다는 오히려 과거의 시간 속에 침잠하게 된다. 그것은 어쩌면 쉽게 개선될 수 없는 현실에 대한 차선책에서 온 것인지도 모를 일이다. 「동방의 태양을 쏘라」는 미래 의식, 곧 미래에 대한 시간성에 기초한 작품이다. 이는 이 시기 카프 문학에 유입되기 시작한 낭만적 이상주의를 표방한 사회주의 리얼리즘으로부터 일정 부분 영향을 받은 듯 보인다. 하지만 이런 의식은 여기까지이고 이후 조영출의 시세계는 현저하게 과거 속으로 향하게 된다. 그 하나의 본보기가 되는 작품이 「추억의 건축」이다.

> 건축, 지난 추억의 건축이
> 바닷가 밀물에 무너짐이여

모래성 모래성
고향을 마음 우에 놓고 생각을 도사리노니
고구려 팔백 년의 포물선이 지평선 우에 굼슬거린다

그가 바다와 하늘을 푸른빛으로 물들여 주고 간 그 후
흰 꿈 흰 구름 흰 갈매기의 항해가 언제나 있었나니
오오, 침묵의 항구를 떠나려는 오늘의 흰 돛이여
머언 희랍의 바람은 너의 범포를 배불리 해주리라

청춘, 수부의 가슴우에 하나씩 박아주는 별
黃灘의 어느 밤 기어코 빛나리니
파랑치마를 쓰고 우는 못난 여인아
빨간 기폭이 펄럭거리는 지상의 파라다이스가 궁금치도 않느냐

뭉청뭉청 떨어져 가는 마음의 조각
신라 천년의 이야기를 저 꼬리 감춘 섬 가에서 듣나니
알알이 소리치는 물방울이여 파랑이여
아아, 나의 고적을 해초의 푸른 침대 우에 눕히노라

「추억의 건축」 전문

1930년대 중기 이후부터 조영출의 시에 표명된 시간들은 모두 과거지향적이다. 실제로 인용된 작품 외에도 그가 이 시기에 발표한 작품들은 모두 이런 시간성을 갖고 있다는 공통점이 있다. 가령, 「추억의 소야곡」을 비롯해서 「붉은 날개의 전설」 등이 그러하고 「압록강」

또한 그러하다. 이들 작품에서 알 수 있는 것처럼, 여기에 표명된 시간의식은 모두 과거 지향적인 것들 뿐이다.

조영출의 시들이 과거로 회귀한 것은 두 가지 이유가 있었던 것으로 이해된다. 하나는 점증하는 객관적 현실의 열악함에서 오는 좌절의식이다. 외적 탄압의 강도가 거세질 때, 이에 맞서서 앞으로 계속 진행하는 것은 상당한 위험을 수반하는 일이고, 궁극에는 최소한도의 저항도 잃어버릴 개연성이 큰 경우라 할 수 있을 것이다. 그는 이런 위험으로부터 벗어나기 위해 현재의 예민한 갈등의 현장을 기반으로 한 초월 의지를 표명하는 데 있어 매우 곤란한 처지에 놓여 있었던 것으로 보인다. 두 번째는 과거로 향하는 그의 시선들이 단순한 현실 도피주의와는 거리가 있었다는 점이다. 만약 그의 시들이 이런 감각과 밀접하게 결부되어 있는 것이라면, 그의 시들은 과거의 집단성이나 사회성, 혹은 역사성으로부터 거리가 있는, 어떤 개인적 회고의 정서에 머물면 그뿐일 것이다. 하지만 조영출의 시들은 이런 개인적 회고의 정서와는 상당한 거리를 두고 있었다. 그가 시에서 복원하는 과거의 것들은 우리의 역사이고 민족이었다. 그렇게 재생된 과거의 것들은 시인의 작품 속에서 혹은 담론 속에서 민족의 영광으로 힘차게 재현되고 있었던 것이다.

「추억의 건축」이 말하고자 했던 것도 과거의 영광이다. 여기에 표명되고 있는 과거의 일들은 한때 우리 민족의 전성 시대를 이끌었던 국가들에 대한 것이다. 가령, 고구려라든가 신라가 그러한데, 이 작품에서 이 초시대적인 것들은 아무런 제약없이 시인이 만들어내는 언어의 물결 속에서 아름답게 재현되고 있는 것이다. 그 매개로 기능하고 있는 것이 바로 '건축'이다. 여기서 '건축'이란 과거의 과거성

뿐만 아니라 현재의 현재성을 담보하는 축제물이라든가 혹은 지속적인 매개체라는 점에서 그 의의가 있다. 뿐만 아니라 건축이란 실체가 있는 것이기에 관념 너머의 자리에 존재하는 것이 아니다. 그것은 지금 이곳에 자리하면서 우리 민족의 심연 속에서 생생하게 다시 살아나온다. 이런 역사성, 현장성이 있기에 시인이 묘파해내는 과거의 역사들은 관념 너머에 있는 추상적인 실체가 아니다. 그것은 지금 여기에서 활발히 활동하면서 너와 나의 기억 속에 재구되면서 궁극에는 우리를 하나의 장으로 결속시키는 매개체 역할을 하고 있다.

조영출이 역사 의식에 바탕을 두고 시를 쓸 수 있었던 것은 그의 태생적 배경과, 성장기 그를 둘러싼 환경이 절대적인 영향을 주었기에 가능한 것이었다. 그것은 민족에 대한 애정과, 민족 모순이 만들어낸 질곡의 역사에 기인한 탓이 크다고 하겠다.

3. 부정적 도시 인식과 비판적 모더니즘

1930년대 들어 우리 사회는 큰 변화를 맞고 있었는데, 그 하나가 도시화이다. 도시란 산업혁명의 결과 필연적으로 도래할 수밖에 없는 것이었는데, 만약 산업화가 긍정적인 방향에서 진행되었다면, 이에 대한 응시와 그 응전의 방식도 동일한 방향으로 흘러갔을 것이다. 하지만 일제 강점기 도시화란 곧 제국주의 문명의 결과이자 승인이었다. 그렇기에 그것은 자생적 결과가 아닌 강요된 것이었다고 할 수 있다. 게다가 산업화 내지는 도시화가 대륙 침략의 전초기지가 될 수밖에 없었던 것이 수도 경성이 갖고 있었던 어쩔 수 없었던 운명이기도 했다.

이런 현실과 조응해서 이 시기 도시를 응시하는 방향은 크게 두가지로 진행되었던 것으로 판단된다. 하나는 그러한 도시화에 대한 앎의 과정이었고, 다른 하나는 앎을 넘어선 비판의 도정이었다. 거칠게 분류하자면 전자를 대변하는 것은 대개 산업이라든가 문명, 곧 과학의 진화를 긍정적으로 보는 경향이 강했던 그룹이었다. 가령, 과학이나 문명의 발전을 신기성이나 세련성으로 인식하는 것이 그러한데, 이것이 우리 시문학사에서 엑조티시즘적인 방향으로 나아간 것은 잘 알려진 일이다. 그리고 이에 속하는 또 하나의 흐름은 고현학(考現學)의 도입이다. 우리 시사에서 근대 초기 모더니스트들은 대부분 시의 근대성으로 이 엑조티시즘의 방법을 구현한 바 있다.[10] 반면 고현학이란 글자 그대로 현대성에 대한 탐색의 방법이다. 현대란 무엇이고, 그것이 삶의 과정에 미치는 방향이란 무엇인가를 응시하고, 그 해석을 제시했던 것이 고현학의 방법이었다. 이런 의장을 대표하는 것이 소설로는 박태원의 경우[11]가 있었고, 시에서는 박팔양의 경우[12]가 있었다.

두 번째는 도시화에 대한 비판적 인식이었다. 그동안 이 영역에 대해 분류화를 시도하거나 개념화하는 경우는 없었다. 하지만 최근의

10 가령, 임화 등의 다다이즘 시나 정지용, 김기림이 보여준 초기 시의 수법은 모두 이와 밀접한 관련을 맺고 있었다.

11 「소설가 구보씨의 일일」등의 작품에서 이런 의장을 잘 확인할 수 있는데, 실제로 박태원 문학의 대부분은 이 현대성에 대한 탐구, 곧 고현학의 방법과 밀접한 관련을 갖고 있었다.

12 박팔양도 시에서 고현학을 시도했는데, 가령, 「近吟數題」가 같은 경우가 그러하다. 이는「소설가 구보씨의 일일」을 시에서 모방했다고 해도 과언이 아닐 정도로 그 수법이나 내용이 꼭 닮아 있다.

연구 성과를 토대로 하나의 분류 체계가 허용될 수 있다면, 이런 류의 사유 태도를 보여준 대표적인 경우로 김해강이나 이상 등을 들 수 있을 것이다. 이상의 작품들이 현실보다는 보다 형이상학적인 영역과 밀접히 결부되어 있다고 보면, 실질적으로 도시에 대한 부정적 인식, 곧 비판적 모더니즘의 사유 체계를 견지한 시인은 김해강이 유일하다고 할 것이다. 그는 도시에 대한 병리적인 현상에 주목하여, 그런 불온성을 만들어낸 원인과 현장에 대해 남다른 안목을 보여준 바 있다.[13] 그리고 김해강의 그러한 경향과 동일한 행보를 보여준 시인이 바로 조영출이다. 따라서 1930년대에 비판적 모더니즘의 길을 걸어간 시인으로 조영출을 덧붙여도 크게 문제될 것은 없어 보인다 하겠다.

> 밤, 밤이란 내일의 여명을 준비하는 위대한 때이다 인간의 안식의 보금자리인 것이다
>
> 누구는 포근한 침실에 누워 자고 그 누구는 길가 쓰레기통 앞에서 꿈을 맞는다고 하는 머리 아픈 모순덩어리의 화제는 덮어놓고 밤이란 인간으로 하여금 싸움을 중지함은 성스러운 찰나의 연장이라고 보고싶다
>
> 그러나 그것은 자정을 넘은 서 너 시경인 새벽머리의 짧은 시간에 국한된 것이다 초저녁부터 밤중까지의 사이는 인간으로서 가장 잘 인간성을 발휘하는 때이다 이십세기의 기계문명을 자만하는 도시의 에로경은 전광이 눈을 뜨는 때로부

13 김해강, 「앞의 글」 참조.

터 개막이 된다 네온싸인이 머리를 헤트리고 있는 아스팔트 우으로 소시민의 令孃들의 굽높은 신이 뒤뚝거리며 지나가고 짝을 지어가지고 다니는 젊은 사람들의 크림냄새가 풍긴다 카페에선 째즈가 흘러나오고 웨트레스의 음탕한 노래가 흘러나온다

도대체 에로그로에 都城

이 조그마한 장안을 통틀어보면 얼마나 많은 범죄의 물결이 범람하랴

그러고 이 검은 밤에도 雙色의 굵은 선이 대치하고 있음을 볼 것이다 룸펜의 참담한 장면도 이 밤이라야 비로소 열리는 것이다 오호, 밤의 복잡함이여

밤이여 어서 물러가라 그리하여 내일의 여명을 가져 오라

「밤」 전문

이 작품은 밤이 갖고 있는 상징적, 혹은 신화적 의미를 통해서 사회적 의미를 읽어낸 시인의 대표작 가운데 하나이다. 이 작품에서 밤은 우선, 모성으로서의 의미를 갖는다. 밤은 어두운 성질을 이용하여 모든 것을 포근하게 감싸 안는다. 가령, "길가 쓰레기통 앞에서 꿈을 맞는다고 하는 머리 아픈 모순 덩어리의 화제는 덮어 놓고 밤이란 인간으로 하여금 싸움을 중지하는" 공간으로 구현되는 것이다. 하지만 밤의 이러한 모습은 시간이 진행되면서 변곡점을 맞이하게 된다. 모성적인 모습으로서의 밤은 어디까지나 "자정을 넘은 서너 시경인 새벽머리의 짧은 시간에 국한되는 것"이기 때문이다. 시인이 판단하기에 밤의 본 모습은 이때가 아니라 초저녁부터이다. 시인은 이를 두

고 "인간으로서 가장 잘 인간성을 발휘하는 때"라고 본다. 그것은 "이십세기의 기계문명을 자만하는 도시의 에로景은 전광이 눈을 뜨는 때로부터 개막이 되는 것"으로 보기 때문이다.

밤은 긍정성과 부정성을 동시에 내포하는 것이지만 시인이 주목하는 것은 밤의 부정적 국면들이다. 도시의 밤이 이렇게 불온하게 된 것은 물론 과학의 발전에 따른 필연적 산물일 것이다. 만약 그러한 면에 중점을 두게 되면, 과학이나 문명은 분명 신기함이나 경이적인 감각으로 수용될 것이다. 하지만 시인의 눈에 들어온 밤의 모습은 결코 이런 긍정성에 놓여 있는 것이 아니다. 밤은 "굽높은 신이 뒤뚝거리며 지나가고 짝을 지어 가지고 다니는 젊은 사람들의 크림 냄새"로 뒤덮인 에로틱한 풍경만을 양산할 뿐이다.

밤을 이렇게 응시하는 것은 물론 이 시기 모더니스트들이 흔히 펼쳐보였던 산책자의 그것과 동일한 의장이라고 할 수 있다. 하지만 조영출이 탐색하는 현대성은 박태원이나 박팔양이 시도했던 그런 산책자의 자세는 아니다.[14] 그가 응시하는 현대는 신기성의 감각도 없고, 또 대중 속에서 길러지는 고독자의 모습도 보이지 않는다. 오직 비판이 담지된 응시자, 부정적 현상을 탐색하는 산책자의 모습만이 비춰지고 있을 뿐이다. 이런 면들은 물론 우리 모더니즘 문학사에서 매우 낯선 영역이면서 또한 소중한 영역이 아닐 수 없을 것이다. 그것은 다음 두 가지 영역에서 그러한 것인데, 하나는 시대성의 문제에서 그러하고, 다른 하나는 민족 모순과의 관련 양상에서 그러하다.

잘 알려진 것처럼, 모더니즘은 무엇보다 근대 문명의 부정적 현실

14 정우택, 앞의 논문, p.468.

에서 비롯된 측면이 큰 경우이다. 가령, 이 사조가 전쟁의 뒤안길에서 그 발생적 토양이 만들어졌다는 사실이 이를 잘 말해준다. 그리고 그것은 이 시기만의 고유한 양상도 아니라는 점에서 그러하다. 모더니즘은 그 발생 초기뿐만 아니라 탈근대성이 운위되는 지금 여기의 현실에서도 그 부정적 맥락과 밀접히 결부되어 있는 것이기 때문이다. 그리고 다른 하나는 이 시기의 비판적 모더니즘이 민족 모순과 분리하기 어렵게 결합되어 있는 것이라는 점에서 그 의의가 있는 것이라 하겠다.

이런 면은 이 시기 비판적 모더니즘을 주도했던 두 시인의 경우를 비교하게 되면 더 분명해진다. 우선 김해강의 경우가 그 하나인데, 김해강의 시들이 민족 모순에 근거한 민족애라든가 조국애의 정서를 작품화한 것은 잘 알려진 일이다. 따라서 도시에 대한 비판적 인식과, 이에 조응한 그의 모더니즘은 도시의 병리적인 현상에 주목하여 쓰여졌다. 그런데 김해강의 이러한 경로는 비슷한 시기에 활동한 조영출의 문학에서도 그대로 재현되고 있다는 점에서 주목을 요하는 경우이다. 조영출 문학의 근본 토대 가운데 하나는 민족 모순에 따른 민족애라든가 조국애에 놓여져 있었다. 이런 감각에 젖어있는 시인에게 소위 식민지 근대화의 전략에 따라 진행되고 있었던 문명화라든가 도시화가 긍정적인 모습으로 비춰지지 않는 것은 당연한 수순이었을 것이다. 따라서 조영출의, 도시를 향한 강한 부정적 발언과 이에 근거한 비판적 모더니즘은 민족이라는 테두리를 벗어나서 형성될 수 없는 것이었다. 그러한 단면은 다음의 시에서 다시 한 번 뚜렷이 확인할 수 있다.

코바르트 하늘의 한낱 제왕의 빛나는 화살이
청춘의 끝 모를 희열을 물고 은반 우에 무수히 꽂혔다

얼어붙은 겨울의 사색 우울
백랍을 씹는 느긋느긋한 생의 권태를 벗어져 나온 인어들의 나무여

은반 우에 날뛰는 개화한 백조들이여
세기의 가슴은 카나리아의 가수를 포옹한다
지극히 뜨거운 열정으로 얼어붙은 창조의 손들을 녹이련다

오색 빛 신기루의 처마 끝에 매달려
幻虛의 둥주리를 트는 철없는 제비들의 분칠한 마음들
대공의 검은 수리개가 좀먹은 심장을 물고
조그만 그림자를 던지는 들창 앞에서 무엇을 보니
지금 저 은반 우엔 새로운 보표들이
젊은 인어들의 빛나는 발톱으로 아로새겨진다
푸른 목도리
붉은 목도리
바람은 그네들의 불붙는 마음을 흩날리고 있다

직장에서 학창에서
혹은 낙원동 국경의 동쪽 거리에서

계절을 경멸하는 수선화들이 날개를 펴고 나왔다
명랑한 하늘과 땅 그 사이에 희망의 붉은 피가 넘쳐흐르는
조그만 심장들을 찬 인어들이 날뛰고 있다

䃕一그러나 우리는 무조건하게 기뻐하기는 싫다

세기여 너는 너의 진단의 손으로
날개를 편 수선화들의 가슴을 어루만져 보라
은반 우에 달리는 인어들의 흰 두 유방 사이를 더듬어 보라
아, 나는 가슴을 조인다
태양으로부터 세기의 레포가
검은 기폭으로써 들려지지 않기를 기다린다

「은반 위에 날개를 편 젊은 인어들—金起林氏」의 시
「날개를 펴려므나」를 생각하며」 전문

부제에 "김기림의 시 「날개를 펴려므나」를 생각하며"가 붙여진 것에서 이 작품은 김기림과 관련된 것임을 알 수 있다. 실제로 김기림은 이 작품을 총평하는 자리에서 "도회 시인으로서의 비범한 소질"과 "남달리 빛나는 위트의 편린"이 있다고 비교적 긍정적인 평가를 한 바 있다.[15] 「은반 위에 날개를 편 젊은 인어들」을 꼼꼼히 읽어보면, 김기림의 이런 평가가 전연 과장이 아님을 알게 된다. 이 작품은 도시에 있는 공원의 한 자락이나 혹은 실내에서 스케이트를 타는

15 김기림, 「1933년 시단의 회고와 전망」, 『조선일보』, 1933.12.12.

사람들을 소재로 쓰여졌고, 이들에 대한 묘사를 은유와 같은 비유적 수법을 동원하여 참신하게 표현하고 있는 까닭이다. 삶의 건강한 국면들에 대해서 스케이트 타는 젊은이들의 역동성을 빌려 인유한 것은 이 시기에 펼쳐진 시사적 흐름에서 볼 때, 매우 새로운 기법이었다고 할 수 있다.

하지만 이 시의 장점이랄까 특색은 이런 기법에도 있긴 하지만, 그 저변에 흐르는 현실에 대한 비판적 의도에서도 찾을 수 있다. 현실에 대한 예리한 저항이랄까 비판 의식이 숨겨져 있는 것이다. 그 방법적 표현이 "그러나 우리는 무조건하게 기뻐하기는 싫다"라든가 "태양으로부터 세기의 레포가/검은 기폭으로써 들려지지 않기를 기다린다" 등에 잘 나타나 있는 까닭이다. 말하자면 삶의 건강성을 읽어내고 그 표현의 차원에서 그치는 것이 아니라 그 이면에 자리한 현실에 검은 자락이 드리워져 있음을 놓치지 않고 있는 것이다.

「은반 위에 날개를 편 젊은 인어들」에 이르게 되면, 조영출의 모더니즘 시들은 이미 김기림의 그것을 뛰어넘고 있다. 과학의 명랑성에 집착하다가 근대 문명이 갖고 있는 암울한 측면에 점차 관심을 갖기 시작한 것이 이즈음 김기림이 펼쳐보였던 모더니즘의 특색이었다. 하지만 「기상도」에서 알 수 있는 것처럼, 근대에 대한 그의 인식은 상징의 차원에 머물러 있었을 뿐 현실 속에 감추어진 근대 문명의 어두운 구석에 대해서는 세밀하게 포착해내지 못했다. 그것이 김기림 모더니즘 문학이 갖는 한계이거니와 조영출은 김기림의 그러한 수준을 이미 뛰어넘고 있었다. 그것이 바로 김기림이 지적한 '위트'의 감각이었을 것이다.

그리고 이 시기 조영출이 보여준 비판적 모더니즘에서 또 하나 간

과되어서는 안 되는 점이 있는데, 바로 미래에 대한 전망이다. 실상 모더니즘의 사유구조에서 이런 감각을 찾기란 쉬운 일이 아닌데, 그렇다고 해서 전혀 불가능한 방법도 아니다. 잘 알려진 대로 문명사적 종말과 그 대안을 모색하는 것이 모더니즘의 방법적 의장 가운데 하나이기 때문이다. 가령, 중세의 천년 왕국이나 훼손되지 않은 시간으로 여행을 떠나는 것은 모두 이런 의식의 산물들이다. 그리고 이런 의장들은 서구 모더니스트들에게만 한정되는 것은 물론 아니었다. 근대에 대한 인식과 이를 담지하는 우리의 모더니즘의 흐름에서도 그런 인식의 완결성을 보여주는 모델들은 계속 추구되어 왔기 때문이다. 가령, 정지용의 경우를 보면, 이런 흐름은 대번에 확인할 수 있는데, 엑조티시즘으로부터 근대의 출발을 알린 정지용은 근대인이라면 어쩔 수 없이 감각할 수밖에 없는 영원의 감각을 자연이라는 전일성에서 구해온 터이다. 그것이 그의 대표작 가운데 하나인 「백록담」의 세계임은 이미 잘 알려진 일이다.

하지만 미래에 대한 이런 유토피아 의식에도 불구하고 조영출의 그것은 매우 다른 지점에 놓여 있는 것이라 할 수 있다. 우선, 조영출의 비판적 모더니즘은 일상의 현실에 깊숙이 침투되어 있다. 그래서 그의 시들은 사실성과 현장감이 뛰어나다. 그의 시들이 구체적이며 현실감이 쉽게 감각되는 것은 모두 이와 밀접한 관련이 있을 것이다. 두 번째는 전망의 세계이다. 이 시기 조영출이나 김해강의 비판적 모더니즘 시에서 이런 감각이 표나게 나올 수 없었던 것은 당대의 문단 흐름과 밀접한 관련이 있었던 것으로 보인다. 그 하나가 이 시기 유행처럼 번지기 시작한 사회주의 리얼리즘이다. 이 방법이 처음 도입된 것은 사회주의 건설기에 놓여 있던 러시아에서이다. 사회주의 사회를 건설하는 데 있어 건강하고 밝은 미래상을 제시하고 이에 매진하려고 했던 것이 이 사조의 도입이었다. 그런데 조선에서는 사회구성체가 러시아와 상이했음에도 불구하고 이 방법이 적극적으로 도입된 것은 카프의 공식 창작방법론이었던 유물변증법적 창작방법이 갖고 있었던 한계 때문이었다. 이 방법에 의해서 문학이 질식되었다거나 지나친 공식주의에 함몰되었다는 것은 그것이 갖고 있었던 한계에서 그러한 것인데, 그 퇴로를 열어 준 것이 바로 사회주의 리얼리즘의 도입이었다. 실상 이 사조의 핵심 기제가 미래에의 시간성, 곧 전망이었는데, 이런 의장이 현실을 비판적으로 응시했던 여타의 사조들에도 일정 부분 영향을 주었던 것으로 이해된다. 따라서 인용시의 마지막 행에 제시된 "검은 기폭으로써 들려지지 않기를 기다린다"고 한 의지의 표명이야말로 이 전망의 정서와 분리하기 어려운 것이라 할 것이다.

천 킬로 혹은 만 킬로미터
깊이 모를 해저에 움직이는 전차 자동차
잡혀온 포로들인 전신주의 행렬
유리알 같이 말간 육체 클레오파트라의 後裔들

오라잇 천당
오라잇 지옥
지금 스팔타의 용사들은 이십 세기 바에서 유행가를 부른다
이곳은 열병에 죽어 넘어진 태양의 붉은 얼굴이 높다란 굴뚝 끝에 걸려있다

붉은 꽃
푸른 꽃
해저에 침몰된 뭇 선박 빌딩의 몽롱한 해골들
유령의 경쾌한 노래가 해기의 잎잎에 무지개를 박느니
경이의 이 끝에도 허위가 숨어 흐른다

－－의 붉은 劃을 연구하는 늙은 학자, 하수도의 여명을 생각해오는 노동자
낡은 다락의 거미들은 불경기에 새로운 방법론을 쓴다
그래서 새로운 戰策의 거미줄은 東便에 읽는다

해저의 위험신호
젊은 마음에서 젊은 마음에로 빛나는
내일에 상연될 시나리오를 쓴 그들의 위험신호다

오라잇 세기말
오라잇 오오, 피문은 창조의 손들이 축배를 드는 주막
이렇듯 해저의 동물은 죽은 태양의 세계에서 도피를 의논한다
오오, 회색빛 신경질에 신음하는
都城의 환상이여

「해저의 환상」 전문

이 작품 역시 근대를, 아니 도시를 암흑으로 인식하고 있다는 점에

서는 「은반 위에 날개를 편 젊은 인어들」과 동일하다. 하지만 그 인식의 정도는 거의 최저 수준의 것이라는 점에서 차이가 있다. 현재 서정적 자아가 살고 있는 환경에 대해 "깊이 모를 해저"로 사유하고 있는 것이야말로 비극의 극점이라 할 수 있기 때문이다. 이런 종말론적 사고야말로 자아 자신의 위기관의 반영이면서 근대에 대한, 혹은 그 산물인 도시에 대한 위기 신호이다.

그런데 이 작품 역시 미래에 대한 부정적 인식으로 일관하지 않고 있다는 점에서 삶의 긍정성을 읽어내는 것도 가능하다. 이 또한 전망이 갖고 있는, 유토피아 의식의 산물일 것이다. 앞서 언급한 것처럼 이런 사유는 당대를 풍미했던 사회주의 리얼리즘과 분리하기 어려운 것이라는 점에서 주목을 끄는 경우이다. 사회주의 리얼리즘이 도입되었다고 해서 카프의 조직이나 활동의 부활로 보는 것은 어려운 일이었다. 따라서 현실에 대한 응전은 새로운 경로를 찾아야 했고, 그 방법적 출구가 비판적 모더니즘의 도입이었다. 그러니까 여기에는 카프가 시도했던 저항성이라든가 민족 모순에 대한 것들이 당연히 도입될 수밖에 없는 것이었다는 점에서 그 의미가 있는 것이었다.

4. 가요시의 등장과 노래체의 기능

조영출이 가요시라는 이름으로 처음 작품을 발표한 것은 1934년 『동아일보』 신춘 문예에서이다. 이때 그는 시 「동방의 태양을 쏘라」를 응모작으로 내세워 당선작이라는 영예를, 가요시 「서울 노래」가 가작으로 입선되는 영광을 갖게 된다. 「서울 노래」를 응모할 때, 처음으로 조명암이라는 필명을 사용하게 되는데, 이는 아마도 동일한 이름으로 투고하는 데 따른 어색함이랄까 혹은 부담감 때문에 그러한 것으로 보인다. 어떻든 「서울 노래」가 이때 처음 지면에 발표된 것을 보면, 그의 가요시 제작이 초창기부터 이루어진 것으로 생각된다.

이때 첫선을 보인 그의 본격적인 가요시 창작은 1937년 이후 본격적으로 이루어지게 된다. 「서울 노래」가 발표된 이후 약 3년 뒤의 일인 셈이다. 그렇다면, 조영출은 서정시를 포기하고 왜 가요시 창작으로 나아가게 되었는가 하는 점이 의문으로 떠오르게 된다. 한 연구자에 의하면, 조영출이 가요시로 나아가게 된 배경으로 세 가지 이유를 들었는데, 첫째는 가요시에 대한 재능, 둘째는 서정시보다 빠른 가요시의 즉각적인 대중적 반응도, 셋째는 경제적 수입에 그 원인이 있었다는 것이다.[16] 특히 일제 강점기의 상황을 고려하면 경제적 수입은 무시할 수 없는 유혹의 대상임은 틀림없는 일이었을 것이다. 가령, 현상 공모의 상금도 유행가요 가사가 서정시의 두배였고, 작사료 수임은 시 원고료의 3배가 넘었으니 그 수입이 만만치 않았을 것이라는 것이다.[17] 하지만 이런 타당한 이유에도 불구하고 조영출이 가요시로 나아가게 된 합리적 이유가 되기에는 무언가 부족한 것이 사실이다. 단지 경제적인 이유, 혹은 대중과의 감응력을 높이기 위해서 가요시로 나아갔다는 것은 지금껏 그가 펼쳐보인 민족 모순에 대한 의식들이 허무하게 무너질 위험성이 있는 까닭이다.

16 이숭원, 「일제 강점기 조영출의 시문학의 위상」, 『인문논총』 28, 서울여대 인문과학연구소, 2014.2.p.29.

17 구인모, 「시인의 길과 직인의 길 사이에서」, 『한국근대문학연구』 24, 2011.10. pp.254-260. 이숭원, 앞의 글, p.20 재인용.

따라서 그의 문학의 반 이상을 차지하고 있는 가요시들은 분명 시인이 지금껏 보여준 사유의 연장선에서 파악해야 비로소 그 함의가 제대로 드러날 수 있을 것으로 보인다. 그가 가요시 창작에 나선 이유 역시 민족 모순에 대한 시인의 사유와 분리하기 어렵게 결합되어 있다는 것이 필자의 판단이다.

조영출이 가요시로 나아가게 된 계기는 대략 몇 가지 요인이 있었던 것으로 보인다. 하나는 민족 모순의 정서이다. 그는 「서울 노래」가 입선한 이후 이 가사를 근거로 음반 취입을 시도했다. 하지만 일제의 검열에 걸려서 이 시도는 좌절되고 만다. 그 가사를 보면 다음과 같다.

> 한양성 옛 터에 종소리 스며들어
> 나그네 가슴에도 노래가 서립니다
>
> 한강 물 푸른 줄기 말없이 흘러가네
> 천만년 두고 흐를 서울의 꿈이런가
>
> 밤거리 서울거리 네온이 아름답네
> 가로수 푸른 잎에 노래도 아리랑
>
> 꽃피는 한양성 잎 트는 서울거리
> 앞 남산 피는 구름 서울의 넋이런가

「서울 노래－조명암 작사, 안일파 작곡, 채규엽 노래,
콜롬비아 레코드 40508A,1934년 4월개사곡」 전문

아마도 '한양성 옛터'라든가 "나그네 가슴에도 노래가 서립니다"와 같은 구절들이 문제가 되었을 것이다. 뿐만 아니라 '서울의 꿈'이라든가 '서울의 넋' 등도 마찬가지였을 것이다. 모두 민족의 심연에 놓여 있는 것들에 대한 자극적 요소들이 담겨져 있었다. 이런 이유로 해서 이 노래를 담은 음반은 발매 금지 처분을 받은 것이다.[18]

「서울 노래」가 담고 있는 내용은 이 시기 조영출의 작품에서도 얼마든지 간취해낼 수 있는 것들이다. 검열이 엄연히 상존하는 시기임에도 불구하고 그의 서정시들은 아무런 제지도 받지 않고 자유롭게 창작, 발표될 수 있었다. 하지만 「서울 노래」는 사정이 달랐다. 동일한 내용을 담고 있음에도 불구하고 발매 금지 처분을 받은 것이다. 이 처분을 통해서 시인이 받은 충격이 어떠한 것이었는지는 대략 짐작이 간다. 그리고 그는 이를 통해서 자신이 지금껏 시도했던 민족모순에 대한 것들이 일정 부분 성과를 거두고 있음을 직접적으로 알게 되는 계기가 되기도 했을 것이다. 말하자면 가요시 창작이 단순한 문학 행위이면서, 다른 한편으로는 민족에 대한 애정을 확인하는 저항의 계기가 될 수 있음도 알았던 것으로 보인다. 그 결과, 그는 이번 사건을 통해서 가요시를 계속 창작하고자 하는 의지를 다졌던 것으로 보인다. 그가 창작해낸 가요시 가운데 상당 부분이 역사라든가 민족과 관련된 것임도 여기서 그 원인을 찾을 수 있을 것이다.

백마강 달밤에 물새가 울어
잊어버린 옛날이 애달프구나

18 「엇더한 레코드가 금지를 당하나」, 『삼천리』, 1936.4. pp.268-275. 정우택, 앞의 논문, p.473 재인용.

저어라 상공아 일엽편주 두둥실
낙화암 그늘에 울어나 보자

고란사 종소리 사무치면은
구곡간장 오로지 찢어지는 듯
누구라 알리요 백마강 탄식을
깨어진 달빛만 옛날 같으리

「꿈꾸는 백마강－조명암 작사, 임근식 작곡,
이인권 노래, 오케 31001,1940년 11월」 전문

이 시기 이런 정서를 담고 있는 작품을 창작하는 것은 아마도 대단한 용기가 필요했을 것이다. 그리고 이 작품이 발표된 연대를 감안하면, 이런 혐의는 더욱 짙어진다. 연표에 의하면, 이 작품이 발표된 것이 1940년으로 되어 있다. 이때는 내선 일체를 강력히 시행하고 있던 시기이기에 조선만의 것이라든가 조선만의 정서를 드러내는 행위들이 매우 어려웠을 것이다. 그만큼 시인의 사유 속에 자리한 민족모순의 문제는 매우 중요한 지대로 자리하고 있었던 것으로 보인다.

둘째는 민족 정서의 고양이다. 이는 민족이라는 동질성의 공유 의식과 밀접한 관련을 갖고 있는 것인데, 조영출이 주목한 것은 원초적인 감각이라든가 근원적인 정서의 부활 등이었다. 죽어있는 개체가 깨어나기 위해서는 감각이 살아나야 한다. 뿐만 아니라 하나의 동일체가 되기 위해서도 함께 경험했던 감각이 되살아나야 한다. 이는 일제 강점기라는 점을 고려하면 충분히 납득할 수 있는데, 일찍이 이런 의장을 보여준 대표적 시인 가운데 하나가 소월이다. 소월이 이 시기

의 특징적 단면을 상징적으로 표현한 것이 바로 '무덤'의 이미지였다. 무덤은 죽은 자의 몫인데, 조선이 무덤으로 비유된다는 것은 죽어있다는 것, 곧 혼의 상실과 밀접한 관련을 맺고 있는 것이었다. 그래서 그는 혼의 부활을 외쳤다. 죽은 육신에 혼이 들어와야 비로소 육신이 깨어날 수 있었기 때문이다. 그 연장선에서 그는 냄새 감각에 주목하여 「여자의 냄새」라는 시에서 그 일차적 감각의 부활을 호소하기도 했다.

조영출이 가요시에서 더듬어 들어간 것도 민족이 공유할 수 있는 감각의 공유 내지는 부활이었다. 이 감각을 서로 공유할 수 있다는 것만으로도 하나의 개체, 하나의 동일성을 회복할 수 있는 지름길이 될 수 있었기 때문이다. 이는 전 국토와 전 민족을 덮고 있었던 암흑으로부터 벗어나는 길이기도 했다. 그 방법적 일환으로 시도된 가요시가 「선창」 같은 경우이다.

울려고 내가 왔던가 웃으려고 왔던가
비린내 나는 부둣가엔 이슬 맺힌 백일홍
그대와 둘이서 꽃씨를 심던 그 날도
지금은 어디로 갔나 찬비만 내린다

울려고 내가 왔던가 웃으려고 왔던가
울어본다고 다시 오랴 사나이의 첫 순정
그대와 둘이서 희망에 울던 항구를
웃으며 돌아가련다 물새야 울어라

울려고 내가 왔던가 웃으려고 왔던가
추억이마나 건질 건가 선창 아래 구름을
그대와 둘이서 이별에 울던 그날도
지금은 어디로 갔나 파도만 묻힌다

「선창－조명암 작사, 김해송 작곡, 고운봉 노래,
오케 31055, 1941년 7월」 전문

이 작품은 1941년에 제작, 취입된 가요시이다. 지금도 이 노래가 널리 애창되고 있는 현실을 감안하면 이것이 갖고 있는 감응력이 어떠한 것인지를 잘 말해준다 하겠다. 이렇듯 「선창」이 대중의 정서에 깊이 각인되고 있는 것은 여기에 내재되어 있는 공감력 때문일 것이다. 가령, 바닷가에서 감각되는 비린내는 일차적인 감각이면서 이곳에 살았던 사람이나 냄새의 기억을 갖고 있는 사람들에게 매우 친숙한 것으로 다가오게 될 것이다. 그런 친숙성이야말로 공감대이며, 궁극에는 하나의 뿌리임을 확인하는 계기로 작용하게 된다. 이 가요시가 당시 뿐만 아니라 지금껏 유행하게 된 데는 이런 정서의 공감력이 있었기에 가능했다고 하겠다.

그리고 조영출이 가요시를 쓰게 된 세 번째 이유는 노래체, 혹은 리듬이 갖고 있는 사회적 의미에서 그 원인을 찾아야 할 것이다. 리듬은 반복성을 갖고 있는 속성 때문에 여러 이질적인 요소들을 하나로 묶어내는 기능을 한다.[19] 가요시가 서정시와 다른 점은 무엇보다 리듬의 규칙성에서 찾을 수 있다. 이는 노래로 불려지는 것이기에 당

19 김윤식, 『한국현대시론비판』, 일지사, 1986. pp.219-222.

연한 현상이긴 하나 어떻든 노래체가 된다는 것은 리듬이 정형화되는 양상을 피할 수가 없을 것이다. 이런 정형성 내지 규칙성이야말로 가요시의 가장 큰 특성이거니와 민족을 하나의 단위로 묶고자 했던 조영출에게는 크나큰 매력으로 기능했을 개연성이 크다고 하겠다. 게다가 노래체는 대중 속에서 쉽게 접근할 수 있고, 이 과정을 통해서 그들의 내면에 민족에 대한 애틋한 정서들은 쉽게 감응될 수 있었을 것이다.

북으로 백두산은 구름 속에 꿈꾸고
남으로 한라산은 물소리에 꿈꾸네
이 강산 처녀들은 삼천리 꿈속에
오색실로 아롱아롱 사랑을 수놓네
아리아리 둥둥 스리스리 둥둥
둥둥둥 북을 울려랴
이팔은 처녀시절 노래 부르자

평양도 대동강은 물이 맑아 좋구나
제일도 강산에는 꽃이 많아 좋구나
연두나 저고리에 연분홍치마에
이리굼실 저리굼실 구경이 좋구나
아리아리 둥둥 스리스리 둥둥
둥둥둥 북을 울려라
이팔은 처녀시절 노래 부르자

숫처녀 허리에는 봄바람이 감도네
실버들 늘어진데 선녀들이 춤추네
당홍두 감사댕기 바람에 날리면
삼수갑산 얼음 눈도 녹고야 만다네
아리아리 둥둥 스리스리 둥둥
둥둥둥 북을 울려라
이팔은 쳐녀시절 노래 부르자

「조선의 처녀－금운탄 작사, 석일송 작곡, 이화자
조영심 노래, 포리들 X-535-B,1939년」 전문

이런 내용을 서정시로 표현하고 대중에게 전달하기 위해서는 여러 절차가 필요했을 것이다. 내용에 대한 파급력도 중요한 요소가 되겠지만, 대중에게 전달하고자 하는 수단 또한 만만치 않았을 것이다. 하지만 이것이 노래로 불려짐으로써 환기되는 정서는 언어의 차원에서만 그치는 효과를 훨씬 뛰어넘었을 것이다. 대중에 대한 이런 효과와 감응력이 조영출로 하여금 가요시에 대한 집착으로 이어졌을 것으로 판단된다.

5. 해방과 민족시의 전진

1945년 8월 15일 불현듯 해방이 찾아 왔다. 누구에게나 그러하듯 해방은 새로운 기회의 시작이었다. 그것은 조영출에게도 마찬가지였다. 해방 이전 현실지향적인 입장을 견지했던 대부분의 작가들이 그러한 것처럼, 조영출도 조선프롤레타리아예술가동맹에 가입했고, 그 다음 단계인 조선문학가동맹에서도 활동했다. 이런 행보는 카프에 가담한 그룹이나 그렇지 않은 그룹이나 이 시기 누구에게나 비슷한 것이었다. 물론 조영출은 후자의 경우였다. 잘 알려진 것처럼, 문학가동맹이 내세운 지도 이념, 곧 민족 문학의 방향은 친일파, 민족 반역자, 국수주의자의 배격이었다. 그러니까 이 세 가지 사항으로부터 벗어나 있으면 모두 새나라 건설, 곧 민족 문학 건설에 참여할 수 있었던 것이다. 계급성이 없는 인민성이 문학가동맹의 문화 정책이었던 것이다.

문학가동맹의 이 지도 이념은 1946년 5월 정판사 위폐사건과 남로당의 신전술이 채택되기 이전에는 대체로 지켜지고 또 유효했던 것으로 보인다. 하지만 이 시기를 지나면서 민족문학은 강력한 당파성을 매개하면서 적극적인 투쟁 문학으로 전화하게 된다. 이런 경로가 해방 직후 진보 문학이 보여주었던 행로이거니와 이 그룹에 속했던 대부분의 문인 역시 이런 특징적 단면을 드러내었다. 해방 직후 조영출의 행보도 여기서 크게 벗어난 것은 아니었다.

모든 강물은
바다로 흐른다
백두산 우에 떨어진 빗방울이
바다로 흘러가는 그 이치를 아느냐
오, 동무여 조선인민이여

우리는 서른 여섯 해 동안

무서운 악몽에 눌려 살아왔다
할 말을 못하고
쓸 말을 못쓰고
우리 부형이
남편이
귀한 아들이
피 흘린 몸으로 돌아올 적마다
이 원수가 누구냐고
소리쳐 울어본 일이 있느냐

그러나 봄은 오고 가을은 오고
북망 묘지에 봄 풀은 해마다 푸르고
고향 뜰 앞에 봉선화는 해마다 피어 있어
금수산천의 모든 강물은 바다로 흘렀다

모든 강물은
바다로 흐른다
대관령 우에 떨어진 빗방울이
바다로 흘러가는 그 이치를 아느냐
오, 동무여 조선인민이여
우리는 서른 여섯 해 동안
갖은 모욕과 갖은 구박에서 살아왔고
뜻 있는 사람끼리 손을 잡으면
웃는 것이 웅변이었고

뜨거운 눈물이 손등 우에 깨어질 적마다
가슴에 끓는 피가 그냥 용솟음쳤다

이 끓는 피가 치안유지법이란 그물에 걸려
용수를 쓴 동무들이
북망산천으로 갔느니라

오호, 이 치욕 이 울분
종로 한복판에서 누구나 다 한번 소리치고 싶었으리라
일본아 조선을 내놓아라

그러나 조선은 죽어있지 않았고
조선의 맥박은 세월을 따라 뛰고
화려강산의 모든 강물은 바다로 흘렀다

모든 강물은 바다로 흐른다
추풍령 우에 떨어진 빗방울이
바다로 흘러가는 그 이치를 아느냐
오, 동무여 조선인민이여

이 강물이 조선의 독립과 자유를 부르짖고
조선의 참된 행복이 물결치는 바다로 흘러간 것을 아느냐

그것은 붉은 피 쏟아지는

혁명지사의 혈투

오호, 역사의 날 8월15일
드디어 조선은 해방되었다
잃어버린 태극기의 물결
눈부신 조선독립의 여명
강물처럼 들리는 인민의 발소리
누구나 종로 한복판에서 소리쳤다
보아라 저 떨어지는 일본 깃발을
그러나 강물은
이 시각에도 흐른다 바다로 바다로
오호, 동무여 조선인민이여
우리도 흐르자 강물처럼
모든 흥분과 당파적인 싸움을 참고
역사의 지리를 따라
조선건국과 새 조선의 행복이 물결치는
바다로 향해
흘러라

종로 한복판에 나서 부르짖는 그 혼돈의
웅변을 멈추고
강물이 되어
나가자
흐르자

오호, 삼천만 인민아 모든
강물아
바다로 흘러라

「모든 강물은 바다로 흐른다」 전문

인용시는 해방 직후 시인이 가장 먼저 쓴 작품으로 이해된다. 그는 '강물'이 갖는 속성을 통해서 해방의 당위성과, 이후 전개될 새나라 건설이 어떤 방향으로 나아갈 것인가에 대해서 암시적으로 피력하고 있다. 이런 당위성과 더불어 이 시를 지배하는 근본 정서 역시 민족 모순과 분리하기 어려운 것이었다. 해방이 되었으니 이런 정서를 갖는 것은 당연하겠으나 여기서 중요한 것은 그 일관성이랄까 방향성이다.

잘 알려진 바와 같이 일제 강점기에 조영출의 시정신을 지배하고 있었던 것은 민족적인 것에 놓여 있었다. 문인으로서 처음 인정받은 「동방의 태양을 쏘라」를 비롯해서 병리적인 도시 문화를 묘파해낸 비판적 모더니즘에 이르기까지 모두 이 아우라에서 자유로운 것이 아니었다. 뿐만 아니라 규칙적인 리듬과 그것이 갖고 있는 감염력에 주목하여 생산한 가요시도 궁극에는 이 의식의 범위 내에 있었던 것이다. 이런 일관된 시정신이 있었기에 해방 직후 시인이 가장 먼저 주목한 것도 민족이라는 범주 내에서 머무는 일이었다.

하지만 해방 공간은 시인이 생각했던 방식으로 흘러간 것은 아니었다. 일제 강점기에 조영출은 계급의식에 바탕을 두고 작품 활동을 한 경우는 거의 없다고 봐도 무방할 정도로 이런 소재를 작품화하지는 않았다. 이런 기조는 해방 직후에도 마찬가지였다. 그는 이 시기 몇 편 안 되는 시를 쓰긴 했으되 대부분 민족과 관련된 부분에 할애되어 있었다. 이때 그는 자신의 서정시에서 포착하지 않았던 사유를 새로운 그릇에 담고자 시도했다. 그것이 희곡의 창작과 연극 공연이었다.[20] 가요시에서 가능성을 보았던 것처럼, 사상의 대중화에 관심을 갖고 있었던 그에게 연극 분야는 새로운 기회를 제공하는 장이 되었을 것으로 추측된다. 어쩌면 해방 정국의 현실로 미뤄볼 때, 그는 가요시가 할 수 있었던 것보다 더 강력하게 대중에게 접근할 수 있었던 분야가 연극이었을 것이라고 판단했을 개연성이 컸다고 생각한 것은 아니었을까. 연극은 현장성, 직접성으로 말미암아 대중의 환호를 곧바로 듣고, 그들과 함께 정서를 공유할 수 있는 특별한 장르였기 때문이다.[21] 조영출은 이런 활동 끝에 1948년 8월 북을 선택하게 된다. 이 시기는 아마도 남쪽만의 단정 수립으로 귀결되던 시점과 일치한다. 그는 이 도정을 시로 읊었는데, 「북조선으로」가 바로 그러하다.

1. 삼팔선을 넘어

북으로
북으로

20 조영출이 희곡 창작에 관심을 보인 것은 1943년 그가 30세에 이르러서였다. 하지만 연극에 관심을 두기 시작한 것은 해방 직후부터이다.

21 그가 처음 연극활동을 한 것은 1946년 서울 예술극장 창립 제1회 기념으로 동양극장에서 공연한 「남부 전선」으로 알려지고 있다. 여기서 그는 문학가동맹 연극분과 회원들과 함께 직접 출연했다고 한다. 이후 그는 연극 대본 「독립군」, 「논개」, 「위대한 사랑」, 「미스터방」 등을 집필하기도 했다.

장단 역을 떠나서
25킬로
길 없는 길을 뚫고
첩첩한 산을 넘어

우리는 지금
삼팔선 푯말이 섰는
황폐한 산협의 길을 뛴다
아무런 증명서 한 장 없이

지금 우리들 뒤에
포승을 던질 자 누구냐

쐐기에 찔리며
발톱에 피 흘리며
살육의 총소리 귓전에 들으며
쏜살처럼
삼팔선을 넘었다
25킬로 지점을 지나

아, 여기가
인민의 대표로 우리를 부른
조국의 민주 기지

2. 자유의 노래

눈앞에 삼삼한
동무들이여
인민의 태양은 바로 이 땅에 솟아
영원히 삼천리 조국을 밝히노니
자랑스러운 이 곳
한없이 그립던 여기

옷고름 풀어헤치고
가슴에 괴인 땀 씻으며
우리들 항시
마음속 부르던 혁명의 노래
오늘은 나 여기서
그냥 심장에 용솟는 그대로
동무들 귀에 넘치도록
음계 마디마디
소리쳐 풍운에 던져 보낸다

오오, 푸른 하늘이여
한 점의 티도 없이
자유의 맑은 이 하늘은
나로 하여금
한없는 자유를 노래부르게 하는구나

보라 내 앞에
무연히 펼쳐진 북쪽 벌판 우에
대견히 머리 숙인 나라들
조국의 자유인양 물결치는 밀파도 보리이랑

숨을 쉬어도
숨을 쉬어도
가슴 터지게 풍겨 오는 향기로움이여

이 모든 것
이제는 우리의 것이구나
몇 천년을 눌려서만 살던
우리 인민의 것이구나

3. 인민공화국

황소 유유히 귀염받는
물길을 걸어
새날의 행복을 바라보느니
솔문 푸르게 섰는 동구로
조국의 부강과
자유와 광명이 찬란한
새나라 깃발이

꽃처럼 피여 있는
마을을

집집의 기둥마다 벽마다
오색 테두리 단장 새로운 벽보를

가지가지
만세와 감사

인민공화국 수립 만세는
나의 머리 우에
프랑카드에 펄철 날리는 것이니

남조선 동무들아
한 마디 구호 때문에
죽음의 고문실로
영영 끌려 간 동무들아

보이고 싶구나
보여 주고 싶구나

솔문 가득히 지나는
소년단 어린 동무들
북조선 민주 삼 년이

길러 사랑한 이들의 눈망울
슬기론 이 보석의 전진을 보라

이들이 높이 부르는
공화국 선포의 노래는
원수에게 퍼붓는 벽력처럼
우렁차게 우렁차게
솔물 가득히 터져 나간다

아아, 감사하여라
쏘베트 인민의 은혜여
아아, 행복하여라
이 땅에 솟은 자유의 태양이여

유유한 세월과 더불어
영광이여 유유 창창할 지어라

나의 조국은 이제
그 이름 자랑스러운
조선민주주의인민공화국
금강 불멸의 반석 우에
튼튼히 서 있음이여

「북조선으로」 전문

조영출은 해방 직후 남쪽 만의 단정 수립이 성립되기까지 치열하게 전개된 갈등의 장에서 이를 담아낸 시들은 거의 쓰지 않았다. 앞서 이야기한 것처럼, 이 시기에 창작한 대부분의 시들은 독립군이라든가 해방의 당위성과 같은 것들에 주어져 있었다. 해방 공간에서 있었던 굵직굵직한 사건에서 그의 시선들은 한 발자국씩 벗어나 있었던 것이다.

그의 이런 행보는 아마도 두 가지 측면에서 그 원인을 살펴볼 수 있을 것으로 보인다. 하나는 지금껏 자신이 추구했던 신념과의 일치 문제이다. 조영출은 해방 직전에 소위 민중성에 기반한 시들을 쓴 경우는 거의 없다고 봐도 무방하다. 비록 그가 등단한 시점이 카프 해산기이고, 더 이상 진보 문학이 나아갈 수 없었던 상황을 고려하면 이는 어느 정도 짐작할 수 있는 일이다. 하지만 이런 상황에서도 카프에서 활동한 시인들이 보여주었던 후일담 문학이라든가 이용악 등이 펼쳐보였던, 유이민을 소재로 한 시들은 얼마든지 쓰여질 수 있었다. 이런 상황에서 조영출은 한발 비켜서 있었던 것인데, 시대적 상황으로 볼 때, 이는 매우 예외적인 일이었다고 하겠다. 이런 저간의 사정으로 미뤄볼 때, 일제 강점기 조영출에게 가장 시급한 것은 계급 모순과 같은 것에 놓여 있지 않았음을 알 수 있다. 그에게 이보다는 민족 모순이 가장 앞에 놓여 있었고, 이런 의식은 해방 직후에도 계속 영향을 주었던 것으로 보인다.

둘째는 현실적인 벽에서 느끼는 한계 상황을 들 수 있을 것이다. 해방 공간은 좌우익의 치열한 갈등의 장이었지만 결과적으로는 미군정을 앞세운 친일파와 기타 세력이 우세한 형국이었다. 이런 현실에 응전하는 것은 또 다른 실천과 용기, 이에 대응할 이론적 근거가 필요했다. 하지만 3.8선 너머의 북쪽은 이런 상황으로부터 벗어나 있었고, 또 평소 조영출이 가졌던 사유의 장이 그대로 펼쳐지고 있었다. 그러니까 그에게 남쪽의 현실에서 기대할 수 있는 것은 전혀 없었던 것인데, 이런 한계와 기대가 그로 하여금 북쪽을 선택하게끔 하는 동기가 되었을 것이다. 선택이 있다는 것은 현재의 어려운 상황을 굳이 헤쳐나갈 이유도 필요도 없어지게 만들어버린다. 그러니까 조영출에게는 자신의 신념과, 그 신념을 실천해줄 좋은 토양이 마련되어 있었기에 굳이 투쟁의 길로 들어서지 않아도 되는 것이었다. 그는 선택해서 거기에 안주하면 그뿐이라는 생각이 앞서 있었을 것이다. 이런 상황이 그로하여금 인민성이라든가 계급성에 바탕을 둔 시를 굳이 써야할 필요성을 느끼지 못하게 했을 뿐만 아니라 북쪽으로 과감하게 발길을 돌리는 동인이 되게끔 했을 것이다.

6. 문학적 의의

조영출은 우리 대중에게 가요를 통해서 많은 사랑을 받은 시인이자 문화예술인이다. 그는 정감있는 가사를 만들고 거기에 곡을 붙여서 나라잃은 설움을 달래고자 했던 대중들에게 깊은 정서적 공감대를 불러일으켰다. 이런 사실에서 알 수 있는 것처럼, 그의 민족 의식은 이 시기 다른 어느 시인보다 투철한 경우였다고 하겠다.

물론 조영출이 민족 의식에 바탕을 둔 문인의 길만 걸은 것은 아니다. 그역시 일제 말기 「배움의 울타리」를 비롯한 친일 가요시를 창작함으로써 친일의 혐의로부터 벗어나지 못했기 때문이다. 하지만 그의 그러한 일탈을 두고 이상주의를 꿈 꾼 자가 목표가 사라졌을 때, 그 허무한 공백을 채우기 위해 대동아공영권의 논리에 동조해들어 갔다는 것에 대해서는 선뜻 동의하기가 어렵다. 그의 친일 행위는 자발적인 것이기 보다는 거의 강요에 의한 것이었기 때문이다. 이런 면에서 이 시기 일부 시인들이 보여주었던 친일 혐의와 그에 대한 윤리적 비난은 재고의 여지가 있다고 본다.[22]

조영출의 민족 의식은 거의 생리적인 것이었다. 그의 출신 배경이 독립운동의 근거지였거니와 그가 공부한 건봉사라는 사찰 역시 민족과 밀접히 연결된 공간이었다. 이런저런 계기로 형성된 그의 민족 의식은 자신의 호를 영출이라고도 했거니와 다른 한편으로는 만해 한용운과 관련이 있었던 건봉사 학승 시절에 얻은 경험으로부터 온 것이기도 했다. 여기서 몸에 밴 민족 의식은 습작기 시절에 쓴 「이 동굴 안을 거니는 자여」라는 작품 뿐만 아니라 그의 등단작 이었던 「동방의 태양을 쏘라」에서도 드러난다. 게다가 그의 시의 한 축을 구성하고 있는 비판적 모더니즘에서도 이 의식은 암암리에 내재되어 나타난다. 도시란 근대 문명의 결과이긴 하되 그의 작품 세계에서 도시는 타락과 퇴폐의 현장으로 구현되는 까닭이다. 이는 곧 이를 주도한 식민지 근대화 논리를 철저하게 거부하는 태도와 조응하는 것이

22 강요에 의한 것이 아니라 자발적인 친일이 되기 위해서는 몇 가지 전제가 필요하다. 하나는 대가성이다. 친일을 한 응답의 차원으로 어느 특정인에게 직위라든가 금전적인 보상이 이루어졌다면, 그것은 영락없는 친일의 범주에 넣어도 무방할 것이다. 그리고 두 번째는 친일을 위한 각자 나름의 사상적 거점 확보이다. 이때 우리는 두 사람의 경우를 그 예로 들 수 있는데, 하나는 박영희의 「전향선언문」이고, 다른 하나는 이광수의 「민족 개조론」이다. 이 두 글은 글을 쓴 주체들이 친일로 나아가기 위한 자기 나름의 정당한 근거였기 때문에 강요라든가 어쩔 수 없는 것이었다는 등의 논리가 성립하지 않는 경우이다. 따라서 이들의 행위는 친일, 그것도 적극적인 친일에 속하는 경우라고 하겠다.

었다.

그리고 조영출 문학의 또다른 특색 가운데 하나가 가요시이다. 그가 이런 형태의 시를 본격적으로 쓰기 시작한 것은 1937년 전후로 알려져 있지만, 실제로는 작가로 출발하는 지점에서부터 이 양식을 썼던 것으로 이해된다. 「동방의 태양을 쏘라」와 함께 가작으로 입선한 가요시 「서울 노래」가 이 때 쓰여졌기 때문이다. 조영출이 가요시를 쓰게 된 것은 그의 자질과 대중적 호소력, 그리고 경제적 요인 등이 제기되고 있지만, 그보다 더 중요한 것은 그의 사상을 실천적으로 담보할 수 있는, 이 장르가 갖고 있었던 장점 때문이었던 것으로 보인다. 여러 이질적 요인을 하나로 통합해서, 그 하나된 요인을 대중들에게 직접적으로 전달할 수 있는 가장 효과적인 수단은 리듬이었기 때문이다.

민족 모순과 그에 기반한 조영출의 문학 활동은 해방 직후에 일관성 있게 진행된다. 그는 해방 직후 주로 민족과 관련되 시를 썼거니와 계급과 관련된 시들은 거의 쓰지 않았다. 이런 현상을 두고 그의 사상이 철저하지 못했다고 비난할 수는 있겠지만, 해방 직후부터 보여주었던 정신사적 흐름을 살펴보게 되면, 이는 충분히 납득할 수 있는 일이었다고 하겠다. 조영출에게 중요했던 것은 민족이었고, 이를 앞서는 것은 아무 것도 없었기 때문이다. 그런 그에게 남한의 현실은 커다란 벽이었고, 반면 북쪽은 새로운 선택지가 되었다. 이런 선택이 그로하여금 당파성에 바탕을 둔 계급시 혹은 인민의 정서를 매개로 한 인민성의 시를 쓰지 않은 계기가 되었던 것으로 보인다.

조영출의 시들은 여러 다양한 갈래로 되어 있다. 뿐만 아니라 장르에서도 많은 다양성을 갖고 있었다. 그는 서정시를 썼고, 수필도 창작했으며, 우리 문학사에서 독특한 지대로 남아있는 가요시 분야에 서도 독보적인 발자취를 남겨 놓았다. 게다가 해방 직후에는 연극에도 관여했고, 그 대본도 만들어내었다. 여러 방향에서 펼쳐진 이런 장르적 확산이 그의 세계관의 다양성을 말해주는 것은 아니다. 이는 어디까지나 자신의 사유 체계를 공고히 하고, 이를 실천으로 옮기는 과정에서 일어나는 일에 불과한 것이었기 때문이다. 그런 면에서 그의 시정신, 혹은 문학 정신은 일관성이 있었고, 그 매개가 되었던 것은 바로 민족 모순이었다. 그는 그 사유적 표현과 실천을 위해 자신의 힘과 열정을 쏟아낸 몇 안 되는 문인이었다는 점에서 그 문학사적 의의가 있다고 하겠다.

한국 현대 현실주의 시인 연구

고립적 자아에서 연대적 자아로

이용악론

이용악 연보

1914년 함북 경성군 출생.

1928년 함북 부령보통학교 졸업.

1933년 니혼대학(日本大學) 예술과 입학.

1934년 도쿄 근교 시바우라 등지에서 막노동.

1936년 도쿄 상지대학 입학. 함북 명천 태생의 김종한과 『2人』을 5-6회 발간함.

1937년 일본 삼문사에서 제1시집 『분수령』 간행.

1938년 일본 삼문사에서 제2시집 『낡은집』 간행.

1942년 고향 경성으로 낙향.

1945년 해방과 더불어 서울로 귀환. 임화 등과 더불어 〈조선문학건설본부〉 결성.

1947년 제3시집 『오랑캐꽃』 간행.

1949년 제4시집 『현대시인전집－이용악편』 간행.

1950년 서대문 감옥에서 수감중 전쟁 발발과 더불어 출옥.

1957년 조선작가동맹출판사에서 『리용악 시선집』 출간.

1971년 지병으로 사망.

1988년 『이용악시전집』(윤영천 엮음) 출간(창작과비평사).

2015년 『이용악 전집』(곽효환외 엮음) 출간(소명출판).

2018년 『이용악시전집(증보판)』(윤영천 엮음) 출간(문학과 지성사).

1. 모색기로서의 초기시

이용악은 1914년 우리나라의 최북단인 함경북도 경성에서 태어났다. 그는 성장기를 이곳에서 보냈을 뿐만 아니라 학교도 여기서 마쳤다. 이곳에 위치한 경성보통학교를 졸업한 것이다. 그런 다음 당시 유행의 한 축으로 자리한 일본 유학을 떠나게 된다. 동경 소재의 상지대학(上智大學)에서 공부를 했는데, 이때가 1934년이었다. 그가 시인으로 등단한 무렵도 이 시기였는데, 잘 알려진 대로 1935년 『신인문학』 3월호에 「패배자의 소원」을 발표함으로써 문인의 길에 들어선 것이다.[1] 그의 문학 활동은 이 시기에 여러 방면에서 이루어졌는데, 특히 중앙 지역 문인들과 교우하기도 하고, 또 같은 지역 출신이었던 김종한(金鐘漢)과 함께 『이인(二人)』이란 잡지를 만들기도 했다.[2] 이 잡지는 약 6회 정도 간행된 것으로 알려져 있는데, 이는 시인의 초기시 형성에 많은 영향을 끼친 것으로 보인다. 그의 문학적 토양이랄까 배경은 여기서 그치지 않고, 후배이면서 절친한 사이이기도 했던 시인 유정(柳呈)과의 교유도 빼놓을 수 없을 것이다.[3]

이용악이 문단에 등단한 시기는 이른바 문단의 전형기이다. 전형기란 주조의 흐름과 밀접한 관련이 있거니와 그 대표적 사례는 카프문학의 퇴조와 긴밀한 관계를 맺고 있는 것이었다. 뿐만 아니라 이때 카프의 대항담론으로 등장한 모더니즘 계통의 문학도 난만한 성숙

1 이 작품의 특성은 모더니즘적 경향, 그중에서도 당대 유행했던 엑조티시즘적 성향이 잘 드러나 있다는 점이다.

2 유정, 「암울한 시대를 비춘 외로운 詩魂」, 『이용악전집』, 창작과 비평사, 1988, p.186.

3 위의 글, p.180 참조.

기를 지나 쇠퇴의 길을 걷고 있었다.

그런데 이런 주류적 문학 담론의 퇴조 속에서 무엇보다 주목의 대상이 되는 것이 카프 문학이라 할 수 있다. 카프 문학이 끼친 문단의 영향은 그 공과 여부를 떠나 중요한 부분을 차지하고 있었음은 부인하기 어려운데, 이런 거대한 흐름에 대한 공백이야말로 어떤 새로운 지대에 대한 요구를 추동하는 계기가 되었다. 특히 리얼리즘적 성향을 갖고 있었던 시인들에게 있어서 이런 요구는 지대한 것이어서, 이들은 어떤 경로를 통해서든 그 흐름에 대한 향수를 갖고 있었던 것이 사실이다. 여기에다가 현실지향적인 시인들에게는 그러한 갈증이 더욱 심화되었을 것으로 이해된다. 이 시기 이용악 시인에 대해 주목하는 것도 이런 현실주의적 흐름에 대한 미련이랄까 향수와의 관련성 때문이라 할 수 있을 것이다.

잘 알려진대로 이용악의 시들이 이 시기 어떤 주도적 흐름을 갖고 있었던 것은 아니다. 처음 등단한 시인들 대부분이 그러하듯 이용악의 작품들도 하나의 정립된 세계관이나 일관된 시정신이 있었던 것은 아니었기 때문이다. 그는 이 시기 여러 종류의 문학에 대해 실험하고 있었다. 모더니즘 계통의 시를 썼는가 하면, 리얼리즘의 계통의 시를 쓰기도 했다. 그가 처음 상재한 시집이 1937년 『분수령』인데, 여기서 그는 「포도원」이나 「병」과 같은 모더니즘의 계통의 시를 쓰기도 했고, 「나를 만나거든」과 같은 리얼리즘 계통의 시를 담아내기도 했던 것이다.[4] 이런 양 극단의 흐름에다가 한 가지 더 추가해야 할 것이 있는데, 바로 그의 작품 세계의 상징과도 같은 유이민들에 대한

4 송기한, 「이용악 시에 나타난 민족의식 연구」, 『현대문학의 정신사』, 박문사, 2018, p.136.

적극적인 문학화이다. 그가 묘파해낸 유이민들의 삶이란 이른바 우리 문학의 간도 체험과 관련된 것인데, 이 체험이 시사적 의미가 있는 것은 그것이 식민지 문제라든가 민족 현실과 같은 문제와 불가분의 관계에 놓여 있다는 사실 때문이다.

어떻든 이용악의 초기 시들은 여러 지대에 뿌리를 두고 있는 다양성에 그 특징적 단면이 있다. 이런 다양성을 두고 모색기라 할 수 있지만, 실상 그 저변을 뚫고 들어가게 되면, 궁극에 이르러 시인이 주목하고자 했던 것은 한 가지 지점이었다고 할 수 있다. 바로 식민지 현실과 그에 따른 민족 모순에 대한 처절한 인식이다.

그의 초기 시들은 이렇듯 다양한 지점에서 출발하고 있지만 그 근원은 단일한 것이었다고 할 수 있다. 가령, 하나의 사회구성체를 두고 전연 다르게 사유하는 모더니즘과 리얼리즘의 창작방법에 그의 시의식이 놓여 있다고 하더라도 궁극에는 이 양극단의 사유가 하나의 지점에 그 뿌리를 두고 있다는 점에서 그러하다. 모더니즘과 리얼리즘은 자본주의라는 생산양식을 공유하는 두 가지 기본 축이라는 점에서도 그러하거니와 궁극에는 이 사조가 지향하는 목표가 그 사유의 완결성이라는 공통의 지대를 갖고 있다는 점에서도 그러하다. 뿐만 아니라 그의 시의 상징과도 같은 유이민들의 참담한 모습 역시 식민지라는 토양, 자본주의라는 토대와 분리하기 어려운 것이라는 사실도 이와 밀접한 관련을 갖는 것이라 하겠다. 이런 사실을 전제한 다음, 그의 시의식이랄까 정신사적 변모를 파악해야 그의 시를 하나의 흐름으로 이해할 수 있는 근거가 마련될 수 있을 것이다. 다양성 속에 어떤 단일성이 놓여 있느냐 하는 것, 그것이 해방 전과 해방 후 사이에 놓인 간극이랄까 정신사적 공백을 이을 수 있는 중요 매개이기 때문이다.

2. 하나의 지점과 두 가지 창작방법론

앞서 언급한 대로 이용악 시의 출발은 등단작인「패배자의 소원」이다. 등단작이란 습작기의 정점에서 시도된 것이라는 일반적 사실을 넘어 시인 개인이나 시사적으로 의미있는 것이라 할 수 있다. 그것은 이 작품이 한 시인의 전반적인 사유구조와, 앞으로 진행될 사유의 전개 양상을 지시하고 있기 때문이다. 그것은 수많은 독서와 문학적 영향, 타 시인과의 교류, 시대와의 대화 속에 탄생한 것이기에 그러하다.

이용악 시인에게「패배자의 소원」이 의미있는 것은 이런 저간의 사정 때문인데, 이 작품이 나온 것은 1935년[5]이다. 이 시기는 문단적인 상황이나 문단 외적인 상황에서 격변기 혹은 전형기에 해당한다. 과학적 사유를 기반으로 힘차게 전진하던 카프가 해산된 것도 이 시기이고, 구인회를 비롯한『3 · 4문학』이 활발한 활동을 멈추기 시작한 것도 이 때이다. 이런 문학 활동의 위축이란 소위 객관적 상황의 열악한 현실과 분리하기 어려운데, 잘 알려진 바와 같이 제국주의는 만주사변을 일으킨 다음, 본격적으로 대륙침략을 준비하고 있었다. 모든 것을 전시 태세로 그 포오즈를 취한 이상, 이에 저해되는 모든 활동 등은 당연히 위축될 수밖에 없었다.「패배자의 소원」은 그런 어둠을 배경으로 등장한 문학이고, 그러한 까닭에 거기에는 시대에 대한 고뇌라는 시인의 윤리적 책무가 담겨 있을 수밖에 없었을 것이다.

5 카프가 공식 해산 된 것도 이 때인데, 정확하게는 5월 28일이다.

失職한 '마도로스'와 같이
힘없이 걸음을 멈췄다
－－－이 몸은 異域의 黃昏을 등에 진
빨간 心臟조차 빼앗긴 나어린 패배자(?)－－－

天使黨의 종소래!
한 줄기 哀愁를
테－ㅇ 빈 내 가슴에 꼭 찔러놓고
보이얀 고개(丘)를 추웁게 넘는다
－－－내가 未來에 넘어야 될－－－

나는 두 손을 合쳐 쥐고
發狂한 天文學者처럼
밤하늘을
오래－오래 치어다본다

파－란 별들의
아름다운 코라스!
宇宙의 秩序를
모기(蛾) 소리보다도 더 가늘게 속삭인다

저－별들만이 알어줄
내 마음!
피묻은 발자죽!

오－－－
이 몸도 별이 되어
내 맘의 발자죽을

하이얀 大理石에 銀끌로 彫刻하면서
저－하늘 끝가지 흐르고 싶어라
－－－이 世上 누구의 눈에도 보이잖는 곳까지－－－

「패배자의 소원」 전문

제목에 나와 있는 것처럼, 이 작품이 표현하고자 했던 것은 현실 속에서 패배했던 자아의 고뇌이다. 여기서 자아는 현실과 연결된 제반 고리로부터 철저하게 분리되어 있다. '실직'한 이라는 현재의 실존적 조건도 그러하거니와 "이역의 황혼을 등에 진/빨간 心臟조차 빼앗긴 나어린 패배자"라는 인식 또한 그러하다. 뿐만 아니라 '테－ㅇ 빈 내 가슴'이나 '피묻은 발자국'도 현재 자아가 처해있는 심리적 상태를 말해준다. 그러한 상태란 '실직'과 비슷한, 현실과 자아가 맺고 있는 연결 고리의 단절이다.

이런 자아의 고립이야말로 1930년대의 시대상과 분리하기 어려운 것이거니와 시인은 이 시기 사회로 향하는 창들이 철저히 닫혀 있는 상태에 놓여 있다. 이런 고립은 실상 그의 초기 시의 두 가지 특성이었던 리얼리즘적인 사유와 모더니즘적 사유를 동시에 드러내고 있는 것이라는 점에서 그 의미가 있는 것이라 하겠다. 앞서 언급대로 이 시기에 카프를 비롯한 진보주의 운동은 더 이상 진행될 수 없는 상태에 놓여 있었다. 적어도 어떤 조직적인 운동이나 하나의 대오를 만들어 낼 수 있는 당파적 결속은 더 이상 불가능한 상태였다. 그런 좌절에서 시인은 아마도 스스로를 '패배자'로 사유한 것이 아닐까 한다.

그리고 다른 하나는 모더니즘의 감각이다. 역사의 합법칙성을 믿는 측에서 보면, 모더니즘이란 근본적으로 전망이 닫혀 있는 세계이다.[6] 미래로 향하는 길이 닫혀있을 때, 자아가 선택할 수 있는 길이란 거의 존재하지 않는다. 그래서 자아의 팽창과 같은 심리적 시간의 확장이 자아 속에서 필연적으로 발생할 수밖에 없다. 이런 면은 인용시에서도 그대로 확인할 수 있다. 닫힌 미래 속에서 팽창하는 자아의 모습이 잘 드러나 있는 까닭이다. 그 단적인 사례가 바로 '패배자'라는 인식성이다.

이용악의 초기시에서 이런 모더니즘적 사유의 의장은 그리 낯선 것이 아니다. 우선 첫시집 『분수령』에서의 「포도원」이나 「병」에서도 그러한 감각을 읽어낼 수 있거니와 인용시에서도 그런 감각은 얼마든지 발견할 수 있는 까닭이다. 그 하나가 엑조티시즘이다. 시의 근대성이랄까 현대성을 논의하는 자리에서 이 감각은 늘상 주목의 대상이 되어 있다. 가령 초기 모더니스트였던 임화[7]라든가, 정지용, 김기림 등이 이런 수법을 즐겨 사용했는데, 이들은 언어의 세련성을 외래어의 직접적인 차용에서 가능하다고 본 것이다. 이런 인유는 이용악의 경우에서도 예외가 아니었다. 그는 이 작품에서 '마도로스'라

6 루카치는 모더니즘 문학의 특징적 단면으로 사적 시간의 확장과 전망의 부재에서 찾고 있다. 『현대리얼리즘론』, 열음사, 1986, p.38.

7 가령, 임화의 초기 시인 「지구와 빡테리아」 등에서 보이는 외래어의 무차별적인 구사가 그러하다.

든가 '천사당' '코라스' 등의 외래어를 직접적으로 노출하고 있는 것이다. 뿐만 아니라 그는 형식적인 측면에서도 가능하면 파격을 구사함으로써 전통적인 시형식으로부터 한걸음 더 나아가는 경향을 보여주고 있었던 것이다.

이런 다양성이야말로 「패배자의 소원」이 주는 시적 특성일 것이다. 하지만 시인은 이 작품에서 당대에 풍미했던 여러 사조를 전면적으로 수용하지는 않았다. 가령, 리얼리즘에 경도되기도 하고 또 모더니즘에 기대기도 하는 등 어정쩡한 중립적 태도를 유지하고 있었던 것이다. 이런 중도적 입장은 그의 시정신이 아직 완성되지 않는 과도기의 상태에 놓여 있음을 말해준다. 하지만 이런 미몽의 상태에도 불구하고 이 작품 속에 그의 시가 나아갈 방향 또한 어느 정도 밝혀 놓았다는 점에서 그 의미가 매우 큰 것이라 할 수 있는데, 그것은 미래에 대한 전망과 무관하지 않다는 의미에서 그러하다. 그러한 단면은 먼저 작품의 제목에서 확인할 수 있는데, 그는 스스로를 '패배자'라고 단정하면서도 거기에 '소원'이라는 미래지향적 꼬리표를 붙여놓았다. 다시 말하면, 그는 현재의 상태를 단속의 관점이 아니라 발전의 관점에서 이해하고 있는데, 이런 면들은 작품의 후반부에 이르면 보다 직접적으로 드러나게 된다. 그의 시선은 저멀리 떠 있는 '별'을 응시하는가 하면, '하늘 끝'까지 흐르고 싶은 충동에 사로잡히기도 하는 것이다. 이런 감각이야말로 현재의 실존을 초월하고자 하는 자아의 적극적 의지가 없으면 불가능한 경우이다. 현재의 불온성을 초월하여 미래로 나아가고자 하는 강한 표현이야말로 그가 모더니즘이라는 '자기고립'의 세계에 갇혀있지 않겠다는 의지일 것이다. 자아의 고립이 아니라 열린 세계에 대한 지향, 폐쇄가 아니라 개방을 향한 적극적 의지의 단면들이 잘 드러나 있는 것이 「패배자의 소원」의 궁극적 내포인 셈이다.

말 아닌 말로
病室의 전설을 주받는
흰 壁과
하아얀
하얀
壁

花瓶에 씨들은 따알리야가
날개 부러진 두루미로밖에
그렇게밖에 안 뵈는 슬픔---
무너질 상싶은
가슴에 숨어드는
차군 입김을 막어다오

실끝처럼 여윈 思念은
회색 문지방에
알 길 없는 손톱그림을 새겼고
그 속에 뚜욱 떨어진 황혼은 미치려나
폭풍이 헤여드는 내 눈앞에서
미치려는가 너는

시퍼런 핏줄에
손가락을 얹어보는 마음---
손 끝에 다앟는 적은 움즉임
오오 살아 있다
나는 확실히 살아 있다

「病」 전문

이 작품은 「패배자의 소원」과 함께 모더니즘으로 분류될 수 있는 초기작이다.[8] 인용시를 이 계통으로 분류할 수 있는 근거 역시 「패배자의 소원」과 비슷한 의장에서 찾아진다. 우선, 시어의 외래성과 형식적 의장이다. 실상 이 두 가지 요소는 전통적인 율격이나 형식으로부터 벗어나게 해주는 가장 효과적인, 그리고 시각적인 장치들이다. 둘째는 시적 자아의 고립성이다. 그러한 단면들은 1연부터 나타나는데, 지금 시적 자아는 흰 벽, 혹은 하얀 벽에 갇혀 있는 존재이다. 마치 이상이 「날개」에서 보여주었던 골방 속의 자아와 비슷한 형국에 놓여 있는 것이다. 하지만 폐쇄된 공간은 병으로 치환되면서 더욱 극단화된 형태로 오버랩된다. 시적 자아는 거기서 자아의 현존과 실존에 대해 깊은 사유에 잠기고 또 새로운 존재의 전이를 꿈꾸고 있다.

「패배자의 소원」에서도 그 일단을 확인한 바와 같이 초기 이용악의 시에서 드러나는 모더니즘적 속성은 이상류의 자기고립주의와는 어느 정도 거리를 두고 있다. 가령, 「날개」 속의 자아는 존재의 전

8 윤영천은 이용악 시에서 드러나는 이런 측면에 대해 모더니즘에 대한 유혹이라고 표현했다. 다시 말해 초기 시작 과정에서 모더니즘에 상당부분 매혹되어 있었다는 것이다. 윤영천, 「민족시의 전진과 좌절」, 전집, 1988, p.195.

환을 이루어내는 출구를 찾지 못한 채, 자아가 한없이 팽창하는 피로의 상태에 놓여 있는 것이다. 하지만 이용악의 「병」에서의 자아는 그런 상태를 수용하거나 거기서 안주하려고 하지 않는다. 이런 역동성이야말로 이용악 모더니즘 시의 특징이라 할 수 있는데, 여기서 이렇게 죽어있는 감각을 깨우고자 시적 자아는 끊임없이 노력하고 있는 것이다. 그러한 시도 가운데 하나가 무뎌진, 혹은 죽어있는 감각의 부활이다. 지금 자아는 병속에 갇혀서 거침없이 밀고 들어오는 '차가운 입김'을 감각한다. 자아는 그것을 거부한다고 했지만, 다른 한편으로는 그런 이질감을 통해서 존재를 확인하는 단계로 나아가고자 한다. 그리고 그 연장선에서 발견한 것이 '시퍼런 핏줄'에 대한 감각적 접근이다. 자아는 거칠게, 혹은 역동적으로 움직이는 '핏줄'의 움직임에 자신의 손끝을 댄다. 그러면서 그 움직임과 더불어 자신의 존재감 또한 확인하게 된다.

이런 몇 가지 단계를 거쳐서 시적 자아는 비로소 자신이 "살아 있음"을 확인하게 된다. 다시 말해 "손 끝에 다앟는 적은 움직임" 속에서 "오오 나는 살아 있다/나는 확실히 살아 있다"라고 느끼는 것이다. 여기서 '살아 있음'이란 「패배자의 소원」에서의 '파란 별들의 아름다운 코라스'와 같은 것이다. 따라서 자아는 고립되어 불활성의 상태로 있는 것도 아니고, 또 무딘 감각 속에 스스로를 적나라하게 노출하고 있는 존재도 아니다. 현존은 그러할지 모르지만, 자아는 결코 그러한 현존에 대해 수긍하려 들지 않는 것이다. 무뎌진 의식의 저편에 놓인 살아있는 감각에 대한 끝없는 속삭임, 그것이 이 시기 그의 모더니즘 문학이 갖는 기본 특징 가운데 하나라고 할 수 있을 것이다. 이런 면에서 모더니즘지향적인 그의 시들은 현존 속에 가라

앉아 있는 불활성을 결코 승인하지 않는, 역동적인 힘에 대한 강렬한 파장을 내부 속에 간직한 것이라 할 수 있다. 그의 이러한 작업들이 일회적인 것이나 혹은 우연적인 동기에 의해 촉발된 것이 아님은 이 시기 쓰여진 다른 경향의 시들을 통해서도 확인할 수 있다. 바로 자신의 노동경험을 토대로 쓰여진 시들이 그러하다.

땀 마른 얼골에
소곰이 싸락싸락 돋힌 나를
공사장 가까운 숲속에서 만나거든
　내 손을 쥐지 말라
　만약 내 손을 쥐드래도
옛처럼 네 손처럼 부드럽지 못한 이유를
그 이유를 묻지 말어다오

주름잡힌 이마에
石膏처럼 창백한 불만이 그윽한 나를
거리의 뒷골목에서 만나거든
　먹었느냐고 묻지 말라
　굶었느냐곤 더욱 묻지 말고
꿈 같은 이야기는 이야기의 한마디도
나의 沈默에 浸入하지 말어다오

폐인인 양 씨드러져
턱을 고이고 앉은 나를

어둑한 廢家의 回廊에서 만나거든
　울지 말라
　웃지도 말라
너는 平凡한 表情을 힘써 지켜야겠고
내가 자살하지 않는 이유를
그 이유를 묻지 말어다오

「나를 만나거든」 전문

이용악이 일본으로 유학을 떠난 것은 경성농업학교 4학년 때인 1932년이다. 그는 이때 일본 히로시마현의 고분 중학교 4학년에 편입한 것이다. 이 학교를 졸업한 이후 도쿄 소재 니혼 대학 예술과에 입학했다. 이때가 1932년인데, 이 시기 이용악의 일본 유학은 무척 곤궁했던 것으로 보인다. 학비를 낼 형편이 못 되어서 노동에 종사했기 때문이다.[9] 이런 경험을 담은 시가 「나를 만나거든」이다. 노동에 바쳐진 것임에도 불구하고 이 작품에는 모더니즘의 흔적이 여전히 나타나 있다. 특히 형식에 약간의 파격을 주면서 모더니즘의 의장을 모방한 면이 이를 증거한다.

이런 모더니즘의 유혹에도 불구하고 이 작품이 의도하고자 한 것은 시인의 체험영역이었고, 그 중심에 놓인 것이 노동 문제였다. 카프가 퇴조하던 시기에 이런 주제를 작품의 전면에 내세울 수 있다고 하는 것은 매우 중요한 것이 아닐 수 없는데, 그것은 다음 몇 가지 이유에서 그러하다. 하나는 시기상의 문제이다. 잘 알려진 바와 같이 현실주의

9 김광현, 「내가 본 시인－이용악, 정지용 편」, 『민성』, 1948,10.

적인 사고에 바탕을 두고 쓰여진 카프 시는 이 시기 더 이상 전진할 수가 없었다. 그 역사적 필연성과 합리성에도 불구하고 객관적 현실의 벽 앞에서 좌절할 수밖에 없었던 것이 카프 앞에 놓인 운명이었기 때문이다. 그리하여 이들이 선택한 결과는 현실과의 최소한의 타협이었다. 전망이 닫힌 이런 세계에서 그 막힌 장벽을 뚫고 나가는 것은 어떤 모험을 동반하지 않고서는 불가능한 일이었다. 이런 현실에서 이용악의 노동시가 나온 것인데, 어떻든 노동이라는 주제의식만으로도 이 작품은 그 문학사적 의의가 충분히 담보되는 것이라 하겠다.

그리고 다른 하나는 창작주체와 작품과의 연관성이라는 점이다. 무엇보다 여기서 그 시사적 의의를 찾아야 하는데, 카프 문학의 단점 가운데 하나는 그것의 창작 주체가 지식인 위주의 것이었다는 점이다. 지식인이 자신의 경험 세계와 전혀 다른 영역에 접근한다는 것은 관념성에의 편향이라는 오류를 피해갈 수 없었던 것이 사실이다. 이른바 관념위주의 창작방법이라든가 세계관 우위의 주관성이라는 한계는 창작 주체와 경험 세계의 분리가 가져온 어쩔 수 없는 단점이었다. 하지만 「나를 만나거든」은 그러한 세계관 위주의 문학이라는, 지식인 문학의 한계를 넘어선다는 점에서 그 시사적 의의가 있다. 작품에 나타나 있는 것처럼, 이 작품은 현장의 노동자가 자신이 체험한 노동을 형상화한 것이다. 직접 체험한 노동의 경험을 작품화했다는 것은 예외적인 사건이 아닐 수 없는데, 이는 이북명 이후[10] 처음 시도되는 일이다. 그만큼 이 작품은 관념성이라든가 세계관 위주의 문학과는 거리를 두고 있는 것이다.

10 카프 시기의 대표적인 노동자 작가로 이북명을 들 수 있다. 그는 자신의 근로 경험을 「암모니아 탱크」 등에 담아낸 매우 예외적인 특성을 보여준 작가였다.

사실성과 현장성, 그리고 구체성이 이 작품의 특징적 단면인데, 이는 직접 현장을 체험하지 않고는 불가능한 표현들이다. 하지만 이런 장점에도 불구하고 이 작품이 갖고 있는 한계 또한 분명하다. 그것은 이들 시에서 흔히 볼 수 있는 당파성과는 거리를 두고 있었기 때문이다. 자아는 현장의 경험으로부터 전진하는 것이 아니라 후퇴하고 있고, 경우에 따라서는 비관주의에 빠져있기조차 하다. 자아의 이런 퇴행성은 이 시기 진보주의적 문학이 주는 일정한 한계이거니와 그것은 시대와의 조응 속에서 당연히 형성된 감수성이라 할 수 있을 것이다.

2. 북방 의식과 민족 모순, 유이민 의식

일제 강점기는 여러 모순이 겹쳐진 모습을 갖고 있었다. 그 대표적인 것이 계급 모순과 민족 모순이다. 일제 강점기에 놓여진 이 두 가지 모순 가운데 어느 것을 기본 모순으로 하고, 또 그 나머지 것을 핵심 모순을 둘 것인가는 전적으로 세계관의 문제에서 기인할 것이다. 어느 것을 더 중점에 둘 것인가는 사회의 관계 속에서 좌우될 가능성이 매우 높은 것이기도 했다. 하지만 이 시기 무엇보다 중요했던 것은 일제 강점기라는 상황, 곧 민족 모순이 그 핵심적 모순으로 자리할 수밖에 없는 환경조건을 갖고 있었다. 이는 해방 직후의 자기 반성[11]이

11 카프는 계급 모순을 앞에 두고 창작활동과 실천 운동을 했다. 하지만 엄정하게 말하면, 일제 강점기는 계급 모순이 아니라 민족 모순이 먼저였다는 사실을 상기할 필요가 있다고 하겠다. 이런 면들은 해방 직후 문학가동맹 구성원들의 자아비판에서도 확인할 수 있는 부분이다.

나 이후 전개된 남북한의 역사에서도 확연히 드러나는 문제였다.

이 시기 이용악의 시세계와 함께 주목해야 할 부분이 시인의 출생 배경이다. 약력에 나와 있는 바와 같이 그는 반도의 최북단인 함경북도 경성 출신이다. 경계의 끝자락에 놓여 있다는 것이 이를 경험한 자의 의식을 지배하고 있다는 것은 부인할 수 없을 것이다. 그 대표적인 사유가운데 하나가 변방에 대한 감각이다. 변방이란 국경의 또 다른 이름이고, 이는 민족에 대한 의식으로 자연스럽게 발전할 수밖에 없는 조건을 갖고 있는 것이었다. 게다가 이 시기는 일제 강점기라는 또다른 특수성이 놓여 있던 시기가 아닌가. 이런 조건들을 감안하게 되면, 이용악은 다른 진보주의자들과 달리 모순에 대한 남다른 감각이 특이하게 형성되었을 것으로 판단된다.

북방이라는 변경과 일제 강점기라는 중층 모순의 상황 속에서 이용악의 의식이 성장할 수 있는 배경이랄까 한계는 분명한 것이었다고 하겠다. 그리고 이에 덧붙여 그의 시의 주된 특장 가운데 하나인 유이민에 대한 애틋한 시선도 변경 혹은 국경이라는 점이지대와 결코 분리될 수 없는 것이다. 실상 유이민이라는 계층은 어느 시기, 어느 곳에서나 생겨나는 무리이긴 하지만, 이들 집단의 발생이 국경과 맞닿은 지점에서 극적으로 이루어진다는 사실을 감안하면, 이런 관련성은 더욱 설득력을 얻는 것이라 할 수 있다. 시인의 국경의식이랄까 변방의식은 시집 『분수령』의 처음부터 장식한다.

북쪽은 고향
그 북쪽은 女人이 팔려간 나라
머언 山脈에 바람이 얼어붙을 때

다시 풀릴 때
시름 많은 북쪽 하늘에
마음은 눈감을 줄 모른다

「北쪽」 전문

시인은 이 작품의 1행에서 "북쪽은 고향"이라고 했거니와 "그 북쪽은 女人이 팔려간 나라"라고도 했다. 시인이 인식하는 고향의 감수성은 이 시기 대부분의 시인들과 달리 사뭇 상이한 지점에서 시작된다. 고향하면 가장 먼저 떠올리는 곳이 방향 감각상 남쪽일 것이다. 이 방향이 주로 안온한 정서와 깊은 관련이 있기에 그러한 것인데, 그런 면에서 북쪽은 그런 정서와 거리가 있다고 하겠다. 두 번째는 시인이 묘사하는 고향이란 여인이 팔려간 나라이다. 이런 사건은 보통 정상적인 어떤 절차에 의한 것이 아니기에 고향이 주는 감수성, 모성적인 상상력과는 거리가 있는 것이다.

고향에 대한 이런 정서에서 알 수 있는 것처럼, 시인의 고향이란 1930년대 흔히 감각되던 고향의 의미와는 거리가 있다. 이때의 고향이 회고의 정서나 아름다운 그리움으로 수용되는 것에 비해서 그의 고향은 그러한 보편적 정서와는 거리가 있었던 것이다. 그에게 고향이란 "시름 많은 북쪽 하늘"이었고, 그러한 까닭에 "마음은 눈감을 줄 모르는" 상태에 놓여 있었던 것이다. 시인이 고향에 대해 이렇게 인식하는 것은 어떤 이유에서 일까. 여기에는 몇 가지 측면이 고려될 수 있는데, 하나는 식민지 현실에서 오는 자의식과 밀접한 관련이 있는 것이 아니었을까 한다. 식민지란 크게 보면 국권의 상실이고, 작게 보면 고향의 상실이다. 그에게 고향의 상실이나 이에 대한 어두운 묘사는 식민지 현실로부터 크게 자유로운 것이 아니었을 개연성이 크다. 그리고 다른 하나는 이런 고향에 대한 객관적 상관물의 발견이다. 앞서 살펴본 대로 시인은 고향을 북쪽에 두고 있거니와 이곳은 여인이 팔려간 나라이다. 이런 상상력은 적어도 고려 시대에 일어났던, 고려와 원나라의 관계에서 빚어진 것일 가능성이 매우 높은 경우이다. 고향에 대한 중층적 감수성은 이런 역사적 사실에서 발생하는 것인데, 고려의 여인이 간 곳이기에 그곳은 고향의 한 자락으로 자리할 수 있었을 것이고, 또 그러한 고향이란 결국 불편부당한 또 다른 현장이 되기도 했다. 그러한 부당성이란 곧 지금 여기에서 펼쳐지고 있는 식민지의 현실이 아니었을까. 고향은 이렇듯 시인 이용악에게 보편의 지대를 뛰어넘는 곳에 자리하고 있었고, 또 식민지 현실을 고스란히 반영하는 이중적 의미가 내포되어 있었다.

그리고 시인의 시의식과 더불어 한 가지 검토해보아야 할 것이 있는데, 바로 민족모순의 문제이다. 「북쪽」에서의 고향이 주는 의미는 민족의 문제를 떠나서는 성립하기 어려운 것이라는 사실이다. 이곳은 국경이 있는 곳이고, 그러한 경계선 너머에서 고향이라든가 팔려간 여인을 환기할 수 있다는 것 자체만으로도 민족적인 문제와 분리하기 어렵게 결합되어 있다는 점을 알게 해준다. 이 시기 이용악은 다른 어떤 시인보다도 민족적인 문제에 대해 깊은 관심을 갖고 있었던 시인이다. 리얼리스트였던 그가 가장 우선시했던 것은 계급 문제가 아니었다. 그가 현실에서 포착했던 것은 민족적인 것들이었는데, 가령, 다음과 같은 시가 그러하다.

풀쪽을 樹木을 땅을

바윗덩이를 무르녹이는 열기가 쏟아져도
오즉 네만 냉정한 듯 차게 흐르는
江아
天癡의 江아

국제철교를 넘나드는 武裝列車가
너의 흐름을 타고 하늘을 깰 듯 고동이 높을 때
언덕에 자리잡은 砲臺가 호령을 내려
너는 焦燥에
너는 恐怖에
너는 부질없는 전율밖에
가져본 다른 動作이 없고
너의 꿈은 꿈을 이어 흐른다

네가 흘러온
흘러운 山峽에 무슨 자랑이 있었드냐
흘러가는 바다에 무슨 榮光이 있으랴
이 은혜롭지 못한 꿈의 饗宴을
傳統을 이어 남기려는가
江아
天癡의 江아

너를 건너
키 넘는 풀속을 들쥐처럼 기어

색다른 국경을 넘고저 숨어다니는 무리
맥풀린 백성의 사투리의 鄕閭를 아는가
더욱 돌아오는 실망을
墓標를 걸머진 듯한 이 실망을 아느냐

江岸에 무수한 해골이 딩굴러도
해마다 季節마다 더해도
오즉 너의 꿈만 아름다운 듯 고집하는
江아
天癡의 江아

「天癡의 江아」 전문

시인이 묘사한 천치의 강은 아마도 압록강 아니면 두만강, 둘 중의 하나일 것이다. 하지만 그것이 어떤 구체적인 강인가 하는 것은 여기서 중요치 않다. 의미있는 것은 이 강이 국경을 알리는 기점이라는 것과, 여기서 발생하는 긴장의 끈들이 계속 생동하고 있는 공간이라는 사실의 차원이다. 강과 이 강을 둘러싸고 펼쳐지는 국경의 모습은 대비된다. 이 강을 중심으로 국경에서 빚어질 수 있는 여러 모습들이 현재의 상황을 일러준다. 가령, 이곳에는 “국제철교를 넘나드는 무장열차”가 있고, 강 언덕으로는 “포대가 호령을 치기도”하며, 경우에 따라서는 ‘선지피’가 흐르는 비극적인 모습이 펼쳐지기도 한다. 하지만 이런 긴장과 초조에도 불구하고 강은 이에 대한 반응을 하지 않고, 자신만의 ‘꿈’만 간직한 채 유유히 흘러가는 무심한 면으로 표백된다.

이런 무관심이야말로 시인의 분노를 유발하는 결정적인 계기가 되는데, 시인은 이를 두고 "흘러온 산협에 무슨 자랑이 있었드냐"라고 하거나 "흘러가는 바다에 무슨 영광이 있으랴"라고 탄식하고 있다. 뿐만 아니라 강 주변에 펼쳐지고 있는 긴장과 초조의 모습을 "은혜롭지 못한 꿈의 향연"으로 격하시키기도 한다.

무심한 강의 모습은 시인에게 분노를 유발하는 매개로 기능한다. 그것은 시인이 갖고 있던 사유의 또 다른 정서일 수 있다는 점에서 이 시기 이용악의 세계관을 읽어낼 수 있는 대목이다. 시인은 현실과 상반되는 강의 모습에서, 적어도 시인이 의인화한 강의 모습에서 비극적인 현실을 담아내고 있는 까닭이다. 그러한 현실 인식이 강에 대한 분노, 곧 '천치의 강'으로 표출됨으로서 이 시기 현실을 응시하는 시인의 판단이 무엇인지 알 수 있게끔 해준다.

고향에 대한 응시와 강에 대한 처연한 판단에서 이 시기 시인이 습득한 것은 민족 현실에 대한 올곧은 인식과 거기서 형성된 시인의 세계관일 것이다. 이런 토양이야말로 그가 현실의 모순을 이해하되, 그것을 적어도 관념적인 차원으로 수용하지 않았다는 것을 말해주는 증거이다. 다시 말해 이 시기 카프가 이해한 현실에 대한 계급모순을 그는 비껴가고 있었던 것이다. 그는 계급보다는 민족이 먼저였고, 이를 바탕으로 그의 작품 활동은 시작되었던 것이다.

우리집도 아니고
일가집도 아닌 집
고향은 더욱 아닌 곳에서
아버지의 寢床 없는 最後의 밤은

풀벌레 소리 가득 차 있었다.

露嶺을 다니면서까지
애써 자래운 아들과 딸에게
한 마디 남겨 두는 말도 없었고
아무을灣
설룽한 니코리스크의 밤도 완전히 잊으셨다.
목침을 반듯이 벤 채.

다시 뜨시잖는 두 눈에
피지 못한 꿈의 꽃봉오리가 갈앉고,
얼음장에 누우신 듯 손발은 식어 갈 뿐
입술은 심장의 영원한 停止를 가리켰다.
때늦은 醫員이 아모 말없이 돌아간 뒤
이웃 늙은이 손으로
 눈빛 미명은 고요히
 낯을 덮었다.

우리는 머리맡에 엎디어
있는 대로의 울음을 다아 울었고
아버지의 침상 없는 최후의 밤은
풀벌레 소리 가득 차 있었다.

「풀버렛소리 가득차 있었다」 전문

이용악의 가계는 정확히 알려진 것은 없지만, 시편에 드러난 정황과 몇몇 연구자의 조사에 의하면, 국경을 넘나들며 장사를 하면서 생계를 유지했던 것으로 보인다. 장사라고는 하지만 그것이 무슨 대단한 자본을 바탕으로 한 것도 아니고 또 상단을 비롯한 단체 형식을 빌려서 교역을 했던 것도 아닌 것처럼 보인다.[12] 그저 하루하루를 연명할 정도의 개인적인 차원에서 장사를 했던 것으로 판단된다.

인용시는 그러한 상황에서 아버지를 잃은 슬픔을 담아내고 있다. 시적 자아의 아버지는 "우리 집도 아니고" 또 "일가집도 아닌 집"에서, 게다가 "고향은 더욱 아닌 곳에서" 최후를 맞이하게 된다. 아버지의 죽음을 더욱 비극적으로 만드는 것은 "노령을 다니면서까지/애써 자래운 아들과 딸에게/한마디 남겨두는 말도 하지 않고" 죽을 수밖에 없는 상황이었다. 그리고 그러한 비극을 더욱 극적으로 만드는 것이 "풀버렛소리 가득차 있었다"라는 배경이다.

이용악의 시들은 소위 모더니즘에의 유혹에 빠져있던 초기시를 벗어나 시집 『분수령』을 발간하는 무렵인 1937년에 이르면 비로소 자기 세계관을 갖기 시작한다. 시인의 창작방법이 이런 단계에까지 이르게 된 것은 국경에서 태어난 배경과, 또 이를 기반으로 생계를 유지할 수밖에 없었던 가정사에서 비롯된 국면이 크다고 하겠다. 그는 이런 환경적 조건에서 필연적으로 민족에 대한 각성에 이르게 되었고, 그 핵심에는 이렇듯 가정사의 비극, 곧 유이민들의 편편치 못한 삶이 놓여 있었던 것이다.

여러 다양성에 놓였던 이용악의 시들은 유이민들의 삶의 모습이

12 김용직, 『한국현대시인연구』, 서울대 출판부, 2000, p.661.

반영되기 시작하면서 새로운 단계를 맞이하게 된다. 사실성과 객관성이라는 리얼리즘의 영역이 반영되면서 그의 시들은 모더니즘의 작시법으로부터 한발짝 벗어나기 시작했고, 이와 더불어 이 시기 유행하던 이야기시의 성격을 갖기 시작했다. 「풀버렛소리 가득차 있었다」는 그 단초라 할 수 있는데, 시인은 이 작품에서 가급적 주관성을 배제하면서 객관성을 바탕으로 작품을 창작해내기 시작한다. 다시 말해 하나의 사건을 서정화하기 위해서는 이야기 형식이 필요했고, 또 그런 형식이 서사성을 확보하기 위해서는 최대한 객관성이 유지되어야할 필요가 있었던 것이다.[13] 이용악의 빼어난 이야기 시들은 이런 배경하에서 탄생했는데, 이를 대표하는 시가 바로 「낡은 집」이다.

날로 밤으로
왕거미 줄치기에 분주한 집
마을서 흉가집이라고 꺼리는 낡은 집
이 집에 살았다는 백성들은
대대손손에 물려 줄
은동곳도 산호관자도 갖지 못했니라.

재를 넘어 무곡을 다니던 당나귀
항구로 가는 콩실이에 늙은 둥글소
모두 없어진 지 오랜

13 송기한, 앞의 책, p.153.

외양간엔 아직 초라한 내음새 그윽하다만
털보네 간 곳은 아무도 모른다.

찻길이 놓이기 전
노루 멧돼지 족제비 이런 것들이
앞뒤 산을 마음놓고 뛰어다니던 시절
털보의 셋째 아들
나의 싸리말 동무는
이 집 안방 짓두광주리 옆에서
첫울음을 울었다고 한다.
"털보네는 또 아들을 봤다우
송아지래두 불었으면 팔아나 먹지"
마을 아낙네들은 무심코
차가운 이야기를 가을 냇물에 실어 보냈다는
그날 밤
저릎등이 시름시름 타들어 가고
소주에 취한 털보의 눈도 일층 붉더란다.

갓주지 이야기와
무서운 전설 가운데서 가난 속에서
나의 동무는 늘 마음 졸이며 자랐다.
당나귀 몰고 간 애비 돌아오지 않는 밤
노랑고양이 울어울어
종시 잠 이루지 못하는 밤이면,

어미 분주히 일하는 방앗간 한구석에서
나의 동무는
도토리의 꿈을 키웠다.

그가 아홉 살 되던 해
사냥개 꿩을 쫓아다니는 겨울
이 집에 살던 일곱 식솔이
어디론지 사라지고 이튿날 아침
북쪽을 향한 발자국만 눈 위에 떨고 있었다.

더러는 오랑캐령 쪽으로 갔으리라고
더러는 아라사로 갔으리라고
이웃 늙은이들은
모두 무서운 곳을 짚었다.

지금은 아무도 살지 않는 집
마을서 흉집이라고 꺼리는 낡은 집
제철마다 먹음직한 열매
탐스럽게 열던 살구
살구나무도 글러리만 남았길래
꽃피는 철이 와도 가도 뒤울안에
꿀벌 하나 날아들지 않는다.

「낡은 집」 전문

이 작품은 『분수령』 이후 이듬해에 곧바로 상재된 『낡은 집』의 표제시이다. 표제시가 되었다는 것은 그만큼 시인이 이 작품을 대표작으로 보고 있다는 뜻이다. 이 작품이 갖는 함의랄까 시사적 의의는 무엇보다 그 형상화의 방식이 개인의 영역을 초월한 데서 이루어지고 있다는 점이다. 이른바 보편사가 작품의 중심 내용이 된다는 것인데, 「풀버렛소리 가득차 있었다」의 경우 가족사가 중심 소재이자 주제였다는 점과 구별되는 것이다. 유이민의 삶이라는 점에서는 동일한 음역이지만, 이런 소재는 어디까지나 개인적인 영역에 속하는 것이었다. 이런 개인사만으로 시대 정신을 모두 담아냈다고 보는 것은 어려운 일인데, 이런 한계를 뛰어넘는 것이 「낡은 집」이 가지고 있는 시적 의의일 것이다. 개인사가 보편사로 대치되는 형국인데, 이런 의미화야말로 이용악의 시세계가 한 단계 나아간 지점이라고 할 수 있다.

「낡은 집」은 피폐화된 현실 속에서 소멸할 수밖에 없었던 한 가족사의 삶을 다룬 시이다. 이 작품의 주인공인 털보네 가족은 '무곡'을 넘나들며 상업에 종사하는 삶을 이어가고 있었던 사람들이다. 하지만 더 이상 실존이 주는 무게들, 현실이 주는 억압을 이기지 못하고 고향을 버릴 수밖에 없는 존재들이 되고 만다. 이들 역시 이 시기 삶의 주요한 형태들 가운데 하나였던 유이민들의 삶을 선택한 것이다.

「낡은 집」은 작품에 묘사된 대상의 사실성과 객관성이 아주 뛰어난 작품이다. 그렇기에 여기서는 시적 자아의 의도된 주관이나 작가의 세계관이 현저히 약화되어 있다는 특징이 있다. 이런 면들은 분명 이 시기 리얼리즘 시가 갖는 한계를 넘어서는 의장들이 아닐 수 없을 것이다. 잘 알려진 대로 카프 시를 비롯한 현실주의 시들이 주관에 의한 현실의 왜곡이라는 창작방법상의 한계를 갖고 있었던 것이 사실이다. 그 한계를 넘어서고자 카프 시에서 시의 대중화 논의가 제기된 것은 잘 알려진 일인데, 그렇다고 이런 창작방법이 일정 정도 성공을 거둔 것은 아니다. 팔봉에 의한 논의는 있었을망정 이에 기반한 작품 창작은 거의 없었던 까닭이다. 팔봉이 대중화론을 제기한 배경에는 임화의 시 「우리 오빠와 화로」 정도가 있었지만, 이는 어디까지나 작품이 먼저 있었고, 이를 배경으로 비평이랄까 이론이 뒤따른 경우였다. 따라서 팔봉의 대중화론은 쟁점 수준의 것에 머물러 있었을 뿐, 그것이 실제 창작으로 이어지지는 않았던 것이다.

하지만 이용악에 이르러서는 그 이론적 수준에서 논의되던 이야기 시, 혹은 단편 서사시라는 새로운 양상을 맞이하게 된다. 뼈다귀의 시, 이론 위주의 시들이 극복되면서 비로소 사실성에 바탕을 둔 이야기 시, 진정한 의미의 단편서사시가 창작되는 계기를 마련했기 때문이다. 「낡은 집」은 작가의 세계관에 의해 표백되는 시가 아닐뿐더러 어떤 의도된 계획이랄까 작위적인 전망의 세계를 염두에 두고 쓰여진 시는 더더욱 아닌 것이다. 지금 여기에서 발생하고 있는 현실의 제반 문제들이 작가의 눈에 의해서 마치 사진기의 렌즈에 들어온 현상들처럼 펼쳐지고 있다. 이런 사실성, 객관성, 혹은 자연스러움이 진정 이 시기 이야기 시가 요구하는 참된 국면이 아니었을까. 유이민들의 비극적 삶에 대한 사실적 묘사는 다음의 시에서도 잘 드러나 있다.

> 아들이 나오는 올겨울엔 걸어서라두
> 청진으로 가리란다

높은 벽돌 담 밑에 섰다가
세 해나 못 본 아들을 찾어오리란다

그 늙은인
암소 따라 조이밭 저쪽에 사라지고
어느 길손이 밥 지은 자췬지
끄슬은 돌 두어 개 시름겨웁다

「강가」 전문

이 작품은 1947년 간행된 이용악의 세 번째 시집 『오랑캐 꽃』에 실린 시이다. 해방 직후에 상재된 시집이긴 하지만 작품의 내용에 비춰 보면 인용시는 아마도 일제 강점기 말에 쓰여진 작품으로 보인다. 그것은 다음과 같은 이유 때문에 그러한데, 우선 "아들이 나오는 올겨울엔 걸어서라두/청진으로 가리란다"와 "높은 벽돌 담 밑에 섰다가"를 비롯한 1연의 내용을 살펴보게 되면, 그 저간의 사정을 잘 알 수 있게 된다. 이용악이 일제 말기 서울 생활을 정리하고 고향인 청진으로 낙향한 것이 1942년이다. 여기서 그는 『청진일보』 기자와 경성읍 주을면사무소 서기로 근무하기도 했지만, 이듬해에 모 사건과 연루되어 준비했던 시집 『오랑캐꽃』을 압수 당하는 일을 겪게 된다. 아마 그는 이 사건과 관련하여 일정 기간 동안 감옥 생활을 겪은 것으로 보이기 때문이다.[14]

두 번째는 2연에 묘사된 내용인데, 특히 "어느 길손이 밥 지은 자

14 이용악, 「『오랑캐꽃』을 내놓으며」, 『오랑캐꽃』, 아문각, 1947 참조.

쵠지/끄슬은 돌 두어 개 시름겨웁다"라는 구절을 주목할 필요가 있다. 이는 주로 일제 강점기의 상황에서 이루어진 것이다. 그것은 창작방법이 주는 유사성에 근거한다. 이 부분은 「낡은 집」의 연장선에 놓여 있는 것이지만 긴 호흡이나 서사성 없이도 유이민들의 처절한 삶의 모습을 제대로 환기시켜주고 있다. 유이민이란 이 시기만의 고유성이다.[15] 그리고 주관의 개입이 없는 사실성의 측면이다. 이런 부분은 물론 해방 직후에는 현저히 달라지게 된다. 이 때의 작품들은 작가의 주관이 개입됨으로써 일제 강점기의 사실성과 객관성으로부터 현저한 거리를 두고 있기 때문이다. 어떻든 어떤 주장의 개입이나 주관성의 우위가 아니라 사실성과 객관성을 바탕으로 유이민들의 삶을 효과적으로 묘사하고 있다는 것이 이 시가 갖고 있는 의의일 것이다. 이 시기 시인의 이야기시들은 이렇듯 긴 호흡이나 커다란 서사구조 없이도 그 완성도랄까 유기적 짜임에 있어서 일정 정도 수준을 확보하고 있었던 것이다.

3. 역사의 퇴행과 자연의 새로운 의미화

1930년대 후반부터 해방 직전까지는 이른바 암흑기이다. 진보적인 분야뿐만 아니라 그렇지 않은 경우에도 어떤 활동을 진행하는 것은 불가능했다. 게다가 소위 내선일체가 시도됨으로써 모국어의 활

15 물론 이용악은 해방 직후 유이민의 삶을 계속 창작하긴 한다. 그런데 이때의 유이민이란 귀환자들의 모습 속에 편입된 군상이라는 점에서 일제 강점기에 쫓겨가던 그들 모습과는 상이한 면을 갖고 있었다.

동조차도 허용되지 않았다. 이런 상황 속에서 대개의 경우 문학활동을 중단하거나 아니면 구석진 골방에서 모국어의 마지막 끈을 붙들어야만 하는 것이 양심있는 작가라면 할 수 있는 최소한도의 자기노력이었다.

이런 저간의 사정은 이용악에게도 동일한 함량으로 다가오는 것이었다. 이용악의 문학은 민족모순에서 출발했고, 그 문학적 형상화가 유이민의 삶에 놓여 있었음은 잘 알려진 일이다. 하지만 상황은 변했고, 유이민이라는 우회적 장치 속에서 민족 모순을 드러내고자 했던 시도 역시 더 이상 전진할 수 있는 형편이 못되었다. 그가 세 번째 시집을 간행하고자 했으나 간행하지 못한 것도 이런 형편이 반영된 결과로 보인다.[16] 진보 문학에 섰던 대부분의 작가들이 최소한의 현실 참여 속에서 자기 모색을 시도했던 것처럼, 이용악에게도 동일한 조건이랄까 환경이 앞에 놓여 있었다.

이런 환경들은 그에게 친일에의 그림자로부터 자유롭지 못한 형편에 놓이게 했다.[17] 하지만 이 작품을 문면 그대로 친일시라고 규정하는 것에는 몇 가지 난점이 따를 수밖에 없다. 우선, 문학 속에서만 허용되는 상징이라는 의장이 주는 의미이다. 상징은 다중의 의미가 함축된 것이어서 이를 단선적인 의미로 해독할 때의 위험성이 있다.[18] 복합성을 무시하는 것이야말로 문학에 대한 최대의 장애가 될

16 그는 1943년 어떤 사건에 연루되어 세 번째 시집을 내고자 했으나 원고를 압수당해서 상재하지 못했다고 한다. 이 원고는 해방 직후인 1947년 『오랑캐꽃』이라는 이름으로 간행하게 된다.

17 40년대 초반에 쓰여진 것으로 추정되는, 「길」과 「눈 내리는 거리에서」, 「죽음」 등이 그러하다.

18 그의 절친한 문학 동료였던 유정도 이 점을 지적하고 있다. 앞의 책, p.192.

수 있기 때문이다. 둘째는 만약 이들 시가 친일에의 혐의가 있었다면, 시인은 이들 작품들을 자신의 작품집에 싣지 않았을 것이다. 특히 「길」 등의 작품은 해방 직후에 간행된 『오랑캐 꽃』에 싣고 있는데, 해방 전이라면 몰라도 해방 직후에 이 작품을 시집에 포함시켰다는 것은 그가 친일에 대한 자의식을 전혀 갖고 있지 않았다는 반증이 된다고 하겠다.

우러러 받들 수 없는 하늘
검은 하늘이 쏟아져내린다
왼몸을 굽이치는
병든 흐름도 캄캄히 저물어가는데

예서 아는 이를 만나면 숨어바리지
숨어서 휘정휘정 뒷길을 걸을라치면
지나간 모든 날이 따라오리라

썩은 나무다리 걸쳐 있는 개울까지
개울 건너 또 개울 건너
빠알간 숯불에 비웃이 타는 선술집까지

푸르른 새벽인들 내게 없었을라구
나를 에워싸고
외치며 쓰러지는 수없이 많은 나의 얼골은
파리한 이마는 입설은 잊어바리고저

나의 해바래기는
무거운 머리를 어느 가슴에 떨어트리랴

이제 검은 하늘과 함께
줄기줄기 차거운 비 쏟아져내릴 것을
네거리는 싫여 네거리는 싫여
히 히 몰래 웃으며 뒷길로 가자

「뒷길로 가자」 전문

이용악의 정신 세계에서 『오랑캐꽃』에 실려있는 작품들은 크게 주목을 받지 못했다. 작품의 제목이기도 한 「오랑캐꽃」이라든가 「전라도 가시내」 등은 시인의 시의식과 연관하여 논의의 중심이 된 바 있지만, 기타 작품에 대해서는 예외적인 것으로 간주되었기 때문이다. 다만, 앞서 언급대로 친일 혐의가 있는 작품에 대해서는 그 이질적 특성으로 인해 이따금씩 언급되고 있었을 뿐이다.

한 시인의 정신세계는 연속성을 갖고 있거니와 그 인과성 또한 부인하기 어려운 것이 사실이다. 특히 1930년대 후반에 펼쳐진 이용악의 시들은 이전의 시들과는 구분되는 지대들이 분명 존재하고 있었다. 이런 면들은 주목의 대상이 되지 못했지만, 그러나 해방 직후 펼쳐진 시인의 정신 세계를 논의하는 데 있어 반드시 탐색되어야 할 부분이라고 생각된다. 이미 지적한 것처럼, 이 시기는 암흑기에 해당한다. 그것은 시정신의 자유와 연결되는 것이기도 하고, 또 민족의 정체성과 밀접한 관련을 갖고 있다는 점에서도 주목의 대상이 된다.

「뒷길로 가자」는 이 시기 이용악의 시세계와 관련하여 몇 가지 특이점이 드러나는데, 그것은 작품의 제목에 나타나 있는 것처럼, '뒷길'이라는 담론 때문에 그러하다. 시인이 이 말의 대항담론으로 제시한 것이 마지막 연에 나타난 것처럼 '네거리'이다. 말하자면 '뒷길'과 '네거리'는 상호 길항관계에 놓여 있는데, 이 구도는 임화를 비롯한 단편서사시 등에서 흔히 등장했던 담론들과 유사한 국면을 보여준다.[19] 단편서사시에 등장하는 '네거리'란 갈등의 현장이고 또 투쟁의 현장이기도 하다. 그렇기에 그것은 미래에의 열린 전망이라든가 낙관적 열정이 펼쳐지는 공간으로 흔히 받아들여져 왔다. 이런 상상력은 어디까지나 객관적 상황이 비교적 순화된 시기에 펼쳐질 수 있는 것이었다. 하지만 그 반대의 폭력이 주어졌을 때, 이 공간은 폐쇄된 공간이 되며, 궁극에는 탄압의 공간으로 전화하게 된다. 그리하여 '네거리'와 반대되는 지대로서 여러 상징적 공간을 제시한 시인들이 있는데, 가령, 조벽암이라든가 유진오 등이 그러하다. 조벽암은 이를 '지열'[20]로 대치했는가 하면, 유진오는 이를 '골목'[21]으로 인유했던 것이다.

이용악 시인에게 있어서 '뒷길'이란 조벽암에게는 '지열'이었고, 유진오에게는 '골목'이었던 것인데, 이들 공간이 주는 상징적 의미는 어둠의 이미지, 궁극에는 회피라든가 숨겨진 가림막과도 같은 것이었다. 다시 말하면 광장에서 오는 불합리한 조건을 보족시켜주는

19 이런 면을 잘 보여준 것이 임화의 「네거리 순이」를 비롯한 '네거리 계열'의 작품들이다.

20 조벽암의 대표작 「지열」이 바로 여기에 대응한다. 시인은 이를 강조하기 위해 시집의 제목 역시 『지열』(아문각, 1948.)이라고 명명했다.

21 해방 직후 간행된 유진오의 대표시집인 『창』(정음사, 1948.)의 전략적 주제는 '거리'와 반대되는 곳, 곧 어둠의 공간인 '골목'으로 표현했다.

비교적 완결된 공간으로 인유한 것이 '뒷길'이었던 것이다.

작품에 나와 있는 것처럼, '뒷길'을 만든 조건들은 "우러러 받들 수 없는 하늘"이나 "검은 하늘"이다. 뿐만 아니라 그러한 하늘을 깜깜하게 만드는 "병든 흐름"도 여기서 예외일 수가 없을 것이고 마지막 연의 "줄기줄기 차거운 비 쏟아져내리는" 현실 또한 그러할 것이다. 이제 '네거리'는 그런 부정성들이 만든 '불온한 공간'이다. 그러한 공간이기에 시인이 "네거리는 싫여 네거리는 싫여"라고 선언하는 것이다.

이런 행위들은 분명 후퇴의 행보이다. 객관적 상황이 녹록지 않은 현실이 되었으니 이런 정서에 함몰되는 것은 당연한 수순일지도 모른다. 하지만 시인은 이런 현실에서 결코 후퇴하지 않는다. 그는 이런 현실을 수용하되 "히 히 몰래 웃으며 뒷길로 가자"고 하고 있기 때문이다. 여기서 "히 히 몰래 웃는다"는 현실에 대한 비웃음이나 조롱일 수도 있고, 미래에 대한 전망일 수도 있을 것이다. 어떻든 좌절하지 않겠다는 언표임에는 분명하다 하겠다. 하지만 그것이 어떤 경우이든 간에 시인이 자신 앞에 놓인 현실을 용납하거나 수용할 자세를 갖고 있지 않았다는 사실만은 분명할 것이다.

이 시기 시인의 이런 전략과 더불어 또 하나 주목해서 보아야 할 것들이 이른바 자연을 소재로 한 시들이다. 그동안 이런 소재에 바탕을 두고 쓰여진 이용악의 후기 시들은 거의 주목의 대상이 되지 못했다. 그저 세계관의 자연스러운 후퇴 내지는 자연에 대한 한가한 소일거리 정도로 받아들여져 온 것이 사실이다. 하지만 이 시기 시인이 주목한 자연시들은 시인의 시정신에 있어서 그 갖고 있는 비중이 결코 적은 것이 아니라는 점에 주목할 필요가 있을 것이다.

유이민들의 삶을 비롯한 현실지향적인 시들과 함께 이용악이 관심을 갖고 있었던 중심 소재 가운데 하나는 자연이었다. 그의 대표작 가운데 하나인 「오랑캐꽃」도 실상은 그 소재가 자연의 일부라는 점에서 그러하고, 「두만강 너 우리의 강아」를 비롯하여 「천치의 강」 역시 그러하다. 하지만 시인이 묘파해낸 자연의 서정화는 그 음역이 자연 속에 고립되지 않는다는 점에서 그 특징적 단면이 있었다. 다시 말하면 그의 자연은 역사와 결부되어 역사적 자연이라든가 혹은 민족의 자연과 같은 중층적 영역 속에 등장하고 있었던 것이다. 가령, '오랑캐 꽃'이 그러했고, '두만강' 또한 그러했다.

> – 긴 세월을 오랑캐와의 싸움에 살았다는 우리의 머언 조상들이 너를 불러 '오랑캐꽃'이라고 했으니 어찌 보면 너의 뒷모양이 머리태를 드리인 오랑캐의 뒷머리와도 같은 까닭이라 전한다. –
>
> 아낙도 우두머리도 돌볼 새 없이 갔단다.
> 도래샘도 띳집도 버리고 강 건너로 쫓겨갔단다.
> 고려 장군님 무지무지 쳐들어와
> 오랑캐는 가랑잎처럼 굴러갔단다.
>
> 구름이 모여 골짝 골짝을 구름이 흘러
> 백 년이 몇백 년이 뒤를 이어 흘러갔나.
>
> 너는 오랑캐의 피 한 방울 받지 않았건만

오랑캐꽃
너는 돌가마도 털메투리도 모르는 오랑캐꽃
두 팔로 햇빛을 막아 줄께
울어 보렴 목놓아 울어나 보렴 오랑캐꽃.

「오랑캐꽃」 전문

이 작품은 자연을 서정화한 이용악의 대표시 가운데 하나이다. 하지만 이 작품은 단순히 자연을 모방한 것은 아니다. 서정주가 이 작품을 두고 "망국민의 비애를 잘도 표현했다"[22]고 말한 것처럼 여기에는 사회와 역사적 의미가 내포되어 있다. 이 시의 부제에 의하면, 오랑캐꽃은 긴 세월동안 '오랑캐와의 싸움에 살았다는 우리의 먼 조상들'의 다른 이름이라고 한다. 이런 역사적 맥락에 의하면, 오랑캐꽃은 결코 우리 민족과는 가까이 할 수 없는 대상이다. 이렇듯 이용악의 유이민 시, 혹은 현실 지향적인 시들에 있어서 자연은 사회와 결코 분리되는 것이 아니었다. 하지만 1930년대 말에 이르면 이런 작시법은 바뀌기 시작한다.

『분수령』을 비롯한 초기시에서 자연은 역사와의 결합이 있었고, 중층의 음역을 갖고 있었다. 하지만 후기 시에 들어오면서부터 역사와 자연이라는 이 특이한 결합은 서서히 해체되기 시작한다. 자연으로부터 역사가 추방되면서 후기 시에 이르러서는 순수한 의미의 자연시로 경도되기 시작한 것이다. 만약 오랑케꽃이 후기에 쓰여졌다면 이 작품은 전연 다른 세계를 담고 있었을 것이다. 아마도 오랑케

22 서정주, 「광복전후의 문단」, 『조선일보』, 1985.8.25.

꽃은 현실이 아니라 추체험된 형태로 시인의 정신 속에서 재구성되었을 것으로 이해되기 때문이다. 이런 변화들은 물론 「뒷길로 가자」에서 알 수 있었던 것처럼, 객관적 현실의 열악함이 주는 억압의 기제와 밀접한 관련이 있었을 것이다. 이렇듯 역사가 추방된 자연, 그리고 그 자연 속에 안주하기 시작한 자아의 모습이 이용악이 펼쳐보인 후기 자연시의 특징이라 할 수 있다.

하지만 자연과 역사와의 관계가 이렇게 단선적으로 연결됨에도 불구하고 그 이면에 놓인 여러 관계를 탐색하게 되면 무언가 석연치 않은 면 또한 있음을 알게 된다. 그 하나가 이 시기 자연이 갖고 있었던 형이상학적인 의미이다. 이때 자연을 서정화한 대표적인 작가는 잘 알려진 대로 정지용이다. 그는 이때 「장수산」이라든가 「백록담」 등의 자연시를 발표함으로써 낭만적 자연시의 한 전범을 보여주고 있었기 때문이다. 그가 이런 자연의 세계에 도달하게 된 것은 근대에 대한 파편적 인식과, 이를 초월하기 위한 지난한 시적 여정이 만들어낸 거대한 노력의 결과였다. 이런 면들은 어쩌면 이용악의 자연시와 분명 비교할 수 있는 것이기에 매우 흥미로운 부분이 아닐 수 없다.

> 아히도 어른도
> 버슷을 만지며 히히 웃는다
> 독한 버슷인 양 히히 웃는다
>
> 돌아 돌아 물곬 따라가면 강에 이른대
> 영 넘어 여러 영 넘어가면 읍이 보인대

맷돌방아 그늘도 토담 그늘도
희부옇게 엷어지는데
어디서 꽃가루 날러오는 듯 눈부시는 산머리

온 길 갈 길 죄다 잊어바리고
까맣게 쓰러지고 싶다

「두메산골2」 전문

인용시는 『오랑캐꽃』에 상재된 여러 자연시들, 특히 「두메산골」 연작시 가운데 하나이다. 「뒷길로 가자」와 전연 다른 시세계를 다루고 있음에도 그 내용이나 수법은 비슷한 단면을 보여주고 있어 흥미롭다. 우선, '히히 웃는다'가 그 하나이다. 이런 모양은 「뒷길로 가자」에서 보듯, 현실에 대한 자신감있는 응전이고 미래에 대한 밝은 전망의 발로라고 했다. 물론 그러한 태도는 여기서도 마찬가지일 것이다. 시적 자아가 '버섯'을 만지면서 "히히 웃는" 까닭이다. 심지어 "독버섯일 때에라도 히히 웃는다". 여기서 도대체 이런 웃음란 무엇이란 말인가. 이런 포오즈는 자연과 대화할 수 있는 편안함에서 오는 것일 수 있고, 왜곡된 현실에 대한 비판의 정서에서 오는 것일 수도 있다. 하지만 그것이 어떤 경우이든 지금 서정적 자아에게 중요한 것은 현실의 굴레로부터 벗어나 어떤 자유의 지대로 편입되고 있다는 사실에 있을 것이다.

하지만 이런 실존적 결단이 쉽게 이루어지고 있었던 것은 아니다. 그것은 현실과 끝없는 길항관계가 만들어낸 숭고한 영역이었기 때문이다. 그 일단을 보여주는 것이 점점 자아의 시선에서 멀어져 가는

'읍'의 존재이다. 그것은 이곳 너머의 세계, 곧 현실의 세계이며 근대의 모습들이 치열하게 펼쳐지는 장이기도 하다. 그것은 자아의 탄생과 성장을 도모한 것이기에 자아로부터 쉽게 벗어날 수 있는 성질의 것이 아니다.

어떻든 현실을 초월해서 자연으로 회귀하고자 하는 것은 다음 두 가지 차원에서 그 의미가 있는 것이라고 하겠다. 하나는 현실적 조건이 주는 난망함이다. 이런 경우, 대개는 그 행보가 현실도피라는 혐의로부터 자유로운 것이 아닐 것이다. 1930년대 말의 상황논리에 기대게 되면, 이런 행보야말로 피할 수 없는 절대적인 조건 가운데 하나였을 것이다. 그리고 다른 하나는 모더니즘과의 관련 양상이다. 이용악은 초기 시부터 모더니즘의 영역으로 자유롭지 않았다고 했다. 이를 두고 그의 시들은 늘상 모더니즘의 유혹으로부터 벗어나지 못했다고 이해하게끔 만든 근거가 되었다.[23] 이용악이 유이민의 삶과 세계를 다루면서 소위 말하는 리얼리즘 계통의 시를 쓰는 시인, 곧 리얼리스트로 존재의 변이를 시도한 것은 잘 알려진 일이다. 하지만 그가 이런 변신을 시도했다고 해서 그가 곧바로 모더니즘의 정신이라든가 그 의장 조차 자신의 정신 세계에서 쉽게 사상시켰다고 보기는 어려울 것이다. 리얼리즘이나 모더니즘은 근대를 인식하는 동일한 방법이고, 그 병리적인 현상을 진단하는 것에서도 동일한 발생론적 뿌리를 갖고 있다. 다만 다른 것은 지향하는 방식이다. 사유는 비슷하되 그 의장이나 지향하는 세계가 상이한 지점에 놓여 있을 뿐이다. 따라서 근대라는 현실이 지속되는 이상, 하나의 세계관을 사상

23 윤영천, 앞의 글, 참조.

하고 다른 세계관을 곧바로 취득하는 것은 불가능하거니와 어쩌면 이 두 사유체계가 공존의 관계를 유지하고 있다는 것이 보다 타당한 이해라고 할 수 있을 것이다.

따라서 이용악의 자연시들은 현실 도피적이라기보다는 현실과의 치열한 모색의 과정에서 탄생한 것이라 할 수 있다. 그렇다고 기왕의 모더니스트와 분명 다른 점 또한 존재하는데, 서정적 자아는 현실에 대한 고민을 자아 속에서 찾지 않고 현실 속에서 구하고자 했다는 점에서 그러하다. 현실의 모순을 인식하되 이를 자아 내부 속에서 탐색하게 되면, 자아의 확장이나 내면의 확장과 같은 자기 고립의 세계에 갇히게 된다. 반면 이를 자아가 아니라 외부 현실로 눈을 돌리게 되면, 사회의 모순에 보다 큰 주안점을 두게 된다. 이용악의 경우는 후자의 사례에 속하는데, 그것은 시인이 지금껏 펼쳐보였던 리얼리즘적인 응전 방식이 이를 잘 말해준다 하겠다.

하지만 현실은 미래의 전망을 보여주지 못했고, 다시 어둠과 같은 불확실한 미래가 펼쳐지고 있었다. 이때 자아가 할 수 있는 선택의 영역이 제한됨은 당연하다 하겠다. 그리하여 그는 다시 현실에 대한 응시를 제한하고 그 너머의 세계로 눈을 돌리게 된 것이다. 그렇다고 해서 1930년대 일부 모더니스트들이 보여주었던 극심한 자아 갈등이나 폐쇄된 자기 고립의 세계로 함몰되지 않았던 것이 시인이 보여주었던 시적 특색이었다. 그리하여 그가 선택한 것은 아마도 정지용이 그랬던 것처럼, 자연의 세계가 아니었을까 판단된다. 이용악 시인에게 자연이란 근대를 두고 펼쳐졌던 분열의 세계가 안정화라는 모델링으로 나아가는 단계 가운데 하나였을 개연성이 큰 경우라 하겠다. 그것은 완전한 자연이 아니라 그 한 끝에 현실에 대한 끊임없는 관심의 그림자가 늘 드리워져 있다는 점에서 그러하다. 어쩌면 이런 면들은 순수 모더니즘의 세계에 갇혀있던 시인들의 그것과 구분되는 점이라는 데에서 그 의미가 있다고 하겠다. 자연으로 회귀하되 현실에 대한 끈으로부터 완전히 자유롭지 못했던 것, 그것이 이용악의 자연시의 궁극적 의의였다고 할 수 있다.

참나무 불이 이글이글한
오지화로에 감자 두어 개 묻어놓고
멀어진 서울을 그리는 것은
도포 걸친 어느 조상이 귀양 와서
일삼든 버릇일까
돌아갈 때엔 당나귀 타고 싶던
여러 영에
눈은 내리는데 눈은 내리는데

「두메산골3」 전문

인용시 역시 '두메산골'을 소재로 한 연작시 가운데 하나이다. 지금 시의 화자는 두메산골 어느 곳에 자리하고 있다. 이곳은 "참나무 불이 이글이글한" 공간이고, "감자 두어 개 묻어 놓고" 익어가기를 기다리는 지대이다. 실상 이런 모습은 반도회적인 것이고 또 반근대적인 것이라 할 수 있다. 하지만 유유자적할 것 같은 표면적인 모습과는 달리 이 작품의 이면에 놓인 화자의 심정은 무척 복잡한 것으로 나타나 있다. "멀어진 서울에 대한 그리움"이 마음 한자리에 놓여 있었기 때문이다. 이는 시인에게 있어서 솔직성이거니와 도회적인 문학에 대한 그리움의 표백이 아닐 수 없다. 그것은 도회적인 감각 없이는 존립할 수 없는 근대적인 것에 대한 아쉬움이랄까 그러한 생활에 대한 그리움일 것이다.

이용악의 자연시는 이 시기 우리에게 시사하는 바가 매우 크다. 리얼리스트이지만 그가 궁극적으로 회귀했던 공간이 자연이었기 때문이다. 이는 이 시기 모더니스트들에게서 흔히 보아 왔던 방식이기에 리얼리스트였던 그에게는 낯선 방식이었다는 점이다. 하지만 작품을 들여다보면 금방 알 수 있는 것처럼, 이용악은 자연에 완전히 동화되지 않는 모습을 보여준다. 이런 면들은 어쩌면 자연과 하나되고자 했던 정지용의 산수시와 구분되는 것이기에 주목을 요하는 것이다. 서정적 자아는 자연에 강제로 편입되어 있을 뿐이다. 그 단적인 보기가 되는 것이 자연 저편에 놓인 도시적인 것, 혹은 문명적인 것에 대한 그리움의 표백이다. 이런 정서를 표출할 수 있다는 것 자체가 자연과의 완전한 동화라는 모더니즘의 이상과는 거리가 있는 면들이다. 시인은 그저 "온 길 갈 길 죄다 잊어바리고/까맣게 쓰러지고 싶을 뿐"(「두메산골2」)이다. 스스로의 선택이 아니라 강요된 선택, 그것이 이 시기 이용악의 자연시가 보여준 특색이라 할 수 있을 것인데, 이런 특징들은 그가 순수 모더니스트가 아니기에 발생할 수 있었던 어쩔 수 없는 한계가 아닌가 한다. 이런 선택은 리얼리스트적인 것과 모더니스트적인 것 사이에 놓인 사유가 가져온 궁극적인 한계에 그 원인이 있다고 하겠다. 그는 순수 모더니스트들과 달리 현실에 대한 치열한 고민 끝에 자기 고립의 세계에 빠져들어가지 않았다. 그런 상태란 다른 한편으로 보면, 현실과의 끊임없는 대화의 창을 가지고 있었다는 뜻이 될 수도 있다. 가령, 그 창이란 잘 알려진 대로 유이민들의 삶에 대한 올곧은 응시가 아니었을까 한다. 그러한 응시가 있었기에 자연과의 완전한 동화 없이도 1930년대 말의 암흑기를 견뎌낼 수 있는 자양분이 되었던 것으로 이해된다. 그 연장선에서 그는 옛 선비들이 버릇처럼 가지고 있었던 서울에 대한 그리움의 정서를 내밀하게 간직하게 된 것은 아닐까. 이는 완전한 모더니스트가 아닌 자만이 가질 수 있는, 자연에 대한 여유있는 선택의 정서가 가져온 결과였기에 가능했던 것으로 보인다. 요컨대 그의 자연에 대한 몰입 현상은 절대적인 욕구에서 비롯된 것이 아닌 강요된 선택지였다는 점에서 그 의의가 있었다고 하겠다.

4. 귀향 담론과 민족의 발견

1945년 8월, 모두가 간절히 원했던 해방이 되었다. 해방은 우리의 힘에 의해 전취된 것이 아니었기에 많은 변수를 내포하고 있었다. 거기에는 우리 민족의 뜻과는 다른 선택지가 놓여 있었고, 또 축적되어 오던 민족 내부의 갈등 역시 함축되어 있었다. 이런 여러 산적한 문제가 완결되지 못한 채, 해방기의 시간들은 도도히 흘러가고 있었다. 그 흐름 속에서 시인들은 무엇을 포착해내고, 또 이때의 당면 과제였던 민족문학의 문제에 대해 계속된 고민들을 하고 있었다. 이런 흐름이 대세였기에 이용악도 여기서 예외일 수는 없었다.

해방공간에서 가장 먼저 문학 단체를 결성하고, 이를 바탕으로 민족문학 건설에 나선 것은 임화를 중심으로 하는 좌익 문학 단체였다.[24] 이후 1946년 2월에 전국문학자대회가 개최되고 여기서 문학가동맹이라는 거대한 문학단체가 만들어지게 된다. 이 단체에 이용악 또한 참가했음은 물론이거니와 이 대회를 마치고 그 감격의 장면을 쓴 글도 있다. 「전국문학자대회 인상기」[25]가 바로 그것이다. 이 글에서 가장 주목의 대상이 되는 부분이 아래의 항목이다.

> 개회에 앞서 국기를 향해, "조선민족문학수립만세"라고 써 붙인 슬로건을 향해 일제히 일어나서 애국가를 부를 때 나는 문득 일종의 슬픔이 형용할 수 없는 모양으로 마음 한구석을 저어가는 것을 느꼈다. 우리 민족과 함께 우리 문학도 너무나 불행하였다.

이용악이 이 대회를 보고 느낀 소감은 인용글에서 알 수 있는 것처럼, 기쁨보다는 슬픔의 정서에 가까운 것이었다. 하지만 여기서 이 정서를 문면 그대로 받아들일 필요는 없을 것이다. 오히려 감격에 가까운 정서라고 보는 것이 옳을 것인데, 이는 해방이라는 새로운 환경과 여기서 비로소 펼쳐지는 민족문학에 대한 기대가 반영되어 있었기 때문이다.

그리고 또 한 가지 주목해야 할 부분이 민족문학에 대한 계기이다. 이 시기 문학가동맹의 이론가는 임화였다. 그가 문학가동맹의 민족문학이 구비할 요건으로 내세운 것이 인민성이었다. 그런데 이 인민성에는 계급적인 것이 내재된 것은 아니었다. 그가 인민성 속에 포함

24 해방 이튿날인 8월 16일에 임화 중심의 '문학건설본부'가 만들어진 것은 이를 잘 말해준다.

25 『대조』 1946.7.

시킨 것은 민족반역자라든가 친일분자, 혹은 국수주의자를 제외한 모든 계층의 연합이었다. 임화는 후에 인민성보다는 당파성을 민족문학의 주요한 요소로 내세우지만[26] 어떻든 초기에는 계급의식이 큰 비중을 차지하지는 않았다.

이런 사정에 비춰보면, 이용악의 이글은 임화의 주장과 비슷한 면을 보여준다. 그는 이 글에서 "문학이나 문학자만의 이익이 아니라 진실로 민족전원의 이익을 존중해서의 무기가 될 수 있을 때에만 그 의의가 클 것"[27]이라고 했기 때문이다. 여기서 그는 민족 전원의 이익을 위한 것이 민족문학의 당면과제라고 본 것인데, 이를 문면 그대로 받아들이게 되면, 그에게는 일단 계급과 같은 문제에는 거리를 두고 있었던 것으로 보인다. 계급보다 민족의 문제를 가장 우선시 했던 것인데, 이런 면들은 이 시기 문제가 되었던 그의 대표시 「38도에서」에도 드러난다.

> 누가 우리의 가슴에 함부로 금을 그어 강물이
> 검푸른 강물이 굽이쳐 흐르느냐
> 모두들 국경이라고 부르는 삼십팔도에 날은
> 저물어 구름이 모여
>
> 물리치면 산 산 흩어졌다도
> 몇 번이고 다시 뭉쳐선

26 임화가 민족문학의 계기로 당파성을 내세운 것은 인민항쟁이후, 즉 미국이 점령군으로 인식될 때부터이다.

27 이용악, 「전국문학자대회 인상기」 부분.

고향으로 통하는 단 하나의 길

　철교를 향해
　철교를 향해
　떼를 지어 나아가는
피난민의 행렬

—야폰스키가 아니요 우리는
거린채요 거리인 채
한 달두 더 걸려 만주서 왔단다
땀으로 피로 지은 벼도 수수도
죄다 버리고 쫓겨서 왔단다
이 사람들의 눈 좀 보라요
이 사람들의 입술 좀 보라요

—야폰스키가 아니요 우리는
거린채요 거리인 채

그러나 또다시 화약이 튀어
저마다의 귀뿌리를 총알이 스쳐
또다시 흩어지는 피난민들의 행렬

나는 지금
표도 팔지 않는 낡은 정거장과

꼼민탄트와 인민위원회와
새로 생긴 주막들이 모여앉은
죄그마한 거리 가까운 언덕길에서
시장끼에 흐려가는 하늘을 우러러
바삐 와야 할 밤을 기대려

모두들 국경이라고 부르는 삼십팔도에
어둠이 내리면 강물에 들어서자
정갱이로 허리로 배꼽으로 모가지로
마구 헤치고 나아가자
우리의 가슴에 함부로 금을 그어
굽이쳐 흐르는 강물을 헤치자

「38도에서」 전문

이 시의 핵심은 "누가 우리의 가슴에 함부로 금을 그은" 것, 다시 말해 38선에 관한 것이다. 이 선이란 '38선'이고, 이는 어디까지나 미국과 소련이 일본군의 무장해제를 위해서 편의상 만든 것인데, 이후 그것은 국경선이 되어버리는 전혀 엉뚱한 결과를 가져오게 된다. 이용악은 일제 강점기부터 민족모순에 대해 깊이 천착하고 그 초월에 남다른 열정을 기울여 왔다. 그 열정이 해방공간의 이념선택에도 영향을 주었을 것이라는 점은 의심할 필요가 없을 것이다.

인용시는 이러한 관점에서 주목할 필요가 있는데, 시의 표면에 드러난 바에 의하면, 그의 세계인식은 계급적인 것과 무관한 양상을 보이고 있다. 하지만 진보진영에는 이런 관점이 결코 좋은 인상을 주지 못한 듯 하다. 당시 비평가인 김동석은 이점에 대해 부정적 비평을 가한 바 있다.

> 이 시는 조선을 허리 동강낸 북위38도선을 저주하는 노래이다. 38도선을 없애는 것이 곧 자주 독립이다. (---) 그런데 어찌해서 "고향으로 통하는 단 하나의 길"이 38도 이남으로만 통하는 것이냐 (---) 미군과 미군정청 밖에 없는 남한에서 소련병정과 콤민탄트를 비판했댓자 돌아서서 침뱉기이다.[28]

여기서 김동석이 말하고자 하는 요체는 "어째서 고향으로 통하는 단 하나의 길이 38도 이남으로 통하는 것이냐" 하는 데 있다. 그런 다음, 이용악이 이런 현실 인식에 도달한 것은 그의 사상적 허약성에 그 원인이 있다고 했다. 해방공간의 현실에 비춰보면, 적어도 계급의식을 갖고 있는 자라면, 김동석의 이러한 비판적 해석은 일면 타당한 면이 있다. 그것은 다음 두 가지 요인에서 그러한데, 하나는 인민이 주체가 되는 국가 건설이 리얼리스트들의 꿈이라는 점과, 다른 하나는 친일과 결탁하는 남쪽 주체들의 행보에서 찾아진다. 이런 두 가지 현실적 요인을 고려하게 되면, 김동석의 비판은 어느 정도 설득력이 있는 경우라 할 것이다. 문학가동맹의 구성원이자 또 이 집단이 추구하는 이념을 이해하게 되면, 김동석의 이러한 비판이 전혀 잘못

28 김동석, 「시와 정치 -「이용악 시 「38도에서」를 읽고」, 『해방공간의 비평문학』 1 (송기한 외), 태학사, 1991, pp.173-175.

된 것이라고는 할 수 없을 것이다. 문제는 이런 보편화된 상식이나 유행하는 이념의 정서가 아니라 실제로 이 시기 이용악이 갖고 있었던 사상의 본질이 무엇이냐를 모색하게 되면, 김동석의 이러한 평가는 일면적, 혹은 피상적인 것임을 알게 된다.

잘 알려진 대로 이용악은 민족모순에 대해 깊이 천착하고 그것의 해소랄까 초월에 대해 지난한 자기노력을 보여준 시인이었다. 그에게 중요했던 것은 이념이 아니라 언제나 민족이었고, 이를 바탕으로 해방공간에서는 분단이 아니라 통일된 국가가 우선이었을 개연성이 크다. 그것은 「전국문학자대회 인상기」에서도 확인할 수 있는 부분인데, 그가 이글에서 특히 강조했던 부분이 "민족 전원의 이익이 되는 문학"이었기 때문이다. 다시 말해 분열이나 갈등을 조장하는 문학이 새나라 건설에 있어서 진정한 민족문학의 범주 속에 있어야 할 어떤 이유도 발견하지 못한 것이다.[29] 이런 면들은 다음의 시에서도 확인할 수 있다.

자유의 적 꼬레이어를 물리치고저
끝끝내 호올로 일어선 다뷔데는 소년이었다
손아귀에 감기는 단 한 개의 돌멩이와
팔맷줄 둘러매고
원수를 향해 사나운 짐승처럼 내달린
다뷔데는 이스라엘의 소년이었다

29 송기한, 앞의 글, p.169.

나라에 또다시 슬픔이 있어
떨리는 손등에 볼따구니에 이마에
싸락눈 함부로 휘날리고 바람 매짜고
피가 흘러
숨은 골목 어디선가 성낸 사람들
동포끼리 옳잖은 피가 흘러
저마다의 가슴에 또다시 쏟아져내리는
어둠을 헤치며
생각하는 것은 다만 다뷔데

이미 아무 것도 같지 못한 우리
일제히 시장한 허리를 졸라맨 여러가지의
띠를 풀어 탄탄히 돌을 감자
나아가자 원수를 향해 우리 나아가자
단 하나씩의 돌멩일지라도 틀림없는
꼬레이어의 이마에 던지자

「나라에 슬픔 있을 때」 전문

이 작품을 이끌어가는 시도 동기는 우선 '나라'이다. 작품의 제목도 그러하거니와 시인이 이 작품에서 가장 강조하고 싶었던 것이 민족 우선주의였기 때문이다. 이와 관련하여 이 작품에서 가장 주목의 대상이 되는 부분이 바로 "동포끼리 옳잖은 피가 흘러"라는 부분이다. 여기서 시인이 의도한 '옳잖은'은 어떤 윤리적 결함을 말하고자 한 것은 아니다. 시인이 지금껏 펼쳐보인 사유의 흐름으로 추정컨대,

'동일하지 않은' 것으로 이해하는 것이 보다 타당할 것이다. 다시 말하면 어떤 이념적 상위나 혹은 반민족주의자 내지는 친일분자와 같은 부류를 이야기하는 것은 아닐 것이다. 그것은 어디까지나 동일하지 않은 흐름이라든가 생각을 말하는 것이고, 궁극에는 하나의 민족에 대한 갈망이 아니었을까 한다. 그것의 존재야말로 그의 의식에 반하는 곧 분열의 단초를 말하는 것이라 할 수 있다.

해방직후 이용악이 의도했던 것은 분명해보인다. 그것은 민족모순이 해소되고 이에 바탕을 둔 민족국가 건설에 그 일차적인 목표가 있었던 까닭이다. 그는 "단 하나의 돌맹이일지라도 틀림없는/골리앗의 이마에 던지자"라고 말하기도 하는데, 여기서 '골리앗'이란 바로 민족문학을 건설하는데 있어서 방해가 되는 요인들, 혹은 하나의 민족으로 나아가기 위해 장애가 되는 요인들이었다고 할 수 있다.

그리고 이 시기 이용악의 사상 선택에 있어 중요한 요소 가운데 하나를 문학 사조상의 흐름에서도 이해할 수 있다. 이는 모더니즘의 정신사적 흐름과 밀접한 관련이 있는 것인데, 곧 모더니즘과 리얼리즘의 관계가 그러하다. 이 두 사조는 자본주의에 그 뿌리를 두고 있는데, 발생론적 토대를 공유하면서도 나아가는 방향이랄까 전망은 전연 다른 지점에 두고 있는 경우이다. 하지만 이런 방향에도 불구하고 모색의 내적인 계기가 건강한 외적 계기와의 끊임없는 조우를 시도한다는 점에서는 동일한 면을 갖고 있다. 이런 흐름이 있기에 그 둘은 다르면서도 하나가 될 수 있는 근거를 내재하고 있는 것이라 하겠다.

앞서 살펴본 대로 이용악이 초지일관 모더니즘 문학에 집착하고 있었던 것은 아니다. 초기에는 모더니즘 문학에 경도되어 있었지만,

그는 민족의 현실을 발견하고 곧바로 민족모순이라는 사상적 거점을 마련한 바 있다. 그 성찰의 결과가 유이민의 삶이었던 것이다. 하지만 이런 선조적 흐름에도 불구하고 그의 작품 세계에는 모더니즘의 흔적이 계속 남아 있었다고 하겠다. 그 예증이 되는 것이 1930년대 후반의 자연시들이다. 여기서 그는 여타의 모더니스트들이 보여주었던 통합의 모델로서 자연을 제시하고 거기에 기투해들어가고자 하는 의지의 표명을 보여준 바 있다.

그런데 서정적 자아와 자연의 능동적 결합이라는 이 소중한 문학적 자산은 해방 직후 이용악의 세계관 형성에도 일정한 영향을 끼친 것으로 보인다. 가령, 오장환이나 정지용, 혹은 김기림 같은 모더니스트가 해방 직후 문학가동맹에 가입하고 이 단체가 내세운 제반 이념에 대해 문학적 실천을 보여준 사례처럼, 이용악의 경우도 비슷한 행보를 보여주었기 때문이다. 이는 그가 일제 강점기에 유이민의 삶을 바탕으로 한 리얼리스트 시인이었기에 해방 직후에도 동일한 행보를 갈 수밖에 없었다는 상황 논리와는 일정 정도 거리가 있는 것이라 하겠다. 이런 사유의 흐름이 해방공간에 영향을 준 것은 사실이지만, 그의 내면에 꾸준히 자리하고 있었던 모더니즘의 영향도 결코 무시할 수 없는 끈으로 작용하고 있었다는 사실도 부인하기 어려운 것이라 하겠다. 그것은 모더니즘이 보여준 일반적 경로와 하등 다를 것이 없는 행보를 시인 스스로 보여주었기 때문이다.

> 무엇을 실었느냐 화물열차의
> 검은 문들은 탄탄히 잠겨졌다
> 바람 속을 달리는 화물열차의 지붕 위에

우리 제각기 드러누워
한결같이 쳐다보는 하나씩의 별

두만강 저쪽에서 온다는 사람들과
쟈무스에서 온다는 사람들과
험한 땅에서 험한 변 치르고
눈보라 치기 전에 고향으로 돌아간다는
남도 사람들과
북어쪼가리 초담배 밀가루떡이랑
나눠서 요기하며 내사 서울이 그리워
고향과는 딴 방향으로 흔들려 간다

푸르른 바다와 거리 거리를
설움 많은 이민열차의 흐린 창으로
그저 서러이 내다보던 골짝 골짝을
갈 때와 마찬가지로
헐벗은 채 돌아오는 이 사람들과
마찬가지로 헐벗은 나요
나라에 기쁜 일 많아
울지를 못하는 함경도 사내

총을 안고 뽈가의 노래를 부르던
슬라브의 늙은 병정은 잠이 들었나
바람 속을 달리는 화물열차의 지붕 위에

우리 제각기 드러누워
한결같이 쳐다보는 하나씩의 별

「하나씩의 별」 전문

치열한 내면 모색 속에서 얻어진 외적 계기와의 극적인 만남, 민족모순에 대한 본질적 인식과 그 초월에의 의지를 갖고 있었던 이용악에게도 해방은 많은 가능성을 열어준 시기였다. 이런 열린 가능성 속에서 시인이 가장 주목했던 대상이 바로 유이민들의 삶이었다. 이들에 대한 관심이 이용악 시인의 주된 관심사였지만 해방 직후에도 사정은 비슷했다. 달라진 것이 있다면, 이제 이들은 가는 주체에서 오는 주체로 바뀌었다는 점일 것이다. 그 연장선에서 이 작품의 핵심 기제는 유이민들의 원점 회귀라는 부분에 주목할 필요가 있다. 이는 두 가지 면에서 그러한데, 우선 첫째는 유이민들의 회귀이다. 해방 전에는 현실의 질곡을 견디지 못하고 보다 나은 삶을 찾아서 떠난 것이 이들이다. 하지만 새로운 삶을 찾아서 떠났다고 해서 이들에게 지금 여기와 다른 새로운 유토피아가 기다리고 있었던 것은 아니다. 「낡은 집」 등의 작품에서 본 것처럼, 그들을 기다리고 있었던 것은 지금 여기보다 더 열악한 삶의 조건이 기다리고 있었기 때문이다.

과정이야 어떠하든 간에 이제 해방이 되었으니 이들이 다시 귀환의 과정을 밟는 것은 당연한 수순이었다. 떠난 곳으로 다시 오기에 이들의 여로구조가 원점 회귀가 되는 것은 당연한 일이었다. 그러한 원점에 이르는 길은 여러 방향성에서 이루어진다. '두만강' 저쪽에서 오는가 하면, '자무스'에서도 오기도 하고 '험한 땅에서 험한 변'

치르고 오는 사람들도 있다. 하지만 이런 편편치 못한 귀향이라고 하더라도 이들에게는 긍정성이 내포되어 있다. 이들에게는 해방된 조국에서 펼칠 수 있는 꿈이 있었기 때문이다. 그 꿈에 대한 상징이 작품에 나와 있는 것처럼, '하나씩의 별'이 될 것이다.

이 작품은 유이민들의 원점 회귀가 있다면, 시적 자아의 원점 회귀 또한 존재한다는 점에서 주목을 요한다. 그 회귀의 공간이란 바로 '서울'이다. 일찍이 시인은 1930년대 말 자연에 회귀하면서 「두메산골」 연작시를 쓴 바 있다. 특히 「두메산골3」에서 서정적 자아는 자연으로 향하는 발걸음 속에 "멀어진 서울을 그린다고" 고백한 바 있다. 여기서 시인이 말한 서울이란 서정적 자아에게 생존의 공간이면서 문학의 공간이기도 하다. 뿐만 아니라 자신의 의지나 이념을 실천하기 위한 공간이기도 했을 것이다. 그러한 공간을 뒤로 하고 자연으로 간다는 것은 결코 즐거운 일이 아닐 것이다.

이제 해방이 되었으니 일제 강점기에 가슴 깊이 간직했던 서울이 다시 시적 자아 앞에 놓이게 되는 상황을 맞이하게 된 것이다. 그러니 자아의 아련한 꿈이 담긴 서울은 이제 당연히 다시 되돌아가야만 하는 공간이 되어야 하는 것이 아닌가. "내사 서울이 그리워/고향과는 딴 방향으로 흔들려 가"는 일을 감행하게 되는 것이다. 이런 맥락에서 서울은 시적 자아가 본래 자신의 활동 무대로 다시 되돌아가는 원점 회귀의 공간이 된다고 하겠다. 그는 비로소 해방공간의 현실에서 자신의 문학적 실천을 펼쳐나갈 무대를 맞이하게 된 것이다. 이곳은 자아에게 실존의 공간이자 이념의 공간이며, 경우에 따라서 실천의 공간의 공간으로 자리하게 된다.

불빛 노을 함빡 갈앉은 눈이라 노한 노한 눈들이라

죄다 바숴진 창으로 추위가 다가서는데 몇번째인가 어찌하여 우리는 또 밀려나가야 하는 우리의 회관에서

더러는 어디루 갔나 다시 황막한 벌판을 안고 숨어서 쳐다보는 푸르른 하늘이며 밤마다 별마다에 가슴 맥히어 차라리 울지도 못할 옳은 사람들 정녕 어디서 움트는 조국을 그리는 것일까

폭풍이어 일어서는 것 폭풍이어 폭풍이어 불길처럼 일어서는 것

구보랑 회남이랑 홍구랑 영석이랑 우리 그대들과 함께 정들인 낡은 걸상이며 책상을 둘러메고 지나간 데모에 휘날리던 깃발까지도 소중히 감아들고 지금 저무는 서울 거리에 갈 곳 없이 나서련다

내사 아마 퍽도 약한 시인이길래 부끄러이 낯을 돌리고 그저 울음이 복받치는 것일까

불빛 노을 함빡 갈앉은 눈이라 노한 노한 눈들이라

「노한 눈들」 전문

시인이 찾은 서울은 그러나 결코 시인 자신의 것이 되지 못했다. 자아에게 굳건한 활동 무대가 되어줄 것으로 기대되었던 서울은 그러한 기대와는 상반된 방향으로 흘러갔다. 현실은 민중들에게 '노한 눈길'이 되도록 다른 방향으로 흘러갔기 때문이다. 그리하여 해방공간을 인민들의 것으로 전취하고자 하는 투쟁의 불길이 더욱 타오르기 시작한다. 그것은 때로는 폭풍이 되어 일어나기도 하고 불길이 되어 일어나기도 했다.

하지만 거대한 힘 앞에 자아는 좌절할 수밖에 없었다. 특히나 작품의 표현대로 "아마 퍽도 약한 시인이길래" 강력한 현실 앞에 더욱 부끄러운 정서를 갖게 되었는지도 모를 일이다. 이제 연대의식으로 묶인 동료들과는 더 이상 함께 할 수 없는 현실이 되었다. "구보랑 회남이랑 홍구랑 영석이랑 우리 그대들과 함께 정들인 낡은 걸상이며 책상"이 아무렇게나 나뒹굴 정도로 넘어야 할 현실의 힘은 강력했다. 이제 '나약한 시인'이 선택할 수 있는 길은 많이 남아 있지 않게 되었다.

현실이 이렇게 되다보니 그리웠던 서울, 시인의 활동 무대였던 서울은 더 이상 희망의 거리가 되지 못했다. 그러니 넓은 서울의 거리에서 자아가 의도하고 나아갈 수 있는 공간은 더 이상 존재하지 않게 되었다. "지금 저무는 서울 거리에 갈 곳 없이 나서는" 행위란 이래서 생겨나게 된 것이다. 이용악은 이 시기 뚜렷한 계급의식을 소유한 자가 아니었다. 하지만 유이민의 비극을 이해하고 이를 시로 표현할 만큼 그의 시정신은 현실지향적인 성향을 강하게 갖고 있었다. 하지만 그의 표현대로 나약한 시인이 할 수 있는 선택지는 그렇게 많지 않았다. 현실의 벽은 너무나 강고했고, 이를 초월하고자 하는 시인의 힘은 미약했으며, 자아의 의지 또한 더 이상 전진하지 못했다. 이런 어정쩡한 상태가 해방공간 이용악 시의 한계였다.

5. 의의와 한계

이용악은 1930년대 중반에 등장하여 카프가 지향했던 현실주의 지향적인 세계를 계승한 시인이다. 그럼에도 불구하고 그는 이 계통의 시만을 창작한 것은 아니다. 초기 시에서 알 수 있는 것처럼, 그는 모더니즘 경향의 시를 쓰기도 했고, 또 순수 서정의 세계를 노래한 시를 쓰기도 했다. 이런 다양성이야말로 단일한 시정신을 향한 실험 과정이라는 점에서 그 의의가 있는 것이었다. 하지만 이런 의의에도 불구하고 이용악의 시들, 특히 모더니즘 계통의 시들은 그의 시정신을 형성하고 전개시켜나가는 데 있어서 지속적인 영향 관계를 형성하고 있었다는 점에서 그 의미가 있는 것이었다.

잘 알려진 것처럼, 이용악 시의 특징은 유이민의 세계를 담아낸 데 있다. 그의 시들은 소위 이런 류의 진보적 세계를 담고 있음에도 불구하고 관념 지향적인 흐름을 보이거나 세계관의 과도한 개입에 의한 주관화의 경향을 띠지도 않았다. 소위 현실과 주관이 교묘히 결합하고 조화됨으로써 이 시기만의 고유한 단편서사시를 연 것으로 평가되었다. 그리고 이런 평가와 더불어 기왕의 연구에서 간과되었던 모더니즘 경향의 정신사적 흐름에도 주목할 필요가 있다고 판단된다. 그것은 이 사조가 어떤 유행병적인 특성에 의해 형성된 것이 아니라 시인의 정신사적 흐름에 일정한 방향을 제시해주었다는 점에 그 의의가 있을 것이다. 그러한 사례를 보여주는 것이 1930년대 말에 쓰여진 일련의 자연시들이다.

이용악의 자연시들은 리얼리즘의 관점에서 보면 전연 엉뚱한 외연을 갖고 있는 것이지만 그것이 모더니즘의 사유에 편입시켜 보면 중요한 시사적 의의를 갖는 것이라는 점에서 주목을 요한다. 그것은 모더니즘이 치열한 자기 모색과, 거기서 유발되는 대상과의 조화로운 대화의 과정이라는 측면에서 그러한데, 이 시기 대부분의 모더니스트들이 인식의 완결성을 찾아나선 경로와 비슷한 행보를 보여주었다는 점에서 그러하다. 가령, 정지용이 묘파해낸 자연의 세계와 비교될 수 있는 성질의 것인데, 하지만 그렇다고 하더라도 이용악의 경우는 정지용의 그것과는 약간의 변별성을 갖고 있기도 하다. 먼저 정지용은 자연에 완전히 동화된 사유의 끝을 보여주었다면, 이용악의 경우는 자연 속에 완전한 합일을 이루지는 못했기 때문이다. 이런 거리감이야말로 그의 모더니즘의 한계이기도 하고, 또 그만의 특징이라고도 할 수 있을 것이다. 말하자면, 그는 자연 속에 있되, '서울'이라는 도회의 끝자락으로부터 결코 벗어나지 못한 것이다. 이런 미종결성이 해방 직후 다시 '서울'로 되돌아갈 수밖에 없는 실존의 한계점이 되었다는 것은 주목해 볼 대목이 아닐 수 없을 것이다. 그는 리얼리스트적인 측면에서도 치열했고, 그 반대편의 의장인 모더니스트적인 면에서도 치열했기 때문이다.

해방 직후 이용악이 선택한 이념의 경로랄까 선택의 문제도 이 리얼리즘적인 것과 모더니스트적인 것으로부터 자유롭지 않았다. 그는 잘 알려진 대로 리얼리스트였지만, 여기에 이른 것은 일제 강점기의 리얼리즘적인 사유 태도가 반영된 것이긴 했다. 그렇다고 모더니스트적인 사유가 전연 배척되는 것도 아니었는데, 이 두 가지 사유 태도의 극점에서 만들어진 것이 해방 직후 그의 민족의식이었던 것이다.

이용악은 이런 정신사적 배경을 토대로 다시 그의 필생의 관심사였던 유이민의 세계로 되돌아온다. 서울을 못잊어 온전한 자연으로 회귀하지 못한 것처럼, 유이민들의 삶 또한 그의 시야에서 결코 벗어나지 못한 것이다. 이 시정신이 민족 모순에서 온 것임은 당연한 일인데, 해방 직후에 펼쳐진 정치현실에서도 그는 이 민족의 문제를 사유의 가장 높은 정점에 두고 있었다. 결국 유이민들의 삶의 비극은 민족 모순에서 온 것이고, 그러한 모순이 결국 민족 밖의 문제와 굳건히 결합되어 있음을 이해한 까닭이다. 이는 해방 전의 상황이나 해방 이후의 상황이 비슷한 조건에 놓여있었다고 판단한 결과일지도 모른다. 어떻든 그는 투철한 민족의식을 갖고 있음에도 불구하고 이를 타개할 보다 강력한 이념을 갖지 못했던 것으로 보인다. 그의 이념 선택이란 늘 더딘 것이고, 그러한 까닭에 전위적이지 못한 정신적 구조를 갖고 있었다. 그것은 곧 현실을 타개할 만한 적극적인 수단을 갖지 못했다는 의미가 될 수도 있는 문제였다. 그런 어정쩡한 상황이 그로 하여금 민족문학을 보다 실천적인 단계로 밀고나아가지 못하게 한 원인이 되었다고 하겠다. 이것이 그 자신의 한계이자 필생의 과제로 추구해온 그의 민족문학의 한계라고 할 수 있다.

한국 현대 현실주의 시인 연구

제6장

탐구자에서 리얼리스트 길로

오장환론

오장환 연보

1918년 충북 보은 출생.
1930년 안성공립보통학교 졸업.
1931년 휘문고보 입학. 스승 정지용을 만남.
1935년 일본 유학을 위해 휘문고보를 중퇴. 도쿄의 지산중학교에 전입.
1936년 서정주 등과 함께 『시인부락』 동인 참여.
1937년 첫 시집 『성벽』(풍림사)을 100부 한정 자비 간행.
1939년 두 번째 시집 『헌사』(남만서방) 간행.
1945년 신장병으로 앓고 있는 도중에 병원에서 해방을 맞이함.
1946년 조선문학가동맹 가입. 번역시집인 『에세닌 시집』(동향사) 간행. 제3시집 『병든서울』 간행(정음사).
1947년 『성벽』 개정판 간행. 제4시집 『나사는 곳』 간행(헌문사). 월북.
1948년 신장병 치료차 모스크바 방문.
1950년 전쟁 통에 서울 문인들을 만나고, 제5시집 『붉은기』를 북에서 간행.
1951년 지병인 신장병으로 사망.
1989년 『오장환 전집』(최두석 편) 간행(창작과 비평사).
2018년 『오장환 전집』(박수연외 편) 간행(솔 출판사).

1. 문단환경과 시인의 등장

오장환은 1918년 충북 보은군 회인면 중앙리 140번지에서 부 오학근(吳學根)과 그의 첩 한학수(韓學洙)사이의 3남 2녀 중 2남으로 태어났다. 아버지에게는 본처 이민석(李敏奭)이 있었고, 그의 슬하에 형과 누이 등 두명의 형제가 있었다. 이들과 합하면 오장환은 모두 여덟 명의 형제를 두게 되었고, 본처가 사망하고 자신의 친어머니가 아버지의 본처로 될 때까지 자신은 서자로 호적에 올라 있었다. 이런 가계에서 볼 수 있는 것처럼, 오장환은 생리적으로 이 영향으로부터 자유로울 수 없는, 태생적 한계를 갖고 있었다.

어린 시절, 오장환은 고향 근처에서 공부를 시작한 다음, 안성공립보통학교에 전학을 가서 공부하게 된다. 이후 1930년에 이 학교를 졸업한 다음, 서울로 올라가 중동학교 속성과 입학하게 된다. 그해 3월에 이 학교를 졸업하고, 4월 1일에 휘문고등보통학교에 입학한다. 그는 여기서 자신의 문학에 지대한 영향을 주었던 스승 정지용을 만나게 된다. 그의 출생이 그러했던 것처럼, 정지용과의 만남 역시 오장환 문학에 많은 영향을 주게 된다.

정지용으로부터 문학 수업을 받은 오장환은 1933년 작품 「목욕간」을 『조선문학』에 발표하면서 정식 문인의 길로 들어섰다. 오장환이 문단에 등단하던 시기는 전환기로 불리울 만큼 문학의 주류라는 것이 도전받던 시기였다. 잘 알려진 대로 이때 문단의 주류는 카프문학이었는데, 점증하는 제국주의의 위협과 도전, 그리고 그들의 팽창정책은 그 상대편의 자리에 놓여 있었던 이 주류적 흐름을 더이상 용인할 수 없는 상황으로 만들었다. 지난 몇 년 동안 거침없는 팽창과 진보를 거듭해오던 카프 문학은 이제 새로운 도전 앞에 놓이게 된 것이다.

그러는 한편으로 문단에는 카프의 퇴조와 함께 새로운 흐름 또한 서서히 수면 위로 올라오고 있었다. 편내용주의에 반발하는 것들, 어쩌면 또 다른 공식주의라 불릴 만큼 편형식주의에 속하는 조류들이 등장하고 있었던 것이다. 그 조류들 가운데 하나가 모더니즘을 지향했던 〈구인회〉 그룹이었다. 이 단체는 1933년 서울에서 조직되었고, 그 출발 구성원은 이종명(李鍾鳴)과 김유영(金幽影)이었다. 이들의 발기로 이효석(李孝石), 이무영(李無影), 유치진(柳致眞), 이태준(李泰俊), 조용만(趙容萬), 김기림(金起林), 정지용(鄭芝溶) 등이 참여했던바, 단체의 명칭에 걸맞은 9인의 구성원을 갖춘 문학 단체를 형성하였다. 이들의 문학적 지향은 9명이 만들었다는 사실적 차원에 그 가치가 있는 것이 아니라 이들이 지향했던 문학적 조류 및 특색에 그 의의가 있었다.

잘 알려진 대로 〈구인회〉가 지향했던 것은 근대성의 감각을 수용하고 이를 언어로 표현하는 데 있었다. 작가에 따라서는 그 표면적인 이해의 차원에서가 아니라 근대성의 제반 문제점을 발생론적으로 천착하고, 이를 시대적 음역 속에 구현해내는 등 그 본질적 차원에서 접근하는 경우도 있었다.[1]

〈구인회〉의 중심 멤버 가운데 하나가 정지용이었고, 그가 오장환의 스승이었다는 점은 매우 의미심장한 것이 아닐 수 없었다. 특히나

1 따라서 이들 구인회 그룹이 모두 하나의 문학적 성향을 드러내고 있었던 것은 아니다. 나중에는 그러한 문학관의 차이에 의해 이무영이라든가 조벽암 등이 탈퇴하는 계기가 되기도 한다. 조벽암, 「엄흥섭군에게 드림」, 『조벽암전집』, 소명출판, 2004, p.496.

문학 정신이 완전히 형성되지 않았던 오장환으로서는 스승이었던 정지용의 영향으로부터 자유로울 수 없었을 것이다. 오장환의 초기 시에서 모더니즘의 특징적 단면이 잘 드러나고 있는 것은 이런 환경적 요인과 분리할 수 없는 것들이라 하겠다.

어떤 시인이 위치한 곳에 다양한 문학적 조류가 자리잡고 있는 것은 불가피한 일일 것이다. 여러 다양한 조류와 넘쳐나는 시정신이란 항상적으로 존재하는 것이기 때문이다. 그런데 그러한 환경적 요건에다 문단이 전형기를 맞이하게 되면, 이런 혼효 현상은 더욱 두드러지기 마련이다. 오장환은 시대 환경이 크게 변하던 시기, 그리고 주류가 퇴조하는 시기에 등장했다.[2] 이 시기 다른 시인의 경우도 그러하지만, 오장환의 경우도 이런 경계적 존재에서 예외일 수가 없었다. 그의 초기 시에서 보이는 여러 다양한 경향들과 정돈되지 않은 시정신은 이런 흐름과 분리하기 어려운 것이었다. 오장환의 시세계를 이해하기 위해서는 이런 환경적 요인이 무엇보다 고려되어야 할 것이다. 그리고 이를 바탕으로 정돈되어가는 시정신이 어디로 향하는가 하는 것, 그리고 해방 이후 선택될 수밖에 없었던 세계관이 무엇이었나가 고려의 대상이 되어야 할 것이다. 그저 시간의 분절이나 시대 환경의 격절 속에서 그의 시들이 현실추수적으로 대응했다고 하는 것은 그의 시의 본질에 올바로 접근하는 방식이 아니다. 그의 시들은 선택과 배제의 과정을 통해서 형성된 것으로, 오장환은 이를 통해

2 이 시기 이와 비슷한 경향을 보인 시인 가운데 하나가 조벽암의 경우이다. 그의 시정신의 방황과 모색이라 할 정도로 어느 하나의 시정신으로 모아지지 않고, 다양한 방면으로 퍼져나가고 있었다. 이동순, 「혼돈과 동경이 빚어낸 자아상실」, 『조벽암시선』, 지식을 만드는 사람들, 2012.

그만의 독특한 지형도를 그려낸 매우 예외적인 시인이었다. 오장환이 걸어왔던 그 도정을 일관된 시야 속에서 묶어내는 것, 그리고 그 과정 속에서 그의 시가 갖는 본질적 의미를 천착해내야 하는 것이 우리의 과제다.

2. '비관자' 혹은 '산책자'로서의 자아

오장환 문학의 형성 배경은 크게 세 가지로 모아진다고 할 수 있다. 하나는 출신 성분이 서자라는 것, 둘째는 카프 퇴조기의 전형기에 등단했다는 것. 셋째는 스승인 모더니스트 정지용과의 만남이라는 것 등이다. 초기 오장환 문학을 이해하는 데 있어서 이 세 가지 영향은 매우 중요한 지점이라 할 수 있는데, 우선 오장환의 문인으로서의 첫 길은 1933년 작품 「목욕간」을 『조선문학』에 발표하면서 시작된다.

> 내가 수업료를 바치지 못하고 정학을 받아 귀향하였을 때 달포가 넘도록 청결(淸潔)을 하지 못한 내 몸을 씻어보려고 나는 욕탕엘 갔었지
> 뜨거운 물속에 왼몸을 잠그고 잠시 아른거리는 정신에 도취할 것을 그리어보며
> 나는 아저씨와 함께 욕탕엘 갔었지
> 아저씨의 말씀은 "내가 돈 주고 때 씻기는 생전 처음인걸." 하시었네

아저씨는 오늘 할 수 없이 허리 굽은 늙은 밤나무를 베어 장작을 만들어가지고 팔러 나오신 길이었네

이 고목(古木)은 할아버지 열두 살 적에 심으신 세전지물(世傳之物)이라고 언제나 "이 집은 팔어도 밤나무만은 못팔겠다." 하시더니 그것을 베어가지고 오셨네그려

아저씨는 오늘 아침에 오시어 이곳에 한 개밖에 없는 목욕탕에 이 밤나무 장작을 팔으시었지

그리하여 이 나무로 데운 물에라도 좀 몸을 대이고 싶으셔서 할아버님의 유물(遺物)의 부품(副品)이라도 좀더 가차이 하시려고 아저씨의 목적은 때 씻는 것이 아니었던 것일세

세시쯤 해서 아저씨와 함께 나는 욕탕엘 갔었지

그러나 문이 닫혀 있데그려

"어째 오늘은 열지 않으시우" 내가 이렇게 물을 때에 "네 나무가 떨어져서"이렇게 주인은 얼버무리었네

"아니 내가 아까 두시쯤 해서 판 장작을 다-때었단 말이요?"하고 아저씨는 의심스러이 뒷담을 쳐다보시었네

"へ, 實は 今日が市日で あかたらけの田舍っぺーが群をなして來ますからねえ."하고 뿔떡같이 생긴 주인은 구격이 맞지도 않게 피시시 웃으며 아저씨를 바라다보았네

"가자!"

"가지요" 거의 한때 이런 말이 숙질의 입에서 흘너나왔지

아저씨도 야학에 다니셔서 그따위 말마디는 알으시네 우리는 괘씸해서 그곳을 나왔네

그 이튿날일세 아저씨는 나보고 다시 목욕탕엘 가자고 하

시었네

"못 하겠습니다 그런 더러운 모욕을 당하고……"

"음 네 말도 그럴듯하지만 그래두 가자" 하시고 강제로 나를 끌고가셨지

「목욕간」 전문

이 작품은 일단 평범한 일상을 담아내고 있는 산문시이다. 시적 자아가 수업료를 내지 못해 정학을 당하고 고향에 돌아와서 아저씨와 함께 목욕탕에 간다는 이야기로 구성된 시이다. 이 작품에서 관심을 끄는 부분은 오장환 시인 특유의 해학이나 빈정거림일 것이다. 이런 특징적 단면들은 이후 그의 시의 중심 의장 가운데 하나로 자리한다는 점에서 그 의미가 큰 경우라 하겠다. 하지만 이 작품에서 무엇보다 중요한 것은 시인이 응시한 도시적 감수성 혹은 근대풍경에서 찾을 수 있을 것이다. 먼저 그러한 경향은 엑조티시즘의 의장으로 설명할 수 있는데, 한국 시사에서는 이런 경향을 두고 근대지향성이라든가 모더니티 지향성으로 이해되어 왔다. 뿐만 아니라 시어의 근대성이라든가 근대시로서 갖추어야할 새로운 면모로 이해되어온 것 또한 사실이다. 개항 이후 조선 시단이 근대적 의미의 율격 추구와 시 속에 담겨진 새로운 국면을 개척해나가는 데 있어서 여러 탐색들이 있어 왔고, 그 초월적 시도 가운데 가장 윗자리에 놓여 있는 것이 바로 엑조티시즘의 경향이었다. 이런 경향을 대표했던 시인이 정지용이거니와 소설에서는 이효석[3]이 이와 비견되는 자리에 놓여 있었다.

3 엑조티시즘적인 경향은 주로 외국어의 단순한 사용에서 찾을 수 있고, 이런 시어 내지는 문학어의 구사가 곧 근대문학의 단초로 인식되었다.

이 시기 목욕탕, 다시 말해 오장환이 표현한 대로 '목욕간'이란 바로 발견의 미학에 비견될 수 있을 정도로 새로운 근대 풍경 가운데 하나였다. 그러한 단면을 시인이 처음 발견하고 이를 시화한 것이다. 물론 목욕간이 근대 풍경으로 처음 등장한 것은 이보다 훨씬 앞서서 있었다. 최남선의 「경부철도가」에 나타난 온양 온천의 풍경이다.[4] 하지만 「경부철도가」에서 목욕탕은 그저 관찰자의 그것에서 그치고 있을 뿐 시적 주체와는 거리가 먼 경우였다. 반면, 「목욕간」에서의 시적 자아는 방관자 내지는 관찰자가 아니라 이 근대 풍경에 스스로 참여하는 주체자로 등장하고 있는 것이다. 이는 시적 자아의, 근대로의 자연스러운 편입을 말하는 것이거니와 이후 묘파되는 오장환의 근대 풍경의 시발점이 된다는 점에서 그 시사적 의의가 있는 것이라 하겠다. 그의 시적 출발은 곧 근대성으로의 편입, 곧 근대와 분리하기 어려운 밀접한 것이었다는 사실이다.

「목욕간」에서 알 수 있는 것처럼, 오장환이 자신의 시작 과정에서 주목한 것은 근대의 새로운 모습들이었다. 그의 시정신은 과거적인 것이 아니라 근대적인 것이었으며, 그것이야말로 새로운 시대 정신의 표현으로 이해했던 것이다. 그의 이런 면모는 그가 근대시가 나아가야 할 방향으로 시대정신을 중요한 시의 임무로 규정한 것에서도 알 수 있다. 그는 「제7의 고독」에서 "어느 때에 있어서나 가장 새 시대에 관하여 남 먼저 냄새를 맡고 남 먼저 또 그곳으로 지도를 해야

4 육당의 「경부철도가」는 조선 각 지역의 명승지 소개와 풍경, 그리고 그에 따른 작가의 소회를 읊은 것인데, 온양에서 목욕탕의 장면은 그 일환으로 묘사된 것이다. 보다 구체적으로는 온천에 대한 응시라 할 수 있는데, 어떻든 근대적 의미의 목욕탕의 모습은 이 작품에서 처음 등장한다.

할 시인의 운명으로서 어떠한 성과를 이루었다고 말할 것인가"[5]라는, 시단에 대한 자기반성을 한 바 있기 때문이다. 서정시란 시대의 아우라 속에 갇혀야 하고 이를 제대로 표현하는 것만이 근대시가 갖추어야 할 기본 운명이라고 본 것이다. 이는 어떤 면에서 보면, 초기 모더니스트들이 갖고 있었던 자유시 내지는 근대시에 대한 강박관념, 곧 새것 콤플렉스와 등가관계에 놓이는 것이라 할 수 있다.

새것에 대한 강박관념이나, 근대시는 과거의 것과 차별성을 갖고 있어야 한다는 사유는 이 시기 풍미했던 전통지향적인 시들에 대한 비판에서도 확인할 수 있다. 그 가운데 하나가 백석 시에 대한 시인의 평가이다.

> 그는 아무리 선의로 해석하려고 해도 앞에 지은 그의 작품만으로는 스타일만을 찾는 모더니스트라고밖에 볼 수가 없다. 그는 시에서 소년기를 회상한다. 아무런 센치도 나타내이지는 않고 동화의 세계로 배회한다. 그러면 그는 만족이다. 그의 작품은 그 이상의 무엇을 우리에게 주지 않는다. 그는 앞날을 이야기한 적이 없다. 자기의 감정이나 의견을 이야기하지 않는다.[6]

이 글의 요체는 백석의 작품들이 과거 속에 갇혀서 시대 정신을 전혀 담아내지 못하고 있다는 것이다. 다시 말해 그의 시에는 미래의

5 「제7의 고독」, 『조선일보』, 1939.11.2.-3.

6 「백석론」, 『풍림』, 1937.4.

시간이나 의식이 드러나 있지 않을 뿐만 아니라 과거의 그것에조차 자기의 감정이나 의견을 이야기하지 않는다는 것이다. 그리하여 "백석씨의 회상시는 갖은 사투리와 옛이야기, 연중행사의 묵은 기억 등을 그것도 질서도 없이 그저 곳간에 볏섬 쌓듯이 그저 구겨넣은 데에 지나지 않는 것"[7]이라고 평가절하하기에 이른다. 백석의 시들이 과거라는 시간에 갇혀 있긴 하지만, 그의 시들이 조선 정신의 시대적 표현이고, 현대성과 대결하는 과거성이라는, 모더니티의 긍정적 가치에 대해서는 전혀 그 의미를 두지 않고 있는 것이다. 그가 백석 시의 본령에 대해 이해를 하고 있었든, 혹은 그렇지 않든 간에 이런 평가의 저변에 놓여 있는 의식에는 새것 콤플렉스가 작동하고 있었음은 분명한 사실일 것이다. 근대시란 과거지향적이어서는 곤란하고 오직 지금 이곳에서 감각할 수 있는 새로운 것들만이 시의 소재라든가 주제가 되어야 한다는, 이 시기 근대주의자들이 갖고 있었던 잘못된 편견이 오장환의 사유에서도 그래도 재현되고 있었던 것이다.

어떻든 오장환은 이 시기 다른 어떤 시인보다도 소위 근대 정신에 대한 집요한 탐구를 시도한다. 그는 근대에 대해 형식주의적인 국면에서가 아니라 비판적인 입장에서 이를 응시하고 그 나름의 평가를 내리고 있었던 것이다. 하지만 이런 자의식에도 불구하고 근대시에 대한 새것 콤플렉스라든가 시의 세련성에 대해 완전히 외면한 것은 아니다. 「캐메라 룸」은 그러한 단면을 잘 보여주는 작품 가운데 하나일 것이다.

7 위의 글.

(사진)

어렸을 때를 붙들어두었던 나의 거울을 본다. 이놈은 진보가 없다.

(불효)

이 어린 병아리는 인공부화의 엄마를 가졌다. 그놈은 정직한 불효다.

(백합과 별) BAND "Lily"

별은 이곳의 조그만 나팔수다.

(복수)

−흥, 미친 자식!
그놈을 비웃고 나니 그놈의 애비가 내게 하던 말이 생각난다.
이것도 무의식중의 조그만 복수라 할까?

(낙파)

무디인 식칼로 꽃비늘을 훑는 젊은 바람의 식욕. 나는 멀−리 낚시질을 그리워한다.

(낙엽)

'아파−트'의 푸른 신사가 떠난 다음에
산새는 아침 일과인 철 늦은 '소−다'수를 단념하였다.

(서낭)

인의예지(仁義禮智一)

당오(當五).

당백(當百).

상평통보(常平通寶).

일전(一錢). －광무(光武) 삼년(三年)－약(略)

이 조그만 고전수집가(古錢蒐集家)는 적도의 토인과 같이 알몸뚱이에 보석을 걸었다.

「캐메라 룸」 전문

이 작품이 발표된 것은 1934년이다. 따라서 이 작품은 오장환의 시세계에서 비교적 초기작에 해당된다. 그만큼 시인의 시적 경향이랄까 문학 정신을 잘 보여주는 작품이라 하겠는데, 「캐메라 룸」은 이 시기 시인의 그러한 성향을 고려할 때, 두 가지 면에서 그 의의가 있다고 하겠다. 하나는 외국어에 대한 집착이다. 이는 1920년대 후반 초기 모더니스트들이 시도해왔던 의장과 비슷한데, 어쩌면 시인은 이전보다 이에 대한 집착을 더 강하게 드러낸 경우라 할 수 있다. 특히나 외국어에 대한 직접적인 노출이야말로 이른바 새것 콤플렉스 내지는 엑조티시즘에 대한 강박관념에서 온 것이 아닐 수 없다.

두 번째, 시의 구조적 방면이다. 이 작품은 각각의 연에 소제목이 붙어있거니와 그것이 '캐메라 룸'이라는 단일 공간에서 집합적으로 묘사되고 있다. 이는 모더니즘의 수법에서 흔히 사용되는 병치 기법이나 모자이크 기법과 매우 유사한 의장이라 할 수 있는데, 일찍이 이 수법을 즐겨 사용한 시인이 정지용이다. 잘 알려진 대로 그의 대표작 「향수」는 고향의 장면 장면 들이 모여서 하나의 유기적 통일성을 이루고 있는데, 고향의 모습이 이렇듯 여러 각도에서 오버랩되도록 한 기능적 장치가 바로 모자이크 수법이었던 것이다. 오장환의 이런 수법은 분명 스승인 정지용으로부터 받은 영향일 것이다. 하지만 그러한 전기적 사실을 제외하더라도 이 시기 시인들에게 이런 의장은 매우 보편적으로 사용되었던 것으로 보인다. 가령, 박팔양의 「근영수제」와 같은 작품이 그러하다. 이 시는 이 시기 대표적 모더니스트 가운데 하나였던 박태원의 「소설가 구보씨의 일일」로부터 많은 영향을 받은 작품이었다.[8]

「캐메라 룸」은 오장환이 영락없는 모더니스트였음을 증거하는 작품이다. 이는 작품이 시대 정신의 산물이어야 한다는 그의 세계관으로부터 온 것이라 할 수 있다. 그러나 시인은 근대 풍경을 자신의 작품 속에 그대로 구현하는 것에서 근대시의 임무랄까 목표를 달성한 것으로 이해하진 않는다. 이는 백석의 작품을 두고 과거의 단순한 퇴영물의 반영이라고 혹평하는 것의 연장선에 놓여 있는 시각이라 할 수 있는데, 오장환은 근대 풍경을 자신의 세계에 편입시켜서 이에 대한 자신만의 고유한 비평을 가하게 된다. 가령 「캐메라 룸」은 첫 연에서 이를 확인할 수 있는바, 시인은 '사진'을 두고 "어렸을 때를 붙들어두었던 나의 거울을 본다. 이놈은 진보가 없다"고 인식하는 것이다. 이런 판단은 단순한 응시가 아니라 이해와 비평이라는 점에서 그 의미가 있다고 하겠다.

실상 오장환의 시에서 드러나는 이런 자아의 동적 움직임이나 시

8 송기한, 「근대를 항해하는 프로시인」, 『한국 근대 리얼리즘 시인 연구』, 박문사, 2021, p.465.

선의 응시는 현대를 탐구하는 정신, 곧 고현학과 관련하여 매우 중요한 모더니즘의 한 의장이라 할 수 있다. 물론 그런 탐색이 박태원이나 박팔양의 경우처럼 활발하게 일어나지도 않고, 또 근대 풍물에 대한 경이성이나 신기한 감각으로 점철되는 것도 아니다. 그럼에도 끊임없이 유동하는 주체라든가 새로운 소재로 자신의 작품에 근대의 옷을 입혀나가는 과정을 보면, 이 시기 유행하던 '산책자'의 행보와 분리하기 어려운 것이 사실이기도 하다. 이런 비평의식이야말로 오장환 이전에 시도되었던 근대시의 경로가 형식적인 차원에서 그쳤다는 그의 진단[9]과도 분리하기 어려운 것이다. 이러한 비판의식의 정점에 놓여 있는 작품이 「전쟁」이다.

선전포고

~~~~~~~~~~ㅈㅓㄴㅍㅏ
어린애키우는집의강아지같은시인.
전쟁의 주권을 팔고사는 고전적이못되는 실업가(實業家).
박쥐의 나래. 즉. 쥐의 나래.
JERNFFA~~~~~~~~~~

지게미. 텁찌기. 소화물(消化物). 과. 등등.
가축들의 이상촌.
아가!

9 「문단의 파괴의 참다운 신문학」, 『조선일보』, 1937.1.28.-29.
~~~~~~~~~~

너희들의싸움은 어른에게따귀밖엔맞을것이 없단다아.

아가아아,
너, 그런짓하다 손버힐라.

전파(電波)~~~~~~~~~~
전파에 묻어나오는 잡음. 잡음.
~~~~~~~~~~
~~~~~~~~~~

트르르르
트, 트,
장갑자동차(裝甲自動車)에 업혀가는 탱크.
싸이드 카-를 타고나온 기관총(機關銃).
자주식(自走式) 고사포(高射砲).
수륙양용(水陸兩用)의 전차.
유니폼-을갈아입은선수들은피스톨의신호를기다리며스타-트의선(線)을도적질한다.

칼과 칼의 불같은 사랑.
불같은 포(抱)옹.
《이제도서관을갉아먹는역사가는 백지의처녀성(處女性)을 유린할 것이다.》

(제일정보)
나비는 장미가시에나래를 찔리어 흐득였던 것이다.

호외(號外)!
-병든 말. 발을저는 배달부.
방울을흔드는것은 안전지대의 신전법(新戰法)이다.

호외(號外)!
고목(古木)에달라붙어 적상(敵狀)을정찰(偵察)하는잠망경.
안경조준기(眼鏡照準器)를장치한 최신식소총.

석간. 금일호외일차발행. 本紙不再錄).
정가 일부오전(一部五錢).
"수숫대가쓰러지며 허수아비의뺨을갈겼다."

「전쟁-총이 웃는 것은,
전쟁 자신이 시인이기 때문이다」 부분

이 작품은 그동안 미지의 상태에 놓여 있다가 비교적 최근에 발굴된 작품이다.[10] 200자 원고지 72매에 달할 만큼 큰 분량의 시이기에 근대 장형시의 한 축을 이루었다는 평가가 내려진 작품이기도 하다. 일찍이 이보다 긴 형식의 작품은 서사시 「국경의 밤」 이외에는 없었다. 「전쟁」은 시인이 기왕에 펼쳐 보인 작품 세계와는 이질적인 것이

10 계간 『한길문학』(1990.7.)에서 처음 발굴되어 세상에 나왔다.

사실이지만, 작품의 내용이나 기법, 그리고 저자서명이 증명됨으로써 오장환의 것임이 확인되었다.[11]

「전쟁」은 이 시기 모더니즘의 기법을 모두 다 사용한 듯한 느낌을 받을 정도로 이를 충실히 반영한 작품이다. 외국어의 직접적인 노출에서 보듯 엑조티시즘의 경향을 보이기도 하고, 전파의 모습을 연상시키는 듯한 파동을 묘사해냄으로써 모더니즘의 형식주의적인 면 또한 드러내 보이기도 한다. 그런데 이보다 더 중요한 것은 의식의 흐름 비슷한 의장, 곧 자동기술법적인 측면일 것이다.[12] 익히 알려진 대로 자동기술법이란 초현실주의에서 사용되는 주된 의장으로, 구조체 모형을 지양하는 모더니스트들에게는 쉽게 사용되지 않는 수법이다.[13] 이 시기 이런 수법은 이상을 비롯한 '3 · 4문학' 동인들이 주로 사용했는데,[14] 그들의 활동 시기가 오장환과 어느 정도 겹쳐있다는 점에서 이들의 영향으로부터 자유로운 것은 아니다. 하지만 여기서 중요한 것은 이들과의 영향관계가 아니라 오장환이 이런 수법을 자신의 작시법에 적용하고 있었다는 사실인데, 이는 적어도 그가 모더니즘을 피상적인 차원에서 받아들이고 있지 않다는 뜻이 된다. 그는 모더니즘이 지향하는 궁극적 의도에 대해 잘 파악하고 있었거니와 이를 발생론적인 차원에서 이해하고 있었다는 사실이다. 이 시

11 「전쟁」을 두고 서정주, 김광균 등이 분석한 증언을 종합하면, 이는 설득력이 있는 경우이다. 위의 글, 참조.

12 김용직, 「열정과 행동－오장환론」, 『한국현대시인연구』, 서울대출판부, 2000, p.526.

13 오세영, 『문학과 그 이해』, 국학자료원, 2003, pp.40-47.

14 1934년 연희전문 출신 문학 청년들이 동인지를 냈는데, 『3 · 4문학』(34.9-35.12)이 그것이다. 6호로 끝날 때까지 동인들의 이합집산이 이루어졌는데, 어떻든 그 중심은 신백수, 이시우 두 사람이었다.

기 김기림 등이 받아들였던 피상적인 차원의 모더니즘은 아니었다는 뜻이다.

전쟁은 문명이 만들어낸 첨단 무기들이 경연하는 장이다. 일찍이 근대성에 대한 안티 담론인 모더니즘이 자라나기 위한 토양이 전쟁[15]이었음은 잘 알려진 일이거니와 오장환은 전쟁의 근거가 어떤 것임을 잘 이해하고 있는 것처럼 보인다. 「전쟁」에서 그는 전쟁의 물적 기반이 어떤 것임을 이해하고 있었던 것인데, 모더니즘이 전후에 등장하는 사조임을 감안하면 그의 모더니즘은 피상적인 수준을 벗어나고 있었던 것이다. 「전쟁」과 함께 오장환이 묘파해낸 근대의 불온한 국면을 잘 보여주는 작품 가운데 하나가 「수부」이다.

1

수부(首府)의 화장터는 번성하였다.

산(山)마루턱에 드높은 굴뚝을 세우고

자그르르 기름이 튀는 소리

시체가 타오르는 타오르는 끄-름은 맑은 하늘을 어질러놓는다.

시민들은 기계와 무감각을 가장 즐기어한다.

금빛 금빛 금빛 금빛 교착(交錯)되는 영구차.

호화로운 울음소리에 영구차는 몰리어오고 쫓겨간다.

번잡을 존숭하는 수부의 생명

화장장이 앉은 황천고개와 같은 언덕 밑으로 시가도(市街圖)

15 포크너, 『모더니즘』(황동규 역), 서울대 출판부, 1985, pp.18-19.

는 나래를 펼쳤다.

2

덜크덩 덜크덩 화물열차가 철교를 건널 제

그는 포식하였다.

사처(四處)에서 운집(雲集)하는 화물들

수레 안에는 꿀꿀거리는 도야지 도야지도 있고

가축류－ 식료품. －원료. 원료품. 재목. 아름드리 소화되지 않은 재목들－

석탄－중석－아연－동. 철.류

보따리 멱대기 가마니 콩, 쌀, 팥, 목화, 누에고치 등

거대한 수부의 거대한 위장－

관공용(官公用)의

민사용(民私用)의

화물, 화물들

적행낭(赤行囊)－ 우편물－

묻어 들어오는 기밀비(機密費), 운동비(運動費), 주선비(周旋費), 기업비(企業費), 세입비(稅入費)

수부에는 변장한 연공품(年貢品)들이 낙역(絡繹)하였다.

3

강변(江邊)가로 위집(蝟集)한 공장촌－ 그리고 연돌(煙突)들

피혁－고무－제과－방적－

양주장(釀酒場)－전매국……

공장 속에선 무작정하고 연기를 품고 무작정하고 생산을 한다

끼익－끼익－ 기름 마른 피대(皮帶)가 외마디 소리로 떠들 제

직공들은 키가 줄었다.

어제도 오늘도 동무는 죽어나갔다.

켜로 날리는 먼지처럼 먼지처럼

산(山)등거리 파고오르는 토막(土幕)들

썩은 새에 굼벵이 떨어지는 추녀들

이런 집에선 먼－촌 일가(一家)로 부쳐온 공녀(工女)들이 폐(肺)를 앓고

세멘의 쓰레기통 룸펜의 우거(寓居)－다리 밑 거적때기

노동숙박소

행려병자 무주시(無主屍)－깡통

수부는 등줄기가 피가 나도록 긁는다.

4

신사들이 드난하는 곳

주뼛주뼛 하늘을 찔러 위협을 보이는 고층건물

둥그름한 주탑(柱塔)－점잖은 높게 뵈려는 인격

꼭대기 꼭대기 발돋움을 하여 소속(所屬)의 깃발이 날린다.

무던히도 펄럭이는 깃발들이다.

씩, 씩, 뽑아올라간 고층건물－

공식적으로 나열해 나가는 도시의 미관

수부는 가장 적은 면적 안에서 가장 많은 건물을 갖는다

수부는 무엇을 먹으며 화미(華美)로이 춤추는 것인가!

뿡따라 뿡, 뿡, 연극단의 군악은 어린이들을 꼬리처럼 달고 사잇길로 돌아나가고

유한(有閑)의 큰아기들은 연애(戀愛)를 애완견처럼 외진 곳으로 끌고간다.

"호, 호, 사랑을 투우처럼 하는 것은 고풍(古風)이예요."

5

쉿- 쉿- 물러서거라

쉿- 쉿- 조용히하거라

-외국사신의 행렬

각하, 각하, 각하-

간판이 넓어서 거추장스럽다.

가차이 오면 걸려들면 부상(負傷)!

눈을 가린 마차마(馬車馬)가 아스팔트 위로 멋진 발굽소리를 흥겨워 내뻗는 것도 이럴 때다!

6

초대장-독주회 독창회

악성(樂聖)-가성(歌聖)-천재적 작곡가

남작(男爵)의 아들-자작(子爵)의 집

수부의 예술이 언제부터 이토록 화미(華美)한 비극이었느냐!

향연과 향연

예술가들이 건질 수 없는 수렁 속으로 빠져들어가는 일은

슬픈 일이다.

7

여행들을 합니다

똑똑하다고 자처하는 사람은

서울을 옵니다

영미어(英美語), 화어(華語), 내지(內地)말 조선말

똑똑하다는 사람들은 뒤리뒤섞어 이야기를 합니다.

돈을 모은 이는 수부로 이주합니다

평안한 성금법(成金法)이외다

조선(祖先)의 토호(土豪)질한 유산

금광

일(一)확천금(千金)투기－

돈을 많이 모은 사람은 고향을 떠납니다

돈을 많이 모은 사람은 고향을 떠나옵니다.

8

박물관－사원－불각(佛閣)교회당……

뾰－족한 피뢰침들

시민들은 이러한 곳을 별장처럼 다닌다

시민들은 이러한 곳을 공원처럼 다닌다

이런 곳에는 많은 남자가 온다

이런 곳에는 많은 여자가 온다

수려한 자연을 피하여 온 사람들

모조된 자연이 있는 공원으로 몰리어온다

9

수부는 어느 때 시작되고 어느 때 그치는 것이냐!

카페와 빠-는 나날이 늘어가고

제비처럼 날씬한 예복-

대체 이놈의 안조화폐(雁造貨幣)들은 어디서 만들어내는 것이냐!

사기-음모-횡령-매수-중혼(重婚)……

돌이킬 수 없는 회한(悔恨)과 건질 수 없는 비애

퇴폐한 절망에 젖은 대학생들-

의사와 의학사

너희들은 푸른 등불 밑에서 무슨 물고기와 같은 우수(憂愁)들이냐!

하수도공사비-

도로포장공사비-

제방공사비-

인건비 창창(窓窓)이 활짝 열어젖히고 잇몸을 드러내고 웃는 중소상업자(中小商業者)

중소상인들의 비장한 애교(愛嬌)

"어서요 옵쇼 오십쇼"

18간 대로-병립된 가로등-가로수

다람쥐처럼 골목으로 드나드는 택시들-

외길로만 달아나는 전차들 전차는 목적이 없기 때문에

저놈은 차고로 되들어간다

트럭—

모터— 싸이클 그냥 싸이클

무진회사(無盡會社)의 외교원들은 자전거로 다니며 조사(調査)에 교통비를 받는다

10

대체 저—널리즘이란 어째서 과부처럼 살찌기를 좋아하는 것인가!

광고—광고—광고—화장품, 식료품

범람하는 광고들

메인 스트리—트 한낮을 속이는 숙난한 메인 스트리—트

이곳을 거니는 신상(紳商)들은

관능(官能)을 어금니처럼 아낀다

밤이면 더더더욱 열란(熱亂)키를 바라고

당구장—마작구락부—베비, 골프

문(門)이 마음대로 열리는 술막—

카페—빠—레스토랑—다원(茶苑)

젊은 남작도 아닌 사람들은 왜 그리 야위인 몸뚱이로 단장을 두르며

비만한 상가, 비만한 건물, 휘황한 등불 밑으로 기어들기를 좋아하느냐!

너는 늬 애비의 슬픈 교훈을 가졌다

늬들은 돌아오는 앞길 동방의 태양—한낮이 솟을 제

가시 뼈다귀 같은 네 모양이 무섭지는 않니!

어른거리는 등롱에 수부는 한층 부어오른다

11

수부는 지도 속에 한낱 화농(化膿)된 오점이었다

숙란하여가는 수부－

수부의 대확장－인근 읍의 편입

「수부(首府)－수부는 비판하였다. 신사와 같이」 전문

「전쟁」과 함께 근대에 대한 사유를 잘 보여주는 시가 바로 「수부」이다. 수부란 말 그대로 특정 국가의 수도, 당시로 말하면 경성이다. 이 작품은 보들레르의 「악의 꽃」에 비견될 만큼 도시의 병리적인 국면을 잘 드러내고 있다. 이 작품은 각각의 연 마다 도회의 공간을 묘사하고 있는데, 1연이 화장터이고 2연은 화물들의 모습이고, 3연은 공장촌이다. 계속해서 도시의 곳곳에 새로이 형성되는 근대 풍경들이 순차적으로 자세히 묘사되어 있다.

이 작품은 우선 도회적 감각을 작품화하고 있다는 점에서 이전의 작품들과는 그 지향하는 세계가 다르다. 서사 형식을 도입하고 있다는 면에서 보면, 새로운 시형식이고, 이는 곧 단편서사시 이후 1930년대 장형 시의 새로운 차원을 개척한 것이라 해도 무방한 경우이다. 여기서 오장환은 이 시기 모더니스트들에게 흔히 간취되던 '산책자'의 모습을 드러내고 있다는 점에서 그 시사적 의의가 큰 경우이다. 뿐만 아니라 새로운 외국어를 참신한 시어로 내세우거나 혹은 과격한 형식 실험을 통해서 한국 시를 근대시로 한 차원 높여 왔다는 사실과는 분명 다른 차원의 모더니즘을 보여주고 있다고 할 수 있을 것이다.

「수부」에서의 자아는 분명 산책자의 그것이지만 이 자아는 현대성을 탐구하고 이를 인식의 확장이나 새로운 인식성을 확보하는 계기, 곧 이전에 표방되었던 고현학의 방식과는 전혀 다른 모습을 보여준다. 그렇다고 보들레르나 김광균의 경우처럼 도시 속에 고립된 자아의 우울한 모습과도 거리가 멀다. 그는 지금 거리화된 장소에서 수도 경성의 구석구석을 응시하고 있을 뿐이다. 하지만 그러한 응시는 새로움을 탐색하고 스스로 그 경이로운 모습에 도취되는 자아가 아니다. 여기서 자아는 단순한 응시자 혹은 관찰자가 아니라 예리한 분석자이다. 그런데 자아의 그러한 분석적 응시들이 어떤 긍정의 차원에서 이루어지는 것은 아니다. 뿐만 아니라 부정의 차원에서 이루어지는 우울자의 모습은 더더욱 아니다. 자아는 점점 편식하는 근대도시의 속성을 예리하게 응시하고 그 부정적 단면들에 대해 파헤쳐 들어갈 뿐이다. 그렇게 예리한 관찰과 비판 의식이 있었기에 "수부는 지도 속에 한낱 화농된 오점이었다"는 인식이 가능했을 것이다. 뿐만 아니라 그러한 부정성이 더욱 확대되어 하나의 거대한 도시, 메트로폴리탄화되어 가는 도시의 속성 또한 예리하게 붙잡아내기도 한다. 이런 응시와 판단은 근대성의 단면들을 분산적으로 이해하는 인식으로는 결코 도달할 수 없는 경지이다. 오장환은 바이러스처럼 점차 확장하는 근대 도시의 속성과 거기서 배태되는 온갖 비인간적 현실에 대해 뚜렷한 자기인식을 갖고 있었던 것이다. 도시를 통해서 이런 감각을 가질 수 있었다는 것은 1930년대 모더니즘이 시도한 새로운 차원의 것이었고, 그것은 곧 그만의 고유한 몫이었던 것이다. 이 시기 오장환의 모더니즘 문학이 갖는 의의는 바로 여기서 찾아야 할 것으로 보인다.

3. 생리적 한계와 전통 혹은 관습의 부정

근대의 제반 특성과 그 병리적 현상에 주목한 오장환은 또 다른 부정적 현실에 대해서도 외면하지 않았다. 그것은 바로 자신의 태생적 한계에 따른 좌절에 대한 성찰이었다. 그는 첩의 자식이었고, 그런 생리적 한계가 만든 시의식이 전통에 대한 부정으로 이어진 경우이다. 어쩌면 전통이라기보다는 관습이나 인습에 대한 부정이라는 편이 옳을지도 모르겠다.

> 내 성은 오씨. 어째서 오가인지 나는 모른다. 가급적으로 알리어주는 것은 해주로 이사온 일청인(一淸人)이 조상이라는 가계보의 검은 먹글씨. 옛날은 대국숭배를 유-심히는 하고 싶어서, 우리 할아버지는 진실 이가였는지 상놈이었는지 알 수도 없다. 똑똑한 사람들은 항상 가계보를 창작하였고 매매하였다. 나는 역사를, 내 성을 믿지 않아도 좋다. 해변가으로 밀려온 소라 속처럼 나도 껍데기가 무척은 무거웁고나, 수통하고나, 이기적인, 너무나 이기적인 애욕을 잊으려면은 나는 성씨보가 필요치 않다. 성씨보와 같은 관습이 필요치 않다.
>
> 「성씨보: 오래인 관습-그것은 전통을 말함이다.」 전문

성씨보는 일상에서 흔히 접할 수 있는 족보이다. 그것은 자신의 뿌리가 어디인지를 알게 해주는 근거이거니와 경우에 따라서는 자신의 신분의 위치를 알려주는 문서이기도 했다. 다시 말해 성씨보의 존재여부에 따라 신분적 위계질서가 결정되는 것인데, 위계질서상

가장 높은 자리에 있던 신분도 본처의 자식인가 그렇지 않은가의 여부에 따라 달라졌다. 오장환의 경우처럼, 서자 출신들은 일반 평민 못지않은 부당한 대우를 받았다. 그가 「성씨보」를 쓰게 된 근본 동기가 여기에 있었을 것이다. 자신의 부끄러운 부분이나 어두운 측면을 되도록 드러내지 않는 것이 일반적인 경우인데, 시인은 그런 수치스러운 부분을 과감하게 드러내고 이에 대한 날카로운 비판을 가한 것도 자신을 옥죄고 있었던 실존적, 관습적 한계 때문이었을 것이다. 이는 곧 그 자신이 받아야했던 수모가 얼마나 크고 깊은 것이었던가를 잘 말해주는 대목이 아닐 수 없다.

이 작품을 지배하는 근본 동기에는 이런 생물학적 배경, 전통적 배경이 놓여 있었던 것인데, 물론 그 근저에 놓인 것은 현재의 불합리한 조건으로부터 탈출하기 위한 몸부림, 곧 욕망에 그 근원이 있을 것이다. '가계보'를 허위로 만들거나 매매하는 행위란 그 단적인 표현일 것이다. 어떻든 유교적 질서, 전통적 가치관에서 볼 때, 그것은 절대적 위치에 놓여 있을 수밖에 없고 또 그것이 당대의 실존을 결정하는 증좌임에도 불구하고 오장환은 이를 부정하기에 이른다.

오장환의 초기 시를 지배하는 시정신은 무엇보다 비판 정신이라 할 수 있다. 그런 비판자의 위치가 시인 자신으로 하여금 근대의 부조리한 국면들을 응시하게 했고, 또 자신의 신분적 한계를 자각하게 만들었다. 이런 비판과 한계는 곧 시적 자아로 하여금 새로운 공간에 대한 탐색의지로 연결시키게 된다. 오장환의 시에서 방황하는 자아, 유동하는 자아의 역동적인 모습은 여기서 시작된다. 그리하여 그가 고향을 떠나서 새로이 나아간 지대가 항구이다.

항구야
계집아
너는 비애를 무역하도다.

모-진 비바람이 바닷물에 설레이던 날
나는 화물선에 엎디어 구토를 했다.

뱃전에 찌푸시 안개 끼는 밤
몸부림치도록 갑갑하게 날은 궂은데
속눈썹에 이슬을 적시어가며
항구여!
검은 날씨여!
내가 다시 상륙하던 날
나는 거리의 골목 벽돌담에 오줌을 깔겨보았다.

컴컴한 뒷골목에 푸른 등불들,
    붕-
붕-
자물쇠를 채지 않는 도어 안으로,
부화(浮華)한 웃음과 비어의 누른 거품이 북어 오른다.

야윈 청년들은 담수어처럼
힘없이 힘없이 광란된 ZAZZ에 헤엄쳐 가고
빨-간 손톱을 날카로이 숨겨 두는 손,

코카인과 한숨을 즐기어 상습하는 썩은 살덩이

나는 보았다.
　　　　항구,
항구,
　　　　들레이면서
수박씨를 까바수는 병든 계집을-
바나나를 잘라내는 유곽 계집을-

49도, 독한 주정(酒精)에 불을 달구어
불타오르는 술잔을 연거푸 기울이도다.
보라!
질척한 내장이 부식한 내장이, 타오르는 강한 고통을,
펄펄펄 뛰어라! 나도 어릴 때에는
입가생이에 뾰롯한 수염터 모양, 제법 자라나는 양심을 지니었었다.

발레제(製)의 무디인 칼날, 얼굴이 뜨거웠다.
면도를 했다.
극히 어렸던 시절

항구여!
눈물이여!
나는 종시(終是) 비애와 분노 속을 항해했도다.

계집아, 술을 따르라.
잔잔이 가득 부어라!
자조와 절망의 구덩이에 내 몸이 몹시 흔들릴 때
나는 구토를 했다.
삼면기사(三面記事)를,
각혈과 함께 비린내나는 병든 기억을……

어둠의 가로수여!
바다의 방향(方向),
오 한없이 흉측맞은 구렁이의 살결과 같이
늠실거리는 검은 바다여!
미지의 세계,
미지로의 동경,
나는 그처럼 물 위로 떠다니어도
바다와 동화치는 못 하여 왔다.
가옥(家屋) 안 짐승은 오직 사람뿐
나도 그처럼 완고하도다.

쇠창살을 붙잡고 우는 계집아!
바다가 보이는 저쪽 상정(上頂)엔 외인의 묘지가 있고
하얀 비둘기가 모이를 쪼으고,
장난감만하게 보이는 기선은 퐁퐁 품는
연기를 작별인사처럼 피워 주도다.

항구여!
눈물이여!

절망의 흐름은 어둠을 따라 땅 아래 넘쳐 흐르고,
바람이 끈적끈한 요기(妖氣)의 저녁,
너는 바다 변두리를 돌아가 보라.
오 이럴 때이면 이빨이 무딘 찔레나무도
아스러지게 나를 찍어 누르려 하지 않더냐!

이년의 계집,
오색,
칠색,
영사관 꼭대기에 때 묻은 기폭은
그 집 굴뚝이 그려논 게다.
지금도 절름발이 노서아의 귀족이 너를 찾지 않더냐.

등대 가까이 매립지에는
아직도 묻히지 않은 바닷물이 웅성거린다.
오－매립지는 사문장
동무들이 뼈다귀로 묻히어 왔다.

어두운 밤, 소란스런 물결을 따라
그러게 검은 바다 위로는

쑤구루루…… 쑤구루루……
부어 오른 시신, 눈자위가 해멀건 인부들이 떠올라 온다.

항구야,
환각의 도시, 불결한 하수구에 병든 거리여!
얼마간의 돈푼을 넣을 수 있는 조그만 지갑,
유독식물과 같은 매음녀는
나의 소매에 달리어 있다.

그년은, 마음까지 나의 마음까지 핥아 놓아서
이유 없이 웃는다. 나는
도박과
싸움,
흐르는 코피!
나의 등가죽으로는 뱃가죽으로는
자폭한 보헤미안의 고집이 시르죽은
빈대와 같이 쓸 쓸 쓸 기어다닌다.

보라!
어두운 해면에 어른거리는 검은 그림자,
짐승과 같이 추악한 모습
항시 위협을 주는 무거운 불안
그렇다! 오밤중에는 날으는 갈매기도
가마귀처럼 불길하도다.

나리는 안개여!
설움의 항구,

세관의 창고 옆으로 달음박질하는 중년 사나이의
쿨렁한 가방
방파제에는 수평선을 넘어온
해조음이 씨근거리고,
바다도, 육지도, 한 치의 영역에 이를 웅을거린다.

항구여!
눈물이여!
나는
못 쓰는 주권(株券)을 갈매기처럼 바닷가 날려 보냈다.
뚱뚱한 계집은 부-연 배때기를 헐덕거리고
나는 무겁다.

웅대하게 밀리쳐오는 오-바다,
조수의 쏠려옴을 고대하는 병든 거위들!
습진과 최악의 꽃이 성화(盛華)하는 항시(港市)의 하수구,
더러운 수채의 검은 등때기,
급기야
밀물이 머리맡에 쏠리어올 때
톡 불거진 두 눈깔을 희번덕이며

너는 무서웠느냐?
더러운 구덩이, 어두운 굴속에 두 가위를 트리어 박고

뉘우치느냐?
게거품을 북적거리며
쏠려가는 조수를 부러이 보고
불평하느냐?
더러운 게거품을 북적거리며……

음협(陰狹)한 씨내기, 사탄의 낙륜(落倫),
너의 더러운 껍데기는
일찍
바닷가에 소꼽 노는 어린애들도 주워 가지는 아니하였다.

「海獸 – 사람은 저 빼놓고 모조리 짐승이었다.」 전문

해수(海獸)란 바다에 사는 포유동물의 총칭이지만, 이 작품에서 시인이 의도하는 것은 그러한 사전적 의미의 포유동물에 한정되지 않는다. 어쩌면 그것은 단순한 물고기가 아니라 항구와 더불어 사는 사람들을 모두 일컫는 말이 아닐까 한다. 실제로 작품의 내용도 그렇게 진행되고 있는데, 여기서 바다에 사는 고기의 이름은 거의 등장하지 않는 까닭이다. 오장환이 응시한 항구는 그의 작품 세계와 비교할 때, 그 의미가 매우 크다고 하겠다. 그것은 다음 두 가지 측면에서 그러한 것인데, 하나는 모더니즘의 감각에서, 다른 하나는 자신의 실존적 한계에 따른 유동하는 자아라는 감각에서 그러하다.

일찍이 우리 시사에서 항구랄까 바다가 주목되는 사례는 근대에 들어서이다. 익히 알려진 바와 같이 근대 이전 우리 문단에서 주목의 대상이 되었던 공간은 대륙지향적인 것이었다. 대륙이 주목의 대상이 된 것은 사대주의가 만들어낸 결과일 수도 있고, 늘 새로운 첨단이 만들어진 곳이 이곳이라는 지정학적 특성에서 온 것일 수도 있다. 따라서 근대 이전 어느 특정 작가가 당대의 새로운 감각을 찾아야 할 때, 항상 관심의 대상이 된 것은 대륙이었다. 하지만 개항 이후 작가들의 예민한 감수성들은 새롭게 바뀌기 시작한다. 이제 그들이 응시한 곳은 더 이상 대륙이 아니었다. 바다가 새로운 인식 지평의 공간으로 등장하기 시작한 것이다. 우리 시단에서 바다가 처음 주목의 대상이 된 것은 최남선의 「해에게서 소년에게」였고, 그 이후 바다는 근대를 표현하는 하나의 축으로 자리잡기 시작했다.[16] 말하자면, 바다는 세계로 나아가는 출구이자 새로운 문물이 들어오는 입구로서의 역할을 하게 된 것이다. 그러한 까닭에 그것이 의미화된다는 것은 근대에 대한 새로운 인식 지표로 수용되어 왔다.

오장환의 시에서 드러나는 바다의 의미는 우선 근대성과의 관련 양상에서 이해될 수 있을 것이다. 화물선의 모습이 그러하고 ZAZZ의 모습 또한 그러하다. 뿐만 아니라 독한 독주라든가 영사관, 혹은 세관의 모습 또한 근대 풍경의 특징적 단면들일 것이다. 보헤미안들의 정처없는 산보 역시 육지에서는 찾아볼 수 없는 새로운 풍경들이었다. 시인이 여기에 이른 것은 무엇보다 자신의 실존적 한계를 벗

16 최남선 이후 바다를 가장 주목의 대상으로 응시한 것은 임화였다. 그는 시집의 제목도 『현해탄』이라고 했거니와 그의 시적 주제이자 인식론적 지표였던 현해탄 콤플렉스가 만들어진 것도 바로 이 바다였기 때문이다.

어나고자 하는 몸부림에서 시작되었다. 전통이나 인습이 과거적인 것이라면, 그 대항적인 것은 반전통적인 것이어야 했기 때문이다. 그러한 단면들을 특징적으로 잘 보여주는 것이란 이 시기 항구 이외에는 없었을 것이다. 이렇듯 그는 새로운 것을 향한 불타는 여정, 자신의 생물학적 한계를 초월해줄 수 있는 최적의 장소로서 항구를 선택한 것이다. 이는 우리 근대시가 나아갈 방향이나 새로운 감각이 현대적이어야 한다는 그의 사유와 곧바로 대응하는 것이기도 했다.[17]

하지만 새로운 가능성의 세계와 실존적 한계를 초월해줄 수 있을 것으로 믿었던 항구가 시적 자아에게는 결코 긍정적인 것으로 다가오지 않았다. 항구로의 여정을 안내한 것은 산책자적인 호기심도 물론 내재해 있었을 것이다. 하지만 도시의 확장과 그에 따른 부정들의 적나라한 노출 등이 그가 도시의 공간에서 받은 근대의 우울한 모습들이었다면 항구 역시 이와 비슷한 감각으로 다가오게 된다. 어쩌면 항구의 이러한 모습들은 도회의 그것보다 더 극단화된 형태로 시적 자아를 우울의 정서로 이끌었던 것으로 보인다. 인용시에서 알 수 있는 것처럼, 그가 항구에서 본 것은 도박, 싸움, 매음녀 등등이었다. 모두 근대의 제반 지표들이 만들어낸 부정적인 국면들이었는데, 그것은 종교적 관점에서 보면, 사탄과 같은 것이었고, 세속적 관점에서 보면 온갖 범죄의 소굴과도 같은 것이었다.

인습과 관습에서 오는 좌절과 그로부터 탈출하고자 하는 의지의 표명이 새로운 공간에 대한 열망으로 표현되었지만, 시인은 다시 여기서 넘을 수 없는 벽에 갇히게 된다. 자아는 자신을 둘러싼 외피에

17 오장환, 「문단의 파괴의 참다운 신문학」, 『조선일보』, 1937.1.28.-29.

철저히 둘러싸여 어떤 굴레 속에 갇히는 신세가 된다. 이런 사유는 미래의 시간에 대한 불확실성, 곧 전망의 부재와 밀접히 연결될 수밖에 없는데, 이 시기 그의 시들이 센티멘털한 감수성에 젖어서 우울의 지대 속을 헤매이게 되는 것은 바로 이 때문이었다고 하겠다. 더이상 나아갈 수 있는 지대가 없었거니와 그렇다고 그러한 자아의 불안을 치유하고 회복시켜줄 아름다운 과거 역시 존재하지 않았다. 이럴 경우 자아가 선택할 수 있는 것은 아무 것도 없다. 그리하여 미래를 차단하고 현재 속에 깊이 침잠할 수밖에 없는 공간으로 스스로를 가두게 된다. 그것은 다름 아닌 죽음 충동이다.

나의 노래가 끝나는 날은
내 가슴에 아름다운 꽃이 피리라

새로운 묘에는
옛 흙이 향그러

단 한번
나는 울지도 않았다.

새야 새 중에도 종다리야
화살같이 날아가거라

나의 슬픔은
오직 님을 향하여

나의 과녁은
오직 님을 향하여

단 한번
기꺼운 적도 없었더란다.

슬피 바래는 마음만이
그를 좇아
내 노래는 벗과 함께 느끼었노라.

나의 노래가 끝나는 날은
내 무덤에 아름다운 꽃이 피리라.

「나의 노래」 전문

여기서 '나의 노래'는 생물학적 차원에서 온 것이다. 그것은 곧 육체이거니와 미래의 시간이 닫힐 때, 이것이 도달할 곳은 너무도 분명하지 않은가. 시인의 표현대로, "나의 노래가 끝나는 날은/내 가슴에 아름다운 꽃이 피리라"의 상태, 곧 죽음충동이 될 것이다. 이 충동이 의미 있는 것은 그것이 동일화를 향한 전략에 있어서 가장 효과적인 의장이기 때문이다.[18] 실상 의식과 무의식, 혹은 불온한 현실과 이상적 현실 사이에 놓인 불화란 비동일성의 적나라한 형태들이라 할 수

18 김윤정, 「시대와 상징주의의 의미」, 『한국 현대시와 구원의 담론』 박문사, 2010, pp.47-70.

있다. 그 간극이 크면 클수록 미래에 대한 전망이나 유토피아는 닫히게 마련이다. 그 좌절의 지대에서 생겨나는 것이 동일화에 대한 강력한 의지이다. 「나의 노래」에는 이 충동을 적극적으로 추동하는 전략이랄까 정서들이 잘 드러나 있는데, 그 가운데 하나가 '흙'에 대한 친화현상, 곧 대지적 상상력이다. 이는 곧 모성적 세계와 다름 아닌 것인데, 죽음 충동이 모성적 감수성과 분리하기 어려운 것이라면, 시인의 이러한 감각의 표백은 지극히 당연한 것으로 이해된다.

오장환은 지나온 과거와 나아갈 미래 사이에서 방황한다. 하지만 그러한 방황 속에서 이를 초월할 만한 뚜렷한 계기 역시 마련하지 못한다. 그러한 혼돈이 만들어낸 것이 죽음에 대한 친화 현상이었다.

4. 신화적 국면과 건강한 고향 체험

오장환의 시세계는 두 번째 시집 『헌사』와 해방 직후 간행된 『나 사는 곳』[19] 이후에는 새로운 변신을 시도한다. 『헌사』가 나온 것이 1939년이니 첫 시집 『성벽』이 나온 이후 2년 뒤의 일이다. 『헌사』의 주된 시적 특성은 『성벽』과 마찬가지로 모더니즘적인 경향과 전통 부정 등 두 가지 지향점을 갖고 있었다. 모더니즘적인 감각을 갖다 보니 자연스럽게도 전통 부정이란 것이 당연한 수순처럼 인식되기

19 이 시집이 간행된 것은 1947년이지만 여기에 수록된 시들은 주로 1930년대 말과 40년대 초에 쓰여진 것이다. 그럼에도 간행이 늦어진 것은 객관적 상황의 악화에 따른 출판 환경의 어려움 때문으로 알려져 있다. 따라서 『나 사는 곳』의 정신적 기반은 1947년이 아니라 그 이전이라 할 수 있다.

도 한다. 전통지향적인 것과 모더니티지향적인 것은 전혀 다른 지점에 놓여 있는 것이기 때문이다. 하지만 오장환은 모더니즘적인 것을 추구하기 위해 의도적으로 전통을 부정한 것은 아니다. 보다 정확하게 말하면, 관습이나 인습의 부정인데, 이는 앞서 언급대로 자신의 실존적 한계에서 오는 것이었다. 관습이나 인습에 대한 부정이 그의 장소적 실존에 대한 근거를 외면하게 만들었고, 그것이 시적 자아로 하여금 유랑의 길로 떠나게 만든 것이다. 그의 시집 도처에서 산견되는 유랑의 이미지들은 이런 맥락에서 형성된 것이다.

하지만 오장환의 시들은 1930년대 후반 『헌사』 이후에는 새로운 변모를 시도하게 된다. 물론 이런 변모가 이전 시기의 시세계를 완벽하게 부정하고 어떤 새로운 단계로 천지개벽처럼 나아갔다는 뜻은 아니다. 이 시기에도 그의 시는 모더니즘 문학에서 매우 중요한 자리를 차지하고 있고, 그 연장선에서 「황무지」와 같은 작품 등이 발표되었기 때문이다. 그러나 이런 단편적인 사실에서 이전 시집과의 차별성 유무를 따지는 것은 그리 옳은 태도라고는 할 수 없다. 중요한 것은 이 시집에서는 이전 시기와 구별되는 요소들이 분명 내재하고 있다는 사실일 것이다.

『헌사』나 『나사는 곳』에 이르면 초기 오장환 시의 주요 특색 가운데 하나였던 유동하는 자아의 모습은 더이상 찾아보기 어렵다. 「나의 노래」에서 알 수 있었던 것처럼, 그의 시들은 이제 정적인 측면을 보다 강하게 내포하기 시작했기 때문이다. 이런 면들은 근대에 대한 치열한 탐색자였던 '산책자' 의식의 소멸과도 관련이 있을 것이다. 뿐만 아니라 자신의 실존적 한계랄까 숙명으로 기능했던 이른바 서자 의식의 쇠퇴와도 결부되어 있는 것이기도 하다. 이와 관련하여

『헌사』 이후의 시집에서 주목의 대상이 되는 의식이란 신화와 고향과 같은 정서의 표출일 것이다. 신화와 고향이란 영원의 감각이고 통합의 감각이다. 따라서 동일성을 향해 나아가는 시적 자아의 도정에 거멀못같은 역할을 해준다는 점에서 주목을 요하는 것이라 할 수 있다.

나요. 오장환이요. 나의 곁을 스치는 것은, 그대가 아니요. 검은 먹구렁이요. 당신이요.
외양조차 날 닮았더라면 얼마나 기쁘고 또한 신용하리요.
이야기를 들리요. 이야길 들리요.
비명(悲鳴)조차 숨기는 이는 그대요, 그대의 동족뿐이요.
그대의 피는 거멓다지요. 붉지를 않고 거멓다지요.
음부 마리아 모양, 집시의 계집애 모양.

당신이요. 충충한 아구리에 까만 열매를 물고 이브의 뒤를 따른 것은 그대 사탄이요.
차디찬 몸으로 친친이 날 감어주시오. 나요. 카인의 말예(末裔)요. 병든 시인이요. 벌(罰)이요.
아버지도 어머니도 능금을 따먹고 날 낳었소.

기생충이요. 추억이요. 독한 버섯들이요.
다릿—한 꿈이요. 번뇌요. 아름다운 뉘우침이요.
손발조차 가는 몸에 숨기고, 내 뒤를 쫓는 것은 그대 아니요. 두엄자리에 반사(半死)한 점성사, 나의 예감이요. 당신이요.

견딜 수 없는 것은 낼롱대는 혓바닥이요, 서릿발 같은 면도날이요 괴로움이요. 괴로움이요.

피 흐르는 시인에게 이지(理智)의 프리즘은 현기(眩氣)로웁소

어른거리는 무지개 속에, 손가락을 보시요. 주먹을 보시요. 남빛이요－빨갱이요. 잿빛이요.

잿빛이요. 빨갱이요.

「불길한 노래」 전문

이 작품을 지배하고 있는 근본 정서는 성서의 원죄 체험이다. 원죄란 누구에게나 동일한 것, 그리하여 모두에게 공유되는 것이라는 점에서 보편성을 갖는 것인데, 이는 종교적 인간이나 그렇지 않은 인간에 관계없이 똑같이 적용된다. 이를 보편적인 것이라 함은 이 때문인데, 그가 이런 성서체험을 했다는 것은 그 자신만의 고유성이나 특수성으로부터 벗어나 새로운 단계, 곧 어떤 보편적 체계로 편입되어 갔다는 뜻이 될 것이다.

그것은 다음 두 가지 측면에서 그 의미가 있는 것인데, 첫째는 자신의 생리적 혹은 실존적 한계와의 관련 양상이다. 잘 알려진 것처럼, 그는 서자출신이었고 그런 생리적 한계가 그의 실존을 규정하고 있었다. 그에 대한 자의식으로부터 벗어나지 못한 것이 초기 시집 『성벽』의 세계였다. 그는 그 실존적 한계로부터 벗어나기 위해, 그리고 새로운 가능성으로서의 세계를 위해서 전통과 관습을 거부하고, 그리고 고향을 버리고 유랑의 길을 떠나왔다. 그 결과 그는 가능성의

세계, 자신의 실존적 불안을 회복시켜 줄 공간으로서 항구를 발견했다. 이 시기 항구가 갖고 있는 열린 가능성, 혹은 그것이 근대로 향하는 관문임을 감안하면 오장환의 그러한 도정은 긍정적인 시도였다고 할 수 있을 것이다. 하지만 그가 발견한 항구의 풍경은 매우 실망스러운 것이었다. 그곳은 근대의 온갖 병리적 현상들이 발현하는 집합소였기에 오장환은 그곳에서 자신의 불안한 실존을 초월시켜줄 만한 어떠한 매개도 발견하지 못했기 때문이다.

그 결과 그가 선택한 것은 더 이상 실존할 수 없는 자아의 한계를 발견하고 죽음충동에 이르는 것이었다.[20] 심리적인 국면에서 죽음충동이 동일성을 향한 최후의 여정임을 감안하면, 여기에 이른 것은 어쩌면 당연한 귀결이라 할 수 있을 것이다. 성서 체험은 이런 죽음충동의 연장선에 있는 것이라는 측면에서 그 형이상학적인 의미가 있는 경우이다. 이는 이 충동이 동일성의 완결이라는 점에서, 그리고 성서 체험 또한 이와 비견되는 것이라는 점에서 그러하다.

그리고 두 번째는 모더니즘의 인식적 기반이다. 모더니즘이란 근대성의 반성적 사유에서 길어올려지는 사유이다. 그렇기에 여기에는 근대에 대한 긍정적인 면이 그려질 수도 있고, 역으로 그 반대의 대항담론이 제시될 수도 있다. 하지만, 모더니즘이란 근대의 긍정적인 면보다는 부정적인 면들을 드러내는 경향이 보다 일반적이다. 이는 모더니즘이 전쟁과 같은 부정적인 환경에서 생성되었다는 점을 상기하면 충분히 납득할 수 있는 일이다.

그러한 까닭에 모더니스트는 근대에 대한 치열한 모색을 거듭거

20 프로이트는 모성과의 끝없는 합일을 위해 시도, 곧 동일성을 향한 마지막 시도로 이 죽음 충동의 단계를 설정하고 있다.

듭 하게 된다. 그 일반화된 자아의 모습이 '산책자'와 같은 형식으로 드러나거니와 '고현학'은 그 방법적 탐색의 장이 된다. 하지만 모더니즘이 이렇게 풍경에 대한 묘사와 거기서 얻어지는 감각을 직접적으로 담론화하는 양식으로 한정되는 것은 아니다. '산책자'의 모습에서도 자아와 자아 외부와의 연계성 단절과 같은 분열의 양상이 전제되어 있긴 하지만, 이보다 더 근대에 대해 치열한 고민을 하는 자아는 동일성을 상실한 자아, 곧 자기 고립에 빠진 자아이다. 물론 자아를 이렇게 외부 환경과 단절시키고 자기고립주의라는 근대적 모형에 걸맞은 새로운 자아로 나아가게 된 것은 근대의 부정적인 산물들에서 기인한 바 크다고 하겠다. 여기서 자기모색을 하는 주체라든가 완결되지 못한 과정으로서의 주체가 만들어진다.

근대적 인간형이란 영원을 상실한 인간이다. 그러한 영원이 근대와 더불어 사라지게 되고, 인간은 스스로 존립해야 하는, 자율적 주체로 거듭 태어나게 된다. 그리하여 영원의 상실과 자율적 인간형의 탄생은 또 다른 인식의 완결을 위해 새로운 지대를 찾아나서게 된다. 중세의 영원을 대신할 어떤 모형을 계속 탐색하기에 이르는 것이다. 여기에 근대 과학 문명이 주는 일시성과 순간성의 감각들은 이렇게 방황하는 주체들을 더욱 혼란스럽게 만들었다. 그리하여 근대가 주는 긍정적인 면들보다는 부정적인 면들에 주목하게 되고, 끝임없이 비판의 담론을 제기하기에 이른다. 분열된 인식을 완결시키기 위한, 새로운 대안을 정립하기 위한 도정이 끊임없이 시도되는 것이다. 『성벽』에서 『헌사』에 이르기까지 오장환의 시세계를 이끈 에네르기는 바로 여기에 있었다.

이 모색의 과정에서 최후의 여정이랄까 정점에 이른 것이 『헌사』

에 수록된 「불길한 노래」의 세계였다. 이 작품을 지배하고 있는 것은 무엇보다 욕망의 세계이다. 인간이 에덴동산의 유토피아에서 추방된 계기가 바로 이 감수성이었다. 사과를 먹고자 하는 욕망, 그런 다음 신과 같이 밝은 눈을 갖고자 하는 욕망이 신으로부터의 단죄를 받았고, 이는 곧 유토피아로부터 추방되는 결과를 가져오게 했던 것이다.

실상 오장환이 이런 성서체험을 했다는 것은 그의 시세계의 전환에 있어 매우 중요한 계기였다고 하겠다. 그러한 체험은 원죄여서 어느 한 사람에게만 고유한 것은 아니기 때문이다. 죄란, 곧 인간의 불완전성이란 어느 한 개인의 실존적 차원에서 그치는 것이 아니라 모든 인류에게 동일하게 작동하는 보편적인 것이다. 이런 인식에 이르렀을 때, 오장환은 비로소 개인성의 한계를 보편성의 한계로 치환할 수 있었던 것이다. 개인성과 보편성이 하나의 지대에서 만날 수 있었던 계기, 그것이 곧 신화체험이었던 것이다.

흙이 풀리는 내음새
강(江)바람은
산짐승의 우는 소릴 불러
다 녹지 않은 얼음장 울멍울멍 떠나려간다.

진종일
나룻가에 서성거리다
행인(行人)의 손을 쥐면 따듯하리라.

고향 가차운 주막에 들러

누구와 함께 지난날의 꿈을 이야기하랴.
양귀비 끊어다 놓고
주인집 늙은이는 공연히 눈물지운다.

간간이 잔나비 우는 산기슭에는
아직도 무덤 속에 조상이 잠자고
설레는 바람이 가랑잎을 휩쓸어간다.

예제로 떠도는 장꾼들이여!
상고(商賈)하며 오가는 길에
혹여나 보셨나이까.

전나무 우거진 마을
집집마다 누룩을 디디는 소리, 누룩이 뜨는 내음새……

「고향 앞에서」 전문

오장환의 시에서 드러나는 방랑자적 특색들은 인용시에서 보듯 그의 세 번째 시집 『나사는 곳』[21]에 이르면 새로운 단계를 맞이하게 된다. 『나사는 곳』은 『헌사』의 연장선에 놓이는 경우인데, 고향과 전통, 혹은 관습을 버리고 새로운 공간을 찾아나선 오장환의 행보가

21 형식적인 측면에서 보면, 『나사는 곳』(1947년)은 해방직후 나온 오장환의 『병든 서울』(1946년) 뒤에 나온 네 번째 시집이다. 하지만 시인 자신이 밝힌 것처럼, 해방 이전에 쓰여진 시집이다. 출판 환경과 열악한 외부 상황 때문에 그 출판이 늦어져 1947년에 나온 것일 뿐이다. 따라서 시세계의 전개상, 오장환의 세 번째 시집은 당연히 『나사는 곳』이 된다고 하겠다.

해방 이전 마지막 단계에 이른 것이 이 시집의 중심 소재 가운데 하나인 고향이다.

실상 이런 인식에 도달한 것은 단 한순간의 존재론적 변이라든가 실존적 결단에 의해 성취된 것은 아니다. 그의 고향의 정서를 읊은 작품 가운데 절창으로 알려진 「붉은 산」에서의 치열한 탐색의 도정이 있었기에 가능한 의식이었다.

> 가도, 가도 붉은 산이다.
> 가도 가도 고향뿐이다.
> 이따금 솔나무 숲이 있으나
> 그것은
> 내 나이같이 어리고나.
> 가도 가도 붉은 산이다.
> 가도 가도 고향뿐이다.
>
> 「붉은 산」 전문

이 작품은 푸른 색과 붉은 색의 색채 이미지가 조화를 이루는 감동적인 시이다. 그것은 시집의 맥락상 이 작품이 갖고 있는 함의 때문에 그러한데, 여기서 고향은 일단 붉은 산으로 은유화되어 있다. 붉은 산은 솔나무 숲과 대립적인 심상인데, 시인이 이런 음역을 시도한 것은 붉은 산이 갖고 있는 연륜 때문에 그러한 것으로 보인다. 그것은 솔나무 숲을 자신의 나이로 치환한 것에서 이해할 수 있는 대목이다. 따라서 이 숲이란 흔히 사유되는 자연이라든가 그것이 주는 이법이나 섭리와는 거리가 먼 경우이다. 그것은 시인처럼 미완의 것,

성숙하지 않은 매개로 인식되고 있을 뿐이다.

어떻든 지금까지 방황하던 오장환이 시적 탐색의 끝에서 만난 것은 이렇듯 고향이었다. 새로운 여정을 위해, 자신의 분열된 인식을 완결하기 위해 진행되었던 방랑의 끝자락에 이 공간이 자리하고 있었던 것이다. 따라서 고향은 자신이 태어난 곳이라든가 센티멘털한 감수성의 공간으로 기능하는 곳이 아니다. 그것은 분열을 통합하는 인식의 매개이고, 방황하던 자아에게 비로소 모성적 공간으로 인식하게 해주는 공간이라는 점에서 그 의미가 있다.

「고향앞에서」는 그러한 고향의 참다운 모습 혹은 정겨운 삶들이 묘사된다. 이를 가장 먼저 확인시켜 주는 것이 바로 냄새 감각이다. 동일한 냄새만큼 하나의 공동체임을 확인시켜 주는 매개도 없을 것이다. 그것은 가장 일차원적이고 원초적인 감각이기 때문에 그러한데, 이 감각은 여러 이질적인 것들을 하나의 감각으로 묶어낼 수 있는, 동일성을 향한 강도가 매우 센 정서라고 할 수 있다. 이 시에서 이 냄새 감각이 여러 번 시도되고 있다는 것은 매우 의미심장한데, 가령, '흙이 풀리는 내음새'도 그러하거니와 마지막 연의 '누룩이 뜨는 내음새'는 더더욱 그러할 것이다. 냄새 감각을 공유할 수 있다는 것은 하나의 공동체가 아니라면 불가능한 경우이다. 이는 동물의 경우도 마찬가지인데, 동물적 감각이야말로 가장 원초적이고 근원적인 것이다. 시인이 이런 감각에 도달했다는 것은 그에게서 이질적인 감각, 분산적인 정서, 파편적인 인식이 사라졌다는 것을 의미하게 된다.[22]

동일성이 확인된 자아는 이제 열린 지향성으로 나아가게 된다.

22 냄새는 기억을 환기하고, 그 기억을 공유하는 주체들에게 동일성의 감각을 만들어준다. 허즈, 『욕망을 부르는 향기』(장호연 역), 뮤진트리, 2013, p.92.

"고향 가차운 주막에 들려/누구와 함께 지난날의 꿈을 이야기할 수 있"을 정도로 자신만의 고립에서 벗어난 상태에 놓여 있다. 그런 열린 개방성은 지나가던 행인의 손도 쉽게 잡을 수 있고, 주인집 늙은 이와의 만남 속에서도 동질감을 갖게 된다. 고향 속의 나와 그들은 이제 하나로, 공동체로 거듭 태어나게 된다. 이런 자아의 모습을 두고 탕자의 고향 발견,[23] 아니 보다 정확하게는 건강한 고향 발견이라는 말이 가능했던 것이다.

오장환의 시에서 고향의 발견은 인식의 완결성이라는 점에서 보면, 성서 체험의 연장선에 놓이는 것이라 할 수 있다. 하지만 이 두 가지 감각이 상호 분리되는 것은 아니고 하나의 연결고리를 갖는 것이라는 점에서 그 연속성이 있는 것이라 하겠다. 다만 성서 체험에 의한 동일성의 감각이 보다 형이상학적이고 추체험적인 것이라면, 고향은 일상적이고, 구체적인 것이라는 점에서 그 차이가 있다고 하겠다. 고향을 통해서 시인은 일상 속에서 걸러진 동일성의 세계를 발견하는 단계로 나아간 것이다. 이런 면에서 고향은 원점 회귀 단위라고 하겠다.[24]

깊은 산골
인적이 닿지 않는 곳에
온종일 소나기가 내리퍼붓는다.

23 오세영, 「탕자의 고향 발견 - 오장환론」, 『월북문인연구』, 문학사상사, 1989.
24 송기한, 「전향의 방법과 그 한계」, 『문학비평의 욕망과 절제』, 새미, 1989, p.324.

이윽한 밤늦게까지
온 마음이 시원하게
쿵, 쿵, 쿵, 쿵, 가슴에 헤치는 소리가 있다.

이것이 노래다.

산이 산을 부르는
아득한 곳에서
폭포의 우람한 목청은
다시 무엇을 부르는 노래인가

나는 듣는다.

깊은 산골짝
인적이 닿지 않는 곳에,
억수로 퍼붓는 소나기 소리.

「노래」 전문

이 작품은 표면상으로 그저 평범한 서정시에 지나지 않는다. 특히 오장환의 정신사적 흐름과 연계시키지 않을 경우 이런 혐의는 더욱 짙어진다. 하지만 인용시가 시인의 정신사 속에 편입될 경우, 이 작품의 주제가 함의하는 것은 결코 만만한 것이 아니다.

그런 맥락에서 인용시는 두 가지 측면에서 의미가 있는데, 하나는 시인 자신의 내면의식과의 관련 양상이고, 다른 하나는 모더니즘이 추구하는 궁극적 의의와의 관련 양상이다. 전자의 경우, 시인이 지금껏 과정으로서의 주체, 탐색하는 주체가 되게끔 했던 것은 일종의 자기고립주의였다. 비록 그런 폐쇄된 상태를 초월하기 위하여 기나긴 방랑의 길에 있었지만, 이를 벗어나기 위한 적절한 매개랄까 수단은 만나지 못했다. 자아가 갇혀있기에 외부 현실과의 만남이란 불가능한 일이었다. 하지만 이 작품에 이르면 자아는 더 이상 고립의 상태에 머물러 있지 않게 된다. "이슥한 밤 늦게까지/온 마음이 시원하게/쿵, 쿵, 쿵, 쿵, 가슴을 헤치는 소리가 있다"고 감각하기에 이르는 것이다. 외부의 소리를 들을 수 있다는 것은 더 이상 시적 자아가 고립의 상태에 놓여 있지 않다는 뜻이 된다. 시인의 내면은 더 이상 고립이 아니라 열린 상태로 나아가게 된다. 자아와 외부가 상호 소통할 수 있는 이런 상태야말로 시인의 사유가 새로운 단계로 나아갔음을 일러주는 좋은 본보기라 할 수 있을 것이다. 자아가 비워진 상태, 그리하여 열린 자세가 있어야만 비로소 외부의 음성을 들을 수가 있다. 이런 면들이야말로 이 시인의 새로운 인식성을 말해주는 단적인 증거라 할 수 있다.

다른 하나는 모더니즘과의 관련 양상이다. 모더니즘이 자본주의 문화의 사적 사유에 기초해 있고, 그런 토대가 자아로 하여금 의식의 팽창이라든가 닫힌 전망으로 인도하고 있음은 잘 알려진 일이다.[25] 물론 자아가 이런 고립 속에 갇히게 되는 것은 영원을 상실한 근대인의 슬픈 운명에서 비롯하는 것이다. 근대의 인간은 그런 슬픈 고립의 상태를 극복하고 이전의 영원성과 비견되는 어떤 모델을 찾아나서

25 루카치, 『현대리얼리즘론』(황석천역), 열음사, 1986, pp.38-39.

게 된다. 이런 과정은 이미 일반화되어 있는데, 가령, 「황무지」의 엘리어트가 천년왕국이나 흔들리지 않은 전통으로 나아간 것은 잘 알려진 일이다.[26] 뿐만 아니라 프루스트가 「잃어버린 시간을 찾아서」에서 발견한 것 역시 유년의 훼손되지 않은 시간의식이었다.

모더니스트가 나아가는 이런 행보는 우리 근대 시사에서도 익히 보아온 것이기도 하다. 가령, 정지용이 자연으로 나아간 길이 그러하고,[27] 이상 역시 정지용과 마찬가지로 성천이라는 자연으로 귀의한 바 있다.[28] 서구처럼 유토피아에 대한 역사적 사실이 일천한 동양에서 기독교적 에덴동산이나 중세의 천년 왕국과 비견할 만한 역사적 전통을 찾아내는 것은 결코 쉬운 일이 아니다. 이와 등가관계에 놓인 지대로 중국의 '무릉도원'이나 우리 고전의 '청산' 정도를 발견할 수 있을 뿐이다. 물론 서구에서 흔히 말하는 역사적 유토피아가 우리 시사에서도 전연 없었던 것은 아니다. 가령, 서정주의 경우에서 이를 확인할 수 있는데, 잘 알려진 대로 그는 한국의 역사적 유토피아를 신라정신에서 찾고 있기 때문이다. 하지만 이는 어디까지나 서정주 개인의 취향이나 주관성이 만들어낸 것일 뿐 모두에 의해 동의될 수 있는 역사적 유토피아가 공고히 존재하고 있는 것이라고는 보기 어려운 것이 사실이다.

26 엘리어트, 「전통과 개인의 재능」, 『엘리어트』(황동규편), 문학과 지성사, 1989. 여기서 천년왕국이란 구체적인 역사일 수도 있고, 또 엘리어트 사유의 보증수표라 할 수 있는 전통일 수도 있다. 어떻든 통합이라는 측면에서, 그리고 인식을 완결하는 수단이라는 측면에서 그것이 역사든 전통이든 동일한 가치를 갖는 것이라 하겠다.

27 잘 알려진 대로 정지용의 「백록담」이 그러하다.

28 김윤정, 「이상의 성천 체험의 내적 의미」, 『이상 문학 연구의 새로운 지평』(신범순 편), 역락, 2006, pp.417-436

그리하여 그 대안으로 제시된 것이 자연이다. 실상 성서의 에덴동산도 그 근본 배경이 자연이라는 점에서 우리 시사에서 자연이 제시되는 것은 하등 이상할 것이 없다고 하겠다. 중세의 영원성을 대신할 그 무엇이라든가 근대의 파편적 체험을 완결시킬 수 있는 적절한 대항담론만 만들어내면 그뿐이기 때문이다. 따라서 자연이 주는 영원의 형이상학적 의미, 그 절대적 가치인 섭리나 이법만으로도 영원의 감각은 충분히 확보될 수 있을 것이다.

모더니즘이 지향하는 행보와 관련해서 「노래」가 갖는 의미는 매우 큰 것이라 해도 과언이 아닐 것이다. 앞서 고립된 정신이 열린 자세로 전환될 때, 타자의 음성을 듣고 그와 공존의 관계를 형성한다고 했다. 이런 시각은 모더니즘의 인식적 기반과 동일한 공통분모를 형성하고 있다는 점에서 그 의의가 크다고 하겠다. 이 작품에서 자아는 자연에 완전히 기투된 존재이다. 근대 문명이 자초한 가장 큰 위기 가운데 하나가 자연의 기술화에 있었다. 인간이 자연에 포함된 관계가 아니라 그것을 기술적으로 지배하는 관계, 그리하여 자연을 인간의 욕망을 실현하는 수단으로 간주하는 데에서 근대의 비극이 싹트기 시작했다. 그렇기에 그러한 비극을 초월하기 위해서는 인간은 자연의 일부가 되어야 한다. 다시 말해 자연의 가치와 그것이 갖고 있는 긍정적 의미, 궁극에는 인간은 자연의 일부라는 사유에까지 이르러야 하는 것이다. 「노래」는 정지용이 펼쳐보인 「백록담」의 경지까지에는 이르지 못했다 하더라도 이와 견줄 수 있는 사유는 잘 드러내고 있다.

인용시의 자아는 지금 깊은 산골짝에 있다. 그곳은 인적이 닿지 않을 정도로 깊은 고요에 싸여 있다. 그런 정밀한 공간에서 시적 자아는 자연이 주는 경건한 음성을 듣는다. "억수로 퍼붓는 소나기 소리"가 비로소 들려오게 되는 것이다. 이는 마치 고향에 돌아와서 마주치는 사람마다 손을 잡고, 거기서 따듯한 온기를 느끼는 경지와 동일한 것이다.

자기 이외의 것을 감각하거나 타자의 음성을 들을 수 있다는 것은 자아의 마음이 열려야 가능하다. 자기 고립에 갇혀 있거나 어떤 욕망에 사로잡혀 있다면, 이런 음성을 듣는 것은 불가능하다. 이런 면에서 『나사는 곳』에 이르러 오장환의 시는 새로운 단계로 나아간 것이라 할 수 있는데, 그것은 곧 타자와의 소통이 가능해진 세계, 곧 열린 시적 자아의 자세라 할 수 있다. 성서체험과 고향, 타자의 음성을 듣는 개방된 자세, 이것이 『나사는 곳』의 세 가지 중심 축인바. 그는 이를 매개하거나 혹은 자연 환경을 통해서 건강한 자아를 회복하기에 이른다. 이는 그가 집단적인 한 종족의 커다란 울음소리나 자랑을 노래하고 싶었던 열망의 표현 속에서 나온 것이다.[29]

5. 소시민성과 리얼리즘의 대결

8월 15일 해방이 왔다. 그것은 우리 민족에게도 오장환에게도 예기치 않게 갑자기 왔다. 그러한 감격을 주체 못해 그는 매일 병원 밖

29 그는 이 시기에 쓴 산문에서 이런 주제의 글들을 쓰고 싶어했다고 말한 바 있다. 이런 의식을 가장 잘 드러내는 담론 가운데 하나가 고향 등 집단의 정서를 잘 드러내는 것들일 것이다. 따라서 고향을 매개로 한 시창작에서 그의 소망은 어느 정도 실현되었다고 보아도 무방할 것이다. 그리고, 그의 논리를 충실히 따르게 되면, 이는 곧 식민 체제에 대한 저항의 논리와 연결되는 것이라 해도 좋을 것이다. 오장환, 「방황하는 시정신」, 『인문평론』, 1940.2.

으로 나와 만세를 불렀다고 한다.[30] 해방 직후 발표된 「병든 서울」에서 표현한 것처럼, 오장환은 병원에서 해방을 맞이한 듯 보인다. 그가 병원에서 해방을 맞이했다는 것은 여러 상징적 의미가 있는데, 우선 그가 병든 것은 육신의 병 때문일 것이고,[31] 다른 하나는 여전히 치유되지 못한 병, 곧 근대에 대한, 서자에 대한 자의식에서 오는 병 때문일 것이다.

해방 이전, 오장환은 에덴 동산의 신화체험이라든가 건강한 공간으로서의 고향 발견, 그리고 자연과 소통할 수 있는 타자의 발견을 통해서 자신을 끊임없이 괴롭혀 왔던 정신의 병으로부터 어느 정도 탈출한 것처럼 보인다. 하지만 해방 직후에 쓰여진 글이나 작품을 세밀히 검토해보면 그는 여전히 이런 자의식으로부터 벗어나 있지 않음을 알 수 있다. 그 가운데 하나가 산문 형식을 통해서 집중적으로 발표하고 있는 소월에 대한 연구이다. 가령, 「조선시에 있어서의 상징」[32]이라든가 「소월 시의 특성」[33] 혹은 「자아의 형벌」[34] 등이 바로 그러하다. 여기서 그가 주목한 것이 문학에 있어서의 상징과 그 기능이다. 잘 알려져 있다시피 상징을 비롯한 은유가 객관적 상관물의 발견이나 원관념을 감추거나 혹은 보다 명확히 알리기 위한 의장으로 구사된다. 하지만 그 핵심적 본질은 시적 자아의 사유를 은폐하는 데 있고, 또 정치적 의도를 우회적으로 표현하기 위한 방법적 의

30 오장환, 「에쎄닌에 관하여」, 『에쎄닌 시집』, 1946.5.

31 그는 오래전부터 신장병을 앓았다고 하고, 또 이 병이 원인이 되어 1951년 사망한 것으로 되어 있다. 김학동, 『오장환 평전』, 새문사, 2004 참조.

32 『신천지』, 1947.1.

33 『조선춘추』, 1947.12.

34 『신천지』, 1948.1.

장으로도 사용될 수 있다는 점이다. 오장환이 주목하게 된 부분도 여기에 있다. 물론 소월 시에서 어떤 강력한 정치적 의도를 직접적으로 드러낸 경우는 드물다. 그렇다고 해서 전혀 없는 것도 아닌데, 가령, 「옷과 밥과 자유」라든가 「바라건데는 우리에게 우리의 보섭 대일 땅이 있었다면」[35] 같은 시들이 그러하다.

상징 체계 구축이라는 국면에서 소월 시를 이해한 오장환의 비평 글들은 그 나름대로 분석적이고 과학적인 국면이 있다. 게다가 저항의 국면에서 미약했던 조선 문단에 대한 어느 정도의 자기 변명이랄까 현실에 대한 회피의 의도가 있는 것도 사실이다. 하지만 이는 어디까지나 오장환 자신에게 국한된 변명일지도 모른다는 점에서 이 글의 의도가 분명히 드러나는 경우라 할 수 있다. 해방 정국은 엄격한 윤리감각이 요구되는 시기였다. 그것은 과거의 경력이 현재화될 수 없는 연좌제적인 성격으로부터 자유로울 수가 없는 것이었다. 그가 일제 강점기에 친일 경력을 했다는 뚜렷한 근거는 보이지 않는다. 하지만 엄밀한 윤리성이 요구되는 해방 정국에서 과거의 문단 생활은 분명 문제가 될 여지가 있는 것처럼 생각될 수 있었다. 그래서 오장환이 문학에서의 상징적 장치가 갖는 함의와 그것의 사회적 기능에 주목한 것이 아닐까 한다.[36]

윤리적 감각에 압도된 현실 앞에 마주선 오장환의 입장에서 보면, 이는 변명이 아니라 진실처럼 느껴지는 것이기도 하다. 그것은 해방 이전에 언급한 다음의 글에서 그 근거랄까 실마리를 찾을 수 있기 때

35 오장환도 이 작품에 주목한 바 있는데, 그는 이 시가 민족적 감정을 잘 드러낸 시로 분석하고 있다. 오장환, 「조선시에 있어서 상징」 참조.

36 김윤정, 앞의 논문, 참조.

문이다.

> 조선에 새로운 문학이 수입된 지 30년 가차운 동안 어느 것이 진정한 신문학이었느냐고 한다면 그것은 『백조』 시대의 신경향파에서 '카프'에 이르기까지 그들의 그룹이 가장 새로운 문학에 접근한 것이었다고 생각한다.[37]

근대 문학, 보다 정확하게는 근대성의 인식론적 기반을 어디에 둘 것인가를 놓고 지금껏 두가지 뚜렷한 대립항이 있어 왔다. 하나는 과학에 두는 방식, 곧 모더니즘적인 것이 있고, 다른 하나는 카프에 두는 방식, 곧 리얼리즘적인 것이 있었다. 이 두 가지 방식 가운데 오장환은 후자에 근대적인 가치를 두고 있었던 것으로 보이는데, 이는 해방 전에 모더니즘적 경향을 선보인 그로서는 매우 이율배반적인 것이 아닐 수 없다. 물론 이런 비판을 피해가기 위해 그가 상징의 기능적 장치에 대해 애써 강조한 것인지도 모르겠다. 그러나 위 글에서 표명한 것처럼, 그가 리얼리즘적인 의장이랄까 사유에 전연 무관심한 것도 아니었다. 그는 일찍이 다음과 같은 시를 쓴 바 있기 때문이다.

> 추라한 지붕 썩어가는 추녀 우엔 박 한 통이 쇠었다.
> 밤서리 차게 나려앉는 밤 싱싱하던 넝쿨이 사그러붙던 밤,
> 지붕밑 양주는 밤새워 싸웠다.

37 오장환, 「문단의 파괴와 참다운 신문학」, 『조선일보』, 1937.1.28.

박이 딴딴히 굳고 나뭇잎새 우수수 떨어지는 날, 양주는 새 바가지 꿔어 들고 추라한 지붕, 썩아가는 추녀가 덮인 움막을 작별하였다.

「모촌」 전문

이 작품은 이 시기 하나의 조류로 형성될 만큼 유행하던 유이민의 삶을 다룬 것이다. 이런 주제의식을 가장 잘 보여준 시인이 이용악인데, 「모촌」의 상상력 또한 이용악의 그것과 매우 닮아 있다. 이는 시인이 모더니스트적인 면모를 지니고 있음에도 불구하고 현실정향적인 면들에 대해 외면하지 않았다는 것을 일러주는 것이라 하겠다.

어떻든 이 시기 오장환이 소월 시를 분석하고 이를 문학사적으로 자리매김한 것은 그 자신만의 고유한 해방정국을 헤쳐나가는 응전방식 가운데 하나였다고 하겠다. 이는 곧 그만의 고유한 모럴 감각이었을 것이다. 실제로 이러한 과정은 해방정국을 거치면서 지속적으로 나타나고 있다는 점에서 이 시기 그의 리얼리즘 시가 갖는 한계랄까 의의가 드러나는 경우이다.

8월 15일 밤에 나는 병원(病院)에서 울었다.
너희들은 다 같은 기쁨에
내가 운 줄 알지만 그것은 새빨간 거짓말이다.
일본 천황의 방송도,
기쁨에 넘치는 소문도,
내게는 곧이가 들리지 않았다.
나는 그저 병(炳)든 탕아(蕩兒)로

홀어머니 앞에서 죽는 것이 부끄럽고 원통하였다.

그러나 하루아침 자고 깨니
이것은 너무나 가슴을 터치는 사실이었다.
기쁘다는 말,
에이 소용도 없는 말이다.
그저 울면서 두 주먹을 부르쥐고
나는 병원을 뛰쳐나갔다.
그리고, 어째서 날마다 뛰쳐나간 것이냐.
큰 거리에는,
네거리에는, 누가 있느냐.
싱싱한 사람 굳건한 청년, 씩씩한 웃음이 있는 줄 알았다.

아, 저마다 손에 손에 깃발을 날리며
노래조차 없는 군중이 "만세"로 노래를 부르며
이것도 하루아침의 가벼운 흥분이라면……
병든 서울아, 나는 보았다.
언제나 눈물 없이 지날 수 없는 너의 거리마다
오늘은 더욱 짐승보다 더러운 심사에
눈깔에 불을 켜들고 날뛰는 장사치와
나다니는 사람에게
호기 있이 먼지를 씌워 주는 무슨 본부(本部), 무슨 본부(本部),
무슨 당, 무슨 당의 자동차.

그렇다. 병든 서울아,
지난날에 네가, 이 잡놈 저 잡놈
모두 다 술 취한 놈들과 밤늦도록 어깨동무를 하다시피
아 다정한 서울아
나도 밑천을 털고 보면 그런 놈 중의 하나이다.
나라 없는 원통함에
에이, 나라 없는 우리들 청춘(靑春)의 반항(反抗)은 이러한 것이었다.
반항이여! 반항이여! 이 얼마나 눈물나게 신명나는 일이냐

아름다운 서울, 사랑하는 그리고 정들은 나의 서울아
나는 조급히 병원 문에서 뛰어나온다.
포장 친 음식점, 다 썩은 구루마에 차려 놓은 술장수
사뭇 돼지구융같이 늘어선
끝끝내 더러운 거릴지라도
아, 나의 뼈와 살은 이곳에서 굵어졌다.

병든 서울, 아름다운, 그리고 미칠 것 같은 나의 서울아
네 품에 아무리 춤추는 바보와 술 취한 망종이 다시 끓어도
나는 또 보았다.
우리들 인민(人民)의 이름으로 씩씩한 새 나라를 세우려 힘쓰는 이들을……
그리고 나는 외친다.
우리 모든 인민의 이름으로

우리네 인민의 공통된 행복을 위하여
우리들은 얼마나 이것을 바라는 것이냐.
아, 인민의 힘으로 되는 새 나라

팔월 십오일, 구월 십오일,
아니, 삼백예순 날
나는 죽기가 싫다고 몸부림치면서 울겠다.
너희들은 모두 다 내가
시골 구석에서 자식 땜에 아주 상해 버린 홀어머니만을 위하야 우는 줄 아느냐.
아니다, 아니다. 나는 보고 싶다.
큰물이 지나간 서울의 하늘이……
그때는 맑게 개인 하늘에
젊은이의 그리는 씩씩한 꿈들이 흰 구름처럼 떠도는 것을……

아름다운 서울, 사무치는, 그리고, 자랑스런 나의 서울아,
나라 없이 자라난 서른 해
나는 고향까지 없었다.
그리고, 내가 길거리에서 자빠져 죽는 날,
"그곳은 넓은 하늘과 푸른 솔밭이나 잔디 한 뼘도 없는"
너의 가장 번화한 거리
종로의 뒷골목 썩은 냄새 나는 선술집 문턱으로 알았다.

그러나 나는 이처럼 살았다.

그리고 나의 반항은 잠시 끝났다.

아 그 동안 슬픔에 울기만 하여 이냥 질척거리는 내 눈

아 그 동안 독한 술과 끝없는 비굴과 절망에 문드러진 내 쓸개

내 눈깔을 뽑아 버리랴, 내 쓸개를 잡아떼어 길거리에 팽개치랴.

「병든 서울」 전문

이 작품을 이끌어가는 핵심 요체는 현실 인식과 자아 비판이다. 우선 현실 인식이라는 점에서 보면, 제목에서 알 수 있는 것처럼, 병든 서울의 모습에서 그 단초를 찾아야 할 것이다. 시인이 근대 도시를 병적인 것으로 사유한 것은 물론 이 작품이 처음은 아니다. 1936년 발표된 「수부」라든가 『헌사』 시절의 「황무지」에서 알 수 있는 것처럼, 그는 근대 도시라든가 근대성의 제반 양상을 병적인 것으로 인식했기 때문이다. 따라서 이 작품은 해방 이전의 도시적 감각을 그대로 수용한 것이라 해도 무방하다. 하지만 서울을 병적인 것으로 사유하는 방식이나 그 토대를 놓고 보면, 이 작품은 해방 이전의 시들과는 매우 다른 지점에 놓여 있다.

이런 인식은 해방이라는 감격적인 상황과 그렇지 못한 상황이 대비되면서 더욱 극적인 것이 되고 있다. 그런 표현은 2연 마지막 행의 상황의 인식, 곧 "싱싱한 사람 굳건한 청년, 씩씩한 웃음이 있는 줄 알았다"는 선입견과 관련이 있는데, 이런 생각은 병원 밖의 현실 앞에서 절망하게 된다. 자아의 눈앞에 놓인 현실은 "호기 있이 몬지를

씌워주는 무슨 본부, 무슨 본부,/무슨 당, 무든 당의 자동차"가 어지럽게 다니는 곳이다. 이런 상황에서 해방의 감격적 상황은 묻혀버리게 된다. 서울이 병들었다는 것은 여기에 그 원인이 있을 것이다.

그리고 다른 하나는 모랄 감각과 관련된다. 그는 「병든 서울」을 쓰는 한편으로 소월 시에 드러난 상징의 기능적 의미에 대해 탐구한 바 있다. 상징에 대한 적극적 옹호야말로 일제 강점기 현실 응전 방식에 대한 자기 변명이자 해방 직후의 현실이 요구하고 있는 윤리 감각에 대한 적극적 대처방식이었다. 그러한 윤리 감각의 연장선에 놓여 있는 작품이 바로 「병든 서울」이었던 것이다. "나는 이처럼 살았다"라는 자기 비판이야말로 해방 현실에 대한 윤리 감각이며, 새로운 도정으로 나아가는 인식적 지표가 될 것이다. 그리하여 "아 그동안 슬픔에 울기만 하여 이냥 질척거리는 내 눈/아 그동안 독한 술과 끝없는 비굴과 절망에 문드러진 내 쓸개/내 눈깔을 뽑아버려라, 내 쓸개를 잡어떼어 길거리에 팽개치랴"와 같은 자기 반성이 나올 수 있었던 것이다.

이러한 반성의 토대 위에서 비로소 새나라를 위한, 민족 건설을 위한 동기가 나오게 된다. "우리 모두 인민의 이름으로/---/인민의 힘으로 되는 새나라"에 대한 건설 의지가 바로 그러하다. 오장환이 해방 직후 곧바로 좌익 문학 단체를 결성한다든가 혹은 가입한 것으로 보이지는 않는다. 공식적인 기록에 의하면, 그가 문학가동맹 시분과에 가입한 것은 1946년 이 단체가 처음 결성된 이후이다. 이 단체는 전국문학자대회가 끝난 뒤 두 좌파 문학 그룹이 헤쳐모여 만든 것이다. 오장환은 이때까지 임화 중심의 조선문학건설본부나 조선프롤레타리아예술가동맹과는 거리를 두고 있었던 것인데, 실상 그가 이렇게 한발 늦은 선택을 한 것도 그 나름의 이유가 있었던 것으로 보인다. 그것은 아마도 해방 직후까지 남아있었던 소시민 의식 때문이었을 것이다. 「병든 서울」에서 그 일단이 드러난 것처럼, 그는 이 시기 자신 속에 남아 있었던 소시민 의식과의 싸움이 완전히 종결된 것은 아니었다. 그런데 이런 자의식은 해방공간에 이르기까지 계속 남아 있었고, 그가 월북하기 전까지 여전히 유효했던 것으로 보인다. 그러한 단면을 보여주는 또다른 시가 「공청으로 가는 길」이다.

> 눈발은 세차게 나리다가도
> 금시에 어지러히 흐트러지고
> 내 겸연쩍은 마음이
> 공청(共靑)으로 가는 길
>
> 동무들은 벌써부터 기다릴 텐데
> 어두운 방에는 불이 켜지고
> 굳은 열의에 불타는 동무들은
> 나 같은 친구조차
> 믿음으로 기다릴 텐데
>
> 아 무엇이 자꾸만 겸연쩍은가
> 지난날의 부질없음
> 이 지금의 약한 마음
> 그래도 동무들은
> 너그러이 기다리는데……

눈발은 펑 펑 나리다가도
금시에 어지러히 흐트러지고
그의 성품
너무나 맑고 차워
내 마음 내 입성에 젖지 않아라.

쏟아지렴…… 한결같이
쏟아나 지렴……
함박 같은 눈송이.

「共青으로 가는 길」 전문

이 작품 속의 자아가 느끼는 감각은 무엇보다 소시민성에 기초한 것이다. 지금 화자 앞에 놓인 선택은 동무들과 함께 투쟁 전선에 나서는 것이다. 그 매개가 되는 것이 공청(共青)에의 참여이고, 자신의 실천 의지를 완결시키기 위해서는 이들과 동일한 대열에 서야 한다. 하지만 그의 의지는 그 나아가는 도정에서 머뭇거리게 된다. 그러한 정서를 보여주는 것이 "지난 날의 부질없음"이나 "이 지금의 약한 마음"이다.

투쟁 대열에 전면적으로 기투하지 못하게 하는 것이 소시민성의 본질이라고 한다면, 오장환은 해방 직후에도 여전히 이런 의식으로부터 벗어나지 못한 것이라 할 수 있다. 그의 이런 측면은 몇 가지 국면에서 이해할 수 있는데, 그 하나는 세계관의 불철저일 것이다. 앞서 살펴본 것처럼, 그는 해방 이전에 리얼리즘에 입각한 시를 쓰지 않았다. 그가 이 시기 주로 관심을 갖고 매진했던 분야는 전통이나 관습의 부정이었고, 또 근대의 제반 병리적인 현상을 폭로하고 비판하는 모더니즘 계열을 시를 써내었다.

이 시기 그의 세계관이 비록 진보적인 국면에 있었다고 하더라도 그가 실천에 옮기지 못한 것은 그 앞에 몇 가지 장벽 때문에 그러했을 것으로 보인다. 하나는 카프문학의 퇴조현상이다. 잘 알려진 바와 오장환이 등단하던 시기는 진보 문학이 더 이상 앞으로 나아갈 수 없는 상황에 놓여 있었다. 1931년 카프의 1차 검거가 있었고, 또 객관적 상황이 열악해지는 만주 사변 또한 발발한 바 있다. 이런 요인들이 겹쳐지면서 리얼리즘 성향의 작품을 발표하는 것이 쉽지 않았을 것으로 판단된다. 그러나 이런 열악한 상황에서도 이 시기에 이용악 같은 훌륭한 동반자 작가가 있었거니와 그는 이 의식에 기반하여 유이민의 세계를 절창으로 읊어낸 바 있다.

이용악의 창작방법과 비교하면, 오장환의 그것은 오히려 그 반대편에 있었다고 하는 편이 옳을 것이다. 리얼리즘과 모더니즘이 자본주의의 토대에서 자라난 쌍생아라 하더라도 이 두 사조는 세계관이나 전망의 관점에서 절대적으로 다른 경우이다. 물론 자본주의 양식에 대해 비판의 촉수를 들이댄다는 점에서는 공통 분모를 갖고 있긴 하지만 어떻든 이념적으로는 서로 다른 지점에 놓이는 것이었다. 미래에 대한 전망보다는 현실에 대한 비판의 정서에만 충실했던 오장환이 해방 직후에 곧바로 진보적인 세계관에 투신할 수 있었던 여지는 매우 제한적이었던 것으로 보인다.[38] 비록 일제 강점기에 건강한

38 해방직후 오장환의 시에서 드러나는 이런 제한성은 이용악의 경우와 대비해보면 쉽게 이해할 수 있을 것이다. 이용악도 한때 오장환의 경우처럼 모더니즘적 성향을 갖고 있긴 했지만, 그가 우선적으로 관심을 갖고 있었던 분야는 유이민의 세계

의미로서의 고향 발견과 분열된 자의식을 통합하는 건전한 구조체 모형, 이를테면 자연과 같은 일체의 세계관을 갖긴 했어도, 해방 공간에 적나라하게 노출된 이념의 홍수를 감당하는 것이 그로서는 쉽지 않았을 것으로 이해된다.

6. 완성된 리얼리즘의 세계로

시인으로 문단에 나온 이후 계속 모색의 과정만을 반복해온 것이 오장환의 일관된 행보였다. 그는 해방이라는 열린 공간에서도 자신이 지금껏 모색해왔던 지대와의 만남을 성사시키지 못하고 그러한 행보를 계속 이어나갔다. 물론 해방 공간에서의 그의 활동이 진보적 리얼리즘의 수준에 한참 미달한 것이라고는 생각되지 않는다. 그는 이 시기 어느 누구보다도 치열한 삶을 살았고, 또 불합리한 현실에 대해 적극적으로 응전하고자 했기 때문이다. 하지만 거의 전면적으로 의식의 전환이 이루어진 흔적은 여전히 보이지 않고 있는 것이다.

오장환은 이런 모색의 과정에서 1947년말쯤 북한으로 넘어가게 된다. 미군정과 남로당의 대결이 극단으로 나아가면서 더 이상 미군정에 대항할 여력이 없었던 문학가동맹 성원들은 이 시기 대부분 월북의 길을 선택한다. 임화가 해주에 간 것도 이때이고, 오장환 역시 임화의 뒤를 이어서 북으로 간 것으로 보인다.

북한에서의 그의 활동은 남쪽의 그것과 비교하면, 완전한 존재의

와 같은 리얼리즘의 영역이었다. 그러한 세계관이 해방 공간에서 어떤 소시민 의식 없이 곧바로 진보적 세계관을 받아들이게끔 했을 것이다.

변이를 이룬 것이라 해도 과언이 아닐 만큼 전연 다른 시인으로 새롭게 탄생한다. 잘 알려진 대로 그는 북한에 가서 『붉은 기』라고 하는 시집을 상재한 바 있다.[39] 이 시집은 전쟁 직전에 간행된 것인데, 주로 소련 여행 체험을 담은 시들로 채워진 시집이다.

나는 본다 너에게서
사회주의 조국의 긴 역사와
이 나라의
소비에트 세상의 씩씩한 얼굴을

그것은 그대였다

내
뜨거운 흥분이
기창(機窓)을 부비며 이 나라 수도(首都)
힘찬 평화의 서울인
모스크바를 살필 제

나는 여기서도
제일 먼저 보았다
양털 같은 구름 사이로
온 천하에 솟 것는

39 이 시집이 나온 것은 1950년 5월인데 정확히 한국전쟁 발발 한달 전이었다.

그대
붉은 깃발을

　기!
　　　기!
　　　　　붉은 기!

세계가 사랑하여 부르는
인민의 기

　　　붉은 깃발은

　기!
　　　기!
　　　　　붉은 기!

우리들이 목타게
부르는
　전사의 깃발은

아 저 곳
높은 성탑(城塔)위
붉은 별들 빛나는 사이로

　　　　　　「붉은 기」 부분

시집 『붉은 기』의 표제시이기도 한 이 작품은 사회주의 사회를 예찬한 시이다. 그 상징적 표식이 바로 '붉은 기'이다. 인용시는 그러한 내용을 담고 있는 리얼리즘적 경향의 작품이긴 하지만 모더니즘의 색채 또한 완전히 사라진 것이 아니다. 리얼리즘적 경향에서 볼 때, 이런 면들은 흥미를 끄는 경우가 아닐 수 없는데, 특히 깃발이 날리는 모습을 시각적으로 배치한 것은 그가 모더니즘 예술이 갖고 있는 특징들에 대해서 여전히 매력을 느끼고 있음을 보여주는 단적인 예라 할 수 있을 것이다. 어떻든 북에서의 오장환, 소련에서의 오장환에게서 더 이상의 소시민성이나 전통이나 관습의 굴레에서 온 저열한 자의식은 발견할 수가 없다. 지금껏 모색해왔던 의식의 끊없는 여행과 근대에 대한 치열한 추구가 이렇듯 사회주의를 만나면서 끝난 것처럼 보인다.

그런 다음 그는 전쟁이 시작되면서 다시 서울에 나타났다. 이제 그는 머뭇거리는 자아가 아니라 당당한 자아, 진군하는 자아로 서울 거리에 나타난 것이다. 그의 그런 행보는 지금까지 활동했던 문단도, 동료도 더 이상 자기 몫이 아니었다.[40] 그런 뒤, 그는 전쟁통에 평생의 지병인 신장병으로 사망하게 된다. 그의 죽음은 육체적인 한계에서 온 것이겠지만, 근대를 치열하게 살고자 했던, 그 결말을 얻지 못한 채 사라진 한 시인의 정신적 사망과도 같은 것이었다.

40 전쟁 직후 오장환은 거리에서 서정주를 만났고, 서정주의 부름에 고개를 한번 획 돌리고는 더 이상 아는 체를 안했다고 한다(서정주의 증언). 서정주의 「귀촉도」에 응답하는 「귀촉도―정주에게 주는 시」를 서로 주고 받을 정도로 가까운 이들의 관계는 이념으로 이렇게 파탄을 맞았던 것이다.

7. 에필로그

오장환은 1930년대 초반에 문단에 나온 이후 이 시기 다른 어느 작가보다 치열한 삶을 살았다. 그러한 삶의 일단은 그가 추구한 문학들의 다양한 양상에서 알 수 있거니와 그 주된 조류는 모더니즘 경향이었다. 그가 자신의 산문에서 신문학의 올바른 경향으로 『백조』의 신경향파와 '카프'문학을 예로 들고 있음에도 불구하고 모더니즘적 성향에 경도되고 있었다. 이는 언뜻 모순되는 현상처럼 비춰진다. 하지만 그가 리얼리즘에 보다 친화적인 경향을 갖고 있었으나 그 대척점에서 새로운 사유를 시도한 것은 전연 상이한 지점, 곧 세계관의 혼란이랄까 변화라고 할 수 있는 것은 아니다. 리얼리즘과 모더니즘이란 궁극에 있어서는 동일한 인식적 기반으로 자라난 것이기 때문이다.

이런 경향과 함께 초기 오장환 문학의 핵심 가운데 하나는 전통과 관습에 대한 부정에서 찾을 수 있다. 전통과 관습이 모더니즘의 입장에서 보면, 대타적인 위치에 놓여 있는 것이기에 시인이 추구한 이런 문학적 지향이 매우 예외적인 것이었다고는 할 수 없을 것이다. 모더니티 지향성이란 전통지향성과 상대적인 위치에 놓이는 것이기 때문이다. 하지만 그의 반전통주의 사상은 모더니티와 상대되는 자리에 놓인 것이라기보다는 실존적인 것, 혹은 생리적인 차원의 것이었다는 점에서 그 특이성이 있다고 하겠다. 잘 알려진 대로 그는 서자 출신이었고, 그로부터 얻은 불합리한 사회적 조건들이 그로 하여금 반전통주의, 반관습주의적인 사유를 갖게 했다고 보는 것이 타당하기 때문이다.

근대지향성과 전통에 대한 반항이 시인으로 하여금 새로운 것을 탐색하는 근본 요인으로 작용했는데, 그가 일차적으로 발견한 것은 항구였다. 이곳은 새로운 것이 넘쳐나는 공간이고, 그렇기에 반전통주의적 사유체계를 갖기에 매우 좋은 토양을 갖고 있었다. 뿐만 아니라 이런 조건은 모더니티 지향성이라는 그의 세계관에도 꼭 들어맞는 것이기도 했다. 하지만 그는 여기서 자신의 정신적 욕구랄까 시적 불만을 완전히 해소하는 데에는 실패하고 만다. 항구에서 일어나는 온갖 부정적인 것들이 시인의 의식을 정화하는 데에는 한계가 있었기 때문이다.

이런 한계 속에서 시인이 궁극적으로 도달한 곳은 죽음충동과 성서의 신화체험이었다. 이 체험들이 모두 분열된 자의식을 통어하고 일체화된 사유체계를 가져다준다는 점에서 끊임없이 사유의 늪을 헤매어 온 시적 자아에게는 인식전환의 중요한 매개로 기능했다. 이는 그러한 두가지 면이 어우러져 만들어낸 것인데, 무엇보다 모더니즘적 사유와 실존적 욕구가 중첩되어 나타난 것이라는 점에서 그 의미가 있다고 하겠다. 익히 알려진 대로 모더니즘은 분열 속에서 새로운 서사, 건강한 서사체계를 내재적으로 구축하고자 하는 사조이다. 파편화된 의식을 필연적으로 수반할 수밖에 없는 것이 근대인의 슬픈 운명이기에, 이의 극복을 향한 노력 역시 그 운명에 비례해서 수행되어야 하기 때문이다. 다른 하나는 실존의 차원인바, 시인은 자신의 숙명을 개인사의 차원에서 이해하지 않고 이를 보편사의 차원으로 승화시켜 이해하고자 했다는 점이다. 그것이 성서의 신화체험이다. 이 체험이란 모두에게 동일한 함량으로 다가올 수밖에 없는 필연적인 것이다. 오장환은 이런 체험을 통해서 자신의 숙명으로부터 탈출할 수 있었다. 그것이 건강한 의미로서의 고향과 모성성의 하나로서 자신의 실제 어머니에 대한 새로운 발견이었다.

이런 인식적 기반을 갖고 해방을 맞이한 오장환은 다른 시인과 마찬가지로 환희와 열정의 포오즈를 취하게 된다. 하지만 그것이 얼마나 많은 한계를 갖고 있었는가를 깨닫는 데에는 오랜 시간이 걸리지 않았다. 「병든 서울」은 그런 자각을 잘 보여주고 있거니와 그는 이를 계기로 자신에게 남아있던 존재의 전환을 새롭게 시도하게 된다. 이른바 소시민성에 대한 자각과 그 한계를 극복하기 위한 도정이었다. 하지만 일제 강점기부터 내재해있던 이런 자의식으로부터 완전히 탈출하는 것은 쉬운 일이 아니었다. 소시민성과 당파성의 끊임없는 갈등은 해방기의 시간 동안 거듭거듭 표명해왔기 때문이다. 하지만 그런 갈등도 그가 월북함으로써 곧 소멸하게 된다. 외부 환경의 절대적인 도움 속에서 그에게 마지막 남아있던 소시민성도 연기처럼 사라졌기 때문이다. 일제 강점기부터 계속 시도된 근대에 대한 치열한 탐구, 그 저항정신, 그리고 그들과 갈등하던 소시민성은 그가 북쪽을 선택함으로써 완결이라는 장을 만들어내고 있었던 것이다.

한국 현대 현실주의 시인 연구

제7장

신념의 낙관주의자

안룡만론

안룡만 연보

1916년　평북 신의주 출생.

1928년　신의주 보통학교 졸업하고 삼무중학교 입학.

1929년　광주학생의거에 가담한 혐의로 삼무중학교에서 퇴학 당함.

1931년　도일하여 문학 공부, '적색구원회' 등에서 활동.

1933년　『신소년』에 동시 「제비를 두고」 발표.

1934년　지병 치료차 귀국. 5월 카프 사건과 관련하여 전주형무소에 피검. 가을에 출옥.

1935년　『조선중앙일보』에 대표작 「강동의 품―생활의 강 아라가와여」 발표.

1938년　다시 도일하여 니혼대학과 메이지대학에서 수학함.

1945년　조선프롤레타리아문학가동맹에 가입해서 활동하지만 곧바로 월북하여 북에서 활동.
신의주에서 김우철 등과 함께 『서북민보』 창간.

1951년　전쟁기에 『나의 따발총』 간행.

1969년　『조선문학』에 「공민의 딸」 등을 발표했으나 이후 행적은 드러나지 않음.
사망한 것으로 추측됨.

2013년　『안룡만시선집』(이인영엮음) 간행(현대문학).

1. 생애와 문학

안룡만(1916~1969?)[1]은 우리 문학사에 있어 무척이나 낯선 이름이다. 이는 그의 대표시였던 「강동의 품」과 비교하면 그 격절감이 더 느끼지는 경우이다. 이 작품이 갖고 있는 명성만큼 그의 이름은 역사의 뒤안길에서 은폐되어 있었기 때문이다.

전기를 살펴보면, 안룡만은 1916년 평안북도 신의주 진사리에서 태어난 것으로 되어 있다. 그의 고향이 신의주라는 것은 매우 의미심장한데, 우선 이곳이 서북지역을 대표하는 곳이라는 점에서 그러하다. 잘 알려진 것처럼 이 지역은 개화가 다른 어느 곳보다 일찍 이루어진 공간이다. 이런 지리적 이점이 서도문학이라는 커다란 아이템을 만들었거니와 이곳 출신인 소월, 이광수를 비롯한 근대 문학의 선구자들을 길러냈다. 안룡만의 경우도 이들 문인의 행보와 밀접히 결부되어 있는 시인이다. 하지만 서북지역은 이런 지리적 이점에도 불구하고, 근대 문명이 경성 중심으로 전변함으로써 이곳은 문화의 소외지대로 뒤바뀌는 역사의 아이러니를 맞이하게 된다.

어떻든 개화라는 시대적 환경에 적나라하게 노출될 수밖에 없었던 안룡만이기에 그의 문화적, 사회적 활동 또한 이와 정비례 관계로 이루어졌다. 이 시기 그의 세계관은 상당히 선구적인 것이고 또 전진적인 것이었기 때문이다.

그의 사상은 이렇게 형성된 것처럼 보인다. 우선, 안룡만은 1928

1 안룡만이 언제 사망했는지에 대해서는 현재까지 뚜렷이 밝혀진 것이 없다. 다만, 북한에서 활발하게 작품활동을 하던 그의 이름이 1969년을 전후하여 사라짐으로써 이때 사망한 것으로 판단하고 있을 뿐이다.

년 신의주 삼무중학교 시절 광주학생운동이 일어나자 동맹 휴학을 일으켜 퇴학을 당하게 된다. 그는 여기서 좌절하지 않고 평생의 친구이자 동지였던 김우철, 이원우 등과 함께 〈국제프롤레타리아 아동문학 연구회〉를 조직하고, 동인잡지 『별탑』을 간행하게 된다. 이 잡지는 4집까지 간행되었지만 이후 일제의 방해로 폐간되는 운명을 맞이하게 된다.

이런 활발한 활동을 뒤로 한 채, 안룡만은 일본 유학을 떠나게 되고, 거기서 〈적색구원회〉라든가 〈일본 전국노동조합협의회〉 등의 조직을 만들어 활동하게 된다. 그는 이때 지금까지의 경험이 반영된 「제비를 보고」를 『신소년』[2]에 발표함으로써 본격적으로 문인의 길에 들어서게 된다.

이런 흐름에서 알 수 있듯이, 안룡만은 당시 문단의 조류 가운데 카프와는 어느 정도 거리를 두고 있었다. 이런 국외자적 특성으로 인해 그는 카프 문학의 행보로부터 자유로울 수 있었던 것으로 보인다. 물론 그가 이 시기 대표적 진보단체였던 카프와 완전히 거리를 두고 있었던 것은 아니었다. 안룡만은 신병치료차 일본에서 일시 귀국한 직후인 1934년 5월에 카프조직에 연루되었다는 혐의로 체포되어 전주 형무소로 압송되는 처지가 되었기 때문이다.[3]

그의 이런 행보에서 알 수 있듯이 그의 세계관은 이 시기 다른 어떤 카프 문인들, 혹은 진보 문인들에 비해 철저했던 것으로 보인다.

2 이 작품은 필명인 이용만으로 발표된다. 이때, 1933년 동화적 상상력에 기초한 「목장의 소」도 이 필명으로 발표된다.

3 안룡만은 이때 귀국한 후, 다시 1938년 도일하여 메이지 대학 신문과에 다닌 것으로 되어 있지만, 이 시기 이후 해방까지 그의 행적은 거의 알려져 있지 않다.

뿐만 아니라 카프라는 조직에 가입하지는 않았지만 이 단체가 내세운 이념에 대해서도 투철했다. 이는 지금껏 그가 보인 운동으로서의 실천 행위도 그러하거니와 이 시기 그가 펼쳐보였던 작품 세계에서 알 수 있는 것인데, 그의 시세계를 관류하고 있었던 것은 대부분 혁명적 낙관주의에 기초한 사회주의 리얼리즘적 수법이 창작방법의 기본이 되었다는 점에서 그러하다. 잘 알려진 대로 이 사조는 러시아에서 발생한 것이고, 이 토대 역시 이 사회구성체와 분리하기 어려운 것이기에 일본이나 조선에서는 그 정합성 여부가 매우 의심스러운 것이었다. 하지만 이 사조는 유물변증법적 창작방법이 갖고 있는 한계라든가 카프문학의 약점으로 지적되어온 공식주의로부터 벗어날 수 있는 계기를 마련해준다. 안룡만 문학이 갖는, 유행과 함께 하는 시의 적절성은 이런 분위기와 어울릴 수 있었기 때문에 가능한 것이었다. 어떻든 이 시인은 이런 기조랄까 세계관을 흔들림없이 유지해 나간 매우 드문 경우의 시인이었다. 도대체 이런 자신에 찬 일관된 행보는 어디에서 기인하는 것이고, 그의 의식의 모든 부분을 차지하고 있었던 일본 체험과는 어떤 상관관계를 갖는 것일까. 그리고 여기서 체험한 노동의 경험들은 그의 문학 세계에 어떤 영향을 미친 것일까. 이에 대한 물음이야말로 안룡만 문학이 갖고 있는 본질에 접근할 수 있는 지름길이 될 수 있을 것이다.

2. 제국주의 체험의 세 가지 형태 – 교양으로서의 제국주의 체험

식민지 시인들에게 제국의 체험이란 무엇일까. 그리고 그것은 봉건 시대의 체험들, 가령 대륙의 그것과는 어떤 상관관계가 있는 것일까. 이런 물음에 대해 어떤 뚜렷한 답을 하는 것은 쉬운 일이 아닌데, 그것은 이 체험들이 가질 수밖에 없는 시대의 아우라와 분리하기 어렵게 결합되어 있기 때문이다. 잘 알려진 것처럼, 근대 이전 조선 밖의 경험들을 상정할 때, 대륙을 제껴 놓고 어떤 사유의 근원이라든가 그 경로를 상정하는 것은 매우 어려운 일이 아닐 수 없었다. 그것은 대륙이 조선인들의 전부였기에 그러했는데, 그러한 전일성은 이른바 수직관계를 떠나서 성립할 수 있는 것이 아니었다. 그러나 수직관계는 매우 단순한 것이어서 여기에 어떤 이의를 제시하는 것은 매우 어려운 일이었다. 대륙의 그것은 곧 나의, 우리의 것에 대한 고유성이라든가 자율성을 허용하는 여유를 주는 것이 아니었기 때문이다.

하지만 근대 이후 이런 저간의 상황들은 매우 다른 사정을 요구하기에 이르렀다. 대륙을 대신하는 해양 세력의 등장은 반도 조선인들의 의식을 그 근저에서 뒤집는 사건이 되었기 때문이다. 일찍이 그런 전변의 가능성을, 육당은 '바다'를 통해서 제시하게 되었거니와 제국주의의 등장은 더 이상 대륙과의 연결을 불가능하게 만들었다. 이런 충격이 주는 것은 단순히 물리적 환경에서 오는 정신의 변화만을 의미하는 것은 아니었다. 그것은 반도인들로 하여금 어느 하나의 국면에서가 아니라 전일적인 변화를 요구하게끔 만들었다.

그리하여 개항 이후 시대의 임무로 포장된, 상승기에 놓여 있던 부르주아들은 대륙이 아니라 해양으로부터 그 새로운 가능성을 모색하기에 이르렀다. 획기적인 패러다임의 전환이라든가 인식적 기반의 전변은 오직 해양으로부터, 보다 구체적으로는 제국으로부터 오는 것이어야 했다. 선각자로 부르는 일련의 그룹들, 새로운 문명의 총아를 쫓아가는 그룹들은 이제 바다를 건너서 그들의 본질에 접근해야 했고, 그로부터 새로운 민족주의의 토양을 찾아야 했다. 마음의 한 켠에 자리한 금단의 벽을, 그러나 반드시 넘어야하는 괴로운 실존적 결단을 시도해야 했던 것이다.

근대 초기 우리 문학의 한 축을 형성하고 있었던 간도 체험이라든가 대륙체험은 이제 근대 체험, 다시 말하면 해양체험으로 대치되는 현실을 맞이하게 된 것이다. 우리 문학의 일본 체험, 곧 제국주의 체험이 비로소 시작된 것이다. 이런 경험은 논리의 차원에서도 혹은 감성의 차원에서도 뚜렷이 진행되어 왔는데, 논리란 기계적 사유를 그대로 수용하는 것이어서 그 본뜻을 헤아리기가 매우 어려운 것이 사실이다. 하지만 감성의 영역은 이런 논리의 영역과는 그 내면에 숨겨진 정서를 간접적으로 제시한다는 점에서 논리의 영역을 뛰어넘는 경우인데, 그 풍경이야말로 일제 강점기 우리의 자의식을, 아니 문인의 자의식을 들여다볼 수 있는 증표라는 점에서 그 의의가 있는 것이라 하겠다. 우리 시사에서 이런 형태는 대개 세 가지 형태로 요약할 수 있는데, 그 각각의 경우를 정지용, 임화, 그리고 안룡만을 통해서 이해할 수 있을 것이다. 이들은 모두 시인이었고, 그리하여 감성의 영역을 볼 수 있는 내면 풍경을 갖고 있었거니와 그 의식의 형성에 있어서 뚜렷한 차이를 보이고 있다는 점에서 주목을 요하는 경우이다. 이 인식의 넓이와 질을 통해서 안룡만의 세계관을 이해할 수 있거니와 그의 대표시인 「강동의 품」의 내재적 의의도 이해할 수 있을 것이다.

우선, 근대 문인 가운데 가장 먼저 일본 체험을 한 문인으로서 정지용을 들 수 있다. 그는 잘 알려진 대로 휘문고보를 졸업한 후 일본 유학을 간 것으로 알려져 있는데, 그 시기는 대략 1923년 경으로 추정된다.[4] 그는 이때 그의 대표작 「향수」를 발표하게 되는바, 이는 고향에 대한 애틋한 회고의 정서를 읊은 시이다. 그런데 이런 세계에 이르게 된 근본 동인에는 바로 제국주의에 대한 경험이 놓여 있었다. 이때의 경험, 그 근저에 자리한 시가 「압천(押川)」이다.

鴨川 十里ㅅ벌에
해는 저물어...... 저물어......

날이 날마다 님 보내기
목이 자졌다...... 여울물 소리......

찬 모래알 쥐어짜는 찬 사람의 마음,
쥐어짜라. 부수어라. 시원치도 않아라.

역구풀 우거진 보금자리
뜸부기 홀어멈 울음 울고,

제비 한 쌍 떴다,
비맞이 춤을 추어.

4 그는 이해 3월 휘문고보 5년제를 졸업하고, 곧바로 이 학교 교비유학생에 선발되어 일본 경도의 동지사대학 예과에 입학한다. 그것이 1923년이다. 송기한, 『정지용과 그의 세계』, 박문사, 2014, p.31.

수박 냄새 품어오는 저녁 물바람.
오랑쥬 껍질 씹는 젊은 나그네의 시름.

鴨川 十里ㅅ벌에
해가 저물어...... 저물어......

「압천(押川)」 전문

이 작품의 저변에 흐르는 정서는 개인주의화되어 있는 센티멘털한 감수성이다. 이 시의 소재로 되어 있는 '압천'은 정지용이 다니던 동지사대학 앞을 흐르는 실개천이다. 거기서 그는 식민지 조선인의 애달픈 정서를 표명하기에 이른 것이다. 아마도 어떤 여름날 정지용은 하숙집에서 저녁 식사를 한 뒤, 개천 옆 오솔길을 걸었을 것이다. 그는 이 산보의 과정에서 나그네의 객수감 같은 것을 느꼈던 것이고, 그것에 자극되어 이 작품을 생산해냈을 것이다.

식민지 유학생이라면, 아니 고향을 멀리 등지고 있는 경우라면 이러한 정서를 토대로 한 서정시는 얼마든지 만들어낼 수 있을 것이다. 하지만 이 작품이 갖는 의의는 전후 맥락을 사상한, 이 작품만의 고유성이랄까 자율적 위치에 있는 것이 아니다. 이 작품이 갖는 주된 정서가 센티멘털한 것이라면, 그러한 정서를 만들어낸 동기가 보다 중요할 것이다. 앞서 언급대로 정지용은 이때 「향수」라는 작품을 통해서 고향에 대한 애달픈 정서를 드러낸 바 있다. 물론 그러한 정서들이란 「압천」과는 분명한 거리를 형성하는 것이라 할 수 있다. 하지만 그 이면에 놓여 있는 정서는 다른 한편으로는 동질적인 것이기도 하다.

정지용 시의 근본 특색 가운데 하나는 민족주의적인 것에 놓여 있다. 이런 면들은 「향수」의 세계 뿐만 아니라 해방 직후의 정서에도 그대로 표명된다.[5] 정지용의 이러한 세계관은 「압천」을 설명하는 데에도 매우 유효할 것인데, 실상 여기서 드러나는 제국주의 체험이란 정지용의 센티멘털한 고향 감각을 고양시키는 주요 근거가 된다는 사실이다. 그것은 이질적인 감각에서 오는 것인데, "날마다 님 보내기/목이 자졌다"라든가 "찬 모래알 쥐어짜는 찬 사람의 마음", 그리고 "뜸부기 홀어멈 울음 울고" 등은 그러한 이질성을 잘 표현하는 구절들이라 하겠다. 그런데 이보다 더 중요한 것은 "오랑쥬 껍질 씹는 젊은 나그네의 시름"이라는 표현에 있을 것이다. 여기서 시적 자아의, 대상과의 동화라든가 일체화된 감각은 더 이상 찾을 수가 없다. 대상과 자아는 완전히 분리되어 있고, 더 이상 어떤 합일점을 찾아내는 것 역시 불가능하다. 일본 체험은 정지용에게 이렇듯 이질적인 것인 것이었고, 그의 의식 속에 내포된 민족주의적인 정서를 분출시키는 매개 역할을 하고 있었을 뿐이다.

이 시기 이런 제국주의 경험을 담은 작품은 임화의 경우에서도 찾을 수 있다. 「우산 받은 요코하마의 부두」가 바로 그것인데, 이는 이질화의 감각이 「압천」보다 훨씬 개선된 경우이다.

> 항구의 계집애야! 이국의 계집애야!/도크를 뛰어오지 말아라 도크는 비에 젖었고/내 가슴은 떠나가는 서러움과 내어쫓기는 분함에 불이 타는데/오오 사랑하는 항구 요꼬하마의 계

5 위의 책, pp.279-331.

집애야!/도크를 뛰어오지 말아라 난간은 비에 젖어 왔다//「그나마도 천기가 좋은 날이었더라면?……」/아니다 아니다 그것은 소용없는 너만의 불쌍한 말이다/너의 나라는 비가 와서 이 도크가 떠나가거나/불쌍한 네가 울고 울어서 좁다란 목이 미어지거나/이국의 반역 청년인 나를 머물게 두지 않으리라/불쌍한 항구의 계집애야 울지도 말아라//추방이란 표를 등에다 지고 크나큰 이 부두를 나오는 너의 사나이도 모르지 않는다/내가 지금 이 길로 돌아가면/용감한 사나이들의 웃음과 알지 못할 정열 속에서 그날마다를 보내던 조그만 그 집이/인제는 구둣발이 들어나간 흙자국밖에는 아무것도 너를 맞을 것이 없는 것을/나는 누구보다도 잘 알고 생각하고 있다//그러나 항구의 계집애야! 너는 모르지 않으리라/지금은 〈새장 속〉에 자는 그 사람들이 다 너의 나라의 사랑 속에 살았던 것도 아니었으며/귀여운 너의 마음속에 살았던 것도 아니었었다//그렇지만/나는 너를 위하고 너는 나를 위하여/그리고 그 사람들은 너를 위하고 너는 그 사람들을 위하여/어째서 목숨을 맹세하였으며/어째서 눈 오는 밤을 몇 번이나 거리에 새웠던가//거기에는 아무 까닭도 없었으며/우리는 아무 인연도 없었다/더구나 너는 이국의 계집애 나는 식민지의 사나이/그러나 오직 한 가지 이유는/너와 나 우리들은 한낱 근로하는 형제이었던 때문이다//그리하여 우리는 다만 한 일을 위하여/두 개 다른 나라의 목숨이 한 가지 밥을 먹었던 것이며/너와 나는 사랑에 살아왔던 것이다//오오 사랑하는 요꼬하마의 계집애야/비는 바다 위에 내리며 물결은 바람에 이는데/나는 지금 이 땅에 남은 것을 다 두고/나의 어머니 아버지 나라로 돌아가려고/태평양 바다 위에 떠서 있다/바다에는 긴 날개의 갈매기도 오늘은 볼 수가 없으며/내 가슴에 날던 요꼬하마의 너도 오늘로 없어진다//그러나 요꼬하마의 새야/너는 쓸쓸하여서는 아니 된다 바람이 불지를 않느냐/하나뿐인 너의 종이 우산이 부서지면 어쩌느냐/어서 들어가거라/인제는 너의 게다 소리도 빗소리 파도 소리에 묻혀 사라졌다/가보아라 가보아라/나야 쫓기어 나가지만은 그 젊은 용감한 녀석들은/땀에 젖은 옷을 입고 쇠창살 밑에 앉아 있지를 않을 게며/네가 있는 공장엔 어머니 누나가 그리워 우는 북륙의 유년공이 있지 않느냐/너는 그 녀석들의 옷을 빨아야 하고/너는 그 어린것들을 네 가슴에 안아 주어야 하지를 않겠느냐/가요야! 가요야! 너는 들어가야 한다/벌써 사이렌은 세 번이나 울고/검정 옷은 내 손을 몇 번이나 잡아다녔다/인제는 가야 한다 너도 가야 하고 나도 가야 한다//이국의 계집애야!/눈물은 흘리지 말아라/거리를 흘러가는 데모 속에 내가 없고 그 녀석들이 빠졌다고/섭섭해 하지도 말아라/네가 공장을 나왔을 때 전주 뒤에 기다리던 내가 없다고/거기엔 또다시 젊은 노동자들의 물결로 네 마음을 굳세게 할 것이 있을 것이며/사랑에 주린 유년공들의 손이 너를 기다릴 것이다//그리고 다시 젊은 사람들의 연설은/근로하는 사람들의 머리에 불같이 쏟아질 것이다//들어가거라! 어서 들어가거라/비는 도크에 내리고 바람은 데크에 부딪친다/우산이 부서질라/오늘 쫓겨나는 이국의 청년을 보내 주던 그 우산으로 내일은 내일은 나오는 그 녀석들을 맞으러/게다 소리 높게 경빈가도를 걸어야 하지 않겠느냐//오오 그러면 사랑하는 항구의 어린 동무야/너는 그냥 나를 떠나 보내는 서러움/사랑하는 사나이를 이별하는 작은 생각에 주저앉을 네가 아니다/네 사랑하는 나는 이 땅에서 쫓겨나지를 않는가/그 녀석들은 그것도 모르고 같이 있지를 않는가 이 생각으로 이 분한 사실로/비둘기 같은 네 가슴을 발갛게 물들여라/그리하여 하얀 네 살이 뜨거워서 못 견딜 때/그것을 그대로 그 얼굴에다 그 대가리에다 마음껏 메다쳐버리어라//그러면 그때면 지금은 가는 나도 벌써 부산 동경을 거쳐 동무와 같이 요꼬하마를 왔을 때다//그리하여 오랫동안 서럽던 생각 분한 생각에 /피곤한 네 귀여운 머리를/내 가슴에 파묻고 울어도 보아라 웃어도 보아라/항구의 나의 계집애야!/그만 도크를 뛰어오지 말아라//비는 연한 네 등에 내리고 바람의 네 우산에 불고 있다//

임화, 「우산받은 요코하마의 부두」 전문

작품의 제목에서 쉽게 간취할 수 있는 것처럼, 인용시는 임화의 제국주의 체험을 담은 것이다. 시적 화자는 제국주의 내지에서 사상운동을 하다 쫓겨나는 조선인 청년이고, 그 상대되는 자아는 이와 작별하는 이국의 여성 노동자이다. 이들의 안타까운 이별과, 이루지 못한 꿈에 대한 아쉬움, 그리고 앞으로 계속 진행되어야할 투쟁이 전망이라는 스펙스트럼 속에 편입되면서 강력한 서사적 흐름으로 나아가고 있는 것이 이 작품의 특색이다.

그런데 여기서 제국주의 체험과 관련하여 한 가지 흥미로운 사실이 발견된다. 이는 제국주의와 식민지 사이에 놓인, 이질적인 민족적 정서인데, 김윤식은 이 작품을 두고 일본인 나카노의 「비내리는 品川驛」과 대비되는 것이라 했다. 그에 의하면, 나카노는 조선의 노동자를 그들 혁명에 있어 최소한의 수단으로 이해하고자 했다고 한다.[6] 이 논리가 설득력 있는 것이라면, 임화는 적어도 프롤레타리아 국제주의라는, 마르크시즘의 기본도 모르는 존재가 되는 셈이다. 실제로 나카노는 여기서 조선의 노동자를 "일본 프로레타리아트의 앞잡이요 뒷군"이라고 했는 바, 이는 이 시기 일본 프롤레타리아 작가들의 수준을 보여주는 것이라고 했다.[7] 이른바 민족적 에고이즘이 일본 프롤레타리아 작가의 은폐된 의식이며 그것은 조선인 작가들에게는 존재하지 않는 것이라고 했다. 그런 다음 그는 이런 사유에까지 나아가지 못한 임화를 코민테른의 유치한 신자라고까지 몰아부쳤다.

이런 사실에 미뤄 볼 때, 제국주의에 대한 임화의 시각은 한갓 나이브한 것에 지나지 않았음을 알 수 있다. 이 시기 임화에게 있어서 민족에 대한 사랑이나 현해탄이 주는 거리감은 실상 무용지물이나 다름없었기 때문이다.[8] 제국주의에 대한 이러한 인식은 정지용의 그것과는 매우 다른 것이었다. 임화에게는 정지용의 그것처럼 적어도 제국주의에 대해서는 어떠한 차별성은 갖고 있지 않았던 까닭이다. 그에게 중요했던 것은 전위적인 계급투쟁이었고, 이를 계속 추동하는 것만이 자신의 임무로 사유했을 가능성이 매우 크다. 그런 그에게 현해탄이 갈라놓은 조선과 제국주의의 거리감이란 사실상 존재하

6 김윤식, 『임화』, 한길사, 2008, p.103.

7 위의 책.

8 송기한, 「임화시의 변모양상」, 『현대문학의 정신사』, 박문사, 2018, p.71.

지 않았던 것이다. 이는 민족적 구분이나 차별이 분명 존재하고 있는 현실에서 그만의 판단착오일 수도 있고, 어쩌면 프롤레타리아 국제주의에서 보면, 이런 구분은 한갓 사치에 불과한 것이었는지도 모른다. 이 시기 임화에게 중요했던 것은 민족이나 구분이 아니라 계급 혹은 연대의식이었다. 그러한 사유가 낳은 것이 제국주의 여성과의 나이브한 연대의식으로 나타난 것이라 할 수 있다.[9]

제국주의의 체험을 동질성의 관점에서 파악한 것은 안룡만의 경우도 마찬가지이다. 그는 일찍이 제국주의 체험을 했고, 또 거기서 자신의 사상적 기반을 쌓아온 매우 드문 사례에 속한다. 그리고 이를 바탕으로 그는 자신만의 고유한 문학 수업을 만들어낸다. 그 대표적인 작품이 「강동의 품」이다.

> 가장 매력있는 地球였다. 江東은 ……
> 南葛의 낮은 하늘을 옆에 끼고 아라가와(荒天)의 흐릿한 검푸른 물살을 안은 地帶였다.
> 수천각색 살림의 노래와 감정이
> 먼지와 연기에 쌓여 바람에 스며드는 거리－이곳이 내 첫 어머니였다.
>
> 내가 사랑튼 지구－강동 …… '아라가와'의 물이여!
> 세 살 먹은 갓난애 쩍 …… 살 곳을 찾아 북국의 고향을 등

9 물론 임화의 시들은 후기로 내려가면서, 다시 말해 현해탄 사이에 놓인 조선과 제국주의의 거리를 인식할 무렵이면, 이런 연대의식이랄까 동질성은 사라지게 된다. 송기한, 위의책, 참조.

지고 현해탄에 눈물을 흘리며 가족 따라 곳곳을 거쳐 닿은 곳이 너의 품이었다.

누더기 모멩옷 입고 끊임없이 사이렌이 하늘을 찢는 소란한 거리 빠락에서

맨발 벗고 놀 때 '석양의 노래'를 너는 노을의 빛으로 고요히 다듬어 주었다.

아빠 엄마가 그 콘크리트 담 속에서 나옴을 기다리며

나는 아가라와의 깊은 물살을 바라보았다.

너는 내 어린 그대부터 황혼의 구슬픈 어려운 살림의 복잡한 물결의 노래를 들려주었다.

내가 컸을 때 강가의 시들은 풀잎이 싹트고 낮게 배회하든 검은 연기 틈에 따뜻한 볕이 쪼이는 봄!

나는 아라가와의 봄노래가 스며드는 금속의 젊은 직공으로 오야지-그에게 키워 當任에까지 올랐다. 곤란한 몇 해를 겪어서

강동 …… '아라가와'의 흐름이여!

네, 봄의 따뜻한 陽光에 飽滿된 노래를 가득히 싣고 흐르는 푸른 얼굴을 바라볼 때

몇 번-보지 못한 半島江山, 그리고 고향의 북쪽 하늘가 멀리 …… '얄루'(鴨綠)강의 흐름을 그리었는지

너는 안다. 너는 잔디 위에 누워 약조 마칠 때 설움의 마음

으로 속삭이던 고향의 이야기를 깨어지는 물거품에 담아 실어 갔다.

가장 매력있는 지구였다 강동은……그리하야 지구를 전전키두 몇 번 中部, 城南, 城西로－

城西의 四節을 아름답게 물들이는 '무사시노' 벌판도 네 살림의 물결! 어머님 품인 '아라가와'에는 비할 수 없었다.

아라가와여! 네 상류－물살에 단풍이 낙엽지고 우리들의 지난 날의 일을 추억의 품속에 되풀이하던 가을날

나의 갈 곳은 고향－얄루 江畔으로 결정되었다.

내 일생의 기록의 '페이지'에서 사라지지 않을 그 날 나는 너를 버리었다.

그리하여 수평선 아득한 현해의 해협을 건너

고향의 산천도 바라볼 틈 없이 베르트의 반주 속에 너의 그리움의 노래－기쁨과 설움의 멜로디－를 부르노라

내, 아라가와여! 오늘은 어떤 동무가 가쁜 숨을 쉬이며 고요히 네 노래에 귀를 기울일지

너는 언제나 근로자의 가슴에서 버림받지 않으리라. 네 어깨 위를 제비가 날겠지 ……

광막한 대륙의 한 모퉁이에 끼인 반도에도 봄이 찾아왔다.

얄루강도 녹아 뗏목이 흘러내린다.

강산에 뻗힌 젖가슴 속에 꿈을 깨며 자라나는
처녀지의 기록을 따뜻한 품속에 안아 주려고
오! 강동이여! 나는 회상 속에 불길을 이루어간다.

「강동의 품—생활의 강 아라가와여」 전문

이 작품은 1935년 1월 1일자 『조선중앙일보』에 발표되었다. 안룡만이 제국주의로 건너간 것이 1931년이니 약 4년 뒤에 나온 작품이다. 이 작품은 우선 작품의 제목부터 이채로운데, 가령, '품'이라든가 '생활의 강'이라는 표현에서 이를 확인할 수 있다. 여기서 알 수 있는 바와 같이, 서정시의 중요한 특성, 아니 그 기본 원리라 할 수 있는 자아와 세계 사이의 불화랄까 거리감이 전혀 감각되지 않는다. 이런 단면은 시적 화자의 제국주의 체험이란 이질적인 것이라 아니라 매우 동질적인 것이었다는 점에서 그 시사적 의의를 찾을 수가 있는 것이다.

이 작품은 발표 당시 심사를 맡았던 박팔양으로부터 "임화의 단편서사시를 읽는 듯한 느낌"이라든가 "지금껏 보지 못한 한 개의 경이요, 의외의 수확"이라는 고평을 받았다.[10] 뿐만 아니라 임화로부터는 "조선프롤레타리아 시의 최초의 발전을 볼 수 있다"든가 혹은 "진실한 낭만주의의 전형적 일례"[11]라는 평가를 받기도 한다.

작품의 내용에서 금방 확인할 수 있는 것처럼, 시적 자아는 제국주의, 보다 구체적으로는 강동에서 이른바 교양을 쌓는 주체가 된다. 이는 육체적 성장일 뿐만 아니라 정신적 성장이기도 한데, 실상 이런

10 박팔양, 「선후유감」, 『조선중앙일보』, 1935.1.15.-16.
11 임화, 「담천하의 시단일년」, 『신동아』, 1935,12.

감각은 매우 이질적인 것이라는 점에서 우리의 주목을 끄는 경우라 할 수 있다.

교양주의는 정신의 성장과 밀접한 관련이 있다. 그런데 그러한 성숙이 시적 화자에게 긍정적인 것이라면, 그것은 정신의 극점에 놓여 있는 초월적인 어떤 영역에 닿게 된다. 그렇기에 시적 자아가 "가장, 매력있는 지구였다. 강동은———"이라는 표현이 가능하고 또 그곳을 "내 첫 어머니"라고 과감하게 선언할 수 있었던 것이다.

자아의 성숙도에 미치는 교양주의에 걸맞게 이 작품에는 시적 자아가 성장해가는 서사구조가 사실적이며, 구체적으로 제시되어 있다. 이런 서사적 구성이야말로 안룡만 시의 방법적 특징이라 할 수 있는데, 이런 면들은 이 시기를 풍미했던 단편 서사시와 그 결을 달리하는 면들이라 할 수 있다.

이 시의 서사성은 이렇게 구현된다. 시적 자아는 어린 시절 부모를 따라 제국주의 나라에 오게 된다. 말하자면 "살 곳을 찾아 북국의 고향을 등지고 현해탄에 눈물을 흘리며" 온 곳이 바로 제국주의 공간인 아라가와였다. 그런 다음, 시적 자아는 공장에 일하러 간 부모님을 기다리면서 홀로 남아 있게 된다. 그 외로움의 정서 속에서 자아는 아라가와의 강물을 보고 그 정서를 흘려보내며 성장하게 된다. 이후 부모님과 마찬가지로 자아도 공장의 노동자로 성장했고, 이후 노동자로서의 삶을 이곳 강동에서 보내게 된다. 하지만 시적 화자는 어떤 이유에서인지는 몰라도 강동을 떠나게 되고, 그는 자신의 고향이었던 '얄루 강반'으로 오게 된다. 하지만 이곳 강동은 시적 화자가 떠난다고 해서 그 인연의 끈, 교양을 준 정서의 끈들이 종료되는 것이 아니었다. 아라가와는 "언제나 근로자의 가슴에서 버림받지 않는 존재"로 계속 남아 있었기 때문이었다.

이 작품을 두고 이중의 향수에 놓여 있는 것이라든가[12] 과거의 경험이 회상의 형태로 시화되고 있다는 평가는 일면 피상적일 수 있다.[13] 그것은 제국주의에 대한 근본적 사유가 무엇인가를 물을 때, 더욱 그 혐의가 짙어진다고 하겠다. 이 작품은 정지용의 「압천」과도, 임화의 「우산받은 요코하마의 부두」와도 그 결을 달리하는 작품이다. 하나는 민족주의가 가미된 센티멘털에 경도된 것이라면, 다른 하나는 민족적인 요소가 결락함으로써 가져올 수 있는 소박한 요소로 착색되어 있다. 하지만 「강동의 품」에는 센티멘털한 감수성은 있을 지언정 민족주의적인 요소는 발견하기 매우 힘든 경우라 할 수 있다. 그의 의식의 저변에는 분명 생물학적 고향이자 정신적 고향이 지배하고 있지만, 여기에 제국주의에서 풍겨나는 모성적 상상력과 겹쳐짐으로써 민족적인 아우라가 상실한 경우이다.

이 작품에서는 임화의 경우처럼 민족적 에고이즘을 거의 찾아볼 수 없는데, 그것은 다음 두가지 이유에서 그러한 것처럼 보인다. 하나는 아라가와가 시인의 정신적 성장을 보증한, 아니 함께한 토대였다는 점이다. 이는 한때 체험했던 공간에 대한 막연한 향수와는 다른 것이라는 점에서 그 의미가 있다고 하겠는데, 그것은 그의 성장기를 지배했던 정신의 굳건한 축이었다는 사실에서 그러하다. 뿐만 아니라 그런 성장이 프롤레타리아로의 길, 곧 노동자로 가는 길이었다는 사실은 더욱 의미가 있다. 그런데 그러한 의식은 민족주의와 같은 협

12 김재홍, 「안용만, 노동자의 삶과 살림의 서정」, 『한국현대시인연구(2)』, 일지사, 2007.

13 이인영, 「북의 시인 안룡만」, 『안룡만 시선집』, 현대문학, 2013.

소한 공간에 갇히는 것이 아니었다. 그리고 다른 하나는 「우산받은 요코하마의 부두」에서 묘파된 것처럼, 프롤레타리아 국제주의라는 관점에서 볼 때, 민족주의란 하나의 하위적인 것일 수 있다는 점이다. 하위적인 요소가 상위적인 요소를 능가할 수 없는 것이 이념의 지대라고 한다면, 이는 충분히 설득력있는 것이라 하겠다. 어떻든 시인에게 아라가와는 체험의 지대이되 단순히 회고의 차원에 놓일 수 없는 것이었다는 점, 그리고 그 체험이 자아의 성장기, 곧 교양의 영역과 깊이 결부되어 있다는 점에서 그 특징적 단면이 드러난 사례라고 할 수 있다.

3. 매개적 인물과 전망의 세계

아라가와의 체험에서 보듯 안룡만 시의 근본 특색은 시인 스스로가 노동자였다는 것,[14] 그리고 그 의식에 바탕을 두고 시가 쓰여졌다는 사실이다. 현장의 노동자가 자신의 체험을 바탕으로 작품을 생산할 수 있다는 것이야말로 노동문학의 전형이라 할 수 있을 것이다. 이런 장점은 앞선 세계관을 바탕으로 주관의 과잉을 예방할 수 있거니와 현실에 대한 추체험이라는 위험 또한 비껴갈 수 있는 장점이 있다. 이는 곧 현장성과 연결될 수 있는데, 작품과 현장의 만남이야말로 안룡만 시의 가장 큰 특색이라 할 수 있을 것이다.

이런 특징을 배경으로 형성된 안룡만의 작품들은 그동안 카프 시

14 김재홍은 이런 안룡만의 처지를 1980년대의 박노해와 비교하고 있다. 앞의 책, p.339. 참조.

에서 펼쳐보였던 여러 제반 특징과 다른 면모를 보여주고 있다. 작품에 사건이나 이야기성이 가미되어 있다는 측면에서 보면, 박팔양의 지적대로 그의 시들 역시 단편서사시의 범주 속에서 논의될 수 있을 것이다. 하지만 이것은 어디까지나 형식주의적인 관점일 뿐 그의 시에 내포된 의미와는 전연 무관한 것이다. 안룡만의 시에서는 기왕의 카프시에서는 볼 수 없는 국면들이 드러나고 있거니와 특히 카프 소설에서 볼 수 있는 인물 유형들을 볼 수 있다는 점에서 그 의미가 있는 경우라 하겠다.

> 녹았다 또 얼은
> 얕은 눈을 사박사박 밟으며
> 햇놀 보아 지붕이
> 빨갛게 물들어진 십자거리를 빠져
> 오늘밤 - 일곱 시!
> 모여 의논할 철의 집을 향한단다
>
> 잠깐 후 - 기다리는 애들께
> 말할 예정 세우노라 머리는 혼잡하다
> xx나빠복 바지
> 프린트 xx는 두 손 꼭 쥐어지고
> 열 올라 능금같이 붉힌 볼
> 이른 첫봄의 저녁!
> 싼들한 바람 스치며 희롱하드라

이제껏 전선에 앉아
재재거리던 제비 한 마리
바람을 양쪽에 가르며
내 귀 옆을 레레게 지나친다
아아 삼월이라 남쪽에서
북국의 첫봄—찾아든 제비!
날개 포동거리며 사래치는 까만 몸뚱
보고 있다 문득 저 땅 봄 생각이 드구나

일본—모멩 옷과
조선—흰옷 섞어
쾌활한 얼굴 왔다 갔다 하구
기쁨에 넘치는 말소리
움직이는 공기에 가득 찬 본부——
피오닐 회관에서
늬들과 팔씨름 겨누며
안 지겠다 땀 흘리든 즐거운 시절 생각난다야

깨여진 화로 끼고
찬 다다미방에서 속삭이며
검둥개처럼 눈 오는 거리에서
패를 짜 눈싸움하든 우리에게
따뜻한 햇볕
파란 신록 깔린 거리!

산타클로－스 영감보다 더 많은
기쁨의 선물 안어다 준 봄
봄 따라 옛 임자 찾아든
적은 몸뚱 한 제비를 얼마나 사랑햇늬!

회관－나지막한
처마 밑에 집 짓든 우리의 제비
밤마다 모여 빙 들러 앉아
말의 꽃을 피우며
손 나들거리는 까만 머리
다정스럽게 나려보며
재재 비비 노래를 불러주었겠다
우에서 온 종이
제비 둥지에 가만히 넣고 했었지

빨간 제비－－
이는 우리가 놀음 삼아 제준 이름
해마다 허물어지려는 회관 찾아든 제비!
우리와 놀며 뛰기 좋아했고
오월－어린이 명절 때
거리에서 물결치는 어깨 우 날고
레포로 거리 갈 때
가등 비친 저녁 거리 따라왔었지

즐거웁게 한때 보낸
잊지 못할 회관－크는 늬들 떠나
아아 눈물 어린 눈알－－
마주치며 톡 톡 매듭 아프도록
쳐 흔드는 악수를 남겨
바다 건너 온 것이 작년 봄 일이구나

여기 와 직장서 일곱 애 끌어
소년부－만든 지도
이무 다섯 달 하구 보름날
한 마디 한 마디
재미있는 말에 귀를 기울인단다
오늘 저녁 모임은 동무 끌!

－－10행 생략－－

빙글빙글 웃는 늬들 얼굴이여!
비에 맞아 거칠어진 간판 붙인 회관이여?
아아 한데 엉켜 눈앞에 그릿거리다

머리 쳐드니
벌써 노을은 서산에 넘고
눈앞에 철의 집이 뵌다
난 기다리는 애들께

즐거운 그 땅――
봄의 일을 말해줄 테야

「제비를 보고」 전문

이 작품은 1933년 『신소년』에 동시의 형태로 발표된 시이다. 동시라고는 하지만 일반 서정시라고 해도 무방할 정도로 형식이나 내용면에서 파격을 보이는 시이기도 하다. 하지만 그 형식이 어떻든 간에 중요한 것은 이 작품이 지향하는 목적, 혹은 주제일 것이다. 안룡만이 제국주의 일본으로 건너간 것이 1931년 전후로 추정되기에 이후 발표된 작품에는 이곳의 체험이 고스란히 반영되어 있다고 할 수 있다. 작품을 읽어보면 금방 알 수 있는 것처럼, 인용시는 제국주의 체험과 분리할 수 없는 것인데, 가령, '찬 다다미 방'이라든가 '나빠복 바지', 혹은 '일본-모멩 옷' 등등의 담론에서 이국적인 흔적들을 곧바로 읽어낼 수 있기 때문이다. 무엇보다 「강동의 품」에서 나온 것처럼, 노동자로서의 삶의 모습이 반영되어 있다는 점에서 더욱 그러하다.

형식적인 국면에서가 아니라 내용적인 측면에서 이 작품은 기왕의 카프 시에서 드러나는 요소들과 몇가지 구분되는 면이 있다. 그 가운데 하나가 낙관적인 전망의 세계이다. 이러한 면들을 두고 임화는 분명 낭만적인 요소들이 강하게 드러난다고 했을 것이다.[15] 그런데 여기서 주목해서 볼 것은 이 작품이 발표된 시기이다. 1933년은 시기적으로 소위 객관적 상황이 무척 악화되던 때이다. 1931년의 만주 사변도 그러하거니와 이를 계기로 일제는 카프에 대한 본격적인

15 임화, 앞의 글, 참조.

탄압을 시도하던 시기였기 때문이다. 그 결과가 1930년대 초반 카프 1, 2차 검거현상으로 나타났고, 실제로 안룡만도 여기서 자유로운 존재가 아니었다.[16] 하지만 이런 볼온한 현실에도 불구하고 이 작품이 지향하는 세계는 밝고 쾌활한 면을 보여주고 있다. 이는 동시가 갖고 있는 건강성과 분리하기 어려운데, 어쩌면 시인이 동화적 상상력과 어린 화자를 작품의 주인공으로 등장시킨 것도 이런 미래성과의 관련 때문이 아니었을까 한다.

둘째는 이렇게 객관적 상황이 악화되던 시기에 유입된 것이 새로운 사조로서의 사회주의 리얼리즘의 도입이었다.[17] 이 사조가 건설기의 사회, 특히 러시아의 사회구성체와 꼭 들어맞는 것이긴 하지만, 카프는 이를 공식주의로부터 탈출하고자 하는 계기로 수용했다. 말하자면, 뻔한 서사구조나 뼈다귀 시로 대변되는 공식주의로부터 벗어날 수 있는 도구로 이 사조를 적극적으로 받아들인 것이다. 그 발생적 배경과 현실 정합성이 식민지 조선과는 현격하게 다른 상황인데도 이 사조는 이런 시의성에 맞물려 빠르게 카프 구성원들의 사유 속에 편입되어 들어오기 시작한 것이다.

어떻든 이런 분위기로부터 자유롭지 않은 것이 「제비를 보고」의 문학적 특성이라 할 수 있다. 이는 전망의 세계에서 특히 그러한데, 이 스펙트럼이야말로 사회주의 리얼리즘의 본질과 가장 잘 어울리는 것이었다. 안룡만은 그런 서사적 투시도를 '봄'이나 '제비'와 같은

16 카프의 1, 2차 검거는 1931년과 1934년에 시도되었는데, 안룡만은 2차 검거 때인 1934년 신병치료차 일시 귀국했는데, 이때 5월 그는 김우철 등과 함께 검거되어 옥고를 치르게 된다.

17 이 사조가 소개되고 본격적으로 도입되기 시작한 것도 1933년 전후이다.

은유나 상징적 장치를 통해서 이를 효과적으로 묘파해내고 있다. 물론 그 반대편에 놓여 있는 것이 '겨울'이나 '얼음' 혹은 '눈'의 세계일 것이다. 이것이 신화적으로 죽음의 계절이고, 객관적 현실과 결부시키게 되면, 제국주의 현실을 내포하고 있다는 것은 거의 상식에 속하는 일이다. 그는 이런 대비적 장치를 통해서 제국주의 현실을 폭로하고 진보적 운동이 갖고 있는 정합성을 실현하고자 했던 것이다.

이런 전망의 세계에 있어서 또 하나 중요한 것이 '분회'라는 조직이다. 이는 아마도 어떤 것을 도모하기 위한 모임 정도로 추정되는데, 이것이 안룡만 문학의 전망과 관련하여 전략적 이미지로 자주 등장하고 있다는 점이다. 실상 농민이나 노동자가 선진적인 주체로 거듭 태어나기 위해서는 이른바 교양의 과정이라는 것이 필수적으로 드러날 수밖에 없는데, '분회'는 그러한 도정을 위한 주요 수단이 된다. 뿐만 아니라 사회주의적 리얼리즘을 실현하는데 있어서 가장 중요한 것이 미래에 대한 낙관적 전망인데, '분회'는 이를 수행하기 위한 적절한 수단 가운데 하나라는 점에서 이에 대한 실천의 의지를 읽어낼 수 있다.

안룡만의 시는 발표될 당시 좋은 평가에도 불구하고 계급의식이 부족하다든가 투쟁의 면모가 잘 드러나지 않는다는 진단을 받은 것이 사실이다. 그가 등단하기 전부터 많은 카프 시가들에서 노동 계급의 당파성이나 연대의식과 같은 것들이 구현된 바 있는데, 이런 현실에 비추어보면, 그의 시에서 드러나는 무갈등이랄까 투쟁의식의 약화 현상은 진보 문학의 후퇴현상으로 비춰질 수도 있을 것이다. 하지만 이런 현상은 앞서 언급한 대로 시대적 배경을 떠나서는 그 설명이 불가능한 경우이다. 이미 객관적 상황은 매우 나빠진 상태이고, 전진을 거듭해오던 카프문학도 더 이상 문학 속에 진보주의적 사유를 표명해내기가 무척 어려운 상황에 놓여 있었다. 이런 상황에서 안룡만이 현실추수적으로 과거의 상황을 답습할 이유도 없었고, 그렇다고 이보다 더 높은 단계로 투쟁의식을 끌어올릴 수도 없었다. 현실은 여러 가지로 변했고, 따라서 이에 대응하는 담론의 수준도 바뀌어야 했다. 그 결과 그가 선택한 것은 시속에 은유와 상징적 장치를 적극적으로 도입하는 것이었다. 뿐만 아니라 자연친화적인 시들을 생산해냄으로써 마치 전원시적인 품격을 갖게 한 것은 아닐까 한다.[18] 농촌의 건강성을 노래함으로써 당시의 상황이 마치 유토피아에 놓인 것과 같은 환상을 만들어낸 것은 아닐까. 실제로 엄격한 검열이 시행되고 있음에도 불구하고 그의 시들이 이를 비껴갈 수 있었던 것은 이런 은유적, 상징적 장치 때문인 것으로 보인다.

> 지금은 쉬는 시간－－
> 따뜻한 봄날의 대낮이란다
> 석 달 전 풀잎이 엉친 뫼 우를
> 네가 갈 때는 눈풍지가 불었겠다
>
> 난 흐르는 강물
> 돛대 달은 뱃머리 바라보며
> 햇볕을 마음껏 받으며
> 높은 콘크리－트 담벽에 지대고 있다

18 이런 면에서 그의 시를 두고 생활시라든가 삶의 긍정성을 노래한 것이라고 한 것은 타당하다고 하겠다. 김재홍, 앞의 논문, 참조.

저편 공장 높은 굴뚝
푹푹 뽑는 연기가 무던히 희구나

막, 성이 나 죽겠다야
네가 가버릴 줄 꿈에도 몰랐단다
지금처럼 쉬는 시간
종시껏 넌 말 안 했지
네래 기워줬었든 난
네 말을 지키며 동무들과 사귄다
먼저 아이들을 사랑하구
친해 두었다는 네 말을 지키려

무엇보담 한 애를 끌자
그래 난 영호와 친하단다
그 애는 벌써 알어져
같이 모여 책도 본단다
친한 애를 끌자니까 좋아하더라

너는 언제나 올 테냐
근심 말구 잘 있거라 응
이 공장은 내가 있으니 안심해라
난 죽어도 네 말을
끝까지 끝까지 지켜볼 테다

「가버린 동무야」 전문

이 작품은 시인의 두 번째 시이다.[19] 이 작품 역시 동시의 형태로 되어 있지만 「제비를 보고」와 마찬가지로 동시적인 분위기는 찾아볼 수가 없다. 인용시를 이끌어가는 주조 역시 시인의 다른 작품들과 마찬가지로 자연의 서정화이다. 여기서도 '봄'은 미래의 어떤 긍정적 지점을 환기하고 있다는 점에서 「제비를 보고」와 마찬가지로 전망을 획득하고 있다.

미래에 대한 밝은 투시도는 사회주의 리얼리즘의 기본 특색인데, 이런 면에서 본다면, 이 작품 역시 그런 특성을 잘 반영하고 있다고 하겠다. 그런데 여기서 이와 관련하여 한 가지 중요한 요소는 작품 속에 구현된 인물의 특징적 단면들이다. 인용시에는 두 명의 인물이 나오는데, 하나는 시적 화자이고, 다른 하나는 작품의 제목처럼 '가버린 동무'이다. 시적 화자는 '가버린 동무'로부터 어떤 지시라든가 의식의 훈련을 받게 된다. 이런 연결고리는 미래로 향하는 매개 역할을 한다는 점에서 전망이라는 의장과 분리하기 어려운 것이다. 특히 시인이 전략적으로 사용하고 있는 '분회'와 더불어 인물들 간의 연결고리는 투쟁의 연속적인 흐름과, 그리고 미래의 전망을 담보하는 주요 수단이 된다는 점에서 그 의미가 있다.

이런 고리를 통해서 이 시기 안룡만의 시가들에서는 기왕의 카프시에서 보기 힘든 특징들이 드러나게 되는데, 그 가운데 하나가 미래에 대한 낙관적 전망과 세계관에 대한 우위 현상이다. 이런 면은 물론 변증유물적 단계의 카프시와는 비교할 수 없는 것이지만, 상황적

19 이 작품 역시 발표자는 이용만으로 되어 있지만 시인이 생존하던 시기에 본인의 작품으로 회고함으로써 안룡만의 시가 맞는 것으로 판단된다. 그리고 작품의 구성이나 의장 등이 다른 작품과 동일함으로써 그의 작품이 틀림없는 것으로 생각된다.

논리에 기대면 어느 정도 긍정적인 측면이 있는 것이기도 하다.

> 저녁의 地區는 소란하다.
> 동쪽 평야의 어둠, 서산의 빨간 잔광이 반사된 강물……
> 기울어진 황혼이 옮어간다.
> 저녁 짓는 소리에 섞여 여편네들의
> 여덟 시 – 기쁨의 싸이렌을 기다리는 가슴에 즐거운 정열이 떠돈다
> 나의 약한 신경은 날카롭게 시달리었다.
> 이골 저골의 살림의 음향을 찾아 헤매었기로
> 어떻게 나의 가슴의 핏줄은 뛰고 감정의 물결이 높은 것인가.
> 여편네들의 웃음소리에도 융기된 젖가슴에도 어린애들 코묻은 볼에도 뜨거운 노래가 굴러 나온다.
> 겨울의 치운 햇발이 넘어감이 길어지며
> 북극의 봄 –
> 전에는 별들이 총총한 밤하늘을 찢던 고동이 황혼의 나라에 안기운다.
> 자연과 살림의 아름다운 조화! 나는 흘린다. 보드라운 입김에 싸인 어여쁜 이 거리여!
> 나는 왔다. 저녁 거리의 품이여! 나를 맞어다고……
> 네 입김은 소생의 뜨거움 같다. 녹아지는 대지, 속삭이는 바람, 백은색의 연기 – 싹트는 네 입은 희망을 아뢰고
> 나는 네 품, 자연의 향기 속에 근로자의 가슴을 생각한다.
> 새로운 정열로 끓는 감정을 너는 따듯하게 키워 가는 것이지.

여덟 시 – 싸이렌!

…… 흐르는 파란 라빠服의 떼.

웃음, 농지거리, 그 바람에 실려가는 생활의 노래, 이들을 안은 저녁의 거리, 사랑하는 품이여. 나를 맞어다고 –

생생한 정열을 읊으려는 내 가슴은

저녁 거리의 사랑에 터질 듯이 뜨겁고나.

「저녁의 지구」 전문

이 작품을 지배하는 주된 정서는 확신에 찬 자신감이다. 이런 정서는 소란한 거리가 만들어낸 것인데, 여기서의 소음은 가슴에 담겨진 '즐거운 정열'이 모아져서 만들어낸 것이다. 그만큼 생활에 대한 긍정성, 근로하는 현실에 대한 애착이나 친밀도가 강한 경우라 할 수 있다. 그러한 정서가 근로하는 주체들을 향하고 있음은 자명한 것인데, 실제로 시적 화자도 이런 면을 작품 속에서 적극적으로 표명한다. 가령, "나는 네 품, 자연의 향기 속에 근로자들의 가슴을 생각한다"가 바로 그러하다.

안룡만의 작품 세계에서는 흔히 서정시의 본질 가운데 하나인 자아와 세계의 거리가 구분되지 않는 양상을 확인할 수 있다. 이는 그의 작품을 설명하는 데 있어서 그 중요성을 아무리 강조해도 지나치지 않는 것인데, 그만큼 그의 시들은 자아와 대상이 구분되지 않을 만큼 동일화를 향한 정서로 굳게 결합되어 나타난다. 이는 노동에 대한 긍정성과, 그 최후의 승리를 예감하는 전망 없이는 불가능한 현상이다. 이런 면들은 이 시기 다른 경향시인들의 작품에서는 결코 발견할 수 없는 것들이라 주목을 요한다고 할 수 있다.

두 번째는 매개적 인물의 등장이다. 매개적 인물이란 농민이나 노동자를 선진적인 주체로 거듭 태어나게 도와주는 역할을 하는 인물로 카프의 서사 양식에서 흔히 드러나는 단면들이다. 이런 인물의 대표적인 보기가 잘 알려진 대로 이기영의 「홍수」에서 박건성형의 인물이다. 이런 유형의 특징은 마을에서 어느 날 갑자기 사라졌다가 몇 년 후에 갑자기 고향에 나타난다. 하지만 이 인물은 과거의 단순한 물리적 재현이 아니라 의식적이고 선진적인 사상이나 이념을 갖춘 유형이라는 점에서 그 특징이 있다.

작품의 주인공이 계급적 각성을 거치는 계기에는 다양한 방식이 있을 수 있다. 노동 현장의 불합리한 현장 속에서 자연스럽게 계급의식을 획득하는 경우도 있고, 또 매개적 인물의 도움을 받아서 새로운 성격을 부여받는 경우도 있다. 그런데 이런 유형의 작품들은 카프 문학사에서 주로 신경향파 단계에 나타난 것이 대부분이다.[20] 하기사 '전위의 눈으로 현실을 응시하라'는 유물변증법적 창작방법에서는 이런 유형의 인물이 등장하는 것은 쉽지 않다. 투쟁 일변도의 문학에서 성격의 변화가 이루어지고 그를 통해서 현실변혁을 추동하기에는 작품의 전개 양상이 너무 빠른 까닭이다.

어떻든 1930년 중반 경에 이런 매개적 인물이 안룡만의 시세계에 등장하는 것은 매우 이채로운 경우가 아닐 수 없다. 이미 그는 그의 초기작 「제비를 보고」에서 이런 인물의 등장을 보여준 바 있는데, 가령 그는 이 작품의 마지막 연에서 "난 기다리는 애들께/즐거운 그 땅—/

20 가령, 이기영의 「서화」에서 동경유학생이었던 정광조형 인물이 그러하다. 매개적 기능을 하고 있다는 점에서 보면, 정광조형 인물은 「홍수」의 박건성형 인물과 동일한 성격이라 할 수 있다.

봄의 일을 말해줄 테야"라고 말하고 있기 때문이다. 여기서 "즐거운 그 땅/봄의 일을 말해줄 테야"라는 담론은 선진적인 주체가 아니라면 언표될 수 있는 것이 아니다.

안룡만이 새롭게 시도하고 있는 시의 이러한 서사성은 이전의 단편서사시류에서는 보기 어려운 것이라는 점이다. 그의 작품에서 이런 인물이 등장하는 것은 몇 가지 이유에서 그 설명이 가능하다. 하나는 그가 유학생 출신으로서 제국주의 아래에서 마르크스－레닌주의의 영향을 받았다는 점을 들 수 있을 것이다. 이런 면들은 앞서 말한 이기영의 「서화」에서 정광조 유형의 인물이 보여주었던 것과 매우 흡사한 것이라 할 수 있다. 이 작품에서 정광조는 이른 시기에 일본 유학을 떠났고, 거기서 마르크스주의 세계관을 획득한 채 고향으로 돌아오게 된다. 그런 다음 그는 마을에서 갈등의 조정자 역할을 하게 된다, 하지만 실제로는 농민을 교화시키는 주체, 곧 매개적 인물의 역할을 하게 된다. 이는 안룡만의 경우에도 그대로 적용될 수 있는데, 현실의 질곡으로부터 도피하기 위한, 불가피한 제국주의 체험이기는 했지만, 시적 자아 역시 정광조의 경우처럼, 이 사유를 자연스럽게 마주하고 이를 자기화했던 것으로 보인다. 그 결과가 작품 속에 매개적 인물을 등장시키는 것이었다. 어쩌면 이런 의식이야말로 똑똑한 엘리트주의가 만들어낸 전형적인 사례가 될 것이다.

그리고 다른 하나는 사회주의 리얼리즘의 영향에서 그 설명이 가능할 것인데, 앞서 언급한대로 이 창작방법은 낭만적 이상향에 바탕을 둔 전망의 기법이 가장 중요한 문학적 기제가 된다. 이는 건설기에 놓여 있는 사회나 혹은 혁명기에 놓여 있는 사회에서 동일하게 적용될 수 있는 기제인데, 어떻든 1930년대 초반부터 도입되기 시작한 이 사조는 전망에 대해 매우 뚜렷한 방향성을 제시해 놓았다. 그럴 경우 작품 내적 구성에서 이른바 연속되는 사건이나 계기적인 일들에 있어서 스트펙트럼처럼 뻗어나는 원근법적 투시도는 매우 중요한 문학적 의장으로 자리하게 된다. 따라서 선진적인 의식의 소유자가 있고, 그 의식을 이어받을 수 있는 인물이 존재하는 서사구조야말로 이 사조가 지향하는 전망의 세계와 가장 밀접한 관계를 갖게 된다. 그 사유의 끈을 만들어놓을 수 있는 것이 바로 매개적 인물의 등장이다. 이 인물이 구현되었다는 것은 적어도 사건 등이 하나의 단일한 차원에서 마감되지는 않을 것임을 의미한다. 요컨대, 연속과 계기, 그리고 미래로의 낙관적 전망, 이를 실현하기 위한 매개적 인물의 등장은 1930년대 후반 안룡만이 시도한 단편 서사시의 새로운 단면이라 할 수 있을 것이다.

4. 낭만적 이상과 건설기 민족문학의 만남

일제 말기 안룡만의 행적은 뚜렷하게 드러난 것이 없다. 1938년 다시 도일하여 학업을 계속했다는 것, 그리고 해방전 마지막 작품으로 알려진 「꽃 수놓든 요람」을 『신건설』에 발표했다는 것 외에는 별다른 행적을 보여주지 않고 있는 것이다. 하지만 이런 잠행의 시간들은 1945년 8월 해방이 되면서 새로운 국면을 맞이하게 된다. 비로소 그의 행적도 뚜렷이 드러나기 시작한 것이다. 해방 직후 그는 한때 임화 중심의 '문학건설본부'에 대응하는 '조선프롤레타리아문학가동맹'에 참여한 것으로 확인 되었으나 여기서 핵심적인 역할은 없었던 것으로 보인다. 이후 그의 행적은 자신의 고향인 신의주에서 친구인 김우철과 더불어 『서북민보』를 창간하면서 분명하게 드러나기 시작한다. 그는 여기서 조선공산당 평안북도위원회 기관지 『바른말』의 편집에도 관여하게 되고, 이때 자신의 첫시집인 『동지에의 헌사』를 간행하기도 한다.

이런 일련의 사실에서 확인할 수 있는 것처럼, 안룡만은 이 시기에 서울 중심의 문단에서 한발짝 비껴서 있었다. 어쩌면 그는 애초부터 서울 중심의 문단권과는 거리를 두고 있었는지도 모른다. 그의 등단이 카프 해산기에 이루어졌다는 사실에서도 그러하거니와 그의 문학적 성장이랄까 기반이라 할 수 있는 경험도 제국주의 내에서 주로 이루어졌기 때문이다. 이런 경험들은 서울 중심의 문단 세계와는 무관한 것이었고, 이후의 활동 또한 그 연장선에 놓여 있었다고 하겠다.

안룡만이 서울 중심의 문단과 거리가 있었다는 것은 그의 작품 세계에서 몇 가지 중요한 시사점을 던져준다. 하나는 카프 중심의 문학권, 이른바 제도권 문학으로부터의 자유로움이다. 이런 환경은 그로 하여금 그 자신의 고유한 문학 세계를 형성하게끔 하는 근본 동기 가운데 하나로 작용했을 것이다. 그것이 낭만적 세계에 기초를 둔 사회주의 리얼리즘의 적극적 수용이었다. 이는 이 시기 다른 어떤 시인에게서도 볼 수 없는, 그만의 득의의 영역이었다는 점에서 그 의의가 있는 것이었다. 앞서 살펴본 대로 이 시기 그의 작품만큼 이데올로기에 충실히 봉사한 경우는 없었고, 또 그 이상 사회의 실현을 위한 전망의 세계를 뚜렷이 제시한 경우도 없었다.

둘째는 이른바 해방 직후의 이념 선택이나 윤리 감각으로부터의 자율성이다. 그는 일제 강점기에 비교적 신인급에 속했기에 다른 문인들에 비해 일제 감시라든가 강요로부터 어느 정도 자유로운 존재일 수 있었다. 이런 면들이 그로 하여금 친일이라는 함정으로부터 거리를 두게끔 했던 것인데, 물론 이를 가능케 했던 것은 자신의 의지도 중요했겠지만, 그보다는 신인이라는 문단적 위치가 크게 작용했던 것으로 보인다.

셋째는 그는 해방직후에도 여전히 서울 중심의 문단과는 거리를 두고 있었다는 사실이다. 그가 해방을 어디서 맞이했는지는 정확히 알려진 것은 없지만, 어떻든 그의 주된 활동 무대는 자신의 고향이었던 신의주였다. 이곳은 남쪽과 달리 사회주의 건설이 진행되고 있었기에 이념적 갈등이나 좌우익의 혼란이 따로 존재하지 않았다. 아주 자연스럽게도 그는 체제선택의 고민없이 자신의 세계관에 따라 사회가 선택될 수 있었고, 그에 기반하여 자신만의 민족 문학을 펼쳐나갈 수 있는 조건을 갖고 있었던 것이다.

그런데 이런 면들은 그의 작품 세계에서 이미 예비된 것이라는 점에서 그 시사하는 바가 크다. 실제로 해방 이전의 작품과 해방 이후 발표된 그의 작품 세계에서 어떤 큰 낙차를 발견하는 것은 쉽지 않은 일이다. 가령 해방 직전, 그의 마지막 작품이었던 「꽃 수놓던 요람」를 이해하면 이는 금방 확인될 수 있다.

> 이른 봄도 강남의 벌판은
> 다사로이 초록으로 띠를 달고 웃는다
> 이 철 들어 처음의 피크닉!
> 오늘의 아름다운 자연의 품은 우리들의 입김에 젖어 흘러라.

생각하노니 지나간 눈 밤 화롯가에서
봄날의 짙어가는 빛깔과 높아가는 일을 기리었느니
오오 양광도 따뜻하다. 또한 맑은 공기!
포돗빛으로 젖어 수풀의 가지 사이사이로 빛의 화문을 짜 놓는 아래
젊은 날의 노래는 삼월에서 터지노나

꾀꼬리인 양 이름 모를 새들은 반주를 하고
물오른 잔디는 보드라운 방석이 되어
시간 전에 와 소비의 동지가 싸준 과자 봉지 한 구석 터쳐 뺏어들 먹으며
피우는 말의 꽃은 불을 안는가
봄의 노래는 불인가!

이때에 문득 눈에 띈 개나리꽃 한 포기여!
너는 집단의 정열이 피어진 것!
방긋이 웃는 뿌리 채 꺾어 코 끝에 대고 아득한 저 끝 하늘가를 치어보면
향내는 과즙의 달콤한 물 내음새로 높아가며 회상의 실마리는 고향으로 끄은다

삼 년 전의 봄 아아 벌써 제비에 흘러가 버린 그날
동 넘어 볼록이 싹트는 잔디에서 그곳 동무 말 들으며

살며시 치어보든 개나리여! 이 꽃에서 기록은 지어졌었다
노을이 빨갛게 타는 저녁은 오리강 두던에
벽돌 오층이 쨋쨋이 비최는 지구(地區)의 골목길 어떤 집에서 등잔불 아래 꽃피우려는 이야기가 있었다.

꽃은 피고 화변(花辨)은 날르고
살림의 입김에 무르녹는 거리에 꽃은 퍼져
골목에 선 포플러여! 개구리며 돌담에도 사랑은 뜨거워 이끼를 덮었다
그리하여 단풍이 지지우리는 가을날도 시들 줄 몰라
낙엽 지는 하반(河畔)에는 젊은 손들이 엮는 꽃으로 수놓아질 무렵－－

드디어 눈보라는 꽁꽁 얼음장으로 붙었다
꽃순도 향내를 잃어－－－
오오 사랑하는 요람 지나간 날의 빛나는 꿈의 화환은 반도 짜지 못했건만
눈 속에도 싹은 트리라! 내 고향 북국에도 유빙이 흘러 흘러
젊은 꽃들아 네들의 향물은 덮이운 얼음장을 깨치려 가슴의 입김으로 넘치게 흘러라

시간은 정각 다 모였다
우리의 로이드안경도 와 검은 얼굴에 웃음 띠고
－－이 사람! 뭐? 로맨틱한 생각해

놀리는 말에 혀끝 차며 회상을 끊고 개나리꽃 캡에 꽂을 때
대공의 종다리도 서곡을 끊지니 꽃피우려 높아갈 강남의
계절은 조춘의 분수령을 넘었다

「꽃 수놓던 요람」 전문

이 작품이 발표된 것이 1939년 10월이다. 이때는 소위 객관적 상황이 가장 열악했던 시기이다. 내선일체의 억압적 상황이 절대적으로 강요되고 있었거니와 제국주의는 미국과의 일전을 준비할 정도로 더욱 군국화의 길을 걷고 있었기 때문이다. 이런 냉혹한 시기에 그 반대편의 집단이나 대항담론을 펼쳐낼 수 있는 것들은 용인되기가 쉽지 않았을 것이다. 그런데 이런 상황임에도 불구하고 이 작품 속에 표명된 전망의 세계는 실로 놀라운 것이 아닐 수 없다.

안룡만 시의 특색 가운데 하나는 일관성이다. 그러한 면들은 여기서도 그대로 나타나는데, 우선, 낙관적 전망이 그 하나이다. 1930년대 말의 암울한 상황임에도 불구하고 그의 세계관은 좌절이라든가 소시민의식같은 부정적 정서들이 거의 드러나지 않는다. 뿐만 아니라 그러한 낙관적 이상이 '봄'이나 '꽃'과 같은 생동하는 정서들과 함께 제시됨으로써 더욱 긍정적인 것이 되고 있다. 생동하는 봄의 이미저리들은 초록이라든가 제비 등의 시어에서 알 수 있는 것처럼, 이 작품에서도 여지없이 나타나고 있다. 이것이 그의 시의 일관성이다. 그리고 이에 대응하는 부정의 담론 역시 동일하게 나타나는데, 가령, 겨울과 눈, 유빙 등의 이미지가 그러하다. 여기서 알 수 있는 것처럼, 그의 시들은 겨울이라는, 신화적 의미에서의 죽음에 세계에 갇혀 있지 않다. 그의 시들은 그러한 감옥에 갇혀 있는 것이 아니라 이를 뚫

고 미래로 나아가려 한다. 그것이 흐름의 이미지로 나타나거니와 이를 추동하는 계기들은 봄의 정서들이고, 다른 한편으로는 "등잔불 아래의 모임"과 같은 것이다. 이를 매개로 그가 꿈꾸는 "강남의 계절은 조춘의 분수령을 넘었다"는 자신감이 생겨날 수 있었을 것이다.

"등잔불 아래 꽃피우는 이야기" 속에 "눈 속에서도 싹은 트리라"라는 신념을 갖고 있었던 시인이기에 해방은 어쩌면 그에게 그의 세계관을 펼쳐나갈 당연한 수순으로 받아들여졌을 가능성이 매우 큰 것이었다고 할 수 있다. 물론 그 당위성이야말로 신념이 만들어낸 것이고, 그렇기에 그는 해방공간의 현실에서 어떤 갈등이나 좌절의 정서를 갖지 않았다. 그런 신념의 표현이 그로 하여금 체제 선택의 문제에 있어서도 어떤 주저도 하지 않게 했을 것이다. 따라서 해방 직후라고 해서 그의 시들이 달라질 것은 없었다. 이는 신념의, 새로운 현실에 대한 지속이자 확대라고도 할 수 있을 것이다.

밤도 이무 깊었는데
보채는 아이 젖 먹이며 조으는
사랑하는 아내요
나는 내일 모임의 보고를
빛나는 계획 숫자를 넘쳐 실행할 글을 꾸미면서
고요한 감격이 가슴에 설레어
그대의 흐트러진 머리카락을 쓸어 올려 본다

오늘 저녁도 그대는 어린아이 업고
가두세포에 나아가 이야기에 꽃피웠다거니

시방 북조선의 산하를 통틀어 어느 한 치 땅도 남김없이
두메에서 마을에서 공장 거리에서
온 인민이 새나라 건설의 터전을 닦는 이 일을 가지고
불붙는 토의를 거듭하고 일에 옮겨 가고 있는 것이지
그러기 밤 늦추 돌아온 나에게 보내는 그대의 따뜻한 미소
사랑에 넘치는 눈동자는 새 희망에 가득 찼드니라

밝아오는 조국의 새 아침
기쁨이 봄볕에 잘 잘 녹아 흐르는 땅 위
푸르른 하늘을 고즈넉이 머리에 이고
가난하나 즐거운 우리 집 살림을 꾸미는 것은
이것은 또한 얼마나 보람 있는 청춘이냐
아내여, 지나간 어두운 세월에
어린아이들 이끌고 흘러 다니면서
미움의 싹을 키워 왔더니 그도 옛말이구나

해방된 지 한 해에다 절반을 넘는 사이
눈부신 수많은 민주 창사의 기록
이와 함께 목재 공장 임시공이었든 나는
옳은 이치에 눈 뜨고 미래를 똑바로 내다볼 줄 알게 자랐다
오, 인제는 시당부(市黨部) 조그만 부서
인민의 초소에서 싸우고 있는 한 사람의 선봉부대다
일쑤 동지들과 회관에서 밤을 밝히는 날이면
그대는 어린아이 데불고 팸플릿을 뒤적이었고

아내여, 벌써 우리는 레-닌과 스탈린의 이름을
그리운 벗의 이름처럼 외우는구나

이렇게 말하면 그대는 웃으리라
그는 지나간 기억 속에 파묻혀진 이야기
--쌀값은 자꾸만 오르니 어찌 되우
--아이들 입힐 옷 한 감이 장거리서 얼마게유
그대, 오죽이나 괴로웠기 그런 말을 했을구
우리의 생활은 그날그날 괴롭고
어린아이에게 강낭밥도 못 먹이는 끼니가 있건만두
이 고난은 승리를 가져오려는 진통의 크낙한 시련이다
앞날의 비쳐 드는 희망을 앞두고
오늘이란 현실의 세찬 격랑을 헤엄쳐 나가야느니
그대는 이무 잘 알고 있으며 지난날의 회상이구나
(중략)
우리의 가난한 살림에 봉오리 열고
오월 모란처럼 꽃피어나는 기쁨은
인민의 선봉, 여러 동무들과 함께 조국에 바치는
영원히 변함없는 사랑의 맹서다
머지 않는 앞날---
우리 집 순이와 란이가 크는 날
아아, 그때 역사의 봄은 강산에 찾아
기쁨이 함박 같은 기쁨이 꿀물로 흐르리라

「사랑하는 아내에게-인민경제계획에 바치는 노래」 부문

안룡만은 해방을 맞이하면서 본격적으로 작품활동을 하게 된다. 일제 강점기에 불과 10편이 안 되는 과작(寡作)의 작가였지만 해방 직후는 이와는 전혀 다른 모습을 보여주게 되는 것이다. 그는 작품의 양에 있어서 북쪽 문단의 대표라 할 수 있을 만큼 많은 작품을 생산하였거니와 『동지에의 헌사』(1946), 『나의 따발총』(1951), 『안룡만 시선집』(1956), 『새날의 찬가』(1964) 등의 시집을 연이어 상재하기에 이른다. 특히 한국전쟁기에 발표한 『나의 따발총』은 전후 북쪽의 최고 작품, 최고 작가로 만든 계기가 된 시집이기도 하다. 이런 작품 활동을 미뤄볼 때, 안룡만의 세계관과 건설기의 북쪽 현실은 서로 밀접한 정합성을 갖는 것이었다. 하지만 이는 현실추수적인 현상이나 우연의 정서에서 기인한 것이 아니라 그 뿌리는 이미 일제 강점기에 배태된 것이었다는 점에서 그 시사적 의의가 있다고 하겠다. 이런 면들은 그의 작품에서 한결같이 드러나는 일관성 내지 동일성에서 기인하는 것이었고, 그 저변을 장식하고 있었던 세계관은 낭만적 이상에 기초한 사회주의 리얼리즘이었다. 이 둘의 절묘한 결합이 만들어낸 것이 해방공간에서의 안룡만의 작품 세계였다.

인용한 작품은 『문화전선』 1947년 8월에 실린 것이다. 작품의 내용을 읽어보면 금방 알 수 있는 것처럼, 이 시의 주조 역시 사회주의 리얼리즘에 기초해 있다. 그런데 전망이나 작품 등의 기조가 1930년대 말의 것과 전연 달라지지 않았다. 이는 1930년대 말의 낙관적 전망이 해방 직후의 문학세계와 곧바로 연결되고 있다는 사실을 말해주는 것이 아닐 수 없다.

이 작품의 서사 구조 역시 해방 이전 그의 시의 주된 특색 가운데 하나인 '분회'를 중심으로 이루어져 있다. "나는 내일 모임의 보고를/

빛나는 계획 숫자를 넘쳐 실행할 글을 꾸미면서"라는 구절에서 이를 확인할 수 있는바. 이는 일제 말기의 작품 「꽃 수놓던 요람」에서의 "어떤 집에서 등잔불 아래 꽃피우려는 이야기"의 상황과 동일한 상상력에서 나온 것이라 할 수 있다. 물론 「사랑하는 아내에게」가 이전의 시세계와 분명 달라진 것은 있다. 그것은 겨울이나 얼음, 혹은 유빙과 같은 죽음의 이미지가 더 이상 드러나지 않는다는 점이다. 오직 봄의 활기찬 모습만이 이 시의 기본 정서일 뿐이다. 건설기에 놓여 있는 새나라의 건강성만이 "봄의 강산을 찾아/기쁨이 함박 같은 기쁨이 꿀물로 흐르는" 모습으로 제시되고 있을 뿐이다. 이는 물론 시대 상황의 전변이 가져온 상황 논리가 개입했을 가능성이 큰 경우이다.

5. 시사적 의의와 한계

안룡만은 우리 시사에서 낯선 존재이다. 일제 강점기에 뚜렷한 많은 작품을 남기지 못했거니와 해방 이후에는 주로 북쪽에서 활동함으로써 그동안 문학사에서 주목의 대상이 되지 못했다. 게다가 그와 더불어 작품 역시 해금되지 못함으로써 한국 근대 시사에서 오랜 공백으로 남아 있었다.

하지만 최근 들어 그의 선집이 발간되면서 본격적인 연구의 장이 마련되기 시작했다. 그는 카프 해산기에 등장한 리얼리즘 시인이었고, 그 기조가 해방공간, 그리고 북쪽의 현실 속으로 자연스럽게 편입해 들어간 시인이었다. 이런 진보적 세계관을 그는 해방 이전이나 이후에 있어서 일관되게 유지하고 있었다. 그는 일제 강점기에 많지 않은 작품을 남겼지만, 거기에 표명된 세계관은 어떤 편차도 없이 일관성을 계속 간직하고 있었던 것이다.

안룡만은 일찍이 유이민 처지에 놓여 있던 부모를 따라 제국주의를 이른 시기에 경험한 시인이었다. 이런 경험의 조숙성이 성장기에 놓여 있었던 그의 의식을 지배하였거니와 그 도정에서 얻은 노동체험을 자신의 작품 세계 속에 고스란히 재현시킨 시인이었다. 따라서 그의 제국주의 체험은 철저히 교양적인 감각에서 수용되었기에 시인의 의식의 저변에 이질적인 것으로 남아있지 않았다. 이는 정지용의 그것과도 다른 것이었고, 또 안룡만과 동일한 세계관을 갖고 있었던 임화의 그것과도 다른 것이었다. 그에게 제국주의의 경험은 자신의 성장과 교양을 위한 수단으로 기능하고 있었던 것이다. 이런 교양 속에서 생산된 것이 그의 단편서사시들이었고, 그 특징적 단면이란 매개적 인물의 재현, 곧, 카프의 서사문학에서 흔히 발견되던 그러한 동질적 인물의 재현이었다.

그런데 교양에 의해서 길러진 자의식, 그리고 현실정향적인 노동자 의식은 그로 하여금 삶의 긍정성이라든가 미래에 대한 낙관성을 갖게 만든 주요 수단이 되었다. 그러한 의식은 이때 유행처럼 번지기 시작한 사회주의 리얼리즘과 마주하면서 더욱 고양되기에 이르른다. 그의 시에서 노동의 괴로움이라든가 거기서 오는 한계와 같은 절망의 정서들이 거의 드러나지 않는 것은 모두 이와 밀접한 관련이 있다.

미래에 대한 밝은 전망의 세계는 안룡만 시의 주된 특성인데, 이런 세계관이 있었기에 그는 해방공간의 현실에서도 전연 주저없이 진보적 세계관을 수용하게 된다. 해방 직후 그는 잠시 프로예맹에 가입하기는 했지만, 곧바로 자신의 고향인 신의주로 돌아감으로써 건설기에 놓여 있는 북쪽의 현실 속에 자연스럽게 편입해 들어가게 된다. 하지만 이런 과정이 표면적으로는 순차적이고 자연스러워보이긴 하지만, 이런 동화는 그의 세계관에 놓인, 해방 이전에 형성된 미래에 대한 낙관적 전망과 사회주의 이상에 대한 믿음이 있었기에 가능한 것이었다. 세계관의 지속성, 창작방법의 단일성이야말로 안룡만 문학의 최대 강점이자 의의였고, 그 단면이야말로 카프 문학의 새로운 지대에 놓이는 것이라는 점에서 그 시사적 의의가 있는 것이었다.

제8장

민족주의자의 비극

설정식론

설정식 연보

1912년 함남 단천 출생.
1919년 서울 계동으로 이주.
1921년 교동공립보통학교에 입학.
1929년 경성공립농업학교 재학중 광주학생운동에 가담했다고 퇴학당함.
1930년 만주 봉천으로 유학. 요녕성 제3고급중학교에서 수학.
1931년 만보산 사건으로 한중 학생들의 갈등이 심해지자 귀국.
1932년 연희전문학교 본과에 입학.
1937년 연희전문학교를 수석으로 졸업하고 미국 유학길에 오름. 오하이오주 마운트유니언 대학에서 2년간 수학.
1939년 컬럼비아 대학교에서 2년간 더 수학.
1940년 부친 위독으로 귀국.
1945년 미군정청 공보처 여론국장으로 일함.
1946년 장편소설 『청춘』과 「프란씨쓰듀엣」을 『한성일보』와 『동아일보』에 연재.
1947년 조선문학가동맹 외국문학부 위원장. 제1시집 『종』 발간.
1948년 제2시집 『포도』발간 제3시집 『제신의 분노』 발간.
1949년 장편소설 『청춘』발간.
1950년 한국전쟁 발발 후 인민군에 입대하고 월북.
1951년 개성 휴전 회담회담 때 인민군 소좌겸 통역관으로 참가.
1953년 반혁명죄로 임화 등과 함께 처형당함.
1962년 헝가리에서 프랑스로 망명한 티보 머레이가 「한 시인의 추억, 설정식의 비극」을 『사상계』가 번역해서 게재함.
2012년 『설정식 문학전집』(설희관 엮음) 간행(산처럼).

1. 예사롭지 않은 생애와 문학적 경험

우리 시사에서 설정식 시인만큼 극적인 삶을 살아간 작가도 드물 것이다. 그의 문학 활동은 주로 해방공간에서 이루어지거니와, 그 시기 또한 짧고 굵었다는 점에서 극적이었다. 그리고 그를 더욱 문제적으로 만든 것은 한쪽의 입장과 그 다른 상대방의 입장을 함께 공유했다는 점이다.

설정식은 1912년 함경북도 단천에서 태어났다. 그 자신이 밝힌 대강의 이력을 살펴 보면, 그는 선비출신의 아버지를 두었고, 가정 형편은 비교적 넉넉한 편이었다고 한다. 여덟 살 때 서울로 이사와 농업학교를 다녔고, 이 때 광주 학생운동이 일어났으며, 그는 이에 가담한 죄로 퇴학을 당했다고 한다. 그 뒤 학업을 계속 이어가기 위해 그는 만주 봉천으로 갔지만, 그 직후 일어난 완바이오 산 사건으로 말미암아 더 이상 공부를 진행하지 못하고 서울로 돌아오게 된다. 그후 연희전문학교에 입학해서 그는 문학사 학위를 받게 된다.

국내에서 공부를 마친 그는 1937년 미국으로 건너가 오하이오주에 있는 마운트 유니언 대학교에서 영문학을 전공한다. 곧이어 인근 컬럼비아 대학교에서 2년을 더 공부를 하게 된다. 졸업 이후 2차 세계 대전 직전 그는 귀국했지만, 일자리를 얻지 못하고 농장 등지를 전전하면서 보내게 된다.

이런 저런 과정을 거친 후, 그는 모두에게 가능성의 공간으로 제시되었던 해방을 맞이하게 된다. 해방은 그에게 기회의 시기가 되었는데, 이에 걸맞게 그는 대학 은사의 권고로 미군정청 공보처에서 1년간 일하게 된다. 곧 이어서 그는 1947년 1월까지 이곳 과도입법위원의 부비서장 일도 맡아 보게 된다. 그가 공산당의 조직에 본격적으로 참여하게 된 것은 미군청에 있을 때부터 시작된다.[1]

이상의 개략적인 전기에서 알 수 있는 것처럼, 그는 제국주의와 그 반대되는 진영을 짧은 순간이나마 쉽게 넘나든 작가였다. 이런 예외성이 그로 하여금 이 시기 비극의 주인공이 되게 했음은 물론일 것이다. 설정식은 작가로서의 출발점이랄까 문단에 나온 것이 다른 작가들에 비해 느린 편이었다. 물론 그가 문단에 자신의 이름을 알린 것은 20대 초반이기에 별다른 특이성이 느껴지지 않는다.

설정식은 1932년 1일 『중앙일보』 현상모집에 중국에서의 경험을 바탕으로 쓴 희곡 「중국은 어디로」가 1등에 당선됨으로써 문인의 길을 걷게 된다. 이후 그는 여러 차례에 걸쳐 현상공모 모집에 원고를 냈고, 당선과 입선의 경력을 얻게 된다. 하지만 이런 등단에도 불구하고 그가 본격적으로 문학인의 길을 걷게 되는 것은 해방공간에 이르러서이다. 이 시기에 그는 다른 어느 작가보다 활발한 작품을 함으로써 해방공간의 대표작가로 우뚝 서게 된다.

이 시기 그는 완바이오 산 사건의 경험을 바탕으로 한 장편 『청춘』을 『한성일보』(1946.5.)에 발표하는가 하면, 미국 체험을 담은 「프란씨쓰 두셋」(『동아일보』, 1946.12.13.-22.), 「한 화가의 최후」(『문학』, 1948.4.)를 연달아 발표한다. 그런 연후에 해방공간의 현실을 담은 장편『해방』(『신세대』, 1948.1.-5. 3회 연재후 중단)을 상재하기도 한다. 그는 산문 뿐만 아니라 『종』(백양당, 1947), 『포도』(정음사, 1948), 『제신의 분노』(신학사, 1948)와 같은 시집 세권을 짧은 시기에 의욕적으로 펴내기도 했다. 뿐만 아니라 여

1 이상은 설정식과 문학적 교분을 나눈, 헝가리인 티보 머레이의 진술에 따른 것이다. 머레이, 「한시인의 추억, 설정식의 비극」, 『설정식전집』, 산처럼, 2012, p.792.

러 편의 평론을 쓰기도 했고, 헤밍웨이의 『불패자』와 세익스피어의 『하므렡』을 번역하기도 했다. 이렇게 본다면 그의 문학 활동은 장르를 초월해서 여러 방면에 다양하게 걸쳐 있음을 알 수 있게 된다. 이런 다양성이야말로 이 시기 극적인 삶을 살아간 시인의 운명을 조명해줄 수 있는 좋은 자료 내지는 근거가 될 수 있을 것이다.

지금까지 설정식에 대한 연구는 간간히 이루어졌을 뿐, 체계적인 연구는 거의 없는 편이었다. 작가가 활동하던 시기에 그에 대한 간헐적인 단편이 있어 왔고,[2] 근래에 들어서는 80년대 해금과 더불어 몇몇 의미있는 연구들로 진척되기도 했다.[3] 하지만 그의 정신사적 흐름과 그것이 작품 속에 나타나는 반향에 대해서는 비교적 소략한 편이다. 그는 논리적인 산문 양식 속에서 자신의 경험이랄까 세계관을 솔직하게 드러내기도 했고, 그에 대한 직관적 정서를 서정 양식 속에 표현하는, 두 가지 방향성을 취했다. 중요한 것은 이 두 양식이 갖고 있는 차이와, 이를 통어하는 일관된 세계관이 무엇이었는가에 대한 탐색이 유기적으로 이루어져야 한다는 점이다. 특히 그의 문학에서 중요했던 미국 체험이 그의 세계관 형성에 어떤 연결고리로 작용했는가가 그의 문학의 본질에 접근하는 중요한 잣대가 된다. 이 글은

2 이러한 것들에는 다음과 같은 글들이 있다.
정지용, 「시집 『종』에 대한 것」, 『경향신문』, 1947.6.22.
정지용, 「『포도』에 대하여」, 『정지용전집』, 민음사, 1988.
김동석, 「민족의 종－설정식 시집을 읽고」, 『중앙신문』, 1947.4.24.
김기림, 「분노의 미학－시집 『포도』에 대하여」, 『민성』, 1948.4.
김광균, 「설정식 시집－『포도』를 읽고」, 『자유신문』, 1948.1.28.

3 김윤식, 「설정식론－소설의 기능과 시의 기능」, 『한국 근대 리얼리즘 작가 연구』, 문학과 지성사, 1988.
오세영, 「신이 숨어버린 시대의 시－설정식론」, 『한국현대 시인 연구』, 월인, 2003.
곽명숙, 「비운의 작가, 설정식의 삶과 문학」, 『전집』 해설(위의 책).

근대 문인으로서는 매우 특이했던 미국 경험, 그리고 그것의 문학적 구현이 이루어지는 해방공간에서의 작품 세계를 체계적으로 밝히는 데 목적이 있다.

2. 초기시와 낭만적 서정의 세계

다양한 장르에 걸쳐 왕성한 문학 활동을 펼쳐보인 설정식이 처음 문인의 길로 들어선 것은 앞서 언급대로, 1932년 1월 『중앙일보』 현상공모에 희곡 「중국은 어디로」가 당선되면서부터이다. 하지만 이는 어디까지나 희곡에 한정된 것이고, 그의 주된 활동 무대가 시양식이었다는 점에서 그의 작가로서의 출발이라고 보기는 어려운 것이라 하겠다. 그러니까 시를 통해 문단에 나온 것이 그의 문학적 출발이 되는 셈인데, 그의 전기에 의하면, 시작활동은 1932년 3월에 「거리에서 들려주는 노래」가 잡지 『동광』에 3등 입선하면서 시작된다. 이를 계기로 그는 이 잡지에 「새 그릇에 담은 노래」가 다시 1등으로 당선함으로써 본격적으로 시인의 길을 걷게 된다. 그러나 이후 여러 잡지에 간헐적으로 서정시를 발표하며 시인으로서의 명맥을 유지하긴 하지만, 많은 양의 작품을 생산하지는 못한다. 이는 이 시기 모든 문인들이 그러하듯 외부활동이 제어되는 상황과 맞물려 있다고 할 수 있는데, 설정식은 이런 상황을 뒤로 한 채 중국으로 혹은 미국으로 떠나는 등 문단과의 거리를 두게 된다. 이런 상황들이 그로 하여금 본격적으로 문인의 길로 들어서지 못하게 하는 계기 가운데 하나가 되었던 것으로 보인다.

이 시기 발표된 많지 않은 그의 작품들에서 이 시인만의 고유한, 혹은 주도적 흐름을 간취해내는 것은 쉽지 않다. 작품이 많지 않은 것도 그러하지만 아직 작가만의 고유한 문학정신이랄까 세계관이 온전히 형성되지 않은 까닭이다. 뿐만 아니라 해방공간에 보여주었던 현실지향적인 시들과 비교하면, 초기 시의 작품들은 그런 흐름과는 상당한 거리가 있었다. 이 시기 발표된 작품들이 아직 습작기 수준을 벗어나지 못한 탓도 있거니와 세계관 또한 제대로 형성되지 않았기 때문일 것이다.

그리고 다른 하나는 이 시인이 등장하던 시기의 문단 풍경과도 어느 정도 관련이 있을 것으로 생각된다. 잘 알려진 것처럼, 1930년대는 주도적 흐름이 상실된, 이른바 전형기에 속한다. 이런 현상은 주류적 흐름의 피로라든가 혹은 이 시대만의 고유한 외적 상황과 분리하기 어려운 것은 사실이지만, 어떻든 이 시기는 앞선 시기와는 여러 면에서 구분되는 면을 보여주었던 때이다. 하나는 카프 문학의 퇴조가 있었고, 다른 하나는 그 대항 담론의 새로운 모색이 있었다. 어찌 보면 편내용주의라든가 편형식주의라는 용어자체가 무색할 정도로 1930년대는 다양한 흐름으로 새롭게 문단적 질서가 재편되고 있었다. 박용철, 김영랑 중심의 '시문학파'가 부상하고 있었고, 보다 집단화된 모더니즘 그룹이 형성되기도 했다. 뿐만 아니라 생명파라든가 해외문학파의 등장도 이 시기에 이루어진 대표적인 문학집단들이다. 이런 사실에서 알 수 있는 것처럼, 설정식이 문단에 나올 시점에는 어떤 새로운 조류라고 할 수 있는 것들이 아직 만들어지지 못한 때임을 알 수 있다. 이런 혼돈 현상이 설정식의 작품 세계에도 일정 정도 영향을 끼친 것으로 이해된다.

새로운 나무토막 비들이
눈에 밟히는
기척 없는 시월 한낮

멀건 어느 이야기 속 땅 같은 이곳에서
스스로의 숨소리를 두려워할 즈음
여기
하얀 소나무 관 내음새 풍긴다

「묘지」 전문

인용시는 그의 초기작 가운데 하나인 「묘지」이다. 이 시기 발표된 다른 작품과 마찬가지로 「묘지」는 습작기의 작품이긴 하지만, 작품의 완성도나 서정적 완결성은 상대적으로 높은 경우이다. 시인도 이를 감안해서 해방 직후 간행된 자신의 첫시집 『종』에 이 작품을 실었을 것이다.

이 작품은 제목에 나타난 것처럼 묘지 풍경을 다룬 것이다. 그러나 이를 단순히 풍경 차원으로 치부할 수 없는 까닭은 서정적 동일성의 강도가 매우 크다는 점에 놓여 있을 것이다. 마치 청록파의 일원 가운데 하나인 박두진의 「묘지송」을 보는 것처럼 서정의 밀도가 매우 강력하게 나타난다. 하지만 감정이 무척 절제되어 있다는 것이 죽음을 예찬한 「묘지송」과 다른 점일 것이다. 그리고 이 시기 그의 시작과 관련하여 주목해서 보아야할 작품이 「고향」이다.

싸리 울타리에 나직이 핀

박꽃에 옮겨나는 박호의 그림자
이슥고 숨어들고
희미한 달 그림자에 어른거리던 박쥐의 긴 나래
뽕밭 너머로 사라질 때
할아버지여 지금도
마당에 내려앉아
고요히 모깃불을 피우시나이까?

늦은 병아리 장독대에 삐악거리고
이른 마실 떠나는 소몰이꾼이
또랑 길을 재촉할 때
곤히 잠들은 조카의 머리맡에 돌아앉아
할머니여 오늘 아침에도
이 빠진 얼개로 조용히
하이얀 머리를 빗으시나이까?

「고향」 전문

이 시는 「묘지」와 마찬가지로 그의 등단 초기인 1932년에 발표된 작품이다.[4] 이때, 고향을 주제로 한 시들이 하나의 주류적 흐름이었음은 잘 알려진 일인데, 가령, 정지용의 「향수」가 그러하고, 박세영의 「향수」 역시 그러했다. 뿐만 아니라 고향을 작품의 전략적 이미지로 구사한 오장환의 경우도 여기서 예외가 아니다. 게다가 파인이라

4 『신동아』, 1932.8.

든가 임화, 이찬 등의 시인도 이런 주제를 가지고 한두 번쯤은 시의 소재로 다루기도 했다. 그만큼 고향에 관한 시라든가 향수의 주제들은 이 시기 하나의 주류적 흐름을 형성하고 있었다. 설정식의 「고향」 역시 이 흐름의 연장선에 놓인 시라는 점에서 우선 주목을 요한다.

고향을 노래한 대부분의 서정시가 그러한 것처럼 이 작품의 고향 정서 역시 회고적이다. 그런 풍경들은 시적 화자가 경험했던 과거의 사실이 화자의 기억 속에 오버랩되면서 다시 생생히 재현되고 있는 것이다. 고향에 대한 이런 사실성 혹은 구체성이야말로 설정식 시의 특성이라 할 수 있는데, 다만 이러한 장점에도 불구하고 이 작품이 갖고 있는 한계 또한 분명히 존재한다. 그 가운데 하나가 고향이 지나치게 낭만적으로 처리되고 있다는 점일 것이다. 여기서 고향이 낭만적이라는 것은 그것의 건강성과 분리하기 어려운 것인데, 고향을 이렇게 건강한 모습으로 인식한 것은, 시대적 상황을 고려할 때 예외적인 경우가 아닐 수 없다.

어떻든 고향을 이렇게 서정화할 수 있다는 것이야말로 시인이 문단의 주조로부터 멀리 비껴나 있는 것은 아님을 말해준다. 고향에 대한 정서가 1930년대 들어서 매우 일반화되어 있었다는 사실을 감안하면, 시인의 그러한 서정화 작업은 나름대로 의미가 있는 것이었다고 하겠다. 그리고 문단의 경계로부터 자신을 분리시키지 않은 시인의 행보와 관련하여 특히 주목해야 할 작품이 「거리에서 들려주는 노래」이다.

> 일어나라 일어나라 일어나
> 냉큼 서거라 서라 동생아!

이 불쌍한 어린것아 두 다리가 부러졌느냐
어서 바삐 형이 일깨울 때 번득 일어나거라
그래서 그 널조각에 전선電線 토막 대인 병신 썰매를
앉아서 뭉갤 때 밀던 쇠꼬챙이와 함께 내어던지고
내 고함에 발맞춰 두 다리 쭉 뻗고 가슴 벌리고
얼음 깔린 강판 위를 내달아라

다름없는 권圈을 더듬어 구르는 태양의 발산하는 빛이
같은 전주電柱 밑에 그 시각의 그림자 새길 때
나는 동모를 맛낫노라
"괴로운 자문자답에 가슴 쓰려 발 뺐다가 미닫이 뚫었네"
그는 이 한 조각 시를 주며 나에게 묻기에
부릅뜨고 소리 질러 그에게 들려준 노래 있으니—

동모여! 정신을 가다듬어
크게 땅이 꺼지도록 갱생의 심호흡을 하라
그대는 그 숨의 탄력을 얻을지니 미닫이 뚫은 두 다리에
한 아름 약골의 소아小我를 싣고 북악北岳에 오르라
그대의 끓는 혈맥의 피가
벗디딘 두뇌에 쏟아져 통할 때가 되면
누두형漏斗形의 심곡深谷에는
용암이 불꽃을 품은 채 흘러내릴 것이니
그 속에 마땅히 그대의 쓰린 가슴의 소아를 던지라
미련과 모든 기억도 함께 불사를지니 그리하면

영겁으로 타가는 횃불은
머지않아 이 나라 소년들의 두 눈동자에 비치울 것이다
그리고 아! 그다음은 말할 수 없다

「거리에서 들려주는 노래」 부분

이 작품은 설정식으로 하여금 문인의 길로 들어서게 한 시라는 점에서 그 의미가 있다. 이미 「중국은 어디로」라는 작품이 발표되긴 했지만, 그것은 어디까지나 희곡의 영역이었다. 따라서 그가 시인으로서 만든 최초의 작품은 바로 「거리에서 들려주는 노래」라고 해도 틀린 말이 아닐 것이다. 「거리에서 들려주는 노래」는 작품 「고향」이 그러했던 것처럼, 당시의 문단 상황과 밀접한 관련이 있었던 것처럼 보인다. 작품을 읽어보면 대번에 알 수 있듯이, 「거리에서 들려주는 노래」는 카프 문학의 영향으로부터 자유로운 것이 아니기 때문이다. 설정식이 해방 직후 적극적인 리얼리스트로 변모한 것을 감안하면, 인용시는 우선 그러한 세계를 열어젖힌 단초적인 작품이라는 점에서 그 의미가 있는 것이라 하겠다.

「거리에서 들려주는 노래」는 카프시의 양식적 특성 가운데 하나였던 단편서사시의 형식을 취하고 있다는 점에서 우선 그 영향관계를 파악할 수 있다. 형이 동생에게 투쟁의 장에 함께 하자는 형식을 담고 있는 계몽적 성격을 띠고 있다는 점에서 이 시는 이 시기 단편서사시의 특징적 단면 가운데 하나였던 아지프로 형식과 닮아 있다. 해방 이전에 시인이 이런 성격의 작품을 제작할 수 있었다는 사실은 그의 세계관의 한 단면을 일러주는 것이거니와 이후 시인의 행보를 밝혀주는 매개가 된다는 점에서 그 시사적 의의가 있다고 하겠다.

하지만 이런 의의에도 불구하고 이 작품이 갖고 있는 한계 또한 분명한데, 우선 시의 의장이 제대로 갖추어져 있지 않고, 또 산문적 진술이 서정의 응축성을 떨어뜨리고 있다는 점이다. 그리고 더 결정적인 한계는 작품이 담고 있는 내용에서 찾을 수 있는데, 잘 알려진 것처럼, 1930년대에 카프 문학은 두 차례 방향전환을 거친 시기여서 세계관이랄까 이데올로기적인 측면에서는 매우 선진적인 수준에 올라와 있었다. 그런데 이 작품은 신경향파 문학에서나 볼 수 있는, 아주 소박한 이념이 제시되어 있을 뿐, 화자가 청자에게 지시하는 계몽적 단계로부터 한발자국도 나아가지 못하고 있다. 이 시기에 이런 류의 작품이 카프가 추구하는 이념과 어떤 식으로든 결부되었다고 말하는 것은 어려운 것이 사실이다. 이는 시인으로서, 혹은 작가로서 성숙하지 않았고 세계관 역시 제대로 형성되지 못했다는 증거라 할 수 있다. 하지만 이런 면들이 오랜 기간의 숙성을 거쳐 해방 직후 또 다른 시인의 모습으로 오버랩되는 근간이 되었다는 점에서 그 의의가 있는 것이라 하겠다. 요컨대, 초기 시가 갖는 의의는 작가로서의 터를 닦는 기반이었다는 점에서 찾아야 할 것이다.

3. 해방공간의 현실과 자유주권을 향한 열망

1937년 미국으로 건너간 설정식은 약 4년 뒤 귀국하지만 마땅한 일자리를 찾지 못했다. 농장 주변을 전전하면서 허드렛 일손을 돕다가 갑자기 해방을 맞이한 것이다. 뜻밖에 다가온 해방은 그에게 기회의 시기가 된다. 미국을 위시한 점령군의 부산물 가운데 하나로 얻어진 것이 해방이었는 바, 그 주체 가운데 하나가 미군이었기 때문이다. 따라서 이 현실은 어떻든 조선 반도가 미국의 전유물일 수밖에 없었고, 모든 것이 그 지도하에 놓이는 운명에 처해 있었다. 일제를 대신하는 또 다른 해양 세력이었던 미국 중심에 이 땅이 놓여있다는 것은 새로운 것을 예비하기 힘든 현실임을 말해주는 것이라 할 수 있다. 이런 상황 속에서 설정식은 또 다른 주체로 놓일 수밖에 없는 필연적 상황을 맞이하게 된다. 미국 체험과 영어를 능숙하게 구사할 수 있다는 특수한 상황이 해방공간을 자기화할 수 있는 땅, 곧 기회의 땅이 될 수 있었기 때문이다. 이런 현실을 기대한 듯, 그는 대학 은사의 소개로 미군정청 공보과에 근무하는 특권을 갖게 된다. 무한한 가능성으로 다가온 해방의 현실, 그에게 주어진 최선의 것들이 한데 어우러져 그는 새로운 선택을 향해 나아갈 수 있는 기회를 얻게 되는 것이다.

> 존엄이 내려앉은 산은
> 스스로의 무게에 위대하고
> 곬은 높이 따라 깊어졌더라
>
> 열매 스스로의 무게에 떨어지고
> 맛은 스스로 다스려 흘러내리다
> 뉘 소리개의 가벼움을 사슬로 앗으며
> 뉘라 무례히 그 주권 화살로 떨구리
>
> 그 어른들 어느새 당堂에 듭시고

백매(白梅) 향기로운데
층게층게 담총(擔銃)으로 정치를 베푸시고
백주(白晝) 글세 내 몸 샅샅 뒤지시니
내 비록
대한 삼천리 반만년 무궁화
역사는 그리 아지 못게라도

허울 벗은 부락마다 느티나무 서고
게 반드시 동지(同志) 있을 것과
동지 뜻 느티나무 같을 것과
곬마을 텅 비어 배고픈 것과
한발(旱魃)이 성홍열보다 심한 때에도
우물이 딱 하나 있는 거 잘 아는데 어찌
우리 생명 권력을
뉘게 함부러 준단 말가

권력은 아무에게도 아니
주리 우리 생명 오직 하나인
자유를 위해서만 바치리
흘러간 물 다시 오듯이 혈조(血漕)
세포 고루 돌듯이 죽음이
달고 쓴 수액(樹液)으로 생명을
사월에 돌리듯이
스스로의 무게로 다시 돌아오는

자유사회 주권만을 세우리

「권력은 아무에게도 아니」 부분

이 작품은 설정식의 첫시집『종』에 수록된 시이다. 우선, 인용시는 이 시기의 당면과제 가운데 하나로 떠오른 민족 문학의 수립과 관련하여 그 시사하는 바가 큰 경우이다. 이 작품은 그의 시정신에서 커다란 획을 긋는 것이었다. 이 시기 대표적 평론가인 김동석도 이를 예리하게 짚어냈다. 그는 설정식의『종』을 비평하는 자리에서 시인이 모더니스트에서 리얼리스트로 변모하고자 하는 양심의 고백을 보았다고 한 바 있다.[5]

설정식을 리얼리스트로 규정할 경우, 그는 이 시기 다른 어느 시인보다 내성에 치우친 혐의가 짙은 시인이다. 서정시가 자기 고백의 장르임을 전제할 때, 이런 내면의식을 드러내는 것은 어쩌면 당연한 것이라 할 수 있을 것이다. 하지만 시인이 모더니스트였던 것인가 하는 것은 별도의 문제인데, 가령 설정식이 이 시기에 발표한 시들에서 이 영역에 속하는 작품들을 표나게 쓴 경우는 거의 없기 때문이다. 시인의 작가로서의 미숙성은 이 시기에도 여전히 현재진행형이었다. 그의 시에서 아직 사라지지 않은 거친 언어의 나열, 정제되지 않은 비유들이 그러하다. 모더니스트로서 마땅히 보여야 할 현대 문명의 제반 모순이나 의식의 흐름과 같은 것을 담론화한 경우도 특별히 보이지 않고 있다.

설정식이 이 시기에 관심을 가졌던 것은 다른 시인들처럼 민족문

5 김동석, 앞의 글, 참조.

학에 관한 것이었다. 가령, 임화중심의 인민성이나 김동리 중심의 시민성과 같은 것인데, 인용시를 보면, 그는 우선 후자의 편에 선 혐의가 짙다. 그것은 다음 두 가지 이유 때문에 그러한데, 하나는 그의 시에서 인민 민주주의에 바탕을 둔 인민성을 제시한 사례는 거의 나타나고 있지 않다는 점이다. 그리고 둘째는 이 작품에서 드러나 있는 것처럼, '자유'라든가 '자유주권의 문제'인데, 여기서 표나게 강조하는 자유라는 개념이 어디에 기초해 있는가하는 것이 문제적인 경우라 할 수 있다. 그런 영역들이 무엇보다 김동리 등 우파적 민족주의자들이 주장했던 시민성에 보다 가까워보이기 때문이다.

리얼리스트적 성향이 강했던 설정식이 이때 강조한 '자유'의 인식적 기반이란 도대체 어디에 있는 것이었을까. 이에 대한 대답이야말로 이 시기 그의 시의 본질과 닿아 있는 것이면서 그의 세계관을 이해할 수 있는 좋은 시금석이 될 것이다.

설정식은 계속 강조해서 말한 것처럼 미국 유학생 출신이다. 영어가 주도적 힘을 발휘하기 시작하는 세계에서 그가 배운 언어란 곧 그로 하여금 시대의 중심 인물로 만들 수 있는 중요한 요인 가운데 하나로 작용한다. 그가 미군정청 공보국에서 근무할 수 있었던 것도 이런 영향 때문으로 보이는데, 하지만 이 보다 더 중요했던 것은 어쩌면 그의 미국체험에 있었을 것으로 판단된다. 미국이란 어떤 나라인가를 본질적으로 탐색해야 한다는 것이 바로 그러한데, 흔히 받아들여지는 것처럼 이 나라는 두 말할 것도 없이 자유민주주의를 신봉하고, 또 그 토대를 자본주의로 하고 있다. 뿐만 아니라 이 시기 일본 등의 제국주의 세력을 대신할, 아니 이를 초월할 대안으로 새롭게 부상하고 있는 국가이기도 했다. 그런데 그 토양을 이루고 있는 것이

미국식 민주주의인데, 이를 지탱하고 있는 기둥이 바로 자유와 인권이었던 것이다. 이런 모습들, 하지만 적어도 본질은 아니더라도 그 외양에 대해서 설정식이 부정적으로 인식하지는 않았을 것이다. 특히 피압박민족의 한 일원이었던 그가 제국주의에 맞서는 또 다른 강자, 미국에 보내는 선망의 정서는 당연했을 것이다. 그리하여 그 원망적 표현이 "자유사회 주권을 세우리"라는 포즈로 구현된 것은 아닐까. 이런 맥락에 비춰보면, 설정식은 이 시기 미국식 민주주의에 대한 어떤 막연한 그리움을 갖고 있었던 것이 아닌가 한다.

그가 이곳에서 체험했던 것들이 어떻든 긍정적 가치로 작용하고 있었고, 누구나 주권을 갖고 또 세울 수 있었던 주인없는 세상, 곧 해방공간에서 이런 체제의 수립에 대한 강력한 의지를 갖게 되었던 것으로 보인다. 이 작품에서의 '자유'라든가 '자유사회의 주권'은 이런 맥락과 분리하기 어려운 것처럼 보인다.

만(萬) 생령(生靈) 신음을
어드메 간직하였기
너는 항상 돌아앉아
밤을 지키고 새우느냐

무거이 드리운 침묵이여
네 존엄을 뉘 깨뜨리느뇨
어느 권력이 네 등을 두드려
목메인 오열을 자아내드뇨

권력이거든 차라리 살을 앗으라
영어(囹圄)에 물러진 살이거든
아! 권력이거든 아깝지도 않은 살을 저미라

자유는 그림자보다는 크드뇨
그것은 영원히 역사의 유실물이드뇨
한아름 공허여
아! 우리는 무엇을 어루만지느뇨

그러나 무거이 드리운 인종(忍從)이어
동혈(洞穴)보다 깊은 네 의지 속에
민족의 감내(堪耐)를 살게 하라
그리고 모든 요란한 법을 거부하라

내 간 뒤에도 민족은 있으리니
스스로 울리는 자유를 기다리라
그러나 내 간 뒤에도 신음은 들리리니
네 파루(罷漏)를 소리 없이 치라

「종」 전문

시집의 표제시이기도 한 「종」은 해방 초기 시인의 대표작 가운데 하나라 할 수 있는데, 시인은 여기서 '종'을 우리 민족에 비유하고 있다. 종은 두 가지 방향을 갖고 있는 바, 소리의 영역에서 의미화되고 구별되는데, 하나가 외부의 강제에 의한 울림이라면, 다른 하나는 자율에 의한 울림이다. 힘에 의한 것은 '신음' 소리에 가까울 것이고, 스스로 울리는 것은 '자유'를 향한 음성에 가까울 것이다.

하지만 종은 스스로 울려서 자유 주권의 주체가 되기에는 그 내포된 힘이 미약하다. 그래서 강요된 힘에 울리는 오열만이 크고 강하게 들려올 뿐이다. 이 비유가 일러주는 것처럼, 해방이란 우리 민족에게 스스로 울릴 수 있는 종을 허락하지 않았다. 당대의 민중은 외부의 힘에 의해 울리는 종소리만이 어지럽게 난무하는 현실을 맞이하고 있을 뿐이다. 그리하여 종은 경쾌한 소리가 아니라 신음 소리만을 흘려보내면서 어두워가는 현실을 보여주고 있다. 여기서 알 수 있는 것처럼, 해방은 모두가 기대했던 것과는 다른 방향으로 흘러갔다. 보다 밝은 미래를 지향하고자 꿋꿋하게 지켜왔던 인고의 세월들은 이제 헛된 꿈으로 전화하기 시작한 것이다. 아래의 시들은 그러한 단면을 보여주는 작품들이다.

① 샛바람이 이렇게 저물도록 일면
접친 다리 도지듯
기억 마디마디
푸른 멍이 아프다
누가 이리 피로하게 하였는지
아 해방이 되었다 하는데
하늘은 왜 저다지 흐릴까

저기 날아가는 것은
소리개의 자유

뒤에 바위 다스리는 의지가 쪼았고
저기 돌아오는 것은
행복과 푸른 잎새
바람이 이렇게 일어 모든 생의 싹
홍진(紅疹)같이 터지고
민족이 라자로 기적 앞서 일어난다면
강물은 다시 노들에 흐르리
부드러운 기름이 들에 흐르고
하늘은 스스로의 푸른 영역을 다스리고
바람은 스스로의 의지를 좇고
그리고 모든 꽃은
스스로의 꿀을 빚을 때

「원향」 부분

② 곡식이 익어도 익어도 쓸데없는 땅
모든 인민이 등을 대고 돌아선 땅

물줄기 도리어
우리들 입술 찾아 흐르기도 하고
흘러도 그러하나
벌써 모래 가득 찬 아가리
황토에 널리기도 한 땅—

「태양없는 땅」 부분

여기서 해방 직후 시인의 현실인식을 잘 알 수 있는데, 우선 해방은 무한한 가능성을 주는 공간에서 절망의 공간으로 바뀌기 시작한다. 「원향」은 그러한 현실을 '흐린 하늘'로 비유하고 있다. 그리고 시인은 이 현실을 '태양이 사라진 땅'(「태양없는 땅」)으로 비유하기도 한다.[6] 이는 「원향」의 세계와 동일한 인식인데, 작품의 내용대로 해방공간의 현실은 곡식이 익어본들 그것은 헛된 일이 되는 공간이다. 익어도 쓸데없는 땅이기에 모든 인민이 등을 대고 돌아선 땅에 불과하다. 땅은 새로운 세상을 향한 기회의 공간이 아니라 절망의 공간으로 바뀌어갈 뿐이다. 이런 현실을 목도하고 시인은 「원향」의 마지막 연에 나와 있는 것처럼, "차라리 내 원향/드을로 돌아가리"에서 보듯 현실도피주의에 빠지기도 한다.

뿐만 아니라 해방 현실에 대한 부정적 인식을 작품 곳곳에서 드러내는데, 해방을 '인민의 것이 아니었다'(「조사」)고 하기도 하고. '태양'에 비유하여 난폭자가 난무하는 현실로 응시하기도 한다(「해바라기3」). 이렇듯 해방이란 희망의 연대가 아니라 늘 패배의식을 안겨주는 곳이 된다. 게다가 이곳은 우리만의 공간이 아니라 외세로 표방된 것들, 가령 "외국차들이 그들만의 방식으로 질주한다"고 비판적 시선을 보내기도 한다. 우리 민족의 뜻이나 희망과는 전연 반대되는 방향으로 움직이고 있는 것이다.

6 설정식의 시세계에서 이 시기 주로 등장하는 전략적인 이미지 가운데 하나가 '태양'이다. 그것은 또다른 이미지군인 '해바라기'와 맞서는 의미를 갖긴 하지만, 대략 네 가지 의미로 구현된다. 첫째가 「태양없는 땅」에서 알 수 것처럼, 그것은 희망과 미래의 메시지이고, 둘째가 "태양은 난폭자"(「해바라기3」)에서 알 수 있듯, 이른바 점령군 혹은 지배자의 이미지를 갖는다. 그리고 세 번째는 "태양은 천심"에서 보듯 억압으로부터 구원하는 선지자이기도 하고(「태양도 천심에 머물러」), 넷째는 민중(「내 이제 무엇을 근심하리오」)으로 상징되기도 한다.

현실에 대해 이렇게 절망해가는 것이 이 시기 설정식의 정신 세계라면, 도대체 이런 절망의 근거는 어디에서 오는 것일까. 잘 알려진 것처럼, 설정식은 세계 질서의 새로운 강자로 부상하는 미국을 체험했고, 그 언어를 자신의 것으로 했으며, 그런 현실적 조건들이 해방공간의 현실을 헤쳐나가는 데 있어서 매우 유리한 기회를 제공받았다. 적어도 소시민적 세계관을 갖고 있었던 자라면, 이런 조건은 실존적 만족을 충족시켜줄 수 있는 절대적인 것이기도 했다. 하지만 그의 내면에는 이런 조건의 이면에 자리한 또 다른 세계관 혹은 현실에 대한 불만이 싹터 오르기 시작했다. 그러한 단면을 인용시에서 우선 확인한 바 있는데, 어떻든 그는 언제부터인가 소위 미국적인 것과 결별하지만 안되는 현실을 마주한 것으로 보인다.

여기에는 몇 가지 근거라든가 조건이 분명 전제될 수 있을 것이다. 하나는 생리적으로 갖고 있었던 저항의식에서 찾을 수 있을 것인데, 익히 알려진 바와 같이 일제 강점기에 그는 서울에서 농업학교를 다니다가 광주학생의거에 연루된 혐의로 학교에서 퇴학을 당한 경험이 있다.[7] 그러니까 그는 애초부터 민족적 성향이 매우 강했던 인물이다. 그러한 그의 민족 성향은 미국 체험을 거쳐 더욱 공고해졌을 것으로 판단된다. 이는 타향 생활에서 오는 향수에 의해 강화된 것일 수도 있고, 이민족에 대한 대타의식에서 오는 것일 수도 있을 것이다. 그러한 자의식이 있었기에 그는 해방공간에서 미국식 자유주의나 주권에 대한 강력한 의지를 표명할 수 있었던 것이 아닐까 한다. 민족주의에 대한 자의식이 그에게 깊은 심연으로 남아 있음은 해방

7 티보 머레이, 앞의 글, 참조.

직후 발표된 그의 자전적 장편소설인 『청춘』에서도 확인할 수 있다. 이 작품은 1946년 5월 『한성일보』에 연재된 것이다.[8] 비교적 이른 시기에 장편을 쓴 것인데, 이런 커다란 서사양식이 생산될 수 있다는 것이야말로 세계관의 올바른 형성 없이는 불가능한 일이다. 서정양식은 순간의 정서가 고양될 때 쓰여지는 것인 반면, 서사양식은 사건의 인과성이나 그 서사적 결말에 대한 뚜렷한 세계관 없이는 제대로 쓰일 수 없기 때문이다. 따라서 시인이 장편 『청춘』을 해방공간에 발표했다는 것은 그의 세계관 형성과 관련하여 좋은 단서가 될 것이다.

『청춘』은 광주학생운동에 따른 여파로 퇴학을 당하고 만주 봉천(奉天)으로 도피한 뒤 일어난 이야기를 다룬 소설이다. 소설의 첫 부분이 '완바이 산' 사건에서 시작되고 있음이 그 증거인데, 어떻든 작품의 주인공인 박두수는 중국민과 한민족의 갈등으로 일어난 이 사건으로 인해 그의 주거지였던 이곳을 떠나 천진에 잠시 머무르게 된다. 이런 과정이야말로 당연스럽게도 그로 하여금 역사적 사건의 중심에 놓여 있게 함은 물론이거니와 이를 계기로 생존에 대한 몸부림 또한 강력하게 고양되었을 것이다. 이런 움직임이 그를 민족이라는 역사성 속에 갇히도록 만들었을 것이다.

이와 더불어 이 작품에서 유추할 수 있는 또 하나의 국면은 불온한 현실에 대한 구원의식일 것이다. 중국 체험에서 수용된 이 의식은 해방공간 설정식의 세계관 형성에 있어서 주요 계기 가운데 하나가 된다. 그리고 이와 분리하기 어렵게 결부된 것이 현실 참여 논리의 형성이다. 이런 참여는 그 범주라든가 외연을 넓히게 되면, 민족적인

8 단행본은 이보다 늦게 1949년에 간행되었다.

것과 밀접하게 결합되는 것이라 할 수 있다. 이 작품의 주인공 박두수는 만주 봉천과 천진을 거쳐 서울로 오게 되고, 이어서 동경으로 유학을 떠나게 되는데, 이 과정에서 주인공에게 전한 누나의 편지가 주목의 대상이 되는 것은 이 때문이라 할 수 있다.

> 나는 네가 공부하러 떠나갔다고는 생각지 않는다. 너는 절실한 것을 피하기 위해서 떠나갔다고 생각한다. 네가 취한 태도는 옳다. 그러나 옳은 것도 정도 문제다. 너 혼자 옳은 것을 위해서 답답하게 시간을 끌어가기만 한다면 그것은 수도승의 선(善)과 다를 것이 없겠다.
>
> 나는 수도승의 선을 찬성할 수 없다. 수도승이 아니라도 자기 개인만은 누구든지 구원할 수가 있다. 나 혼자 구원을 받아서 무엇하느냐, 백치(白痴)는 노력 없이도 벌써 자기 자신을 구원하고 있지 않느냐. 네가 추구하는 것이 너 혼자만을 구원하는 공부가 되지 말기를 나는 바란다.[9]

민족주의와 저항의식이 낳은 결과가 누나로부터 받은 이런 암시에 있을 것이다. 이것이 작품에서 말하고자 한 본질적인 함의라 할 수 있으며, 이는 이 시기 설정식의 문학적 방향과 밀접한 관련이 있을 것이다. 그것은 불온한 현실에 대한 강력한 발언과 사회 참여에 대한 의지의 표명으로 연결될 수 있는 부분이라 하겠다.

9 『청춘』, 『전집』, pp.468-469.

4. 인민에 대한 인식과 현실 참여

앞서 살펴 본대로 해방을 맞이했을 때의 감격과, 그 이후 진행된 현실과의 괴리는 시인에게 매우 컸던 것으로 보인다. 뿐만 아니라 그는 매우 이성적인 인물이었던 것으로 보인다. 그가 이 시기 모든 시인들이 한번쯤 읊었던 해방의 감격에 대해 쓴 시들이 거의 없었다는 사실은 그를 냉철한 이성의 소유자로 인식하게끔 만드는 부분이 아닐 수 없을 것이다. 하지만 그러한 흥분의 정서가 없었음에도 불구하고 현실에 대한 실망이랄까 절망은 매우 컸던 것으로 보이는데, 그 일단은 당시의 현실을 '흐린 하늘'로 비유한 작품 「원향」에서 확인한 바와 같다.

미군정청 관리라는 비교적 안정된 자리에 있음에도 불구하고 무엇이 그로 하여금 이렇듯 현실을 비관하게 만들었을까. 그리고 이에 기반한 어떤 정서들이 새로운 인식 단계로 나아가게끔하는 계기로 작용했을까. 실상 이 질문에 대한 답이야말로 이 시기 설정식 문학의 핵심에 접근하는 것인데, 그 근거랄까 단서 역시 내면 풍경을 쉽게 간취할 수 있는 그의 산문문학이 제공해준다. 『청춘』의 중국 체험에서 그가 보여준 민족의식의 일단을 확인한 것처럼, 이 시기 미국체험을 바탕으로 작성한 서사문학이 주목되는 것은 이 때문이라 할 수 있다.

설정식은 두 번의 외국체험을 했다고 했거니와 그 첫 번째가 광주학생의거로 인한 도피의 과정에서 얻은 중국 체험이고, 다른 하나는 학업에 대한 열망으로 시도된 미국 체험이다. 전자의 경험을 서사화한 것이 장편 『청춘』이었고, 후자의 경험을 서사화한 것이 단편 「프란씨쓰 두셋」[10]과 「한 화가의 최후」[11]이다.

해방 직후만해도 미국 체험을 담은 작품은 우리 문학사에서 거의 미지의 영역이라고 해도 과언이 아니다. 일찍이 미국문화가 우리 소설에 반영된 것은 이인직의 「혈의 누」와 「은세계」에서이다.[12] 하지만 이 작품들은 일본에 유학 간 이인직이 풍문으로 들은 바를 소설화한 것이기에 직접 미국체험을 담은 것이라고는 할 수 없다. 그렇기에 직접적인 체험을 바탕으로 한 설정식이야말로 미국 경험에 대한 작품을 쓴 첫 번째 작가라 할 수 있다.[13]

「프란씨쓰 두셋」은 미국 체험을 담은 설정식의 첫 작품이다. 설정식은 여기서 율문양식에서는 표현하기 힘든 내면의 은밀한 정서들을 잘 보여주고 있는데, 이는 솔직성을 바탕으로 하는 서사 양식의 특성 때문이다. 이 작품의 주인공은 박두수이고 그의 상대역은 두셋이다. 그녀는 온전한 미국인이라기보다는 프랑스 계통의 캐나다 출신이었다. 그녀 역시 미국 속의 이방인인데, 그런 면에서 주인공 박두수처럼, 본질적인 미국인이라고 볼 수는 없을 것이다.

어떻든 이 작품의 요체는 미국문화에 적응하지 못한, 아니 동화하지 못한 박두수의 처지에 놓여 있을 것이다. 이런 비동일성이 이 작품을 이끌어가는 근본 서사가 되는데, 그러한 장면은 크게 세 부분에서 확인할 수 있다. 첫째가 두셋의 방에서 국내의 옥희를 생각하는

10 『동아일보』, 1946.12.13.-22.

11 『문학』, 1948.4.10.

12 김외곤, 「소설에 나타난 미국의 관문 샌프란시스코」, 『버클리문학』 1, 2013.

13 이를 계기로 본격적인 미국체험을 담은 문학들이 나오기 시작했는데, 1950년대 워싱턴 주 타코마에 간 경험을 시로 쓴 박인환의 「아메리카시초」 등이 여기에 속한다.

장면, 둘째는 자신을 철저하게 채식주의자라고 한정시키는 장면이 그러하다. 스스로를 채식주의자라고 하는 것은 육식을 주로 하는 미국문화와 동화될 수 없다는 그의 구분 의식에서 오는 것이라 할 수 있다. 그리고 마지막 세 번째는 자신이 두셋과 육체적으로 결합하지 못하는 상황이다. 본능마저 거부될 수밖에 없는 것, 그것이 주인공 박두수가 갖는, 미국적인 것에 대한 거리감의 핵심이라 할 수 있다. 그런데 이런 비동일성은 주인공 박두수만의 경우에서 한정되지 않는 데 그 특수성이 있다. 두셋 역시 주인공이 그러한 것처럼 철저하게 동화되지 못하고 있기 때문이다. "제발 그 동양 냄새 내지 마세요."[14] 라고 하며 박두수를 멀리하는 장면이야말로 그러한 경계의 극점이라 할 수 있을 것이다.

「프란씨쓰 두셋」이 발표된 것은 1946년 말이다. 이 때는 남로당측 입장에서 보면, 미군은 해방군이 아니라 점령군으로 인식이 전환되던 시기이다. 5월에 남로당의 신전술이 채택되면서, 미군정과의 본격적인 싸움의 단계로 접어들었기 때문이다. 「프란씨쓰 두셋」은 그러한 현실 변화와 분리하기 어려운 것이라 할 수 있다. 여주인공 '두셋'과 동화될 수 없는 상황, 스스로를 채식주의자라고 항변할 수밖에 없는 상황이야말로 미국적인 것과의 거리두기이고, 보다 구체적으로는 미군청과의 거리두기라 할 수 있는 부분들이다.

> 나는 미국인이 나를 쌍수를 들어 받아들인 것이 당연하다고 생각한다. 나로 말하면 오하이오주의 대학을 나왔고, 영어

14 『전집』, p.221.

를 잘하고, 무엇보다도 그들이 나를 필요로 하였던 것이다. 그러나 나는 미국인들에게 실망하였던 것이다. 나는 그들이 자기네 군사기지가 있는 나라에 대한 관심보다 군사기지 자체에 더 많은 관심을 가지고 있음을 보았다. 나는 농민과 노동자들이 전과 다름없이 비참한 생활을 하고 있으며, 아무런 경제적 향상도 없다는 것을 알았다. 나는 또 그들이 부패와 인권의 억압을 못 본 체하고, 그 무자비한 독재자 이승만만을 전폭적으로 믿고 있다는 것도 알게 되었다.[15]

이 부분은 해방 당시 설정식의 세계관이 어떻게 변화했는지를 잘 말해준다. 미국은 군사기지가 있는 나라에 대한 관심보다는 군사기지 자체에 보다 많은 관심을 갖고 있었다는 인식이야말로 미국의 본질이자 시인의 정확한 현실인식이었던 것이다. 이를 뒤집어 생각하면, 그는 이 시기 점령군으로서가 아니라 해방군으로서 미국에 대한 기대가 매우 높았던 것이었다고 할 수 있다. 하지만 지나온 역사가 말해주듯 현실은 설정식의 그것과는 상당한 낙차가 있었다. 그러한 실망의 표현이 결코 미국적인 것과 동화될 수 없었던 내면을 드러낸 것이었고, 이를 서사화한 것이 「프란씨쓰 두셋」이었다.

설정식은 이 작품을 쓴 직후 공산당 지하조직에 가담하게 된다. 그의 언급에 의하면, 정확히 1947년 1월이었다고 한다.[16] 이 시점을 계기로 그는 문학가동맹에 적극적으로 참여함으로써 이른바 현실지

15 머레이, 앞의 글, pp.792-793.

16 위의 글, p.792.

향적인 면을 보이게 된다. 이는 세계관의 뚜렷한 변화이거니와 그 실천적 단계인 창작방법에 있어서도 그는 새로운 변신을 하게 된다. 그 변화의 일단을 보여주는 것이 그의 미국체험을 다룬 또 다른 소설인 「한 화가의 최후」를 쓰게 된 배경이 된다. 이 작품이 발표된 것은 1948년 4월이지만 쓰여진 것은 이보다 훨씬 앞섰을 것으로 추정된다. 설정식의 현실 반영에 기초한 리얼리즘적인 시들은 이 이전부터 쓰여지고 있었기 때문이다. 어떻든 이 작품의 주역 가운데 하나인 째롬스키는 설정식의 아바타와 같은 존재이다. 그는 자신의 예술성을 알아주지 못하는 현실에 절망하고 미국자본주의의 상징과도 같은 엠파이어스테이트 빌딩에서 자살한 인물이다. 이는 분명 순수 예술에 대한 설정식의 결별과도 같은 상징적 행위로 비춰질 수 있다.[17] 그러한 단면들은 벽초 홍명희와의 대담에서 문학가동맹과 그들이 추구하는 이념들에 대한 적극적인 지지에서도 확인할 수 있다.[18] 뿐만 아니라 그는 이 자리에서 문학에 있어서의 형식적 요소에 대해 비판적인 입장을 취하기도 한다.

하지만 이 작품에서 보다 의미있는 것은 「프란씨쓰 두셋」과 마찬가지로 미국문화라든가 미국적인 것에 대한 부정적인 시각이라 할 수 있을 것이다. 자본주의에 대한 비판이 바로 그러하다. 이 시기 미국이 자본주의를 받아들이고, 이를 꽃피운 것은 잘 알려진 일이다. 따라서 자본주의에 대한 비판만으로도 곧 미국에 대한 안티의식과 곧바로 연결되는 것이라 하겠다.

17 김윤식, 앞의 글, p.275.

18 홍명희–설정식 대담기, 『전집』, p.779.

이때까지 구름 같은 이야기나 연기 같은 감정과는 왕창 달리, 버티고선 높다랗고 육중한 뉴욕 고층 건물들이 인간은 발뒤꿈치에 채이면서 절그럭거리는 깡통에서 몇 인치 더 가지 못하는 것으로 아는 냉혹한 표정으로 골목골목을 지키고 섰다. 자 이렇게 바위 같은 자본주의가 세레나데와 같은 바람에 넘어갈까? 엄청난 회계는 모르는 것이 상책만 같아서 나는 자본주의에 대한 관심을 일단 포기할 수밖에 없었다.

그러나 내가 관심을 두거나 하야시가 쳐다보거나 째롬스키가 잠시 눌렸거나 간에, 저 지나치게 극성스러운 콘크리트의 자본주의 기형적 발달은 그 자체의 무게에 조만간 넘어져 버리고 말 것만 같이 위태로워 보였다.

지구의 인력을 요행으로 알고 이용하는 데도 분수가 있어야 할 게고 금의 점착력의 능력만 믿고 편한 잠만 자는 데도 한도가 있어야 할 것이 아닌가?[19]

화자는 뉴욕의 커다랗게 솟구친 콘크리트 건물에서 어떤 불안감을 느끼고, 그것이 곧 신기루와 같은 것임을 알게 된다. 마치 엘리어트의 「황무지」나 김기림이 「기상도」에서 묘파했던 것처럼 자본주의라는 성채가 결코 견고한 것이 아님을, 궁극에는 허구임을 스스로에게 되묻고 있는 것이다. 이런 거대한 장벽 앞에 예술이 할 수 있는 것이란 무엇인가. 순수라는 투명 유리로 암흙에 휩싸인 저 거대한 성채를 뚫고 나갈 수 있고, 또 무너뜨릴 수 있는 것인가. 순수예술가였던

19 「한 화가의 최후」, 『전집』, p.249.

째롬스키는 이 거대한 벽 앞에 절망해서 자살하고 만다. 그의 죽음은 그러한 벽이 가져오는 한계를 극명하게 보여주는 것이 아닐까 한다.

설정식은 자신의 내면에서 일어나는 변화를 이렇듯 산문 형식을 빌려 비교적 솔직히 표현했다. 이런 진솔성이야말로 서사양식이 아니면 가능하지 않은 것인데, 어떻든 전망이 불투명한 현실에 대해 논리의 세계로 계속 나아갈 수는 없는 것이 현실이자 한계 상황이기도 했다. 해방 공간에 펼쳐보였던 그의 문학 행위가 더 이상 나아갈 수 없었음은 이 화가의 죽음에서 보듯 현실을 헤치고 나아갈 수 없었던 절망감 때문이었을 것이다. 그가 의욕적으로 기획했던 장편『해방』을 3회차까지만 연재하고 중단하고 만 것도 이런 현실과 무관하지 않은 것이라 하겠다. 미국에 대한 실망, 그 근저에 놓인 자본주의에 대한 혐오가 그를 그것의 상대적인 자리로 이끌어들일 수밖에 없는 현실로 바뀌기 시작한 것이다.

그의 시집들인『종』과『포도』, 그리고『제신의 분노』는 이런 과정 속에서 탄생한 것이었다. 처음부터 그 전조가 있긴 했지만『포도』이후에는 보다 더 적극적으로 현실 참여적인 성격을 띄게 된다. 그에게 미국이란 더 이상 꿈으로 존재하는 국가가 아니고 단지 자신들의 이익에 따라 움직이는 국가로 비춰질 뿐이다. 그러한 단면은 서정시「제국의 제국을 도모하는 자(월트 휘트맨)」를 통해서도 확인할 수 있다.

> 흙탕물
> 과연 흙탕물이다 어드멘들
> 아니 흐를 법 없는
> 혼탁한 파씨즘의 흐름이어

그리로써 하야 석유는
서반아(西班牙)로 흘러가는 것이냐

오만(五萬) 생령(生靈)이
마드리드 바로 피앗자
지하옥(地下獄) 썩는 내음새를 막기 위하여
다섯 가지 경찰로써 하여금
향수를 뿌리게 하고
칠야(漆夜)에 미소하며 염주(念珠)를
'에리 에리' 구을려
주검을 헤아리는
프랑코의 흰 손을 다시 잡기 위하여

아 내 어찌
이렇게 은혜를 모르게 되었느냐
슬프도다
'자유'를 차라리
마지막 한 모금 물로써 바꾸지 않은
독립군의 의(義)를 용(勇)을

다 그만두더라도
제퍼슨, 페인의 아름다운 사상을
또 그 뒤에 저 많은
민주주의적 계승을

그리고 대작(大作)하는 바람의 자취
저 위대한 산천을
유카리 정정(丁丁)한
록키 산맥으로써 뻗은
근로인의 발자취를
쎄이지 부럿쉬 완강한
사막을 다스린 땀의 고임과

「제국의 제국을 도모하는 자(월트 휘트맨)」 부분

작품의 제목이 시사하는 것처럼, 미국의 역사는 '제국의 제국을 도모하는 자'들이 만든 것이다. 그렇기에 자유를 위한다는 거대한 사상조차도 아름답게 다가오지 않는다. 그것은 다른 억압을 딛고 얻어진 것이 아니다. 제국을 만들고자 했던 사람들이 자신들만의 입장에서 만든 것일 뿐이다. 만약 고난의 과정을 통해서 전취된 것이라면, 그것의 가치는 분명 선양되고 칭송되어야 마땅할 것이다. 하지만 현실은 그렇지 못했다. 그것은 단지 파시스트들이 만든 불온한 성채에 불과한 것일 뿐이다.

설정식은 산문을 통해서, 그리고 서정양식을 통해서 소위 미국적인 것과 단호한 결별을 시도한다. 그의 언급대로 영어를 사용하고 미국적인 배경을 갖고 있음에도 불구하고 이를 장점으로 한 실존에 대해 단호히 거부하고 있는 것이다. 이런 몸짓이야말로 민족주의를 떠나서는 성립할 수 없는 것이라는 점에서 그 시사적 의의가 있는 것이긴 하지만, 해방공간은 그의 꿈을 펼칠 수 있는 공간이 아니었다. 어떻든 그는 가능과 불가능의 사이에서 이러한 삶을 개선하는 방향으로 나아가고자 했다. 그 저변에 놓인 에네르기가 바로 민족주의였다. 민족에 대한 그의 의식은 이미 일제 강점기의 광주학생운동에서 비롯된 것이고, 만주의 완바이 산에서 더욱 굳혀진 것이었다. 이를 바탕으로 이제 그의 문학, 세계관은 새로운 단계로 나아가게 된다.

오늘 죽은 듯이 깔리운 아우성은
아람으로 자랑하는 왕자(王者) 서기 이전부터
바람 함께 무성하였다

쓰러지고야 말 연륜이기에
우리는 그것을 다못
운명의 거대함이라 하였다

말굽이 지나오고 또 지나가도
겁화(劫火) 땅끝에서 땅끝을 쓸어도
들을 엉켜 잡은 잡초 뿌럭지
쓰러지지 않는 연대(年代)는 다못
인민으로부터 인민의 어깨 위로만 넘어갔다

피라 화려할 대로
그러나 백화(白化) 너희들의 발 아래
연륜으로 헤어릴 수 없는 생명으로
무한 죽었다 다시 살아나는
여기

뿌럭지들임을 알라

「잡초」 전문

이 작품은 시인의 정서가 외연으로 확대되는 과정에서 나온 것 가운데 하나이다. 소재는 인민이고 그 내용적인 면에서 보면, 그의 초기 데뷔작이었던 「거리에서 들려주는 노래」에 연결된 것이기도 하다. 일제 강점기 때 사라진 인민, 다른 말로 하면 민중이라는 옷을 입고 다시 우리 앞에 우뚝 선 것이다. 이런 인민에 대한 발견은 이 시기 문학가동맹이 내세웠던, 민족문학 건설에 있어서 그 매개가 되는 인민성과 분리하기 어려운 것이라 할 수 있다. 따라서 이런 의식이야말로 이 시기 설정식의 시정신을 잘 보여주는 작품이라고 하겠다.

「잡초」에서 민중은 질긴 생명력을 가진 존재로 구현된다. 온간 탄압에도 불구하고 그것은 다시 태어나는 질긴 힘을 갖고 있다. 시인의 표현대로 "무한 죽었다 다시 살아나는 뿌럭시"와 같은 존재인 셈이다. 민중의 이러한 생명력과 저항성은 마치 김수영의 「풀」을 연상하는 듯한 느낌을 받는다. 외세의 힘에 억눌려 납작 업드려 있다가 다시 더 일찍 일어나 저항의 깃발을 드는 모습들은 「풀」과 매우 닮아 있는 것이다. 이런 동질성이야말로 김수영에 끼친 시인의 영향이라 할 수 있거니와 어떻든 설정식은 이제 본격적으로 투쟁의 깃발을 높이 들게 된다.

푸른 하늘보다
더 푸른 잎새보다
더 푸른 청춘을
어찌하여

모란모란 모란도 아닌 것을
모란보다 더 붉은
피로만 적셔야 하며

붉은 모란보다
더 붉은 입술보다
더 붉은 사랑을
어찌하여
이글이글 타는 불도 아닌 것을
너는 도리어 화약을 퍼부어
헛되이 이십을 익어
헛된 젖가슴을
헛되이 식어가는 젖가슴을—

청춘은 잘 먹기 위하여 있었고
잘 자기 위하여 있었고
청춘은
서로 함께 발을 벗고
흙은 밟기 위하였고
청춘은 아! 서로 함께 끌어안기 위함인데

어찌하여 이곳에
청춘은
견디기만 위하여 있고

팔목이 그리워 내 팔목이
고향같이 그리워 찾아오는 포리(捕吏)가 있어
새우잠을 이리저리
뜬눈으로 밤을 새워야만 하며
어찌하여 손톱까지 무기로 써야 하며
청춘은
아! 어찌하여 이렇게도
몰라보게 되었느냐

생추쌈에 사랑같이 매운 풋마늘 맛을
솎은 배추에 두릅나물이며
아리배배한 무릇 한번 실컷
사랑같이 씁쓸하여도 보지 못하고
오월도 모르고
칠월도 모르고
팔월이면 의례이 바다건만 바다도
사랑같이 따가운 모래찜질도 모르고
갈 길이 바쁜 듯이 가고 또 가는 청춘이
하나도 아니요 둘도 아니요 셋도 아닌 땅

푸른 풀
푸른 드을이여
몸부림쳐 문질러
뜨거운 것을 조직하라

남조선에 푸른 것이여
네 어찌 다만 미래같이 푸르고만 있으랴
그리고 너 이름 가진 온통 모든 꽃들은
하늘이 까맣게 새까맣게
성신(星辰)을 얽어놓듯
산 위에서와 산 아래
구릉 이쪽에서 구릉 저쪽에
한가지 꿀을 조직하라
네 어찌 무슨 염치로 유독
요란하게 돌아앉아
몰라보게 되어가는 산천을 모른다 하랴

굴뚝에 까치가 집을 짓는 곳
이곳은 남조선
풍부하게 배부른 아내가 어찌하여 귀찮은 곳
내일을 기약하기 힘든 밤이 간신히 지새면
밤을 기다리기 십 년 같은 곳

이곳에서 날새들은
뿔뿔이 흩어져 울어서는 아니 되겠다
어머님 땅이 깊이깊이
모든 뿌리를 얽어놓듯
아래서부터 위로
위에서부터 아래로

밤에서 낮으로 낮에서 밤으로
한가지 노래를 조직하라
네 어찌 무슨 낮으로 저 흔하고 흔한
총알을 혼자서만 두려워하랴

가자
가자 이렇게 푸르고 또 뜨겁게 하며
꿀과 노래로 청춘과 총알 사이로 가자
빼근하게 살아갈 보람도 있는
삶을 조상弔喪하며 또 꿀범벅 피범벅
붉은 아가웨 열매를 삼키면서
남조선으로 가자

「붉은 아가웨 열매를」 전문

이 작품은 설정식의 세 번째 시집 『제신의 분노』에 실려있는, 시인의 인식 변화를 잘 보여주는 시이다. 푸른 색과 붉은 색의 이미지가 교차하면서 해방 직후 남한에서 펼쳐지고 있는 상황을 매우 비극적으로 제시하고 있는데, 그 비극의 요체는 "피로만 적셔야 하는" 현실에 놓여 있다. 그리고 그러한 현실을 더욱 암울하게 하는 것이 "내일을 기약하기 힘든 밤"이다.

그 암울한 현실이 펼쳐지는 장이란 다름 아닌 '남조선'이다. 한반도를 남과 북으로 갈라서 구분했다는 것은 그의 자의식에 적어도 북의 현실은 제외되고 있음을 말해준다. 지금 불온한 현실이 펼쳐지고 있는 것은 오직 남조선뿐이기 때문이다. 이 부정적인 현실을 개선하기 위해서 시적 자아는 "꿀범벅 피범벅"으로 얼버무려진 "붉은 아가웨 열매를 삼키면서" "남조선으로 가자"고 다그친다. 그런 면에서 '붉은 아가웨'는 현실 변혁의 추동체라 할 수 있다.

설정식은 해방에 대해 심정적으로 혹은 낭만적으로 받아들였지만 점차 과학적 사고를 바탕으로 이를 적극적으로 변화시키고자 하는 의지를 갖기 시작했다. 그럼에도 이 시기 그가 갖고 있는 한계 또한 분명하다고 할 수 있다. 이 작품이 발표된 시기, 보다 정확하게는 『제신의 분노』가 상재된 시기와 동일한데, 앞서 언급대로 이 시집은 1948년에 발표되었다. 시집이 나온 것이 1948년이라면, 「붉은 아가웨 열매를」이 창작된 시기는 분명 이보다 앞선 때라고 할 수 있다. 그런데 작품의 내용에서 확인할 수 있는 것처럼, 시인이 갖고 있는 세계관의 변화와 그에 따른 창작방법을 고려할 때, 그의 작품 수준은 문학가동맹이 요구했던 것과는 상당한 거리가 있는 것이었다. 투쟁주체로서 인민에 대한 인식(「잡초」의 경우)이 자리잡았다고는 하나 현실 변혁에 대한 뚜렷한 세계관이 부족하고, 그 선진적 주체 역시 잘 드러나지 않고 있기 때문이다. 다시 말해 인민성이 매개되는 당파적 사고를 이 작품에서는 거의 확인할 수 없다는 의미이다.

이 작품의 주도적 주체는 단지 청년으로 구현되고 있을 뿐이다. 그런데 이 주체가 계급적으로 무장된 것인지 아니면 노동연대로 묶여 있는 집단적 주체인지가 뚜렷하게 드러나 있지 않다. 그저 현실을 새롭게 만들어갈 수 있는 열정적인 주체로서만 표현되고 있을 따름이다.

> 그는 눈을 감고 있다
> 녹번리(碌磻里) 고개 넘는 튜럭 길

두고 가는 어린 것이 눈에 밟히는
곧게 뚫린 눈벌판
한 줄기는 통일에 닿은 길
떠나가면서 이윽고 나를 쳐다보고 하는 말
"몸조심하오"
하고 다시 이어
시 네 편 쓴 것이 있다고 주머니에서 원고지를 꺼내는 것을
그의 아내는 회롱삼아 가로채어
내 한번 읽을 것이니 들어보라고
"서울—"
하고 희롱도 할 수 없는 낮은 목소리
남편의 말투를 닮아버린 것을 자랑하던 낮은 목소리—
그는 남편의 사상을 반석같이 믿었고
그는 항상 남편의 밤을 지키었고
열흘 스무 날 남편이자 곧 동지인 사나이에게
밥과 인쇄물을 날랐고
하루를 잠시 목침에 가지런히 누웠고
그러는 사이
서울 장안에 많은 것이 골목이라는 것을 깨달았고
모든 골목은 또한 뚫린 것을 알았고
그리고 이렇게
남편의 말투로
남편의 시를 읽었다

윙윙거리는 바람 소리를 미닫이로 듣는 것은 침묵
그것은 청춘과 시와 행동 속에서 괴이는 술—혁명

「작별」 부분

인용시는 '체온 이하'의 암울한 현실 속에서 살고 있는 민족의 현실과, 그 낮은 체온을 서로 따듯이 보존하면서 변혁의 주체로 나아가는 부부의 투쟁을 다룬 작품이다. 부부간의 사랑이 동지적 연대로 연결되고 있다는 점과, 미래에 대한 밝은 전망에 기초해 있다는 점은 긍정적으로 평가할 만하다. "청춘과 시와 행동 속에서 괴이는 술-혁명"에 대한 꿈을 포기하지 않고 있는 까닭이다.

하지만 그의 시집에서 이런 당파적 결속과 미래에 대한 전망을 읊고 있는 시는 그리 많지 않다. 그의 시들은 해방의 본질을 벗어나 주변을 맴도는 듯한 인상으로부터 자유롭지 않다. 무언가를 향한 적극적 변혁의 주체가 표나게 드러나기보다는 소극적 자세로 일관하는 방관자적 입장이 더 주도적으로 드러나기도 하는 것이다. 물론 이러한 사유가 잘못된 것이라고 할 수 없을 것인데, 이는 전적으로 그만이 할 수 있는, 해방공간에 대한 자기인식이며, 그의 윤리감각에 의해 조직되는 것이기 때문이다.

5. 해방의 좌절과 문학적 한계

남로당과 문학가동맹에 의해 시도된 변혁운동은 시간이 흐를수록 한계에 부딪히고 만다. 잘 알려진 대로 운동의 주체들은 남한 현실에 절망하고 순차적으로 북으로 올라가 새로운 기회를 엿보게 된다. 이는 설정식에게도 예외가 아니지만 그는 이 시기 곧바로 북으로 올라가지는 않았다. 그는 남쪽에 계속 남아서 1949년 좌익 계열 사람들을 사상적으로 전환시키기 위해서 만든 단체인 보도연맹에 가입하게 된다. 이 기간동안 그는 세익스피어의 『햄릿』을 번역하여 『하므렡』[20] 으로 출간하면서 계속 문필활동을 한다. 뿐만 아니라 그는 이 시기 약간의 사상적 변화를 보이기도 했다. 보도연맹의 기관지에 「붉은 군대는 물러가라」를 발표함으로써 진보적 사상을 포기하는 전향을 시도하기도 한다. 하지만 이후의 행적을 살펴보면, 이때 그가 완전한 전향을 이루었다고 볼 수는 없을 것이다. 그것은 한국전쟁 때 보인 그의 행보에서 이를 추측할 수 있는데, 잘 알려진 것처럼, 그는 이때 인민군에 자원입대하여 새로운 선택을 했기 때문이다.

월북 후, 설정식은 1951년 제1차 개성 휴전 회담 당시 북쪽 영어 통역관으로 등장하게 된다. 이때 북쪽의 소좌 계급장을 달고 이 회담에 참여하여 새로이 정착한 것처럼 비춰졌다. 하지만 얼마 지나지 않아 그는 미군정청에서 근무했다는 사실을 숨긴 죄와, 북쪽 정권을 전복하려했다는 죄목으로 임화 등과 더불어 처형을 당하게 된다.[21] 한 개인의 운명이 미래의 불투명한 역사 속에서 어떤 결말로 끝날 것인가를 아는 것은 인간의 영역 밖에 놓이는 것이다. 그것은 어쩌면 신의 영역에서만 가능할 것인데, 하지만 이를 초월적 영역의 것으로 치부하기에는 설정식의 삶이 너무도 극적이었다. 그는 해방군의 두

20 백양당, 1949.1.

21 머레이의 회고 참조.

주체를 오간 매우 예외적인 존재였다. 그것은 그가 영어를 잘 사용했다는 점과 새로운 강자로 부상하고 있었던 미국 유학생 출신이었다는 점이 이런 상황을 만들었을 것이다. 그만큼 그는 문제적 시간에 문제적 주체로 등장하고 또 소멸해 갔던 것이다.

시인의 세 번째이자 마지막 시집인 『제신의 분노』는 여러 측면에서 문제적이다. 그것은 비극적 운명을 살다간 한 시인의 세계관을 이해할 수 있다는 점에서 그러하고, 소위 유물론적인 것과 그렇지 않은 것과의 대결의식이 한 편의 드라마처럼 펼쳐지고 있다는 점에서도 그러하다.

이스라엘의 처녀는 넘어졌도다
넘어진 사람은 다시 일어나지 못하리니
조국의 저버림을 받은 아름다운 사람이어
더러운 조국에 이제 그대를 일으킬 사람이 없도다
—구약성서 아모스서 제5장 제2절

하늘에
소래 있어
선지자 예레미야로 하여금 써 기록하였으되
유대왕 제데키아 십 년
데브카드레자—자리에 오르자
이방(異邦) 바빌론 군대는 바야흐로
예루살렘을 포위하니

이는 이스라엘의 기둥이 썩고
그 인민이 의롭지 못한 까닭이요
그들이 저희의 지도자를 옥에 가둔 소치라

하늘에서
또 하나 다른 소래 있어 일렀으되—
일찍이
내 너희를
꿀과 젖이 흐르는
복지에 살게 하고저
애급(埃及) 땅에서 너희를 거느리고 떠나
광야를 헤매기 삼심육 년
이슬에 자고 뿌리를 삼키니
이는 다
아모라잇 기름진 땅을 기약한 것이거늘

이제 너희가
권세 있는 이방 사람 앞에 무릎을 꿇고
은(銀)을 받고 정의를 팔며
한 켤레 신발을 얻어 신기 위하여
형제를 옥에 넣어 에돔에 내어주니

내 너에게
흔하게 쌀을 베풀고

깨끗한 이빨을 주었거늘
어찌하여 너희는 동족의 살을 깨무느냐

동생의 목에 칼을 대는 가자의 무리들
배고파 견디다 못하여 쓰러진
가난한 사람들의 허리를 밟고 지나가는 다마스커스의 무리들아
네가 어질고 착한 인민의
밀과 보리를 빼앗아
대리석 기둥을 세울지라도
너는 거기 삼대(三代)를 누리지 못하리니

내 밤에 오리온 성좌를 거두고
낮에는 둥근 암흑을 솟게 하리며
보고도 모르는 쓸데없는
너희들 눈을 멀게 하기 위하여
가자 성(城)에 불을 지르리라

옳고 또 쉬운 진리를
두려운 사자라 피하여
베델의 제단 뒤에 숨어 도리어
거기서 애비와 자식이
한 처녀의 감초인 살에 손을 대고
또 그 처녀를 이방인에게 제물로 공양한다면

내 하늘에서 다시
모래비를 내리게 할 것이요
내리게 하지 않아도 나보다 더 큰 진리가
모래비가 되리니

그때에
네 손바닥과 발바닥에 창미가 끼고
네 포도원은 백사지(白沙地)가 되리니

그러므로
헛된 수고로 혀를 간사케 하고 또 돈을 모으려 하지 말며
이방인이 주는 꿀을 핥지 말고
원래의 머리와 가슴으로 돌아가
그리로 하여 가난하고 또 의로운 인민의 뒤를 따라
사마리아 산에 올라 울고 또 뉘우치라

그리하면
비록 허울 벗기운 너희 조국엘지라도
이스라엘의 처녀는 다시 일어나리니
이는 다 생산의 어머니인 소치라

「제신의 분노」 전문

시집의 제목이기도 한 인용시는 우선 제목부터가 이채롭다. 유일신의 분노도 아니고 '제신(諸神)', 곧 여러 신의 분노인 까닭이다. 기독

교적 신앙을 갖고 있는 자라면 적어도 '제신'이란 말은 쓰지 않았을 것이다. 그럼에도 작품의 내용을 읽으면, 대번에 알 수 있는 것처럼, 성서의 이야기가 주된 소재로 되어 있다. 어째서 유일신이 아니고 여러 잡신으로 구현되어 있는 것일까. 그의 작품을 꼼꼼히 읽게 되면, 그는 서구적 사상에 깊이 물들어 있음을 알 수 있는데, 어떻든 이 대목에 이르게 되면, 여기서의 '제신'은 오히려 그리이스, 로마적인 것과 가깝게 느껴지는 것도 사실이다. 유일신이 성립되기 이전에 신화적 세계를 지배한 것은 그리이스, 로마 시기의 '제신'들인 까닭이다.

이 작품은 구약성서의 '아모스서'를 바탕으로 쓰여진 시인데, 이를 지배하는 정서는 메시아적인 데에 있다. 인간의 원망을 담아서 신의 음성으로 들려주는 것이 메시아 사상의 핵심이라면, 이 작품이 의도하는 것은 적어도 초월적인 것과 분리하기 어려운 것이라 하겠다. 이런 초현실성이 어떻게 유물론자를 자처하던 설정식의 세계관에서 나온 것일까. 그렇기에 여기에는 몇 가지 요소를 고려하지 않으면 그 본질에 접근하기 어려울 것으로 보인다. 이는 '숨은 신'에 대한 그리움의 표방처럼 보이지만[22] 그 내면에는 미국적인 것과 그 근저에 놓여 있는 미국식 민주주의에 대한 향수와 밀접한 관련이 있는 것처럼 보인다.

종교는 내성과 깊은 관련이 있으며, 그것은 참회의 영역에 닿을 때 비로소 그 의미가 실현된다. 참회와 반성, 곧 회개를 매개하지 않고서는 신의 영역에 접근할 수 없거니와, 유토피아 역시 실현되지 않는다. 종교의 이런 원리는 이 작품에서도 그대로 재현되는데, 가령, "혀를 간사케 하고 또 돈을 모으려 하지 말며/이방인이 주는 꿀을 핥지

22 오세영은 잃어버린 공동체와 이를 만들어내고 숨어버린 신, 그 감추어진 신에 대한 그리움이 만들어낸 정서가 이 작품의 주제라고 했다. 오세영, 앞의 글, 참조.

말라"는 것은 계율이자 회개를 향한 절대적인 지평의 세계이다. 그리고 '원래의 지대' 곧 본연의 지대로 되돌아가라는 것은 이곳이 바로 인류 유년의 세계인 에덴동산이기에 그렇게 했을 것이다. 유물론자인 설정식은 이때 이처럼 초월적인 지대로 자신의 시선을 돌리고 있었다. 한때 역사의 객관적 필연성을 믿고 과학적 사고를 밀고나가던 주체는 이렇듯 그와 전연 반대되는 공간으로 향하고 있었던 것이다. 이 시기 그가 유물론보다는 유신론과 같은 신의 영역에 보다 더 기대고 있었음은 다음의 시에서도 잘 드러난다.

바늘 끝 차가운 별이 총총
가시 같은 밤에

또 총소리가 들린다
낙산(駱山) 바위 같은 심장이 또 하나 깨어졌다

민주주의자의 유언은
총소리뿐이다

총소리를 들은 모든 민주주의자가
조용히 이를 깨문다

그러자
또 총소리가 들린다

진리는 이렇게
천착만공(千鑿萬孔)이 되어야 하느냐

아 정말 신이라도 있으면 좋겠다
우리 편인 신이―

「진리」 전문

여기서 진리는 단지 총소리에 불과하다. 폭력을 진정시키고 질서를 위해 나아가는 것이 민주주의의 진정한 단면일지도 모른다. 그러나 지금은 그러한 민주주의를 실현시킬 수 있는 무대가 전혀 마련되어 있지 못한 현실이다. 그런데 그 무대를 단장하기 위해서 필요한 것은 과학적 사고나 객관적 토대가 아니다. 오직 신만이 이를 가능하게 할 뿐이다. 그래서 시적 자아는 그 신에 대한 끝없는 짝사랑을 하고 있다. 이렇듯 시인에게는 유물론이 떠나고 유신론만이 남아서 자꾸 스며들어올 뿐이다.

이 시기 설정식이 이렇듯 유물론을 포기한 것에 대해서는 몇 가지 추정이 가능할 것이다. 그것은 미국적인 것과 분리할 수 없는데, 이 시기 그의 무의식에 애초부터 깊숙이 자리한 것은 인민민주주의가 아니었다는 점이다. 그보다는 미국식 민주주의를 보다 선호했는데, 그 토양은 물론 앞서 언급대로 미국 체험에서 형성된 것으로 보인다. 그는 무주공산인 해방공간의 현실에서 이에 대한 꿈을 간절히 이루어보려 했지만 현실은 이를 용납하지 않고 있었다. 기대했던 미국과 그들의 비민주적 행보는 그로 하여금 좌절의 지대로 이끌고 들어 갔다. 군사기지가 있는 나라에 대한 관심이 아니라 군사기지 자체에만 관심을 가졌던 나라가 미국이었다는 시인의 판단이야말로 이를 증거한다고 하겠다. 광주학생의거와 중국의 완바이 산 체험에서 형성된, 철저한 민족주의자였던 그에게 이런 현실은 결코 받아들이기 어려웠을 것으로 보인다. 민족주의에 대한 강렬한 꿈이 처음에 그를 유물론적인 사고, 문학가동맹의 맹원이 되게끔 했지만 현실은 결코 만만한 것이 못되었다. 그 여정의 끝에 그가 선택한 것은, 여전히 그의 무의식에 놓여 있던 미국적인 것이었다. "시는 인문 다수의 공유물이 되게 하자"[23]라는 그의 선언에도 불구하고 자신의 작품은 대중 속으로 달려가지 못한 것이다. 그 앞에 놓여 있던 것이 바로 미국적인 것들이 방해하고 있었던 것은 아니었을까. 어떻든 그것을 쉽게 포기하지 못한 것이 그의 세계관의 한계였고, 그의 문학이 맞은 절망이었으며, 그를 역사의 비극적 무대의 주인공이게끔 만들었던 것처럼 보인다.

6. 에필로그

해방공간에서 설정식은 다른 어느 시인보다도 문제적인 작가였다. 그러한 특성은 그가 미국 경험을 제대로 했던 주체라는 것, 그리고 그에 따른 능숙한 영어 구사자였다는 사실에서 드러난다. 실제로 그의 그러한 배경들은 이 시기 절대적 영향력을 갖고 있었던 미군정청 공보국에 근무하게끔 만들었다. 그는 이를 토대로 자신이 경험했

23 「FRAGMENTS」 부분, 『전집』, p.204.

던 것들, 소망했던 것들을 실현시키고자 한 무대를 갖게 된 것이다.

하지만 대부분의 작가들과 마찬가지로 해방은 그들의 이상을 실현시켜줄 수 있는 공간으로 기능하지 않았다. 그래서 그들은 그러한 현실을 실현시키기 위해 조직을 구성해야 했고, 투쟁을 했으며, 이를 대신하고 초월하는 새로운 선택지를 찾아 나서기도 했다. 이는 설정식에게도 예외는 아니어서 그도 이 시기 다양한 실존적 변신을 시도하게 된다. 그는 자신이 꿈꾸었던 세계와 현실의 부조화를 미국적인 것에서 찾았지만 실패했다. 「프란씨쓰 두셋」과 「한 화가의 최후」에서 보았듯이 그는 자신이 그렸던 세계와 결코 동일화하지 못했던 것이다. 문학가동맹의 구성원들처럼, 그 역시 이런 한계를 인식하고 유물론적인 사고를 적극적으로 받아들이게 된다. 하지만 그의 시도는 어디까지나 미국적인 것의 테두리에서 벗어나지 못했다는 데 문제의 심각성이 있었다. 미국식 자유에 대한 집요한 집착이 이를 말해주거니와 미국 사회의 정신적 지주였던 유일신, 곧 기독교적인 것에 대한 그리움의 정서가 이를 증거한다. 하지만 그의 의식은 '유일신'으로 나아가지 못하고 '제신' 속에 갇혀버리는 또다른 한계를 표출하고 만다.

미국은 설정식에게 가능성의 기회를 주기도 했지만 좌절을 주기도 했다. 그러나 이런 정서에도 불구하고 그는 미국적인 것의 아우라를 결코 포기할 수 없었던 것으로 보인다. 『제신의 분노』가 말해주는 것처럼, 그는 미국적인 문화의 기반 가운데 하나였던 메시아 사상에 기대기도 하고, 여러 잡신에 대한 그리움의 정서를 거듭 표출한 것은 모두 이와 깊은 관련이 있다. 그러나 이는 어디까지나 기복적인 것에 한계지어지는 것들인데, 그것은 개인의 차원에서는 의미 있을지 모르지만 집단의 차원에서는 그 영향력이 현저히 미달되는 경우이다. 그는 이 한계를 초월하기 위해 유물론을 수용하기도 하고, 북쪽을 선택하기도 하지만, 그러나 그것은 어디까지나 선택의 문제에서 그쳤을 뿐이지 이를 딛고 한발자욱 더 나갈 수 있는 지대에까지는 이르지 못했다. 이처럼, 철저하게 자기화되지 못한 이념과 그 선택이 가져온 혼란, 그리고 한계, 그것이 그로 하여금 역사의 현장에 서지 못하게 한 것처럼 보인다. 불투명한 미래와 실존적 인간이 만들어내는 간극과 한계, 이것이야말로 그를 비극의 주인공으로 만들었던 실체였다고 할 수 있다.

제9장

상아탑의 시인

김동석론

김동석 연보

1913년 경기도 부천 출생.
1922년 인천공립보통학교 입학.
1928년 인천공립보통학교 졸업. 인천상업학교 입학.
1932년 서울 중앙고등보통학교 4학년 편입. 김동석으로 개명.
1933년 경성제국대학 예과입학.
1937년 첫평론 「조선시의 편영」 발표.
1938년 경성제국대학 졸업. 졸업논문 「매슈 아놀드 연구」.
1940년 주장옥과 결혼.
1944년 조선연극문화협회 상무이사.
1945년 주간 『상아탑』 간행.
1946년 시집 『길』과 수필집 『해변의 시』 간행.
1947년 평론집 『예술과 생활』 간행.
1948년 서울타임즈 특파원 자격으로 평양 남북 연석회의 참가.
1949년 제2평론집 『부르주아의 인간상』. 월북.
2009년 전집 『예술과 생활』(구모룡 편) 간행(범우사).
2010년 『김동석 비평선집』(이희환 엮음) 간행(현대문학).

1. 해방과 신인의 관계

김동석은 1913년 경기도 부천에서 태어났다. 1922년 인천공립보통학교에 입학했고, 이후 1933년에는 서울 중앙고보에 편입, 졸업을 하고 경성제국대학 예과에 들어간다. 그는 여기서 영문학을 전공하고 졸업 논문으로 1938년 「매슈 아놀드 연구」를 제출했다. 이런 도정에서 알 수 있는 것처럼, 그는 순탄하게 엘리트 코스를 밟으며 성장해 온 문인이다.

그가 처음 문필 활동을 한 것은 기록상 일제 강점기 시대로 알려져 있다. 1937년 평론 「조선시의 편영」[1]을 발표한 것이 그것이다. 하지만 그는 이 글을 마지막으로 일제 강점기에 더이상 문필 활동을 하지는 않았다. 그러니까 그는 해방 공간에 본격적으로 등장한 문인, 곧 신인이라고 보아야 할 것이다.

해방 직후 그의 문학 활동은 다른 어느 문인보다도 의욕적인 것이었다. 잡지 『상아탑』[2]을 간행하는가 하면, 조선문학가동맹 외국문학부 위원으로도 일했기 때문이다. 이런 활동의 결과로 그는 시집 『길』[3]과 수필집 『해변의 시』를 1946년에, 평론집 『예술과 생활』을 이듬 해에 발간하는 의욕을 보여주게 된다. 이후 1949년 『부르주아 인간상』을 간행한 다음 북쪽으로 넘어가게 된다.

북한에서의 행적은 거의 풍문 수준으로만 들려올 뿐 명확히 드러

1 『동아일보』, 1937.9. 9.-14.

2 이 잡지는 일년 뒤인 1946년 7호를 끝으로 종간하게 된다.

3 이 시집은 간기없이 발행되었지만 여러 정황상 1946년 간행되었다고 보는 것이 옳다.

난 것은 없다. 한국전쟁 때, 간부 계급장을 달고 서울에 왔다고 하기도 하고, 1951년 이후 개성 판문점 회담때 통역 장교로 있었다는 설이 있긴 하다. 하지만 그 어느 것 하나 확실하게 증명된 것은 없다.

해방 직후, 김동석을 주목하게 되는 것은 두 가지 사실에서이다. 하나는 이 시기 등장한 다른 신인들과 마찬가지로 윤리적 책무에서 비교적 자유로웠다는 것이고, 다른 하나는 이를 바탕으로 가장 열정적으로 자신의 문학관을 피력했다는 것이다. 앞서 언급대로 그는 짧은 시간에 여러 권의 수필집, 비평집을 간행했을 뿐만 아니라 그의 유일한 시집 『길』도 상재했는데, 이런 분량이야말로 다른 문인들을 압도하는 형국이라 할 수 있을 것이다.

지금까지 김동석에 관한 연구는 많이 이루어지지 않은 편이거니와 그것은 대개 비평의 영역에 집중되었다. 그것도 최근에 들어 이루어진 것이 대부분인 반면,[4] 그의 시에 대한 연구는 거의 없는 편이다.[5]

김동석의 문학 세계, 특히 비평관은 크게 세 가지 단계로 구분되는 것으로 알려져 있는데, 가령 제1기가 해방 직후부터 1946년 7월까지, 제2기가 1946년 7월부터 1948년 8월까지, 그리고 제3기는 1948년 8월부터 1949년 월북까지이다.[6] 이런 구분은 해방 공간에서 진행되었던 정치 사회적인 변곡점들과 대체로 일치하고 있는데, 실제로 그의 비

4 비평에 대한 연구들로는 다음과 같은 것들이 있다.
김윤식,「지식인 문학의 속성과 그 계보」, 『한국문학』 1996년 봄호.
손정수, 「김동석－상아탑의 인간상」, 『한국현대비평가연구』, 강, 1996.
이희환, 『김동석과 해방기의 문학』, 역락, 2007.
구모룡, 「김동석의 생애와 문학세계」, 『예술과 생활』, 범우사, 2009.

5 김효신, 「김동석 시집 『길』에 나타난 순수, 이념의 이분 양상 소고」, 『한민족어문학』48, 2006, 6.

6 이희환,「상아탑의 지식인, 김동석의 삶과 문학」,『김동석 비평선집』, 현대문학, 2010.

평들은 이 기준점을 바탕으로 변모하게 된다. 가령, '상아탑'의 정신을 내세운 초기 단계에서는 현실과 분리된 비평이 주를 이루었다면, 2기에서는 현실 속으로 들어가는 치열한 문학 정신을 보여주었고, 남쪽만의 정부 수립이후에는 다시 초기 비평의 정신으로 회귀하는 측면이 있었기 때문이다.

김동석이 펼쳐보인 비평관과 그의 창작물인 시집 『길』이 정확히 일치하는 것은 아니지만, 어떻든 시집 『길』이 담고 있는 시정신을 이해하기 위해서는 그의 비평관과 분리시켜 논의하는 것은 어려운 일이라 하겠다. 특히 시집 『길』이 1946년에 간행되었기에 이 시집과 그의 초기 비평과의 관계는 매우 밀접한 것으로 판단된다. 이 시기 그의 주된 비평 정신이었던 '상아탑'이 중요한 해석의 잣대가 되는 것은 이 때문이라고 할 수 있다.

2. '상아탑'과 시정신의 관계

김동석의 초기 비평의 핵심 개념 가운데 하나가 '상아탑'임은 잘 알려진 일이다. 그가 이 정신을 내세운 것은 해방 직후 그가 창간한 잡지 『상아탑』과 그 뿌리를 같이 한다고 하겠다. 여기서 그가 내세운 '상아탑'의 정신과 잡지 『상아탑』이란 무엇일까. 그리고 그 정신적 뿌리는 어디에서 기인하는 것일까.

우선 이 관계를 이해하기 위해서는 김동석의 성장 배경이랄까 학창 시절로 거슬러 올라가지 않을 수가 없다. 그는 포목상을 하는 아버지를 둔 까닭에 가정 환경이 비교적 여유로운 편이었다. 그러한 환경 덕분에 그는 서당에 다니고, 공부 이외의 운동과 음악에 취미를 두는 여유를 가질 수 있었다. 그는 이 시기 부유한 환경이 아니면 결코 접근할 수 없는 것들, 가령, 바이올린과 같은 악기를 접하기도 했다. 뿐만 아니라 그는 1933년 경성제국대학 예과를 입학할 수 있었는데, 이 또한 여유로운 가정 환경이 아니었다면 불가능한 경우였다. 이런 제도를 통해서 그는 자신의 '상아탑' 정신의 뿌리인 근대 이성, 곧 합리주의 정신 같은 것을 자연스럽게 취득했을 것이다.

두 번째는 경성제국대학 시절 그가 보여준 행보이다. 이 시기 핵심 제도 가운데 하나인 경성제국이 성립된 배경에는 다음과 같은 것들이 있었다. 이때 조선에서도 대학 설립의 필요성이 제기되었다. 이로 인해 가칭 조선민립대학기성회(朝鮮民立大學期成會)의 발기 총회가 개최되어 거국적인 민립대학 설치운동이 일어나게 된다. 이에 자극받은 일제는 이를 저지하기 위해서 또, 그러한 여론을 무마하기 위해 「경성제국대학령」을 공포하고 우리나라 최초로 관립 대학을 설립하게 된다. 여기에는 크게 법문학부와 의학부를 두었고, 다시 법문학부에는 법과, 철학과, 사학과, 문과 등 4개 학과를 두었다. 김동석이 입학한 곳은 법문학부였다. 그런데 그는 예과의 과정을 마치고 본과를 선택하는 과정에서 법과를 포기하고 문과를 선택한 다음, 여기서 영문학을 공부했다. 그의 주 전공 분야는 매슈 아놀드였는데, 그가 문과를 택한 이유는 이러했다.

> 세계관이란 단순한 지식이 아니요 생의 원리이기 때문에 일제 시대에 유물론적 세계관을 갖는다는 것은 스스로 형극의 길을 자원하는 것이나 진배없다. 그렇다고 고문(高等文官試驗)

이라도 패스해서 일제적 현실과 야합 한다는 것은 양심 있는 인텔리겐차로서는 참을 수 없는 타락이었다.[7]

이 글에서 알 수 있는 것처럼, 그가 입학한 것은 문과 A조였다. 그리고 여기서 예과 2년을 수료하고 나면 본과에 들어갈 수 있었다. 그런데, 그는 관료로서 나아갈 수 있는 길이 보장될 수 있었던 법과를 버리고 영문학을 선택하게 된다. 이 과정에서 만난 비평가가 바로 매슈 아놀드였다. 그는 아놀드를 졸업논문으로 쓰면서 그로부터 교양정신과 비판정신을 획득했던 것으로 보인다.[8]

김동석의 인용 글을 전적으로 수용한다면, 그가 해방 직후 내세운 '상아탑'의 정신이 무엇인지 어렴풋이 이해하게 된다. 그 하나가 제도에 대한 충실성과 거기서 자연스럽게 얻어진 이성의 정신이다. 대학이란 이성의 본산이다. 그것은 근대 합리주의가 만들어낸 최고의 제도이고, 현실을 조정하는 이해의 능력을 배양시키는 좋은 수단이었다. 그러한 토양은 김동석의 사상 형성에 매우 중요한 지렛대 역할을 한 것으로 보인다. 이 시기 동안 김동석에게는 제도가 주는 우산 속에 안주하면서도 이에 물들지 않는 일종의 도피처 역할을 했기 때문이다. 인용문이 해방 직후에 쓰여진 글이어서 그의 솔직성을 의심받을 수 있긴 하지만, 어떻든 그가 문과를 택했다는 것, 그리고 그로부터 순수 학문에 빠져들어갔다는 것 자체가 김동석에게는 대학이 현실과 거리를 두는 일종의 도피처였을 개연성이 무척 큰 것이었다

7 김동석, 「조선의 사상」, 『김동석 비평 선집』, 2010, 현대문학, p.290.
8 배호, 『예술과 생활』 서, 박문출판사, 1947, p.3.

고 하겠다. 왜냐하면, 시인이 생각하는 현실이 불온하다면, 이로부터 벗어나는 것 또한 소극적인 의미에서의 저항이 될 수 있었기 때문이다. 말하자면, 김동석에게 대학이라는 제도가 부여한 정신, 곧 이성의 정신이란 그의 표현대로 '상아탑'의 정신이 되었던 것이고, 이는 결국 이 시기 그의 사유를 지배한 절대적인 영역으로 자리했을 것이다. 그 자부심의 결과가 해방 직후 잡지 『상아탑』의 창간으로 구현되었던 것으로 보인다.

그는 대학 동창인 노성석의 도움으로 『상아탑』을 창간하게 되는데,[9] 이 잡지를 창간한 저간의 배경에는 경성제국대학시절의 제도 경험이 크게 작용했을 것이다. 말하자면, 그는 해방 직후 그가 일제 강점기부터 자신의 머릿 속을 지배하고 있었던 이 정신을 이 시기에도 그대로 실현하고픈 욕망이 깔려 있었다고 보아야 한다.

이미 몇몇 단편적인 언급에서 드러나긴 했지만, 이 시기 김동석이 구현하고자 했던 '상아탑'이란 도대체 어떤 것이었을까. 그가 '상아탑'이 어떤 것인가를 언급한 것을 간추리면 다음과 같다.

> 저속한 현실에서 초연한 것이 상아탑이다.[10]

> 상아탑은 차고 희다. 조선의 이성을 상징한다. 이성과 생명의 약동으로 충만하다.[11]

9 구모룡, 앞의 글, p.579.
10 「상아탑」, 『선집』, p.242.
11 위의 글, p.243.

과거 삼십육 년 동안 조선의 사실을 지배한 것은 일본제국주의였기 때문에 시대문학이 성립하기가 곤란하였다. 그래서 문학가들은 사실에서 도피하여 남몰래 상아탑을 건설하려 했다. 산문을 주장하던 최재서가 일제와 야합하고 시를 고집한 정지용씨가 끝끝내 문학가의 절개를 지킬 수 있었던 것은 결코 우연이 아니다.[12]

현실은 탁류다. 그러니 상아탑의 정신을 세워야 한다.[13]

동리는 소설가가 아니고 상아탑적 시인이었다.[14]

인용문들은 김동석이 '상아탑'이란 어떤 것인가를 피력한 것들이다. 이를 요약하자면, 상아탑이란 초현실적인 것이고, 또 이성적이기도 하고, 반세속적인 것이기도 하다. 이를 계기로 나온 것이 그의 문학관, 좀더 구체적으로는 문학에 대한 양식론적 관점이다. 그는 산문과 운문에 대한 자신만의 독특한 관점을 갖고 있었다. 그는 산문을 현실지향적인 것으로 인식한 반면, 운문은 그 상대편의 자리에 놓인 것으로 판단한 것이다. 이런 문학관은 실제로 이 시기 운문과 산문을 절대적으로 구분하는 지표가 되기도 하는데, 가령 미란 시의 세계이지 산문의 세계가 아니라든가 오직 운문만이 순수를 구현할 수 있다고 하는 인식 등이 그러하다.[15]

12 「비판의 비판」, 『선집』, p.207.
13 위의 글, p.211.
14 「순수의 정체—김동리론」, 『선집』, p.88.

운문과 산문이 갖는 장르적인 한계는 분명 부인될 수 없는 경계를 갖고 있다. 하지만 이러한 한계가 현실과 대응하는 미의식, 가령 숭고성을 실현하는 데까지 영향을 주는 것은 아니다. 그것은 어디까지나 작가의 세계관이나 창작방법에 국한되는 문제일 뿐이기 때문이다. 이런 단견은 이후 펼쳐지는 그의 문학론에서 곧바로 한계에 부딪히게 된다. 정치적인 글쓰기로 본격적으로 발전하는 1946년 이후에는 '상아탑'은 전혀 다른 의미로 사용하게 되는 까닭이다. 그 단적인 예가 되는 것이 1947년 이후부터 49년까지 지속된 김동리와의 순수참여 논쟁이다. 「순수의 정체-김동리론」에서 알 수 있는 것처럼, 상아탑은 여기서 현실을 초월한 절대 관념의 세계로 변질된다. 여기서 그가 표명한 '상아탑'은 어떤 비판 정신도 포용하지 못하는 형이상의 관념, 곧 주관의 틀 속에 갇혀 버리는 것이다. 논리적인 관점에서 볼 때, 김동석의 정신 세계에서 운문 형식이란 그저 한갓 잉여의 정서를 표현하는 수단으로 가치 절하 하게 된다.

하지만 그가 남긴 유일한 시집 『길』은 그저 남아도는 에네르기를 모아놓은 취미의 수준에 불과한 것일까하는 의문이 떠오르게 된다. 그 한계에 갇히는 것이라면 김동석은 『길』을 상재하지 말았어야 했다. 하지만 그럼에도 불구하고 시집을 간행했고, 거기서 자신의 정신 구조를 올곧이 드러냈다. 한편으로는 자신의 비평관을 충실히 수행하면서, 그리고 다른 한편으로는 이를 뛰어넘으면서 말이다. 따라서 그의 시집 『길』을 면밀히 검토할 필요성이 제기되는 것은 여기에 그 원인이 있다 하겠다.

15 「예술과 생활」, 『선집』, p.24.

3. 『길』의 세가지 의미 층위

1) 맑고 순수한 낭만적 세계

『길』은 앞서 언급대로 1946년에 간행된 시집이다. 해방공간의 현실을 감안하면, 그의 시집 상재는 매우 빠른 편이라고 할 수 있다. 그리고 그 분량도 제법 많은 편이다. 이 시기 대부분의 시집들이 한권의 분량으로 상재는 하였으나 그 담긴 시들은 그리 많은 편이 아니었다. 대개 20편 내외이면 충분했기 때문이다. 하지만 『길』에는 33편의 시가 실려 있다. 해방되고 나서 얼마 안 된 시기에 간행되었던 까닭에 수록된 시들이 모두 해방 공간에 쓰여진 것은 아닐 것이다. 실제로 이때 김동석이 공식 매체에 발표한 시들은 손에 꼽을 정도로 적은 편이다. 해방 직후인 1945년에 쓴 「알암」, 「경칩」, 「희망」과 1946년에 쓴 「나는 울엇다－학병 영전에서」를 쓴 것이 전부이다. 물론 시집에 실리지 않은 시도 한편 있긴 한데, 훗날 발굴된 「나비」[16]가 그러하다. 그래서 『길』에 수록된 작품들은 해방 전에 쓰여진 것도 상당수 포함되어 있었을 것으로 이해된다.

그러나 『길』에 수록된 시들이 해방 이전의 것이든 혹은 해방 이후의 것이든, 김동석의 시세계를 이해하는 데 있어 전연 방해되는 요소는 아니다. 그것들이 그가 표명한 문학관 곧, '상아탑'의 범주에서 벗어나는 지대에 놓여 있었던 것은 아니기 때문이다. 앞서 언급대로 그의 문학관이 바뀌는 시기는 1946년 5월, 정판사 위폐 사건과 그에 따른 남로당의 신전술을 계기로 새로운 단계를 맞이 하는 시점부터이다.

16 『우리 문학』 3, 1947년 3월.

김동석은 『길』을 간행하면서 이 시집을 세 부분으로 구분시켰다. 1장이 '풀잎배'이고, 2장이 '비탈길', 3장이 '백합꽃'인데, 그 각각의 세계를, "어디인지 모르게 사라지는 시의 세계", "반동적이지 않으려고 애를 쓴 나의 조그만 고집", "조선의 표징으로 시인이 아껴온 꽃"으로 대응시키고 있다. 실제로 시집을 꼼꼼하게 읽어 보면, 그의 이런 분류와 대응이 대체로 맞는 것임을 알 수 있다. 그럼에도 불구하고 각각의 시편들에는 미세한 편차가 있거니와 시대에 응전하는 방식도 조금씩 다른 경우를 발견하게 된다. 우선, 그의 시집에서 가장 먼저 발견할 수 있는 것은 맑고 순수한 세계에 대한 묘사 혹은 그에 대한 그리움의 정서이다.

산도
포플라도
물구나무를 섰소.

쇼도
구장님도
거꾸로 걸어 가오.

촌도
물에 빠져
한폭 그림이 되다.

「풍경」 전문

인용시는 한 편의 잘 그려진 풍경화처럼 비춰진다. 뿐만 아니라 "산도/포플라도/물구나무를 섰소"에서 보듯 동화적 상상력을 보여주기도 한다. 그러나 이 보다 더 중요한 것은 이 작품에는 현실이 추방되어 있다는 사실이다. 일상이 배제된 공간이 한 폭의 그림으로 남겨져 있는 것처럼 보이기 때문이다.

이 작품이 어느 시기에 쓰여진 것인지는 정확히 알려진 바 없다. 『길』의 앞부분에 게재되어 있으니 해방 이전의 작품일 공산이 매우 클 뿐이다. 그러나 앞서 언급한 것처럼, 작품 세계를 이해하는 데 있어 『길』에 수록된 작품의 발표 연대가 중요한 것은 아니다. 어차피 이 시집의 작품들은 모두 '상아탑'이라는 시정신에 포함시켜 논의할 수 있는 것들이기 때문이다. 김동석은 이런 서정의 세계를 두고 아마도 '상아탑'의 세계라든가 그 정신이 잘 구현된 것으로 이해했을 가능성이 크다. 특히 일상과 밀접한 것들이 산문과 관계된 것이고, 그 너머의 세계가 운문의 정신과 가깝다고 했기에 더욱 그러하다. 이 작품에서 세속을 뛰어 넘은 저편의 세계가 그려진 것은 그가 표명한 '상아탑'의 경계 속에서 그 의미를 갖는 것이기 때문이다. 이와 관련하여 또 하나 주목되는 것은 동심의 세계를 다룬 시들인데, 다음은 그러한 사례를 보여주는 대표적인 경우이다.

> 폭포가 말하기를
> "나는 바위에 부드쳐 부서지면서
> 노래를 부른다."
>
> 산이 말하기를

"나는 네 몸부림에 마음 아파
가치 통곡한다."

하늘은 아무 말 없이
산과 폭포와 소리를 함께
그 품에 안었다.

「자연」 전문

이 작품은 자연을 의인화하여 그것이 갖는 순수한 면을 표현한 시이다. 그리고 그러한 순수성을 더욱 극적이게 만드는 것이 이른바 동화적 상상력이다. 가령, "나는 바위에 부딪혀 부서지면서 노래를 부른다"라거나 "나는 네 몸부림에 마음 아파 같이 통곡한다" 등이 그러하다. 이런 담론은 서정적 고뇌를 부르지 않는, 감각적 표현의 세계에 불과할 뿐이다. 이런 정서적 표현이 동화적 상상력에 바탕을 둔 묘사, 곧 그림의 세계에서 가능하다는 점을 염두에 두면, 시인이 갖고자 했던 정서의 근원이 어디에 뿌리를 두고 있는 것인지를 알게 된다.

이런 의식을 가능하게 했던 것은 김동석이 의도했던 상아탑의 세계와 분리하기 어려운 것이라 할 수 있다. 특히 산문이 세속과 밀접한 연관 속에 놓여 있고, 이를 지속적으로 추구할 때, 탁류의 세계와 만날 수밖에 없을 것이라는 그의 판단을 고려하면 이는 더욱 설득력을 갖게 되는 것이라고 할 수 있다. 일제 강점기나 해방 공간의 시기(적어도 해방 초기의 시기)에 세속과 합일한다는 것은 불온의 늪으로 흘러 들어간다는 것을 의미했다. 그러니까 김동석은 현실과 차단한 미의 구현을 통해서 맑고 순수한 세계 속으로 들어가고자 했던 것이다.

하지만 이런 행보는 순간의 자의식적 결단이나 실존의 노력, 혹은 윤리적 확신을 갖는다고 해서 가능한 세계가 아니다. 스스로에 대해 채찍질하고 경우에 따라서는 윤리적 완결성에 대해 도전해야만 얻어지는 것들이었다. 하지만 일상 속에서 그러한 세계에 대한 구현이나 탐색이 늘상 편하게 다가오는 것은 아니다. 완벽하고자 하는 의지와 그렇지 못한 현실 속에서 오는 괴리야말로 그를 끊임없이 갈등하게 하는 주요 동인 가운데 하나로 작용하게 된다. 여기서 1920년대 낭만주의자들이 표명했던 낭만적 아이러니가 필연적으로 생기는 것은 어쩌면 당연한 수순처럼 보였다. 『길』에서 1920년대 시인들에게서 유행했던 낭만적 그리움을 담은 시들이 등장하는 것은 이 때문이라고 할 수 있다.

> 물 한모금 청했더니
> 그는 물 긷다 말고
> 수집게도 웃었소.
>
> 나도 드레박 줄을 잡고
> 우물 속을 드려다 보니
>
> 그와 나의 얼굴이
> 나란히 둘‧‧‧‧
>
> 내가 바란건 물이 아니오

그의 방실 웃음이었드라오.

「우물」 전문

이 작품을 읽노라면, 마치 파인 김동환의 초기 시들을 마주하는 느낌을 받는다. 김동환은 1920년대 민요시 그룹의 일원이었거니와 그가 담아내고자 했던 것은, 낭만적 아이러니가 만들어내는 사랑과 꿈의 세계였다. 그 한 예를 보여주는 작품이 「약숫물터」이다.

뻐국새 따라
산으로 오르니
약숫물터에
깨어진 물동이

어느 색시
성급하게도
물동이조차 버리고
그 사내 따라갔누

김동환, 「약숫물터」 전문

「우물」은 「약숫물터」와 여러 면에서 비교될 수 있다. 하나는 소재가 물이라는 점, 그리고 물의 거울적 속성을 이용하고 있다는 점에서 그러한데, 이보다도 더욱 중요한 상상력은 아마도 이를 통해 사랑의 감수성을 읊고 있다는 점일 것이다. 이는 현실의 부재와 전일적 자아 사이에 놓인 거리감이 만들어 놓은 것이다. 그 징검다리를 넘기 위한 것이 사랑이었고, 그 동인으로 작용한 것이 동경이었다. 따라서 이 두 작품은 유사한 연관을 갖고 있었던 것인데, 이런 맥락에서 「우물」은 김동석에게 있어서 1920년대 민요시의 부활과 비슷한 것이기도 했다.

그리고 이런 낭만적 꿈의 세계는 현실과 절연된 것이 아니라는 점에서 김동석이 말하는 '상아탑'의 정신과도 일정 부분 겹쳐지는 것이라 할 수 있다. 그가 일제 강점기라는 사회적 현실에 대해 긍정할 수 없을 때, 이런 세계에 대한 그리움만으로도 현실에 대한 경고 내지는 저항의 의미를 내포하는 것이기 때문이다.

2) 윤리적 실천을 향한 자기 수양

시인의 윤리 감각이나 자기 수양에 관한 정서들은 시집 『길』의 2부에 주로 나타난다. 그가 『길』의 후기에 쓴 것처럼, "반동적이지 안으려고 애를 쓴 나의 조그만 고집"[17]이라는 것에서 알 수 있는 것처럼, 1부 '풀잎배'의 시들보다는 현실과의 조응이 비교적 강하게 나타나 있다. 그러니까 여기에 수록된 작품들은 1부의 것들보다 현실과의 조응이 밀접해지고 있거니와 거기서 형성되는 긴장의 끈들이 자아에게로 엄격하게 회귀하는 것들의 모음집이라고 할 수 있을 것이다.

따라서 현실 너머의 세계에 있는 시적 자아의 시선들은 이제 '지금 이곳'의 한정된 공간으로 옮아오게 된다. 시의 시선이 현실 속에 갇히는 것은 두 가지 윤리적 결단, 혹은 실존의 냉정함이 요구되는 행위이다. 하나는 현실의 어두운 구석에 갇힌 것들을 자신의 시선 속

17 「『길』 후기 『길을 내놓으며』 참조.

에 끌어와야 하는 것이고, 다른 하나는 그 혼탁한 현실에 대해 뚜렷한 자기 영역을 만들어야 하는 것이다. 전자를 대표하는 시 가운데 하나가 「풀」이다.

> 구두ㅅ발로 진흙발로 구루마바퀴도 말굽으로 밟히는 풀. 밟혀도 밟혀도 죽지 않는 풀.
>
> 나는 너이들의 의지가 부러웁다.
>
> 송아지, 사슴, 토끼를 먹이는 풀. 아기네 각씨 되는 풀. 대보름날 작난꾼들 쥐불 놓는 풀.
>
> 나는 너이들의 덕이 부러웁다.
>
> 내 시방 깔고 앉은 풀. 내 죽은 후 내 무덤을 덮을 풀. 담뿍, 평퍼즘이, 여기도 저기도 돋아나는 풀.
>
> 나는 너이들의 생명이 부러웁다.
>
> 「풀」 전문

이 시는 1960년대 김수영의 시 「풀」을 연상케 하는 작품이다. 아니 김동석이 먼저 쓴 것이니 김수영이 이를 모방했을 개연성이 크다. 하지만 작품이란 영향관계를 무시하지 못하는 것이어서 김수영의 「풀」을 두고 그 모방의 한계만을 지적할 수는 없을 것이다. 잘 알려진 것처럼, 김수영이 「풀」에서 말하고자 했던 것은 민중의 강한 생명력, 혹은 저항성이다.

풀이 눕는다
비를 몰아오는 동풍에 나부껴
풀은 눕고
드디어 울었다
날이 흐려서 더 울다가
다시 누웠다

풀이 눕는다
바람보다도 더 빨리 눕는다
바람보다도 더 빨리 울고
바람보다 먼저 일어난다

날이 흐리고 풀이 눕는다
발목까지
발밑까지 눕는다
바람보다 늦게 누워도
바람보다 먼저 일어나고
바람보다 늦게 울어도
바람보다 먼저 웃는다
날이 흐리고 풀뿌리가 눕는다

김수영, 「풀」 전문

"바람보다 먼저 눕고 바람보다도 먼저 일어난다"는 이 질긴 생명성 말이다. 이 작품에서 풀은 민중성을 대표한다. 그런데 그러한 의장은 김동석의 「풀」에서도 예외가 아니다. 그렇지만 시대적 환경을 대입하면, 민중성보다는 민족성이 더 강하게 다가온다. 이 작품은 김수영의 「풀」보다 산문적 리듬에 의존하고 있는 까닭에 그 가락이 매우 거친 것이 사실이다. 따라서 시의 감칠맛이 떨어지고 감흥이 적은 경우이다. 하지만 이 작품을 이런 형상성이라든가 작품의 완성도를 가지고 말하기에는 여기에 내포된 음역이 깊고 넓다. 특히 그것이 일제 강점기에 창작된 것이라면 더욱 그러하다.

이런 한계에도 불구하고 '풀'이 민중성이 아니라 민족성으로 읽히게 되면, 그 저항의 진폭은 더욱 크게 울리게 된다. 아무리 '눌러도 용수철 튀어오르는 풀', '억압해도 다시 일어나는 풀', 이런 풀의 질긴 생명력이야말로 이 시기 민족에게 가장 요구되는 덕목이었다는 점에서 그러하다. 그런 면에서 이 작품은 이 시기가 요구하는 저항시 또 다른 항목에 넣어도 무방할 것이다.

이 작품에서 알 수 있듯이 김동석이 말한 상아탑의 정신은 이제 서서히 사회속으로 내려오게 된다. 자신의 시정신이 사회와 겹쳐진다는 것은 그가 말한 이성과 생명의 약동[18]과 분리하기 어렵게 결합되기 시작한 것이라 할 수 있다. 여기서 이성은 물론 비판 정신의 범주 내에 놓인다. 그런데 혹자는 이를 두고 또다른 비판의 말을 할 수도 있을 것이다. 가령, 그것이 말하는 것, 다시 말해 그것이 시대의 음역 속에서 지시하는 함의가 너무 관념적이지 않느냐고 말이

18 「상아탑」, 『선집』, p.243.

다. 하지만, 거대한 권력이 지배하는 현실에서 그에 맞선, 숨겨진 의장만으로도 그 의미가 있을 때, 이에 대한 표명만으로도 저항의 범주 속에 내포시킬 수 있다는 점에서 그 비판을 피해갈 수도 있을 것이다.

책 갈피에 끼어 둔 은행닢 하나
일년이 가도 푸른채로 있다.

사랑 앞에 서 있는 은행나무도
잎이 꼭 이만큼 자랐으리니

순이야 고향이 변함 없는가
한닢 따서 봉투에 넣어 보내라.

내 얼굴엔 주름살이 늘어 가도
마음은 은행닢처럼 푸르련다.

「은행잎」 전문

김동석이 '상아탑'의 정신으로 표나게 내세운 것이 이성의 작용이라든가 저속한 현실에서 탈피하는 것이었다. 여기서 이성이란 비판성과 불가분하게 결합된 것이거니와 저속한 현실이란 곧 세속으로부터의 탈출이었을 것이다. 그런데 이는 이 시기 세속으로부터의 탈피를 시도한 그룹 중 하나를 상기하게 된다. 그 가운데 가장 대표적인 것이 「문장」지였다. 가령, 상고정신(尙古情神)이라든가 탈속(脫俗)의 세계가 이들의 정신적 구조였다.[19] 반면 이에 맞서는 것이 『인문평론』지였다. 이 그룹을 이끌었던 대표적인 비평가가 최재서였고, 그 토양을 이룬 것은 산문정신이었다. 산문이란 일상과 분리하기 어렵게 결부되어 있는 것이어서 이들의 궁극적 행보가 세속주의에 떨어졌다는 것은 상식에 속하는 것이었다.[20]

김동석이 이 시기 시와 산문을 엄밀히 구분하고 시정신을 내세웠던 것은 『문장』지와 『인문평론』지가 걸어간 행보를 뚜렷히 응시한 결과였을 개연성이 크다. 그가 해방 직후 운문과 산문을 뚜렷하게 구분시키고, 탈속의 정점에 운문 정신을 위치시킨 것은 이와 밀접한 관련이 있기 때문이다. 그러니까 결국 시는 순수해야 한다는 것이 그의 요지이다.[21] 따라서 그러한 순수성에 접근하기 위해서는 자아의 변신 또한 요구되는데, 그것이 「은행잎」의 세계이다.

자연의 세계에서 불변성의 상징적 의장은 상록수이다. 그래서 그것은 자아의 윤리적 결단을 실현시키기 위한 좋은 매개가 될 것이다. 그렇지만 이런 상태를 유지하기 위한 항상성이 결코 쉬운 것은 아니다. 그에 대한 단적인 표현이 "내 얼굴엔 주름살이 늘어가도"가 될 것이다. 그러나 이런 현실에 녹아들어가는 것은 자신이 쌓아온 상아탑의 정신을 무너뜨리는 행위가 아닐 수 없다. 그래서 "마음은 은행잎처럼 푸르련다"라고 계속 다짐하는 것이다.

19 가령, 이태준의 고전취미라든가 정지용의 산수시, 가람 이병기의 고고한 난초의 세계가 바로 그러하다.

20 김윤식, 『한국근대문학사상비판』, 일지사, 1987, pp.122-142.

21 「시와 행동」, 『선집』, p.34.

나는 짐 실은 수레를 끌고 비탈길을 올라 간다.

인생의 고개는 허공에 푸른 활을 그리고
그 넘어 힌 구름이 두둥실 떴다.

길은 올라갈수록 가파르고 험하야－－－－

나는 잠시 수레를 멈추고
올라 온 길을 나려다 본다.

뱀인양 산비탈을 나려
가르마처럼 넓은 벌을 건너

아득히 내 고향 품속에 안기는 길－－－－

개나리꽃 핀 울타리에 기대여 서서
치마ㅅ자락으로 눈물 씻던 순이······

아아, 영영 돌아올리 없는 이 길에

나는 청춘의 그림자를 떨치고

인생의 고개 넘어 무엇이 있는진 몰라도

나는 짐 실은 수레를 끌고 비탈길을 올라 간다.

「비탈길」 전문

김동석의 시집 제목이 『길』인데, 인용시의 제목 역시 '비탈길'이긴 하지만 '길'이 소재로 되어 있다, 그러니까 '길'은 김동석의 시집에서 전략적인 이미지가 되는 셈이 된다. 그래서 이 작품에서 '길'은 다층적인 내포가 있다. 그는 '길'의 내포적 의미를 이렇게 말한 바 있다.

> 달은 밝아도 조선은 아직도 밤이다. '한데 뭉치자'는 식의 구호가 아니라 정말 조선 민족의 통일 전선이 완성될 때 비로소 먼동이 트고 붉은 태양이 쾌치며 솟으리라. 나는 그때가 올 것을 믿어 의심치 않고 앞으로 또 몇 해인지 몰라도 밤길을 묵묵히 걸어가련다. 그러나 벌써 나는 외로운 나그네가 아니냐.[22]

이 글은 시집을 간행하던 때인 1946년에 쓴 것이기에 이 때의 예민한 문제들을 담아내고 있다. 하지만 그의 시에서 갖고 있는 '길'의 이미저리는 동일하다는 점에서 그 의미가 있는데, 이는 자신이 나가야할 길, 곧 전망과 분리하기 어렵게 결합되어 있는 것임을 알 수 있다. 「비탈길」은 작품 속에 표명된 내용으로 추정컨대 해방 이전에 쓰여진 것으로 보인다. 특히 이런 추정이 가능한 것은 이 작품에 표

22 「『길』을 내놓으며」 참조.

명된 세계와의 관련성에서 그러한데, 가령, 여기에는 경성제국 대학 시절, 곧 상아탑의 중심에 있던 시절의 시적 자아가 오버랩되어 나타나는 듯한 착각을 불러일으킬 정도로 시대적 의무감이 잘 드러나 있기 때문이다. 이는 일종의 우등생 의식 내지는 선민 의식과 분리하기 어려운 것처럼 보인다. 그가 상아탑의 정신을 줄곧 견지하고 있었다면, 비탈길을 걷는 시적 자아야말로 선구자, 혹은 개척자의 심정을 담지한 경우이기 때문이다. 실상 이는 세속과 절연된 상아탑 속에 갇힌 자아만이 가질 수 있는 선험적 자아의 모습이라는 점에서 그러하다.

이렇듯 「비탈길」의 자아는 "짐 실은 수레를 끌고 비탈길을 올라가는" 고난의 수행자이다. 여기에는 시적 자아에게 두 가지 감당하기 힘든 장벽이 놓여 있음을 알 수 있다. 하나는 '짐 실은 수레를 끌고' 가는 자아이고, 다른 하나는 '비탈길을 올라가는' 자아이다. 어느 것 하나 만만한 것이 아닌데, 그래서 가는 도중 "길은 올라갈수록 가파르고 험하여" "잠시 수레를 멈추고/올라온 길을 나려다 보"는 행위가 반복된다. 그가 중간에서 되돌아 본, 그가 걸어온 길은 지나온 과거와 현재를 잇고 있는 것이었다. 그리고 그 과거의 시점에서 회상되는 길의 끝자락은 서정적 자아에게 아련한 추억을 제공한다. 그 추억의 공간에는 고향이 있고, '치맛자락으로 눈물 씻던 순이'도 있다. 하지만 그것은 과거의 추억일 뿐 현재의 것으로 재현되지 않는다. 그래서 자아는 그 길의 끝자락에 있는, 그런 추억의 공간이 "아아, 영영 돌아올 리 없는 길"이 된다. 거기서 시적 자아는 다시 "짐 실은 수레를 끌고 비탈길을 올라가"는 행위를 반복한다.

3) 전위를 향한 길

시집 3부의 제목은 '백합꽃'으로 되어있거니와 여기에 수록된 시들은 주로 해방 직전에 쓰여진 것으로 보인다. 은유와 상징 같은 시의 우회적 장치들이 사라지고 현실에 대한 직접적인 담론이 주로 담겨져 있는 까닭이다.

해방 직후 김동석의 행보는 민첩했다. 일제 강점기의 강단 경험을 살려 잡지 『상아탑』을 창간하여 자신의 이념적 교두보를 만들었기 때문이다. 뿐만 아니라 그는 '문학가동맹'에도 가입하여 이들과 이념적 보조를 맞추게 된다. 하지만 이런 행동의 민첩함에 비하여 실제 현실에 응전하는 시정신이랄까 문학정신은 매우 더딘 편이었다. 여기에는 아마도 두 가지 이유가 제시될 수 있는데, 하나는 해방 직후가 요구했던 윤리적 의무이고, 다른 하나는 현실에 대한 비과학적, 관념적 판단에 의한 오류의 결과에서 오는 것이라 할 수 있다.

잘 알려진 것처럼, 해방 공간은 높은 윤리적 감각을 요구했던 시기이다. 그것은 주로 친일에 대한 과거의 행적과 관련된 것이었는데, 그렇다고 해서 김동석이 일제 말기 친일에의 혐의가 있었다는 뜻은 아니다. 그는 일제 말기에 뚜렷한 문인 활동을 하지 않았기에 그가 자의적으로, 혹은 적극적으로 친일을 하지 않는 이상, 이 위험에 갇힐 근거는 하나도 없었다. 하지만 친일 여부만이 꼭 이 시기가 요구하는 윤리성에 부합하는가 혹은 그렇지 않은가를 결정하는 준거틀이 되지는 못했다고 할 수 있다. 친일 너머에 있었던 시인들에게도 또다른 윤리는 알게 모르게 요구되었는바, 그것은 어쩌면 문인으로서 항일의 실천적 삶을 몸소 보여주었던 이육사의 행보와 비교되었을 것이다. 그러한 자의식이 표명된 것은 오장환의 「조선시에 있어서의 상징」[23]이다. 그는 이 글에서 상징이 갖는 함의와 그것의 역능이 긍정될 수 없는 현실에 대한 또다른 비판임을 강조했다. 이는 문학 원론이 요구하는 두 가지 방식, 곧 외재적 접근이나 내재적 접근이냐를 따지는 문제인데, 후자란 현실과 무관한 방식이라는 것은 잘 알려진 일이다. 그럼에도 시인의 의식 속에 긍정되지 않은 현실을 헤쳐나가기 위한 최소한의 장치가 상징이었고, 그에 대한 훌륭한 묘사란 곧 부정적 현실에 대한 대항 담론이었다는 것이다.

오장환의 이런 논리는 김동석에게도 그대로 적용되는 문제였다. 해방 공간이 요구하는 윤리의식에 더 적극적으로 부응하기 위해서는 이에 준하는 자기 논리가 필요했던 것이다. 그래서 그 당위적 요구가 가져온 것이 바로 '상아탑'이라는 정신적 구조였다. '상아탑'은 그의 글에서 여러 각도로 조명되는데, 그 가운데 해방공간의 현실과 가장 부합할 수 있는 말은 바로 순수였다.[24] 그것은 불온한 현실과 멀리 거리를 두는 것, 그리하여 세속에 빠지지 않는 것, 그것이 바로 순수의 역능일 것이다. 따라서 일상에 대한 복귀를 강력히 요구하는 현실에서 이를 차단하는 자의식을 가질 수만 있다면, 그것은 또다른 의미에서 저항의 기제가 될 수 있다는 논리이다. 김동석이 어쩌면 현실과 부합하지 않을 수 있는 '상아탑'의 정신을 표나게 강조한 것은 이와 밀접한 관련이 있었다고 하겠다.

두 번째는 이 시기 대부분의 문인들에게서 드러났던 것처럼, 현실

23 『신천지』, 1947.1.

24 그가 예술을 위한 예술, 곧 순수의 본령으로 서정시를 언급한 것도 이와 밀접한 관련이 있다. 그는 산문과 달리 시를 일상의 현실을 벗어나는 절대적 형식으로 본 것이다. 「예술과 생활」, p.27. 참조.

에 대한 비논리적, 비과학적 사유의 문제이다. 가령, 미군정과 가장 대립적인 위치에 서 있던 남로당조차 미군을 해방군의 한 세력으로 인식한 것이 그것이다. 그러니까 김동석은 해방 공간을 모리배나 친일파 정도가 일으키는 작은 탁류 정도로 생각했던 것처럼 보인다.[25] 이는 해방 초기 그의 관심이 주로 시 장르에 편중되어 있는 것에서도 잘 알 수 있다. 물론 그는 1946년 중반, 그러니까 시집 『길』이 나온 이후 사회 비판적인 글쓰기로 발전하는 단계에서는 시론에서 소설가론, 소설 비평으로 나아간다. 이는 그의 상아탑 정신이 주로 운문 형식과 그것이 표현하는 내용에 관심을 갖고 있었음을 말해준다고 하겠다.

달은 없어도 별이 총총해
은하가 머리 위에 동서로 뻗치고
반디불 하릿하게 나르는데
나는 혼자서 발길을 걷는다.

마을은 어둠 속에 잠들고
버레 울음소리에 밤은 깊어가는데
멀리 보힐 듯 말듯한 불빛은
남편 기다리는 안해 있음이리라.

25 그의 이런 사고는 이 시기 비교적 과학적 인식에 대응했던 임화 시들에 대한 비판이나 형식 위주의 시들을 함께 비판한 것에서도 잘 드러난다. 그는 이때의 현실을 탁류 정도로 인식하고, 거기서 시의 내용을 걸러낸 오장환의 시에 대해 비교적 긍정적 평가를 내리는 것도 이 때문이다. 김동석, 「탁류의 음악」, 앞의 책, p.61.

길은 수수밭 사이를 지나
포도 향기 그윽히 풍겨오는데
어데서 개 한 마리 요란히 짖음은
내 발자국 소리에 놀라 깸 인가.

나무 나무들도 잠든듯 한데
바라뵈는 산들의 침묵은 무겁고
가도 가도 끝 없을 나그네ㅅ길임에
주저앉어 목놓아 울고만싶다.

그래도 이 길이 별빛에 히고
여러 동무가 내 앞에 걸어갔음에
나는 어둠 속에서 헤매지 않고
또 다시 용기를 얻어 발을 옮긴다.

길은 힌 강물처럼 구비쳐
어둠 속을 잠들어 산 속에 들고
이 밤이 다하는 산봉우리에선
붉은 태양이 홰치며 솟으리라.

「길」 전문

해방 직후 김동석의 시세계는 이전의 것과 비교했을 때, 큰 편차를 보이고 있는 것은 아니다. 다만, 현실에 대한 발언이 직접성을 갖고 있는 것 이외에 특히 달라진 것은 없다. 인용시는 그의 유일한 시집인『길』의 표제시이다. 이런 경향의 시가 한 시인의 시정신을 대변한다고 할 때, 시인의 시정신 혹은 시집의 방향성을 일러준다는 점에서 중요한 시사점이 된다고 하겠다.

이 작품은 아마도 해방 직전에 쓰여진 것으로 추정되는「비탈길」과 대비된다는 점에서 그 의미가 있다. 그 연장선에서 '길'은 두 가지 함의가 있는데, 물론 여기서의 내포가 그가 비평에서 선보인 문학관과 크게 다른 것은 아니다. '길'의 첫 번째 의미는 자기 자신의 실존적 결단과 밀접한 관련이 있다. 김동석은 자신 앞에 놓여진 길을 '혼자서' 걷고 있다. 뿐만 아니라 그렇게 걷고 난 뒤 자신을 기다리고 있는 "남편 기다리는 아내 있음"의 길, 곧 자신의 집으로 향하는 길이 놓여 있다. 여기서 '혼자서'라든가 '아내로 향하는 길'에서 알 수 있듯이 그 앞에 놓인 길이란 비과학성, 혹은 소시민성으로부터 거의 나아가지 못하는 수준을 보이고 있다. 이런 맥락은 오히려「비탈길」에서 보여주었던, 시대가 부과하는 중량에도 미치지 못하고 있는 것이다. 어쩌면 낭만적 자의식에서 나오는 한가한 넋두리를 하고 있는 것이 이 작품의 실체이다. 이런 면은 그가 지금껏 강조했던 상아탑의 그것과 동일한 것이었다. 그저 혼자 고고히 걸어가는 것, 세속의 탁류에 덧씌워지지 않고, 자신만이 생각하는 고고한 길에 불과할 뿐이기 때문이다.

그리고 두 번째는 해방 공간에 대한 시인의 현실관이다. 해방이 되었으니 그에게 다가오는 여러 필연적인 상황들에 대해 그가 자유롭지 않았음은 당연한 것이라 하겠다. 하지만 적어도「길」을 쓸 때까지 그는 이 시대가 놓여 있는 상황과, 그리하여 이를 딛고 나아가야할 어떤 전망에 대해 뚜렷한 자기 확신을 갖고 있지 못했던 것으로 보인다. 서정적 자아는 자신 앞에 펼쳐진 길, 그렇지만 이미 앞선 동지들이 나아갔던 길이기에 이를 당연히 따라야한다는 낭만적, 비과학적 인식을 보여주고 있는 것이다. 그가 왜 이러한 길을 가야하는지, 그리고 그런 필연성을 요구했던 사회구성체가 무엇인지에 대해서 어떤 정확한 모형을 제시하지 못하고 있는 것이다. 혹시 모를 "붉은 태양이 홰치며 솟으리라"는 막연한 기대 속에 자신의 발걸음을 '길' 위에 올려 놓고 있을 뿐이다.

가을은 기쁘고도 슬픈 시절
금잔디는 아르목인양 따사롭고
알암은 하나 둘 떨어져
다람쥐의 눈을 숨기고 있다.

시내물은 잦아들어 돌 들어나고
산은 단풍들어 붉은데
울어야 좋을지 웃어야 좋을지
알암은 땅에 나동글어져 있다.

삶은 기쁘고도 슬픈 것
죽음은 슬프고도 기쁜 것
죽어서 살려는 알암의 뜻
혁명가의 뜻이 이러 하니라.

「알암」 전문

이 작품은 발표 시기가 분명하게 밝혀진, 이 시기 그의 몇 안되는 작품 가운데 하나이다.[26] 인용시에서 알 수 있는 것은 현실 변혁에 대한 그의 의지란 한갓 이런 고풍스런 분위기 속에서 형성된 소박한 것이었다는 점이다. 그렇다면 이런 소박성이란 도대체 어디서 오는 것일까. 「길」에서도 본 것처럼, 해방은 그에게 낭만적인 것, 혹은 센티멘탈한 것이라는 수준, 다시 말해 그 이상도 그 이하도 아니었다. 자연의 법칙 가운데 하나인 '알암'의 운명을 통해서 혁명가의 이상을 키운다는 것 자체가 쉽게 납득할 수 없는 것이기 때문이다.

물론 그가 이런 인식을 보인 것은 이 시기 줄곧 견지해 왔던 '상아탑'의 정신을 떠나서는 성립할 수 없는 것들이라 할 수 있다. 앞서 언급한 대로 '상아탑'이란 그에게 강력한 저항정신으로 자리 잡고 있었기 때문이다. 일제 말기라는 혼탁한 현실 속에 적어도 이상적 현실에 대한 상징이자 일상으로부터 거리를 두고 있었던 상아탑이란, 곧 저항의 상징으로 비춰졌을 것이다. 이런 태도는 해방이 되어서도 전연 달라지지 않았다. 현실 너머의 관념의 세계가 맑고 순수한 세계이고, '알암'이 떨어지는 자연의 법칙이란 그의 이런 자의식을 만족시키기에 충분한 것이었다고 하겠다. 그러니 여기서 얻어지는 혁명의 의미야말로 그가 이 시기 추구할 수 있는 최선의 선택이 아니었을까 이해되는 것이다.

학병 영전에서
나는 울었다.

26 『한성시보』, 1945년 10월.

약하고 가난한 겨레
아름다움이 짓밟혀 슬픈 땅
조선의 괴로움을 안고
눈물을 깨물어 죽이며
마음에 칼을 품고 살아왔거늘

불의의 싸움터로
그대를 목 매여
왜노한테 끌리어 갈 때도
나는 울지않은
악독한 마음을 가진 놈이었거늘

그대들 돌아와
왜노를 쫓고
독사 숨은 풀밭을 갈어
꽃시 뿌리며
새로운 조선을 노래할 때도
나는 모른척 도사리고 앉아있었거늘

아아 이 어인 눈물이냐.
마음에 품었던 칼을 번득여
독사를 버히라.

겨레의 피를 빠는 징그러운 배암,

저 독사가 보히지 않느냐.
쌍갈래 갈라진 혀ㅅ바닥이
낼름거리는 것을 보라.

그러나 나는 울었다
울기만 한 것이 원통해서
나는 또 흐느껴 울었다.

「나는 울었다－학병 영전에서」 전문

인용시도 「알암」과 더불어 그 발표 서지가 구체적으로 알 수 있는 작품 가운데 하나이다.[27] 이 시는 아마도 일제 징용으로 끌려가 학병이 된 사람들에 대한 흠모, 혹은 애틋함을 표명한 시이다. 제2차 세계대전이 펼쳐지는 어느 곳에서 억울하게 죽어간 그들의 영혼을 위무하는 송시(頌詩)인 셈이다. 서정적 자아는 이들을 매개로 현재 '독사와 같은 현실'로부터 벗어나고자 한다. 말하자면 죽은 유령을 통해서 현재의 악을 구축하고자 애원하는 것이다. 이 또한 앞의 「알암」과 비슷한 정신 구조를 갖고 있다는 점에서 주목을 요하는 것인데, 이렇듯 김동석의 시편들은 해방 공간의 현실과 전연 동떨어진 곳에서 그릇된 현실을 반영하고 있었다. 하지만 이런 김동석의 전반적인 문학관과 비교하면, 색다른 면도 전혀 없는 것은 아니다. 비록 후기의 일이긴 하지만, 김동리와 펼쳐진 순수 논쟁을 상기하면,[28] 이런 인식은

27 『자유신문』, 1946년 2월.
28 「민족문학의 새구상－김동리, 김동석 대담」, 『국제신문』, 1949.1.1.

전연 엉뚱한 국면이기 때문이다. 그리고 이런 비과학성과 더불어 시적 주체는 슬픈 센티멘털 속에 함몰되어 거기서 빠져나올 계기조차 마련하지 못하고 있기까지 하다(그러나 나는 울었다/울기만 한 것이 원통해서/나는 또 흐느껴 울었다). 부조리한 현실이 서정적 자아가 운다고 해서 쉽게 소멸되는 것은 아닐 것이다.

이런 정신 세계 역시 현실 속에 녹아들어가지 못한 그의 서정시가 갖고 있는 한계가 아닐 수 없을 것이다. 그는 산문 만이 현실 속에 들어가 그 치열한 갈등의 현장을 붙잡아낼 수 있다는 그릇된 장르관을 갖고 있었다. 그러니 그의 논법대로라면 서정시가 일상의 현실에서 할 수 있는 일이란 아무 것도 없게 된다. 특히 "예술을 위한 예술"이 아니라 그 반대편의 예술 논리를 갖고 있는 그에 기댄다면 일상에서 서정시의 역할은 거의 없다고 보아도 무방하다. 그럼에도 그는 시를 썼고, 거기서 자신의 정서를 표출했다. 하지만 해방 공간에 쓰여진 그의 시들에서 보듯 서정시를 매개로 현실을 투시해서 거기서 어떤 의미있는 영역을 길러낼 수 있는 것들은 아무 것도 없었다. 그러니 서정시에서 울분과 다짐 이외의 다른 요소들을 찾아내는 것은 쉬운 일이 아니었을 것이다.

물론 그러한 울분은 현실에서 어떤 것도 할 수 없는 현실에서는 긍정적인 가치를 가질 수도 있었을 것이다. 그것이 일상의 현실에서 아무런 비판적 감각을 가질 수 없었던 일제 강점기였다. 거기서 그가 애지중지하고 있었던 '상아탑'의 정신은 빛날 수도 있었을 것이다. 하지만 해방은 그의 표현대로 "예술을 위한 예술"이 설 자리가 거의 없는, 아니 미약한 형태로만 존재할 수밖에 없는 공간이었다. 그런데 이를 이해하고 있었던 그가 여전히 일제 강점기에나 유효할 수 있는 감각을 서정시에서 표명하고 있었던 것이다. 시인이 갖고 있었던 세계관과, 시에 대해서 갖고 있었던 장르적 한계에서 그의 서정시들은 충돌하고 있었다. 그는 그러한 충돌을 벗어날 수 있는 길을 적어도 서정시에서는 발견할 수 없었을 것이다. 그러니 그 앞에 펼쳐진, 가능성이 많은 '길'을 혼자서 걸을 수밖에 없었고, 바꿀 수 있는 현실을 바꾸지 못한다고 한탄하면서 그저 '울'수밖에 없었던 것이다. 그것이 시집 『길』이 갖고 있는 한계이자 그의 세계관의 한계였다.

4. 상아탑의 의의와 한계

김동석은 해방 공간에 갑자기 등장한 시인이자 비평가였다. 그는 일찍이 1937년 비평 하나를 쓴 바 있지만, 그의 본격적인 문학 활동은 해방 이후 시작되었다. 짧은 기간 동안 그는 시인으로서, 수필가로서, 혹은 비평가로서 많은 족적을 남겼다. 특히 당시에는 낯설었던 '상아탑'의 개념으로 시와 비평을 이해했고, 또 이를 준거틀로 삼아 해방이라는 특수한 공간을 헤쳐나가기도 했다. 뿐만 아니라 김동리와는 순수, 참여 논쟁을 통해 문학의 사회적 역할과 임무에 대해 밀도 있는 검토를 시도했다. 특히 이 논의가 의미가 있었던 것은 이후 한국 현대 문학에서 끊임없이 시도되었던 참여, 순수 논쟁의 시발점이자 원형으로 자리했다는 사실이다.

해방 공간에 자신만의 독특한 문학관을 전개했던 김동석은 1949년 어느 시기에 월북하게 된다. 아마도 1949년 중반쯤으로 추측되는데, 그는 아마도 처음부터 북쪽으로 갈 생각은 없었던 것으로 보인다. 그 나름 남쪽에서 적응하고 견뎌보려 했던 것으로 보인다. 이 시기 대부분의 진보 성향 문인들이 월북한 직후였기에 그러한 개연성은 더욱 크다고 하겠다. 그의 월북과 관련하여 한 가지 시사점이 될 수 있는 것은 백범 김구와의 인연이 크게 작용하지 않았나 생각된다. 김동석은 『서울타임즈』 특파원 자격으로 1948년 남북연석회의에 김구와 같이 참석한다. 여기서 그는 평양의 인상을 담은 「북조선 인상」을 남기게 된다. 이 글에서 그는 북에서 시행된 토지 개혁에 대해 크게 공감하는 면을 피력한 바 있다.[29] 그럼에도 그는 곧바로 북을 선택하지는 않았다. 하지만 점점 탄압의 강도가 세지는 남조선의 현실에서 그는 김구의 죽음을 목도하게 되고, 이로부터 큰 충격을 받았던 것으로 보인다. 그의 월북이 김구의 사망 직후에 이루어진 것이 이를 증거하는 것이라 하겠다. 그가 남쪽의 사회에 적응하려고 했던 것은 실상 그의 문학론에서도 어느 정도 알 수 있었던 바라는 점에서 그러하다. 그는 김동리와 더불어 순수, 참여 논쟁을 벌였지만, 자신이 주창했던 문학관이 문학가동맹의 그것을 꼭 실천하는 것은 아니었다. 가령, 노동 계급의 이념을 표나게 주장하거나 그 연장선에서 당파성이 매개되는 민족문학 등을 주장한 것은 매우 드물었기 때문이다. 그것은 그의 노선이 아마도 민족주의적인 것과 밀접한 관련이 있지 않았나 하는 추측을 불러일으키는 대목이다. 이는 이 시기 이러한 노선을 견지했던 정지용의 그것과도 매우 유사한 경우였다.[30]

29 구모룡, 앞의 글, p.580.

30 정지용의 행방과 관련한 여러 추측도 실상은 그가 해방 공간에 선택했던 노선과 관련이 있었는데, 잘 알려진 대로 정지용의 사유의 근저에 놓인 것은 민족주의였고, 그것이 그의 행동을 결정하는 중요한 거멀못이 되었다.

어떻든 비평 분야에서 보여주었던 이런 굵직굵직한 업적에도 불구하고 시인으로서의 김동석의 삶은 그다지 성공적인 것이었다고는 할 수 없을 것이다. 그가 해방 직후 내세운 '상아탑'의 정신은 그 의의와 한계를 뚜렷이 갖고 있었기 때문이다. 김동석은 전기에 나와 있는 것처럼 경성제국대학 출신이고 여기서 인문학, 구체적으로는 영문학을 공부했다. 그가 '상아탑'을 문학 정신으로 내세우게 된 데에는 이 때의 학업 경험이 매우 크게 작용했던 것으로 보인다. 특히 제도로서의 대학이란 세속과 일정 정도 거리를 갖는 것일 수밖에 없는 것이어서 친일에의 위험을 비껴설 수 있었다. 그런 면에서 이때의 상아탑 정신은 그 나름대로 시대정신으로서 의미가 있었다고 하겠다.

물론 그가 표방한 '상아탑'의 개념은 해방 직후 정립된 것이지만, 어떻든 김동석은 해방 공간에서 이 정신이 여전히 유효한 것이라고 믿었던 것처럼 보인다. 그것은 그가 구분시켜 놓은 운문과 산문이라든가 순수와 탁류 사이에 놓인 거리를 보면 금방 알 수 있는 일이다. 그리고 그런 사유의 저변에는 해방에 대한 과학적 인식보다는 심정적인 인식, 다른 말로 하면 센티멘털한 정서로부터 벗어나지 못했다는 사유의 한계가 놓여 있었다. 이런 단면들은 그가 남긴 유일한 시집이었던 『길』에 고스란히 나타나 있다는 점에서 주목을 끄는 것이라 하겠는데, 시집 『길』의 내용들은 그가 비평에서 정립시킨 '상아탑'의 정신으로부터 한걸음도 나아가지 못하는 것이었다. 그는 '길'이 갖고 있는 상징성을 통해서 전위로서의 자아와 전망의 세계를 굳건히 하고자 했지만 그것은 어디까지나 다짐의 차원, 곧 심정적 차원에서 그치는 것이었다. 이는 『길』의 전략적 이미지가 서정적 자아의 지시적인 차원에서 그치고 있거니와 현실에 대한 본질적 요소가 거의 반영되지 않고 있다는 점에서도 확인할 수 있다.

그럼에도 시집 『길』이 갖고 있는 의의 또한 부정할 수 없는 것인데, 그것은 해방 공간에 갖추어야할 윤리적 의무를 잘 그리고 있었다는 점이다. 물론 여기에도 전혀 한계가 없는 것은 아니다. 해방 공간이 요구하는 수준 높은 윤리적 요구를 수용하기 위해 '상아탑'의 정신을 의도적으로 드러내고자 했던 작위성의 혐의로부터 자유로운 것이 아니기 때문이다. 하지만 이런 한계에도 불구하고 해방 전후에서 요구되는 모랄의 감각을 서정시의 차원에서 이렇게 표명한 것은 예외적인 일이었다고 하겠다. 특히 산문이 갖고 있는 솔직성으로도 도달하지 못한 이런 윤리 감각을 우회적 장치가 심한 서정시의 영역에서 이루어내었다는 것은 분명 그 사시적 의미를 인정받아야 하기 때문이다. 그것이 시집 『길』이 갖고 있는 한계이자 의의였다.

한국 현대 현실주의 시인 연구

제10장

계몽주의자에서 민족주의자로

여상현론

여상현 연보

1914년 전남 화순 출생. 본명 여상현(呂尙鉉).

1932년 『동아일보』(8.19)에 「탐승수점(探勝數點)－기일」, 「탐승수점－기이」 발표.
이 글들은 브나로드운동의 일환으로 화순 등에서의 강습회를 마치고 주변의 경치를 보고 쓴 것임.

1933년 『매일신보』에 시 「추우」, 『조선일보』에 시 「포구의 노파」 발표.

1935년 고창고보 졸업.

1936년 서정주가 주관하던 『시인부락』에서 활동.

1939년 연희 전문 졸업.

1945년 문학가동맹 가입.

1946년 『서울신문』 기자.

1947년 유일한 시집 『칠면조』(정음사) 간행.

1950년 전쟁중 행방불명(납북되었다는 설도 있음).

1. 시인의 문학적 기반

여상현은 1914년 전남 화순에서 출생했고, 이곳에서 보통학교를 졸업한 다음, 1935년 고창고보를 거쳐서 1939년에는 연희전문을 졸업한 것으로 되어 있다. 해방 직전의 활동에 대해서는 뚜렷이 드러난 것이 없고, 해방 이후인 1946년에는 서울신문 기자로 활동하기도 하는 한편 문학가동맹에 가입한 것으로 되어 있다.

하지만 이런 이력에도 불구하고 여상현은 우리 시사에서 꽤나 낯선 이름이다. 그러한 낯설음이란 우리 문학사에서 늘상 따라다니던 문제 가운데 하나인바, 그것은 다음 몇 가지 이유에서 그러하다. 하나는 우리가 처한 현실적 상황이다. 잘 알려진 대로 우리는 격심한 이데올로기의 대립을 겪어 왔고, 또 그것이 원인이 되어 전쟁이라는 극단적인 상황을 맞이하기도 했다. 전쟁이란 표면적인 상흔에서 그치는 것이 아니라 정신적 상처를 깊이 남기기 마련인데, 이런 상황은 우리에게도 예외가 아니어서 특정 정치 제제의 강화와 그에 따른 콤플렉스를 원체험으로 갖게 하게끔 만들었다. 지난 시기 우리 사회를 지배했던 레드 콤플렉스가 그것이다. 그리하여 이 덫에 걸리게 되면 누구도 여기서 자유롭지 않았거니와 그가 문인이라면 예외 없이 금지의 지대로 남아 있어야 했다.

여상현 역시 일제 강점기와 해방을 거치면서, 그리고 또 전쟁의 와중에 이 이데올로기로부터 자유로운 존재가 아니었다. 그는 자신의 장남과 더불어 행불자가 되었고, 그 사라짐이야말로 다양한 추측을 낳게 하는 배경이 되었다.[1] 그의 선택이 자의에 의한 것인가, 혹은 타의에 의한 것인가 하는 문제는 중요하지 않았다. 그 결과만이 중요했던 것이고, 그리하여 그는 남쪽의 문학사에서 일정 기간 동안 금단의 영역에 남아 있어야 했다.

둘째는 여상현 시인이 남긴 작품 상의 특성이다. 그의 문단 데뷔는 1936년 서정주와 더불어 창간한 『시인부락』에 작품을 발표하면서 시작한 것으로 알려져 있었다.[2] 하지만 최근의 세밀한 조사에 의하면, 그의 작품 활동은 이 보다 훨씬 앞으로 거슬러 올라 가게 된다. 그는 1933년 『매일신보』에 「추우(秋雨)」를, 『조선일보』에 「포구의 노파」라는 시를 발표한 것으로 되어 있기 때문이다.[3] 뿐만 아니라 이보다 1년 전에는 신문, 잡지 등에 자신의 농촌 계몽 운동을 한 경험을 토대로 수필 등을 발표한 바 있다. 이렇게 본다면, 그의 등단은 이미 1930년대 초반에 이루어진 것으로 보아야 한다. 등단 기점으로 본다면 그는 결코 늦은 것도 아니었거니와 그의 문학 활동은 꽤 오랜 시간 동안 지속되었다고 보아야 한다. 하지만 그가 남긴 작품 유산이란 1947년에 간행된 시집 『칠면조』[4]가 유일하다. 그러한 까닭에 그는 흔히 말하는 과작(寡作)의 시인이었다. 이와 비슷한 시기에 등단해서 역시 비슷한 삶을 살다간 윤곤강과 대비된다고 할 수 있는데, 그는 무려 6권의 시집을 상재했다.[5] 이에 비하면 여상현의 시작 활동은 실로 일천

1 이념적인 경사가 어느 정도 있었던 문인들이 체제 선택에 있어서 비교적 뚜렷한 방향성이 있었던 것에 비하면 여상현의 행보는 이와는 다른 사정에 의해 이루어졌다는 점에서 그 특이성이 있었다.

2 그는 이 잡지 1호에 「장」, 「호텔앞 광장」, 2호에 「법원과 가마귀」, 「호흡」 등을 발표했다.

3 김승구, 「여상현 시의 민중지향성」, 『국제어문』 54, 2012. p.283.

4 1947년 9월 정음사 간행. 『칠면조』의 서문에 의하면, 여상현은 친구이자 정음사 대표였던 최영해의 권고에 의해 이 시집을 간행했다고 한다.

5 윤곤강은 등단 이후 특히 1930년대 후반에 『대지』를 비롯한 4권의 시집을, 그리고

한 것이 아닐 수 없었다. 작품의 다소 여부로 시인의 의미라든가 시사적 의의를 말하는 것은 어려운 일이지만 그렇다고 마냥 무시할 수 있는 것도 아니다. 이런 면들이 여상현 시에 대한 관심의 축소로 이어지지 않았나 생각된다.

한국 전쟁 직후 여상현이 보여주었던 행보, 다시 말해 행불자가 되었다는 사실 때문에 그에 대한 접근은 한동안 괄호 상태에 놓여 있었다. 하지만 1988년 해금 이후 그에 대한 관심도는 서서히 수면 위로 올라오게 되었고, 이후 많은 연구 축적들이 이루어져 왔다.[6] 초기에는 주로 서지적 확인과 텍스트 확정에 많은 관심이 있었고,[7] 또 그의 시들에 내포되어 있던 리얼리즘 성향에 대한 검토도 이루어졌다.[8] 최근에 이르러서는 미학적인 검토도 있었고,[9] 그의 시들이 갖는 연속성에 주목하여 해방 이전과 이후를 관류하는 정신사적 흐름이나 미학상의 연속성에 관심을 두고 연구한 경우도 있었다.[10]

하지만 이런 성과에도 불구하고 여상현 시에 대한 접근은 충분히 이루어졌다고 볼 수 없을 것이다. 우선 여상현의 시에서 드러나고 있

해방직후에는 『피리』를 포함한 2권의 시집을 발간했다.

6 그에 대한 연구의 시작은 박홍원, 최학출 등에 의해서 비롯되었고, 이후 많은 연구자들이 여기에 참여한 바 있다.
박홍원, 「여상현론」, 『표현』 18호, 1990.와 『한국시문학』 5, 한국시문학회, 1991.
최학출, 「여상현론1」, 『서강어문』 7, 1990.
최학출, 「여상현론2」, 『울산어문논집』 7, 1991.

7 최라영, 「여상현 연구」, 『한국시문학』 15, 한국시문학회, 2004,12.

8 신범순, 「여상현 시에서 비판적 현실의식과 사실주의적 경향의 발전, 『한국현대시사의 매듭과 혼』, 민지사, 1990.
유성호, 「여상현론」,『한국 현대시의 형상과 논리』, 국학자료원, 2010.

9 정민구, 「악에 대처하는 시적 전략의 한가지」, 『용봉인문논총』, 2012.2.

10 백수인, 「여상현 시 연구」, 『국어문학』, 1998.
김승구, 「여상현 시의 민중지향성」, 『국제어문』54, 2012.

는 리얼리즘 성향에 관한 것들이 그 하나인데, 그의 시들이 현실이나 민중에 관심이 있는 것임은 부인할 수 없지만 그 뿌리랄까 근거에 대해서는 명확히 밝혀진 것이 없다는 점이다. 등단 시기에 적어도 이런 성향을 갖고 있었던 사람이라면 당시에 풍미했던 카프와의 관련성이 어느 정도 드러나야 했어야 했다. 하지만 그는 이 시기 진보 단체였던 카프에는 전혀 관심을 갖지 않았던 것으로 이해된다. 그렇다면, 그가 펼쳐보였던 민중지향성이라든가 민족지향성은 카프의 그것과는 전연 다른 것이라 할 수 있을 것이다. 이에 대한 규명이 전혀 없었다는 것이 크나큰 아쉬움으로 남아 있는 것이다.

둘째는 비록 단편적이긴 하나 그의 시에서 드러나는 모더니즘과의 관련 양상이다. 여상현은 많은 작품을 창작한 시인이 아니다. 그러한 까닭에 그의 시에서 모더니즘적 성향을 갖고 있는 작품 역시 뚜렷하게 존재하는 것은 아니다. 해방 직후 간행된『칠면조』의 세계가 그의 시의 본령이라면, 이 작품집에 수록된 것들, 혹은 등단 전후에 발표된 시들은 모두 모색기라고 보는 것이 옳을 것이다. 하지만 이들 가운데 모더니즘 성향의 시들은 분명 그 지향하는 정신 세계와는 다를 것으로 추산된다. 자본주의적 생산 양식의 반응 가운데 하나인 모더니즘이야말로 이 시기 그의 정신사적 흐름을 밝혀낼 수 있는 좋은 근거가 될 수도 있을 것이다.

셋째는 1930년대를 풍미한 브나로드 운동과의 관련 양상이다. 이 운동이 계몽성에 바탕을 둔, 민족주의적 성향이 그 중심에 놓여 있음은 잘 알려진 일인데, 여상현은 일찍부터 이 운동에 깊이 관여했던 것으로 보인다. 그의 문필 활동의 시작이 이와 깊이 관련된 것이었고, 실제로 이 체험을 바탕으로 그는 다수의 산문을 발표한 바 있기 때문이다. 브나로드 운동과 관련한 여상현의 글들은 제2회와 제4회에 걸쳐 발표된 「하기 학생 브나로드 운동 기자대 통신」(『동아일보』, 1932.8.19.과 1932.8.21.)의 형식으로 발표되었다. 필자의 이름이 고창보고 여상현(高敞高普 呂尙鉉)으로 되어 있는 것으로 보아 이 시기 고창고보를 다녔던 이력으로 짐작해 볼 때 시인 여상현이 분명하다고 하겠다. 이 브나로드 운동은 여상현의 시정신을 논하는 데 있어 아무리 강조해도 지나치지 않을 것이다. 일제 강점기 항일에 대한 담론 가운데 주요한 축을 담당하고 있었던 것이 이 계몽운동이었던바, 그가 이 운동의 초기부터 관계하고 있었다는 것, 그리고 실제로 그 운동이 지향하는 실천의 현장에 참여하고 있었다고 하는 것은 그의 문학 세계를 이해하는 좋은 준거틀이 되기 때문이다.

일제 강점기 민족주의 진영에 있어서 일제에 대한 대항담론으로 가장 중요시되었던 것이 단재의 투쟁론과 도산의 준비론 사상이었다. 전자는 단재가 역사를 아(我)와 비아(非我)와의 투쟁으로 규정한 다음,[11] 지금의 굴욕의 역사를 벗어나기 위해서는 일제와 즉시 투쟁에 나설 것을 주창했다. 이에 대한 실천적 행위가 항일 무쟁투쟁이었음은 잘 알려진 일이다. 하지만 도산의 경우는 단재의 사상과는 거리를 두고 있었다. 독립을 실현하기 위한 무실역행(務實力行), 실력양성론에 주안점을 두면서 현실에 대한 즉자적인 반응보다는 다가올 미래에 대한 내실한 준비가 우선임을 강조했다.[12] 그 연장선에서 제기된 것

11 단재의 역사관과 무정부주의에 대해서는 송기한, 「근대성의 4형식으로서의 무정부주의」, 『한국 현대시와 근대성 비판』, 제이엔씨, 2009. 참조.

12 준비론 사상과 그 문학적 영향관계는 김윤식, 『이광수와 그의 시대』, 한길사, 1986. pp.519-522. 참조.

이 브나로드 운동이었고, 이를 주도한 신문이 『동아일보』였다. 뿐만 아니라 이 신문은 이 사상을 널리 전파하고자 했고, 그 첫 번째 실천적 작품이 심훈의 『상록수』였다.[13]

여상현은 브나르드 운동에 처음부터 적극적으로 참여했고, 또 이 운동의 주된 활동 가운데 하나인 강습회 활동에도 나갔다. 그러니까 이런 일련의 행동들은 그의 문학을 이해하는 데 있어서 주목을 끄는 대목이 아닐 수 없을 것이다. 이 시기 그의 시대정신이란 적어도 이 운동과 분리하기 어렵게 결부되어 있었다는 사실을 알 수 있기 때문이다. 여상현 시에서 드러나는 민족주의적인 요소들, 특히나 계급적인 성향과는 거리가 있었던 그의 민중성들은 모두 이와 관련이 있었던 것으로 보이는데, 이런 사실이야말로 그의 시를 이해하는 중요한 시금석이라는 점에서 그 의의가 있는 것이라 하겠다.

넷째는 브나로드 운동과의 연장선에 놓여 있는 것이기도 한 것인데, 그 자신의 활동 무대였던 시인의 고창 체험과의 관련 양상이다. 이는 서정주와의 만남이라는 측면에서도 의미있는 것이긴 하지만, 더 중요한 것은 그의 시에서 편재되어 있는 '바다' 이미지의 구현이라고 할 수 있다. 초기와 중기를 비롯해서 후기까지 계속 드러나는 이 이미지는 육지와 대립되면서 이미지의 명증성이 나타나게 되는데, 육지가 척박한 공간이라면, 바다는 그 너머의 공간, 곧 유토피아의 공간으로 제시된다는 점에서 그러하다. 그의 시에서 드러나는 이

13 『상록수』는 1935년 『동아일보』 창간 15주년 기념 장편소설 이다. 『동아일보』에서는 브나로드 운동에 대한 문학적 실천을 염두에 두고 전국 현상 문예 제도까지 만들었다. 그리하여 심훈은 이 운동의 취지에 공감하여 공모에 응했고 당선되었다. 이 작품은 같은 해 9월 10일부터 1936년 2월 15일까지 『동아일보』에 연재되었다.

런 면들은 바다를 곁에 두고 있는 고창이라는 지역을 떠나서는 성립하기 어려운 것이라 하겠다.

2. 모색기로서의 초기시

여상현의 초기시 형성과 시정신을 문제 삼을 때 가장 많이 언급되는 것이 『시인부락』과의 관계이다. 잘 알려진 대로 『시인부락』은 서정주가 주축이 되어 오장환, 함형수 등이 만든 잡지이다. 2호만 나오고 중단된 잡지이긴 하지만, 이것은 몇 가지 점에서 그 의미가 큰 경우였다. 하나는 비교적 신인급에 속했던 서정주가 주축이 되어 만들었다는 점이고, 다른 하나는 1930년대 중반의 문단적 상황, 곧 주조의 상실 속에서 창간되었다는 점이다. 우선, 이 잡지의 특징적인 단면이 문단의 신인급에 의해 이루어졌다는 사실일 터인데, 그것은 다음 두 가지 사실이 전제되어야 할 것으로 보인다. 하나는 결속력의 부족이다. 통상 잡지를 이끌어갈 권위자의 부재는 이 잡지의 구성원에게 있어서 시정신의 자유로움과 어느 정도 상관될 수 있다는 사실이다. 『시인부락』이 생명 현상의 고양을 그 주된 시정신으로 내세웠지만, 실상 서정주를 제외하면 이에 부응하는 시정신을 갖고 있었던 시인들은 매우 드물었다. 다른 하나는 이들이 주로 신인 그룹에 속해 있었기에 대부분 모색기에 놓여 있었다는 사실이다. 그것은 잡지의 속성에도 적용할 수 있는 것이고, 또 문인 개개인들에게도 적용할 수 있는 것이기도 했다.

두 번째는 『시인부락』의 창간 의의이다. 앞서 언급대로 이 잡지가 만들어진 때가 1930년대 중반 이후이다. 이때는 진보적인 문학 운동이 퇴조하던 때이고, 또 그 상대편에 놓인 모더니즘 또한 서서히 수면 아래로 가라앉고 있던 시기이기도 했다. 근대의 제반 문제를 다루고 있는 두 중심축이 사라지던 공간에 『시인 부락』이 자리하고 있었던 것이다. 이른바 주조의 상실인데, 모더니즘이나 리얼리즘의 영역이 사회의 제반 현상과 밀접한 관련이 있는 것이기에 이들 사조의 퇴조는 문학의 외피에서 사회적인 국면이 점차 희석되고 있음을 말해주는 것이 아닐 수 없었다. 실제로 『시인부락』에 속했던 시인들이 하나의 시정신으로 수렴되지 못하고 다양한 지점으로 분산되어 나타나고 있는 것은 이런 저간의 사실을 잘 말해주는 것이라 하겠다.

여상현이 『시인 부락』에 어떠한 계기로 참여하게 되었는가를 말해주는 근거는 뚜렷하게 남아있는 것이 없다. 다만 그가 고창고보를 다녔다는 것, 그리고 이곳이 고향이었던 서정주와 지연, 혹은 학연을 매개로 연결될 수 있었다는 것이 이들의 만남을 가능하게 했을 것이라고 한다.[14] 『시인 부락』에 실린 여상현의 작품들은 다른 시인들이 그러했던 것처럼 어떤 뚜렷한 방향성을 갖고 있었던 것은 아니었다. 다만 특이한 것은 이들과 달리 그의 시들이 근대의 제반 문제에 대한 감각들에 보다 가까이 있었다는 사실이다. 그 하나가 2호에 실린 「호흡」이라는 시이다.

물 건너 저편에 잠자든 섬이 이불을 개키고
어젯밤 푸른 별들을 따먹다 잠이든 水族들의 呼吸이 쪽물

14 서정주가 고창고보 재학 중에 비밀 모임과 집단 행동으로 퇴학을 당한 바 있는데, 이때 여상현도 그와 인연을 만들었다고 한다. 유성호, 앞의 논문, p.182,

을 토하면
바다는 駱駝떼를 몰아 뭍으로 보냈다

누렇게 간저린 물옷에 서리꽃이 피어나는 뭍의 아침
海女는 漁夫는 단입을 다시며
갈매기떼 앞서 바다로 덤볐다

牛乳빛 안갯속에서 海底의 陰謀를 건너다보던 돛대들은
휘파람 휘파람 세차게 불며
도깨비처럼 흩어졌다

生을 다투는 漁夫의 맘엔 故鄕도 없고
다만 이곳엔 짜디짠 呼吸이 있을 뿐

굽이쳐 용쓰는 海岸線이 흩어지고
뭍과 바다와의 싸움이 쉬면
검어지는 날개를 피덕이며 돌아가는 갈매기의 燥急

이윽고 바닷속엔 별들이 굴르고
배ㅅ전에 묻은 땀방울을 씻고 가는 바람 바람
漁村 아낙네들의 눈은 젓조개 속처럼 짓물렀다

마침내 生命을 미끼로 하여 얻은 비린내 나는 生命들
뭍으로 向하는 배ㅅ머리의 豊! 豊!

다시금 呼吸은 밤이슬 속에 달거워 진다

「호흡」 전문

부제가 '바다'로 되어 있고, 또 작품의 내용도 이곳을 생활 무대로 제시하고 있기 때문에 이 작품은 시인 자신이 한때 기거했던 고창 지역의 경험을 다루고 있는 시라고 하겠다. 우선 이 시가 『시인 부락』에 실려 있는 것이기에 동인들의 작품 세계와 비교해서 논의하는 것도 의미가 있을 것이다. 서정주를 비롯한 이들 시인들이 주로 관심을 가졌던 것이 '생명성의 고양'[15]과 같은 인간의 본질론, 곧 인간의 형이상학적인 국면에 그 초점이 놓여 있었다. 반면 여상현이 응시하는 대상은 그 너머의 세계에 놓여 있는 것이라는 점에서 그 특이성이 있는 경우이다.

작품의 내용에 나와 있는 것처럼, 「호흡」이 묘사하고 있는 것은 어촌의 모습이다. 하지만 시인의 응시한 어촌이란 낭만이랄까 한적한 정서와는 거리가 있는 것이었다. 여기에는 생존을 위한 어부들의 치열한 땀이 넘실대고 있었고, 그 아내들 또한 눈이 짓무를 정도로 극한 생존의 현장 속에 내몰려지고 있었기 때문이다. 이는 일상에 대한 세밀한 응시 없이는 불가능한데, 이런 음역이 가능했던 것은 시인이 인유한 이미지즘의 수법 때문이다. 이미지즘이 모더니즘의 한 갈래임은 잘 알려진 일인데, 이미 이런 수법들은 여상현 이전에 정지용이라든가 김기림 등에 의해 수용된 바 있다. 그리고 그 정점에 놓여 있던 시인이 이미지스트의 마술사 같았던 김광균이었다. 김광균 또한

15 특히 서정주의 「화사」, 「문둥이」 등에서 알 수 있는 것처럼 존재론적 특성을 묘사한 시들이 그러하다.

'시인부락' 동인으로 활동하면서 여상현 등과의 자연스러운 만남을 가졌을 것으로 보인다. 따라서 「호흡」에서 드러나는 이런 의장은 당시에 풍미하던 이미지즘과 『시인 부락』이라는 동인들의 결속이 만들어낸 정서적 결합물이라고 보아야 할 것이다.

「호흡」에는 생활 속의 치열한 일상이 묘파되어 있다. 이는 김광균이 시도했던 음역과 비슷한 면을 보여주고 있다. 하지만 김광균의 수법은 생활 속에서 얻어진 것이긴 하나 일상의 미묘한 갈등이나 고난한 삶들이 제거되어 있는 경우였다.[16] 이와는 달리 여상현의 경우는 이미지즘의 수법을 사회의 영역으로 보다 심화시켜 나아가고 있다는 점에서 김광균의 그것과 구분되고 있다.

어떻든 여상현은 이런 이미지즘의 기법을 통해서 사회 속으로 깊이 침윤되어 가고 있었다. 어쩌면 이런 토양은 초기시부터 만들어진 것이 아닌가 생각될 정도로 생리적인 것이기도 했다. 여상현은 자신의 초기시를 「좀먹은 단층」이라고 했는데, 여기서도 이런 수법은 어렵지 않게 산견되고 있다.[17] 여상현이 연희전문에 입학한 것이 1935년이고 『시인부락』을 만든 것이 1936년 후반이니 그의 초기시와 『시인 부락』 시기는 거의 일치한다고 봐도 무방하다고 하겠다. 그의 모더니즘적인 시와 현실에 육박하고 있었던 시들, 가령, 「새벽」, 「좀 먹은 단층」 등은 이렇듯 동일한 시기에 창작되고 있었던 것이다. 이 시기 그의 정신 세계와 관련하여 또 하나 주목해서 보아야 할 시가 「歸不歸」이다.

16 김광균의 그러한 시의 특성들은 생활시의 범주로 넣을 수 있으며, 이는 카프 해산 후 후일담 문학의 성격에 가까운 것이기도 했다.

17 여상현은 이 작품을 연희전문 시절에 쓴 것이라고 자신의 시집 『칠면조』에서 이야기한 바 있다. 그러니까 비교적 초기 시에 속한다고 할 수 있다. 『칠면조』 서문 참조.

온終日 城에 나와
두덩길 위에 해가 저물었다
호을로 망설이는 마음을 안고―

쬐그만 개울이 있어 성큼 뛰어넘었으나
애써 돌아갈 갈이 없구나

菜蔬밭머리 영인도 돌아가 버리고
먼 산마루 부풀어 넘어오는 구름ㅅ장
이 밤 또 나의 창밖엔 궂은 비마저 뿌리려나

저무는 新作路로 軍車를 달려
산모퉁이 돌아들며 汽笛을 울려
돌아갈 기쁨도 슬픔도 나는 없노라

가까운 成市의 밤거리에 술이 있어
어느 친구 나를 기두린들
무어라 盞을 기울여 豪言이 있을가 부냐

차라리 이 두 명 길 위에 고스란히 서서
풀벌레 울고 傳信ㅅ대 우는 속에
나의 몸과 마음이 함께 어두어지리라

「歸不歸」 전문

이 작품의 표면적인 의미는 '돌아가고 싶은데 돌아갈 곳이 없다' 정도일 것이다. 말하자면 방황하는 자아를 그린 것이 이 작품의 주제가 된다고 하겠는데, 이는 "오라는 곳이 없어 나는 못 가오"라고 한 소월의 「길」을 연상시키는 듯하다. 그만큼 현재 시적 자아는 방황하는 상태에 놓여 있다. 도대체 이렇게 떠도는 자아란 어떤 계기에서 생겨난 것일까. 여기에는 아마도 두 가지 이유 혹은 근거가 제시될 수 있을 것이다. 그 하나가 모더니즘의 감각일 것이고, 다른 하나는 시대적 문맥일 것이다. 전자가 세상에 대한 끊임없는 탐색을 시도하는 사조임은 잘 알려진 것인데, 그 감각이란 이른바 영원성의 상실과 밀접한 관련이 있을 것이다. 지금 여기서 감각되는 모든 것들은 일시성, 순간성의 것들이다. 반면 근대 이전의 인간들은 그 반대편에 놓인 영원의 감각에 침윤되어 있었고, 그로부터 벗어나는 상황은 쉽게 상상할 수 없는 일이었다. 하지만 그러한 현실은 도래했고, 영원의 정서에 안주하던 자아는 그 순간에 감각에 노출됨으로써 불안과 초조의 정서에 휩싸일 수밖에 없었다. 그러한 정서가 오갈데 없는 자아, 방황하는 자아를 만들었을 것이다. 이런 관점에서 본다면, 이는 순전히 존재론적인 것에 가까운 것이라 할 수 있다.

그리고 다른 하나는 시대의 문맥에서이다. 1930년대 중반은 이른바 주조가 상실된 시대, 곧 전형기에 해당한다. 이런 감각을 더욱 심화시킨 것은 아마도 카프 문학의 퇴조에서 비롯되었을 개연성이 매우 크다고 할 수 있다. 긍정의 것이든 혹은 부정의 것이든 카프가 우리 문학사에 끼친 영향은 아무리 강조해도 지나치지 않기 때문이다. 그러한 긍정적 측면 가운데 가장 중요한 것은 아마도 외부 현실과 조응하는 실천적 자세일 것이다. 이러한 응전이 있었기에 이 이념에 동조하든 혹은 그렇지 않든 간에 이 시기 카프는 대다수 문인들에게 일종의 정신적 지주와 같은 역할을 했을 것이다. 하지만 카프는 해산되었고, 또 이를 대신할 만한 뚜렷한 사조 역시 보이지 않았다. 그런 감각이 시인의 정신 세계와 교호하면서 이런 방황의 정서가 생겨난 것이 아닐까 한다.

> 진실로 나는 헛된 꿈에서 굴렀다.
> 천길 높이 쳐다보며 오르고 올라 이십여의 나의 청춘을 「인텔리」의 층계에 올려놓고
> 이리 둥글 저리 둥글 누어서 푸른 하늘을 거머쥘 듯이 별과 달과 이슬을 머금고도 오히려 노래를 부를 듯이
> 무슨 어리석은 꿈이었느냐, 소스라쳐 깎아나린이 단층 밑 바닥에는 좀이 먹고 사태가 난지 이미 오래였다.
> 한 구비 바람만 한 점 구름만 지나도 불안과 공포에 사로잡혀 떠는 이것이 우리들의 약은 꾀를 폭로하는 필연이 아니었든가.
> 아아 내가 어느 사다리를 타고 올라왔든가
> 아니 어데서 팔심과 다리심을 얻은 내이든가
> 追憶의 가을 沈默의 三冬도 지나 生動의 봄이 머지 않었다.
> 턱 없는 高樓에 호흡이 가빠도 한낱 安價의 榮譽 속에 나의 살을 썩히고 나의 뼈를 묻고 말 것인가.
> 아직 남아있는 나의 젊음은 새로운 출발을 매질하였다
> 마땅히 우리는 제각기 남은 젊음을 안아 들고 새 출발의 신호에 다 같이 움직여야 한다.

그렇다 어머니의 눈물겨운 이야기를 잊지 않았다.

우리 할아버지는 숯장수, 주먹만한 질탕관조밥에 구봉산 아사리밭길을 안개 속에 나리고 별빛에 더듬어 올라

모래를 풍기든 호랑이 앞에서도 상투끝을 붙잡고 발을 구리고

藥물터에서 걸 배를 채우며 산에 맹세를 했다는 할아버지의 下壽平生

호랑이 어금니를 쌈지끈에 달아매고

하-얀 무명 토시짝이 숯검장과 진땀에 접어지는 동안 그의 검은머리는 희어졌드란다.

구봉산 기슭에 왜벼들로 에워싼 신작로가 지나가고 멀리 바라보이는 남해 위에 까마귀 같은 기선이 떠돌아

아버지는 時代 따라 要求된 「간드레」 불빛에 번쩍이는 숯(石炭)을 파러 온종일 굴속을 드나들고

選炭場에 모여 앉은 어머니들의 품을 기다리며 손톱이 까맣도록 소꿉질을 하든 時節

바위 너덜겅에 새끼를 치든 호랭이도 우레같이 터지는 남포 소리에 이 산중을 도망쳤다.

나는 정작 행복스러웠든가.

진달래꽃 뿌리는 스쳐 갈대밭 속을 더듬어 흐르는 개울물에 먹을 감던 어느 봄날

약물터 외진 곳에 모여앉아 속삭이던 어른들 틈에 주먹을 쥐고 떠들던 것이 나의 아버지였다.

그날 밤 엄마와 나는 아버지 뒤를 따라 할아버지의 묘(苗)도 마당가에 나의 소꼽도 잊고 그 곳을 떠나버렸다.

아아 그날 밤은 참으로 바쁘기도 했다.

그 뒤 나는 s시(市) 東문 밖 煙突선 동리에서 「고꾸라」 洋服을 입고 즐거워 뛰는 도시의 소년이 되었다.

아버지의 뼈골과 어머니의 치마끈으로 가방을 멘 중학생의 의젓한 활개도 저었고

때로는 소꼽질하다가 남포소리에 깜짝 놀래던 어린 추억에 낯을 붉히고

그러면서도 나날이 썩어가는 사다리를 타고 연약한 숨길을 붙들고

層階로 層階로 푸른 하늘만 쳐다보고 오르던 단층은 이미 좀먹어 헐릴 날이 가까워왔다.

千길 虛空에 떠도는 나의 꿈은

진실로 구봉산 호랭이도 잊고 약물도 잊고 하늘을 끌리는 연돌(煙突)도 잊고 말었든가

그리고 푸른 하늘을 거머쥐고 별과 달과 이슬을 머금고 노래를 시험했든가

헛된 아아 헛된 꿈속 고민의 이불을 걷어차고 나는,

가장 굳센 우리 세대의 첫아들로 태어났거니 자랐거니 마땅히 내뻐 내 피를 바쳐야 한다.

비록 반도의 한구석에서 얼마 남은 젊음을 안고 뛰어드는 나의 시대공의 직분이야

태양을 같이한 서인들 북인들 어느 따우에 공(功)되지 않으랴!

젊은 동무야 얼빠진 샌님들아

바다에서 컸거니 집 검불 속에서 기어 나왔거니 산에서 자랐거니 오로지 손잡을

보다 더 위대한 행렬—생동의 봄이 왔다.

드디어 좀먹은 단층은 헛된 꿈속에 쌓여지고 헛된 꿈속에 헐려지노니

지나간 꿈이여 오오 좀먹은 단층이여!

「좀 먹은 단층」 전문

시인이 상재한 『칠면조』의 순서에 따르면, 인용시는 가장 초기작 가운데 하나가 된다. 하지만 그의 시들이 빌표된 시기와 『칠면조』에 수록된 것들이 정확히 일치하지 않는다는 점에서 이 작품을 가장 초기의 것으로 생각하는 것은 무리가 따를 수밖에 없다.[18] 하지만 다소 간에 혼선이 있다고 하더라도 『칠면조』의 2부와 3부, 그리고 4부에 수록된 시들이 초기 시라든가 모색기의 작품이라고 간주하는 것에는 큰 무리가 없어 보인다.

「좀 먹은 단층」은 시인의 전기를 담은 일종의 성장시에 해당한다. 성장시란 성장 소설과 대응하는 것으로 어떻든 시인의 일대기를 담

18 가령, 『시인부락』에 실린 「호흡」과 「몽염기」 등은 그 시기가 연희전문 시절에 나온 것임에도 『칠면조』의 4부에 실리지 않고, 2부에 실린 것이 그러하다. 자세한 것은 유성호, 앞의 논문, p.185 참조.

은 시라는 특징이 있다.[19] 이런 특징을 갖고 있는 이 작품은 당대의 문예적 흐름으로부터 많은 영향을 받은 흔적이 보인다. 하나는 서술시적 특성, 카프 식으로 이야기하면 단편 서사시의 특성이 드러나 있기 때문이다. 여상현이 이 작품을 쓴 시기로 연희전문 시절을 말하고 있는데, 이 시기란 잘 알려진 대로 카프가 해산되던 시점과 일치한다. 따라서 이 작품에서 카프의 영향은 매우 제한적이었을 것으로 이해된다. 단편서사시란 카프에 의해서 처음 만들어지고 또 거기서 장르적 완성을 보았기 때문이다. 하지만 카프가 퇴조했다고 해서 이 장르가 갖고 있던 양식적 특성이 갑자기 사라진 것은 아니다. 어쩌면 이후 이 양식이 더 계승, 승화되었다고 해도 과언이 아닐 정도로 더욱 활발히 창작되고 있었기 때문이다. 이를 대표하는 시인이 바로 이용악이다. 그의 시들은 계급성이라든가 주관이 승한 작가의 의식을 전면에 내세우지 않고도 이 계통의 작품을 훌륭히 써낸 바 있다. 이런 면들은 아마도 여상현에게도 예외가 아니었을 것이다. 비록 두 작품에 불과한 것이긴 하지만 『칠면조』 4부에 실린 시들은 그러한 성향을 갖는 것들이었다. 게다가 여상현 시에서 드러나는 이런 단편서사시적 특성은 앞서 언급한 「호흡」이나 「군와」에서도 확인할 수 있다.[20] 그만큼 시인은 이 양식을 즐겨 차용한 것으로 보인다.

두 번째는 근대에 대한 인식이다. 시인은 근대를 여기서 크게 두 가지 국면으로 이해한다. 하나는 부정성이고 다른 하나는 신기성이

19 가령, 윤곤강의 「狂風—R에게」가 그러하다. 그는 이 작품에서 자신의 사상적 변모 과정을 서정의 언어로 제시하는 예외적인 면을 보여주고 있다.

20 김용직은 여상현 시에서 드러나는 단편서사시 양식이 해방 직후 다시 부활, 계승한 것으로 이해한 바 있다. 김용직, 『현대 경향시 해석/비판』, 느티나무, 1991, p.226.

다. 신작로와 기선, 남포 소리가 전자의 경우라면, 이른바 모던 보이로 변신한 자신의 모습은 후자에 해당될 것이다. 근대란 편집증적인 특성을 갖고 있다. 인간의 욕망과 그 이해 관계에서 우위를 점할 수 있는 것이라면 무엇이든 자기화하려 덤벼든다. 자연을 도구화하는 것처럼, 인간 자신을 위한 것이라면 무엇이든 수단으로 취급하고자 하는 것이다. 그리고 후자는 모던 보이로서 갖는 신기한 체험을 다루고 있다. 이농(離農)의 과정이 편편치 않은 것이긴 하지만 시적 자아는 '고꾸라' 양복을 입고 즐거워할 정도로 이미 도시의 소년이 되어 버린 것이다. 이런 존재를 만들기 위해 "아버지의 뼈골과 어머니의 치마끈"은 아직은 그렇게 중요한 의미를 갖는 것이 아니었다.

하지만 이런 표피적 일상이란 곧 환상임이 여지없이 드러나게 된다. "하늘만 처다보고 오르던 단층", 곧 자신이 꿈꾸었던 것들이 이내 "좀 먹어 헐릴 날"이 가까워오고 있음을 알았기 때문이다. 이런 관점에 서게 되면, 이 작품은 내성에 가까운 시라고 보아도 무방하다. 하지만 그 내성의 계기가 된 것이 무엇인지 구체적으로 드러나 있지는 않는 한계가 있긴 하다. 이것이 시라는 양식이 갖고 있는 장르적 약점이긴 하겠지만 어떻든 서정적 자아가 갖게 되는 한계 상황이란 짙은 안개에 가려 그 모습을 쉽게 드러내고 있지 않는다는 사실에 놓여 있다. 그렇다고 하더라도 그 조그만 단서랄까 추정이 전혀 불가능한 것은 아니다. 시인은 이 작품의 제목을 '좀 먹은 단층'이라고 했거니와 여기서 그 실마리를 찾을 수 있기 때문이다.

시적 자아는 이 작품의 서두에서 "진실로 나는 헛된 꿈을 굴렸다"고 선언했다. 그리고 자신이 간직했던 것이 '헛된 꿈'이었음을 다음 행에서 곧바로 이야기하고 있다. 시인이 가졌던 꿈이 어리석었음을 판명하는 과정은 이러했다. "천길 높이 쳐다 보며 오르고 이십여의 나의 청춘을 '인텔리'의 층계에 올려 놓고 이리 둥글 저리 둥글 누어서 하늘을 거머쥘 듯이 별과 달과 이슬을 머금고도 오히려 노래를 부를 듯이 꿈을 꾸었다"는 것이고, 그러한 관념적 행위가 궁극에는 어리석은 일로 판명되었다는 것이다. 그리고 그 근저에 자리한 것이 "한 구비 바람만 한 점 구름만 지나도 불안과 공포에 사로잡혀 떠는 이것이 우리들의 약은 꾀를 폭로하는 필연"이라는 사실이다.

시인의 이 담론을 무매개적으로 수용하게 되면, 그가 꿈꾸었던 것이 지극히 관념적이었다는 것, 그리하여 실천성이 담보되지 못했다는 것으로 이해된다. 게다가 그러한 꿈을 향한 도정이 어떤 굳건한 의지나 세계관이 철저히 담보되는 곳에서 형성되지 않은, 매우 나약한 것이었음도 말하고 있다. 그렇기에 그의 꿈은 흔들리는 갈대와 같이 쉽게 좌초될 수밖에 없는 한계를 갖고 있었다는 것이다. 하지만 이런 단점에도 불구하고 시인의 의지는 계속 가열차게 불타오르게 된다. "안가의 영예 속에 나의 살을 썩히고 나의 뼈를 묻고 말 것인가"라는 회의 속에 "아직 남아 있는 나의 젊음은 새로운 출발을 매질하였다"고 다짐하고 있기 때문이다. 시적 자아는 이렇듯 시대가 요구하는 것들에 대해 충분히 응답하고 적극적으로 응전하고자 한다. "헛된 아아 헛된 꿈속 고민의 이불을 걷어차고 나는,/가장 굳센 우리 세대의 첫 아들로 태어났거니 자랐거니 마땅히 내 뼈 내 피를 바쳐야 한다"고 선언하고 있기 때문이다.

「좀 먹은 단층」을 읽어 보면 알 수 있는 것처럼, 여상현의 초기 시들이 응시하고 있던 현장은 사회적인 것에 보다 가까운 것이었다. 그의 시들은 사회의 예민한 곳들에서 형성되고 거기서 만들어지는 정서들을 통해서 서정시를 만들어나간 것이다. 시인에게 이런 감각을 가능하게 했던 것이 근대에 대한 인식이었고, 그 시적 응전이었던 모더니즘의 감각이 불러일으킨 것이었다. 따라서 그의 시들은 모더니즘의 한 갈래인 이미지즘으로부터 형식적 완결을 이루어내는가 하면, 다른 한편으로는 현실에 대한 뚜렷한 응시를 통해 여기서 펼쳐지는 갈등의 현장을 포착할 수 있었던 것이다. 뿐만 아니라 그가 문단에 나온 시기부터 문단의 조류로 우뚝 서 있던 카프 문학으로부터도 어느 정도 자유롭지 않은 것도 사실이었다. 그가 단편 서사시 계열의 작품을 쓸 수 있었던 것도 그러한 영향으로부터 자유롭지 않았음을 말해주는 증거라 할 수 있기 때문이다.

3. 브나로드 운동과 고창 체험

여상현의 시들은 서정시가 갖고 있는 본연의 영역이라고 할 수 있는 개인의 서정보다는 사회적 영역에 보다 기울어져 있었다. 물론 개인의 서정에 충실한 작품도 있긴 하지만, 그것이 그의 시의 본령이라고 할 수는 없을 것이다. 「좀 먹은 단층」에서 알 수 있는 것처럼 그의 시들은 사회 속에서 형성되고, 거기서 발생하는 자장들을 서정화시키는 데 집중하고 있었던 것이다. 그의 시가 이런 방향성을 갖고 있었다면, 그는 왜 카프라는 조직과는 거리를 두고 있었던 것일까하는 의문이 떠오르게 된다. 하지만 거리라는 말이 무색할 정도로 그는 애초부터 카프 문학에는 관심조차 갖지 않았던 것으로 보인다. 특히 그의 초기 대표작 가운데 하나인 「좀 먹은 단층」이 카프의 주요 형식적 의장 가운데 하나인 단편 서사시 양식을 차용하고 있음에도 불구하고 카프와는 무관한 것처럼 보인다.

여상현이 어느 정도 진보적인 세계관을 갖고 있었음에도 불구하고 카프와 거리를 두고 있었던 것은 다음 몇가지에 그 원인이 있었을 것으로 보인다. 하나는 시기상의 문제이다. 잘 알려진 대로 여상현이 작품 활동을 하던 시기에 카프는 방향 전환을 하고 있었다. 특히 1930년대 초반에 들어서 카프는 유물변증법적 창작방법을 포기하고 사회주의 리얼리즘을 수용하고 있었다. 이 사조가 조선의 현실에 꼭 들어맞는가 하는 것은 별개의 문제라 하더라도 카프가 이 사조를 공식 창작 방법으로 수용한 것은 카프가 지금까지 수행해왔던 지도 이념으로부터 벗어남을 의미하는 것이었다. 그것이 좋은 의미든 혹은 그렇지 않든 간에 또다른 방향 전환을 이끌었거니와 이를 계기로 다른 한편으로는 이른바 전향 선언의 계기로 연결되기도 했다. 따라서 이렇게 역사의 전면에서 서서히 사라지고 있는 사조에 대해 여상현이 여기에 참여한다는 것은 대단한 모험이 수반되는 일이 아닐 수 없었을 것이다. 하지만 이런 가정이 성립한다고 하더라도 이런 행위 자체가 이 시기 여상현이 펼쳐보였던 시세계를 전부 설명해주는 마스터키가 되지는 못할 것이다. 조직에는 가담하지 않았어도 그의 세계관이 진정 진보적이었고, 또 이 조직이 지향하는 이념들과 동일한 결을 유지하는 것이라면, 조직 없이도 이와 함께 하는 작품 창작은 얼마든지 가능했기 때문이다. 우리 시사에서 동반자 그룹을 형성했던 작가도 있었기에 그러하거니와 또한 이런 경향을 활발히 보여준 이용악의 경우를 예로 들어보아도 이는 충분히 납득할 수 있는 일이었다고 하겠다.

두 번째는 카프와 견줄 수 있는 어떤 사상적 근거가 여상현에게 있었던 것은 아닐까하는 점이다. 다시 말하면, 여상현에게는 굳이 카프가 지향하는 세계나 이념 없이도 현실에 응전하는 자신만의, 아니 이 시기의 또다른 조류가 있었던 것은 아닐까 하는 의구심이다. 이때 하나의 준거점으로 시사받을 수 있는 것이 바로 브나로도 운동이다. 앞서 언급한 것처럼 여상현이 처음 문필 활동을 했던 것이 1932년이었고, 그가 이때 쓴 글이 브나로드 운동과 거기서 얻은 경험담이었다. 그 이때 「제 이회 하기 학생(第 二回 夏期 學生) 브나로드 운동 기자대 통신(記者隊 通信)」이라는 제목으로 두 편을 발표한 바 있다.[21] 브나로드 운동이란 농촌 계몽운동이었고, 그 정신적 지주는 잘 알려진 대로 도산 안창호였으며, 이를 주도한 신문사는 『동아일보』였다. 농촌 계몽 운동이라는 슬로건에서 알 수 있는 것처럼, 이 운동의 실천적 줄기는 강습회 활동이었다. 그리고 이 이론의 토대는 강력한 민족주의를 구현하는 것이었다. 여상현이 이 글을 쓴 것은 이 운동의 실천적 행위 가운데 하나인 강습회를 마치고 난 다음이었다. 그는 자신의 고향이었던 화순에서 강습회를 마치고 이 지역에 산재해있던 문화재를 탐방한 감흥들을 이 글에 적어내었다. 그러니까 자신의 기행문 비슷한 것을 쓴 것인데, 개인적 서정이 담겨 있는 것들이기에 그의 문학관 형성이나 시 해석을 하는 데 있어서 중요한 키를 제공하고 있는 글들은 아니다. 그럼에도 이 글은 여상현의 문학 정신을 이해하고 그 정신사적 편력을 이해하는 데 없어서는 안 될 중요한 자료라 할 수 있을 것이다. 여기서 의미있는 것은 그 내용이 어떠하다는 것이 아니라

21 『동아일보』, 1932.8.19.과 1932.8.21.

그가 이 시기 중요한 시대적 흐름 가운데 하나였던 브나로드 운동에 참여했다는 사실일 것이다. 그에게는 현실을 타개하고 시대에 응전하기 위한 해결책을 갖고 있었던 것인데, 이것이야말로 그가 카프와 거리를 두게 했던 주요 근거였던 것으로 보인다.

올빼미의 나래아래 피어오르는 어둠을 타고
「밤 酒幕」의 등불 앞에 모여 앉은 슬픈 밤나비들은
시작없는 이야기를 끝맺지 못한 채 발을 뻗었다
그러나 그대는 마침내 반디ㅅ불처럼 어둠을 찢고 나왔나니

볼가강 물고기는 눈물만 먹고 살이 쪘드란다
세기를 등에 진 아들딸들의 의분의 눈물
진실로 이것은 새벽 잠자리 어린애의 발버둥이였든가
바다같은 「어머니」의 품 안에 노도(怒濤)처럼 솟는 젖줄이 흘러흘러
무럭무럭 자라라 새나라 새세대의 양식

「懺悔錄」을 펴들고 환상의 숲속을 거닐던 한때
선비인 그대의 슬라브적 散步였음을 나는 아노라
이윽고 소스라쳐 뛰어나온 굳센 良識의 발자국
얼마나 아름다운 제2자연의 꽃繡이든가
翁이여!

한번 보고팠던 그대 영영 떠나가다니

크다 자취가 클사록 설움도 크다

비록 나라 다를지언정—

비록 말과 글이 다를지언정—

아— 6월18일 때마침 이 나라에 뜬 하늘에 뜬 구름 울고갔다.

「추조 고리끼 옹—1936년 6월18일 오후 3시 長逝의 訃報를 同19일밤 放送으로 듣고」 전문

여상현의 정신 세계를 탐색하는 데 있어서 중요한 거멀못 가운데 하나로 인유되고 있는 작품이 「추조 고리끼 옹」이다. 이 작품에는 '1936년 6월 18일 오후 3시 長逝의 訃報를 갖은 19일 방송을 듣고'라는 부제가 붙어 있기에 그 쓰여진 시기는 1936년 6월 18일일 것이다. 뿐만 아니라 그 소재가 러시아의 사회주의 리얼리즘을 대표하는 작가였던 고리끼임도 자연스럽게 알 수가 있게 된다. 그러니까 작품의 소재가 고리끼이고 또 그가 지향했던 의식의 지향점이 사회주의 리얼리스트였다는 사실에 착안하게 되면, 여상현은 영락없는 리얼리즘의 작가로 분류하게 된다.[22]

하지만 여상현이 자신의 작품에서 고리끼의 사유 체계를 인유했다고 해서 이를 계기로 그를 리얼리즘의 작가로 분류하는 것은 난망한 일이 아닐 수 없을 것이다. 물론 여상현은 여기서 민중적 세계관을 일정 부분 공유하고 그것을 자신의 세계관의 일부로 받아들이고 있는 것은 틀림없는 사실이다. 하지만 이 작품은 거기까지이고 이후 일제 강점기에 여상현은 이런 세계관에 입각한 작품을 거의 쓰지 않

22 이 작품과 고리끼 사이의 관계 양상에 대해서는 김승구의 앞의 논문이 잘 설명하고 있다.

았다는 사실에 주목해야 한다. 이런 사실만 보아도 여상현의 시정신은 카프의 지점과는 다른 곳에 있었다고 보아야 한다. 그렇기에 이 작품은 앞서 언급한 「좀 먹은 단층」의 연장선에 놓여 있다고 보아야 보다 설득력이 있을 것이다. 「좀 먹은 단층」이란 일종의 내성에 기인한 것인데, 그렇다고 여기서 말한 내성이란 시인의 내밀한 자기 고백, 게다가 사회적 맥락과 분리된 그러한 고백의 차원에 있는 것은 아니다. 그리고 그 고백은 연속되어 나타났던 것인데, 「추조 고리끼옹」에서 이러한 의식이 다시 한번 이루어지고 있는 것이다. 이는 관념적 지식의 허구성에 대한 고발과 밀접한 음역을 갖는 것이라는 점에서 그러한데, 이를 보여주는 것이 세 번째 연이다. 톨스토이의 「참회록」이 바로 그것이다. 톨스토이는 자신의 재산을 모두 나누어 주고 인생을 소박하게 살아간 사람이다. 그러한 삶을 담은 것이 「참회록」이고, 그러한 삶은 이 시기 조선의 청년들에게는 한 번쯤 크게 어필하는 요소가 있었을 것이다.[23] 하지만 그것은 여상현이 자신을 비판해마지 않았던 형이상학적인 꿈에 불과했을 것이다. 「좀 먹은 단층」에서 말한 진실로 '헛된 꿈'이었던 것이다. 그 비현실적, 낭만적 꿈에 대한 폐기가 "소스라처 뛰어나온 굳센 양식의 발자국"이었고, 스스로가 되돌아 볼 때 "얼마나 아름다운 제2자연의 꽃 繡"같은 것을 비춰졌을 것이다.

이런 일련의 과정에서 알 수 있는 것처럼, 그의 자의식은 '헛된 꿈'과 '현실' 사이에서 끊임없이 길항하고 있었다. 마치 소시민성을 극복하기 위해 갈등하는 진보주의자들처럼 말이다. 그렇다면 그의 이

23 김승구, 위의 글, p.291. 참조.

러한 갈등, 다시 말해 현실과 타협되지 않는 길항 관계란 도대체 어떻게 형성된 것인가. 그 단적인 예를 브나로드 운동에서 찾을 수 있을 것이다. 이 운동의 핵심은 자강론이고, 그 사상적 근거를 담보하고 있었던 것은 민족주의다. 이는 진보주의 운동에서 말하는 민족 모순과 분리하기 어렵게 결부되어 있다는 점에서 그 사상적 의의가 있는 것이기도 하다. 그는 브나로드 운동과 그 실천이 펼쳐지는 현장, 곧 강습회 과정을 통해서 민족의 현실을 이해하고, 이에 덧붙여 이 운동의 핵심적 정신적 기반인 민족주의 사상을 올곧게 체득했던 것으로 보인다. 하지만 그것을 시의 세계에서 펼쳐보이는 것은 대단히 힘겨운 일이 아닐 수 없었을 것이다. 사상적 검열이 냉혹하게 이루어지고 있는 현실에서 이 의식을 수면 위로 떠올리는 것은 대단한 모험을 수반하는 일이었기 때문이다. 그의 시정신의 고민은 여기에 있었던 것이고, 그것이 수면 위로 나아가지 못할 때, 그것은 한갓 '헛된 꿈'이나 현실이 사상된 '주관적 관념'에 불과한 것으로 비춰졌을 개연성이 큰 경우였다. 그리하여 그에게는 이를 대신할 수 있는, 이 시기 또다른 대안을 필연적으로 요구받게 되었다. 다시 말하면 유토피아에 대한 새로운 방향성, 민족주의를 향한 정교화된 상징의 필요성이다. 그 대안 가운데 하나가 바로 '바다'라는 이미지였다.

일찍이 우리 시사에서 바다가 시의 내포로 처음 들어온 것은 육당의 「해에게서 소년에게」이다. 이후 이 이미지는 모더니스트 정지용이 계승함으로써 우리 시의 주요 소재 가운데 하나로 자리잡게 된다. 그런데 이 바다 이미지가 여상현의 시세계에 주요 소재 가운데 하나가 된다는 게 무척 낯선 것이 사실이다. 아무런 사상적 근거가 없는 것처럼 비춰질 수 있었기 때문이다. 이는 육당과 비교하면 더욱 극명하게 드러나게 된다. 바다는 육당에게 무엇보다 지리적인 것에 가까운 것이었다. 조선의 경계를 구획짓기 위해서는 바다라는 구분이 필요했기 때문이다. 이런 지리적 요소에다가 바다는 육당에게 새로운 문물을 받아들이는 창구로서의 역할도 수행했다. 반면 정지용에게는 자신의 작시법을 위한 기능적 요소로 수용된 측면이 매우 큰 경우였다. 그에게는 인식의 확장과 형식적 완결미를 위해서 바다라는 소재가 필요했기 때문이다. 인식의 확장에 따른 소재의 다변화, 그것이 정지용이 바다를 자신의 작시법에 도입한 이유 가운데 하나였던 것이다.

반면, 여상현의 바다 이미지는 육당의 그것과 어느 정도 가까운 면이 있다는 점에서 그 의미를 찾을 수 있을 것이다. 그에게 바다는 현실 저편에 놓인 이상향의 하나로 인유되고 있었기 때문이다. 이제 바다는 여상현의 시에서 새로운 장으로 다가오게 되었는데, 실상 여상현에게 바다란 고창 체험과 분리하기 어렵게 결부되어 있다는 점에서 주목을 요하는 것이라 할 수 있다. 말하자면 그에게 고창 체험은 자신의 작시법에서 주요한 두 가지 동인을 제공해주었는데, 하나가 브나로드 운동이라면, 다른 하나는 바다였던 것이다. 여상현에게 바다는 처음부터 시의 중요한 소재로 등장했다. 그의 가장 초기시로 알려진 「포구의 노파」에서도 바다는 주요 소재 가운데 하나로 제시되고 있기 때문이다.

> 오오! 포구의 할머니
> 저렇게 넓은 바다를 그만 xx들에게 주고 말 것인가
> 그러나 할머니여! 편히 쉬시라
> 이젠 당신의 딸 당신의 손녀들이

바다를 향할 새로운 준비를 차리고 있나니

「포구의 노파」 부분[24]

이 작품이 시사하는 바다의 의미는 크게 두 가지이다. 하나는 민족주의적인 요소이고, 다른 하나는 유토피아로서의 그것이다. xx를 도적이나 왜적으로 치환할 수 있다면, 그것은 민족 모순에 근거한 것이고, 그 사상적 연원은 준비론 사상과 밀접하게 연관된 것이라 하겠다. 그리고 다른 하나는 지금 이곳의 현실과 대비되는 곳으로서의 바다의 이미지이다. 현실이 불온하니 그 대안이 필요했을 것이고, 그에 따라 선태된 것이 바다였던 것이다.

여상현의 시에서 이렇게 전략적 이미지로 등장하는 바다의 이미지는 결코 예사롭게 넘어갈 일이 아니다. 그것은 일관되게 구현되는데, 가령 「추조 고리끼 옹」에서도 바다는 어머니의 모습으로 구현되고 있기 때문이다. 물론 이 작품에서 「어머니」는 고리끼의 작품을 일차적으로 지칭하는 것이지만 그 음역을 넓히게 되면 이 시인이 전략적으로 구사하고 있는 바다의 이미지와 그 맥을 같이 하게 된다. 시인은 이 작품에 바다를 어머니라고 했거니와 그것은 다른 한편으로는 "품안에 노도처럼 솟는 젖줄"로 사유하기도 했고, "무럭무럭 자라나는 새나라 새世代의 糧食"이라고도 인유했다. 그러한 바다의 이미지가 더욱 극적으로 표현된 것은 「나의 훈장」이다.

타오르는 태양과

24 『조선일보』, 1933.6.23.

無數한 星群을 우러러보는 눈,
마을 사람들아!
그 보배로운 눈을 감아
모든 의욕과 모든 산천을 어이 재우느냐
날이 날마다－

死火山 기슭 마을에 자라
山골 천 리 들길 천리 어느 천 리에
내 더욱 무엇을 찾아 청춘을 웃으리

바다로 가리라 파도치는 바다로
바다 한복판 한 둘레를 오려내어
찰나! 그 형(形)과 그 소리와 그 빛을 가슴에 담아
훈장이 없는 내 가슴에 담아오리라

담아 오리라, 오오 바다!
굽이쳐 굽이쳐 솟치는 마음을 따르며
나의 토실토실한 유방을 헤쳐
만나는 사람마다 젖을 주리라

뛰는 바다야
뛰는 가슴아
오오 나의 훈장아

「나의 훈장」 전문

이 작품에는 두 가지 인물군이 존재한다. 하나는 마을 사람들이고, 다른 하나는 시적 자아이다. 이 두 개체에는 공통점이 있다. 유토피아를 향해 나아가고자 하는 의지의 표명을 상호 공유하고 있기 때문이다. 마을 사람들은 '타오르는 태양'과 '무수한 성군'에 있고, 시적 자아는 '바다'에 있다. 이쯤 되면, 여상현이 이 시기에 보여준 낭만주의적 태도가 어떤 것인지 잘 드러나게 된다.[25]

여상현의 이런 낭만적 태도는 이 시기 유행처럼 번진 이 사조와 밀접한 관련이 있었던 것처럼 보인다. 현실의 벽이 너무 두터우니 이를 매개하지 않고 저 멀리 응시하는 것, 그것이 이 시기 정형화된 낭만주의적 태도였다. 이는 임화에게도 고스란히 적용될 수 있는 문제였다.[26] 하지만 '바다'로 향하는 시인의 낭만적 감수성은 현실과의 접점이 없는 무매개적인 것이 아니라는 점에서 그 의미가 있다. 특히 해방 직후 '바다'의 이미지는 민족에 대한 통합적 감수성으로 다시 의미의 변용을 일으킨다는 점에서 매우 중요하다. 그러한 관념을 잘 담아낸 작품이 「영산강」[27]이다. 이렇듯 그는 바다를 통해서 현실을 타개해나가는 실천의 장을 마련하고자 했다. 이는 불온한 현실에 대한 대항 담론이면서 다가올 미래에 대한 기대치가 반영된 것이라는 점에서 그 의미가 있다고 하겠다.

25 신범순, 앞의 글, p.220.

26 임화, 「위대한 낭만 정신」, 『동아일보』, 1936.11.4.

27 이 작품에서 바다는 해방 직전의 그것과 마찬가지로 해방공간의 불온성을 딛고 도달해야할 이상 혹은 꿈으로 제시되고 있다.

4. 민족 모순의 극복과 민족주의의 구현

대부분의 작가가 그러하듯 여상현 역시 해방 직전의 행적에 대해서는 뚜렷이 드러난 것이 없다. 작품을 발표한 흔적이 없는 것으로 보아 절필을 했거나 아니면 은둔 생활을 했던 것으로 보인다. 해방이 되었고, 민중적인 성향, 혹은 진보적인 성향을 보였던 문인들이 대부분 그러하듯 여상현 역시 이러한 성향을 대표하는 문학가동맹에 가입하게 된다. 하지만 그가 이 단체에 가입했다고 해서 여기서 내세우는 지도 이념이라든가 행동 강령 등을 반영한 작품을 쓴 것은 아니다. 뿐만 아니라 산문 또한 마찬가지이다. 그의 이러한 행보는 비슷한 시기에 활동한 윤곤강과 비교할 수 있는데, 그 역시 문학가동맹에는 가입하되 이에 적극적인 활동은 하지 않은 것이다. 그의 이러한 행보는 아마도 그의 세계관에 내재한 소시민 의식 때문에 그러한 것으로 보인다.[28] 하지만 비슷한 행보를 갖는 것이라 해도 여상현과 윤곤강이 신분상 동일한 위치에 있는 것은 아니라고 생각된다. 여상현의 출신 성분이란 지주의 아들이었던 윤곤강과는 전혀 다른 위치에 있었기 때문이다.

해방 직후 여상현의 행보를 이해하기 위해서는 다른 접근이 필요하다고 본다. 첫 번째는 문학가 동맹에의 참여 사실이다. 이 단체가 처음 결성될 때 내세운 지도 이념은 친일파나 민족 반역자의 배제였다. 따라서 이런 경력만 없으면 누구에게나 개방되어 있는데, 가령 우파적 성향의 인사들이 이 단체에 가입한 것이 그 본보기이다. 여기

28 「윤곤강 시의 리얼리즘의 향방」 참조.

에는 정지용을 비롯한 가람 이병기 등도 있었다. 따라서 여상현이 이 단체에 가입했다고 해서 그를 곧바로 진보적 시인이나 리얼리즘 성향의 시인으로 분류하는 것은 곤란하다고 하겠다. 두 번째는 여상현에게 내재되어 있었던 민족주의적 성향이다. 그는 일찍이 브나로드 운동에 참여한 바 있는데, 그러한 경력이 그의 문학 정신을 형성하는 데 있어서 결정적인 준거틀이 되었다는 점이다. 이 운동을 이끌었던 것이 도산의 준비론이었거니와 이는 계몽에 바탕을 둔 일종의 교화사상이었다. 그러니 민중이나 민족에 대한 애정이 자연히 자라날 수밖에 없었던 것이고, 이는 곧 민족주의자임을 알리는 이정표가 되었다고 하겠다. 해방 전 여상현이 펼쳐보였던 도정은 계몽주의자로서의 그것이었고, 이를 바탕으로 그는 민족 모순에 대해 꾸준히 천착해 들어간 바 있다. 그러한 정신적 구조를 바탕으로 여상현은 해방을 맞이한 것이다. 그러니까 그에게는 민족이라는 것이 절대적인 것이었고, 계급 문제는 그 다음 순위에 놓일 수밖에 없었다. 이런 사상적 구조가 그로하여금 문학가 동맹의 노선과 일정한 거리를 두게 한 것처럼 보인다. 해방 직후 여상현이 무엇보다 관심을 갖고 있었던 것은 민족에 대한 것이었다. 실상 이런 사유는 이미 일제 강점기부터 내재되어 있었던 것이고, 그 구체적 표현이 「좀 먹은 단층」이라든가 「나의 훈장」 등이었다. 이런 감각을 해방 직후에도 그대로 이어지고 있다는 점에서 그 사상적 연속성이 있는 것이라 하겠다.

왜인들도 모조리 쫓겨갔기에
해방이네 자유네 들떠들기에
서울서는 독립정부를 세운다는 소문이 끊일 새 없기에

이제야 살길이 터지나부다 했었나이다

삼천포네 울산이네
또 다른 이름도 모를 항구마다
백옥같은 쌀이 밀선으로 나간다는 수소문
장거리에서도 우물가에서도 품앗이 방에서도
소근닥대는 이야기였소
와이 좀 못 막는 기요

우리네 조선 농토산이야
언제 쌀밥만 먹고 살았능기요
쌀 팔아 비료 사고
쌀 팔아 메트리 발에 고무신도 신어봤지요

3,4월 기나긴 해
높지도 낮지도 않은 보릿고개를
하냥 색거리로 목숨을 이어
한여름 곱삶은 보리밥 아니면
부앙 나 죽는 놈도 부지기수죠

이것도 해방 덕이랍니까
알알이 샅샅이 털어가려는 바람에
동네방네 고울 고을마다
항쟁의 불길이 터지고야 말었소

쌀은 못 먹으나 보리로나 주림을 여이려는 것이었소.

총소리 산천을 은은히 울려
쇠잔한 목숨들이 피로 사라지는
이 무슨 동족상잔의 슬튼 회오리바람인가요 마침내
큰놈도 작은놈도 붙들려 갔나이다

우직한 젊은 놈들이라
바른 고장으로 대들은 탓이 아닌가요
허리끈으로 半洋式을 삼아온 한평생
이제라 무슨 정승판서를 바라겠소

河陽 넓은 들엔
간덩이처럼 붉은 능금이 조랑조랑
우리네 살림살이에 말썽도 많아
다시 또 묵묵히 일이나 하죠

서러움보다는
분에 더욱 못 이기면서
다시 정성껏 죄 많은 보리씨를 뿌리나이다

북풍은 고개 넘어 쪼그리고 있고
5,6월 굶주림 설레는 마음에
아내도 메누리도 딸년도 우리 앞서거니

뒤서거니
보리씨 뿌리며 북돋으며 북돋으며
하냥 땅만 땅만 굽어보나이다

「보리씨를 뿌리며」 부분

이 작품은 민족적인 감각이 우위에 있어야만 비로소 창작될 수 있는 것이다. 마치 채만식의 「논 이야기」나 「논 논」[29]을 보는 듯한 느낌을 받는다. 해방이란 곧 일제의 물러남이며, 새로운 국가 건설에 대한 기대로 표출될 것이다. "왜인들도 모조리 쫓겨 갔기에/해방이네 자유네 들떠들기에/서울서는 독립정부를 세운다는 소문이/끊일 새 없기에/이제야 살길이 터지나부나 해었나이다"라는 기대가 그러하다. 하지만 그러한 기대는 곧 새로운 지배 체제의 도래에 의해 여지없이 무너지게 된다. "삼천포네 울산이네/또 다른 이름도 모르는 항구마다/백옥 같은 쌀이 밀선으로 나간다는 수소문"은 들려오고 민중들은 이를 "와이 좀 못 막는 기요"라는 탄식을 쏟아내는 상황이 되기 때문이다.

여기서 펼쳐지는 모습들은 이미 일제 강점기부터 익숙하게 보아왔던 것이다. 해방은 그러한 조건의 소멸일 터인데, 여전히 아니 더 심화되어 나타나는 것처럼 보이는 아이러니 한 상황이 연출되고 있는 것이다. 그러한 모습은 "동족 상잔의 슬픈 회오리 바람 속에/큰 놈도 작은 놈도 붙들려 갔다"는 현실로 다가오기도 한다. 이 작품이 겨냥하는 것은 민족 내부의 문제가 아니다. 물론 계급의 편차에 대한 것들이 암시적으로 제시되어 있긴 하나 그것이 본질적인 것으로 제

29 채만식이 이 작품에서 말하고자 했던 궁극적 의미는 피압박 민중의 입장에서 보면 해방 전이나 후의 상황이 별반 다를 것이 없었다는 논리였다.

시되어 있지 않은 까닭이다. 여상현이 해방 당시에 응시하고 있었던 것은 이렇듯 민족적인 것들에 놓여 있었다. "큰 놈과 작은 놈도 붙들려 갔다"는 것에서 알 수 있듯이 오히려 이 이전의 상황보다 더 악화된 것으로 이해하고 있었는지도 모른다. 중요한 것은 이러한 현실에서 여상현이 해방을 완성이 아니라 완전한 해방으로 나아가기 위한 진행형으로 인식하고 있었다는 사실이다. 실제로 그가 첫 시집이자 유일한 시집인『칠면조』에서도 이 점을 뚜렷히 밝히고 있다.

> 다시 8·15를 맞어 누구나 마찬가지로 퍽 흥분 속에 해방을 부르짖으며 오늘에 이르고 있다. 남쪽에 미군, 북쪽에 소련군 제가끔 와 있게 된 것은 실상 의외의 일에 속하고, 진정한 해방이 조금도 끊임없이 부르짖었고 있는 것은 자못 마음이 든든하다. 그러나 아직껏 통일될 조선 복잡 미묘한 속에 있다는 이 현실, 이 시각을 생각하며 시를 쓰는 것은 이 세대에 태어난 것을 잘 태어났다고 생각하는 또 하나의 경험은 되어도 못내 초조하지 않을 수 없다.[30]

이는 시인이 이 시집을 쓴 계기랄까 편집의 동기를 말하고 있는 부분이다. 이 시기 그의 사유를 직접적으로 알 수 있는 산문이 거의 없는 사실을 감안하면, 이 부분만큼 그의 사고를 직접적으로 알게 해주는 것도 드물 것이다. 먼저 그는 8.15 해방이 감격이었다는 것을 이야기 한다. 이런 인식이야말로 이 시기 시인이라면, 아니 조선 사람이

30『칠면조』서

라면 누구나 가졌을 소박한 심정적인 차원의 것이었다는 점이다. 하지만 그러한 상황은 “남쪽에 미국, 북쪽에 소련군이 제가끔 와 있다는” 의외의 국면으로 바뀌게 된다. 다시 말해 조선의 현실을 분단으로 받아들이고 있는 것인데, 이 시기 이런 사유를 드러낸 문인이 거의 없다는 점에서 이는 여상현만의 득의의 영역이라 할 수 있을 것이다. 어떻든 여상현은 해방 공간을 분단의 상황으로 받아들이고, 진정한 해방이란 통일된 조선으로 생각하고 있으며, 그러한 까닭에 지금 이곳의 현실을 진행형으로 파악하고 있다는 점이다.

진달래 뿌리를 스쳐
가난한 마슬의 土墻을 돌아
열두 골 샅샅이 모여든
영산강 5백 리 서러운 가람아

먼 天心처럼 푸르고
어질디어진 청춘의 마음인 듯
푸른 바다로 푸른 바다로 가는 길이기에
밤낮없이 흘러가며
하냥 여울져 가느다란 痙攣을
일으킴이여

봉건의 티끌 처마 밑마다 쌓여있고
제국주의 외적의 탯줄을 붙들어
지극히 영특한 *「부르」의 웅거지

여기 전라도 부호가 사시고
여기 또 전라도 소작인, 선비의 자식, 상놈
사철 검정 무명치마의 가시내도 무수히 산다
소리 잘한다는 전라도 사람
북간도며 *대판(大阪)이며 지향 없이 떠나갔던 이민들
소리도 없이 흐느꼈던 눈물에 섞여
굽이 굽이 영산강은 흘러가는 것이다

旱魃과 洪水의 天災를 뉘 원망하랴
「東拓」의 손아귀를 뉘 원망하랴
왜병의 알은 예측 상륙작전은 더구나 무서운 전율의 백일몽이었든가
돈이요 논이요 중추원 참의라
쇠잔한 목숨들은
사뭇 궁하면 병사계면서기 성님이라도 있어야 했다

기름진 국토, 늘어가는 헐벗은 계급이 있어
산에 올라 사슴도 될 수 없고
때론 풀 뜯는 송아지 뛰는 물고기도 부러운
인생의 크나큰 설움에
바다로 푸른 바다로 모두가 해방을 찾었다

오 얼마나 목매여 찾던 해방이었던가
바둑돌과 절벽 밑을

크고 작은 들판과 얼음장 밑을 감돌아
영산강 줄기찬 물결을 모르랴마는
바다는 아직도 저 먼 곳에 있음인가
진정 눈앞에 해방이 없다

가을 해별에 항쟁의 피도 엉키었고
왜적과 더불어 호화롭던 놈이
또한 호화로운 외출이 잦어도
담장 죽세공, 화순 암광부, 나주 소반공
도적이 버리고 간 옛 땅만 바라볼 뿐인 무수한 농민들

봄이 오면 제비 날르고
풀뿌리 캐서 연명할 설움
열두 곧 줄기줄기 모여든
예나 다름없는 영산강 5백리 서러운 가람이여

「영산강」 전문

해방 공간에 이르러 여상현의 시들은 호흡이 길어지고 서사성을 도입하기 시작했다. 초기 시인 「좀 먹은 단층」에서 보여주었던 단편 서사시 양식이 해방 직후 다시 부활하기 시작한 것이다. 그의 작품 세계에서 시가 이렇게 길어지는 것은 시대 상황과 분리하기 어려운 것처럼 보인다. 객관적 상황이 열악해가던 시기에 그의 시들은 호흡이 짧아지고 개인의 서정에 집중한 바 있다. 긴 이야기 혹은 긴 호흡이 불필요했던 것인데, 말하자면 서정시 고유의 영역으로 되돌아간 것이고, 이런 경로로 나아가다 보니 서사성이 약화되면서 낭만적 이상의 세계로 미끌어져 들어가기 시작했다. 그의 시들이 단형의 형식을 취하게 된 것은 이런 이유 때문이었다. 하지만 이런 짧은 시형들은 해방 공간에 이르게 되면, 초기의 서사성을 회복하고 비교적 긴 형태의 시형식을 구현하기 시작했다. 시가 길어진다는 것은 그만큼 현실에 대한 복합성의 증가, 곧 이야기할 거리가 많아졌다는 사실을 의미한다. 실제로 이 시기 여상현의 시들은 현실의 예민한 문제들을 개인의 서정으로 풀어내는 작업들을 끊임없이 시도하게 된다. 그 하나가 「영산강」이다.

이 작품의 주제는 해방 전과 후의 상황이 단속적인 것이 아님을 말하고 있다. 「보리씨를 뿌리며」의 연장선에 놓여 있는 시인데, 그런 만큼 해방을 완성이나 종결이 아니라 현재 진행형으로 인식한다. 그런데 해방을 진행형으로 보는 시각에는 크게 두 가지 중심 축이 놓여 있는 것처럼 보인다. 하나는 해방이 민중의 진정한 몫이 아니라는 사실이다. "도적이 버리고 간 옛 땅만 바라볼 뿐인 무수한 농민들"이 있고 "왜적과 더불어 호화롭게 놀던 놈"이 여전히 존재하고 있다고 보는 것이다. 두 번째는 지배 체제, 곧 민족 모순에 의한 것이다. 시인은 여기서 일제 강점기의 현실을 견디기 위해서는 "사뭇 궁하면 병사계 면서기 성님이라도 있어야 했다"고 했는데, 이는 '하이 한마디를 못해서 보조원이 못 된'(「커-브」) 현실을 비꼬기 위한 것과 동일한 것이다. 이런 시각에 의하면, 해방 전과 후는 동일하게 불온한 것이 되고, 궁극에는 진정한 해방이란 아직 도래하지 않았다는 상황에 이르게 된다. 그 단면을 보여주는 것이 "바다는 아직도 저 먼 곳에 있음인가"라는 인식이다.

여기서 우리는 다시 한번 여상현 시의 전략적 이미지 가운데 하나인 '바다'를 만나게 된다. '바다'는 일제 강점기에 이미 유토피아를 함의하고 있었다. 현재의 불온성을 극복하고 만나게 될 해방의 공간으로 시인은 다시 바다를 제시하고 있는 것이다. 그것이 민족 모순을 해방시키는 실천적 공간이었거니와 바다의 그러한 함의는 해방 직후에도 여전히 유효한 것으로 남아 있었던 것이다.

여상현이 해방 공간에서 제시하고 있었던 주된 문제 의식은 계급 문제가 아니었다. 가령, 그는 이 시기 가장 예민한 화두 가운데 하나였던 인민성이라든가 당파성에 대해서 심도있는 문제 제기를 하지 않았다. 뿐만 아니라 각종 현장에서 펼쳐지고 있는 여러 갈등에 대해서도 날카로운 서정의 시선을 보내지 않았다. 「보리씨를 뿌리며」에서 "큰 놈과 작은 놈도 붙들려 갔다"고 하며 46년 10월 발생한 인민항쟁을 염두에 둔 듯한 발언을 하고 있지만, 그는 그 본질에 대한 접근을 시도조차 하지 않고 있는 것이다. 그렇다고 해서 이 시기 노동이라든가 계급 문제에 대해 그가 전혀 관심을 두지 않은 것은 아니다. 「석탄공」이나 「모일(某日) 소식」에서 노동의 즐거움이라든가 이들이 처한 열악한 현실에 대한 서정적 분노를 밀도있게 제시하고 있기 때문이다.

하지만 이런 편린을 보인 시들이 있다고 해서 그의 시의 본령이 노동 계급의 문제라든가 당파성의 구현에 있는 것이라고 단정하는 것은 무리가 있다. 그가 관심을 가졌던 것은 오직 완전한 의미의 해방이었던 까닭이다. 다음의 시는 이 시기 그가 사유하고 있는 단면을 잘 보여주고 있다는 점에서 주목을 요하는 경우이다.

간악한 꾀임
모진 챗죽에

소름 끼치던 서른여섯 해
어이 한 시ㄴ들 잊을가부냐

우리는 좁은 땅
가난한 백성
울음도 웃음도
오직 하나 조선이 있을 뿐

「맹서」 부분 1-2연 3

여기서 "간악한 꾀임/모진 챗죽"이란 민족 모순과 관련이 깊은 것들이다. 뿐만 아니라 "소름 끼치던 서른 여섯 해/어이 한 시ㄴ들 잊을까부나" 역시 그 연장선에 놓여 있는 것이라 할 수 있다. 그리고 그 정점에 놓여 있는 것이 "우리는 좁은 땅/가난한 백성/울음도 웃음도/오직 하나 조선이 있을 뿐"이라는 대목이다. 그리고 이 시기 민족 모순과 관련하여 그의 시에서 빼놓을 수 없는 작품이 미소 공위(美蘇 共委)를 다룬 것들이다.

슬픈 역사가
午睡에 잠긴 고궁

홰를 치며 우는
닭의 울음이 어데서 들릴 것만 같다

하늘을 쏘는 분수

지열과 함께 맹렬히 뿜는 의분이련가

墻넘어 불타는 아스팔트 거리에는
생활이 낙엽처럼 굴르고—

텅 비인 정원엔 성조기 하나
「공위」 휴회후, 원정은 때때로 먼 허공만 바라볼 뿐

비들기 깃드는 추녀 끝엔 풍경이 떨고
꼬리치며 모였던 금붕어 떼 금세 흩어진다

노상 속임수 많은 여름 구름은
무슨 재주를 필 듯이 머뭇머뭇 지나가는데
내 마음의 분수도 사뭇 솟곳치려 하는구나
—덕수궁에서

「분수」 전문

미소 공위를 다룬 시인의 작품은 이 외에도 「푸른 하늘」이 있다. 그렇다면, 시인이 시의 중심 소재로 삼은 미소공동위원회란 무엇일까. 미소공동위원회가 처음 열린 것은 1946년 3월 20일이었다. 이 위원회가 만들어진 계기는 모스크바 삼상회의까지 거슬러 올라간다. 이 회의에서 조선 반도에서의 신탁 통치를 논의한 바 있고, 이를 계기로 국내에서는 찬탁과 반탁으로 격렬하게 대립하게 되는 상황을 맞이하게 된다. 그래서 이런 갈등을 조율하고 임시 정부를 세우기 위해 당시 점령군이었던 미국과 소련이 만나 공동위원회를 열게 되었고 그 첫 번째 회의가 3월 20일에 열리게 된 것이다. 하지만 이 위원회는 우리 민족에게 커다란 기대치만 안겼을 뿐 제반 세력들의 알력 다툼과 미소의 입장 차이로 처음부터 순항을 기대할 수 없었다. 첫 번째 회의가 아무런 소득 없이 결렬되었고, 이후 우여곡절 끝에 이듬해 5월 21일 제2차 미소 공동위원회가 개최되었다. 하지만 이 두 번째 회의에서도 여러 이견만을 노출한 채 같은해 10월 21일 최종 결렬, 끝나게 된다.

「분수」와 「푸른 하늘」이 쓰여진 것은 이런 배경하에서 이루어졌다. 완전한 해방과 통일된 조선을 꿈꾸었던 민중들이 미소 공위에 건 기대는 매우 큰 것이었을 것이다. 여상현 역시 그러한 기대를 이 작품들을 통해서 여과없이 드러내고 있었다. 하지만 최종 결과가 말해주듯 이 미소 공동위원회는 변죽만 울린 채 실패하고 만다. 「분수」는 그러한 좌절의 시적 표현일 것이다. 시적 자아는 공위가 열렸던 덕수궁을 "슬픈 역사가/오수에 잠긴 고궁"이라고 인식했다. 여기에는 두 가지 함의가 있었을 것이다. 하나는 조선 왕조에 대한 비극의 정서이고 다른 하나는 통일의 기대에 대한 속절없는 좌절의 감수성일 것이다. 그러한 정서를 시인은 '분수'로 인유하고 자신의 정서가 어디에 있는 것인지를 말하고 있다. 말하자면 '분수'란 상승이라는 기대와 하강이라는 좌절, 곧 그 정서의 높이와 깊이에 대한 은유적 표현일 것이다.

速製의 憂國士와 洋裝女들은
어느새 七面鳥의 習性을 배웠다

낯설은 사람과도 외교가 능해
蓄財의 지름길로만 달리는 것이다

일찍이 黑人들이 즐기던 새라
開拓者들이 잘도 먹었었다지
「링컨 씨의 獅子吼가 공을 이루어
해방 조선에까지 와준 흑인의 은혜를 어이 모르랴

창경원에서 돈 내고야 구경한
가지가지의 이국산 짐승 중에도
어른들이 가장 무서워하는 變節의 奇鳥
謀利輩들은 무릎 치며 歎服하리라

「크리스마스」의 七面鳥料理床ㅅ가에
연애도 장사도 정치도 하그리 어려운 일이 아니오매
國民들의 營養이 좀 좋았으랴
호사스러운 歲月이 연실처럼 물려나가는 것이렸다

메마른 이 나라 백성들도
이제 七面鳥料理 귀 떨어진 소반 위에 울려놓고
정다운 식구들이 모이고, 四寸 성님도 오시래서
獨立이 오느니 가느니 이야기 할건가

「七面鳥」 전문

인용시는 시집의 제목이기도 한 여상현의 대표작 가운데 하나이다. 이 작품은 해방 공간의 현실을 모두 담아내고 있다는 점에서 주목을 요하는 경우이다. 여기서 담고 있는 중요한 함의 가운데 하나는 제국주의에 대한 인식이다. 이를 대표하는 것이 '칠면조'이다. 잘 알려져 있는 것처럼, 칠면조는 미국인들이 즐겨 먹었던 것, 곧 주식이다. 2연에 나와 있는 것처럼, "일찌이 흑인들이 즐기던 새"였고, "개척자들이 잘도 먹었던" 까닭이다. 이렇게 본다면 시인이 겨냥하고 있는 일차적 책임의 대상으로 미군정청을 지목하고 있는 것처럼 보인다. 그것은 통일 국가를 향한 조선의 열망, 곧 시인의 열망을 좌절시킨 일차적 원인으로 미국인이 즐겨먹는 주식, 곧 칠면조를 겨냥했기 때문이다. 뿐만 아니라 이런 사실은 "해방 조선에까지 와준 흑인의 은혜를 어이 모르랴"라는 부분에서도 확인할 수 있다.

그리고 다음으로 겨냥하고 있는 것이 모리배들이다. 이 시기 모리배란 변절자들을 말하는 것인데, 이 부류에는 두 가지가 있었을 것으로 보인다. 하나는 친일 분자들과 그들의 변신의 양태들일 것이다. 잘 알려진 대로 해방 공간에서 무엇보다 중요시 되었던 감각 중에 하나가 윤리 감각이었다. 일제에 대한 협조 여부에 따라 그들의 운명이 좌우될 성질의 것이었는데, 그들이 일단 모리배의 반열에 올라있었다는 사실이야말로 그들은 이런 윤리 감각으로부터 자유로워지고 있다는 것을 의미하는 것이었다. 그 연장선에서 진정한 의미의 해방, 통일된 조국은 기대할 수 없었을 것이다.

세 번째 이 나라 백성들로 표현되는 정다운 식구들이다. 이 작품을 표면적으로 이해하게 되면, 이들은 순수무구한 존재들로 구현된다. 그러니까 모리배가 넘실대는 현실에서 이들은 피해자로만 전락하게 되는 것이다. 하지만 그 이면을 파고 들어가게 되면 그것은 전연 다른 의미로 변이하게 된다. "사촌 성님도 오시래서 독립이 오느니 가느니 이야기 할건가"라는 부분이 그러한데, 그 전제가 되고 있는 것이 '귀 떨어진 소반 위에 올려 놓은 칠면조 요리'이다. 칠면조는 작가가 말한 것처럼 변신의 귀재라고 했다. 그러니 칠면조를 대하는 이 나라 백성들도 변신의 귀재가 되어야 마땅할 것이다. 하지만 시인이 겨냥하는 것은 이 나라의 백성이 아닐 것이다. 이는 단지 은유일 뿐이다. 이 시기 겉으로는 진정한 독립이니 해방이니 외치면서도 마땅히 해야할 윤리적 감각을 외면하고 있는 모리배들을 염두에 두고 있기 때문이다. 뿐만 아니라 조선의 해방군으로 자처하던 연합군에 대한 실망의 정서도 여기에 담겨져 있을 것이다. 말하자면 변신의 귀재로 무장한 칠면조 요리를 앞세우고 모든 사람들은 칠면조처럼 겉과 속이 다른 행보를 보여주고 있다는 것이 이 작품이 갖고 있는 함의일 것이다.

여상현이 이런 의식을 표출할 수 있었던 것은 그가 민족주의자였기 때문에 가능한 것이었다. 그가 해방공간에 관심을 두고 있었던 것은 진정한 의미의 해방과 완전한 통일에 있었다. 그러한 의식은 해방 전 그의 의식을 관류하고 있었던 민족주의적 성향의 발현과 밀접한 관련이 있다. 그리고 그 저변에 자리한 것이 브나로드 운동, 곧 준비론 사상에 의거한 민족 의식이었다.

5. 시사적 의의

여상현은 많지 않은 작품을 써 낸 시인이다. 시인의 오랜 문학 경력에 비하면 이는 매우 예외적인 일이 아닐 수 없는데, 그만큼 그의 시정신은 복잡 다단한 것이었다. 그렇게 완결되지 않은 시의식이 그로 하여금 과작의 작가로 머물게 한 것처럼 보인다.

여상현은 1930년대 초반에 등단한 시인이다. 하지만 그의 작품 활동은 공식적인 절차에 의해 이루어진 것이 아니고, 단편적인 산문이나 『시인 부락』과 같은 동인지 형식으로 출발했다. 그렇기에 그의 시정신은 산만한 것이었고, 그것이 비교적 적은 작품 활동으로 연결된 것이 아닌가 한다. 그럼에도 불구하고 그의 시정신을 결정하게 만든 중요한 계기가 있었으니 그것은 바로 브나로드 운동에의 참여였다. 잘 알려진 것처럼, 이 운동은 계몽에 바탕을 둔 민족주의적인 특성을 갖고 있었다. 여상현의 작품 세계에서 이 사상과의 접점은 매우 중요한 것이 아닐 수 없었다. 이 영향은 카프와의 거리를 두게 한 요인이 되기도 했고, 또 낭만적 이상으로 자아를 나아가게끔 만든 계기가 되기도 했다. 이를 가능하게 했던 것이 이른바 고창 체험이었다. 그는 여기서 브나로드 운동을 이해했고, 민족이 처한 현실 너머의 세계에 대한 그리움의 정서를 표현했다. 그것이 그의 시에서 전략적 이미지로 나타나는 것이 바로 바다이다.

일제 강점기 계급 문학이나 민족 문학이 모두 민족 모순에 근거를 두고 있긴 하지만, 이들 작품이 나아가는 방향은 전연 다른 것이라고 할 수 있다. 특히나 교화라든가 계몽의 정서에 큰 비중을 차지하고 있는 것이 민족주의라고 할 수 있는데, 여상현은 이런 서정적 요구에 대해 충실히 응답해 온 시인이다. 그것이 해방 직후 여상현의 시세계를 조율하는 중요 거멀못으로 작용하게 된다.

여상현은 일제 강점기와 달리 해방 직후에는 비교적 활발한 작품

활동을 펼쳐 나간다. 그의 대표시집인 『칠면조』를 보아도 알 수 있는데, 이 시집 속에 쓰여진 대부분의 시들이 해방 공간에서 이루어졌기 때문이다. 여상현은 모든 가능성이 열려있었던 이 시기에 문학가동맹에 가입하기는 하지만 이 조직이 요구하는 것들에 대해서 충분히 응답하지는 않았다. 그것은 그의 사유체계가 애초부터 그러한 것과는 거리를 두고 있었다. 그런 이런 행보를 취한 것은 자명하다. 여상현은 조선에 대한 계몽 의식으로 무장한 사람이었고, 그렇기에 민족주의자로서의 면모가 강한 사람이었기 때문이다.

여상현이 해방 공간에서 관심을 두었던 것은 완전한 해방과 통일된 조국이었다. 말하자면 그에게 민족의 통일을 위해서라면 그 어떤 것도 이보다 우선하는 것은 없었다. 이를 잘 증거하는 작품들이 '미소 공위'를 소재로 다룬 시들이다. 실상 이 시기에 미소 공위에 대한 관심과 그에 대한 기대를 표명한 시인이 없다는 점에서 완전한 해방과 통일에 대한 그의 기대치가 어떤 것이었나 하는 것을 잘 보여준다 하겠다. 물론 이를 두고 그의 세계관이 철저하지 못하다거나 해방된 현실에 대해 너무 낭만적으로 접근했다는 혐의를 갖게 할 수도 있을 것이다.

하지만 어떻든 간에 이러한 열망들은 그로 하여금 자신이 몸담았던 문학가동맹과 거리를 두고 만들었고, 이 단체가 요구하는 어떤 실천적 행위에도 응답하지 않게 했다. 뿐만 아니라 그는 해방군의 일원이었던 미군에 대해서도 그리 긍정적인 시선을 보내지 않았다. 그 일단이 드러난 시가 바로 그의 대표작 가운데 하나인 「칠면조」이다. 그는 여기서 변신의 귀재인 칠면조를 비유하면서 통일에 방해되는 모든 것들을 다 모리배로 규정하고 있다.

해방 공간에서 통일에 대한 열망을 드러낸 시인은 무척 드물다. 한편으로는 계급 투쟁에 몰두해서 조선의 완전한 독립이라는 목적을 흐리게 하는 경우가 있는가 하면, 남한만의 단독 정부 수립으로 자신들의 과오를 덮으려 했던 경우도 있었다. 이들 저변에 깔린 것이 모리배였고 그러한 의식의 소유자들이었을 것이다. 그들이야말로 시인이 가장 경계했던, 완전한 해방을 막는 훼방꾼들이었을 것이다. 그들에 대한 경계와 풍자, 혹은 야유가 시집 『칠면조』의 세계이며, 시인은 이 시집을, 하나의 조선으로 나아가고자 하는 실천의 장으로 생각했던 것으로 보인다. 다시 말하면, 해방 공간 여상현이 중시했던 것은 인민성이나 당파성이 매개하는 민족문학이 아니었고, 민족이 우선시되는 문학, 곧 민족주의 문학이었다. 그가 생각했던 민족은 혈연 중심이라든가 혹은 계급 중심이라든가 하는 것과는 거리가 멀었다. 오직 조선이라는 이름으로 하나될 수 있는 민족만이 그의 관심사였다. 그렇다고 그가 "덮어놓고 뭉쳐야 한다는 이승만식의 통합주의"에 찬성한 것은 아니다. 그가 이 시기 민족문학 건설의 중요한 방해자 가운데 하나로 친일과 같은 윤리의 문제에 대해서는 비판적 입장을 취하고 있었기 때문이다.

통합에 대한 감수성을 표명한 여상현의 문학은 새롭게 조명받아야 한다. 그것은 다음과 같은 이유에서 그러하다. 점점 아득히 멀어져 가는 민족 통일의 문제가 다시금 필연적으로 요구 받고 있는 이 시기에 여상현 문학이 현재진행형인 것은, 하나의 조선에 대한 그의 간절함, 그리고 지금 여기 우리 또한 갖고 있는 그런 절박함 등이 분리하기 어렵게 결합되어 있는 까닭이다.

한국 현대 현실주의 시인 연구

제11장

부르주아 의식의 초월과 리얼리즘 획득

김상훈론

김상훈 연보

1919년 경남 거창군 가조리 출생.
1936년 중동중학교 입학.
1941년 연희전문학교 문과 입학.
1944년 연희전문학교 졸업. 졸업과 동시에 원산 철도공장에 징용으로 끌려감.
1945년 1월 협동당별동대 사건으로 구속됨.
1945년 8월 해방과 동시에 감옥에서 출옥. 조선학병동맹, 조선문학가동맹에서 활동.
1947년 시집 『대열』(백우서림) 발간.
1948년 서사시집 『가족』(백우사) 발간.
1946년 『서울신문』 기자.
1949년 보도연맹으로 가입된 뒤 투옥.
1950년 전쟁과 동시에 석방.
1953년 북한에 잔류. 북에서 활동 중으로 알려졌으나 사망여부는 알려지지 않음.
1989년 전집 『항쟁의 노래』(신승엽 엮음) 간행(친구).

1. 해방기의 신인 김상훈

김상훈은 1919년 경남 거창군 가조면 일부리에서 태어났다. 그의 삶은 처음부터 굴곡진 것이었는데, 그는 남아선호라든가 남존여비 사상이 남아있었던 당시의 유습에 따라 아들이 없던 큰집에 양자로 들어가게 된다. 많은 연구자들이 지적했던 것처럼, 그의 큰 집은 소위 부르주아 계층이었다. 그가 이런 환경에 놓여 있었던 것이야말로 그의 시세계를 형성하는 데 결정적인 요인으로 작용하게 된다.

김상훈은 해방 공간에 불현듯 나타난 신인 작가이다. 하지만 그의 등단이 이때 비로소 이루어졌다는 뜻은 아니다. 그는 1939년에 작품 「석별」[1]을 발표하고, 이어서 12월에는 「初秋」[2]를 발표했기 때문이다. 하지만 해방 이전에 작품 활동을 했다고 해서 김상훈을 기성의 작가로 분류하는 것은 곤란하다고 하겠다. 한두 번의 등단이나 혹은 한두 편의 작품 활동을 두고 그를 기성작가로 분류하는 것은 어려운 까닭이다.

해방 공간에서 신인이란 어떤 위치를 갖게 되는 것일까. 반대로 기성의 작가는 또한 어떤 시대적 의미를 갖는 것일까. 이런 질문이 요구하는 것은 모두 시대의 맥락과 분리하기 어려운 것인데, 이는 곧 이들 앞에 놓인 새로운 현실이 요구하는 자의식, 다시 말해 이 시대가 요구하는 윤리성과 밀접한 관련을 갖기 때문이다. 해방 공간에서 신인과 기성 문인을 갈라놓는 가장 중요한 기준점은 아마도 이런 윤

1 『조선일보』, 11.27.
2 『학우구락부』, 1939.12.

리성의 성립 여부일 것이다. 기성의 문인들이 일제 말기의 억압이라든가 압력을 비껴가기는 매우 어려운 일이었으며, 그것은 곧 윤리적 타락과 밀접한 관련을 갖는 것이었기 때문이다.

하지만 신인의 경우는 기성의 작가들과 달리 매우 다른 위치에 놓여 있었다. 한두 편의 작품을 두고 그를 문인으로 취급하는 것은 어려운 일이었거니와 그런 맥락에서 그들은 기성의 문인들과 달리 일제의 억압이라든가 탄압으로부터 비교적 자유로운 처지에 있었다고 할 수 있을 것이다.

해방 공간은 모든 것이 열려 있는 가능성이 충만한 시기였다. 물론 그 반대의 경우도 성립할 수 있는 때이기도 했다. 그럼에도 해방의 현실은 전자의 것이 더욱 요구되었는데, 여기서 중요한 화두로 등장한 것이 일제 강점기의 행보였다. 새나라 건설이라는 현실에서 과거의 윤리적 타락이야말로 배척되어야할 첫 번째의 것이었기 때문이다.

신인들은 기성의 문인들에게 남아있던 이런 오명이랄까 잘못된 흔적으로부터 비교적 자유로운 경우였다. 그들이 자발적으로 친일의 현장 속으로 들어가지 않은 바에야 이런 비윤리의 덫에 갇힐 이유가 없었기 때문이다. 이런 윤리적 감각으로부터 벗어날 수 있었다는 것이야말로 이 시기 김상훈의 문학적 특징을 결정짓는 두 번째 요인이라 할 수 있을 것이다.

그리고 김상훈의 문학을 결정하는 세 번째 요인은 이른바 경험적인 것에서 찾아야 할 것이다. 잘 알려진 대로 김상훈은 징용체험을 갖고 있었다. 이로 인해 그는 원산의 선반공으로 일하게 되었는데, 징용이라든가 선반공의 경험이야말로 시인의 세계관과 불가분의 관계에 놓일 수밖에 없는 것이었다. 실상 이러한 면들은 이 시기 동일한 처지에 놓여 있었던 다른 신인들과 구분되는 것이라 할 수 있다. 이 시기 김상훈 등을 제외한 신인 가운데 대표적인 경우로 청록파가 있다. 이들 역시 김상훈과 마찬가지로 일제 말기에 등단한 비교적 신인의 그룹에 속해 있었다.[3] 따라서 윤리적 감각이라는 면에서 보면, 청록파 시인들과 김상훈의 경우는 모두 동일한 위치에 놓여 있다고 하겠다. 하지만 해방 공간에서 이들이 펼쳐보인 행보는 전연 다른 지점이었다. 잘 알려진 대로 청록파는 소위 우파의 입장에 서 있었기 때문이다. 이들이 펴 낸『청록집』이 해방 공간에 단절된 우파 계열의 사화집이라는 것은 잘 알려진 사실이다. 이들이 우선 이런 행보를 보인 것은 김상훈과 같은 경험, 특히 사회 모순이라든가 민족 모순에 대한 직접적인 경험의 부재와 밀접하게 관련되어 있을 것이다. 그러한 차이가 곧 세계관의 차이, 민족문학 건설에 있어서의 차이를 만들어냈다고 이해된다. 어떻든 신인이라는 사실은 해방 공간 민족 문학을 건설하는 데 있어서 최고의 장점 가운데 하나가 되었다.

지금까지 김상훈에 대한 연구는 제법 많이 이루어진 편이다. 남쪽 지역이 지향했던 방향과는 다른 지점에 놓여 있었기에 그는 반세기 가까운 시절 동안 가려진 시인 가운데 하나로 남아있었다. 하지만 신승엽 등의 노력으로 그에 대한 최초의 전집인『항쟁의 노래』[4]가 나온 이후 그의 작품들은 비로소 수면 위로 떠오르게 된 것이다. 지금까지 연구된 그의 시세계에 대한 해석들은 주로 전기적 일대기와 현실에 응전하는 방향성에 그 초점이 맞추어져 있었다.[5] 경우에 따라

3 잘 알려진 대로, 이들은 일제 말기『문장』지에 정지용의 추천으로 문인이 되었다.
4『항쟁의 노래』(신승엽편), 친구, 1989.
5 최명표,「해방기 김상훈 시의 갈등 양상」,『현대문학이론연구』35, 2008.12.

그의 대표작『가족』에서 보이는 서사적 기법과 그 미학적 접근에 대한 시도 등이 있기도 했다.[6] 하지만 이들 연구들은 그 나름의 의의와 정합성을 갖는 것임에도 불구하고 시대적 맥락과 문단적 관계, 혹은 미학적 의장에 대한 종합적인 접근은 매우 부족한 편이다. 특히 해방 직후에 펼쳐진 그의 실존적 결단이 해방 공간의 윤리성과 분리하기 어려운 것이었다는 점에 대해서는 거의 언급이 없는 실정이다. 이 글은 지금까지의 선행 업적을 이어받고, 그 미흡한 부분에 대한 결핍을 벌충하는 시도에서 이루어진다.

2. 새로운 현실에 대한 윤리적 감각

일제로부터의 오랜 사슬이 끊어지고 해방이 되었다. 하지만 그것은 어느 사학자의 말처럼 도적처럼 왔다. 실상 이런 낯설음이란 시인 김상훈에게도 동일한 것이었다. 그는 이때의 의외성이랄까 충격을 자신의 대표작인『가족』에서 이렇게 표현한 바 있다. "八月十五日은 너무도 不意에 온 錯亂이다"[7]라고 말이다. 이것이 함의하는 것은 예기치 않음인데, 그만큼 해방은 누구도 예상하지 못했을 정도로 어느 날 갑자기 도래해 버린 것이다. 그렇기에 그 해방이란 것은 많은 가

윤여탁,「김상훈 시에 나타난 현실 인식과 역사적 전망」,『국어국문학』105, 1991.
박태일,「시인 김상훈과 거창의 지역문학」,『서정시학』, 2003.6.

6 신범순,「김상훈 시의 서사시적 목소리와 변혁 주체의 시적 형상화 문제」,『한국 현대 리얼리즘 시인론』(윤여탁 외 편), 태학사, 1990.
정효구,「김상훈 시의 정신과 방법」,『개신어문연구』12, 1995.

7『항쟁의 노래』, p.129.

능성도 있었지만, 반대로 거역할 수 없는 불가능성 내지는 의외성도 충분히 내포하고 있었다.

하지만 결과론적인 것을 염두에 두지 않는다면, 해방은 어떻든 많은 가능성을 우리 민족에게 시사하고 있었다. 그 가능성이 새로운 민족국가의 건설임은 자명한 일이거니와 이 시기 모든 문인들 역시 새로운 민족문학의 건설과 그 방향에 대해 관심을 표명하고 있었다. 하지만 민족문학 건설이 어떤 선언이나 구호에 의해서 달성되는 것은 아닐 것이다. 여기에는 그 토대와 방향에 대한 논의가 있어야 했는데, 그 하나가 바로 윤리의 문제였다. 일제의 오랜 지배의 그늘에 놓여 있었기에 이 그늘 속에서 자신의 안위와 욕망을 채운 무리가 존재했을 것이다. 그들이 새로운 민족 국가라든가 민족 문학 건설에 참여할 수 없음은 당연한 것이고, 또 어쩌면 그것은 의무 비슷한 어떤 것이기도 했다. 그래서 제기된 것이 소위 자기비판의 감각이었다. 일제의 그늘 속에 기생하던 존재들의 일면을 들여다 볼 수 있는 사유랄까 내성의 문제에 부딪힐 때, 흔히 떠 올리는 것 가운데 하나가 봉황각 좌담회[8]이다.

> 8.15이후 문학자의 〈자기비판〉이니 〈자기반성〉이니 하는 문제가 많이 논의되는 모양인데 논조를 보면 거개가 일반론이라든가 전체의 방향에 대해서만 그저 추상적으로 문제되고 있는 모양인데, 오늘은 일반적인 규정이라든가 문제를 떠

8 이 좌담회는 「문학자의 자기비판」이라는 제목으로 열렸는데, 열린 곳이 봉황각이라는 중국집이었다. 그래서 이 좌담회를 통상 '봉황각 좌담회'로 지칭한다. 『중성』 창간호, 1946.2.

> 나 작가로써 또는 평론가로서나 개인 개인의 〈자기비판〉 혹은 〈자기반성〉에 대해서 말씀해주시면 감사하겠읍니다.[9]

벽초 홍명희를 둘러싸고 진행된 이 좌담회가 의미있는 것은 거의 처음이자 마지막으로 이 시기의 주요 화두 가운데 하나였던 모랄의 문제를 다루었다는 데에 있을 것이다. 이 좌담회의 의의는 바로 이런 것이었다. 이미 저질러진 죄에 대해서 어떤 당위성을 부여하는 것은 쉽지 않은 일인데, 어떻든 이에 대한 자기 반성이 있다는 사실만으로도 새로운 민족 국가나 민족 문학 건설에 있어서 분명 생산적인 것이었다 하겠다.

그리고 이 좌담회와 더불어 또 하나 기억해야 할 작품이 채만식의 「민족의 죄인」이다. 이 작품은 우리 문학사에서 매우 낯선 영역 가운데 하나인 소위 내성의 문제를 서사 담론 속에 담아냈다는 점에서 그 의미가 있는 경우이다. 하지만 이 작품이 봉황각 좌담회와 다른 것은 이른바 솔직성의 문제와 관계가 있기 때문이다. 잘 알려진 것처럼, 봉황각 좌담회는 일상의 언어에서 이루어지는 직접적인 행위이고, 「민족의 죄인」은 내포의 언어에서 이루어지는 간접적인 행위이다. 일상의 언어는 직접성을 그 특징으로 하는 것이기에 이른바 솔직성이 지배하는 영역이고, 내포의 언어는 우회성을 그 특징으로 한다. 거기에는 자기 변명 또한 자리하고 있었다. 이런 차이점이란 매우 미세한 것이지만 그 지향하는 바는 매우 다르다. 채만식의 「민족의 죄인」이 내세운 언어적 감각이란 문학적인 것이라는 점에서 봉황각 좌담회

9 위의 글.

의 직접적인 언어와는 전연 다른 차원에 놓이는 것이기 때문이다.

어떻든 내성이나 모랄이 언급되었다는 사실만으로도 우리 문학사에서는 매우 소중한 것이라 할 수 있다. 봉황각 좌담회에서 무엇보다 주목의 대상이 된 문인은 임화이다. 그가 일제 시대의 비윤리적인 감각을 "태평양 전쟁에서 승리한 일본과 타협하고 싶었다"[10]고 했는데, 이는 일상적 언어의 차원에서 이루어졌다는 것, 곧 솔직성의 궁극적 표현이었다는 데 그 문학사적 의의가 있는 것이었다. 하지만 이런 솔직성에도 불구하고 임화의 이 말은 피상적인 수준을 벗어나지 못한 것이라 할 수 있다. 수많은 겹과 층이 존재할 수밖에 없는 일제 강점기의 현실에서 '승리한 일본'과 손을 잡을 수밖에 없지 않았느냐하는 것이야말로 현실을 지나치게 단순화시키는 것에 불과하기 때문이다.

이런 상황에서 주목되는 작가가 김상훈의 경우이다. 그는 시인이었고, 따라서 언어에 있어서 채만식 못지않은 내포를 구사할 수 있는 문인이었다. 하지만 그의 자의식은 채만식의 그것을 초월하고 있다는 점에서 그 문학적 의의를 찾아야 하는데, 그 특징적 단면을 보여주는 사례가 바로 「아버지의 문 앞에서」이다.

> 등짐지기 삼십리 길 기여넘어
> 갑분 숨결로 두드린 아버지의 門 앞에
> 무서운 글자 있어 共産主義者는 들지 말라
> 아아 千날을 두고 불러왔거니

10 위의 글.

떨리는 손이 문고리를 잡은 채
멀그럼이 내 또 무엇을 생각해야 하느냐

태여날 적부터 도적의 영토에서 毒스런 雨露에 자라
가난해도 祖先이 남긴 살림
하구 싶은 말 가지구 싶든 사랑을
먹으면 禍를 입는 저주받은 果實인 듯이
진흙 불길한 땅에 울며 파묻어 버리고
나는 마음 약한 식민지의 아들
천 근 무거운 압력에 죽엄이 부러우며 살아왔거니
이제 새로운 하늘 아래 일어서고파 용솟음치는 마음
무슨 야속한 손이 불길에 다시 물을 붓는가

징용살이 봇짐에 울며 늘어지든 어머니
형무소 窓구멍에서 억지로 웃어보이든 아버지
머리 씨다듬어 착한 사람 되라고
옛글에 日月같이 뚜렷한 성현의 무리 되라고
삼신판에 물 떠놓고 빌고
말 배울 쩍부터 井田法을 祖述하드니

이젠 믿어운 기빨 아래 발을 마주랴거니
어이 역사가 역류하고 습속이 부패하는 지점에서
저주의 맏아들로 죄스럽게 늙어야 옳다 하시는고
아아 해방된 다음날 사람마다 잊은 것을 찾아 가슴에 품거니

무엇이 가로막아 내겐 나라를 찾는 날 어버이를 잃게 하는고

荊틀과 종문서 지니고
양반을 팔아 송아지를 사든 버릇
소작료 다툼에 마을마다 곡성이 늘어가든
낡고 불순한 생활 헌신짝처럼 벗어버리고
저기 붉은 旗폭 나붓기는 곳 아들 아버지 손길 맞잡고
새로야 떠나지는 못하겠는가 이 아츰에……
아아 빛도 어둠이런 듯 혼자 넘어가는 고개
스물일곱 해 자란 터에 내 눈물도 남기지 않으리
벗아 물끓듯 이는 민중의 함성을 전하라
내 잠깐 악몽을 물리치고 한숨에 달려가리라

「아버지의 문 앞에서」 전문

새로운 것을 위해서, 새로운 행보를 위해서는 이와 비례하는, 시대에 맞는 정합성 있는 감각, 곧 윤리성이 있어야 한다. 해방 공간의 현실에서 자기비판이 필요했던 것도 이 때문이다. 이때의 자기비판이 민족주의와 분리되지 않은 것은 당연한 일이다. 따라서 이에 대한 내성에 친일에의 반성과 그에 따른 실천의 감각이 전제되는 것은 당연한 것이었다고 하겠다. 봉황각 좌담회라든가 채만식의 「민족의 죄인」이 의미는 것은 이들의 자기비판이 새로운 국가 내지는 민족주의의 확립에 있어서 반드시 필요한 전제였기 때문이다.

그런데 이런 자기 비판이란 일제와의 결합 정도를 묻는 것에서 굳이 한정되지 않는다. 앞서 언급대로 임화의 자기비판이 여러 사회적

겹과 층을 제외한 채 오직 실존의 차원에서 이루어졌다는 것, 그것이야말로 해방 공간의 윤리성에 올곧게 부합하지 못하는 피상적인 것이라는 점에서 그 한계가 있는 경우였다. 자기비판과 그에 따른 윤리성의 획득이 결코 단순하거나 피상적인 차원에 그쳐서는 안된다는 것을 김상훈 시인은 「아버지의 문 앞에서」라는 시를 통해서 우리에게 환기시키고 있다.

「아버지의 문 앞에서」는 시인의 전기적 사실과 어느 정도 관련을 맺고 있는 시이다. 앞서 언급대로 그는 백부의 양자로 입양되었거니와 그 부친은 일제 강점기에 소위 부르주아 층이었다. 여기서 이 계층에 속한다는 것은 두 가지 의미가 있는데, 하나는 이들이 일제와 분리할 수 없는 동일체의 한 부분을 구성하고 있었다는 것이고, 다른 하나는 해방 공간에서 만들어가는 민족 국가의 정체성, 곧 그 이념적 토대와 밀접하게 결부되어 있다는 사실이다. 그러한 단면은 이 작품의 1연에 잘 나타나 있다. 해방 직후 부르주아인 아버지가 아들에게 가장 먼저 한 말은 "무서운 두 글자 있어 공산주의는 들지 말라"는 것이다. 이 말이 나온 배경은 아마도 시인의 전기적 사실과의 밀접한 관계 속에서 나온 것으로 보인다. 시인은 해방 직전인 1945년에 자신의 친구인 김상민을 매개로 협동당 별동대에 가입한 것으로 되어 있다.[11] 그런데 그는 이 사건에 연루되어 감옥에 갇히는 신세가 되고, 해방을 여기서 맞이하게 된다. 이제 해방이 되었으니 집으로 돌아오게 되었지만, 자신 앞에 놓인 것은 이렇듯 현실과 괴리된 아버지의 담론이었던 것이다. 제국주의와 공산주의가 양극단에 놓인, 서로 화해할 수 없는

11 윤여탁, 앞의 글, p.105.

평행선에 놓여 있는 것임은 잘 알려져 있거니와 그 뿌리는 일제의 기만책에서 기인한 것이었다. 게다가 부르주아 계층들은 일제의 비호 아래 있었고, 그러니 이들이 친일의 맨 앞자리에 놓여 있음은 당연한 수순이었다고 하겠다. 이런 맥락에서 보면, 시인 앞에 펼쳐지고 있는 아버지와의 갈등은 새로운 현실 속에 틈입해 들어가기 위한 하나의 통과제의와 비슷한 것이었다고 할 수 있다. 그 문을 지키고 있었던 존재가 아버지였던 것이다. 뿐만 아니라 이는 곧 봉황각 좌담회에서 제기되었던 자기 성찰과 밀접히 결합되어 있는 것이기도 하다.

두 번째는 소시민성에 대한 자기비판이다. 실상 이 문제는 시인 개인의 실존에서 오는 것이긴 하겠지만, 그것이 의미있는 것은 이때의 사회적 맥락과 밀접한 관련이 있기 때문이다. 그리고 이 문제는 이 시기 어떤 문인에게서도 볼 수 없는, 김상훈 시인만의 득의의 영역이라는 점에서 주목을 요하는 것이라 할 수 있다.

잘 알려진 대로 조선공산당이 이 시기 민족 국가 건설에 있어서 내세운 것은 세 가지 테제였다. 일제 잔재의 배격, 봉건 유제의 청산, 국수주의의 배격 등등이 그러하다. 여기서 봉건 유제란 여러 다층적인 함의를 갖고 있는 것이지만, 그 중 중요한 것 가운데 하나가 토지문제였다. 지주와 소작인 사이에 놓인 소작료가 그 하나이고, 38이북에서 시행되고 있는 토지 국유화가 다른 하나일 것이다. 이런 변화의 시기에 전통적인 지주가 설 자리가 없음은 당연할 것이다.

해방 직후 김상훈의 행보에서 알 수 있는 것처럼, 그는 인민민주주의 실현을 위한 편에서 일을 했다. 해방 직전의 행위도 그러하거니와 해방 직후에도 김상훈은 문학가동맹의 일원이 되어서 자신의 이념을 펼쳐나갔고, 또 이를 실제 실행에도 옮기고 있었기 때문이다. 그런데 이런 행보가 가능하기 위해서는 실존적 결단, 더 정확하게는 윤리적 결단이 필요했다. 바로 자신의 출신 성분에 대한 비판과 그로부터의 탈출이었다. 이런 전환이 있어야만 비로소 인민민주주의의 실현과 그에 기반한 민족문학 건설에 본격적으로 참여할 수 있다고 본 것이다. "무엇이 가로막아 내겐 나라를 찾는 날 어버이를 잃게 하는고"라는 진술은 그러한 단면을 잘 보여주는 것이거니와 이런 선언이야말로 봉황각 좌담회의 자기비판과 비견되는 것이라 할 수 있으며, 또 전위적 존재로 새롭게 태어나는 기준이라 할 수 있을 것이다.

한편, 김상훈의 윤리적 자기 비판은 이 시기 윤곤강의 그것과 무척 닮아 있다는 점에서 주목을 끄는 경우이다. 김상훈과 마찬가지로 윤곤강의 경우도 부르주아의 집안에서 태어났다. 이런 점에서 이들은 비슷한 점을 갖고 있었다. 뿐만 아니라 이들은 일제 강점기에 진보적 운동에 가담한 경력도 유사한 편이었다. 하지만 해방 직후 이들이 나아간 행보는 사뭇 다르게 구현된다. 이들이 문학가동맹에 가입한 것까지는 동일했지만, 그 이후의 행보는 전연 반대였기 때문이다. 문학가동맹에서 윤곤강이 보여준 행보는 지극히 미미한 것이었다. 그는 이 시기 진보적 리얼리즘에 기반한 시를 쓴 일이 거의 없거니와 비평 분야에서도 이를 뚜렷하게 보여준 사례 역시 없었다. 이런 한계들은 그의 세계관, 곧 부르주아 소시민성의 잔재로부터 벗어나지 못한 것임을 일러준다 하겠다. 그리하여 그가 나아간 곳은 모더니즘의 마지막 단계라고 할 수 있는 통합적 세계관이었다. 그것이 전일적 세계의 발견, 곧 고향에의 귀의였다.[12]

12 이에 대해 자세한 것은 이 책의 「윤곤강 시의 리얼리즘의 향방」 참조

반면 김상훈의 행보는 윤곤강의 그것과는 정 반대였다. 「아버지의 문 앞에서」에서 보듯 그는 소부르성과 단호히 결별하고 새로운 전위로 나서는 모습을 보여주었기 때문이다. 말하자면 윤곤강은 좌익기회주의에서 외로운 줄타기를 하다가 소시민적 삶으로 회귀한 반면, 김상훈은 이런 방향과는 다른 지대로 나아갔던 것이다. 그것이 「아버지의 문 앞에서」가 보여준 윤리적 비판이었던 것이다.

나는 이제 두 살백이다
지주의 맏아들에서 가난뱅이의 편으로 태생하였다
살부치기를 모조리 박멸하고
앵무새처럼 노래부르든 버릇을 버렸다

나는 아무것도 없다 아무것도 모른다
다만 조국을 사랑하는 한가지 길밖에
인민을 위한 인민의 나라를 세우는 것밖에
나는 이래서 시를 쓴다 그리고 가장 자랑스럽다

지하에서 地熱을 안고 솟아나온
위대한 혁명가가 노선을 지시하는 단 아래
내 눈물고인 가슴이 감격을 참지 못하고 섰으면
만세소리 潮水처럼 낡은 城砦에 부대치고
아아 나의 미칠듯한 기쁨이 거기에 있다

우리 공화국을 방해한

간악한 부르조아야 거기 있거라
倭賊의 개 이제 또 누구에게 충성을 맹서하고
동족을 쏘는 피묻은 총알을 얻느냐
죄지은 놈이 삭은 동아줄에 매달려
묘혈에 떨어지는 것을 보면 한량없이 기쁘다

시위를 하자! 행렬에 旗를 세워라
인쇄공 선반공 실 공장의 소녀들
붉은 旗폭에 싸여 동무들 죽어가도
목이 찢어저라 해방을 웨치면
나의 목숨이 횃불처럼 타서 빛난다

찾취와 탄압과 기만과 군림
자라온 집에 불끄럼이를 던지는
내 용감한 放火犯人이 되리라
放火犯人이 되리라!

「나의 길」 전문

「아버지의 문 앞에서」가 윤리적 자아비판과 관계된 것이라면, 「나의 길」은 그러한 비판을 통해서 새롭게 탄생한 존재의 모습과 관련된 것이라 할 수 있다. "나는 이제 두 살백이다"라는 것은 그런 존재의 변이를 보여주는 시인의 선언인데, 이것이야말로 새로운 현실에 적응하고자 하는 윤리적 탄생이라 할 수 있을 것이다.

해방공간이 요구하는 윤리적 기준에 의해 만들어진 시인의 탄생은 실상 이 이전과 이후를 구분하는 잣대 역할을 하는 것이었다. 가령, 전자가 '지주의 맏아들'이라든가 '살부치기의 관계', 혹은 '앵무새처럼 노래부르는 기계적 행위' 등등이 속하는 것이라면 후자는 '아무 것도 없는 존재', '아무 것도 모르는 존재', 혹은 '조국을 사랑한 한가지 길 밖에 모르는' 존재라 할 수 있다. 따라서 시인은 이제 해방공간이 요구하는 것들을 충족하는 존재로 새롭게 태어난 것이다. 그것이 바로 소부르성에 대한 윤리적 자아비판이었던 것이다.

3. 『가족』에 나타난 봉건 유제의 극복

해방공간에서 활동한 작가 가운데 김상훈의 시적 특징이랄까 차별점은 여러 방면에서 찾을 수 있지만 그 가운데서 가장 중요한 특징적 단면은 서술시(narrative poem) 내지는 장시(long poem)에서 드러난다. 실상 이 시기를 포함하여 이전부터 이런 형식의 시들은 제법 많이 생산되어 왔는데, 가령 김동환의 「국경의 밤」이나 「승천하는 청춘」 등이 있었고, 또 카프 시인들이 즐겨 사용했던 단편서사시 양식도 있었다. 뿐만 아니라 김상훈과 동일한 시기에 활동했던 윤곤강의 「살어리」[13]도 있었고, 북쪽의 경우에는 조기천의 『백두산』[14]도 있었다. 우선, 「살어리」는 김상훈의 『가족』[15]과 거의 비슷한 시기에 창작된 것이기에 주

13 정음사, 1948.

14 조선민주주의인민공화국의 혁명 사상을 표현한 기념비적 작품으로 인정되는 조기천의 『백두산』이 발표된 것은 1947년이다.

15 백우사, 1948.

목을 끄는 시이다. 그러나 「살어리」가 장시의 형식을 갖고 있긴 하지만, 이 작품에서 서사적 요소가 제대로 살아나고 있는 것은 아니다. 작중인물이나 사건이 거의 등장하지 않고 있거니와 작품을 이끌어가는 시인의 목소리도 거의 일인칭으로 통일되어 있는 까닭이다.

어떻든 김상훈의 『가족』은 긴 형식과 호흡을 갖고 있는 이 시기 매우 예외적인 시집이라 할 수 있다. 형식도 그러하거니와 내용 또한 이 시기 다른 시인에게서는 발견할 수 없는 특이한 국면을 보여주고 있기 때문이다. 시인 역시 그러한 특이성을 작품의 「緖言」에 밝혀 놓고 있다.

> 끝까지 希臘的인 의미에서 영웅을 그려야 된다든지 민족 전체가 공감하는 신화나 운명을 노래해야만 敍事詩가 될 수 있다면 이 「家族」은 아무래도 敍事詩가 되지 못할 것입니다. 너무도 무력한 사람들을 취급하였고 또 지나쳐 주관에 치우쳤기 때문입니다.
>
> 그러나 나는 장르의 분류에 기계적으로 충실하기보다 하구 싶은 이야기를 마음껏 해보려 들었습니다. 나와 내 주의에 있는 가장 가까운 사람들의 모습을 허식 없이 시 안에 등장시키고 또 그들이 전형적이 오늘 이땅의 家族들이기를 기원하였습니다.[16]

오늘날 서사시의 현대적 가능성에 대해서는 많은 논의가 있어 왔

16 『전집』, p.230.

다. 헤겔적인 의미의 서사시, 곧 고전적인 의미의 서사시는 더 이상 가능하지 않은 양식이라는 견해와, 모든 장르는 성장하는 것이고 또 수많은 장르 종은 가능한 것이기에 서사시는 현대에도 가능하다는 견해가 그것이다. 그런데 서사시가 지금 이 시대에 가능한가 그렇지 않은가의 문제는 이론적 장르에 지나치게 얽매일 때 생겨나는 문제일 뿐이다. 시대가 다르고, 창작 환경이 다르기에 과거의 양식이 현재에 그대로 재현된다는 것은 어불성설이기 때문이다. 따라서 중요한 것은 과거의 그것이 아니라 현재의 그것이 어떻게 존재해왔고, 존재할 수 있는가, 또한 그것이 현재의 상황을 어떻게 잘 반영해내는가에 있을 것이다. 이런 관점에 선다면, 서사시가 이 시대에 존재할 수 있는가 여부에 대해 논의하는 것은 그리 중요한 문제로 자리할 수 없다고 이해된다.

김상훈 시인이 『가족』의 서언에서 말한 것처럼, 그 역시 헤겔적인 의미의 서사시가 어떤 장르적 특성을 갖고 있는 것인지 비교적 뚜렷이 알고 있었던 것처럼 보인다. 그는 그 이론적 장르가 해방공간이라는 역사적 현실에 꼭 들어맞는 것이 아님을 알고 있었던 것이다. 그럼에도 김상훈 시인은 『가족』이라는 서사시를 썼고, 그것이 이 시대의 어떤 필연적 요구에 의한 것임을 밝히고 있다. 그가 말한 필연적 요구란 다름아닌 "하구 싶은 이야기를 마음껏 해보려" 했다는 데에 있었다는 것이다.

시인의 이런 판단을 존중한다면, 『가족』의 서사시적 가능성, 다시 말해 서사시가 해방 당시에 가능했던 필연적 이유가 무엇이었을까를 다시 한번 묻게 된다. 앞서 언급한 것처럼, 헤겔적인 의미의 서사시가 지금 이곳의 현실에서 동일하게 구현될 수 있다는 것은 불가능한 일이다. 그렇기에 고전적 의미의 서사시 틀로 『가족』을 이해하는 것은 어리석은 일이 될 것이다. 그저 이 양식이 왜 이 시대에 필요했고, 또 그것이 이 시기 김상훈만의 고유한 양식이 되었는가 하는 점을 이해하면 그만일 것이다.

해방공간에서 서사시 창작 배경 가운데 하나는 앞서 시인의 언급대로 사람들의 이야기에 대한 표현의 욕망이다. 이는 다른 말로 하면 서사(narrative)의 필요성이다. 서사가 필요하기 위해서는 무엇보다 시의 양식이 길어져야 한다. 그런 필연적 요구가 있었기에 시인은 서사시를 창작하고자 했던 것으로 보인다. 둘째는 그러한 사람들의 이야기 속에서 전형을 창조하고 싶었다는 시인의 의도이다. 잘 알려진 대로 전형이란 보편성 속의 특수성이다. 보편성이란 다수를 대표하는 것이고 특수성이란 개성의 표현이다. 이런 전형이 가능하기 위해서는 인물이 있어야 하고, 그 인물의 발전구조가 있어야 한다. 이런 전개가 가능하기 위해서는 짧은 단형의 형식으로는 불가능할 것이다.

그리고 세 번째는 해방 공간만이 갖는 특수성에서 찾을 수 있다. 물론 진보적 상황이 발생하고 새로운 변혁이 필요한 시대에는 신성한 것들에 대한 필연적 요구가 발생하기 마련이기에 서사시의 환경을 해방공간만의 특수성으로 이야기하는 것은 적절하지 않은 것일지도 모른다. 그럼에도 해방 공간이 어느 누구도 권력을 잡을 수 있는, 그리하여 새로운 국가 건설에 나설 수 있는 초유의 공간임은 부정하기 어려울 것이다. 이 공간은 열려 있고, 따라서 그 속에 새로운 주체를 세우면 그만인 시대가 도래한 것이다. 새로운 국가를 향해 나아가는 건설적 주체가 영웅적 요소를 갖는 것임은 자명한 것이거니와 그 한 단면을 이미 조기천의 『백두산』은 우리에게 일러주고 있었다. 말하자면 새로운 국가 건설이라는 신성성, 이를 담당하는 인물의 선험성은 분명 존재하는 것이고, 그 특징적 단면들이야말로 고전적인 의미의 서사시 주인공과 꼭 닮아 있는 것이다.

이런 복합적인 요인을 고려해볼 때, 새로운 국가 건설이라는 신성한 과정을 김상훈은 이야기시, 곧 서사시에 담고자하는 충동을 느꼈을 것으로 이해된다. 그러니까 희랍적인 의미의 영웅이 아니라 새로운 국가건설을 담당하는 신성한 영웅의 모습을 그리고자 했던 것이다. 이 인물이 투쟁하는 인물, 선진적인 인물일 것이다. 그러한 인물에 신성성과 선험성을 부여하기 위해 김상훈은 『가족』을 창작했던 것으로 판단된다.[17] 그리고 그의 이러한 작업과 비교될 수 있는 것이 앞서 말한 조기천의 『백두산』이다. 이는 북한 최초의 서사시로 알려져 있거니와 그 주된 내용은 항일 빨치산 운동에 나섰던 김일성의 영웅적 행위를 그리고 이를 선양하기 위한 것이다.

『가족』은 우선 봉건적 질서와 그 해체라는 관점에서 이해하게 되면 「아버지의 문 앞에서」의 연장선에 놓여 있는 작품이다. 뿐만 아니라 「나의 길」과도 분리하기 어렵게 얽혀 있는 것이기도 하다. 『가족』의 가장 중요한 주제 가운데 하나는 봉건적 질서의 해체이고, 다른 하나는 이러한 과정을 통해 근대 사회로 편입되는 과정에서 일어나는 가족 간의 갈등이라 할 수 있다. 이는 작품 속에서의 여러 장면들 혹은 인물들 사이의 대립 등에서 잘 드러난다.

먼저, 이 작품에서 봉건적 질서를 대표하는 인물 가운데 하나는 황참봉이다. 그는 지주이고, 이 지위를 통해서 온갖 봉건적 특혜를

17 투쟁하는 인물에 신성성과 선험성을 부여하기 위한 작업은 1980년대 우리 민중시에서 끊임없이 시도되었던 부분이다.

누리는 전형적인 전근대적인 인물, 봉건적 인물이다. 그는 자신의 이익을 위해서라면 소작인의 목숨 정도는 아무 것도 아닌 것으로 생각한다. 그런데 이런 유형의 인물이란 「아버지의 문 앞에서」의 아버지의 모습과 동일하다. 특히 봉건적 특성을 강화하고 이를 자신들의 통치 수단으로 삼고자 했던 제국주의의 의도를 잘 대변하고 있다는 점에서 더욱 그러하다.

……어릴 적부터 각시놀음을 하다가
시집 장가가는 어른들의 흉내를 내다가
어느 틈에 어름어름 접근해버린
甲順이는 渭得의 사촌누이다
너무나 답답한 영원한 秘藏
주검으로 환산되는 激愛의 범죄
渭得은 몸부림을 쳤다
천지가 한번 뒤엎어져야 했다

世代도 마지막을 고했다
불마진 범같이 日帝는 발악하야
청년을 모조리 死地로 내모는 날
주검과 마주선 식민지의 자손은
스승도 어버이도 믿을 수가 없었다
黃참봉은 만화처럼 국방복을 입고
지원병 권유차로 팔방을 돌았다
급조된 애국자는 의기양양하여

자신의 거짓을 자신도 믿어 버렸다

이해 위得의 나이 스물하나
면할 길 없는 '명예의' 소집영장이 왔다
黃참봉은 소를 잡아 甲種 합격을 자랑했다
군수와 부장이 번갈아 치하를 왔다

심장에 손을 얹어 보았다
渭得은 정녕 살아 있다
살구 싶다. 岩石에 눌려서라도 살구 싶어
집 뒤 솔밭에서 甲順이와 밀회를 했다
"어차피 죽는 판이니
죽는폭 치고 우리 달아나자!"
달아나자! 사랑이거든 숨막히도록 깍지를 끼고
우리들만이 아는 푸른 하늘 아래 자리를 잡자!

흙 속에 두더쥐처럼 파묻히려
渭得과 甲順은 달아났다
우선 北으로 北으로! 여긴 萬州 벌판
가문과 기와집도 없는 곳이면
죄로운 불길도 온○히 타리라[18]

18 『항쟁의 노래』, pp.127-128.

대동아 공영권을 내세운 일제는 그 팽창적 야욕을 달성하기 위해서 식민지가 가져오는 특혜를 한없이 누려야 했고, 또 당근책으로 협조자들을 얻어야 했다. 그 선택의 대상이 지주들이었거니와 지주들은 자신들의 이해관계와 맞아떨어진 일제와 불가분의 관계를 유지하게 되었다. 황참봉이 "만화처럼 국방복을 입고/지원병 권유차로 팔방을 돌아"다녀야 했던 것도 이와 밀접한 관련이 있다. 그런데 그의 이러한 행위에는 자신의 아들이라고 예외일 수는 없었다. 자신의 아들인 위득이 스물하나가 되는 나이에 면할 길 없는 '명예의' 소집 영장을 받아들어야 했는데, 황참봉은 이를 비관하기 보다는 "소를 잡아 甲種 합격을 자랑"해야 했고, 군수와 부장은 이를 번갈아 치하하는 상황에 이르게 된다.

황참봉의 봉건성은 외부 현실의 이런 야합에 그치지 않고, 전통적인 축첩제도를 악의적으로 이용하는 데서도 잘 드러난다. 그는 자신이 소작으로 부리고 있는 박서방의 딸을 첩으로 취하고 있기 때문이다. 시인은 이런 황참봉의 행위를 소위 '양반질'로 타매한다. 이런 인식이야말로 그가 얼마나 반봉건 사상에 심취해 있었는지를 말해주는 반증이 아닐 수 없으며, 이 시기 민족문학 건설에 있어서 그의 시작 행위가 봉건질서의 타파에 있음을 말해주는 것이라 하겠다. '아버지'를 부정하고 '황참봉의 만행'을 초월하는 길만이 민족 국가 건설의 요체라고 판단했던 것이다.

이런 반봉건성들에 대한 인식은 시인의 여성관을 통해서도 확인할 수 있다. 그를 해방기 이후 최초의 페미니스트로 보는 것도 무리는 아닌데,[19] 그렇다면 시인은 왜 여성의 문제에 이토록 집착했던 것일까. 이 또한 봉건 유제와 밀접한 관련이 있는 것이고, 실제로 봉건

질서에서 가장 저열한 위치에 있었던 것이 여성이었다고 이해한 것이다. 따라서 시인은 여성에 대한 해방이 봉건 질서를 극복하고 새로운 민족 국가를 세워나가는 데 있어 중요한 기제라 판단했던 것처럼 보인다.

일반 서정시도 그러하지만 『가족』에도 많은 여성이 등장한다. 돌쇠의 다섯 식구 가운데, 할머니, 어머니, 복례가 그러하고, 황참봉이 거느린 여러 명의 여성들이 그러하다. 뿐만 아니라 황참봉의 아들 위득이 연모했던 사촌누나 갑순이[20]역시 그러하다. 김상훈의 시에서는 왜 이렇게 많은 여성들이 등장하는 것일까. 일부에서는 시인이 젊은 시절 근친을 사랑했던 죄의식에서 그 원인을 찾기도 하고, 다른 한편으로는 외디푸스적인 감각에서 이를 이해하기도 한다. 하지만 그의 여성편향성이 어디에서 기원하는 것이든 그의 시에서 여성은 무엇보다 봉건적인 질곡을 담아내고 있는 인물로 그려진다는 사실에 주목해야 할 것이다.

이런 면들은 「아버지의 문 앞에서」라는 시에서 이미 살펴본 것처럼 봉건적 맥락과 분리하기 어려운 것이다. 시인은 이 작품에서 반봉건적인 의식을 뚜렷히 드러낸 바 있고, 그런 포즈야말로 새로운 현실에 대한 응전이고, 또 새 시대에 대한 개척 정신으로 이해했다. 그것이 윤리적 자기비판이었거니와 시인은 그 다른 지점에서 이와 비슷한 감각을 드러냈는데, 이것이 바로 여성성에 대한 새로운 시각이었다. 전자가 새로운 전위를 위한 이기적인 방향에서 시도된 것이라

19 정효구, 앞의 논문, 참조.

20 이 인물은 징병을 거부하고 위득과 함께 탈출하는 인물이다.

면, 후자는 이타적인 방향에서 시도되었다는 점에서 그 차별점을 읽어낼 수 있는 경우이다.

> 닭이 횃대에서 내리면
> 시어머니의 잔소리가 시작된다
>
> 술과 구두신기를 배운 남편들은
> 사흘만에 한번씩 때리는 버릇이 있다
>
> 烈女碑가 늘어선 산마을에
> 양반질이 분바르기를 금했다
>
> 시집살다가 죽은 넋이라는
> 접동새 울음에 울며 親한다
>
> 청춘이니 웨 싸둔 사랑이 없으랴만
> 禮法 아래 파뿌리같이 늙어가야 하는 사람들
>
> 이 마을엔 열여덟 명의 며누리들이
> '解放'이란 말도 모르고 시들어간다
>
> 「며누리」 전문

이 작품은 봉건적인 여성상이 입체적으로 제시되어 있어서 관심을 끄는 경우이다. 우선, 전통 사회의 고질병 가운데 하나인 고부간의 갈등이 드러나 있는가 하면 남성 우위적인 관습이 드러나 있기도 하고, 또 유교적인 남존여비 사상도 엿볼 수 있다. 말하자면 여성은 억압의 피주체이고 전통적인 의미의 온갖 악을 모두 담지한 주체로 구현되고 있는 것이다. 그들은 오직 봉건적 질서에 들어맞는 예법에 충실히 살아가면 그만인 피동적인 존재들일 뿐이다. 그런데 이런 처지의 여성들이 이 마을에 열여덟 명이나 있고, 더 심각한 것은 이들이 "해방이란 말도 모르고 시들어간다"는 사실이다.

시인은 실존적 결단에 의한 윤리적 자각을 통해 소시민적 사유와 삶으로부터 탈출한 바 있다. 그러나 그러한 결단만으로 그가 꿈꾸는 세상을 얻을 수는 없는 것이었다. 그와 함께할 동맹군, 혹은 연대의식이 필요했다. 이런 상황에서 그가 포즈를 취하고자 한 것이 여성이었다. 하지만 여성은 이 시기 여전히 미몽의 상태에 놓여 있었고, 전통의 울타리 혹은 봉건의 질곡에 갇혀 있었다. 이들이 깨어나야 비로소 연대의식이 가능해지는 것이고, 그래야만 그가 그리워한 세상은 도래할 수 있을 것으로 판단했다. 그리하여 시인은 마침내 이들을 잠에서 깨우고자 하는 주체, 곧 새로운 전위를 위한 매개적 인물로 만들고자 한 것이다.

『가족』에서 여성을 대표하는 가장 불우한 존재는 복례이다. 그는 자신의 부모가 갖고 있던 소작이나마 지키고자 기꺼이 황참봉의 첩으로 나선다. 복례에게는 자신을 좋아했던, 황참봉의 아들 위우가 있었다. 하지만 자본의 힘은 부모 자식 간의 윤리도 뛰어넘는 것일 뿐만 아니라 여성을 단지 도구 이상으로 생각하지 않았다.

온갖 모순을 간직한 채, 그리고 역사적 전망이 뚜렷이 제시되지 못한 채 해방이 불현 듯 찾아왔다. 이 와중에 민족반역자이자 친일분자인 황참봉은 재빨리 현실추수주의자가 되어 남한 사회에서 빠르게 적응해갔고, 또 지도세력의 한 축으로 부상하고 있었다. 그의 아들 위우는 이런 현실에 쉽사리 적응하지 못했다. 이런 혼돈의 상황 속에서 그는 우연히 전국 여성대회가 열리는 곳을 지나치게 되고 거기서 복례를 만나게 된다. “나는 농노의 딸이올시다/지주의 獸慾에 짓밟혔습니다”라고 외치는 복례를 본 것이다. 이런 외침에서 알 수 있듯이 그녀는 옛날의 복례가 아니었다. 말하자면 복례는 선진적인 노동자, 투사로 변신하고 있었던 것이다.

여기서 복례가 어떤 과정을 거쳐 존재의 변이를 거치게 되었는가 하는 점이 뚜렷이 제시되어 있지는 않다. 그것이 『가족』의 한계이거니와 이란 과도한 주관에 의한 작시법이야말로 시인의 작품에서 리얼리티가 제대로 살아나지 못하는 한계로 작용한다. 시인의 언급대로 “하고 싶은 이야기만 하고자 하는” 의식의 과잉이 앞서 있었던 탓에 이런 한계가 나온 것이 아닌가 한다. 시인의 이런 한계는 역시 여성을 소재로 한 「小乙이」의 경우도 마찬가지이다.

……아주머니
기어코 나를 죽일려고 하기에
기어코 저는 살아보려고 떠납니다.

죽으라면 죽으랄사록
사는듯이 살아볼걸요!
나는 남성이 그리웠읍니다
누구든 튼튼한 사나히와

양반질이 없는 곳에서 죽는 날까지 살구 싶었읍니다

아버지가 오늘밤에는 단행하라는 밤
나는 작은머슴 돌쇠를 불렀읍니다
놀라실테지요. 물에 빠져서 짚푸레기이라도 잡는 격으로
돌쇠라도 나하구 살아만 준다면
천리만리 함께 달아나자고요……

그러나 그것도 헛일－－
뒤뜰을 쓸러온 돌쇠를 불렀더니
돌쇠는 영문 모르고 싱글벙글 오다가
그만 아버지한테 들켜서
그날 밤에 매를 맞고 쫓겨났지요

돌쇠마저 떠나버린
그날 밤엔 죽기라도 해보려다가
피가 듣는 입솔을 깨물며 깨물며
죽느니보단 떠나자고 했읍니다

내일 아츰에 집안이 뒤집혀질 것과
마을 여인들이 떠들어댈 소문과
영원히 벗어날 길 없는 나의 누명도 생각해봅니다

그러나 떠나야겠습니다

꿈에서나 보던 씩씩한 사나히를 만나서
가시처럼 아픈
양반들의 버릇을 뜯어고치고자 하겠읍니다……

成氏는 노을같이 슬피 우섰다
"小乙이가 서울서 머리를 끊고 짧은 치마를 입었더라지요"
"네 民主主義를 부르짖고 다닙니다
눈알 시원스리 웃는 씩씩한 사나히와 손을 잡고
앞장서서 용감히 내다르고 있읍니다
그리고 '아주머니'도 곧 서울로 오시라고요……"

"나를 서울로 오라고!
나마저 한번 도망을 하라고……"
成氏의 웃음은 아직도 노을같이 슬펐다

「小乙이」 부분[21]

이 작품의 주인공 小乙이는 시집가서 모진 학대를 받고 친정으로 쫓겨 오게 된다. 하지만 전통적인 유교의식에 젖어 있는 친정 식구들이 소박맞은 小乙이를 살갑게 대할 리가 없다. 그리하여 쫓겨온 그녀는 친정 부모로부터 자살을 권유받게 되지만, 이를 거부하고 여기서 탈출하게 된다. 이후 그녀는 복례와 마찬가지로 서울에서 선진적인 투사가 되어 새로운 전위로 거듭 태어나게 된다. 하지만 여기서도 『가족』

21 『전집』, pp.157-158.

과 마찬가지로 한계는 분명이 노정된다. 『가족』의 복례와 마찬가지로 小乙이도 이런 변신의 도정에 어떤 필연성이 결여되어 있는 까닭이다.

하지만 이런 한계에도 불구하고 '복례'나 '小乙'의 존재론적 변신은 몇 가지 의의를 갖고 있다. 하나는 전통적인 농민층의 분해 과정을 엿볼 수 있다는 점이다. 근대 사회로 편입되면서 전통적인 농민층은 필연적으로 해체될 수밖에 없는데, 그 과정은 두 방향으로 진행된다. 하나는 부르주아로의 상층 분해이고 다른 하나는 프롤레타리아로의 하층분해이다. 이런 과정은 '복례'를 비롯한 작품 속의 여성인물도 피할 수가 없었다. 김상훈은 이런 분해과정을 통해서 전통적인 농촌이 어떻게 해체되고 봉건적인 질서가 어떻게 붕괴되는가를 그리고 싶어했을 것이다. 그것이 아마도 그가 말한 "하고 싶은 이야기"의 또 다른 단면이 아니었을까.[22]

근대 사회가 필연적으로 요구했던 인물들의 이런 서사적 변화가 시인으로 하여금 이야기가 있는 서사시를 창작하게끔 한 근본 동인 중의 하나였을 것이다. 앞서 언급대로 서사시의 현대적 가능성과 별개로 인물의 변화과정을 담고자 했던 시인의 욕구가 이 작품의 의도 가운데 하나였기 때문이다. 반봉건적 해체 과정을 그리고자 했을 때 필연적으로 요구받았던 것이 이런 서사적 담론에 대한 욕구 내지는

22 일제 강점기에 인물의 이러한 변화에 주목한 작품은 한설야의 「과도기」이다. 이 작품의 주인공인 창선은 일시적으로 고향을 떠났다가 다시 고향으로 돌아오게 되었는 바, 자신의 고향은 이미 공장지대로 바뀌어 있었다. 그리하여 그는 어쩔 수 없이 노동자로서 살 수밖에 없는 운명을 맞이하게 된다. 봉건시대의 농민층이 근대사회로 바뀌면서 일어나는 신분상의 변화, 곧 농민층에서 프롤레타리아로바뀌는 하층 분해의 모습을 한설야의 「과도기」는 잘 보여주고 있는 것이다. 이런 면에서 「과도기」는 그러한 인물들의 변화를 최초로 그린 전형적인 작품이라 할 수 있으며, 이는 해방직후 김상훈의 서사시 「가족」에도 일정한 영향을 준 것으로 이해된다. 한설야, 「과도기」, 『조선지광』, 1929.4. 참조.

충동이었을 것이다. 그것이 시인으로 하여금 『가족』을 비롯한 서사시, 「小乙이」와 같은 이야기 시를 창작한 배경이었던 것으로 보인다.

어머니는 여기 살아 있다!
젊은이의 가슴 가슴 속
영원히 잊지 못하는 생각
민중의 소리, 가난뱅이의 몸짓
홍수처럼 내닫는 대오 앞장에
어머니는 죽지 않았다
주름많은 얼골 찢어진 치마
半남아 떨어진 짚신을 신고
어머니는 나를 보라는 듯이
어머니는 길이 살아 있다

"모도 절을 합시다"
네 사람은 절을 했다
"모도 손을 잡읍시다
어머니의 승리를 위하야
손에 손을 잡읍시다"
손들은 용접되어 버릴 듯이
격동하며 마조 잡혀졌다
"우리들의 손은
일생 잡혀저 있는 것입니다!"
돌쐬는 맹서하는 장군처럼

미동도 없이 굳게 서 있다

"오늘부터 시작하는 것이다
슬픈 이야기가 끝난 다음부터
살려는 노력은 개시되는 것이다

찬란한 명일을 기다리는 마음만이
뼈아픈 진통의 의의를 안다
쓰러지는 자를 위하야
엄숙히 熱淚를 거두라

영원히 새것으로 밀려오는
우리들의 명일 때문에 우리는 살아야 한다"

渭雨는 福禮의 눈앞에서
처음으로 웃음을 배운 사람처럼 웃어보였다
"당신이 말한대로 길동무가 되리다"
福禮의 웃음도 花心같이 붉었다[23]

전통적인 가족은 해방 직후의 사회적 맥락 속에 편입해 들어가면서 새로운 가족의 모습으로 탄생한다. 가족의 이런 해체와 변신이야말로 김상훈의 윤리적 자아 비판과 밀접한 관련이 있을 것이다. 그리

23 『전집』, pp.143-144.

고 그러한 변신을 가능하게 했던 의장 가운데 하나가 어머니의 존재이다. 상징적 질서 이전의 어머니는 상징적 질서의 억압을 느슨하게 해주고 불편했던 아버지와의 관계를 회복시켜주는 매개역할을 하고 있었다.[24] 말하자면 어머니는 이런 가족의 급격한 해체 속에서 균형감각을 갖게 한 요인 가운데 하나였다는 점이다.

『가족』에서 어머니는 혁명의 뒤를 잇는 연결자이다. 마치 고리끼의 『어머니』에서 보듯 그녀는 모성적인 따듯함의 세계에서 그치는 것이 아니다. 혁명의 계승자가 됨으로써 미래에 대한 승리적 전망을 담아내고 있는 것이다. 그 도정에서 어머니는 죽음을 맞이하게 되는데, 그녀의 죽음 속에 전통적인 가족은 해체되고 혁명적 가족으로 거듭 태어나게 된다. 말하자면 어머니는 그동안 갈등 관계에 있는 모든 가족들을 화해시키면서 하나의 가족으로 만드는 것이다. 이 도정에서 부르주아 자식이자 한 때 복례를 이성적으로 사랑했던 위우 역시 혁명적 전사로 새롭게 태어난다. "당신이 말한 대로 길동무가 되리라"라는 그의 말은 이들의 관계가 더 이상 봉건적, 혹은 생물학적 끈으로 연결되지 않고 있음을 말해준다. 혁명이 타오르는 등불 앞에 이들은 새로운 전위가 되어 역사의 주체로 거듭 태어나고 있는 것이다.

4. 자유와 민주를 향한 그리움

김상훈은 특이한 이력을 지닌 시인이었다. 자신 속에 내재된 사상

24 신범순, 『한국 현대 시사의 매듭과 혼』, 민지사, 1992. p.271.

과 반대되는 곳으로 입양을 갔는가 하면, 일제 말기 징용 체험도 했다. 물론 이런 경험은 보편의 것으로 인정할 수도 있지만, 그는 무엇보다 시를 쓰는 작가였다는 데 그 특이성이 있을 것이다. 김상훈은 이런 예외적인 상황 속에서도 작품을 생산해 내었고, 궁극에는 그것을 세상에 펼쳐보였다. 말하자면 일제 말기 작품 활동을 했던 몇 안 되는 시인 가운데 하나였던 셈이다.[25]

해방 직전에 전개된 그의 이러한 작품 활동을 두고, 『항쟁의 노래』를 편찬한 편자는 이를 윤동주의 행위와 비견할 수 있다고 했다.[26] 그런데, 김상훈의 행보와 문학적 세계를 윤동주의 그것들과 비교해 보면 일견 비슷한 면을 갖고 있는 것도 사실이다. 이들은 해방 직전에 문학 활동을 하되 활발한 편은 아니었다는 점이 그 하나이고, 해방 직후 이들의 문학은 비로소 꽃을 피우게 되었다는 점이 다른 하나이다. 하지만 한 사람은 해방 이전에 죽고, 다른 한 사람은 남아서 계속 문학 활동을 전개했다는 차이점을 갖고 있기도 하다. 그렇다면 이들은 이 외에도 어떤 면에서 닮아 있는 것이라고 하는 것일까. 그 하나의 단면을 볼 수 있는 작품이 김상훈의 「손」이다.

> 일 분이 육십 초
> 한 시간이 삼천육백 초
>
> 하로의 기－ㄴ 노동이 끝나면

25 그는 해방 직후 발간한 『대열』에서 「편복」이라든가 「손」, 「연」 등 이 시기의 경험을 담은 작품을 함께 발표하고 있다.

26 『전집』, p.13.

鈍重하야 머리를 들지 못한다
노을이 炎炎히 타면
멀그럼이 손만 내려다보는 버릇

손! 내 손이 웨 이리 슬픈 모양일가

다섯 손까락과 또 다섯 손까락이
항상 무엇을 겻잡으려는 표정이기에
인류의 슬픈 역사는
손을 가지는 날부터 시작되였단다

어머니의 젖가슴에서
사랑을 꽃닢처럼 만작어리든 손

힌 조히에 펜을 달려
밤새도록 想을 彫刻하든 손

님의 옷자락에 매달려
석별의 情炎이 波動하든 손

손은 나와 함께 자라고
나와 함께 산다

낡은 가지에 츩넝쿨이련 듯

파랑 힘줄이 주리주리 감기고
진종일 함마―질에
부르트고 상처많은 손

나의 손바닥 우에
수물여섯 해 살아온 발자최를 읽는다

「손」 전문

이 작품은 시인의 내밀한 자의식과 분리하기 어려운 시이다. 이런 자의식은 윤동주의 「참회록」 등과 비슷한 것이라 할 수 있는데, 내면을 탐색해 들어간다는 점에서 보면 이 두 사람의 작품은 꼭 닮아 있는 것이다. 뿐만 아니라 식민지 현실에 대한 부당함을 내면의 끓어오르는 자의식 속에서 감당하고 또 이를 해소하고자 몸부림쳤던 모습도 동일하다고 하겠다. 하지만 이런 유사성에도 불구하고 이 두 작품이 응시하는 시선과 대상, 그리고 지향하는 세계는 전연 다른 경우이다. 먼저 윤동주의 「참회록」은 일종의 부끄러움의 미학을 전제로 한다. 그가 이 작품을 쓰게 된 근본 동기 가운데 하나가 창씨개명을 하고 난 뒤의 자의식 때문이었다고 한다. 그러니 당연스럽게도 부끄러움의 정서 속에 갇혀 있을 수밖에 없는 것이 아닌가. 그래서 계속 거울 속에 비춰진 자신을 회피하고 궁극에는 그런 현실 세계에서 벗어나고자 노력한 것이 아니겠는가.

하지만 김상훈의 「손」은 윤동주의 그것과 전연 다른 지점에 놓여 있는 시이다. 이 작품 역시 체험의 영역이 만들어낸 시이다. 앞서 언급대로 김상훈은 해방 직전 징용 대상자로 분류되어 원산의 선반공이 되었다. 자의적 선택이 아닌 까닭에 그곳의 생활이 긍정적이라거나 자기만족적인 것이 아니었음은 당연하다 하겠다. 그런 열악한 환경에서 시인이 응시한 것은 윤동주가 응시했던 '거울'과 같은 것이 아니었다. 시인에게 다가온 것은 '거울'이 아니라 '손'인 까닭이다. 여기서 '손'은 몇 가지 의미를 갖는데, 우선 하나는 그것이 성찰의 대상이라는 점이다. 이는 자의식을 담아내는 것으로서 '거울'과 비슷한 역할을 한다. 다른 하나는 욕망의 주체로서의 의미이다. 시인은 이를 "인류의 슬픈 역사는/손을 가진 날부터 시작되였단다"로 음역한다. 다시 말하면, 손이 물건을 가지려 했는 바, 그것은 곧 욕망의 기능적 작용의 결과였다는 것이다. 그리고 셋째는 노동의 주체로서의 의미이다. 시인을 현존에 이르게 한 것은 "진종일 함마-질 속에 형성도 부르튼 손"이기 때문이다. 넷째는 아마도 무능력의 상징으로서의 손일 것이다. 이는 첫 번째의 성찰과 비슷한 영역이긴 하지만, 어떻든 시인은 자신의 손을 통해서 무언가 전진하지 못하고 있는 자신의 한 단면을 읽어냈을 개연성이 매우 크다고 하겠다.

일제 강점기를 견뎌내는 윤동주와 김상훈은 이렇게 다른 듯 닮아 있다. 이들은 비록 소극적이나마 객관적 현실이 주는 열악함을 극복하고 이를 초월하고자 하는 의지를 표명하고 있었다. 정도의 차이는 있겠지만 윤동주의 「참회록」이나 「자화상」, 그리고 「서시」에서 이러한 의도는 충분히 읽어낼 수 있기 때문이다. 뿐만 아니라 이런 현실에 적극적으로 대응하지 못하고 있는 무기력한 자아에 대한 회한의 정서 또한 짙게 배어있는 것이 사실이기도 하다. 자신 속에 슬프게 오버랩되는 이상적 자아나 자신의 손에서 "스물 여섯 살 살아온 발자최"를 읽는 것은 이와 밀접한 관련이 있기 때문이다.

그러나 이런 유사성에도 불구하고 김상훈과 윤동주를 구분하는 가장 중요한 지점은 아마도 노동체험에 있을 것이다. 비록 강제에 의한 것이긴 하나 김상훈은 노동의 가치와 그 현존에 대해 깊은 체험을 했을 것이다. 그는 거기서 조합이라든가 조직의 필요성을 이해했을 수도 있고, 또 그 해방의 형이상학적 가치에 대해서도 체험했을 개연성이 크다. 그런 체험이 해방 직후 그로 하여금 민주 개혁의 필요성을 자각케 했을 것이다. 반면 윤동주의 자의식은 이런 체험과 거리가 있는 것이었다. 그가 의식했던 것은 주관적 양심과 거기서 오는 현실과 이상 사이의 괴리였다. 그러니 그의 자의식은 현실과 분리된, 내면의 갈등 속에 갇혀 있었던 것이다.

獄窓에서 바라보이는 조각하늘에
누집 아히가 날려보내는 고운 연이냐

푸른 하늘로 끝없이 깃더올으랴는 갈망
연의 마음도 한없이 자유가 그리운 게다

밋친 것처럼 떨며 내달아 솟아도
번번이 야문 실오리에 끌려내려와야 하는

연아! 너의 슬픈 몸부림을
자비롭다고 사람들은 바라보겠구나

얼마나 가구 싶으냐 새떼 마음놓고 짖저귀는
구름과 바람이 번덕여 재롱떠는 하늘가

노을이 타서 피가 듯도록 타서
숲속에 마지막 종소리 울리는데

연아 달어나거라 끝없이
실끝 끊어버리고 一瀉千里 끝없이 달어나거라

「연」 전문

이 작품은 아마도 시인이 협동회 사건으로 감옥에 간 체험을 담아낸 시처럼 보인다. 첫연의 "獄窓에서 바라보이는 조각하늘에"라는 표현이 이를 증거한다. 「연」은 비록 개인의 실존 상황에서 빚어진 것이긴 하나 '자유'에 대한 갈망이 시사하는 바는 매우 크다고 하겠다. 특히 그것이 객관적 현실과 분리하기 어려운 것이라면, 이런 함의는 더욱 그러하다고 하겠다.

김상훈은 이 시기 다른 시인이 결코 할 수 없는 경험을 했다. 그것이 일제 강점기 말 그의 시세계의 중심으로 자리했다. 그러니까 그의 시들은 이 시기 어떤 문인도 감행하지 못하는 저항의 현장 속에 있었던 것이다. 그것이 그로 하여금 윤동주의 치열한 자의식과 비교하게끔 만들었을 것이다. 그의 이같은 문학 행위는 누구도 달성할 수 없었던 영역이었다는 점에서 그 의의가 있다고 하겠다. 그것은 봉황각좌담회에서 김사량이 언급했던 "일제 말기 골방에서 우리 말을 지키기 위해 시작행위를 한 사람이 있다면, 우리는 그 앞에서 모자를 벗어야 한다"[27]는 수준을 뛰어넘는 것이라 할 수 있다.

27 봉황각 좌담회 참조.

얼음 밑에서도
물은 흘러가는 것이다

모도가 얼어붙어
재밤중같이 어두운 골 안에
돌뿌리와 싸우며
울음마저 다무러 삼키고
그래도 물은 흘러가야 하는 것이다

둔탁한 기류가
함부로 몸부림치는 하늘 아래
九天에 사무치고 싶은

아우성마저 氣盡해가는
병든 민중의 눈알 속에서도
새날의 역사는 발버둥치며 자라나듯이

아무리 두려운 총칼 앞에서도
견듸지 못할 고문의 床 우에서도
동무들의 혈관에 피가 흐르듯이

얼음 밑에서도
이 儒弱한 시인의 발 아래서도
물은 쉴리없이 흘러가는 것이다

「물은 흘러가는 것이다」 전문

해방 직후 김상훈의 문학 활동은 거침없이 진행되었다. 그는 곧바로 문학가동맹에 가입했는가 하면, 이 단체에서 요구하는 제반 활동을 훌륭하게 수행했다. 문화공작대의 활동에도 적극적으로 가담했고, 각종 집회에도 유진오 등과 함께 하며 자신의 문학적 이념을 펼쳐나간 것이다. 그의 이같은 행보는 크게 보면 두 가지 경로에서 이루어진 것이라고 하겠다. 하나는 해방전의 활동이고, 다른 하나는 해방 직전의 윤리적 자기 비판이다. 그리고 무엇보다 중요한 기제로 작용한 것은 원산에서의 징용 체험이었을 것이다. 이 경험이 있었기에 해방 직후 자신 앞에 던져진 과제가 무엇인가를 분명히 인식했기 때문이다. 그것은 새로운 시대가 요구하는 문학, 곧 민족 문학 건설에 있어서 그가 담당해야할 일이었을 것이다. 그 하나의 단계가 바로 소시민성에의 대한 윤리적 자아비판이었다고 하겠다.

『대열』을 비롯한 그의 초기 시들은 이런 배경하에서 창작되었고, 「물은 흘러가는 것이다」는 그 단적인 예에 속하는 작품이라 할 수 있다. 그는 이 작품에서 물의 속성을 이용하여 현재의 변혁이 결코 멈추어질 수 없는 것임을, 궁극에는 승리할 수 있는 것임을 알리고 있다. 이런 승리적 관점이야말로 해방 직후 문학가동맹에서 내세웠던 진보적 리얼리즘을 충실히 수용한 결과라고 할 수 있을 것이다.

5. 김상훈 시의 한계

김상훈은 해방 직후 등단한 신인이다. 신인이라는 것만으로도 그는 해방이 던져준 여러 가능성에 대해서 자신있게 대처할 수 있는 기회를 가질 수 있었다. 기성의 문인들을 한결같이 옥죄고 있었던 친일에의 부담, 곧 윤리적 결함으로부터 그는 자유로울 수 있었기 때문이다. 하지만 이런 현실에도 불구하고 김상훈은 기성의 문인들을 억누르고 있었던 윤리적 감각으로부터 완전히 자유로운 것은 아니었다. 그의 출신 성분이나 실존의 배경이 진보적으로 나아가야 하는 현실로부터 멀리 떨어져 있었기 때문이다.

그래서 김상훈이 해방 직후 가장 먼저 시도한 것이 윤리 감각의 회복이었다. 이는 시인이 만든 행위의 결과에서 오는 것이 아니라 그를 생리적으로 규정하고 있는 것들로부터의 벗어남이었다. 익히 알려진 대로 그는 부르주아의 자식이었고, 일제 강점기 이 층들이 담당했던 것이 바로 일제와의 결탁이었기 때문이다. 이로부터 유추컨대, 김상훈은 윤리적 결함을 생리적으로 갖고 있었다는 의미이다. 물론 김상훈이 스스로 이 덫에 갇힌 것은 아니었지만, 그 역시 이런 현실과 결코 무관한 것이 아니었다. 그래서 그가 해방직후 가장 먼저 시도한 실존적 결단이 윤리 감각의 회복이었다. 그는 말하자면 해방과 동시에 새로운 탄생, 곧 사회적, 계급적 탄생을 하고자 했던 것이다. 그것이 「아버지의 문 앞에서」라는 작품에서 보듯 아버지와의 결별이었다.

이 작품에서 시도한 시인의 윤리 감각에서 알 수 있는 것처럼, 시인이 이 시기에 가장 관심을 두었던 것이 봉건 유제의 극복이었다. 그것은 부르주아라는 감옥으로부터 스스로를 지우는 것이었고, 다른 한편으로는 진보적 개혁의 장애물로 남아 있었던 것들에 대한 사상이었다. 그 뿌리가 봉건적 가족 질서였고, 여성 문제였다. 그의 작품에서 억압받는 여성상이 많이 등장하는 것은 이와 밀접한 관련이 있다고 하겠다. 그리하여 궁극에는 그들에 대한 해방이 새로운 시대가 요구하는 의미있는 현실로 보았던 것이다.

김상훈 시의 가장 큰 특색 가운데 하나는 서사적 특성이라 할 수 있다. 이는 다음과 같은 근거에서 비롯된 것처럼 보인다. 역사적 주체로 거듭 태어나는 여성상과 봉건적 개인이 해체되면서 근대적 주체로 새롭게 탄생하는 과정을 예리하게 짚어낸 그의 시들이 서사적 모형을 지향하는 것은 매우 자연스러운 현상이었기 때문이다. 그의 시들이 해방 직후 주로 서술시 내지는 장시의 형식을 갖춘 것은 이런 봉건적 인간형이 선진적 인간형으로 바뀌는 과정을 탐색하고자 하는 의도에서 기획된 것이라 할 수 있다.

하지만 이런 의의에도 불구하고 그의 시들이 갖고 있는 한계 또한 분명하다고 하겠다. 해방 직후 시인들에게서 흔히 발견되는 것이긴 하지만, 그의 시들은 우선 지나치게 관념이 앞선 경우가 대부분이라는 것이다. 그런 면들은 서사시나 이야기 시와 같은 장시의 형태에서 특히 잘 드러나 있는데, 그가 그리고 싶었던 인물상들이 객관적 매개나 필연적 관계를 사상한 채 갑자기 새로운 존재의 변이를 하게 된다는 점이다. 이는 마치 우연적 시간이 지배하는 영웅 소설처럼 객관성이 확보되기 어려운 단면들이라 하겠다. 뿐만 아니라 비록 짧은 기간이긴 하지만 해방 직후는 다양한 창작 방법이 제시된 바 있다. 그런데 그의 시들은 이 부분에 충실히 복무했다고 보긴 어려운 측면 또한 노정되어 있다. 특히 노동계급성이 매개되는 당파성의 문제를 실현하는 시들이 거의 없다는 점은 이를 잘 말해준다 하겠다. 문학가동맹은 해방 이후 어느 시점에 이르러 당파성이 매개되는 민중성 등을 제시하고 있지만, 그의 시들은 이로부터 멀리 벗어나 있는 것이다. 김상훈이 해방 직전의 노동자 출신임을 감안하면, 그의 시들에서 이들 영역이 낯선 지대로 남아있다는 것은 분명 아쉬운 점이라 하겠다.

한국 현대 현실주의 시인 연구

제12장

개인의 서정에서 집단의 서정으로

유진오론

유진오 연보

1922년 전주 출생.
1936년 중동중학교 입학. 김상훈 등과 교우함.
1941년 중동중학교를 졸업하고 와세대 대학 등에서 수학.
1945년 친구 김상훈이 발행하는 『민중조선』에 시 「피리소리」 등 발표. 오장환의 추천으로 공청에 가입.
1946년 2월 25일 조선문학가동맹이 주최한 학병 추모행사에서 시 「눈 감으라 고요히」 낭독.
1946년 9월 1일 동대문운동장 집회에서 「누구를 위한 벅차는 우리의 젊음이냐?」 낭독. 대중들의 열렬한 지지를 받음.
1946년 김상훈, 이병철, 박산운, 김광현과 함께 『前衛詩人集』(노동사) 발간.
1947년 1946년 12월 미군정 재판에서 1년을 선고 받고 9개월 수형생활을 하고 출옥.
1948년 유일 시집 『窓』(정음사) 발간.
1949년 지리산 공작대장으로 입산. 곧바로 남원에서 민보단에 체포되어 서울로 압송.
1949년 9월 30일 군법회의에서 사형을 언도 받음. 이후 친지 등의 탄원으로 무기형으로 감형 받음.
1950년 3월 전주형무소로 이감.
1950년 6월 인민군이 전주에 진입하기 직전에 처형 된 것으로 추측.
2018년 『유진오시전집』(최명표 편) 간행(신아출판사).

1. 해방과 서정의 음역

유진오(俞鎮五)는 한국 시사에서 매우 낯선 이름이다. 이런 낯설음이란 우리의 편편치 못했던 비극의 역사에서 오는 것이며, 그렇기에 그의 이름은 더욱 문학사에서 변방지대로 남아있었다. 그러던 그의 이름이 문학사의 전면에 서서히 드러나기 시작한 것은 이데올로기의 경직성이 풀려나기 시작하면서부터이다. 그 완결이 최근에 간행된 시인의 전집 간행이었는데,[1] 이를 계기로 그는 비로소 우리 앞에 전면적으로 그 모습을 드러내게 되었다.

전집에서 조사된 바에 의하면, 그는 전북 전주군의 고산면 오산리에서 아버지 유치준과 어머니 남원 양씨의 4형제중 네 번째로 태어난 것으로 되어 있다. 그리고 14살 되던 해인 1936년 4월에 서울 중동중학교에 입학을 했고, 여기서 그의 평생의 문학 친구 가운데 하나였던 시인 김상훈을 만나게 된다. 다음, 5년 뒤 이 학교를 마친 뒤, 그는 일본 와세대 대학, 메이지 대학 등에서 불문학을 전공한 것으로 알려져 있다.[2]

이 기간 동안 시인은 시를 비롯한 문학 전반에 대해 창작했을 것으로 기대되지만, 어떻든 정식으로 문단에 데뷔한 것은 해방 직후였다. 1945년 11월 『민중조선』에 시 「피리ㅅ소리」를 발표하면서부터인데, 이 잡지의 발행인겸 편집인이 김상훈으로 되어 있으니, 그와 유진오와의 돈독한 우의는 이때까지 계속 이어져 왔던 것으로 보인다.

1 최명표, 『유진오 시전집』, 신아출판사, 2018.
2 이상은 『유진오 시전집』에 나와 있는 연보를 중심으로 기술한 것임.

이런 전기적 사실에서 알 수 있는 것처럼, 유진오는 해방공간에 신인 그룹에 속했던 시인이라고 할 수 있다. 그렇다면, 이 때 신인이란 무엇이고, 그들이 갖고 있는 변별성이란 무엇인가가 궁금해지지 않을 수 없다. 어쩌면 이 음역 속에 역사의 격랑을 헤쳐나갈 수밖에 없었던 유진오의 운명이 담겨 있을 지도 모르기 때문이다.

해방 직후 문인들에게 가장 먼저 요구되었던 것은 잘 알려진 바와 같이 윤리의 문제였다. 오랜 세월 동안 일제의 지배하에 놓여 있었으니 알게 모르게 소위 부역이라는 굴레로부터 자유로운 문인은 드문 것이 사실이었다. 역사가 친일주의자들에게 준엄한 심판의 목소리를 외면하는 것은 어려운 일이었기 때문이다. 이것이 기성 문인들에게 요구되었덤 모랄감각이었다면, 신인들에게는 그런 억압으로부터 비교적 자유로운 처지에 놓여 있었다. 문인이라는 유명세로부터 비껴서 있었기에 그러한데, 만약 어느 누군가가 스스로 뛰어드는 자발적 친일에 빠진 경우를 제외하면, 어떻든 신인은 이런 윤리적 울타리로부터 벗어날 수 있었다. 이것이 해방공간에서 신인이 누릴 수 있는 최대의 장점이자 무기였다고 하겠다.

해방이라는 새로운 시대의 도래를 맞이했으니, 이에 응전하는 다양한 형식의 문학과 문인들혹은 신인들이 등장하는 것은 자연스러운 일이었다. 여기서 문인들이란 기성의 작가와 신인 모두를 포함하는 것보다 포괄적인 그룹이었다는 말이 타당할 것이다. 하지만 그들 앞에 놓인 길은 전연 다른 것이었다. 전자의 경우 새로운 현실 속에 기투해들어가기 위해서는 과거의 행위에 대한 반성이 있어야 했고, 또한 철저한 자기비판이 있어야 했다. 하지만 해방공간의 현실은 이런 당연한 기회, 자연스러운 절차조차 허락하지 않았다. 이런 내성의 세계는 단순히 선언의 문제가 아니라 현실 속에 내재하는 복잡한 이데올로기적 환경과 정합성을 가질 때, 비로소 실현가능한 문제였기 때문이다. 특히 어설픈 통합주의야말로 이런 윤리성을 개선하기 위한 환경에서는 가장 나쁜 장애나 수단으로 작용할 것임은 주지의 사실이었다.

그러한 윤리성을 향한 최저한도의 몸부림이 봉황각 좌담회[3]로 나타났고, 채만식의 「민족의 죄인」이라는 내성의 형식으로 나타났다. 이는 해방공간이라는 시대의 요구와 당위성에 따른 결과였고, 또 자연스러운 수순이었다. 하지만 앞서 언급했던 것처럼, 신인에게는 이러한 절차가 생략될 수 있었다. 그러니 현실에 대한 즉자적인 반응이라든가 정서적 감응의 형식을 곧바로 취할 수 있는 여유를 가질 수가 있었다. 이들에게서 대사회적으로 향한 음성을 즉자적으로 그리고 직접적으로 들을 수 있었던 것은 이때문이라 할 수 있다. 하지만 문학이 이데올로기의 한 형식인 이상, 이런 감성적 음성을 모두에게 들을 수 있었던 것은 아니다. 문학이 현실 외연에 놓여 있는 자율적 형식임을 애써 강조하는 시인들에게 사회적 심연 깊숙이 잠겨있는 목소리를 듣는 것은 불가능한 일이었기 때문이다.[4] 해방공간이 정치 우위의 현실, 이념 우위의 현실임을 감안하면 이런 자세가 객관적 지위를 확보했다거나 대중의 열렬한 요구를 적극 반영한 것이었다고 할 수는 없을 것이다.

복잡한 현실이 상하 교직으로 얽혀있는 이 시기에 문학이 나아갈

3 벽초 홍명희를 둘러싼 좌담회로, 일제 강점기 행위에 대한 자기 내면의 고백으로는 거의 유일한 형태의 것이었다. 『대조』, 1946.1.

4 이런 류를 대변하는 것이 1946년에 등장한 청록파이다.

곳, 혹은 서 있어야 할 곳을 찾는 것은 결코 녹록한 일이 아니었다. 설사 이념적 카테고리의 범주 속에서 어떤 객관적 인식을 확보했다고 하더라도 그것이 정녕 진리의 한 축을 담당하고 있었다고 말하는 것 또한 매우 어려운 일이었다.

이런 현실 속에서 유진오는 자신 만의 고유한 가면을 쓰고 서서히 문학의 수면 위로, 아니 역사의 전면에 등장하고 있었다. 그는 앞서 언급했던 것처럼, 해방 직후에 등장한 신인이었는데, 일제 강점기에 있었던 등단제도나 시집의 상재라는 절차를 거치고 않고 작품 「피리ㅅ소리」를 1945년 11월 『민중조선』에 발표하면서 시인의 길로 들어선 것이다. 이런 예외적 경로야말로 해방공간의 특수성을 잘 보여주는 것이면서, 앞으로 전개될 유진오의 행보를 잘 보여주는 상징적인 일과도 같은 것이었다.

2. 내밀한 서정과 그리움의 세계

1945년 등단 이후 유진오의 문학활동은 지속적으로 전개되지 못했다. 역사가 묻는 엄연한 질문에 답해야 하는 상황을 연약한 서정시인이 온몸으로 감당하기에는 그 무게가 너무도 크게 다가왔던 까닭이다. 그는 이런 혼란 속에서도 1948년 1월 15일 유일한 시집이었던 『창』을 발간하는 문학적 의욕을 보여주기도 했다. 이 시집이 갖고 있는 의미는 등단 시기의 작품뿐만 아니라 그 이전 시기의 작품 세계에 대한 실마리를 찾을 수 있다는 점에서 그 의의가 큰 경우이다.

이 시집에 담긴 작품들을 들여다보면 대번에 알 수 있는 것처럼,

여기에는 여러 작품 세계들이 혼재되어 있음을 알수 있다.[5] 특히 해방공간이 요구하는 현실과 어느 정도 거리를 두고 있는 순수 서정시들에 착목하게 되면, 이 시집 속의 작품들은 결코 짧은 기간에 쓰여진 것이 아니었음을 알게 된다. 시인이 발문에서 말한 것을 보면, 이는 더욱 그러하다고 하겠다.

> 이 시집 『창』은 나의 지난날의 편린이요 앞으로의 지향의 의미에서 보아진다면 다행이다.
>
> 4부로 분류한 것은 연대순으로 한 것은 아니다. 이 21편의 시는 해방 전의 것 몇 편과 해방 후로는 1945년 9월로부터 1946년 6월까지의 시와 그리곤 1947년, 9, 10월의 시를 편편히 섞어서 끼어 놓았다.[6]

이 글에 의하면, 유진오가 시를 쓴 시기, 시집에 수록된 작품 목록이 어떠한 성격을 띠는 것인지 대강 짐작하게 된다. 그가 문인의 길로 처음 들어선 것은 해방 직후 작품 「피리ㅅ소리」이긴 하지만, 인용글에 의하면 그는 이 이전부터 작품활동을 한 것으로 보인다. "해방 전의 몇 편"이라고 언급한 부분에서 이를 알 수 있는데, 이렇듯 그는 등단하기 이전부터 작품 활동을 했던 것으로 판단된다. 이와 더불어 『창』에는 비록 짧은 시기였지만, 시간을 달리하면서 창작된 작품들

5 몇몇 평자들은 이 시집 속에서 현실지향적인 시들을 발견할 수 없고 낭만적 리리시즘의 세계가 살뜰히 전개되고 있다고 이해했지만, 시집을 꼼꼼히 들여다 보게 되면, 이는 전혀 근거없는 것이라 할 수 있다.

6 시집 『창』 跋, 정음사, 1948.1.15.

이 수록되어 있다고 하는 언급이다. 1946년을 분기점으로 해서 그 이전과 이후의 시기를 구분해서 작품 목록을 만들었다고 시인은 밝히고 있는 것이다.

작품집을 만든 배경을 언급한 이 발문이 주목을 끄는 것은 시인이 구분한 이런 시기가 작품의 의미와 어느 정도 부합하고 있다는 점 때문이다. 몇몇 평자들이 언급했던 것처럼, 그의 시들은 대개 3단계 정도로 구분시켜 논의되고 있는데, 그런 층위가 시인의 창작 시기와 어느 정도 상관관계를 갖고 있는 것이다.[7] 하지만 그렇다고 해서 그의 시를 연구한 탐색자들이 발문에 나타난 사유와 작품 세계가 정확히 조응하지 않는다고 하거니와[8] 또한 해방 이전부터 점진적으로 개선, 발전되어 온 세계관의 양상이랄까 그 필연적인 동기에 대해서는 제대로 구명하지 못하고 있는 한계를 보여주고 있다는 사실이다.

비록 많지 않은 작품들이지만 그의 시들은 일정한 정신사적인 발전 구조를 가지고 있고 서정의 탄탄한 결을 가지고 있었다. 그 첫 번째 단계가 아름다운 서정의 세계이다.

> 그리움이여ㅡ
>
> 千里길을 내달었도다

7 유성호, 「전위적 혁명성의 서정적 형상화」, 『한국 현대시의 형상과 논리』, 국학자료원, 2010.

8 유진오의 시세계의 변화가 대략 세 번에 걸쳐 이루었다고 보긴 하지만, 그것은 어디까지나 작품 내적인 변화라든가 세계관의 조응에 따른 것일 뿐이다. 뿐만 아니라 이 변모의 과정을 정신사적 흐름에 대한 측면을 통해서 밝혀낸 것도 아니다. 가령, 『창』에 나타난 서정성 짙은 시들이 어떻게 진보적 리얼리즘의 세계를 담아내고 있는가에 관한 것들이 밀도 있게 검토되지 않은 것이다. 이승원, 「유진오 시의 행동성」, 『현대시와 현실인식』, 한신문화사, 1990. 최명표, 「'꽃과 자유와 정말로 자유로운 자유'의 시인」, 『유진오 전집』(앞의 책). 유성호, 앞의 논문.

얼골도 말소리도 모르는
이따금 날러드는 平凡한 葉書조각에
흘리운 듯 팔리운 듯 그리웠든 이

꿈결같은 이야기......
지난날 허고 많은 주림과 슬픔
목마른 바램의 끝없는 새암 줄기

이제는 새 새악시 얌전한 안악
도란도란 이야기는 웃음에 차서......

머얼리 바라만 보듯 듣기만 하고
눈섭 하나 까딱이지 못한 채
사뿐히 놓여지지 안는 발길은
千里길을 되가야 하나니

배운 건 한 가지나
잃은 건 열 가지나 되는 듯
절름거리는 마음 무척 서글퍼

안타까움이여......
千里길은 아득하도다

「順이」 전문

이 작품은 『창』에 수록된 작품 가운데 리리시즘의 농도가 매우 짙은 시이다. 시인이 구분했던 시기 가운데 비교적 초기 작품일 것으로 추정되는데, 그것은 다음과 같은 근거에서 그러하다. 하나는 해방 직후 전개된 유진오의 시와는 이념적 거리가 크게 벌어져 있다는 점이다. 작품을 읽어보면 금방 알 수 있는 것처럼, 여기서 어떤 사회적 맥락이나 내포를 읽어내는 것이 쉽지 않다. 그런 세계관의 낙차가 유진오 시세계의 본령과는 거리가 있어 보인다. 그리고 다른 하나는 재현된 서정의 세계가 유년의 무대라는 점이다. 물론 이런 정서는 세대라든가 연령의 구분없이 얼마든지 서정화할 수 있는 지대이다. 그런 재현은 회고라든가 과거의 재현에서 보듯 기억을 더듬으면서 쉽게 서정의 영역에 편입시킴으로써 이루어진다. 그럼에도 이 작품을 초기시로 구분할 수 있는 것은 해방정국의 상황과의 거리 때문이다. 잘 알려진 바와 같이 이 시기는 정치 우위의 시대이고, 또 행동이 앞서는 시대이다. 그러니 유년의 한가한 기억을 재구할 서정적 여유도 없었거니와 농도짙은 리리시즘을 재현할 수 있는 상황 또한 허락되지 않았다. 이는 『창』에 수록된 작품이나 시집에 포함되지 않은 작품을 일별해볼 때 금방 확인될 수 있는 사실이다.

「순이」를 지배하는 것은 그리움의 세계이다. 이 정서가 결핍의 상황과 밀접한 관련을 맺고 있거니와 지금 화자에게는 한때 자신과 정서적으로 밀접하게 결부되어 있던 대상이 자아로부터 분리됨으로 말미암아 크나큰 공백을 느끼고 있다. 그러한 공백을 메우기 위해 자아는 불확실한 여행의 길을 떠난다. 오직 그리움의 대상을 향한 치열한 열정만으로 자신 속에 남겨진 결핍의 지대를 메우기 위해서 말이다.

하지만 자아가 그리던 대상은 그 기대와는 전연 다른 모습으로 나타난다. 그가 살뜰한 감정으로 찾아나선 그리움의 대상은 시적 자아가 접근하기 어려운 두 가지 상황 속에 있었기 때문이다. 하나는 이미 다른 사람의 '새악시'가 되었다는 것이고, 다른 하나는 그 상황 속에서 대상은 자기충족적인 존재가 되어 있다는 점이다. 결핍의 정서는 자아만의 것이고, 서로 공유할 수 있는 지대는 거의 남아있지 않게 된다. 그럼에도 이런 상황이 시적 자아로 하여금 절망의 나락으로 끌어내리지는 못한다. 그것은 또 다른 결핍의 원인이거니와 이는 자아에게 새로운 그리움의 정서를 유발케 하는 새로운 동기가 되었기 때문이다.

불빛조차 없는 房
그리움이 한결 짙어간다

보채며 설레이며 잠들어 누운 자리
쪽지 한 장 써놓고
살랏이 다녀간 이

아픈 숨결이
상한 벌레처럼
왼 몸에 꿈틀거리면
맥없는 팔길을 가슴에 얹고
몸을 틀어 돌아눕는다

눈이 멀도록 기두리마
눈이 멀도록 기두린다

「눈이 멀도록」 전문

이 작품 역시 「순이」의 연장선에 놓여 있다. 그 공유지대는 그리움의 정서이다. 지금 자아는 "불빛조차 어두운 방"에 있다. 거기서 대상에 대한 자아의 그리움은 한결 짙어만 간다. 그런데 이 정서를 극대화시켜주는 매개는 어두컴컴한 공간이다. 어둠은 폐쇄의 공간이고 암흑의 지대이기에 출구를 향한 길이나 미래의 시간으로 인도하지 못한다. 이렇듯 자아를 둘러싼 온갖 매개고리가 차단될 때, 자아의 내부에서 샘솟는 정서, 벗어나고자 하는 정서가 더욱 크고 길게 뻗어나가는 것은 당연한 이치일 것이다. 이 작품 역시 그런 배경이 자아로 하여금 그리움의 정서로 점점 녹아들어가게 한다.

하지만 이 작품 속에 구현된 그리움은 「순이」와 달리 정서의 낙차가 크게 느껴진다. 자아와 대상 사이에 놓인 체험의 지대가 보다 구체적이고 밀접되어 있는 까닭이다. "보채며 설레이며 잠들어 누운 자리/쪽지 한 장 써놓고/살랏이 다녀간 이"라는 구절에서 알 수 있듯이 시적 자아와 그리움의 대상은 일정한 체험 공간을 함께 공유하고 있는 것이다.

이런 작품들에서 알 수 있듯이, 유진오의 초기 시들은 농도짙은 서정성을 기반으로 하고 있다. 그런 면에서 그는 애초에는 훌륭한 서정시인이었는지 모른다.[9] 적어도 역사의 냉엄한 부름이 있기 전에는

9 최명표는 그를 훌륭한 서정시인으로 분류하고 있는데, 초기 시의 세계를 감안하면 이런 평가는 그 나름의 설득력이 있는 것으로 이해된다. 앞의 글, 참조.

그는 소박하지만 훌륭한 서정시인이었을 가능성이 크다.

훌륭한 서정성을 갖고 있던 시인이 어느 한 순간 돌발적으로 그 반대적인 경향으로 쉽게 전변하는 것은 어떤 돌발적인 우연에 의해 일어날 수 있는 문제는 아니다. 그런 필연성을 담보해나가기 위해서는 적어도 그 저변의 씨앗이랄까 계기 등이 분명 존재하기 때문이다. 실제로 유진오의 초기 시에서 이런 면들을 찾아내는 것은 다른 여타의 시인과 마찬가지로 그리 어려운 일은 아니다. 이것은 물론 어디까지나 상황에 기댄 현실추수적인 것일지도 모른다.

앞서 언급대로 그는 일제 강점기에 문단에 나온 시인이 아니다. 그가 문인으로서의 길을 걸은 것은 해방 직후이기에 그 이전의 세계들에 대해서는 여전히 밝혀지지 않은 공백으로 남아 있는 것이 사실이기도 하다. 그리고 이런 시기에 썼던 작품을 두고 전연 다른 시기가 되면, 선택과 집중이라는 세계관의 이동이 분명 존재할 수 있는 개연성을 부인하기 어려운 것도 사실이다. 문학관의 변화에 따라 초기 발표작을 고치는 개작의 과정을 우리는 익히 보아온 터이다. 하지만 시인의 내면을 들여다보는 것은 오직 작품을 통해서 뿐이다. 작품을 둘러싼 외연을 가급적 확장해서 해석하고자 하는 것은 감정의 오류라는 위험성을 피하기가 어렵다. 하지만 이런 오류가 상존하는 것이기에 중요한 것은 작품 그 자체에 이해로 우선 집중되어야 한다는 점이다.

앞서 언급대로 초기 유진오 시의 주제는 그리움의 시학이었다. 그의 이러한 정서는 개인의 체험에 한정되는 것이었기에 서정 시인이라면 한번쯤 시의 언어로 담론화 할 수 있는 보편적인 것이라 할 수 있다. 하지만 이런 감수성이 보편의 지대 속에 있는 것이라 하더라도 그것은 어디까지나 개인적인 것에 한정되는 영역이다. 만약 그가 이런 정서 속에 계속 갇혀 있었다면, 그리하여 서정의 고립주의라는 폐쇄적 자의식으로부터 벗어나지 못했다면, 해방 직후 펼쳐진 격정적인 서정의 장에까지는 이르지 못했을 개연성이 크다. 그렇기에 개인적 서정이 사회적 대상으로 향하는 단초랄까 흔적은 분명히 존재했을 것이다. 그러한 까닭에 이와 관련하여 주목을 끄는 작품이 「비오는 날」이다.

못자리를 내어놓고
비를 기다리는 농민처럼
깨끗이 방을 치어놓고
행여 날 찾어주는 이 없는가

처마 끝에 빗방울이 들으면
바사시 문을 열고
하늘을 쳐다보며
이만하면 논물은 充分할텐데

비에 막혀 못 오는 사람이
자꾸만 그리워지면
그만 하늘을 주먹으로
쥐어질르고 싶어진다

—아냐 비는 더 와야 해

농민은 비를 기다리거든—
이런 생각이 들기 시작하면

호졸곤히 비를 맞으며
부지런히 돌아다니는
동무들이 민망해지면서도

일어날 기력도 없이
호올로 누워있는 이 방을
환하게 채워주는 그런 사람이
한없이 그리워진다

「비오는 날」 전문

이 작품이 해방전에 쓰여진 것인가 아니면 해방 직후의 것인가에 대해서 어떤 특별한 근거를 발견해내는 것은 어려운 일이다. 다만, '동무'들이라는 언표에서 확인할 수 있는 것처럼, 해방 직후에 쓴 것으로 추단할 수 있을 뿐이다. 하지만 여기서 중요한 것은 이 작품이 발표된 시기보다는 그 주제의식에 있을 것이다. 바로 개인적 서정이 자아 내부로부터 벗어나와 사회적 음역으로 확대되는 과정이다. 하지만 사회적 영역으로 점차 뻗어나가는 서정의 영토가 「비오는 날」에 이르러 갑자기 전변된 것은 아니다. 그러한 정서의 뿌리를 아름다운 서정시로 분류되었던 「순이」에서도 그 일단이 확인되고 있기 때문이다. 시인은 이 작품에서 순이와 함께 했던 체험의 공유지대 가운데 하나를 "지난날 허고 많은 주림과 슬픔"의 영역에 두고 있다.

'주림'이란 '배고픔'의 정서이고, 이는 일제 강점기의 민중들에게서 흔히 소환되는 보편의 감각들이다. 이 결핍의 정서가 자아로 하여금 그리움의 정서를 더욱 가속화시키고, 간절한 것으로 채색했음은 당연하거니와 이는 곧 사회적 영역으로 자아의 정서가 확장되어 있었음을 말해주는 단적인 증거라 할 수 있다.

이렇게 확대되는 체험의 지대들은 「비오는 날」에 이르면 더욱 구체화되고 세밀해지기 시작한다. 우선, 이 시를 지배하는 주조 역시 그리움의 정서이다. "깨끗이 방을 치어놓고/행여 날 찾어주는 이 없는가"라는 결핍에서 서정의 정서가 만들어지고 있기 때문이다. 여기서 그리움과 현실을 구분시키는 매개는 '비'인데, 이는 긍정성과 부정성의 사이에 놓여 있는 일종의 차단막이라는 점에서, 그리고 그것이 유진오 시의 전략적 이미지라는 점에서 주목을 요하는 경우이다. 시집의 제목이기도 한 「창」이라는 작품이 그러한데, '창'을 기준으로 그 안쪽과 바깥쪽의 세계는 전혀 다른 지대로 구분된다. 긍정성과 부정성이 '창'을 매개로 상반된 이미지로 구성되고 있는 것이다. 이런 이분법의 세계는 「비오는 날」도 동일한데, '비'는 농민에게는 긍정성을, 자아에게는 부정성으로 각인되기 때문이다.

이런 이분법의 세계가 유진오 시의 한 특성이거니와 어떻든 시인은 결핍의 세계를 그리움의 정서로 표출, 승화하고자 했다. 이 작품에서도 그가 추구하는 대상이란 두 가지 지향성을 갖는다. 하나가 개인적인 사랑의 세계이고, 다른 하나는 사회적 유토피아의 세계이다. 이는 모두 그리움이란 정서를 공유하고 있다는 점에서 공통성을 갖고 있다.

3. 자아의 부활과 자기 비판

초기 유진오 시의 주요 주제였던 그리움의 정서는 개인적 서정에 갇혀있는 것이었다. 그럼에도 불구하고 이런 서정의 저변에 계속 남아있었던 것은 사회적인 것에의 끊임없는 관심이었다. 단지 그것은 그리움이라는 정서의 가면을 쓴 채 은폐되어 있었을 뿐이다. 하지만 그것은 언제든 수면 위로 올라올 준비 태세를 갖춘 채 움크리고 있었다.

해방 이전에 이런 혼재된 의식, 혹은 잠재된 의식의 저변에서 머물던 자아들은 해방을 맞이하면서 새로운 국면을 맞이하게 된다. 유진오가 해방 직후 처음 쓴 시가 「피리ㅅ소리」이다. 이는 어디까지나 공식적인 매체에 드러난 것이기에 시집 『창』에 발표된 시들은 이 작품보다 앞서거나 혹은 나중에 발표되었을 것이다. 『창』 속에 드러나고 있는 여러 다양한 주제의식들은 이런 저간의 사정을 잘 말해준다. 어떻든 유진오는 이 작품을 계기로 그 의식의 저변에 자리하고 있던 사회적 자아가 본격적으로 깨어나기 시작한다.

> 어둡고 거칠은 이 뜰 안에
> 불현 듯 들려오는 피릿소리
> 맑은 소리 한없는 鄕愁의 멜로디—
>
> 그윽한 神祕
> 꿈속같이 아늑—한 품안에서
> 흘러나오는 피릿소린가

『運命』처럼 슬픈 曲調는
歷史의 골짜구니에서
머나먼 길을 흘러 흘러오는 구나

그러나 피릿소리는
아름다움보다도 더욱더 슬퍼
서러움만이 이 뜰에 가득 차다

실컨 울고 난 뒤엔 웃음이 있어야 하질 않는가?
피릿소리는 싹트려는 뜰에서
아직도 안타까이 흐느끼나니

마음 한 모퉁이에 움츠리고 있는
굶주림인 양한 슬픈 記憶을
이 밤엔 영영 몰아내리라

슬픔의 習貫이 간 뒤 드디여 피릿소리는
아름답고 우렁차서
움트는 이 뜰안을 보슬비처럼 적시리니

「피리ㅅ소리」 전문

인용시가 해방 직후 유진오의 첫 작품이자 발표작이라는 의의를 넘어서 그 담아내고 있는 내포는 매우 의미심장하다. 해방과 함께 국토가 돌아왔듯이 그동안 죽어있던 자아가 소생한다는 의미를 담고 있기 때문이다. '피리소리'는 '무덤' 속에 잠자던 혼을 일깨워 무덤 밖으로 불러내는 매개이다. 그 소리를 듣고 죽어있는 혼은 깨어나서 자신과 결합될 육체를 찾아나서게 된다. 그런 다음 마침내 잠든 시인의 영혼과 결합하게 된다. 그 결과 이제 혼과 육신이 함께하는 정상적인 자아, 사회적 자아로 존재의 변신을 하게 된다.

이런 과정을 거쳐 유진오는 해방공간에서 전혀 다른 시인으로 바뀌게 된다. 그러나 죽어있는 영혼을 일깨우긴 했지만 이 피리소리가 들려주는 곡조는 즐겁고 건강하게 울려퍼지지 못한다. 그 소리는 '아름다운 소리'라기 보다는 '슬픈' 것이고, 또 '서러움으로 가득찬' 부정적인 것이기 때문이다. 죽어있는 영혼을 일깨워주었지만 그러나 그 소리는 아직 완전한 것이 못된다는 뜻이다. 여기에 이 작품의 사회적 함의가 담겨져 있다. 해방은 되었으나 완전한 자주국가, 완전한 통일국가가 되지 못했다는 탄식의 배음이 스며들어가 있기 때문이다.

그럼에도 현실 속에 응결되어 계속 피이드백되는 '피리소리'는 이제 새로운 단계를 준비한다. 아니 준비가 아니라 희망이라는 표현이 보다 적절할 것이다. 희망이란 그리움의 정서없이는 불가능하기에 자아는 다시 한번 그리움의 정서를 언어 속에 강력히 표백하기에 이르른 것이다. "마음 한 모퉁이에 움츠리고 있는/굶주림인 양한 슬픈 記憶을/이 밤엔 영영 몰아내리라"고 하거나 "아름답고 우렁차서/움트는 이 뜰안을 보슬비처럼 적시리니" 같은, 유토피아에 대한 강렬한 메시지를 발산하고 있는 것이다.

영혼의 부활이라는 긍정적 소리와, 현실에 대한 좌절이라는 부정적 소리가 공존하는 피리소리를 통해서 시인이 말하고자 했던 의도는 보다 분명해진다. 여기서 다시 한번 해방의 의미와 그 불확실한 상황에 대한 환기가 필요해진 까닭이다. 잘 알려진 대로 해방이 우리 민족의 기대대로 전취되지 않았다. 친일파에 대한 청산은 이루어지지 않았고, 오히려 이들이 다시 힘을 얻기 시작하는 현실에 모든 민중들이 절망하기 시작했고, 그 연장선에서 남과 북은 분단이라는, 민중의 기대와는 전연 다른 길로 가기 시작한 것이다. 특히 좌우익의 대립에 의한 암살 정국과 친일파의 점진적 확산은 해방군이었던 미군에 대한 인식을 새롭게 하는 계기가 되었다. 대다수의 민중이 기대하는 현실과 반대되는 해방정국은 건강한 시민층, 민중들, 진보적 지식인들에게 새로운 선택을 강요하기 시작했다.

그리하여 이 혼돈의 시기에서 가장 중요한 가치관은 역시 윤리의식이었다. 그것은 식민지 현실이 남긴 어쩔 수 없는 유산이기에 그러하다. 이를 기준으로 그 너머의 세계와 그 안쪽의 세계가 갈라지는 것은 당연하거니와 유진오의 현실 인식도 이 기준과 정확히 동일시되는 방향으로 세계관이 형성되기 시작했다.

> 나는야 이우러져 자라났다
> 그늘져 후미진 石築 밑을 걸을 때마다
> 번질거리는 돌문패서껀
> 불이라도 지르고 싶은 마음
> 눌르며 달래며 자라왔다
>
> 개나리 피어 휘늘어지면
> 안개 같은 몬지를 풍기며

料亭으로 달리는 自動車를
눈물 어린 눈으로 흘겨만 보든

나는야 이젠
불꽃 이는 가슴을 안고
山脈처럼 부푸러 오르는 血管을 움킨채
마구 마구 달려간다

새 나라의 이름으로
지경을 닦는 찬란한 마당으로
나는야 동무들의 앞장을 서서
미친 듯이 달려간다

오오 새 나라야 새 나라야 우리 나라야
송이 송이 꽃송이가 피어날 때엔
나는야 거기 이름없는 풀잎이 되어
조심스레 모시리라 정성스레 받들리라

「나는야 거기 이름없는 풀잎이 되어」 전문

시의 내용으로 볼 때, 이 작품을 제작한 동기가 비교적 뚜렷이 드러나는 시이다. 다음 몇 가지 측면에서 그러한데, 우선 시기상 해방 직후에 쓰여진 것이라는 것과, 다른 하나는 그 제작 배경이 계급적 기반에 놓여 있다는 것, 세 번째는 해방공간에서 추구해야할 민족문학의 건설 방향이다. 그리고 가장 중요한 것은 아마도 해방공간을 마주하고 있는 시인의 자의식일 것이다.

시가 만들어진 시기가 해방 직후라는 사실은 이 작품의 마지막 연을 통해서 알 수 있는데, 시인은 지금 이곳의 현실을 '오오 새 나라야 새 나라야 우리 나라야'라고 하고 있거니와 이런 탄식의 저변에 자리하고 있는 것이 해방 직후 현실에 대한 심정적 열정일 것이다. 이런 정서들은 빼앗긴 산천과 주권이 돌아온 날, 민족의 주체라면 당연히 느꼈어야 할 것들이라 하겠다. 둘째는 작품의 제작 배경이다. 여기에는 두 가지 내포가 있는데, 하나가 해방된 현실에 대한 감격이고, 다른 하나는 일제 강점기에 형성된 계급적, 혹은 계층적 차별에 대한 분노이다. 해방이란 건강한 시민성이나 혹은 인민성에 바탕을 두고 있는 자라면, 응당 이런 격정의 정서 속에서 그 나아갈 방향을 잃을 정도로 열정에 사로잡혀 있어야 했다. 만약 그 반대의 경우라면, 이런 정서에 갇히는 것은 불가능했을 것인데, 그들에게 해방이란 어쩌면 현재의 계급적 기반이나 특권을 상실해야하는 처지에 놓여 있는 까닭이다. 열정이란 도덕적 기반이 놓여 있어야 더욱 상승하는 정서이기에 그러하다. 그리고 다른 하나는 시인이 포지하고 있는 정서적 분노이다. "그늘져 후미진 石築" 밑에서 형성되는 분노의 정서는 시적 자아와 대상 사이에 놓인 경제적 차이에서 생기는 것이고, "안개 같은 몬지를 풍기며/料亭으로 달리는 自動車를/눈물어린 눈으로 흘겨만 보든" 좌절의 정서는 계급적, 혹은 민족적 거리에서 생기는 것이다.

세 번째는 민족 문학 건설의 방향이다. 익히 알려진 대로 이 시기 문학가동맹의 민족문학은 혁명적 로맨티시즘을 계기로 한 진보주의 리얼리즘[10]이었다. 그것은 부르주아 민족주의 혁명을 전면에 내세우긴 했지만, 내용면에서는 사회주의 리얼리즘의 또다른 표현이었을 뿐이다. 그 내세운 주의가 어떠하든 간에 문학가동맹이 내세운 민족 문학의 방향은 인민성을 매개로 한 진보적 리얼리즘이었다. 친일파, 민족반역자, 국수주의자를 배격한 모든 계층이 참여할 수 있는 인민성의 문학적 구현이었다.[11] 해방 직후 유진오의 세계관은 곧바로 이 단체가 지향하는 문학적 행보와 동일했고, 또 실제로 이 단체가 주관하는 행사에 적극적으로 참여하기도 했다.[12] 그러니 작품 속에 나타난 친일파 등에 대한 적개심은 문학가동맹이 추구한 민족문학의 건설의 방향과 그 계보를 같이 한 것이라 할 수 있다.

네 번째는 이 시를 통해 드러난 시인의 자의식이다. 여기서 확인할 수 있는 일차적인 정서는 새나라에 대한 기대와 열정이다. 이 시기 이런 정서에 포회되는 것은 당연한 것이기에 이를 두고 이 시인만의 특수성으로 설명하는 것은 어려운 일이긴 하다. 하지만 그가 이후 펼쳐보인 행보에 비춰보면, 이 작품의 마지막에서 표명한 자신의 맹세랄까 선언이 결코 예사롭지가 않다. 그는 해방된 조선을 "송이 송이 꽃송이가 피어나는" 부활의 메시지로 읽거니와 그러한 과정에서 스스로는 "이름없는 풀잎"이 되고자 하는 자기 희생의 정신으로까지 확대시켜나가고 있는 까닭이다. "이름없는 풀잎이 되고자 하는 것"은 자기 희생 없이는 불가능하거니와 이런 인식의 저변에 깔려있는

10 한효, 「진보적 리알리즘에의 길」, 『신문학』 창간호, 1946.4.

11 이러한 것은 임화의 다음 글에서도 잘 나타나 있다. 임화, 「문화에 있어 봉건적 잔재와의 투쟁 임무」, 『신문예』, 1945.12.

12 오장환의 추천으로 공청에 가입한 것이 1945년 11월이었고, 46년 2월에는 조선문학가동맹 주최 학병추모대회에서 시 「눈 감으라 고요히」를 낭독하고 이 단체에 가입했다.

것이란 곧 앞으로 다가올 운명과 역사의 격랑을 예고하는 것이라는 점에서 주목을 요하는 것이라 하겠다.

> ―꼭 또 오세요 하는 말에
> 저도 몰르게 끌려가곤 하든
> 그 길과 밤과 계집일랑 탓하지 말자
>
> 잔을 기울여 눈알을 흘리든
> 파리한 인테리
> 感傷에 젖든 그날이야
> 거기 憎惡와 함께 묻어두라
>
> 허덕이며 매질하든
> 언제나 역시 悔悟로만 끄치든
> 값없는 自責만으로
> 이 문턱을 더럽혀서는 못 쓴다
>
> 아아 까마득히 물어나는 구나
> 어두운 寢床 우에 괴로운 꿈아
>
> 불 논 잔디 우에 새싹이 돋아나듯이
> 가슴 풀어헤쳐 太陽을 안고서
> 歷史의 부름 앞에 나는야 일어섰다

숨 가쁜 가슴아!
五月의 제비처럼 날고 싶어도
매서운 豹범처럼 울고 싶어도
너는 먼저 老象의 智慧를 배워야 한다

왼갖 華想이 너를 꼬여도
환한 微笑로서 물리쳐 버리고
길들인 小市民이 파묻힌 터에
眞理로 武裝한 鬪士가 서야 한다

「輓歌」 전문

전위적 주체가 되기 위해서는 새로운 현실에 대응할 수 있는 '과정으로서의 주체'를 거쳐야 비로소 선진적인 자아가 태어날 수 있다. 작품「만가」가 중요한 것은 이 때문인데, 시인은「나는야 거기 이름없는 풀잎이 되어」라는 작품에서 '새나라 건설'에 있어 이름없는 풀잎이 되고자 다짐했다. '이름없는 풀잎'이란 자기 희생의 영역이거니와 이런 단계에 이르기 위해서는 과거와는 구분되는 새로운 주체가 되어야 했다. 이런 과정이 '자아 비판'의 범주 속에 놓이는 것임은 자명한데, 그의 이러한 범주는 해방 공간에 요구되었던 '윤리적 자아 비판'과는 거리가 있는 것이었다. 이 시기의 윤리성이 일제 강점기의 행위와 밀접한 관련을 갖는 것이라고 한다면, 해방공간에서 신인이었던 유진오에게는 이런 압박으로부터 비교적 자유로운 처지에 놓여 있었기 때문이다.

따라서 이런 자아 비판의 범주는 어쩌면 신경향파 시기의 '소시민성'과의 관련성에서 탐색해야 하는 것이 보다 현실적인 것이 아닐까 한다. 유진오가 말한 부분도 여기에 놓여 있는 데, 가령, 1연의 "꼭 또 오세요 하는 말에/저도 몰르게 끌려가곤 하든/그 길과 밤과 계집일랑 탓하지 말자"고 하는 것이나 "잔을 기울려 눈알을 흘리든/ 파리한 인테리/감상에 젖든 그날이야/거기 증오와 함께 묻어두라"라고 하는 담론이 그러하다. 이는 곧 당파적 결속을 방해하는 소시민성과의 대결의식인데, 이런 면들은 1920년대 초반 신경향파문학에서 흔히 볼 수 있었던 장면들과 유사한 경우이다.[13]

새로운 전위적 주체가 되기 위해서 가장 필요한 것은 소시민성의 극복이다. 투쟁전선에 있는 자아란 상대방의 힘보다 자신에게 내재되어 있었던 소시민 의식이 커다란 장애가 될 수 있기 때문이다. 시인도 시집 『창』의 발문에서 이를 표나게 강조한 바 있다. 그는 해방 이전 자신의 처지를 "전형적인 소시민"이라거나 "감상적인 소년"[14]으로 규정하고 있는데, 이로부터의 탈출이야말로 이 시기 자신이 표명할 수 있는 최고의 당면과제로 피력하고 있는 것이다. 그는 소시민이라는 자의식이 사라진 자리에서 건강한 주체, 곧 선진적인 주체가 될 수 있다고 이해한 것처럼 보인다. "길들인 소시민이 파묻힌 터에/진리로 무장한 투사가 서야 한다"는 것, 그것이 새로운 전위로 나아가기 위한 시인의 시발점이라고 본 것이다.

13 신경향파 문학의 주요 특색이 첫째, 극심한 가난의식, 둘째, 지식인의 자아비판, 셋째, 본능의 복수 등으로 요약되는바, 의식의 변화라는 관점에서 가장 중요한 덕목이 바로 지식인의 자아비판이다.

14 『창』 발 참조.

그리운 사람이 있음으로 해
더 한층 쓸쓸해지는 가을밤인가보다

내사 퍽으나 무뚝뚝한 사나이
그러나 마음 속 숨은 불길이
사뭇 치밀려오면
하늘도 땅도 불꽃에 쌓인다

아마 이 불길이 너를 태우리라
이 불길로 해
나는 쓸쓸하고
안타까운 밤은 숨막힐 듯 기인가보다

불길이 스러진 뒤엔
재만 남을 뿐이라고
유식한 사람들은 말하드라만

더러운 돼지구융같이 더러운 것
징글맞게 얄미운 것들을
모조리 집어생키는 불길!
이것은 승리가 아니고 무엇이냐

나는 일찍이 이렇게
신명나는 그리고 아름다운

불길을 사랑한다

낡은 道德이나
점잖은 理性은 가르친다
그것은 너무나 두렵고
危險하지 않느냐고

어리석은 사람아
싸늘한 理性 뒤에 숨은
네 거즛과 비겁을
허물치 말가보냐

네가 생각지도 못한
꿈조차 꿀 수 없든 그런 것이
젊은이 가슴에 손에 담겨서
그득히 앞으로만 향해 간다

외곬으로 타는 마음이 있어
괴로운 밤
나의 사랑 나의 자랑아
나는 불길에 쌓여버린다

「불길」 전문

시인의 초기 서정시 주제 가운데 하나가 그리움의 정서였음은 이미 지적한 바 있다. 이는 존재론적인 것, 혹은 낭만적인 것과 밀접한 관련이 있는 것이지만, 그의 정서들은 후자와 연관된 이성적인 님, 사랑하는 님에 보다 가까운 것이었다. 그러나 이런 정서가 개인적인 차원에 한정된 것이라 해도 그것이 이후 전개되는 시세계에서 전략적인 주제의식과 곧바로 연결된다는 점에서 매우 의미심장한 기제라 할 수 있다. 그리움이란 대상에 대한 결핍의 정서이거니와 그에 대한 채움의 갈증이 서정의 동력으로 작용하는 것은 잘 알려진 일이다. 유진오에게 있어서 이런 정서가 소중한 것은 그것이 사회적 음역과 분리하기 어렵게 얽혀 있다는 점 때문일 것이다. 실상 보편적 주체들이 포지하는 유토피아적 갈망의 세계도 이 정서 없이는 불가능할 것이다.

그리움의 정서는 해방 직후 시인에게 사회적 영역과 밀접히 결부되면서 시의 새로운 자장으로 얻게 되는 계기가 된다. 그것은 누구에게나 원했던 것들에 대한 기대치가 어긋날 때 발생하는 정서와 불가분의 관계를 이루고 있는 것인데, 그 매개가 된 것은 잘 알려진 대로 해방공간의 불온한 현실들이다. 그는 이런 현실을 헤쳐나가기 위해 자신 속에 남아있던 소시민성을 반성하고 다시금 실천의 주체로 거듭 태어나고자 했다. 이를 추동한 것이 그리움의 정서였던 것이다. 따라서 그리움이란 유진오 시학의 중심 주제라 해도 과언이 아니거니와 작품 「불길」에서는 그런 정서가 '불'의 이미지로 승화되면서 더욱 강렬한 열정으로 발전하고 있는 모습을 보게 된다. 불은 원형적 관점에서 볼 때, 상승의 이미지와 정화의 이미지를 동시에 갖고 있는데, 시인은 그러한 의미 가운데 주로 후자의 이미지 쪽에 보다 편향되어 있는 것처럼 보인다. 그것은 '재'를 남기는 것이 아니라 모든 불온한 것들을 태우는 정화의 이미지 곧 '승리'를 담보하는 매개로 기능하고 있기 때문이다. 그런 의미가 담겨져 있기에 자아는 불길을 사랑하고 궁극에는 이에 기투하고자 한다. 타오르는 불길을 통해서 해방 공간의 거친 현실을 나아가고자 했던 것, 그것이 유진오가 해방 직후에 펼쳐보였던 주된 시적 전략 가운데 하나였던 것이다.

4. 전위의 주체를 향한 실천의 발길

해방 직후부터 시작된 좌우익의 갈등은 1946년에 이르러 더욱 심화되기에 이르른다. 그런데 이런 양상은 미군정청을 등에 업은 이승만의 등장으로 더욱 격화되기 시작했다. 해방군이었던 미군이 점령군으로 바뀐 것인데, 이를 계기로 남로당을 비롯한 좌익진영과 미군정청은 협력이 아니라 대결의 관계로 바뀌게 된다. 특히 46년 5월에 있었던 정판사 위폐사건은 두 진영간이 더 이상 공존할 수 없는 관계가 되었음을 알리는 계기가 되었다. 남로당의 신전술이 채택된 것이 이때부터이고, 민족문학의 대표적 이론가였던 임화의 문학적 응전 방식이 새롭게 바뀐 것도 이 사건 이후부터이다.[15]

이런 격변의 시기 속에서 윤리의식으로부터 비교적 자유로웠던 유진오의 문학 역시 새로운 전기를 맞이하게 된다. 46년 중반 이후 그의 시들은 이전의 서정성과 구분되는 현장성 중심으로 나아가게 된다. 그런데 그의 현장성이랄까 대중성은 1920~30년대의 아지프로

15 초기 임화의 민족문학은 인민성을 계기로 한 것이었다. 하지만 미군정과의 대결이 심화되면서 민족문학은 노동계급의 당파성을 계기로 한 것으로 바뀌게 된다.

혹은 대중화와는 전연 성격이 다른 것이라 할 수 있다. 이때의 아지프로화가 대중의 정서에 웅숭깊은 감응력을 유발하여 전위의 대열에 함께 하고자 하는 계몽 위주의 문학이라고 한다면, 유진오의 행사시는 청중의 반응을 즉각적으로 요구하는 현장 중심의 문학이었기 때문이다.[16]

눈시울이 뜨거워지도록
두 팔에 힘을 주어 버티는 것은
누구를 위한 붉은 마음이냐?

깨여진 꿈조각을
떨리는 손으로 주워 모아
歷史가 마련하는 이 國土 우에
옛날을 찾으려는

저승길이 가까운 令監님들이
주책없이 중얼거리는 잠고대를
받어드리자는 우리의 젊음이냐

倭놈의 씨를 받어
소중히 길르든 무라들이
이제 또한 모양만이 달라진

16 그가 시집 『창』에서 밝혀놓은 1946년 6월 이후의 시들이 여기에 해당된다.

새로운 ㅁㅁㅁ의 손님네들 앞에
머리를 숙여
生命과 財産과 名譽의
積善을 빌고 있다

누구를 위한
벅차는 우리의 젊음이냐?

서룬 여덟해 전 나라와 같이
송두리째 팔리어 피눈물 어려
남의 땅을 헤매이다 맞어죽은 同族들은
팔리든 날을 그리고
맞아죽든 오늘 九月 초하루를
목매여 가슴을 치며 잊지 못 한다

그러나 오늘날 또한
썩은 강냉이에 배탈이 나고
뿌우연 밀가루에 부푸러오르고도
三千五百萬弗의 빗을 짊어지고
생각만 하여도 이가 갈리는
무리들에게 짓밟혀
가난한 同族들이
여기 눈물과 함께 우리들 앞에 섰다

누구를 위한
벅차는 우리의 젊음이냐?
어느 놈이 우리의
분통을 터트리느냐?
우리들 젊음의 힘은
피보다도 무서웁다

머얼리 바다 건너 저쪽에서도
피 끓는 젊은이의
씩씩한 行進과 부르짖음이
가슴과 가슴들 속에 波濤처럼 울려온다
젊은이 갈 길은 단 한 길이다
가난한 同族이 우는 곳에

피빨이 서 날뛰는
외국 ㅁㅁㅁ들과
망녕한 令監님들에게
저승길로 떠나는 路資를 주어
ㅁㅁ으로 쫓아야 한다

「누구를 위한 벅차는 우리의 젊음이냐?-國際靑年데에」 전문

전기에 의하면, 이 작품은 1946년 9월 1일 10만 청중이 모인 동대문 운동장에서 낭독한 시로 알려져 있다. 그리고 그는 이 작품을 낭송한 뒤, 청중을 선동한 죄로 감옥에 갇히는 신세가 된다. 그리하여

이 낭독 행사는 해방 이후 첫 필화사건으로 기록되었다. 그런 시사적 의의가 있는 작품이기도 했거니와 또한 시인은 이 작품을 계기로 일약 유명 시인의 반열에 오르는 상황을 맞이하기도 한다. 그는 임화로 하여금 '계관시인'[17]이라는 칭송을 받기도 하고, 또 오장환으로 하여금 '시인의 박해'라는 제목의 글을 헌사받기도 하는 것이다.[18] 시인이었던 유진오가 문학 대선배들인 이들의 평가에 무척 고무되었을 것이라는 사실은 분명하다 할 것이다. 그는 해방 직후 오장환과의 인연은 있었지만, 대 시인이자 카프 지도 비평가인 임화로부터의 헌사는 축복 그 자체로 받아들였을 개연성이 크기 때문이다. 신인으로서는 받기 어려운 현란한 찬사를 대시인으로부터 받았으니 더욱 의기양양했을 것으로 판단되기 때문이다. 여기서 오는 자신감과 감격들이 이후 유진오의 행동반경에 커다란 영향을 주었을 것임은 미뤄 짐작할 수 있는 일이다.

인용한 작품은 행사를 위한 시이면서 또한 낭송을 위한 시이기도

17 임화는 이때의 사건을 소재한 작품「계관시인－옥중의 유진오 군에게」라는 시를 썼다. 그 내용은 다음과 같다.
억수로 내리는 양광아래/요란히 흔들리는 수만의 손과/아우성치는 동포의 고함속에/그대는 호령하는 장군처럼/노래하였다//조국의 자유를 위하여/아낌없이 내어버릴/젊은 생명의 날//피끓는 청년의 9월 1일//인민의 행복을 위하여/죽음의 아름다움을 노래부르던 성동원두//그대의 떨리는 입술/흰 이마와 검은 머리 위/물결치는 바다는/정녕 정녕 사랑하는 조국의/영구히 푸른/우리들 모오두의 하늘//아이 하늘 아래/일찍이 형제이었던 한 사람의/포리는 그대의 옷깃을 잡었다//사랑하는 시인이여/돌층계를 내려서는/그대의 종용한 얼굴 위/둥그러니 어리었던 하늘은/비록 감람가지와 월계수가/붉고 푸르지 않다 하더라도/고난한 조국이 시인에게 주는/영광의 화관이었다//아아 조국의 자유와 더불어/우리들 온 조선 시인이/제마다 부러워하는/영광이여 영원하거라.//

18 오장환은 이글에서 유진오의 석방을 강력히 요구하고, 만약 그에게 죄가 있다면, 그의 시를 듣고 열광한 수많은 대중도 공범이라고 역설했다. 오장환,「시인의 박해」, 『문학평론』, 1947.4.

하다. 행사나 낭송 위주의 시는 대중의 감성에 직접 호소하는데 그 특징적 단면이 있는데, 여기에는 리얼리즘 시에서 흔히 요구되는 논리성이나 정합성이 크게 요구되지 않는다. 따라서 사회적 모순이 계급적 연관성을 위한 시인의 열정이나 정서적 요구가 꼭 필요한 것은 아니다.[19] 하지만 이 작품이 겨냥하는 곳, 곧 공격 대상들은 아지프로 경향의 작품보다 훨씬 커다란 중압감으로 다가올 것이 분명했을 것이다. 그러니까 이 작품이 필화를 일으킨 것이 아니겠는가. 실제로 시집 『창』의 발문을 쓴 조운도 이점을 지적한 바 있다. "시를 원자탄보다 무리들의 선두에 서 있는 것"[20]이 유진오 시의 문학적 특색이라고 말이다.

이 시기를 전후로 해서 유진오에게 시는, 아니 서정시는 의식의 외연 밖으로 멀리 날아간 듯 보인다. 시집 『창』의 일부에서 읽어낼 수 있었던 낭만의 서정 세계나 아름다운 리리시즘의 세계는 그로부터 멀리 떠나간 까닭이다. 시인 역시 이런 변화에 대해 굳이 부정하지 않고 있었다. "시인이 되기는 바쁘지 않다. 먼저 철저한 민주주의자가 되어야겠다. 시는 그 다음에 써도 충분하다"[21]고 말하고 있기 때문이다.

행사 위주의 시는 무엇보다 실천이 담보되어야 한다. 이른바 운동으로서의 문학이 그 정점에 놓여 있어야 하는 것이다. 그런데 유진오

19 그의 시들이 현실 속에서 피어오르는 계급적 연관성이 부족하다는 지적은 옳은 것이라 할 수 있다(신범순, 『한국 현대 시사의 매듭과 혼』, 민지사 1992, p.258.). 하지만 낭송 위주의 시에서 그런 의장이 꼭 필요한 것은 아니라는 점에서 비판의 대상이 될 수는 없을 것이다.

20 조운, 시집 『창』 발 참조.

21 유진오, 앞의 글, 참조.

는 대중 앞에 낭송하고, 선동하는 차원에서 자신의 문학적 임무를 완결하는 것으로 생각하지 않았다. 운동으로서의 문학, 행동으로서의 문학은 그의 육신 속에 내재된 채, 문학과 행동이 쌍생아처럼 움직이기 시작한 것이다. 이 시기 그는 문학공작대의 일원이 되어 전국으로 순회하는 일을 맡게 된다. 1947년 조선문화단체총연맹에서 "인민을 위한 문화"라는 전제 하에 조직된 문화공작대 일원으로 참가하는 것이다.[22]

이와 더불어 이 시기 시인의 행보에서 주목해야 할 것이 현실에 대한 또 다른 문학적 응전이다. 물론 리얼리즘 문학에서 흔히 요구되는 것이 창작방법과 현실과의 밀접한 조응관계이지만, 이 시기 시인의 창작방법은 문학가동맹의 지도이념과 밀접한 상관관계를 갖고 있었다는 사실이다. 그것은 그의 행사시 가운데 하나로 자리잡은 인민항쟁과의 관련양상이 그러한데, 잘 알려진 대로 10월 인민항쟁은 1946년 10월에 일어난 전국적인 반제반파쇼 운동이었다. 이 투쟁의 긍정적인 면들은 반제 운동의 전선을 하나로 연결시키는 효과를 가져오긴 했지만, 그 폐해 또한 상당한 것이었다. 여기서 많은 비극이 발생했거니와, 그들의 좌절과 죽음에 대한 문학적 응전 내지는 형상화가 마땅히 요구되기 시작했다. 말하자면, 혁명비극[23]에 대한 문학적 형상화가 그것이었다. 가령, 너무 이른 시기에 나타나 혁명의 좌절 속에 사라져간 비극적 인물들을 어떻게 형상화할 것인가가 이 시기 민족문학의 주요한 테마 가운데 하나로 자리잡은 것이다.

22 오성호, 『한국현대리얼리즘시인론』, 태학사, 1990, p.240.

23 김남천, 「대중투쟁과 창조적 실천의 문제」, 『문학』 3호, 1947.3.

아! 그것은 너머나 슬픈 일이다.
뜻 아닌 죽엄을 하마 이를 뻔했든 싸움터에서
이 땅의 한줌 흙을 쥐고 바르르 떨든 손이
그리운 어버이 땅에 도라온지 어끄제
北岳의 늦인 가을 부는 바람에
우수수 허터지는 落葉을 보고
가랑닢 한닢 한닢이 가시가 되어
이 몸의 구석구석을 찔르더라도
지니의 旗ㅅ발 드높이 직히겠다고
가슴의 붉은 피를 가리키든 손이
두 주먹을 불끈쥔 채 解放된 이 땅 우에서
殘虐한 銃부리에 동무를 그만 여위다니

아! 그것은 너머나 憤한 일이다

동무들의 목숨을 아사간 者는
저 거꾸러진 나치스 팟쇼의 相續을 꿈꾸는 무리
그러나 그들은 동무들의 허터진 핏속에서
정녕코 들었으리라 人民의 아우성을
朴晋東 동무야!
金星翼 동무야!
李達 동무야!

목 메인 이 소리나 참아 불를 수도 없노니

가신 길 편안히 눈 감으라 고요히
人民의 아우성이 멈추는 날까지는
동무들은 기리기리 예 있으리라.

「눈 감으라 고요히」 전문

이 작품의 주인공들은 아마도 10일 인민항쟁의 과정에서 희생된 사람들일 것이다. 그렇기에 이 시는 이들의 장례식에 헌사한 작품으로 추정되는데, 작품이 말하고자 하는 의도랄까 대립구도는 명확하다. 한쪽에 "진리의 깃발을 든 자들"이 있는가 하면, 그 반대쪽에는 "거꾸러진 나치스 팟쇼의 상속을 꿈꾸는 무리"가 있는 까닭이다. 시인이 설정하는 함의는 이들의 죽음이 단순한 차원의 것이 아니라는 점에 놓여 있다. 즉 이들의 죽음이 더욱 아쉽고 비극적인 것은 "학살의 총부리"에 의한 것이었다는 사실이다. 하지만 비극적이긴 해도 이들의 죽음이 결코 허무하지 않은 것은 "인민의 아우성"속에 묻혀 있고, "동무들과 함께 기리기리" 있기 때문이다.

비극적 주인공에 대한 형상화 문제와 더불어 이 시기 유진오 시에서 또 하나 주목해서 보아야할 것들이 혁명적 로맨티시즘을 계기로 한 진보적 리얼리즘의 충실한 실천이다. 앞서 언급대로 진보적 리얼리즘이란 사회적 리얼리즘의 다른 이름일 뿐이다. '사회주의'라는 말 대신에 '진보적'이라는 레테르를 붙인 데에는 몇 가지 사정이 고려되었던 것으로 보이는데, 우선 그 도입된 시기에 대한 문제이다. 사회주의 리얼리즘이 우리 시단에 처음 소개된 것은 1930년대 초이다. 볼셰비키 혁명이 성공한 이후 러시아에서는 사회주의 사회를 향한 건설과 제반 사항들이 착실히 진행되고 있었다. 이런 발전과 실천에 비례해서 생겨날 수 있는 여러 문제점들과 개선 사항을 문학적 양식으로 담아내고자 했던 것이 사회주의 리얼리즘이었다. 하지만 이 사조가 사회주의 리얼리즘이라는 용어로 일제 강점기 조선에 곧바로 수용되기에는 여러 문제점이 내포되어 있었다. 그 하나가 당대의 현실이 사회주의 건설기와는 거리가 먼 상태에 놓여 있었고, 사회구성체 또한 그에 비례해서 진전되어 있지 못한 까닭이다. 다른 말로 하면 건설기의 러시아와 조선은 그 처한 배경과 조건이 현저히 다른 경우였다. 서로 이질적인 상황 속에서 동일한 용어를 쓰고, 그 내용 또한 정비례해서 진행되는 데에는 많은 문제점을 내포할 수밖에 없었다. 그러한 한계점들은 분명 당대에도 지적된 바 있었지만, 이런 한계들이 전연 개선되지 않은 채 해방 공간에서 또다시 수면 위로 올라오고 있었다. '사회주의'라는 용어와 이에 대응하는 현실적 조건이 1920~30년대로부터 한발자국도 나아가지 못하고 있었던 것이다. 그런 까닭에 해방공간에는 용어의 개선에 대한 필요성이 제기되었고, 그 대안으로 등장한 것이 '진보적'이라는 레테르였다. 하지만 한효가 주장한 「진보적 리알리즘에의 길」은 그 내용상 '사회주의 리얼리즘'의 또다른 이름에 불과할 정도로 유사하게 닮아 있었을 뿐이었다.

어떻든 이런 용어와 개념 정립의 혼란 속에서 10월 항쟁이 발생했고, 또 이 과정에서 파생된 비극적 죽음에 대한 문학적 형상화의 문제가 제기된 것이다. 이에 대한 문학적 응전이야말로 시대를 향한 저항의 발언이 될 수 있었기 때문이다. 그것이 곧 '혁명 비극'에 대한 문학적 형상화였던 것인데, 실상 이 말의 내포에는 역사를 향한 필연적 과정이라는 마르크시즘의 테제와 분리하기 어려운 점이 놓여 있었다. 이른바 발전의 논리와 그 미래에 대한 전취의 문제였던 바, 이런 틀에서 가장 중요하게 다가왔던 것이 '전망'이라는 의장이었다. 이것이 '혁명적 로맨시티즘'과 분리하기 어려운 것이었고, 또 '혁명 비극'이란 말 또한 이와 밀접한 연관을 갖고 있는 것이기도 했다.

유진오는 이 시기 다른 어느 시인보다 문학가동맹이 요구하는 당파적 요구에 대해 충실히 답변한 시인 가운데 하나이다. 그의 이런 자신감은 해방 직후 요구되었던 모랄 의식과도 관련이 깊은 것이고, 또 시인으로서 성장해가는 도정에서 얻은 '칭찬의 메시지'도 많은 영향을 주었던 것으로 보인다. 그는 윤리적으로 깨끗했고, 젊은 청년 시인이었다. 그러한 조건들이 그로 하여금 맑고 깨끗한 서정의 옷을 입고 이를 기반으로 거칠게 항해하는 조타수로 만들었던 것이다. 그것이 미래에 대한 낙관적 전망의 세계를 자연스럽게 지니게 했을 것이다. 전망에 기초한 '혁명 비극'에 대한 서정화였던 것이다.

그리고 이 혁명적 로맨티시즘과 관련하여 주목해야 할 것이 시인의 창작방법이다. 이는 이 시기 문학가동맹의 진보적 리얼리즘에 충실히 응답하는 것이어서 그만이 포지하고 있던 득의의 영역 가운데 하나가 되었다는 사실이다.

사회주의 리얼리즘은 흔히 사회주의 건설기에 필요한 창작방법이긴 하나 혁명을 향한 도정에서도 매우 중요한 의장 가운데 하나라 할 수 있다. 일찍이 러시아에서 이런 의장의 초기 작품 가운데 하나가 파제예프의 『최후의 19인』이 그 기원이거니와 이를 완성한 것이 고리끼의 『어머니』이다. 여기서 특히 주목의 대상이 되는 작품이 『어머니』인데, 어머니는 혁명의 연속성을 상징하는 것, 곧 전망의 세계를 대변하는 존재로 부상한다. 다시 말하면 어머니는 현재성과 미래성에 가로 놓이는 연결지대로서 의미있는 대상으로 구현되고 있는 것이다.

이런 어머니 모습은 해방공간에서 문학가들에게 있어 전략적 소재나 전망의 매개적 의장으로 이따금 등장하는데, 이는 고리끼의 『어머니』에서 영향받은 바 크다고 하겠다. 그리고 진보적 리얼리즘의 주요 기제 가운데 하나가 혁명적 로맨티시즘인데, 이를 매개하는 단계로서도 어머니는 매우 중요한 전략적 소재로 등장한다. 그러한 사례를 산문의 경우 박찬모의 『어머니』[24]에서 볼 수 있거니와 이런 함의는 유진오의 경우에서도 중요한 주제로 자리한다.

어매여
한없는 노래여

나는 시방
『자식이란 애물』이라든
옛말을 생각하고 있다

세 치 앞이 안 보이는 어매는
왜 그리 자꾸 속을 태우는가
그러다가 영 그 눈을
못 쓰게 맹글지 않겠는가

골목길을 골라서
행여 뒤따르는 놈 있을가봐

24 『문학』 삼일기념 임시중간호, 1947.2.

뺑 뺑 돌아서
아주 생판 딴 길을 갔다간
겨우 겨우 찾아서
남의 집 사랑방에 숨어 있는
『애물』을 찾아온 어매
『이 자식아
네가 왜 그리 보고 싶으냐』

어매야
인젠 제발 나서지 마라
눈 어둡고 귀도 어두운 어매
돌아가는 길에
무엇이 칠가봐 정말 겁이 난다

요전에도
옷보퉁이를 들고
留置場 문 밖에 와
쭈그리고 앉았드구나

取調를 나가는 길에
내가 부르지 않었드라면
『애물』을 알어 보지도 못한
어매야
다음부턴 아예

警察署 門 앞에 얼씬도 마라

警察署로 監獄으로
어매야 무던히도 다녔구나
白髮이 성성한 어매야
꿈자리가 사납드라고
걱정 끝에 점치러 가고
오오 어매야
그게 무슨 짓이냐

그렇지만
어매여
나의 자랑 나의 노래여

망보러 나갔을 때의
어매는 천리안이다
그리고
시골서 온 일가가
무어라고 무어라고
허튼 소리 지꺼렸을 때
어매는 훌륭히 解說을 했다

동네 여편네들이
주접을 떨 때

어매는 차근차근
타일르구 가르쳐서
모오두 동무가 된 것을
어매야 아무리 숨겨도
나는 알았다
어매야
나는 어깨가 그만 으쓱해지드라

나는 어매가 바라보는
눈초리가 괴롭다.
말없이 깜박이며
어디까지나 따라오는
어매의 눈이 귀하기 때문에
몹시도 괴롭다

어매야
인젠 이 자식을 잊어버려라

그래도 어매는 못 잊을 게다
아무리 나오지 말래도
누데기 옷 입고 비척 비척
『애물』을 찾아 나올 게다

내가 안 된다고 들어가시라면

염려 말고 가라고 보내놓고는
내 사라지는 뒷모습을
넋 없이 바라보다간
눈도 귀도 아조 영 못쓰게
상해 버릴 게다

그렇지만 어매야
나는 간다
그러기에 어매야
나를 잊고 쉬어다오

어매여
한없는 나의 노래여

「한없는 노래」 전문

유진오의 서정시 가운데 비교적 장편에 해당하는 이 작품은 사건과 인물이 등장함으로써 단편서사시적 구성을 보여준다. 그의 시들은 단편서사시적 형식을 갖출 때, 선동성과 행동성이 현저히 약화되긴 하지만 시의 서정성은 생생히 살아나는 등 양면적 특성을 갖고 있다. 이런 면들은 임화의 「우리 오빠와 화로」에서 볼 수 있었던 사건의 구체성과 닮아 있으며, 또 그러한 요소 때문에 선동이나 구호라는 카프시의 한계로부터 벗어나는 근거가 되기도 한다.

이 작품은 선진적인 주체가 된 주인공과 어머니 사이에 형성되는 애틋한 모정에서 그 서사성이 확보된다. 그리고 그런 서사적 요소들이 가족주의라는 끈끈한 면에 의해 이끌려들어감으로써 서정의 밀도가 촘촘해지는 시이기도 하다. 가족주의란 실상 소시민적 관계를 떠나서는 성립하기 어려운 것이긴 하나, 이 의식이 개인성에 갇힐 수밖에 없다는 점에서 뚜렷한 한계를 갖고 있는 것 또한 부인할 수 없는 사실이다. 하지만 그러한 내밀한 긴장도가 외적 연대로 연결될 때에는 다른 어떤 상황보다도 극적 효과를 가져오거니와 서정의 농도 또한 짙게 물들기도 한다.

「한없는 노래」의 화자는 선진적 주체이긴 하지만, 지금 쫓기는 존재이다. 어머니는 그런 주체에게는 전통주의적 혈연관계로부터 한 발자국도 벗어날 수 없는 존재이다. 하지만 그런 끈끈함이 있기에 서정적 주인공의 행보가 더욱 탄력을 받게 되는 아이러니가 생겨나게 된다. 가령, “시골에서 올라온 일가가/무어라고 무어라고/허튼 소리 지꺼렸을 때/어매는 훌륭히 해설을 했다”거나 “동네 여편네들이/주접을 떨 때/어매는 차근차근/타일르구 가르쳐서/모오두 동무가 되”게끔 만드는 반전의 주체가 되는 까닭이다. 아들과 어머니를 매개하는 과거와 현재, 그리고 미래로 이어지는 이런 선조성이야말로 전망의 의장이며 혁명적 로맨티시즘의 확실한 매개일 수 있는 것이다. 이런 사유 체계는 문학가동맹의 창작방법인 진보적 리얼리즘을 충실히 수행하는 것이면서 전위적 주체가 된 시인의 적극적 포오즈와도 연결되는 것이라 할 수 있다.

어머니를 소재로 한 유진오 시들은 다른 어떤 것보다 많은 분량을 차지한다. 이런 소재의 빈번한 노출은 어쩔 수 없는 소시민성의 결과일 터이지만, 그러나 그는 결코 그러한 가족주의적 한계에 갇히지 않는다. 「어머니」와 「밤」과 같은 시를 포함해서 「한없는 노래」에 이르기까지 자아의 내적 힘들이 고스란히 유지할 수 있었던 것도 시인의 내면에 자리한 가족주의적인 끈, 곧 은밀한 욕망을 제어할 수 있었기에 가능한 것이었다.

어즈러운 몸짓으로
베일을 싸우느냐?
가리워도 가리워도
타는 눈방울은 베일을 뚫는다.

씰개를 뒤집어놓고 생각하여도
허울 좋은 南朝鮮은
흐물거리는 人肉市場이다.

蕩兒와 賣矢婦는 연방 눈짓을 하며
어리다고 어리다고 얼르면서
목졸라 매여 어디로 끄으느냐.

지금은 아니라도 잡아떼여도
너는 역시 보스요
나는 역시 종이다.

밀가루는 밀까루
빵은 되어도 밥은 아니다.

씨를 없애는
지독한 火藥이 있다고
自由를 말함도 罪되여
모저리 짓밟아 놓은 三八以南

옳은 마음 그리는 人民의 나라
사람들은 北으로 北으로 쏠리는데
權力은 東으로 東으로
太平洋 저쪽으로.

「三八 以南－國恥 記念 文藝講演會 朗讀詩」 전문

하지만 현실 변혁에 대한 적극적 의지가 아무리 강한 것이었다고 해도 해방공간의 현실들은 결코 녹록한 것이 아니었다. 남과 북은 전연 다른 국면으로 나아가고 있었고, 새로운 힘의 실체는 '태평양 저쪽'에서 서서히 밀려오고 있었기 때문이다. 북과 대비되는 남쪽의 상황이라든가 '태평양 저쪽'의 실체는 민주와 자유를 외치는 민중들의 외침과는 실상 거리가 매우 먼 것들이었다.

이런 현실적 한계들은 더 이상 남쪽에서 진보적 문학운동을 이끌어나갈 상황이 못된다는 인식을 만들어주었다. 1946년과 1947년 사이에 이루어진 문인들의 월북 행렬은 이런 현실의 반증이라 할 수 있다. 그런데, 어떤 이유인지는 몰라도 유진오는 이 행렬에 가담하지 않았다. 그렇다고 해서 자유를 향한 그의 열정이 사라진 것은 아니었다. 이런 애매한 순간에 그는 남쪽에 남아 있었고, 이후 1949년 2월 지리산문화공작대장의 직함을 받고 지리산에 입산하게 된다. 여기서 그는 김지회 등과 3일 남짓 보내다가 다시 되돌아오게 되는데, 하산과정에서 민보단 단원에게 체포된다.[25] 이후 그는 서울로 압송당하는 운명에 처하게 된다. 그해 9월 그는 군법회의에서 사형 선고를 받고 감옥에 갇히는 신세가 된다. 하지만 가족과 친지들의 탄원을 받고 감형을 받아 사형은 면하게 된다.[26] 하지만, 이듬해 발발한 한국전쟁에서 그는 새로운 운명을 맞게 된다. 1950년 3월 전주형무소로 이감된 유진오는 한국전쟁 직후 인민군이 전주로 들어오기 직전 긴급 처형된 것으로 알려졌다[27] 윤리와 도덕으로 무장한 유진오의 꿈은 이렇게 역사의 격랑 속으로 사라져 갔다. 무기력한 한 개인이 거대한 역사의 톱니바퀴와 함께 하지 못하고 벗어날 때, 홀로 겪을 수밖에 없는 비극의 결말을 유진오는 처절하게 보여준 것이다.

5. 행동문학의 한계

시인으로서 유진오는 열정이 넘쳐났지만, 해방공간의 현실은 이를 받아주지 않았다. 해방 직후 누구에게나 요구되었던 윤리로부터 그는 자유로운 존재였다. 그가 이런 신분을 유지할 수 있었던 것은

25 이때가 1949년 2월 28일이고 장소는 전북 남원이었다.

26 이때의 감형은 항렬이 같은 집안사람이었던 소설가 유진오의 도움이 있었고, 또 안재홍, 신익희 등 정치인들의 도움도 받은 것으로 알려졌다.

27 다른 설도 존재하는데, 그는 처형 직전 어머니가 가산을 정리하고 만든 돈을 처형 책임자에 주었고, 그 대가로 생명은 구한 것으로 알려지기도 했다. 하지만 이후 그의 행적이 전연 드러나지 않는다는 점에서 이 또한 확실한 근거가 된다고 보기는 어렵다. 정영진, 『문학사의 길찾기』, 국학자료원, 1993, p.205.

신인이었기에 가능한 것이었는데, 그만큼 신인이라는 것은 기성의 문인보다 개방성과 가능성이 큰 것이 해방공간의 현실이었다.

하지만 이런 조건이 시인 유진오에게는 양날의 ,칼과 같은 것이었다. 윤리로부터의 자유로움이 열정의 힘으로 솟구쳤고, 이에 기반한 서정의 힘은 기성의 시인과 차별되는 것이었다. 그것이 젊은 영웅으로 비춰지게끔 만들었거니와 이에 고무된 그의 문학 정신은 보다 큰 행동성으로 나아가는 계기가 되었고, 이념의 농도 또한 짙게 만든 계기가 되었다. 하지만 이것이 전부는 아니었는데, 문학 속에 짙어지는 이데올로기의 농도들은 그로 하여금 더욱 행동이나 실천을 강력히 추동하는 기제로 작용하기도 했다. 그로 하여금 비극의 주체가 되게끔 했던 빨치산은 이런 토양에서 만들어졌고, 그것은 곧 그를 역사의 현장에서 사라지게끔 만는 계기가 되었다.

그의 시들은 후기로 오면서 행동이 앞섰기에 서정의 농도는 약해졌고, 초기의 애틋한 개인의 정서들은 점차 집단의 음성으로 바뀌기 시작했다. 뿐만 아니라 현장성 속에 만들어진 그의 시들은 즉효성, 낭독성에 주력하다 보니 객관적 현실 관계라든가 계급적 인식에 다소 미달되는 면들을 노정하기도 했다.

그럼에도 그의 시들은 선전선동이라는, 문학가동맹이 요구하는 임무에 충실히 복무했고, 특히 이 시기 주요 창작 방법이었던 진보적 리얼리즘을 당파적 입장에서 잘 받아들였다는 점에서 그 의미가 있는 경우이다. 그것이 그의 시에 나타난 혁명비극 주인공들의 문학적 형상화와 사회주의 리얼리즘의 충실한 반영으로 구현되었다. 역사의 현장에서 비극적으로 사라지고 묻혀져갔지만 그가 외친 자유의 함성은 언어 속에 여전히 남아 지금 독자들에게 생생히 울려퍼지고 있다. 또한 시대가 요구했던 민중의 음성들을 시에 담아냄으로써 시사의 한자락을 굳건히 각인시키고 있다. 그것이 격동의 시대에 그의 시가 갖는 의의이고, 또 행사시가 갖는 시대적 의미라고 할 수 있을 것이다.

한국 현대 현실주의 시인 연구

제13장

서정시의 슬픈 운명

임화론

임화 연보

1908년 서울 출생. 본명 임인식(林仁植).
1921년 보성중학 입학.
1927년 임화라는 필명을 사용하기 시작. 카프 가입.
1928년 〈유랑〉, 〈혼가〉 등의 영화에 배우로 출연.
1929년 문예운동의 볼셰비키화를 제창하고 카프의 이론적 주도권 장악.
1931년 일본에서 귀국하고 이귀례와 결혼. 카프의 서기장에 피선.
1935년 카프 해산. 지하련과 재혼.
1938년 첫시집 『현해탄』(동광당서점) 간행.
1940년 평론집 『문학의 논리』(학예사) 간행.
1945년 해방과 동시에 조선문학건설본부를 조직.
1946년 문학가동맹 결성.
1947년 시집 『찬가』 간행. 월북.
1951년 전선시집 『너 어느 곳에 있느냐』 간행.
1953년 미제 스파이라는 혐의로 사형.
1988년 시집 『현해탄』 간행(풀빛).
1991년 시선집 『다시 네거리에서』(미래사) 간행.
2009년 전 8권 임화전집 간행(소명출판사).

1. 자아 비판과 새 시대에의 결의

잘 알려진 것처럼, 임화는 역사의 거친 격랑을 헤쳐나가지 못하고 중도에 좌초한 인물이다. 그는 1908년 서울에서 태어나 보성 중학에서 수학을 했고, 1926년 이른 시기에 카프에 가입한 인물이다. 그리고 1929년 박영희 등의 주선으로 동경 유학을 떠나 거기서 보다 철저한 마르크스주의 사상을 배우게 된다. 여기서 공부를 마친 다음 그는 1932년 카프의 서기장이 되면서 본격적으로 이 조직을 이끌어 나가게 된다. 하지만 점증하는 제국주의 세력은 카프 활동을 더 이상 용인하지 않았던바, 임화는 스스로 카프 해산계를 경기도 경찰부에 제출함으로써 이 조직의 마무리를 맡는 불행한 운명의 주인공이 된다.

실상 임화의 활동이 문제적인 것은 그가 카프의 수장이었다는 점에서도 찾을 수 있지만, 해방 직후 남로당의 실질적인 이론가였다는 것, 그리고 이후 이에 연루되어 반역자의 죄목으로 처형되었다는 극적인 사실에서 찾을 수 있을 것이다. 그동안 임화의 이런 비극적인 경로에 대해서는 많은 추측과 연구들이 진행되어 왔다. 그 가운데 하나가 김윤식의 『임화연구』[1]였던 바, 그는 임화의 비극을 "시인으로의 회귀"라는 감성적 요인에서 찾고 있다. 서정시가 논리의 영역과 달리 여러 가변적인 변수들에 노출될 수 있는 개연성이 매우 큰 장르임을 감안하면, 이런 판단은 일견 의미 있는 것이라 할 수 있다. 하지만 이런 정합성에도 불구하고, "시인으로의 회귀"란 어느 한 순간의 자의적 결단에 의해 이루어지는 것이 아니라는 점에서 이런 변신이

1 김윤식, 『임화연구』, 문학사상사, 1989.

임화의 비극을 가져온 결정적인 단서라고 볼 수는 없을 것이다. 특히 그동안의 논리적 부분을 모두 사상한 채, 갑자기 "시인되기"가 되는 것은 아니기 때문이다. 그가 진정으로 시인으로 남고자 했다면, 여기에는 어떤 필연성이 분명 놓여 있을 것이다.

해방 직후 임화가 가장 먼저 한 행동은 조직의 재건이었다. 잘 알려진 대로 그는 해방 이튿날 〈조선문학건설본부〉를 결성함으로써 조직에 능한, 그리고 이를 향한 그의 면모를 유감없이 보여준 것이다. 이 단체가 내세운 것은 '계급성'이 아닌 '인민성'이었거니와 이는 그 다음달 이후에 결성된 조선프롤레타리아예술가동맹과는 구분되는 것이었다. 프로예맹이 내세운 것은 막연한 조합주의적 특성을 갖고 있었던 〈조선문학건설본부〉의 '인민성'이 아니라 '계급성'이었다. 이들이 문학에 있어서 '계급성'을 표나게 내세운 것은 이데올리기에는 결코 타협의 여지가 없는 것이기 때문이라는 논리였다.[2]

물론 〈문학건설본부〉라든가 〈프로예맹〉 등이 1946년 〈전국문학자대회〉에서 어설픈 타협으로 '문학가동맹'이라는 새로운 조직으로 발전적 해체를 했지만, 그 근간은 여전히 〈문학건설본부〉의 인물들이 주축이 되었고, 그 강령 또한 〈문학건설본부〉 쪽 논리를 그대로 이어받았다. 그러니까 〈조선문학가동맹〉은 〈문학건설본부〉의 발전적 해체라고 보는 것이 옳을 것이다.

임화의 논리와 그 시적 세계를 살펴보는 데 있어 〈문학가동맹〉의 탄생 과정은 매우 중요한 것이 아닐 수 없는데, 그것은 그가 거듭 내세운 '인민성'의 논리 때문이다. 잘 알려진 대로 인민성이란 일종의

2 한효, 「예술운동의 전망」, 『예술운동 창간호』, 1945.12.

타협주의이다. 그럼에도 이 타협에는 모든 것이 그저 좋은 것이 좋다는 식의 것은 아니었는데, 가령, 민족 반역자라든가 친일파, 혹은 국주주의자만 배격하면, 해방 직후의 이 단체가 목표로 했던 민족문학 건설을 달성할 수 있을 것이라고 판단했다.[3] 그런데 임화의 논리는 해방 정국의 상황을 감안할 때, 어느 정도 설득력이 있는 것이라 할 수 있을 것이다. 계급보다는 민족이라는 전일성이 다른 어느 때보다 요구되는 시기였기 때문이다. 하지만 이는 어디까지나 정치적인 논리일 뿐, 문학 속에서 그 유효성이 인정되기는 어려웠다. 그럼에도 이러한 관점은 임화가 지금껏 보여준 행보에 비춰볼 때, 일관된 면이 있었다는 사실이다. 물론 논리의 영역인 비평 분야에서 임화가 펼쳐보인 사유들은 지극히 객관적, 과학적인 것이었다. 그는 카프 초기부터 있었던 여러 당파적 논쟁에서 정론적 입장에서 상대방들의 비과학적인 논리들에 대해 치밀하게 비판한 바 있기 때문이다. 하지만 시의 영역에서는 논리의 영역인 비평에서 보여주었던 객관성이랄까 과학성은 거의 표명되지 않았다. 그의 시들은 비평과 마찬가지로 이념지향적인 면모를 강하게 드러낸 것이 사실이긴 하지만, 논리의 영역을 결코 따라가지 못하고 있었다. 그 하나가 팔봉과의 대중화 논쟁이다. 이 논의는 임화의 시 「우리 오빠와 화로」를 두고 시작된 것인데, 팔봉이 이 작품에서 주목한 것은 계급문학과는 어느 정도 거리를 두고 있는 문학적인 요소들이었다. 그런데 임화는 여기서 자신의 작품을 옹호하지 못하는 비평적 자세를 취하게 되는데, 바로 사상의 불철저에 대한 자기 반성이었다. 그가 '무기로서의 문학'을 포기하

3 임화, 「현하의 정세와 문화운동의 당면임무」, 『문화전선』, 1945.11.

는 것이라고 하면서 팔봉의 논리를 뛰어넘고자 했지만, 그리고 그것은 마르크스주의 비평의 입장에서는 정합성을 갖는 것이었지만, 자신의 창작영역이었던 시에서는 이러한 면을 보여주지 못한 것이다.[4]

그 연장선에서 임화 시가 나아간 방향도 주목의 대상이 된다. 임화는 이론상 계급주의를 표방했기에 이를 기반으로 시를 써야 했다. 하지만 해방 직전까지 쓰여진 그의 시들을 꼼꼼히 살펴보게 되면, 그는 이 세계로부터 한걸음 비켜서 있었다. 그가 일제 강점기 시기 시에 표명하고자 했던 것은 계급 모순이 아니라 민족 모순이었기 때문이다.[5] 그런데 임화의 이러한 현실 인식과 창작 방법이 크게 잘못된 것이라고는 할 수 없다. 일제 강점기란 계급 모순 보다는 민족 모순이 우선이었던 까닭이다.

그래서 해방 직후 임화가 내세운 '인민성'의 논리가 새삼 주목된다. 비평에서와 달리 창작에서 민족 모순을 내세운 그의 문예방법론이 이 '인민성'에서 그대로 구현되었다고 보기 때문이다. 말하자면, 일제 강점기의 민족 모순이 계급 의식에 기반을 둔 것이 아니었던 것처럼, 해방 직후 내세운 '인민성' 역시 이 의식과는 일단 거리가 있었다고 하겠다.

임화의 '인민성'과 더불어 이 시기 또 하나 강조되어야 할 것이 윤리 문제이다. 새로운 국가를 건설하는 데 있어서 해방 공간이 요구했던 첫 번째 요건은 과거 친일 행적에 대한 철저한 반성이었다. 이에

4 김팔봉, 「단편서사시의 길로」, 『조선문예』, 1929.5.
김팔봉, 「프로 시가의 대중화」, 『문예공론』, 1929.6.
임화, 「탁류에 항하여」, 『조선지광』, 1929.8.
임화, 「김기진군에 답함」, 『조선지광』, 1929.11.
5 송기한, 「임화 시의 변모 양상」, 『현대문학의 정신사』, 박문사, 2018.

대한 솔직한 검증이나 성찰 없이 새로운 국가 건설에 참여하는 것은 거의 불가능했다. 따라서 새로운 시기가 요구하는 윤리적인 것들에 대해서 임화를 비롯한 카프 문인들이 더 적극적으로 매달렸던 것은 이와 밀접한 관련이 있다고 하겠다. 그 하나가 잘 알려진 〈봉황각 좌담회〉[6]이다. 이 좌담회의 핵심은 바로 솔직성이었거니와 여기서 말한 임화의 진솔한 고백은 모든 사람의 공감을 얻은 바 있다.

해방 직후 임화에게 던져진 것들은 대개 이러한 모습들이었다. 인민성의 개념과 범주, 친일에 대한 자기 반성의 문제, 그리고 해방 직전에 펼쳐보였던 그의 계급 의식 등등이 임화의 행적을 추동하는 근본 요인들이었던 것이다. 비록 노래체이긴 하지만 임화는 해방 직후에 다음과 같은 내용을 시로 표현한 바 있다.

1

전사들아 일어나거라
영웅들아 일어나거라
압박의 사슬은 끊어지고
자유와 희망의 새날이 왔다
일어나거라 전사들아
아-해방 조선은 인민의 나라

2

서백리아 바람 찬 벌판

6 『중성』 창간호, 1946.2. 임화는 여기서 태평양 전쟁에서 승리한 일본과 타협하고 싶었다는 것이고, 이런 솔직성이야말로 자기 비판의 기준이 되어야 한다고 했다.

현해타의 거친 파도여
한 많이 쓰러진 수없는 생명
깃발은 벌거니 피에 젖었다
잊지 말아라 혁명 동지를
아—해방 조선은 인민의 나라

3
등불도 없이 걸어오던
눈물도 없이 울어오던
어둔 밤 우리의 머리 우 높이
호올로 빛나는 그대들 이름
높이 들어라 전사의 깃발
아—해방 조선은 인민의 나라

4
전사들아 눈을 감아라
영웅들아 눈을 감아라
몽매에 못 잊던 그대의 나라
자유와 해방의 새날은 왔다
높이 들어라 자유의 깃발
아—해방 조선은 인민의 나라

「해방 전사의 노래」 전문

이 작품은 노래체가 주는 리듬에 주목한 작품이기에 그 형식이 어떠하냐가 중요한 잣대가 될 수도 있을 것이다. 그렇다고 내용이 사상되는 것은 물론 아니다. 내용이 있어야 형식이 갖추어지는 것인데, 어떻든 해방 직후 이 노래 속에 담긴 함의야말로 임화의 진심이었을 것이다. 하지만 그는 결과적으로 이 길로 가지 못하고, 그가 그토록 그리워했던 인민민주주의 공화국을 배신한 대가로 사형을 언도받는다. 다음은 북한의 재판 기록인데, 그 내용이 매우 구체적이고 사실적이어서 주목을 끈다.

> 저는 8 · 15해방 후 문화예술의 방면에서 지도권을 장악하려는 야망을 품게 되었습니다. 그리하여 1945년 8월 16일 서울에서 조선문학건설본부를 조직, 그 의장으로 활동하면서, 동년 10월경 서울시 중구 태평통(세종로)에 있는 미군 간첩기관 CIC와 결탁하여 조국과 인민을 팔아먹는 간첩행위의 길에 들어섰습니다. (생략)
>
> 이렇게 하다가 저는 1947년 11월 20일 이승엽의 지시에 따라 입북하여 해주 제일인쇄소에서 일했지만, 하루는 조일명이 찾는다고 해서 평양으로 갔더니, 그는 박헌영과 이승엽을 지지하는 문화예술 운동을 진행할 것에 대해 말하기에 저도 동의하고, 그 후 박헌영의 응접실에서 이승엽과 대면, 그 때 박승원과 연락하는 책임을 담당하라는 내용의 구체적인 지시를 받고 그 이튿날 조일명으로부터 간첩 자료를 받아서 해주로 돌아와 박승원에게 넘겨주었습니다.
>
> 그 뒤에도 계속 간첩자료를 수집하여 적에게 넘겨주었습니다. 1948년의 이력문서와 북조선 산업 발전상황에 관한 자

료 등이었으며, 제2차로 1949년 2월경에 넘겨준 자료는 북조선 인민경제의 발전상황에 관한 자료와, 남북조선 노동당연합 중앙위원회 구성원의 명부와 북조선 지역에서 소련군대가 철수한 상황을 기록한 문서 등이었습니다. 제3차로 넘겨준 자료는 1949년 4월경이었는데, 인민군대의 병종별(兵種別) 병력수 및 그 주둔위치에 관한 자료와 사법부에서 작성한 1948년도의 범죄 통계표, 당 정치위원회 결정 3통(通) 등이었습니다. 이러한 자료는 매번 제가 직접 박승원에게 전달하고 그로 하여금 남조선에 보내도록 하였습니다.

그 후 6 · 25전쟁과 동시에 해방된 서울에 가서 이승엽과 만나 군대, 정권기관의 활동과 그 시책, 그들 상호간의 갈등관계, 인민들의 사상동태, 물가 등을 탐지 · 보고하라는 지시를 받고, 제가 지도하는 문학예술 총동맹의 심복(하수인)들을 이용하는 방법으로 조사하여, 이것을 이승엽에게 전달하였던 바, 이것이 늦어진 탓으로 이승엽으로부터 재촉을 받은 적도 있습니다.

그러다가 1950년 7월 말에 낙동강 전선에 종군하게 되어 이 사업은 일시 중단되었습니다.

1951년 7월 이승엽의 사무실에서 이강국과 같이 만났을 때, 이승엽은 이강국에게 앞으로 나와 더욱 자주 만나는 것은 좋지 않으니 자료가 있으면 임화를 통해 보내달라고 부탁했습니다. 1951년 11월 이강국은 저의 사무실을 찾아와서 장시우(張時雨) · 한병옥(韓炳玉) · 박헌영 등이 당과 정부에 대하여 불평을 말한다는 담화를 하므로, 저는 이 이야기를 이승엽에게 전했습니다. 1952년 9월 이강국으로부터, ① 전선의 군수물자

공급 상황이 개선되어 3개월 분의 군수품이 확보되었다는 것, ② 개성 정전담판에서 조선대표보다도 중국대표가 강하다는 것들을 듣고, 이것을 이승엽에게 전달했습니다.

이와 같이 저는 1945년 12월 미군정청 홍보처에 자료를 제공할 때부터 1952년 9월까지 간첩활동을 계속하였습니다.[7]

인용 부분은 북의 재판 과정에서 나온 임화의 진술, 곧 그의 고백이다. 애초에는 김일성 중심의 권력으로 재편되는 과정에서 나온 조작된 진술이라고도 했지만, 이후 이 내용은 사실로 받아들여지고 있다. 아니 정말 사실일지도 모른다. 문제는 평생 계급 문학을 신봉하고, 그 구체적 실현을 위해 자신의 전 인생을 바친 임화가 어째서 이런 형편없는 이념주의자가 되었느냐에 있을 것이다. 뿐만 아니라 카프가 당파성을 확보하는 과정에서 비당파적 요소들을 제거해오던, 그 자신만만하고 우렁찬 목소리는 여기서 전혀 느껴지지 않는다. 다만 이 글 속에서는 패배자의 허약한 음성만이 무늬져 흘러 나오고 있을 뿐이다. 이런 과정을 한편의 소설로 그럴듯하게 기술해 놓은 책이 있는데 이 또한 사실일지도 모른다. 일본의 마쯔모토 세이쪼가 쓴 『북의 시인 임화』라는 소설이다. 그 대강의 내용을 요약하면 다음과 같다.

해방이 되어 임화는 〈문학건설본부〉를 조직했고, 그 구성원이 누구누구인지를 적재적소에 두었을 것이다. 중요한 것은 조직이 건설되었다는 것이고, 또 그 구성원에 대한 구체적인 정보였을

7 『임화연구』, pp.700-702에서 인용.

것이다. 그런데 조직 결성 뒤 그 앞에 나타난 것은 미국 선교사였다. 그는 임화에게 접근하면서 두가지를 제시했다. 이번에 조직 명단을 제공하는 대가였는데, 하나는 1935년 경기도 경찰부에 카프 해산계를 냈을 때 써내었던 전향서이고, 다른 하나는 폐결핵 약이었다. 이때 임화는 심한 폐결핵을 앓고 있어서 각혈을 할 정도로 상태가 좋지 못했다. 그런데 임화에게 중요한 것은 이 약이 아니었다. 1935년 그가 자필로 썼을 것으로 추정되는 전향서였던 것이다. 모든 정보를 장악한 미군정이 이 전향서를 갖고 있었거니와 만약 이번에 결성된 조직도와 그 구성원의 명단을 돌려준다면, 그의 부끄러운 기록일 수도 있었던 전향서를 돌려준다는 것이었다. 구미가 당기는 일이었다. 평생 인민민주의 건설을 꿈꾸었던 임화에게 이 전향서는 자신의 길을 가로막을 수도 있는 장애물로 받아들였을 개연성이 컸기 때문이다. 그리고 그는 이번 한 번만 하면 된다고 하지 않았던가. 그래서 임화는 이 선교사의 말을 믿고, 그 조직도를 건네주게 된다. 결핵약은 덤이었는데, 이약을 복용하면 각혈 또한 멈추었다. 무척 신기했다. 그런데 정보의 생명이 다할 때까지 이를 쥐고 있는 측에서는 절대 내어줄 리가 없다. 임화가 단체가 만들어질 때마다 계속 그의 요구를 들어줄 수밖에 없는 현실에 빨려들어가게 된 것은 이 때문이다. 그리고 그는 궁극에는 거기서 빠져나올 수 없는 상황에 놓이게 된다.[8]

이상의 내용이 『북의 시인 임화』에 대한 대강의 줄거리이다. 임화

8 이상은 마쯔모토 세이쬬의 『북의 시인 임화』(김병걸 역), 미래사, 1987.9.1.을 요약한 것이다.

가 북쪽에서 반역자가 되는 도정을 심리적 흐름 속에서 추정, 기술한 것이기에 이를 객관적 자료 내지는 정보로 받아들이기 어려운 측면이 있긴 하다. 뿐만 아니라 이 책은 또한 추리 소설이 아닌가. 하지만 이런 허약한 조건과 근거에도 불구하고 『북의 시인 임화』에 펼쳐진 임화의 사상적 변모 과정은 이런 추리를 통해서 충분히 납득할 만한 요소가 있는 것이 사실이기도 하다.

이런 전제를 바탕으로 해서 이 글은 임화에 대한 기왕의 연구와, 세이쪼의 소설적 상상력을 일정 정도 수용하면서 그가 인민민주주의라는 커다란 목표 의식을 어떻게 상실해갔는지를 그의 작품을 통해서 이해해보고자 한다. 그는 평론가이기에 앞서 시인이었고, 그렇기에 이성보다는 감성에 의해 지배될 소지가 매우 높았던 작가였다. 그런 의식의 가변성을 서정시에서 읽어내고, 그것이 곧 운명과 어떻게 연관되는지를 해방 직후, 그리고 전쟁기 쓴 전선 시집 『너 어느 곳에 있느냐』를 통해서 탐색해보고자 하는 것이다.

2. 민족 건설에 대한 윤리적 다짐과 그 실천

해방 직후 임화가 처음 쓴 시는 「9월 12일－1945년, 또 다시 네거리에서」이다. 부제에서 알 수 있는 것처럼 임화 시에서 전략적 소재로 자리한 '네거리' 계열의 작품이기도 하다. 그가 이 계열의 작품을 처음 쓴 것은 1930년대 「네거리의 순이」였다. 이 작품은 '네거리'라는 소재로 이후 발표된 임화의 시들에 중요한 연결고리를 제공하고 있고, 또 이를 통해서 임화의 사유 구조를 이해할 수 있다는 점에서 중요한 시라고 할 수 있다.

조선 근로자의
위대한 수령(首領)의 연설이
유행가처럼 흘러나오는
'마이크'를 높이 달고

부끄러운
나의 생애의
쓰라린 기억이
포석(鋪石)마다 널린
서울 거리는
비에 젖어

아득한 산도
가차운 들창도
현기(眩氣)로워 바라볼 수 없는
종로 거리

저 사람의 이름 부르며
위대한 수령의 만세 부르며
개아미 마냥 모여드는
천만의 사람

어데선가

외로이 죽은

나의 누이의 얼굴

찬 옥방(獄房)에 숨지운

그리운 동무의 모습

모두 다 살아오는 날

그 밑에 전사하리라

노래부르던 깃발

자꾸만 바라보며

자랑과 재물도 없는

두 아이와

가난한 아내여

가을비 차거운

길가에

노래처럼

죽는 생애의

마지막을 그리워

눈물짓는

한 사람을 위하여

원컨대 용기이어라.

「9월 12일—1945년, 또다시 네거리에서」 전문

제목에서 알 수 있는 것처럼, 이 작품의 주인공은 '순이'라는 여성이다. 여성 화자라든가 여성 주인공이 나오는 것은 임화 시에서 예외적인 일인데, 그의 시들은 진보주의에 토양을 둔 작품으로 남성적 어조로 이루어진 것이 대부분이기 때문이다. 이런 주류적 흐름 속에서 이따금씩 등장하는 것이 여성 화자였는데, 그 대표적인 작품이 「우리 오빠와 화로」이다. 그의 시에서 드러나는 여성들은 대부분 '근로하는 여성'들이다. 그리고 이 여성들은 남성 노동자 혹은 운동자의 보조자 혹은 동조자 정도로 형성화되고 있다. 말하자면 이 여성상은 투쟁의 선두에 있는 선진적인 주체들은 아니었던 것이다.

한편, 이런 여성 화자와 더불어 이 작품에서 주목해야 할 소재랄까 공간이 '네거리'이다. 여기서 '네거리'란 광장이고, 그러한 까닭에 계급 갈등이 벌어지는 열린 공간으로 인식된다. 그럼에도 실제 임화의 시에서 여기서 어떤 쟁의가 펼치지는 장면을 그린 작품은 거의 없다. 그 대부분은 그저 '보여주기'를 위한 광장이었을 뿐이다. 그리고 이를 가능케 하는 것이 '골목'의 상상력이었다. 그러니까 '네거리'는 '골목'을 거치면서 본격적으로 그 의미가 생기는 것이라 하겠다. 그런데 이런 저간의 사정은 해방 직후 발표된 「9월 12일」이라는 작품에 오면 그 위치가 새롭게 배치된다. 이 작품에서 새로운 단계로 나아가기 위한 예비 과정으로서의 '골목'은 더 이상 등장하고 있지 않은 것이다. 말하자면, 시적 자아는 곧바로 '네거리', 곧 '광장'으로 적나라하게 노출되고 있었다. 그러한 막연한 노출이야말로 시적 자아에게는 상당한 모험이었고, 실존에 대한 위협으로 다가왔을 것이다. 그에게는 새로운 단계로 나아가기 위한 결정의 순간이 다가왔던 것이다.

어떤 행위나 결정을 하는 데 있어서 예비되지 않은 동작에 수반되는 정서에는 결단이라는 의장이 당연히 요구된다. 서정적 자아가 이 작품에서 자신에게 꼭 필요한 것이 '용기'임을 강조하는 것은 이 때문이라 할 수 있다. 하지만 이 작품에서 이 구절이 함의하는 것은 매우 복합적이다. 그 이유는 이러하다. 지금 시적 화자는 "조선 근로자의 위대한 수령의 연설이 유행가처럼 흘러나오는 거리" 한 복판에 서 있다. 그는 그 거리에서 위대한 수령의 음성에 보조를 맞추고 그에 걸맞은 행위를 하고자 한다. 하지만 그 음성에 자신의 정서를 곧바로 일치시키기에는 그의 지나온 과거의 정체성이 너무나 크나큰 장애로 다가오고 있었다. 그 하나가 카프 해산계를 제출했던 일일 수도 있고, 일제 말기 친일에 부역한 것일 수도 있다.[9] 그러나 이 보다 중요한 것이 그 앞에 놓여 있었는데, 바로 시인으로서 그가 갖고 있었던 계급의식의 한계였다. 앞서 언급대로 그는 일제 강점기에 제대로 된 계급시를 써본 적이 없다. 그러한 사례는 「우리 오빠와 화로」를 둘러싼 팔봉과의 논쟁에서 잘 드러난 바 있거니와 여기서 보듯 그가 추구한 논리적 세계와 실제 창작의 세계에는 균열이 일어나고 있었던 것이다. 이 거리를 좁히는 일은 결코 쉬운 것이 아니었는데, 그것은 해방 초기 그의 시작 과정을 보면 대번에 이해할 수 있을 것이다. 여기서 그 하나의 시사적 작품이 되는 것이 「3월 1일이 온다」이다.

언 살결에
한층
바람이 차고

9 김윤식, 앞의 책, p.606.

눈을 떠도
눈을 떠도

티끌이
날려오는 날

봄보다도
먼저
3월 1일이
온다

불행한
동포의
머리위에
자유 대신
'남조선
민주의원'의
깃발이
늘어진
외국관서의
지붕 위
조국의 하늘이
각각(刻刻)으로

내려앉는
서울

우리는
흘린 피의
더운 느낌과
가득하였던
만세소리의
기억과 더불어
인민의 자유와
민주조선의 깃발을
가슴에 품고

눈을 떠도
눈을 떠도

티끌이
날려오는 날

봄보다도
일찍 오는
3월 1일 앞에
섰다.

「3월 1일이 온다」 전문

임화가 해방 직후 내세운 민족 문학의 방향이 인민성이었는데, 「3월 1일이 온다」는 그 연장선에 놓인 시라는 점에서 주목을 끄는 경우이다. 너무나 당연한 이야기이지만 3.1운동은 민족 모순의 정점에서 일어난 사건이다. 다시 말해 반민족적인 것이 아닌 이상, 곧 친일파가 아니라면, 이에 동조하지 않은 조선인은 없었을 것이다. 이런 민족 모순이란 실상 해방 직후의 인민성과 하등 다를 것이 없는 것이었다. 인민성이란 반민족적인 것들만 제외되면, 그리하여 민족적인 것과 연결 고리가 될 수 있는 것이라면 모두 합류할 수 있는 개방적 속성을 갖고 있었기 때문이다.

그런 연결 고리가 있었기에 임화의 인민성과 해방 직후에 쓴 「3월 1일이 온다」는 분리하기 어렵게 결합되어 있는 것이라 할 수 있다. 그것은 임화가 일제 강점기 자신의 시 속에 담았던 민족 모순의 그것과 밀접한 연관을 갖는 것이었기 때문이다. 그러니까 그가 내세웠던 민족 모순이란 민족적인 것들이 강하게 내포될 수밖에 없는 것이었는데, 3.1운동은 그러한 요인들을 하나로 응집시킬 수 있는 좋은 매개가 되었고, 당연하게도 해방 공간의 현실을 표백하는 좋은 소재가 되었을 것이다. 이는 다른 말로 하면, 해방 직후 그가 계급 의식에 바탕을 두고 창작하지 않은 것과 직결되는 문제였다는 사실이다.

이 작품에는 임화가 그리는 조국의 모습과, 그 실현을 향한 도정에서 도전받는 것들이 묘사되어 있다. 그가 염두에 둔 조국이란 곧 인민성에 바탕을 둔 민주 조선이었을 것이다. 하지만 해방 직후의 현실은 그러한 임화의 기대대로 흘러가는 것이 아니었다. 그것이 5연에 나타나 있는데, 여기서 임화는 지금 여기의 현실을 "불행한/동포의/머리 위에/자유 대신/'남조선/민주의원'의/깃발이/늘어진/외국관서의/지붕 위/조국의 하늘이/각각(刻刻)으로/내려앉는/서울"로 인식하고 있었다. 그럼에도 그 정점에는 '민주 조선의 깃발'이 놓인 서울의 거리이기도 했다. 여기서 이 '깃발이 놓인 서울'을 가능케 하는 것은 당연히 민족적인 요소들이 아니었겠는가.

"조국의 하늘이 각각으로 내려 앉는 서울"과 더불어 또 하나 주목해야 할 것이 "봄 보다 먼저 3월 1일이 온다"라는 구절이다. 잘 알려진 대로 봄은 겨울 다음에 오는 것이고, 그것은 신화적 상상력에 의하면 새로운 생명의 탄생이라는 함의를 갖는다. 마찬가지로 그 상대편에 놓인 겨울은 죽음의 계절이 될 것이다. 그런데 시인은 그 어둠의 시절을 지나서 오는 봄보다 3월 1일이 먼저 온다고 했다. 이런 상상력이야말로 그가 민족적인 것에 얼마나 큰 기대를 하고 있었는가를 알 수 있는 대목이라 하겠다.

민족적인 것에 우선을 두고 민족 문학 건설을 주도했던 임화는 1946년 소위 정판사 위폐 사건과, 이에 따른 남로당의 신전술 전략에 따라 새로운 변신을 시도하게 된다. 민족 문학 건설에 있어 인민성을 버리고 계급성을 우위에 놓기 시작한 것이다.[10] 그가 계급성을 우위에 둔 것은 해방 정국의 변화와 밀접한 관련이 있었던 것인데, 임화를 비롯한 남로당은 처음에 미국을 비롯한 연합국을 모두 해방군으로 인식했다. 하지만 미군정과 이승만, 그리고 친일파가 결탁한 새로운 주도 세력의 형성으로 인해 미군을 더 이상 해방군의 한 부류로 간주하기 어려워졌다. 그래서 지금껏 주장해왔던 어정쩡한 인민성만으로는 민족 문학 건설이 결코 만만치 않은 것임을 알게 되었

10 이러한 자신의 사유를 대변한 것이 다음의 글이다. 임화, 「민족 문학의 이념과 문학 운동의 사상적 통일 위하여」, 『문학』 3호, 1947.4.

다. 구체적으로 대항할 세력이 무엇인지 분명하게 드러난 이상, 투쟁성이 모호한 인민성만으로 절대적으로 강한 상대를 마주하기에는 미흡함을 느꼈던 것이다. 그 도정에서 쓰여진 시가 「우리들의 전구」이다.

침입자를 방어하라
저항하거든 대항하라
그래도 들어오거든
생명이 있는 한 싸우라

전선 노동자는 우리에게 이것을 요구하고
투쟁 사령부는 우리에게 이것을 명령한다

승리냐 그렇지 않으면 패배냐

주림과 박해에 신음하는
남조선 인민의 운명이 걸려 있는 총파업
침략자와 매국노의 도량(跳梁)에 항(抗)하여 일어선
남조선 노동자의 승패를 결(決)하는 이 투쟁

우리는 실로 참을 수 없는 모욕에 대한 긴 인내와
야만스런 박해에 대한 오랜 수난 끝에 일어선 것이다
우리들이 사랑하는 철도로 하여금
자유의 나라의 대동맥이 되게 하기 위하여

일제의 악한들이 남기고 간 파괴의 흔적과 영영(營營)히 싸우고 있을 때
인미의 원수들은 이 철도로 재빨리 친일파와 반역자를 실어다가
인민의 자유를 파괴할 온갖 밀의(密議)를 여는데 분주하였다
우리들이 사랑하는 철도로 하여금
새로운 공화국에 문화와 과학을 실어올 대로가 되게 하기 위하여
밤과 낮을 헤아리지 않고 근면하였을 때
인민의 원수들은 이 철도로 썩어빠진 전제주의와 파시즘의 독소를 실어다가
평화로운 조국에 내란의 씨를 뿌리려고 음모하였다
우리들이 사랑하는 철도로 하여금
신생하는 조국의 부가 집산하는 운하가 되게 하기 위하여
형언할 수 없는 기아의 고통과 싸우고 있을 때
인민의 원수들은 외방 물자와 호열자를 실어다가
고난한 동포 가운데 가난과 불행을 펼쳐놓았다

아아 인민의 영구한 원수들아
드디어 우리들이 사랑하는 철도는 온전히
조국의 새로운 불행과 동포에게 거듭하는 노예화를 위하여 움직이었고
우리들에겐 다시금 헤어날 수 없는 기아와 벗어날 수 없는 철쇄가

너이들이 사육한 저 폭력단의 야수들과 함께
이빨을 갈며 달려들었다

죽음이냐 그렇지 않으면 싸움이냐
물러설 길 없는 투쟁의 막다른 길 위
붉은 별 빛나는 철도노동조합의 깃발은 어느새 기관고에 나부끼고
1946년 9월 24일 오전 0시 제네스트로 들어가라
준엄한 지령 제1호는 벌써 진선에 내리었다

사랑하는 전우여 여기는 기관구의 경비선
남조선 철도 총파업 투쟁사령부가 있는 곳
전선 철도노동자의 온갖 명예가 걸려 있는
아아 적과 더불어 싸워서 죽을 영광이
가는 곳마다 흩어져 있는 우리들의 전구(戰區)여

침입하는 모든 적에게
잔인한 운명을 선사하고
발자욱마다를
야수들의 피의 도랑을 만들자

기관구는 우리들의 불멸한 성곽이리라.
「우리들의 전구－용감한 기관구(機關區) 경비대의 영웅들에게 바치는 노래」 전문

이 작품은 부제에서 드러난 바와 같이 용산 철도 파업을 소재로 한 시이다. 이 파업이 1946년 10월 항쟁의 도화선이 된 것은 잘 알려진 일인데, 무엇보다 여기서 주목해야 할 부분이 전위로서의 노동 계급을 작품의 전면에 내세웠다는 점이다. 이 점은 임화의 시세계를 논하는 데 있어 아무리 강조해도 지나치지 않는데, 어쩌면 임화의 전 생애에 걸쳐 이렇게 치열한 계급 의식을 드러낸 작품도 없었다는 점에서 그러하다.

일찍이 임화는 여러 경향의 작품을 발표한 바 있다. 시인으로서 출발 초기에는 다다를 비롯한 전위 문학에 관심을 두기도 했고, 사회성이 무관한 서정시를 창작하기도 했다. 그렇지만 이는 어디까지나 습작기 시절의 작품들이기에 큰 의미를 두기는 어려운 일이다. 이후 그는 「담-1927: 작코, 반제티의 명일에」라는 작품을 계기로 경향시로 나아가기 시작한다. 그러나 노동자의 생활이나 그들의 정서를 담아낸 작품이 있다고 하더라도 그의 시 대부분은 이 의식에 바탕을 둔, 다시 말해 당파성과는 어느 정도 거리를 두고 있었다고 보는 것이 옳을 것이다. 설사 있다고 해도 당파성보다는 서정성이 압도하는 형국이어서 이를 계급시로 분류하는데 망설임을 갖게 하는 것이 사실이기도 하다.

그러니까 「우리들의 전구」는 당파성에 입각한 임화의 최초의 작품이라고 해도 무방할 것이다. 작품을 읽어 보면 금방 알 수 있는 것처럼, 「우리들의 전구」에는 노동 현장에서 벌어지는 파업의 생생한 모습들이 세밀하게 그려져 있다. 이런 구체성과 현장성이야말로 계급 시가 지향해야할 최고의 덕목인데, 이 작품은 그러한 요소들을 잘 담아낸 시라고 할 수 있을 것이다.

3. 여성 화자의 등장과 전쟁시의 한계

점증하는 객관적 현실의 악화와 더불어 남쪽에서는 더 이상 진보적인 운동이 불가능하게 되는 현실을 맞이하게 되었다. 10월 인민항쟁 이후 박헌영에 대한 체포령이 내려지고, 임화 또한 더 이상 여기서 활동하기 어려운 현실이 도래한 까닭이다. 임화가 월북한 것은 1947년 가을 경으로 추정된다.[11] 그는 여기서 서울에서 할 수 있었던 일을 서신 등의 형식을 빌어 계속 이어나가고 있었다. 그러다가 1950년 6월 25일 한국 전쟁이 일어났고, 인민군과 더불어 다시 서울에 오게 된다. 종군작가단의 일원으로 오게 된 것인데, 이들의 임무는 전선 시찰과, 여기서 항쟁하는 군인들을 위무하고, 그들의 활동상을 작품에 담아내는 것이었다.

전쟁은 남과 북 모두에게 어쩌면 새로운 기회였는지도 모를 일이다. 어느 하나의 세력이 다른 세력을 평정하고 새로운 주체 세력으로 등장할 수 있는 기회를 제공할 수 있었기 때문이다. 먼저 선편을 지고 있었던 것은 북쪽이었다. "모든 것을 전쟁의 승리로"라는 슬로건에서 알 수 있는 것처럼, 북은 이 전쟁의 승리를 위해 모든 전력을 쏟아붓고 있었다. 그런 인민군과 더불어 임화가 다시 서울로 온 것이다. 그런데 여기서 한 가지 짚고 넘어가야 할 것은 전쟁 직전까지 임화의 행적이 구체적으로 드러나지 않고 있다는 점이다. 1947년 가을 경에 월북한 이후 임화는 몇몇 서신이나 글을 통해서 자신의 사유나 문학가동맹 등이 해야 할 행동 지침을 내리긴 했지만 1949년 이후부

11 김윤식, 앞의 책, p.588.

터 전쟁 발발까지 그의 행적은 안개처럼 모호한 채 남아 있었다. 이런 점이야말로 그가 처할 수밖에 없었던 또다른 비극의 한 단초가 되었던 것은 아닐까. 어떻든 그는 다시 서울에 나타났고, 전쟁의 경험을 담은 여러 편의 시들을 썼으며, 이를 곧바로 시집으로 묶어냈다. 문제의 시집 『너 어느 곳에 있느냐』가 바로 그러하다. 이 시집을 살펴보는 일이야말로 문학인으로서, 혹은 인민민주주의 공화국을 꿈꿔온 임화의 마지막 여정을 알 수 있는 좋은 계기가 될 것이다. 그 첫 번째 수록 작품이 「서울」이다.

> 남은
> 원수들이 멸망하는
> 전선의 우레 소리는
> 남으로 남으로 멀어가고
>
> 우리 공화국의 영광과
> 영웅적 인민군대의
> 위훈을 자랑하는
> 무수한 깃발들
>
> 수풀로 나부끼는
> 서울 거리는
> 나의 고향
>
> 잔등의 채찍을 맞으며

가슴에 총칼을 받으며
사랑한 우리들의 수도다

악독한 원수들이 비록
아름다운 산하를 더럽혀
그림 같던 낙산 마루 위에는
나무 하나이 없고
골짝마다 물소리 맑던
삼각산 인왕산 기슭에는
흙이 붉어 황량하나

종남산 넘어가면
한강수 용용하고
바다 같은 창공엔 언제나
북한연산 장엄한
여기는
슬기로운 우리 조상들이
죽음으로 외적을 물리쳐
자랑스러운 도시

용감한 우리 선진자와 전우들이
조국의 자유를 위하여
피흘려 싸운 영광의 거리

이 자랑스럽고
영광스러운 서울이
이 아름다웁고 수려한
우리들의 수도가

흉악한 미제국주의
침략자의 발굽 아래서
간악한 이승만 역도들의
피 묻은 손아귀 속에서
우리 인민에게로
우리 조국에게로
돌아왔다

1950년
6월 28일
무적한 인민군대의
영예로운 탱크병이

오랫동안
사람들의 눈물과 피와
한숨으로 어리웠던
종로 한 거리를
앞으로 앞으로 달려

원수들의
수치스러운 소굴이었던
경복궁 넓은 마당에
오각별 뚜렷한 깃발을 날리던
그 순간으로부터
서울은 영구히
우리 인민의 거리로 되었고
서울은 영구히
우리 조국의 움직이지 않는
수도로 되었다

「서울」 부분

『임화 연구』를 쓴 김윤식은 이 시를 분석한 자리에서 임화가 서울을 발견했고, 또 이 과정을 거치면서 시인으로 회귀했다고 했다. 말하자면 논리가 지배하는 산문의 세계가 아니라 감성이 지배하는 서정시의 세계로 돌아옴으로써 그가 평생 일구어낸 사상적 성채가 허물어졌으리라고 판단하고 있는 것이다.[12] 감성적 세계가 논리의 영역을 넘볼 수 있음을 지적한 것인데, 장르상의 특성을 고려하면 일견 타당한 면이 있다. 비평가, 혹은 이론가이기에 앞서 그는 어쩔 수 없는 시인이기도 했기 때문이다. 하지만 전쟁을 거치면서 나타난 그의 변화된 행보를 시인으로의 회귀만으로 설명하기에는 무언가 부족한 면이 있는 것도 사실이다.

12 위의 책, p.614.

한국 전쟁기에 북은 모든 역량을 동원하여 전쟁을 승리로 이끌기 위해 노력했다. 그것은 전선에 있는 군인에게도 마찬가지였거니와 종군작가단으로 참여한 작가들에게도 동일하게 부여되었던 임무이기도 했다. 그럼에도 이 시는 이런 임무에 부응하는 데 있어서는 함량미달이었다. 그 하나가 서울이라는 고향에 대해 서정적 작가가 갖고 있는 감상의 문제이다. 그는 서울에서 태어나고 자라났기에 '낙산 마루'라든가 '종로' 등이 더없는 친연성으로 다가왔을 것이다. 하지만 전쟁이란 이런 감상성으로 해결되는 것이 아니다. 그것은 전선에 참여하고 있는 군인들의 사기와도 불가피하게 연결되어 있는 문제이기 때문이다. 그럼에도 임화는 이런 상황에 대한 인식에 도달하기에는 턱없이 부족한 사유를 갖고 있었던 것처럼 보인다. 그리고 두 번째는 서울이 과연 북쪽을 선택했던 사람들에게 '수도'라고 인식을 할 수 있는가의 문제이다. 북의 수도는 평양이고, 또 그들의 입장에서 보면, 서울은 그저 점령지의 한 도시일 뿐이다. 이런 성격을 가질 수밖에 없는 '서울'을 그는 거침없이 "아름다웁고 수려한 우리들의 수도"로 치켜 올리고 있는 것이다. 이것이야말로 현실과는 무척 괴리되는 인식이라고 하지 않을 수 없을 것이다.

전선에서 보여준 이런 애매모호성이 말해주는 것은 자명하다. 논리의 세계에서는 계급의식이 투철했는지 모르지만 적어도 감성의 세계에서는 논리의 수준을 따라잡을 수 없었다는 점이다. 이는 일제 강점기에 그가 쓴 작품 세계에서도 어느 정도 드러난 바 있다. 앞서 언급대로 그는 계급 의식에 토대를 두고 당파성의 시를 쓰기 보다는 민족 모순에 중점을 둔 시를 주로 써온 터였다. 그에게는 일제 강점기 계급보다 민족이 우선이었던 것이다. 실상 이런 문제는 북쪽의 경우에도 동일하게 다가오는 문제이기도 하다. 김일성 중심의 항일 무장 투쟁이 이를 잘 말해준다. 조기천의 『백두산』이 쓰여지고, 이를 일제 강점기 최고의 문학이라고 치켜 세우는 것도 이와 밀접한 관련이 있을 것이다.[13] 어떻든 임화의 이런 자의식은 해방공간에서도 크게 달라진 바 없거니와 극한적 열정과 대립, 그 변증적 승화를 요구하는 전쟁 상황에 이르러서도 전혀 달라지지 않았다는 데에 문제의 심각성이 놓여 있었다.

그리고 또 하나는 그의 시에서 여성 화자를 통해 노출되고 있는 여러 한계점들이다. 그의 시는 대부분 남성적인 목소리로 구성되어 있는데, 이는 현재의 상황을 전취하고 미래의 전망을 확보하기 위해서는 강력한 목소리가 필요했기 때문에 그러했을 것이다. 하지만 여성이 작품의 주인공이 되거나 여성 화자가 되는 것은 전연 다른 상황을 요구하게 된다. 가령, 임화의 대표작 가운데 하나인 「네거리 순이」를 보면, 이 관계는 보다 확실하게 드러나게 된다. 이 작품에서 여성은 동지적 연대성을 확보해나가기 위한 매개자 역할에 그치고 있다, 이런 시적 장치가 노리는 것은 자명하다. 팔봉과의 논쟁에서 드러난 것처럼, 대중성을 확보하기 위한 하나의 전략이었던 것이다. 여성성이 갖고 있는 부드러움과 그 모성적 안온함이야말로 '뼈다귀 시'의 오명을 갖고 있는 카프 시의 한계를 넘어서게 해 줄 뿐만 아니라 당파성 확보를 위한 연대 의식에도 좋은 수단이 되었기 때문이다. 하지만

13 조기천의 『백두산』이 다루고 있는 내용은 1937년 6월 4일 김일성이 이끄는 무장 부대가 보천보에서 일본군을 상대로 벌인 전투이다. 이는 곧 민족 모순의 한 전형을 형상화한 작품이라는 점에서 의미가 있는 경우이다. 『백두산』은 1947년 북에서 출간한 시집이고, 이후 북한 서사시의 한 원형으로 자리잡았다. 남쪽에서는 1989년 실천문학사에서 재발행된 바 있다.

이런 장점에도 불구하고 여성이 주인공이 되거나 주체로 묘사되는 시작품의 한계 또한 분명하다. 1920년대를 여성 콤플렉스의 시기라는 인식성에서 알 수 있는 것처럼, 미래에의 전망이 확보되기 어려울 때, 이 여성성이 적극적으로 등장했던 사실을 감안하면 그 문제점은 분명하게 드러난다. 여성화자나 인물은 당파성 확보의 절대적인 주춧돌은 되지 못하는 까닭이다. 그것은 해방 직후에 쓰여진 「9월 12일 —1945년, 또다시 네거리에서」도 동일하게 드러나는 한계였다. 앞서 언급대로 이 작품의 핵심 요체는 "원컨대 용기이어라"라 할 수 있다. 이제 거침없이 펼쳐질 것 같던, 무주공산의 공간, 누구나 민족 문학 건설의 주체가 될 수 있는 공간에서 왜 용기가 필요했던 것일까. 그것은 자신에게 자리한 여성성과 계급성이 끊임없이 대립하고 있었고 경우에 따라서 이 여성성이 계급성을 초월하고 있었기 때문일 것이다.

그런데 여성성과 계급성이라는 이 기묘한 갈등은 전쟁을 경과하면서 다시 수면위로 떠오르기 시작했다. 말하자면 어떤 당위성이 요구될 때마다 그는 그 틈바구니에서 갈등했고, 그 인식적 기반이 알게 모르게 작품 속에 표명되기 시작한 것이다. 이 시기 그의 대표작이자 숙청의 근거가 된 작품 가운데 하나인 「너 어느 곳에 있느냐」가 쓰여진 것도 이와 밀접한 관련이 있을 것이다.

> 아직도
> 이마를 가려
> 귀밑머리를 땋기
> 수줍어 얼굴을 붉히던

너는 지금 이
바람 찬 눈보라 속에
무엇을 생각하여
어느 곳에 있느냐

머리가 절반 흰
아버지를 생각하여
바람 부는 산정에 있느냐
가슴이 종이처럼 얇아
항상 마음 아프던
엄마를 생각하여
해 저무는 들길에 섰느냐
그렇지 않으면
아침마다 손길 잡고 문을 나서던
너의 어린 동생과
모란꽃 향그럽던
우리 고향집과
이야기 소리 귀에 쟁쟁한
그리운 동무들을 생각하여
어느 먼 곳 하늘을 바라보고 있느냐

사랑하는 나의 아이야
벌써 무성하던
나무 잎은 떨어져

매운 바람은
마른 가지에 울고
낯익은 길들은
모두 다 눈 속에 묻혀
귀 기우리면 어데선가
들려오는 얼음장 터지는 소리

아버지는 지금
물소리 맑던 낙동강가에서
악독한 원수들의 손으로
불타고 허물어진
숱한 마을과 도시를 지나
우리들의 사랑하던
서울과 평양을 거쳐
절벽으로 첩첩한 산과
천리 장강이 여울마다 우는
자강도 깊은 산골에 와서
어데메에 있는가 모를
너를 생각하여
이 노래를 부른다

사랑하는 나의 아이야

은하가 강물처럼 흘러

남으로 비끼고
영광스런 우리 군대가
수도를 해방하여
자유와 승리의 노래
거리마다 가득 찼던
아름다운 여름 밤
전선으로 가는 길 역에서
우리는 간단 말조차
나눌 사이도 없이
너는 전라도로
나는 경상도로
떠나갔다

이 동안
우리들 모두의
고단한 시간이 흘러
너는 남방 먼 곳에
나는 아득한 북방 끝에
천리로 또 천리로 떨어져
여기에 있다 그러나
들으라

사랑하는 나의 아이야

이러한 도적의 침해에
우리 조선인민이 어느
한번인들 굴해본 적이 있으며
한사코 싸워 물리치지
아니한 때가 있었는가
보라 우리 영웅적 인민군대는
벌서 청천강을 건너
평양을 지나
다시금 남으로 남으로 내려가고
형제적 우리 중국인민지원부대는
폭풍처럼 달려와
미구에 너의 곳에
이를 것이다
기다리라

사랑하는 나의 아이야

엷은 여름옷에
삼동 겨울바람이
칼날보다 쓰라리고
진동치는 눈보라가
연한 네 등에 쌓여
잠시를 견디기 어려운
몇 날 몇 밤일지라도

참고 싸우라
악독한 야수들의
포탄과 총탄이
눈을 뜰 수 없이
퍼부어 내려도

사랑하는 나의 딸아

경애하는 우리 수령은
무엇이라 말하였느냐
한치의 땅
한 뼘의 진지일지라도
피로써 지켜내거라
한모금의 물
한톨의 벼알일지라도
원수들에 주지 않기 위하여
너의 전력을 다하거라
원수가 망하고 우리가
승리할 때까지 싸우라
그리하여 만일

사랑하는 나의 아이야

네가 죽지 않고 살아서

다시금 나와 만날 수 있다면
나부끼는 조국의 깃발 아래
승리의 기쁨과 더불어
우리의 만남을
눈물로 즐길 것이고
불행히도 만일
네가 이미 이 세상에 없어
불러도 불러도 돌아오지 않고
목메어 부르는 나의 소리를
영 영 듣지 못한다면
아버지의 뜨거운 손이
엄마의 떨리는 손이
동생의 조그만 손이
동무들의 굳은 손이
외딴 먼 곳에서
아버지를 생각하여
엄마를 생각하여
동생을 생각하여
동무를 생각하여
고향을 생각하여
조국을 생각하여
외로이 흘린 너와
너희들의 피를
백배로 하여

천배로 하여
원수들의 가슴팍이
최후로 말라 다할 때까지
퍼내일 것이다.

사랑하는 나의 아이야

한 밤중 어느
먼 하늘에 바람이 울어
새도록 잦지 않거든
머리가 절반 흰 아버지와
가슴이 종이처럼 얇아
항상 마음 아프던
너의 엄마와
어린 동생이
너를 생각하여
잠 못 이루는 줄 알어라

사랑하는 나의 아이야

너 지금
어느 곳에 있느냐

「너 어느 곳에 있느냐-사랑하는 딸 혜란에게」 전문

작품의 내용에서 알 수 있는 것처럼, 이 시는 자신의 딸에게 주는 시이다. 그의 첫 결혼 상대였던, 이북만의 누이 이귀례와의 사이에 난 혜란(1931년생)을 위해 쓴 작품인 셈이다. 임화는 전쟁의 와중에서 잃어버린 이 딸을 자강도 어느 깊은 산골에서 애타게 부르고 있는 것이다. 전쟁이 시작되고, 거침없이 밀고 내려오던 인민군은 인천 상륙작전을 계기로 급히 퇴각하는바, 임화는 이 과정에서 자신의 사랑하는 딸과 불가피하게 헤어진 것으로 보인다. "너는 전라도로/나는 경상도로 떠나간 것"이 바로 그러하다.

작품의 내용을 들여다 보면 대번에 알 수 있는 것처럼, 이 작품은 전선시가 갖추어야 할 덕목들은 어느 정도 갖추고 있지만, 북에서 내세우는 당파성의 조건에는 미흡한 것이 사실이다. 특히 인민군들의 영웅적 투쟁을 발굴하고 묘사하는 시와 비교하면, 이 작품의 한계는 더욱 두드러지게 드러난다. 그 하나가 그의 시세계의 약점 가운데 하나로 제기된 여성 인물군들의 등장이다. 물론 전선에 나가있는 인물들이 굳이 남성일 필요도 없고, 반대로 여성일 필요도 없을 것이다. 다만 여기서 문제되는 것은 이들에 대한 묘사들이 당의 기준에서 요구하는 것들과는 거리가 있었다는 것이다.

앞서 언급대로, 임화는 「우리 오빠와 화로」를 비롯해서 「네거리 순이」, 혹은 「우산받은 요코하마의 부두」 등에서 여성을 작품의 주인공으로 내세운 바 있다. 이들은 모두 근로하는 여성이고, 선진적인 남성 근로자를 매개하는 역할을 부여받았다. 말하자면, 이들은 한번도 주체적인 입장에 서 있지 못한 인물들이었다. 그럼에도 이들에 대한 관심과 묘사가 의미있었던 것은 대중화라든가 동지적 연대라는 조건하에서였다. 하지만 전쟁이라는 상황에서는 이런 여성 조건들이란 더 이상 필요치 않았다. 그럼에도 임화는 이를 고집스럽게 작품화하여 그들의 심리에 대해서도 세밀하게 묘사해 들어가고자 했다. 하지만 그가 묘파한 여성 화자들의 심리는 전쟁의 그것과는 거리가 먼 것들이 대부분이었다. 그러한 면들은 다음과 지적에서도 잘 확인된다.

> 이 시기 전쟁주체시문학은 무엇보다도 인민군 용사들의 무비의 영웅성과 대담성, 원쑤 격멸의 투지와 숭고한 조국애를 노래한 작품들이 많이 창작되었는데 그 대부분이 실재한 사실과 영웅들의 투쟁 사실에 기초한 시적 일반화로서 특징적이다.[14]

전쟁기의 북쪽 문학이 이런 원칙에 의해 창작된 것임을 감안하면, 임화의 작품들은 이 수준에 전혀 이르지 못하고 있었다. 그것이 전쟁이라는 상황에 대해 전혀 이해하지 못한 때문인지, 아니면 모호한 계급 의식의 결과에 의한 것인지 많은 의문이 드는 것이 사실이다. 결국 그는 이 부분 때문에 역사의 무대에서 사라지는 운명에 처하게 되는데, 이때 가장 문제가 되었던 것이 다음의 귀절이다. "머리가 절반 흰/아버지를 생각하여/바람부는 산정에 섰느냐/가슴이 종이장처럼 얇아/항상 마음 아프던 /엄마를 생각하여/해 저무는 들길에 섰느냐"가 바로 그러하다.

14 류만, 『현대조선시문학연구』, 사회과학출판사, 1988, p.135.

나는 그 시가 마음에 들지 않는다. 우리 나라의 어느 어머니가 자기 딸을 전선에 내보내고 저렇게 가슴을 쥐여뜯으며 울고 있는가? 우리 어머니들은 원쑤를 무찌르라고 아들딸들을 전선에 내보내 였다. 우리의 어머니들은 자기의 아들딸들에게 미국놈들을 때려부시고 영웅이 되어 오라고 당부하고 있지 가슴이 종이장만해서 애를 태우지 않는다.[15]

이는 전선 시찰에 나선 김정일이 학생들이 부르고 있던 임화의 시를 듣고 내린 평가였다. 그것은 이 시기 가장 먼저 비판에 나선 엄호석의 논리와 거의 동일한 것이었다. 결국 임화의 이 작품은 투항주의와 염전사상을 퍼뜨리기 위하여 써낸 반동 작품이었다는 것이 판명되었고, 그 저변에 미제국주의의 스파이라는 신분이 깔려 있었다는 것이다. 그런데 중요한 것은 여성 인물에 대한 임화의 이러한 시각은 「너 어느 곳에 있느냐」에서 그치고 있는 것이 아니라 이후의 작품에서도 계속 나타나고 있었다는 점이다. 도대체 이런 연속성이 말해주는 것은 어떤 것이란 말인가.

불붙는 휘발유와
쏟아지는 총탄 폭탄 속을
집과 낟가리와 마을까지를 잃고
바람 속에 섰는 어머니들에게
(———)

15 위의 책, p.19.

당신들의 아들들은
당신들의 딸들은
반드시 그리운 고향으로
돌아길라 전해달라
　「바람이여 전하라」 부분

그대들이 만일 또한
옛 전우를 잊지 않았거든
기억하라 그의 먼 고향에
외로운 한 어머니가
살아 있었음을———

그리하여 당신의 아들은
당신의 말씀대로
용감히 싸워 죽었노라고
전해달라
　「흰눈을 붉게 물들인 나의 피 위에」 부분

『너 어느 곳에 있느냐』에 수록된 시들의 특징적 단면은 어머니와 딸 등과 같은 여성 인물들로 채워져 있고, 그 인물들 속에 내포된 정서는 지극히 센티멘털한 것들 뿐이다. 다시 말하면, “모든 것을 조국의 승리로” 바쳐져야 하는 북쪽 시의 정론성으로부터 한참 벗어나 있었던 것이다. 임화의 이런 작품 세계를 어떻게 설명할 수 있는 것인가. 이에 대한 해답은 이 시기 전선의 현장에서 쓰여진 다음의 시가 말해준다. 이 시와 비교하면, 임화 시세계가 갖고 있는 한계랄까 특징을 잘 이해할 수 있을 것으로 판단된다.

따바리 불타는 총자루
앞세워 승승장구
38선을 넘어
벌써 아득한 천리길

나의 따발총이여
더웁게 단 총구멍
식혀줄 사이도 없구나

항복하지 않는 미제원쑤에게
복수의 섬멸전에 올라
싸우는 날과 날
놈들을 물리쳐
신생의 기쁨에 안기여오는
해방된 마을과 거리, 동트는 아침
미제침략자들을 무찔러
저무는 저녁에
반짝이는 별빛
맞아주는 어느 지역 —
나의 따바리여
불길을 뿜어라, 뿜어라

분노의 불길
증오의 화염을!

안룡만, 「나의 따발총」 부분

이 작품은 전선 현장에서 쓰여진 안룡만의 「나의 따발총」이다. 여기에는 개인의 서정성이라든가 센티멘털한 정서가 거의 감각되지 않는데, 이런 면은 임화의 작품과 비교할 때 매우 다른 특성들이다. 도대체 이런 차이들은 어디서 나왔고, 또 어떻게 설명할 수 있는 것인가. 그는 과연 부르주아 사상을 전파하고 전선에 나가 있는 인민군 병사들에게 패배주의나 염전 사상을 퍼뜨린 것이 맞는 것인가.

어떻든 중요한 것은 임화의 시들은 다른 시인들의 작품과 상이했고, 궁극에는 그것이 빌미가 되어 비극적 운명의 주인공이 되었다는 사실이다. 문학 외적인 사실은 예외로 두더라도 그가 만들어낸 작품 세계는 적어도 북에서 요구하는 것들과는 현격한 거리가 있었던 것이다. 이것만으로도 그의 운명은 이미 결정되었다고 보아도 무방할 것이다. 그는 논리의 세계였던 비평과 달리, 이렇듯 작품 세계에서는 이와 상반되는 세계관을 계속 보여주었던 것이다.

4. 서정시, 그리고 서정시인의 슬픈 운명

한 사람의 사고를 결정하는 것에는 여러 요인들이 있을 것이다. 물질적 환경에서 오는 보편성도 있을 수 있고, 개인적 체험에서 오는 특수성도 있을 것이다. 그리고 그 중화지대에서 오는 색다른 내면도 얼마든지 형성될 수 있을 것이다. 뿐만 아니라 사상 내부의 균열이나 갈등에서 오는 제3의 경향도 또한 만들어질 수 있을 것이다.

사상이 만들어지는 이런 여러 가능성을 고려해볼 때, 임화의 사유를 올바르게 이해할 수 있는 개연성 또한 생겨나는 것이 아닐까. 특히 그는 시인으로서의 자기와 비평가로서의 자기가 현격하게 균열을 일으킨 문인이었다. 물론 이런 편차는 장르상의 차이와 그 특징적 단면이 만들어내는 불가피한 도정이라고 할 수도 있을 것이다. 하지만 임화의 경우는 이를 두고 불가피한 것으로 치부할 수 없는, 그리하여 너무도 선명하게 드러나는 매우 예외적인 경우의 문인이었다.

임화는 무엇보다 시인이기 이전에 사상가였다. 그는 이를 바탕으로 다수의 문인들을 당파성의 논리로 압도해나갔다. 카프를 이야기하는 데 있어 임화를 제외하고 말하는 것은 불가능했을 뿐만 아니라 해방 직후 문학가동맹에서도 그의 영향은 절대적이었다. 하지만 이런 면모에도 불구하고, 그는 북쪽에서 처형되는 슬픈 운명을 맞이했다. 그가 재판에서 진술한, 말하자면 그의 내면이란 궁극에는 실로 형편없는 것이었음이 증명되었다. 카프의 이론가로서 뿐만 아니라 남로당의 이론가로서 활동한 그의 입에서 어떻게 이런 허약한 이념의 소유자임을 고백하지 않으면 안 되었던 것인가. 그가 진정 우리가 알던 임화, 그 임화가 맞는 문인인가.

임화의 이러한 변신을 두고 한 추리 소설가는 인간의 거역할 수 없는 미묘한 심리를 통해서 해명하려 들었다. 비록 상상력에 기초한 소설이긴 하지만 맞는 이야기일 수도 있을 것이다. 하지만 그 보다 더 중요한 것은 그의 내면에 흐르고 있었던 의식이랄까 정서의 미묘한 괴리감이었다. 그것을 표명한 것이 서정시였고, 이는 곧 논리의 세계로부터 일탈한 한 단면이 되었다. 잘 알려진 것처럼, 그는 일제 강점기에 당파성에 입각한 시를 거의 쓰지 않았다. 계급 의식보다는 오히려 민족적 감정에 치우치면서 민족 모순에 기초를 둔 시를 쓰는 데 더 중점을 두었기 때문이다. 이야말로 감성과 이성이 일으킨 결정적인 괴리였던 것이다.

그런데 이런 상위랄까 거리감은 해방 직후라고 크게 달라질 것이 없었다. 그는 이 시기에도 여전히 민족적인 것에 보다 큰 집착을 갖고 있었다. 그 단적인 표명이 민족 모순과 관련된 것들을 소재로 시를 창작하는 일이었다. 물론 그에게도 뚜렷한 계급의식에 바탕을 두고 쓴 시가 전연 없는 것은 아니었다. 인민 항쟁의 단초가 된 용산 철도 파업을 형상화한 시, 곧 「우리들의 전구」에서 훌륭한 당파성을 구현한 시를 썼기 때문이다. 하지만 그러한 사유는 여기까지였다. 이후로는 더 이상 진척되지 못했다. 말하자면 논리와 서정시의 세계가 일치를 본 것은 이 작품이 거의 처음이자 마지막 단계였던 것이다.

그의 그러한 한계는 전쟁을 통해서도 그대로 드러났다. 모든 것을 전쟁의 승리라는 슬로건 속에서 지도된 북의 창작 행위는 모두 이 부분에 집중되어 있었다. 하지만 임화의 시들은 이런 집단성에 의거하기 보다는 개인성에 주력된 면을 보여주었다. 가령, 자신의 고향이었던 서울에 대한 감상성들이 그러하고, 또 이를 인민의 수도라고 하는 것 등등에서 그런 단면을 보여주었던 것이다. 그런데 여기서 더 중요했던 것은 그의 시에서 드러나는 여성 화자, 혹은 이를 주인공으로 한 작품 세계였다. 일제 강점기 그의 시에서 여성 화자는 프롤레타리아 동맹군이나 대중성이라는 측면에서 큰 자장을 갖고 있었다. 그것은 카프 시의 한계를 벗어나는 의장으로 환영받기도 했고, 또 앞으로 이 계통의 시가 나아가야 할 올바른 정도로 인식되기까지 했다. 하지만 해방 직후나 전쟁은 여성 화자나 이를 주인공으로 하는 기왕의 서정화 방식이 통용될 수 있는 시기가 아니었다. 오히려 임화의 시들은 이런 여성을 통해서 이념성을 약화시키는 계기로 작용했다는 점이다. 그는 개인의 서정성이 집단성을 압도하는 형국의 작품들을 여과없이 발표하고 만 것이다. 이런 것은 결국 그의 내면이 만들어낸 결과들일 것이다. 내면이란 이성의 영역보다 비이성의 영역, 즉 무의식이나 감성이 지배하는 무대이다. 이성이 지배하는 논리의 무대와는 여러 면에서 차별되는 경우인데, 그는 카프 초창기부터 이 두 영역 사이에서 치열한 갈등을 하고 있었던 것으로 보인다. 계급주의자이되 계급주의자가 아닌 것, 시인이되 시인이 아닌 것, 곧 비평가와 시인 사이에서 늘 갈등하고 고민하고 있었던 것이다. 이 갈등이 그로 하여금 심리적 허약이라는 공간을 만들어냈음은 분명한 사실일 것이다. 그래서 이를 메워줄 수 있는 적절한 매개가 제공된다면, 그것이 무엇이든 그는 여기에 쉽게 자신을 내던지려고 했을 것이다. 그것은 정녕 달콤한 자리였고, 임화를 유혹하는 상대방은 그 빈자리를 제대로 노렸을 것이다. 임화는 여기에 빠져들어 자신의 허약한 공백을 채우려 했을 것이다. 그것이 그의 비극이었고, 또 그의 서정시의 슬픈 운명이기도 했다.

한국 현대 현실주의 시인 연구

찾아보기

〈ㅇ〉

〈ㅈ〉

〈ㅊ〉

저자 약력

송 기 한

충남 논산생
서울대학교 국어국문학과 및 동 대학원 졸업
문학박사. 문학평론가
UC Berkeley 객원교수
대전대 우수학술 연구상, 시와 시학 평론상, 대전시 문화상 학술상 등 수상
현재 대전대학교 국어국문창작학과 교수

주요 저서로는 『한국 현대시와 근대성 비판』, 『1960년 시인 연구』, 『서정주 연구』, 『한국 시의 근대성과 반근대성』, 『정지용과 그의 세계』, 『현대문학의 정신사』, 『소월연구』, 『한국 근대 리얼리즘 시인 연구』 등이 있음